Thomas Mann war sicher, noch ehe er mit der Niederschrift der »Goethe-Geschichte« begonnen hatte: »Etwas Besonderes wird jedenfalls auch dies, soviel fühle ich schon, und wird ein hübsches Bändchen geben.« Im November 1933, mitten in der Arbeit an ›Joseph in Ägypten‹, fiel ihm dieser Stoff wieder ein. Er beendete den dritten Band der Tetralogie und schrieb diese Geschichte.

»Lotte Kestner, die ehemalige Lotte Buff, die Jugendgeliebte Goethes und unvergeßbar als die Lotte des ›Werther‹, kann der Versuchung nicht widerstehen, nach fünfzig Jahren, nach einem halben Jahrhundert Goethe, den Theseus ihrer Jugend, wiederzusehen. Ein Großmütterchen, reichlich delabriert von der Zeit und sonst weise geworden durch sie, begeht sie die süße Torheit, noch einmal das weiße Wertherkleidchen mit der rosa Schleife anzuziehen, um den ordensbesternten Geheimrat an die süße Torheit seiner Jugend zu erinnern. Und er sieht sie, ein wenig geniert, ein wenig gestört, und sie sieht ihn, ein wenig enttäuscht und noch geheimnisvoll berührt von diesem etwas gespenstischen Wiedersehen nach einem halben Jahrhundert. Das ist alles. Eine Fabel, groß wie ein Tautropfen, aber wie dieser ein Wunder an Farbe und Feuer, wenn angestrahlt vom oberen Licht.« (*Stefan Zweig*)

Thomas Mann wurde 1875 in Lübeck geboren und wohnte seit 1894 in München. 1933 verließ er Deutschland und lebte zuerst in der Schweiz am Zürichsee, dann in den Vereinigten Staaten, wo er 1938 eine Professur an der Universität Princeton annahm. Später hatte er seinen Wohnsitz in Kalifornien, danach wieder in der Schweiz. Er starb in Zürich am 12. August 1955.

Unsere Adressen im Internet: www.fischerverlage.de
www.thomasmann.de

Thomas Mann
Lotte in Weimar

Roman

Fischer
Taschenbuch
Verlag

Der Text wurde anhand der Erstausgabe, Stockholm,
Bermann-Fischer Verlag 1939, neu durchgesehen

38. Auflage: Juli 2008

Ungekürzte Ausgabe
Veröffentlicht im Fischer Taschenbuch Verlag,
einem Unternehmen der S. Fischer Verlag GmbH,
Frankfurt am Main, September 1990

Inhalt

»Durch allen Schall und Klang
Der Transoxanen
Erkühnt sich unser Sang
Auf deine Bahnen!
Uns ist für garnichts bang,
In dir lebendig;
Dein Leben daure lang,
Dein Reich beständig!«

WEST-ÖSTLICHER DIVAN

Erstes Kapitel

Der Kellner des Gasthofes »Zum Elephanten« in Weimar, M a g e r, ein gebildeter Mann, hatte an einem fast noch sommerlichen Tage ziemlich tief im September des Jahres 1816 ein bewegendes, freudig verwirrendes Erlebnis. Nicht, daß etwas Unnatürliches an dem Vorfall gewesen wäre; und doch kann man sagen, daß Mager eine Weile zu träumen glaubte.

Mit der ordinären Post von Gotha trafen an diesem Tage, morgens kurz nach 8 Uhr, drei Frauenzimmer vor dem renommierten Hause am Markte ein, denen auf den ersten Blick – und auch auf den zweiten noch – nichts Sonderliches anzumerken gewesen war. Ihr Verhältnis untereinander war leicht zu beurteilen: Es waren Mutter, Tochter und Zofe. Mager, der, zu Willkommsbücklingen bereit, im Eingangsbogen stand, hatte zugesehen, wie der Hausknecht den beiden ersteren von den Trittbrettern auf das Pflaster half, während die Kammerkatze, Clärchen gerufen, sich von dem Schwager verabschiedete, bei dem sie gesessen hatte, und mit dem sie sich gut unterhalten zu haben schien. Der Mann sah sie lächelnd von der Seite an, wahrscheinlich im Gedanken an den auswärtigen Dialekt, den die Reisende gesprochen, und folgte ihr in einer Art von spöttischer Versonnenheit mit den Augen, indes sie nicht ohne unnötige Windungen, Raffungen und Zierlichkeiten, sich vom hohen Sitze hinunterfand. Dann zog er an der Schnur sein Horn vom Rücken und begann zum Wohlgefallen einiger Buben und Frühpassanten, die der Ankunft beiwohnten, sehr empfindsam zu blasen.

Die Damen standen noch, dem Hause abgekehrt, bei dem Postwagen, die Niederholung ihres übrigens bescheidenen Gepäcks zu überwachen, und Mager wartete den Augenblick ab, wo sie, beruhigt über ihr Eigentum, sich gegen den Eingang wandten, um ihnen sodann, ganz Diplomat, ein verbindliches und gleichwohl leicht zögerndes Lächeln auf dem käsefarbenen, von einem rötlichen Backenbart eingefaßten Gesicht, in seinem zugeknöpften Frack, seinem verwaschenen Halstuch im abstehenden Schalkragen und seinen über den sehr großen Füßen eng zulaufenden Hosen, auf den Bürgersteig entgegenzukommen.

»Guten Tag, mein Freund!« sagte die mütterliche der beiden Damen, eine Matrone allerdings, schon recht bei Jahren, Ende fünfzig zumindest, ein wenig rundlich, in einem weißen Kleide mit schwarzem Umhang, Halbhandschuhen aus Zwirn und einer hohen Capotte, unter der krauses Haar, von dem aschigen Grau, das ehemals blond gewesen, hervorschaute. »Logis für Dreie brauchten wir also, ein zweischläfrig Zimmer für mich und mein Kind« (das Kind war auch die Jüngste nicht mehr, wohl Ende zwanzig, mit braunen Korkenzieherlocken, ein Kräuschen um den Hals; das fein gebogene Näschen der Mutter war bei ihr ein wenig zu scharf, zu hart ausgefallen) – »und eine Kammer, nicht zu weitab, für meine Jungfer. Wird das zu haben sein?«

Die blauen Augen der Frau, von distinguierter Mattigkeit, blickten an dem Kellner vorbei auf die Front des Gasthauses; ihr kleiner Mund, eingebettet in einigen Altersspeck der Wangen, bewegte sich eigentümlich angenehm. In ihrer Jugend mochte sie reizvoller gewesen sein, als die Tochter es heute noch war. Was an ihr auffiel, war ein nickendes Zittern des Kopfes, das aber zum Teil als Bekräftigung ihrer Worte und rasche Aufforderung zur Zustimmung wirkte, sodaß seine Ursache nicht so sehr Schwäche als Lebhaftigkeit oder allenfalls beides gleichermaßen zu sein schien.

»Sehr wohl«, erwiderte der Aufwärter, der Mutter und Tochter zum Eingang geleitete, während die Zofe, eine Hutschachtel schlenkernd, folgte. »Zwar sind wir, wie üblich, stark besetzt und könnten leicht in die Lage kommen, selbst Personen von Stand abschlägig bescheiden zu müssen, doch werden wir keine Anstrengung scheuen, den Wünschen der Damen aufs beste zu genügen.«

»Nun, das ist ja schön«, versetzte die Fremde und tauschte einen heitern Achtungsblick mit ihrer Tochter ob der wohlge-

fügten und dabei stark thüringisch-sächsisch gefärbten Redeweise des Mannes.

»Darf ich bitten? Ich bitte sehr!« sagte Mager, sie in den
Flur komplimentierend. »Der Empfang ist zur Rechten. Frau
Elmenreich, die Wirtin des Hauses, wird sich ein Vergnügen
daraus machen. – Ich darf wohl bitten!«

Frau Elmenreich, einen Pfeil in der Frisur, die hochgegürtete
Büste wegen der Nähe der Haustür von einer Strickjacke um-
hüllt, thronte bei Federn, Streusand und einer Rechenmaschine
hinter einer Art von Ladentisch, der den nischenartigen Bureau-
raum von der Diele trennte. Ein Angestellter, von seinem Steh-
pult hinweggetreten, verhandelte seitlich auf englisch mit einem
Herrn in Kragenmantel, dem die beim Eingang aufgehäuften
Koffer gehören mochten. Die Wirtin, phlegmatischen Auges
mehr über die Ankömmlinge hinwegblickend als von ihnen
Notiz nehmend, erwiderte den Gruß der Älteren, den angedeuteten Knicks der Jungen mit würdiger Kopfneigung, vernahm
die vom Kellner vermittelte Zimmerforderung hingehaltenen
Ohres und ergriff einen gestielten Hausplan, auf dem sie eine
Weile die Bleistiftspitze herumführte.

»Siebenundzwanzig«, bestimmte sie, gegen den grünbe-
schürzten Hausdiener gewandt, der mit dem Gepäck der Damen
wartete. »Mit einer Einzelkammer kann ich nicht dienen. Die
Mamsell müßte das Zimmer mit der Jungfer der Gräfin Larisch
von Erfurt teilen. Wir haben eben viele Gäste mit Dienerschaft
im Hause.«

Das Clärchen zog hinter dem Rücken ihrer Herrin ein Maul,
doch diese war einverstanden. Man werde sich schon vertragen,
erklärte sie und bat, schon zum Gehen gewandt, auf das Zimmer
geführt zu werden, wohin gleich auch die Handkoffer gebracht
werden möchten.

»Alsbald, Madame«, sagte der Kellner. »Nur eben noch diese
Formalität wäre nebenher zu erfüllen. Um Lebens oder Sterbens
willen bitten wir uns ein paar Zeilen aus. Nicht unser ist die
Pedanterei, sondern der heiligen Hermandad. Sie kann nicht aus
ihrer Haut. Es erben sich, möchte man sagen, Gesetz' und

Rechte wie eine ew'ge Krankheit fort. Dürfte ich wohl um die Güte und Gefälligkeit ersuchen –?«

Die Dame lachte, indem sie wieder nach ihrer Tochter blickte und belustigt-erstaunt den Kopf schüttelte.

»Ja, so«, sagte sie, »das vergaß ich. Alles, was sich gehört! Übrigens ist Er ein Mann von Kopf, wie ich höre«, (sie gebrauchte die Anredeform, die noch in ihrer Jugend üblich gewesen sein mochte) »wohlbelesen und citatenfest. Geb' Er her!« Und an den Tisch zurücktretend nahm sie mit den feinen Fingern ihrer nur halb bekleideten Hand den an einer Schnur hängenden Kreidestift, den die Wirtin ihr reichte, und beugte sich, noch immer lachend, über die Meldetafel, auf der schon ein paar Namen standen.

Sie schrieb langsam, indem sie allmählich zu lachen aufhörte und nur noch kleine amüsierte und seufzerartige Laute und Nachklänge ihrer verstummenden Heiterkeit nachfolgen ließ. Das nickende Zittern ihres Nackens machte sich dabei, wohl infolge der Unbequemlichkeit ihrer Stellung, deutlicher als je bemerkbar.

Man sah ihr zu. Von der einen Seite blickte die Tochter ihr über die Schulter, die hübschen, ebenmäßig gebogenen Augenbrauen (sie hatte sie von der Mutter) zur Stirn gehoben, den Mund moquant verschlossen und verzogen; und andererseits äugte, halb nur zur Aufsicht, ob sie die rot markierten Rubriken richtig benutzte, halb auch aus Kleinstädter-Neugier und mit jener von Bosheit nicht ganz freien Genugtuung darüber, daß für jemanden der Augenblick gekommen war, die gewissermaßen dankbare Rolle des Unbekannten aufzugeben und sich zu nennen und zu bekennen, Kellner Mager ihr in die Schrift. Aus irgend einem Grunde hatten auch der Bureau-Verwandte und der britische Reisende ihr Gespräch unterbrochen und beobachteten die kopfnickend Schreibende, die mit fast kindlicher Sorgfalt die Buchstaben zog.

Mager las blinzelnd: »Hofräthin Witwe Charlotte Kestner, geb. Buff, von Hannover, letzter Aufenthalt: Goslar, geboren am 11. Januar 1753 zu Wetzlar, nebst Tochter und Bedienung.«

»Genügt das?« fragte die Hofrätin; und da man ihr nicht antwortete, beschloß sie selbst: »Das muß genügen!« Damit wollte sie den Griffel energisch auf die Tischplatte legen, vergaß, daß er nicht frei war und riß den Metallständer um, an dem er hing.

»Wie ungeschickt!« sagte sie errötend, indem sie abermals einen raschen Blick auf ihre Tochter warf, die spöttisch verschlossenen Mundes die Augen gesenkt hielt. »Nun, das ist bald wieder hergestellt und alles wäre getan. Machen wir endlich, daß wir aufs Zimmer kommen!« Und mit einer gewissen Hast wandte sie sich zum Gehen.

Tochter, Jungfer und Kellner, der glatzköpfige, Schachteln und Reisetaschen tragende Hausknecht hinterdrein, folgten ihr über den Flur zur Treppe. Mager hatte nicht aufgehört zu blinzeln, er fuhr unterwegs damit fort und zwar so, daß er in Intervallen immer drei- oder viermal sehr rasch mit den Lidern nickte und dann eine Weile mit den geröteten Augen unbeweglich blickte, wobei er den Mund auf eine gewisse, nicht blöde zu nennende, sondern sozusagen fein geregelte Weise geöffnet hielt. Es war auf den Dielen des ersten Treppenabsatzes, daß er die Gruppe zum Stehen brachte.

»Um Vergebung!« sagte er. »Recht sehr um Vergebung, wenn meine Frage... Es ist nicht gemeine und unstatthafte Neugier, die... Sollten wir den Vorzug haben mit Frau Hofrätin Kestner, Madame Charlotte Kestner, der geborenen Buff, aus Wetzlar –?«

»Die bin ich«, bestätigte die alte Dame lächelnd.

»Ich meine... Sehr wohl, gewiß doch, aber ich meine, – es handelt sich also am Ende doch wohl nicht um Charlotte – auch kürzer Lotte – Kestner, geborene Buff aus dem Deutschen Hause, dem Deutschordenshause zu Wetzlar, die ehemalige...«

»Um eben die, mein Guter. Aber ich bin gar nicht ehemalig, ich bin hier sehr gegenwärtig und wünschte wohl, auf das mir zugewiesene Zimmer...«

»Unverzüglich!« rief Mager und nahm mit gesenkter Stirn einen Anlauf zum Weitereilen, blieb dann aber doch wieder an die Stelle gewurzelt stehen und schlang die Hände ineinander.

»Du liebe Zeit!« sagte er mit tiefem Gefühl. »Du liebe Zeit, Frau Hofrätin! Frau Hofrätin mögen verzeihen, wenn meine Gedanken sich nicht sogleich an die hier waltende Identität und die sich eröffnende Perspective... Dies kommt sozusagen aus heiterem Himmel... Das Haus hat also die Ehre und die unschätzbare Auszeichnung, die wahre und wirkliche, das Urbild, wenn ich mich so ausdrücken darf... Mit einem Wort, es ist mir beschieden, vor Werthers Lotte...«

»Dem wird wohl so sein, mein Freund«, entgegnete die Hofrätin mit ruhiger Würde, indem sie der kichernden Zofe einen verweisenden Blick zuwarf. »Und wenn es für Ihn ein Grund mehr wäre, uns reisemüden Frauen nun ungesäumt unser Zimmer zu zeigen, so wollte ich's wohl zufrieden sein.«

»Im Augenblick«, rief der Marqueur und setzte sich in Eilschritt. »Das Zimmer, Numero siebenundzwanzig, mein Gott, es liegt über zwei Treppen. Sie sind bequem, unsere Treppen, wie Frau Hofrätin bemerken, aber hätten wir geahnt... Es hätte sich zweifelsohne trotz unserer Besetztheit... Immerhin, das Zimmer ist ansehnlich, es blickt vornheraus auf den Markt und dürfte nicht mißfallen. Noch kürzlich haben Herr und Frau Major von Egloffstein aus Halle dort logiert, als sie zu Besuch ihrer Frau Tante, der Oberkammerherrin gleichen Namens, hier weilten. Oktober dreizehn hatte es ein Generaladjutant Seiner Kaiserlichen Hoheit des Großfürsten Konstantin inne. Das ist gewissermaßen eine historische Erinnerung... Aber, du mein Gott, was rede ich von historischen Erinnerungen, die für einen Menschen von Sentiment nicht im mindesten den Vergleich aushalten mit... Nur wenige Schritte noch Frau Hofrätin! Von der Treppe sind es nur noch ganz wenige Schritte diesen Korridor entlang. Alles frisch geweißt, wie Frau Hofrätin sehen. Wir haben seit Ende Dreizehn nach dem Besuch der Donschen Kosaken, durchgehend renovieren müssen, Treppen, Zimmer, Gänge und Konversationsräumlichkeiten, was vielleicht längst überfällig gewesen wäre. Nur haben die wilden Gewaltsamkeiten des Weltgeschehens es erzwungen, woraus die Lehre zu ziehen sein möchte, daß die Erneuerungen des Lebens vielleicht nicht ohne kräftig nachhelfende Gewaltsamkeit zustandekommen. Ich will übrigens nicht ausschließlich den Kosaken das Verdienst an unserer Erfrischung zuschreiben. Wir hatten auch Preußen und ungarische Husaren im Hause, von den vorangegangenen Franzosen zu schweigen... Wir sind am Ziel. Wenn ich Frau Hofrätin bitten dürfte!«

Er beugte sich, Einlaß gewährend, mit der Tür, die er angelweit öffnete, in das Zimmer hinein. Die Augen der Frauen streiften in flüchtiger Prüfung die gestärkten Mullvorhänge der beiden Fenster, den goldgerahmten und freilich etwas blindfleckigen Konsolenspiegel zwischen ihnen, die weiß gedeckten Betten, die einen kleinen gemeinsamen Himmel hatten, die übrigen Bequemlichkeiten. Ein Kupferstich, landschaftlich, mit antikem Tempel, schmückte die Wand. Der Fußboden glänzte reinlich geölt.

»Recht artig«, sagte die Hofrätin.

»Wie glücklich wären wir, wenn die Damen sich hier leidlich zu behagen vermöchten! Sollte irgend etwas mangeln, – hier ist der Glockenzug. Daß ich für heißes Wasser sorge, versteht sich am Rande. Wir wären so überaus beglückt, wenn wir die Zufriedenheit der Frau Hofrätin...«

»Aber ja doch, mein Lieber. Wir sind einfache Leute und unverwöhnt. Habt Dank, guter Mann«, sagte sie zu dem Hausknecht, der seine Last auf den Gurtbock, den Estrich abgesetzt hatte und sich entfernte. »Und Dank auch Ihnen, mein Freund«, wandte sie sich mit entlassendem Kopfnicken an den Kellner. »Wir sind versorgt und versehen und möchten uns nun wohl ein wenig...«

Aber Mager stand unbeweglich, die Finger in einander geschlungen, die rötlichen Augen in die Züge der alten Dame versenkt.

»Großer Gott«, sagte er, »Frau Hofrätin, welch buchenswertes Ereignis! Frau Hofrätin verstehen vielleicht nicht ganz die Empfindungen eines Menschen von Herz, dem unverhofft und wider alles Vermuten ein solches Evenement mit seinen ergreifenden Perspectiven... Frau Hofrätin sind sozusagen gewöhnt an die Verhältnisse und an Dero uns allen heilige Identität, dieselben nehmen die Sache möglicherweise leger und alltäglich und ermessen nicht ganz, wie es einer fühlenden, von jungauf literärischen Seele, die sich dessen nicht im Geringsten versah, zu Mute sein muß bei der Bekanntschaft – wenn ich so sagen darf – ich bitte um Entschuldigung – bei der Begegnung mit einer vom Schimmer der Poesie umflossenen und gleichsam auf feurigen Armen zum Himmel ewigen Ruhms empor getragenen Persönlichkeit...«

»Mein guter Freund«, erwiderte die Hofrätin mit lächelnder Abwehr, obgleich man das nickende Zittern ihres Kopfes, das bei den Worten des Kellners wieder auffallend geworden war, als Zustimmung hätte deuten können. (Die Zofe stand hinter ihr und sah dem Manne mit amüsierter Neugier in das fast zu Tränen bewegte Gesicht, während die Tochter sich mit ostensibler Gleichgültigkeit im tieferen Zimmer mit dem Gepäck zu schaffen machte.) »Mein guter Freund, ich bin eine einfache alte Frau ohne Ansprüche, ein Mensch wie andere mehr; Sie aber haben eine so ungemeine, gehobene Art, sich auszudrücken...«

»Mein Name ist Mager«, sagte der Kellner gleichsam zur Erläuterung. Er sagte »Mahcher« nach seiner mitteldeutsch weichen Sprechweise; der Laut hatte etwas Bittendes und Rührendes. »Ich bin, wenn es nicht überheblich klingt, das Faktotum in diesem Haus, die rechte Hand, wie man es zu nennen pflegt, Frau Elmenreichs, der Besitzerin des Gasthofs, – sie ist Witwe, schon seit Jahren, Herr Elmenreich ist ja leider anno sechs unter tragischen Umständen, die nicht hierhergehören, dem Weltgeschehen zum Opfer gefallen. In meiner Stellung, Frau Hofrätin, und nun gar in Zeiten, wie unsere Stadt sie durchlebt hat, kommt man mit vielerlei Menschen in Berührung, es zieht so manche bedeutende Erscheinung, bedeutend durch Geburt oder Verdienst, an einem vorüber, und eine gewisse Abgebrühtheit, natürlicherweise, greift Platz gegen die Berührung mit hochgestellten, ins Weltgeschehen verflochtenen Personen und Trägern respecteinflößender, die Einbildungskraft aufregender Namen. So ist es, Frau Hofrätin. Allein, diese berufliche Verwöhntheit und Abgestumpftheit, – wo ist sie nun! In meinem Leben nicht, das darf ich bekennen, hat ein Empfang und eine Bedienung mir obgelegen, die mir Herz und Geist bewegt hätte wie die heutige, wahrhaft buchenswerte. Denn wie es dem Menschen ergeht, – es war mir bekannt, daß das verehrungswürdige Frauenzimmer, das Urbild jener ewig lieblichen Gestalt, unter den Lebenden verweilte und zwar in der Stadt Hannover, – ich werde jetzt wohl gewahr, daß ich es wußte. Allein dies Wissen hatte keine Wirklichkeit für mich, und nie habe ich mir die Möglichkeit beikommen lassen, diesem geheiligten Wesen irgendeinmal von Angesicht zu Angesicht gegenüber zu stehen. Ich habe es mir einfach nicht träumen lassen. Als ich diesen Morgen – es ist wenige Stunden her – erwachte, war ich überzeugt, daß es sich um einen Tag handle wie hundert andere, einen Tag durchschnittlichen Gepräges, angefüllt mit den gewöhnlichen und geläufigen Functionen meines Berufes im Flur und bei Tafel. Meine Frau – ich bin verheiratet, Frau Hofrätin, Madame Mager ist in obgeordneter Stellung in der Küche tätig – meine Frau wird bekunden können, daß ich kein Zeichen einer Vorahnung von irgend etwas Außerordentlichem gegeben habe. Ich dachte nicht anders, als daß ich mich heute Abend als derselbe Mann wieder zu Bette legen würde, als der ich aufgestanden. Und nun! Unverhofft – kommt oft. Wie recht hat der Volksmund mit dieser schlichten Weltbemerkung! Frau Hofrätin werden meine Wallung verzeihen und auch meine möglicherweise unstatthafte Redseligkeit. Weß das Herz voll ist, deß geht der Mund über, sagt der Volksmund in seiner nicht weiter literärischen und doch so treffenden Art. Wenn Frau Hofrätin die Liebe und Verehrung kennten, die ich sozusagen von Kindesbeinen für unseren Dichterfürsten, den großen Goethe, hege, und meinen Stolz als Weimarer Bürger darauf, daß wir diesen erhabenen Mann den unsrigen nennen... Wenn Dieselben wüßten, was insbesondere gerade des jungen Werthers Leiden diesem Herzen von jeher... Aber ich schweige, Frau Hofrätin, ich weiß wohl, es kommt mir nicht zu, – wenngleich ja die Wahrheit ist, daß ein so sentimentalisches Werk wie dieses allen Menschen gehört und Hoch und Niedrig mit den innigsten Wallungen beschenkt, während allerdings auf Producte wie Iphigenia und die Natürliche Tochter vielleicht nur die höheren Schichten Prätensionen mögen machen dürfen. Wenn ich denke, wie oft Madame Mager und ich uns zusammen bei der Abendkerze mit zerflossenen Seelen über diese himmlischen Blätter gebückt haben, und mir in einem damit klar mache, daß in diesem Augenblick die weltberühmte und unsterbliche Heldin derselben mir in voller Leiblichkeit, als ein Mensch wie ich... Ums Himmels willen, Frau Hofrätin!« rief er und schlug sich mit der Hand vor die Stirn. »Ich rede und rede, und jählings schießt es mir ein siedend heiß, daß ich ja noch nicht einmal gefragt habe, ob Frau Hofrätin denn überhaupt schon Kaffee getrunken haben!«

»Danke, mein Freund«, erwiderte die alte Dame, die dem Erguß des Biedermannes verhaltenen Blickes und dabei mit leicht zuckendem Munde zugehört hatte. »Wir haben das zeitig getan. Im Übrigen, mein lieber Herr Mager, gehen Sie viel zu weit bei Ihren Gleichsetzungen und übertreiben gewaltig, wenn Sie mich oder auch nur das junge Ding, das ich einmal war, einfach mit der Heldin jenes vielbeschriebenen Büchleins verwechseln. Sie sind der Erste nicht, den ich darauf hinweisen muß; ich predige es vielmehr seit vierundvierzig Jahren. Jene Romanfigur, die freilich ein so ausgebreitetes Leben, eine so entschiedene und gefeierte Wirklichkeit gewonnen hat, daß Einer kommen und sagen könnte, sie sei die Eigentliche und Wahre von uns beiden, was ich mir aber denn doch verbitten wollte, – dies Mädchen unterscheidet sich gar sehr von meinem einstigen Selbst, – mein gegenwärtiges ganz bei Seite zu lassen. So sieht ja ein jeder, daß ich blaue Augen habe, während Werthers Lotte bekanntlich schwarzäugig ist.«

»Eine dichterische Licenz!« rief Mager. »Man müßte ja nicht wissen, was das ist, – eine dichterische Licenz! Und sie vermag doch, Frau Hofrätin, von der waltenden Identität kein Titelchen abzudingen! Möge der Dichter sich ihrer zum Zweck eines gewissen cache-cache bedient haben, um ein wenig die Spur zu verwischen...«

»Nein«, sagte die Hofrätin mit abweisendem Kopfschütteln, »die schwarzen Augen kommen woanders her.«

»Und wenn auch!« eiferte Mager. »Sei es auch so, daß diese Identität durch solche winzigen Abweichungen ein wenig abgeschwächt wird...«

»Es gibt viel größere«, schaltete die Hofrätin nachdrücklich ein.

»– so bleibt doch völlig unangetastet die andere, mit jener sich überkreuzende und von ihr untrennbare, – die Identität mit sich selbst, will sagen: mit jener ebenfalls legendären Person, von welcher der große Mann uns noch kürzlich in seinen Erinnerungen ein so innig Bildnis gemacht hat, und wenn Frau Hofrätin nicht bis aufs letzte Titelchen die Lotte Werthers sind, so sind Sie doch aufs Haar und ohne jeden Abzug die Lotte Goe –«

»Mein Wertester«, sagte die Hofrätin Einhalt gebietend. »Es hat einigen Aufenthalt gegeben, bis Sie die Freundlichkeit hatten, uns unser Zimmer zu zeigen. Es entgeht Ihnen offenbar, daß Sie uns jetzo hindern, davon Besitz zu nehmen.«

»Frau Hofrätin«, bat der Kellner des »Elephanten« mit gefalteten Händen, »vergeben Sie mir! Vergeben Sie einem Manne, der... mein Benehmen ist unverzeihlich, ich weiß es, und dennoch bitte ich um Ihre Absolution. Ich werde durch meine sofortige Entfernung... Es reißt mich ja«, sagte er, »es reißt mich ja ohnedies, von aller Rücksicht und Schicklichkeit abgesehen, längst von hier dahin und dorthin; denn wenn ich denke, daß Frau Elmenreich bis zu diesem Augenblick sicher noch keine Ahnung hat, da sie bis jetzt wohl kaum einen Blick auf die Gästetafel geworfen und selbst ein solcher vielleicht ihrem schlichten Sinn... Und Madame Mager, Frau Hofrätin! Wie reißt es mich längst zu ihr in die Küche, um ihr die große städtische und literärische Neuigkeit brühheiß... Dennoch, Frau Hofrätin, und gerade um die herzbewegende Neuigkeit zu vervollständigen, wage ich es, um Vergebung zu bitten für noch eine einzige Frage... Vierundvierzig Jahre! Und Frau Hofrätin haben den Herrn Geheimen Rat in diesen vierundvierzig Jahren nicht wiedergesehen?«

»So ist es, mein Freund«, antwortete sie. »Ich kenne den jungen Rechtspraktikanten Dr. Goethe aus der Gewandsgasse zu Wetzlar. Den Weimarischen Staatsminister, den großen Dichter Deutschlands habe ich nie mit Augen gesehen.«

»Es übernimmt einen!« hauchte Mager. »Es übernimmt den Menschen, Frau Hofrätin! Und so sind denn Frau Hofrätin nun also nach Weimar gekommen, um –«

»Ich bin«, unterbrach ihn die alte Dame etwas von oben, »nach Weimar gekommen, um nach vielen Jahren meine Schwester, die Kammerrätin Ridel wiederzusehen und ihr auch meine Tochter Charlotte zu bringen, die aus dem Elsaß, wo sie lebt, zu Besuch bei mir ist und mich auf dieser Reise begleitet. Mit meiner Jungfer sind wir zu dritt, – wir können meiner Schwester, die selbst Familie hat, nicht als Logiergäste zur Last fallen. So sind wir im Gasthofe abgestiegen, werden aber schon zu Tische bei unseren Lieben sein. Ist Er's zufrieden?«

»Wie sehr, Frau Hofrätin, wie sehr! – Obgleich wir auf diese Weise darum kommen, die Damen an unserer Table d'hôte... Herr und Frau Kammerrat Ridel, Esplanade 6, – o, ich weiß. Die Frau Kammerrätin ist also eine geborene – aber ich wußte es ja! Die Verhältnisse und die Beziehungen waren mir ja bekannt, nur daß ich sie mir nicht gegenwärtig... Du Grundgütiger, die Frau Kammerrätin befand sich also unter jener Kinderschar, die Frau Hofrätin im Vorsaal des Jagdhauses umdrängten, als Werther zum ersten Male dort eintrat, und die ihre Händchen nach dem Vesperbrot streckten, welches Frau Hofrätin...«

»Mein lieber Freund«, fiel Charlotte ihm wieder ins Wort, »es gab keine Hofrätin in jenem Jagdhause. Bevor Sie nun auch unserm Clärchen, das darauf wartet, gefälligst ihr Kämmerlein zeigen, sagen Sie uns lieber: Ist es weit von hier nach der Esplanade?«

»Nicht im geringsten, Frau Hofrätin. Eine Kleinigkeit von einem Wege. Bei uns in Weimar gibt es dergleichen wie weite Wege nicht; unsere Größe beruht im Geistigen. Ich selbst bin mit Freuden erbötig, die Damen vor das Haus der Frau Kammerrätin zu geleiten, wenn dieselben nicht vorziehen, sich einer Mietskutsche oder Portechaise zu bedienen, woran es in unserer Residenz nicht mangelt... Aber noch eins, Frau Hofrätin, nur dieses Eine noch! Nichtwahr, wenn auch Frau Hofrätin in erster Linie zu Besuch von Dero Frau Schwester nach Weimar gekommen sind, so werden Frau Hofrätin doch zweifellos Gelegenheit nehmen, auch am Frauenplan –«

»Das findet sich, mein Lieber, das findet sich! Mach' Er nun und bring' Er die Mamsell hier in dem ihren unter, denn ich werde sie baldigst brauchen.«

»Ja, und sag' Er mir unterwegs«, zwitscherte die Kleine, »wo der Mann wohnt, der den herrlichen Rinaldo geschrieben hat, das touchante Romanbuch, das ich wohl schon fünf Mal verschlungen, und ob man ihm wohl, wenn man Glück hat, auf der Straße begegnen kann!«

»Soll geschehen, Mamsell, soll gern geschehen«, erwiderte Mager zerstreut, indem er sich mit ihr zur Tür wandte. Aber hier tat er sich noch einmal Einhalt, stemmte bremsend ein Bein auf den Boden und hielt der Balance halber das andere in die Luft.

»Auf ein Wort noch, Frau Hofrätin!« bat er. »Auf ein einzig letztes und rasch zu beantwortendes Wörtchen! Frau Hofrätin müssen begreifen – Man steht unverhofft vor dem Urbilde, es ist einem beschieden, an der Quelle selbst – man muß es wahrnehmen, man darf es nicht ungenützt – Frau Hofrätin, nicht wahr, jenes letzte Gespräch vor Werthers Abreise, jene herzaufwühlende Szene zu dritt, wo von der seligen Mutter die Rede war und von der Todestrennung und Werther Lottens Hand festhält und ausruft: Wir werden uns wiedersehen, uns finden, unter allen Gestalten werden wir uns erkennen! – nicht wahr, sie beruht auf Wahrheit, der Herr Geheime Rat hat's nicht erfunden, es hat sich wirklich so zugetragen?!«

»Ja und nein, mein Freund, ja und nein«, sagte die Bedrängte gütig, mit zitterndem Kopfe. »Geh' Er nun! Geh' Er!«

Und der Aufgeregte enteilte mit Clärchen, dem Kätzchen.

Charlotte seufzte tief auf, indem sie sich des Hutes entledigte.

Ihre Tochter, die während des vorangegangenen Gespräches beschäftigt gewesen war, ihre und ihrer Mutter Kleider ins Spind zu hängen und den Inhalt der Necessaires auf dem Toilettetisch, den Simsen der Waschtischchen zu verteilen, blickte spöttisch zu ihr hinüber.

»Da hast Du«, sagte sie, »Deinen Stern entblößt. Der Effect war nicht übel. «

»Ach Kind«, erwiderte die Mutter, »was Du meinen Stern nennst, und was mehr ein Kreuz ist, wobei es ja immerhin ein Orden bleiben mag, – der kommt zum Vorschein ohne mein Zutun, ich kann's nicht hindern und ihn nicht verbergen. «

»Ein wenig länger, liebe Mama, wenn nicht für die ganze Dauer dieses etwas extravaganten Aufenthaltes, hätte er allenfalls verhüllt bleiben können, wenn wir doch lieber bei Tante Amalie logiert hätten anstatt im öffentlichen Gasthofe. «

»Du weißt sehr gut, Lottchen, daß das nicht anging. Dein Onkel, Deine Tante und Deine Cousinen haben keinen Überfluß an Raum, ob sie auch – oder eben weil sie – in vornehmer Gegend wohnen. Es war unmöglich, ihnen zu drei Personen ins Haus zu fallen und sie, sei es auch nur für einige Tage, zum unbehaglichsten Zusammenrücken zu nötigen. Dein Onkel Ridel hat sein Auskommen als Beamter, aber es haben ihn schwere Schläge getroffen, anno sechs hat er alles verloren, er ist kein reicher Mann, und es würde sich keineswegs für uns ziemen, ihm auf der Tasche zu liegen. Daß es mich aber verlangt, meine jüngste Schwester, unsere Mali, endlich einmal wieder in die Arme zu schließen und mich des Glückes zu freuen, das sie an der Seite ihres wackeren Mannes genießt, wer will mir das verargen? Vergiß nicht, daß ich mich diesen lieben Verwandten vielleicht sehr nützlich erweisen kann. Dein Onkel macht sich Hoffnungen auf den Posten eines großherzoglichen Kammerdirectors, – durch meine Verbindungen und alten Freundschaften kann ich möglicherweise hier an Ort und Stelle seine Wünsche wirksam befördern. Und ist nicht der Augenblick, wo Du, mein Kind, nach zehnjähriger Trennung wieder einmal an meiner Seite bist und mich begleiten kannst, der allergeschickteste für diese Besuchsreise? Soll das eigentümliche Schicksal, das mir zuteil geworden, mich hindern dürfen, den rechtmäßigsten Trieben meines Herzens zu folgen?«

»Gewiß nicht, Mama, gewiß nicht.«

»Wer konnte auch denken«, fuhr die Hofrätin fort, »daß wir sogleich würden einem solchen Enthusiasten in die Arme laufen wie diesem Ganymedes im Backenbart? Da beklagt sich der Goethe in seinen Memoires über die Plage, die er immerfort mit der Neugier der Leute gehabt, welches die rechte Lotte denn sei und wo sie wohne, und daß er sich vor dem Zudrang durch kein Incognito habe schützen können, – eine wahre Pönitenz nennt er's, glaub' ich, und meint, wenn er sich denn versündigt habe mit seinem Büchlein, so hab' er die Sünde büßen müssen gründlich und über Gebühr. Aber da sieht man's, daß die Männer – und die Poeten nun gar – nur an sich denken; denn er bedenkt nicht, daß wir die Neugiersnot auch noch auszustehen haben wie er, zu allem andern dazu, was er uns angetan, Deinem guten seligen Vater und mir, mit seiner heillosen Vermischung von Dichtung und Wahrheit...«

»Von schwarzen und blauen Augen.«

»Wer den Schaden hat, braucht für den Spott nicht zu sorgen, am wenigsten für den seines Lottchens. Mußt' ich's dem tollen Menschen doch verweisen, daß er mich so geradehin, wie ich da leibe und lebe, für Werthers Lotte nähme.«

»Er war impertinent genug, Dich über die Unstimmigkeit damit zu trösten, daß er Dich Goethe's Lotte nannte.«

»Auch das, mein' ich wohl, habe ich ihm nicht durchgehen lassen, sondern es ihm mit unverhohlenem Unwillen verwiesen. – Ich müßte dich nicht kennen, mein Kind, um nicht zu fühlen, daß ich nach Deiner strengeren Gesinnung den Mann von Anbeginn hätte kürzer im Zügel halten sollen. Aber sage mir, wie? Indem ich mich verleugnete? Indem ich ihn bedeutete, daß ich von mir und meinen Bewandtnissen nicht wissen wolle? Aber hab' ich auch ein Verfügungsrecht über diese Bewandtnisse, die nun einmal der Welt gehören? – Du, mein Kind, bist eine so andere Natur als ich, – laß mich hinzufügen, daß das meine Liebe zu Dir um kein Quentchen mindert. Du bist nicht das, was man leutselig nennt – und was sich von Opferwilligkeit, von der Bereitschaft sein Leben für andre hinzugeben noch gar sehr unterscheidet. Sogar schien es mir oft, als ob ein Leben des Opfers und des Dienstes an anderen eine gewisse Herbigkeit, ja, sagen wir ohne Lob und Tadel, oder selbst mit mehr Lob als Tadel: eine gewisse Härte zeitigte, die die Leutseligkeit wenig befördert. Du kannst, mein Kind, an meiner Achtung vor Deinem Charakter so wenig als an meiner Liebe zweifeln. Seit zehn Jahren bist Du im Elsaß der gute Engel Deines armen, lieben Bruders Karl, der seine junge Frau und ein Bein verlor – ein Unglück kömmt selten allein. Was wäre er ohne Dich, mein armer, heimgesuchter Junge! Du bist ihm Pflegerin, Helferin, Hausfrau und Waisenmutter den Kindern. Dein Leben ist Arbeit und selbstloser Liebesdienst, – wie hätte nicht sollen ein Zug von Ernst sich darin eingraben, der müßiger Fühlsamkeit widersteht, bei sich und andern. Du hältst von Ächtheit mehr als von Interessantheit – wie tust Du recht daran! Die Beziehungen zur großen Welt der Leidenschaften und des schönen Geistes, die unser Teil geworden sind –«

»Unser? Ich unterhalte solche Beziehungen nicht.«

»Mein Kind, die werden uns bleiben und unserm Namen anhaften bis ins dritte und vierte Glied, ob's uns lieb ist oder leid. Und wenn warmherzige Menschen uns anliegen um ihretwillen, begeisterte oder auch nur neugierige – denn wo ist da die Grenze zu ziehen, – haben wir ein Recht, mit uns zu geizen und die Inständigen schnöde zurückzustoßen? Sieh, hier ist der Unterschied zwischen unseren Naturen. Auch mein Leben war ernst, und an Verzicht hat's ihm nicht ganz gefehlt. Ich war Deinem teuren, unvergeßlichen Vater, glaube ich, eine gute Frau, ich habe ihm elf Kinder geboren und neune aufgezogen zu ehrbaren Menschen, denn zwei mußt' ich hingeben. Auch ich habe Opfer gebracht, in Tun und Leiden. Aber die Leutseligkeit oder die Gutmütigkeit, wie Du es tadelnd nennen magst, hat mir das nicht verkümmert, des Lebens Härte hat mich nicht hart gemacht, und so einem Mager den Rücken zu drehen und ihm zu sagen: ›Narre, laß Er mich in Ruh!‹ – ich bring' es nun einmal nicht über mich.«

»Du sprichst genau«, erwiderte Lotte, die Jüngere, »liebe Mama, als hätte ich Dir einen Vorwurf gemacht und mich unkindlich vor Dir überhoben. Ich habe ja gar den Mund nicht aufgetan. Ich ärgere mich, wenn die Leute Deine Güte und Geduld auf so harte Proben stellen, wie die eben bestandene, und Dich erschöpfen mit ihrer Aufregung – willst Du mir den Ärger verargen? – Dies Kleid hier«, sagte sie und hielt eine eben dem Gepäck der Mutter entnommene Robe, weiß, mit Schleifen, mit blaßroten Schleifen geziert, in die Höhe, »sollte man es nicht doch ein wenig aufplätten, bevor Du es etwa anlegst? Es ist arg zerdrückt.«

Die Hofrätin errötete, was sie gut und rührend kleidete. Es verjüngte sie merkwürdiger Weise, veränderte ihr Gesicht ins Lieblich-Jungmädchenhafte: man glaubte auf einmal zu erkennen, wie es mit zwanzig Jahren ausgesehen hatte; die zart blickenden blauen Augen unter den ebenmäßig gewölbten Brauen, das fein gebogene Näschen, der angenehme kleine Mund gewannen in dem Licht, der rosigen Tönung dieses Errötens für einige Sekunden den reizenden Sinn zurück, den sie einst besessen; des Amtmanns wackeres Töchterchen, die Mutter seiner Kleinen, die Ballfee von Volpertshausen trat unter diesem Alt-Damen-Erröten überraschend noch einmal hervor.

Da Madame Kestner ihren schwarzen Umhang abgelegt hatte, stand sie in einem Kleide da, ebenso weiß wie das freilich gesellschaftlichere, das man ihr vorzeigte. Sie trug bei wärmerer Jahreszeit (und die Witterung war noch sommerlich) aus eigentümlicher Liebhaberei stets weiße Kleider. Dasjenige aber in der Hand der Tochter wies blaßrote Schleifen auf.

Unwillkürlich hatten beide sich abgewandt, die Ältere, wie es schien, von dem Kleide, die Junge von dem Erröten der Mutter, das ihr um seiner Holdheit und seiner verjüngenden Wirkung peinlich war.

»Nicht doch«, antwortete die Hofrätin auf den Vorschlag Charlottens. »Machen wir keine Umstände! Diese Art Crêpe hängt sich im Schranke rasch wieder zurecht, und wer weiß denn auch, ob ich überhaupt dazu komme, das Fähnchen zu tragen.«

»Warum solltest Du nicht«, sagte die Tochter, »und wozu sonst hättest Du es mitgebracht? Aber eben weil Du es gewiß bei einer und der anderen Gelegenheit anlegen wirst, laß mich, liebe Mama, auf meine bescheidene Frage zurückkommen, ob Du Dich nicht doch entschließen solltest, die ein wenig lichten Brust- und Ärmelschleifen durch etwas dunklere, sagen wir: solche in schönem Lila zu ersetzen. Es wäre so rasch getan...«

»Ach, höre doch auf, Lottchen!« versetzte die Hofrätin mit einiger Ungeduld. »Du verstehst, mein Kind, auch gar keinen Spaß. Ich möchte wissen, warum Du mir durchaus den kleinen sinnigen Scherz, die zarte Anspielung und Aufmerksamkeit verwehren willst, die ich mir ausgedacht habe. Laß dir sagen, daß ich tatsächlich wenig Menschen kenne, die des Sinnes für Humor so sehr entbehren wie Du.«

»Man sollte bei niemandem«, erwiderte die Tochter, »den man nicht kennt oder nicht mehr kennt, diesen Sinn ohne Weiteres voraussetzen.«

Charlotte, die Ältere, wollte noch etwas zurückgeben, aber ihr Gespräch wurde durch die Rückkunft Clärchens unterbrochen, die heißes Wasser brachte und munter berichtete, die Jungfer der Frau Gräfin Larisch droben sei gar kein uneben Ding, mit der sie sich wohl stellen wolle, und außerdem habe der komische Herr Mager ihr fest versprochen, daß sie den Bibliothekar Vulpius, welcher den herrlichen »Rinaldo« verfaßt habe und der übrigens ein Schwager des Herrn von Goethe sei, unbedingt zu sehen bekommen solle: wenn er zu Amte gehe, wolle er ihn ihr zeigen, und sogar sein Söhnchen, das nach dem Helden des berühmten Romans Rinaldo heiße, werde sie auf dem Schulwege beobachten können.

»Alles gut«, sagte die Hofrätin, »aber es ist hoch an der Zeit, daß ihr beide euch nun, Du, Lottchen, in Clärchens Begleitung, nach der Esplanade zu Tante Amalie aufmacht, ihr unsere Ankunft zu melden. Sie ist sich ihrer wohl noch garnicht vermutend und erwartet sie erst für den Nachmittag oder Abend, weil sie annimmt, wir hätten uns in Gotha bei Liebenau's verweilt, da wir den Aufenthalt für diesmal doch übersprangen. Geh, Kind, laß Clärchen den Weg erfragen, küß mir im Voraus die liebe Tante und freunde Dich unterdessen schon mit den Cousinen an. Ich alte Frau muß mich nun unbedingt erst einmal eine Stunde oder zweie aufs Bett legen und folge euch, sobald ich mich etwas erquickt.«

Sie küßte die Tochter wie zur Versöhnung, bedankte mit einem Winken den Abschiedsknicks des Zöfchens und sah sich allein. Auf dem Spiegeltisch gab es Tinte und Federn. Sie setzte sich, nahm ein Blättchen, tauchte ein und schrieb mit eilender Hand und leicht zitterndem Kopfe die vorbereiteten Worte:

»Verehrter Freund! Zu Besuch meiner Schwester mit meiner Tochter Charlotte auf einige Tage in Ihrer Stadt, ist es mein Wunsch, Ihnen mein Kind zuzuführen, wie es mich denn freuen würde, wieder in ein Antlitz zu blicken, das, während wir beide, ein jeder nach seinem Maße, das Leben bestanden, der Welt so bedeutend geworden ist. – Weimar, Hôtel zum Elephanten, den 22. September 16. – Charlotte Kestner geb. Buff.«

Sie gab Streusand, ließ ablaufen, faltete das Blatt, indem sie geschickt die gefalzten Enden in einander schob, und schrieb die Adresse. Dann zog sie die Klingel.

Zweites Kapitel

Charlotte fand lange die Ruhe nicht, die – sie wohl nicht einmal aufrichtig suchte. Zwar verhüllte sie, nachdem sie die oberen Kleider abgelegt und sich, mit einem Plaid bedeckt, auf einem der Betten unter dem kleinen Mullhimmel ausgestreckt hatte, ihre Augen gegen die Helligkeit der Fenster, die ohne dunklere Vorhänge waren, mit einem Schnupftuch und hielt darunter die Lider geschlossen. Dabei aber trachtete sie nach ihren Gedanken, die ihr das Herz klopfen machten, mehr, als nach dem vernünftiger Weise wünschenswerten Schlummer, und dies umso entschiedener, als sie diese Unweisheit als jugendlich, als Beweis und Merkmal innerster Unverwüstlichkeit, Unveränderlichkeit durch die Jahre empfand und sich mit heimlichem Lächeln darin gefiel. Was jemand ihr einst geschrieben, auf einem Abschiedszettel: »Und ich, liebe Lotte, bin glücklich in Ihren Augen zu lesen, Sie glauben, ich werde mich nie verändern –,« ist der Glaube unserer Jugend, von dem wir im Grunde niemals lassen, und daß er Stich gehalten habe, daß wir immer dieselben geblieben, daß Altwerden ein Körperlich-Äußerliches sei, und nichts vermöge über die Beständigkeit unseres Innersten, dieses närrischen, durch die Jahrzehnte hindurchgeführten Ich, ist eine Beobachtung, die anzustellen unseren höheren Tagen nicht mißfällt, – sie ist das heiterverschämte Geheimnis unserer Alterswürde. Man war eine sogenannte alte Frau, nannte sich spöttisch auch selber so und reiste mit einer neunundzwanzigjährigen Tochter, die noch dazu das neunte Kind war, das man dem Gatten geboren. Aber man lag hier und hatte Herzklopfen genau wie als Schulmädel vor einem tollen Streich. Charlotte stellte sich Betrachter vor, die das reizend gefunden hätten.

Wer lieber nicht vorzustellen war als Beobachter dieser Herzensbewegung, war Lottchen, die Jüngere. Trotz dem Versöhnungskuß hörte die Mutter nicht auf, ihr zu zürnen der »humorlosen« Kritik wegen, die sie an dem Kleide, den Schleifen geübt, und die im Grunde dieser ganzen, so würdig-natürlich zu begründenden und dennoch von ihr als »extravagant« beurteilten Reise galt. Es ist unangenehm, jemanden auf Reisen zu führen, der zu scharfblickend ist, um zu glauben, daß man seinetwegen reist, sondern sich als vorgeschoben erachtet. Denn ein unangenehmer, ein kränkender Scharfblick ist das, ein Scheelblick vielmehr, der von den verschlungenen Motiven einer Handlung nur die zart verschwiegenen sieht und nur diese wahr haben will, die präsentablen und sagbaren aber, so ehrenwert sie seien, als Vorwände verspottet. Charlotte empfand mit Groll das Beleidigende solcher, ja vielleicht aller Seelenkunde und hatte nichts andres im Sinn gehabt, als sie der Tochter Mangel an Leutseligkeit vorgehalten.

Haben denn sie, die Scharfblickenden, dachte sie, nichts zu fürchten? Wie, wenn man den Spieß umkehrte und die Motive ihres Spürsinns zu Tage zöge, die sich vielleicht nicht ganz in Wahrheitsliebe erschöpfen? Lottchens ablehnende Kälte, – nun, auch sie mochte ein boshafter Scharfblick durchschauen, auch sie bot zu Einblicken Anlaß, und nicht zu sonderlich gewinnenden. Erlebnisse, wie sie ihr, der Mutter zuteil geworden, waren diesem hochachtenswerten Kinde nun einmal nicht beschieden gewesen, noch würden sie ihm seiner Natur nach je beschieden sein: ein Erlebnis wie das berühmte zu Dritt, welches so fröhlich, so friedlich begonnen hatte, dann aber dank der Tollheit des einen Teiles ins Quälend-Verwirrende ausgeartet und zu einer großen, redlich überwundenen Versuchung für ein wohlschaffen Herz geworden war, – um eines Tages, o stolzes Entsetzen, aller Welt kundzuwerden, ins Überwirkliche aufzusteigen, ein höheres Leben zu gewinnen und so die Menschen aufzuwühlen und zu verwirren wie einst ein Mädchenherz, ja, eine Welt in ein oft gefährlich gescholtenes Entzücken zu versetzen.

Kinder sind hart und unduldsam, dachte Charlotte, gegen das Eigenleben der Mutter: aus einer egoistisch verbietenden Pietät, die fähig ist, aus Liebe Lieblosigkeit zu machen, und die nicht löblicher wird, wenn einfach weiblicher Neid sich darein mischt, – Neid auf ein mütterliches Herzensabenteuer, der sich als spöttischer Widerwille gegen die weitläufigen Ruhmesfolgen des Abenteuers verkleidet. Nein, das gestrenge Lottchen hatte so furchtbar Schönes und schuldhaft Todsüßes nie erfahren wie ihre Mutter an dem Abend, als der Mann in Geschäften verritten gewesen und Jener gekommen war, obgleich er vor Weihnachtsabend nicht mehr hatte kommen sollen; als sie vergeblich zu Freundinnen geschickt und allein mit ihm hatte bleiben müssen, der ihr aus dem Ossian vorgelesen hatte und beim Schmerze der Helden überwältigt worden war von seinem eigenen allerdüstersten Jammer; als der liebe Verzweifelte zu ihren Füßen hingesunken war und ihre Hände an seine Augen, seine arme Stirn gedrückt hatte, da denn sie sich von innigstem Mitleid hatte bewegen lassen, auch seine Hände zu drücken, unversehens ihre glühenden Wangen sich berührt hatten und die Welt ihnen hatte vergehen wollen unter den wütenden Küssen, mit denen sein Mund auf einmal ihre stammelnd widerstrebenden Lippen verbrannt hatte...

Da fiel ihr ein, daß sie es auch nicht erfahren hatte. Es war die große Wirklichkeit, und unterm Tüchlein brachte sie sie mit der kleinen durcheinander, in der es so stürmisch nicht zugegangen war. Der tolle Junge hatte ihr eben nur einen Kuß geraubt – oder, wenn dieser Ausdruck zu ihrer beider Stimmung von damals nicht passen wollte: er hatte sie von Herzen geküßt, halb Wirbelwind, halb Melancholicus, beim Himbeersammeln, in der Sonne, – sie geküßt rasch und innig, begeistert und zärtlich begierig, und sie hatt' es geschehen lassen. Dann aber hatte sie sich hienieden geradeso vortrefflich benommen wie droben im Schönen, – ja, eben darum durfte sie dort für immer eine so schmerzlich edle Figur machen, weil sie sich hier zu verhalten gewußt hatte wie auch die pietätvollste Tochter es nur verlangen konnte. Denn es war in aller Herzlichkeit ein wirrer und sinnloser, ein unerlaubter, unzuverlässiger und wie aus einer anderen Welt kommender Kuß gewesen, ein Prinzen- und Vagabundenkuß, für den sie zu schlecht und zu gut war; und hatte der arme Prinz aus Vagabundenland auch Tränen danach in den Augen gehabt und sie ebenfalls, so hatte sie doch in ehrlich untadligem Unwillen zu ihm gesagt: »Pfui, schäm' Er sich! Daß Er sich so etwas nicht noch einmal beikommen läßt, sonst sind wir geschiedene Leute! Dies bleibt nicht zwischen uns, daß Er's weiß. Noch heute sag' ich es Kestnern.« Und wie er auch gebeten hatte, es nicht anzusagen, so hatte sie es doch an dem Tage noch ihrem Guten redlich gemeldet, weil er's wissen mußte: nicht sowohl, daß jener es getan, als daß sie es hatte geschehen lassen; worauf sich denn Albert doch recht peinlich berührt gezeigt hatte und sie im Lauf des Gesprächs, auf Grund ihrer vernünftig-unverbrüchlichen Zusammengehörigkeit zu dem Beschlusse gelangt waren, den lieben Dritten nun denn doch etwas kürzer zu halten und ihm die wahre Sachlage entschieden bemerklich zu machen.

Unter ihren Lidern sah sie noch heute, nach soviel Jahren, mit erstaunlicher Deutlichkeit die Miene vor sich, die er bei dem überaus trockenen Empfang gemacht, den ihm die Brautleute am Tage nach dem Kuß und namentlich am übernächsten Tage bereitet, als er abends um zehne, da sie miteinander vorm Hause saßen, mit Blumen gekommen war, die so unachtsam waren aufgenommen worden, daß er sie weggeworfen und sonderbaren Unsinn peroriert, in Tropen geredet hatte. Er konnte ein merkwürdig langes Gesicht haben damals unter seinem gepuderten, über den Ohren gerollten Haar: mit großer, betrübter Nase, dem schmalen Schatten des Schnurrbärtchens über einem Frauenmündchen und schwachem Kinn, auch traurig bittenden braunen Augen dazu, klein wirkend gegen die Nase, aber mit auffallend hübschen seidig-schwarzen Brauen darüber.

So hatte er dreingeschaut den dritten Tag nach dem Kuß, als sie, dem Ratschluß gemäß, ihm in dürren Worten erklärt hatte, damit er sich danach richte: daß er nie etwas andres werde zu hoffen haben von ihr als gute Freundschaft. Hatte er denn das nicht gewußt, – da ihm bei dem klaren Entscheid geradezu die Wangen eingefallen waren und er so blaß geworden war, daß Augen und Seidenbrauen sich in sehr dunklem Kontrast aus dieser Blässe hervorgetan hatten? Die Reisende verbiß ein gerührtes Lächeln unter ihrem Tuch, indem sie sich dieser unvernünftig enttäuschten Kummermiene erinnerte, von welcher sie Kestnern nachher eine Beschreibung gemacht, die nicht wenig zu dem Entschluß beigetragen hatte, dem lieben, närrischen Menschen zum Doppelgeburtstag, seinem und Kestners, dem verewigten 28. August, zusammen mit dem Taschen-Homer die Schleife zu senden, eine Schleife vom Kleide, damit er auch etwas habe...

Charlotte errötete unter dem Tüchlein, und der Schlag ihres dreiundsechzigjährigen Schulmädelherzens verstärkte, beschleunigte sich wieder. Dies wußte Lottchen, die Jüngere, noch nicht, daß ihre Mutter in der Sinnigkeit so weit gegangen war, an der Brust des vorbereiteten Kleides, der Nachahmung des Lottekleides, die fehlende Schleife auszusparen. Sie fehlte, ihr Platz war leer, denn Jener besaß sie, der Entbehrende, dem sie sie im Einvernehmen mit ihrem Verlobten zum Trost hatte zukommen lassen, und der das gutmütig gespendete Andenken mit tausend ekstatischen Küssen bedeckt hatte... Die Pflegerin Bruder Carls mochte nur kritisch die Mundwinkel senken, wenn sie diese Einzelheit der mütterlichen Erfindung entdeckte! Zu ihres Vaters Ehren war sie erdacht worden, des Guten, Getreuen, der einst das Geschenk nicht nur gebilligt, sondern es selber angeregt und trotz allem, was er auch um des ungebärdigen Prinzen willen gelitten, mit seinem Lottchen geweint hatte, als Er auf und davon war, der ihm beinahe sein Liebstes geraubt.

»Er ist fort«, hatten sie zu einander gesagt, als sie die Zettel gelesen, gekritzelt nachts und am Morgen, – »Ich lasse Euch glücklich und gehe nicht aus Euern Herzen... Adieu, tausendmal adieu!« – »Er ist fort«, sagten sie abwechselnd, und alle Kinder im Haus gingen wie suchend umher und wiederholten betrübt: »Er ist fort!« Die Tränen waren Lotten gekommen beim Lesen der Zettel, und sie hatte ruhig weinen dürfen und nichts zu verbergen brauchen vor ihrem Guten; denn auch ihm waren die Augen feucht gewesen, und nur von dem Freunde hatte er sprechen mögen den ganzen Tag: was für ein merkwürdiger Mensch er sei, barock wohl zuweilen von Wesen, in manchen Stücken nicht angenehm, aber so voller Genie und eigentümlich ergreifender Besonderheit, welche zum Mitleid bewege, zur Sorge und herzlich geneigten Verwunderung.

So der Gute. Und wie dankbar hatte sie sich zu ihm gezogen gefühlt, fester als je an seine Seite, weil er so sprach und es völlig natürlich fand, daß sie weinte um den, der fort war! Wie sie da lag mit geschützten Augen, erneuerte sich in dem unruhigen Herzen der Reisenden diese Dankbarkeit in voller Wärme; ihr Körper bewegte sich als schmiege sie sich an eine verläßliche Brust, und ihre Lippen wiederholten die Worte, die sie damals gesprochen: Es sei ihr lieb, murmelte sie, daß er fort sei, der von außen gekommene Dritte, da sie ihm, was er von ihr gewünscht, doch nicht hätte geben können. Das hörte er gern, ihr Albert, der den Vorrang und höheren natürlichen Glanz des Entschwundenen so stark empfunden hatte wie sie, stark bis zum Irrewerden an ihrer beider vernünftig-zielklarem Glücke, und ihr eines Tages in einem Briefchen das gegebene Wort hatte zurückgeben wollen, daß sie frei wähle zwischen dem Glänzenderen und ihm. Und sie hatte gewählt – und ob sie gewählt hatte! – nämlich wieder nur ihn, den schlicht Ebenbürtigen, den ihr Bestimmten und Zukommenden, ihren Hans Christian: nicht nur, weil Liebe und Treue stärker gewesen waren, als die Versuchung, sondern auch kraft eines tiefgefühlten Schreckens vor dem Geheimnis im Wesen des Anderen, – vor etwas Unwirklichem und Lebensunzuverlässigem in seiner Natur, das sie nicht zu nennen gewußt und gewagt hätte und für das sie erst später ein klagend-selbstanklägerisches Wort gefunden hatte: »Der Unmensch ohne Zweck und Ruh'...« Wie sonderbar nur, daß ein Unmensch so lieb und bieder, ein so kreuzbraver Junge sein konnte, und daß die Kinder nach ihm suchten und sich betrübten: »Er ist fort!«

Eine Menge Sommerbilder jener Tage zogen an ihrem Geist vorüber unter dem Tüchlein, sprangen auf in sprechender, hell besonnter Lebendigkeit und verloschen wieder, – Scenen zu dritt, wenn Kestner einmal vom Amte frei gewesen war und mit ihnen hatte sein können: Spaziergänge am Bergesrücken, wo sie auf den durch Wiesen sich schlängelnden Fluß, das Tal mit seinen Hügeln, auf heitere Dörfer, Schloß und Warte, Kloster- und Burgruine geschaut hatten und Jener, in offenbarem Entzücken mit traulichen Menschen die holde Fülle der Welt zu genießen, von hohen Dingen geredet und in einem damit tausend komödiantische Possen getrieben hatte, sodaß die Brautleute vor Lachen kaum weiter hatten gehen können; Stunden des Buches in der Wohnstube oder im Grase, wenn er ihnen aus seinem geliebten Homer oder dem Fingal-Liede vorgelesen und plötzlich, in einer Art Begeisterungszorn, die Augen voll Tränen, das Buch hingeworfen und mit der Faust aufgeschlagen hatte, dann aber, da er ihre Betretenheit sah, in ein fröhlich gesundes Lachen ausgebrochen war... Scenen zu zweit, zwischen ihm und ihr, wenn er ihr in der Wirtschaft, im Krautfelde geholfen, mit ihr Bohnen geschnitten oder im Deutschordensgarten mit ihr Obst abgenommen hatte, – ganz guter Kerl und lieber Kamerad, mit einem Blick oder zügelnden Wort rasch wieder ins Rechte zu bringen, wenn er sich ins Schmerzliche hatte gehen lassen wollen. Sie sah und hörte das alles, sich, ihn, Gebärden und Mienenspiel, Zurufe, Anweisungen, Erzählungen, Scherze, »Lotte!« und »Bestes Lottchen!« und »Laß Er die Fisimatenten! Steig' Er lieber hinauf und werf' Er mir in den Korb herunter!« Das Merkwürdige aber war, daß all diese Bilder und Erinnerungen ihre außerordentliche Deutlichkeit und Leuchtkraft, die genaue Fülle ihrer Détails sozusagen nicht aus erster Hand hatten; daß das Gedächtnis ursprünglich keineswegs so sehr darauf ausgewesen war, sie so ins Einzelne zu bewahren, sondern sie erst später aus seiner Tiefe, Teilchen für Teilchen, Wort für Wort hatte hergeben müssen. Sie waren erforscht, rekonstruiert, mit sämtlichem Drum und Dran genauestens wieder hervorgebracht, blank aufgefirnißt und gleichsam zwischen Leuchter gestellt, um der Bedeutung willen, die sie wider alles Vermuten nachträglich gewonnen hatten.

Unter dem Herzklopfen, das sie erzeugten, dieser begreiflichen Begleiterscheinung einer Reise ins Jugendland, verflossen sie in einander, wurden zu krausem Traumgefasel und gingen unter in einem Schlummer, der nach überfrühem Tagesbeginn und rumpelnder Reise die Sechzigjährige an die zwei Stunden umfangen hielt.

Während sie schlief, ihres Zustandes tief vergessen, des fremden Gasthofzimmers, wo sie lag, dieser nüchternen Poststation auf der Reise ins Jugendland, schlug es zehn und halb 11 von der Hofkirche St. Jakob, und sie schlief noch weiter. Ihr Erwachen geschah von selbst, ehe man sie weckte, aber doch wohl unter dem geheimen Einfluß der sich nähernden äußeren Störung und ihr zuvorkommend aus einer inneren Bereitschaft, die weniger gespannt und empfindlich gewesen wäre, wenn sich nicht das halb freudige, halb beklemmende Vorgefühl damit verbunden hätte, daß die Wachheitsforderung nicht von der Seite ihrer wartenden Schwester, sondern aus erregenderen Anspruchsbereichen komme.

Sie saß auf, sah nach der Zeit, erschrak ein wenig über die vorgeschrittene Stunde und dachte nicht anders, als daß sie sich nun schleunigst auf den Weg zu ihren Verwandten machen müsse. Eben hatte sie mit der Wiederherstellung ihrer Toilette begonnen, als es klopfte.

»Was gibt es?« fragte sie an der Tür, einige Gereiztheit und Klage in der Stimme. »Man kann nicht eintreten.«

»Ich bin es nur, Frau Hofrätin«, sprach es draußen. »Es ist lediglich Mager. Um Vergebung, Frau Hofrätin, wenn man dérangiert, allein es wäre hier eine Dame, Miss Cuzzle von Nummer 19, eine englische Dame, ein Gast des Hauses.«

»Nun, und weiter?«

»Ich würde«, redete Mager hinter der Türe, »nicht zu incommodieren wagen, allein Miss Cuzzle hat von der Anwesenheit der Frau Hofrätin in hiesiger Stadt und bei uns erfahren und ersucht dringend, Visite, wenn auch nur eine ganz kurze, ablegen zu dürfen.«

»Sagen Sie der Dame«, erwiderte Charlotte am Spalt, »daß ich nicht angekleidet bin, mich auch entfernen muß, sobald ich es bin, und lebhaft bedauere.«

In einem gewissen Widerspruch zu diesen Worten legte sie dabei einen Frisiermantel um, durchaus gewillt, die Überrumpelung abzuweisen, aber in dem Wunsch, sich nicht einmal bei der Abweisung im Zustande völliger Unbereitschaft zu fühlen.

»Ich brauche es Miss Cuzzle nicht zu sagen«, antwortete Mager auf dem Gange. »Sie hört es selbst, denn sie steht hier neben mir. Die Sache wäre die, daß es Miss Cuzzle höchst dringlich wäre, der Frau Hofrätin, sei es auch nur in Minutenkürze, aufwarten zu dürfen.«

»Aber ich kenne die Dame nicht!« rief Charlotte mit leichter Entrüstung.

»Das ist es gerade, Frau Hofrätin«, versetzte der Kellner. »Miss Cuzzle legt eben das allergrößte Gewicht darauf, sofort Dero Bekanntschaft, in flüchtigster Form, wenn es sein muß, zu machen. She wants to have just a look at you, if you please«, sagte er kunstvoll verstellten Mundes, gleichsam sprachlich in die bittstellende Persönlichkeit eintretend, – was denn für diese das Zeichen zu sein schien, ihre Sache dem Mittelsmann aus den Händen zu nehmen und sie selber zu führen; denn sogleich klang draußen in bewegtem Dudeltudu ihre hohe Kinderstimme auf, die nicht wieder absetzen zu wollen schien, sondern unter laut hervorgehobenen »most interesting« und »highest importance« in unerschöpflichem Flusse weiterging, sodaß die Bedrängte im Zimmer sich langsam überzeugte, am ehesten noch sei dem Einhalt zu tun, indem man sich in das zähe Verlangen der Anstehenden ergebe und sich ihr zeige. Sie hatte garnicht die Absicht, der Zudringlichen den Raub an ihrer Zeit durch sprachliches Entgegenkommen zu erleichtern. Dennoch war sie deutsch genug, ihre Capitulation mit einem halb scherzhaften »Well, come in, please« zu erklären und mußte dann lachen über Magers »Thank you so very much«, mit dem er sich, nach seiner Art, weit mit der Tür ins Zimmer hineinbeugte, um Miss Cuzzle an sich vorbeizulassen.

»Oh dear, oh dear!« sagte die kleine Person, die originell und erfreulich zu sehen war. »You've kept me waiting, Sie haben mich warten lassen, but that is as it should be. Es hat mich schon manchmal viel mehr Geduld gekostet, zum Ziel zu kommen. I am Rose Cuzzle. So glad to see you.« Diesen Augenblick, erklärte sie, habe sie vom Stubenmädchen erfahren, daß sich Mrs. Kestner seit heute morgen in dieser Stadt, diesem Gasthaus, nur ein paar Zimmer von ihrem, befinde, und ohne Umstände habe sie sich zu ihr auf die Beine gemacht. Sie wisse wohl (»I realise«), welche wichtige Rolle Mrs. Kestner spiele in german literature and philosophy. »Sie sind eine berühmte Frau, a celebrity, and that is my hobby, you know, the reason I travel.« Ob dear Mrs. Kestner freundlich genug sein wolle, ihr zu erlauben, daß sie eben rasch ihr reizendes Gesicht in ihr Skizzenbuch aufnähme?

Sie trug dies Buch unterm Arm: Breitformat, Leinendeckel. Ihr Kopf stand voll roter Locken, und hochrot war auch ihr Gesicht mit der sommersprossigen Stumpfnase, den dick, aber sympathisch aufgeworfenen Lippen, zwischen denen weiße, gesunde Zähne schimmerten, den blau-grünen, auf eine ebenfalls sympathische Art zuweilen etwas schielenden Augen. Aus der antikisch hohen Gürtung ihres Kleides aus leichtem, geblümtem Stoff, von dem sie einen faltigen Überfluß, vom Bein hinweg-gerafft, überm Arm trug, schien ihr weit entblößter Busen, sommersprossig wie die Nase, lustig hervorkugeln zu wollen. Um die Schultern trug sie ein Schleiertuch. Charlotte schätzte sie auf fünfundzwanzig Jahre.

»Mein liebes Kind«, sagte sie, etwas verstört in ihrer Bürger-lichkeit durch die muntere Excentrizität der Erscheinung, aber gern bereit, duldsamen Weltsinn walten zu lassen, – »mein liebes Kind, ich weiß das Interesse zu schätzen, das meine bescheidene Person Ihnen einflößt. Lassen Sie mich hinzufügen, daß Ihre Entschlossenheit mir sehr wohl gefällt. Aber Sie sehen, wie we-nig ich gerüstet bin, Besuch zu empfangen, geschweige denn, zu einem Portrait zu sitzen. Ich bin im Begriffe, auszugehen, da liebe Verwandte mich dringend erwarten. Ich freue mich, Ihre Bekanntschaft gemacht zu haben – in all der Kürze, die Sie selber in Vorschlag brachten, und auf der ich zu meinem Bedauern bestehen muß. Wir haben einander gesehen, – ein Mehreres wäre wider die Abrede, und also erlauben Sie mir wohl, den Willkommsgruß sogleich mit dem Lebewohl zu verbinden.«

Es blieb ungewiß, ob Miss Rose ihre Worte auch nur ver-standen hatte; keinesfalls machte sie Miene, ihnen Rechnung zu tragen. Indem sie fortfuhr, Charlotte mit »Dear« anzureden, schwatzte sie unaufhaltsam mit ihren drolligen Polsterlippen, in ihrer bequemen und humorig-weltsicheren Sprache auf sie ein, um ihr Sinn und Notwendigkeit ihres Besuches zu erläutern, sie mit ihrer unternehmenden, einer bestimmten Jagd- und Samm-lerleidenschaft dienstbaren Existenz vertraut zu machen.

Eigentlich war sie Irin. Sie reiste zeichnend, wobei zwischen Zweck und Mittel zu unterscheiden nicht leicht war. Ihr Talent mochte nicht groß genug sein, um der Unterstützung durch die sensationelle Bedeutsamkeit des Gegenstandes entbehren zu können; ihre Lebendigkeit und praktische Regsamkeit zu groß, um sich in stiller Kunstübung genügen zu lassen. So sah man sie immerfort auf der Fahndung nach Sternen der Zeitgeschichte und historisch namhaften Örtlichkeiten, deren Erscheinung sie womöglich nebst der beglaubigenden Unterschrift des Modells und oft unter den unbequemsten Umständen, in ihre Skizzenbücher einfing. Charlotte hörte und sah mit Staunen, wo überall das Mädchen gewesen war. Sie hatte die Brücke von Arcole, die Akropolis von Athen und Kants Geburtshaus zu Königsberg in Kohle aufgenommen. In einer schaukelnden Jolle, für deren Miete sie fünfzig Pfund gezahlt, hatte sie auf der Reede von Plymouth den Kaiser Napoléon auf dem »Bellerophon« gezeichnet, als er, nach dem Diner an Deck gekommen, an der Reling eine Prise genommen hatte. Es war kein gutes Bild, sie gestand es selbst: ein tolles Gedränge von Booten, voll von Hurra schreienden Männern, Frauen und Kindern, rings um sie her, der Wellengang, auch die Kürze des kaiserlichen Aufenthaltes an Deck waren ihrer Tätigkeit recht abträglich gewesen, und der Held, mit Querhut, Westenbauch und gespreizten Rockschößen, sah aus wie in einem Vexierspiegel, von oben nach unten platt zusammengedrückt und lächerlich in die Breite gezerrt. Trotzdem war es ihr gelungen, durch einen ihr bekannten Offizier des Schicksalsschiffes seine Unterschrift, oder das hastige Krickel-Krakel, das dafür gelten mochte, zu erlangen. Der Herzog von Wellington hatte nicht verfehlt, die seine zu spenden. Der Wiener Congreß hatte glänzende Ausbeute gegeben. Die große Schnelligkeit, mit der Miss Rose arbeitete, erlaubte es dem beschäftigtsten Mann, ihr zwischenein zu willfahren. Fürst Metternich, Herr von Talleyrand, Lord Castlereagh, Herr von Hardenberg und mehrere andere europäische Unterhändler hatten es getan. Zar Alexander hatte sein backenbärtiges, mit einer stark skurrilen Nase geschmücktes Bildnis wahrscheinlich darum durch Unterschrift anerkannt, weil die Künstlerin es verstanden hatte, seinem um die Glatze stehenden Schläfenhaar das Ansehen eines offenen Lorbeerkranzes zu geben. Die Portraits der Frau Rahel v. Varnhagen, Professor Schellings und des Fürsten Blücher von Wahlstatt bekundeten, daß sie in Berlin ihre Zeit nicht verloren hatte.

Sie hatte sie überall wahrgenommen. Die Leinendeckel ihrer

Mappe umschlossen noch manche andere Trophäe, die sie die verblüffte Charlotte unter lebhaften Kommentaren sehen ließ. Jetzt war sie nach Weimar gekommen, angelockt von dem Ruf dieser Stadt, »of this nice little place«, als des Mittelpunktes der weltberühmten deutschen Geisteskultur, – die für sie ein Wechselplatz jagdbarer Celebritäten war. Sie bedauerte, recht spät hierher gefunden zu haben. Old Wieland sowohl wie Herder, den sie einen great preacher nannte, wie auch the man who wrote the »Räuber«, waren ihr durch den Tod entschlüpft. Immerhin lebten ihren Notizen zufolge noch Schriftsteller am Ort, auf die zu pürschen sich lohnte, wie die Herren Falk und Schütze. Schillers Witwe hatte sie tatsächlich schon in der Mappe, ebenso Madame Schopenhauer und zwei oder drei namhafte Actricen des Hoftheaters, die Demoiselles Engels und Lortzing. Bis zu Frau von Heigendorf, eigentlich Jagemann, war sie noch nicht vorgedrungen, verfolgte aber dies Ziel umso eifriger, als sie durch die schöne Favoritin den Hof zu erobern hoffte – und umso eher hoffen durfte, da sie Verbindungsfäden zur Großfürstin-Erbprinzessin schon angeknüpft hatte. Was Goethen betraf, dessen Namen sie, wie übrigens auch die meisten anderen, so fürchterlich aussprach, daß Charlotte lange nicht begriff, wen sie meinte, so war sie ihm auf der Spur, ohne ihn schon vor den Lauf bekommen zu haben. Die Nachricht, daß das notorische Modell zur Heldin seines berühmten Jugend-Romans sich seit heute morgen in der Stadt, in ihrem Hotel und nahezu in Zimmernachbarschaft mit ihr befinde, hatte sie elektrisiert – nicht nur wegen des Gegenstandes selbst, sondern weil sie durch diese Bekanntschaft, wie sie ganz offen erklärte, zwei, ja drei Fliegen auf einmal zu klatschen gedachte: Werthers Lotte würde ihr zweifellos den Weg ebnen zum Autor des »Faust«; diesen aber würde es ein Wort kosten, ihr die Tür Frau Charlottens von Stein zu öffnen, über deren Beziehungen zur Gestalt der Iphigenie sich zur Gedächtnisstütze in ihrem Notizbüchlein, Abteilung German literature and philosophy, einiges vorfand, was sie der gegenwärtigen namensgleichen Schwester im Reiche der Urbilder mit größter Einfalt zum besten gab.

Es ging nun so, daß Charlotte wie sie da war, in ihrem weißen Pudermantel, mit dieser Rose Cuzzle nicht, wie allenfalls vorgesehen einige Minuten, sondern drei Viertelstunden verbrachte. Heiter eingenommen von dem naiven Reiz, der lustigen Tatkraft der kleinen Person, beeindruckt von all der Größe, deren sie habhaft zu werden gewußt hatte und deren Spur sie aufweisen konnte, ungewiß, ob sie den Einschlag von Albernheit wahrhaben sollte, den sie diesem Kunstsport zuzuschreiben versucht war, bestärkt in dem guten Willen, darüber hinwegzusehen, durch die schmeichelhafte Erfahrung, selbst zu der großen Welt gezählt zu werden, deren Hauch ihr aus Miss Cuzzles Jagdbuch entgegenwehte, und sich in den Ruhmesreigen seiner Blätter aufgenommen zu sehen, – kurzum, ein Opfer ihrer Leutseligkeit, saß sie lächelnd in einem der beiden mit Cretonne überzogenen Fauteuils des Gastzimmers und hörte dem Geplauder der Reisekünstlerin zu, die in dem anderen saß und sie zeichnete.

Sie tat es mit geräuschvoll-virtuosen Strichen, die nicht immer so treffend schienen wie ungeniert, da sie sie öfters, übrigens ohne Nervosität, mit einem großen Radiergummi wieder aufhob. Dem leichten Schielen ihrer Augen, die nicht bei dem waren, was sie redete, war angenehm zu begegnen, erfreulich und gesund war der Anblick ihrer kugeligen Brust und ihrer gepolsterten Kinderlippen, die von fernen Ländern, von der Begegnung mit berühmten Leuten erzählten, indes die hübschen Zähne schmelzweiß zwischen ihnen schimmerten. Die Situation erschien ebenso harmlos wie interessant, – das war es, was es Charlotten so leicht machte, längere Zeit ganz zu vergessen, wie sehr sie sich versäumte. Hätte Lottchen, die Jüngere, sich geärgert an diesem Besuch – Sorge um die Seelenruhe der Mutter hätte sie nicht ihren Beweggrund nennen dürfen. Von dieser kleinen Angelsächsin war keine Indiskretion zu besorgen, – sie brachte es nicht so weit. Das war beruhigend und gab dem Zusammensein mit ihr etwas Verführerisches. Sie war es, die sprach, und Charlotte hörte ihr heiter zu. Herzlich unterhalten lachte sie über eine Geschichte, die Rose bei der Arbeit hervorsprudelte: Wie es ihr gelungen war, im Abruzzen-Gebirge einen

Räuberhauptmann namens Boccarossa ihrer Galerie einzuverleiben, einen wegen seiner Tapferkeit und Grausamkeit hochgefürchteten Bandenchef, der, von ihrer Aufmerksamkeit nicht wenig angetan, auch kindlich erfreut über den kühnen Anblick seines Bildnisses, seine Leute beim Abschied eine Salve aus ihren trichterförmigen Flintenrohren zu Miss Roses Ehren hatte abgeben und sie mit sicherem Geleit aus dem Bereich seiner Übeltaten hatte bringen lassen. Charlotte amüsierte sich sehr über die wilde, und, wie ihr vorkam, ziemlich eitle Ritterlichkeit dieses Skizzenbuch-Genossen. Lachenden Mundes und zu zerstreut, um Erstaunen darüber zu empfinden, daß er plötzlich im Zimmer stand, blickte sie dem Kellner Mager entgegen, dessen wiederholtes Anklopfen in Gespräch und Heiterkeit untergegangen war.

»Beg your pardon«, sagte er. »Ich unterbreche ungern. Allein Herr Doktor Riemer würde es sich zum Vorzug rechnen, der Frau Hofrätin seine Ergebenheit zu bezeigen.«

Drittes Kapitel

Charlotte erhob sich hastig aus ihrem Sessel.

»Er ist es, Mager?« fragte sie verwirrt. »Was gibt es? Herr Dr. Riemer? Was für ein Herr Dr. Riemer? Meldet Er mir gar einen neuen Besuch? Was fällt Ihm ein! Das ist ganz unmöglich! Welche Zeit haben wir? Eine sehr späte Zeit! Mein liebes Kind«, wandte sie sich an Miss Rose, »wir müssen dies freundliche Beisammensein sofort beenden. Wie sehe ich aus? Ich muß mich ankleiden – und ausgehen. Man erwartet mich ja! Leben Sie wohl! Und Er, Mager, sag' Er jenem Herrn, daß ich nicht in der Lage bin, zu empfangen, daß ich schon weg bin...«

»Sehr wohl«, erwiderte der Marqueur, indes Miss Cuzzle ruhig weiter schraffierte. »Sehr wohl, Frau Hofrätin. Allein ich möchte Dero Befehl nicht ausführen, ohne sicher zu sein, daß Frau Hofrätin sich über die Identität des gemeldeten Herrn im Klaren sind...«

»Was da, Identität!« rief Charlotte erzürnt. »Will Er mich wohl mit seinen Identitäten in Frieden lassen? Ich habe durchaus keine Zeit für Identitäten. Sag' Er seinem Herrn Doktor...«

»Absolut!« versetzte Mager unterwürfig. »Unterdessen halte ich es für meine Pflicht, die Frau Hofrätin darüber ins Bild zu setzen, daß es sich um Herrn Doktor Riemer handelt, Friedrich Wilhelm Riemer, den Secretär und vertrauten Reisebegleiter Seiner Excellenz, des Herrn Geheimen Rates. Es erscheint nicht völlig ausgeschlossen, daß der Herr Doktor vielleicht eine Botschaft...«

Charlotte sah ihm verblüfft, mit geröteten Wangen und merklich zitterndem Kopfe, ins Gesicht.

»Ach so«, sagte sie geschlagen. »Aber gleichviel, ich kann diesen Herrn nicht sehen, ich kann niemanden sehen und möchte wahrhaftig wissen, Mager, was Er sich denkt und wie Er sich's vorstellt, daß ich den Herrn Doktor empfangen soll! Er hat Miss Cuzzle hier bei mir eingeschwärzt, – will Er, daß ich auch Doktor Riemers Besuch im Négligé und in der Unordnung dieses Gastzimmers entgegennehme?«

»Dazu«, versetzte Mager, »besteht keinerlei Notwendigkeit. Wir verfügen über ein Parlour, einen Parlour-room in der ersten Etage. Ich würde, die Zustimmung der Frau Hofrätin vorausgesetzt, den Herrn Doktor ersuchen, sich dort zu gedulden, bis Frau Hofrätin Dero Toilette geendigt haben, und dann um die Erlaubnis bitten, Frau Hofrätin ebenfalls auf einige Minuten dorthin zu geleiten.«

»Ich hoffe«, sagte Charlotte, »es sind nicht Minuten gemeint, wie die, die ich diesem charmanten Frauenzimmer gewidmet habe. – Mein liebes Kind«, wandte sie sich an die Cuzzle, »Sie sitzen und crayonnieren... Sie sehen meine Bedrängnis. Ich danke Ihnen aufrichtig für das angenehme Intermezzo unserer Begegnung, aber was etwa an Ihrem Dessin noch fehlt, müssen Sie unbedingt nach dem Gedächtnis...«

Ihre Mahnung war unnötig, Miss Rose erklärte mit lachenden Zähnen, fertig zu sein.

»I'm quite ready«, sagte sie, indem sie ihr Werk mit ausgestrecktem Arm vor sich hinhielt und es mit zugekniffenen Augen betrachtete. »I think, I did it well. Wollen Sie sehen?«

Vielmehr war es Mager, der das wollte und angelegentlich herantrat.

»Ein höchst schätzbares Blatt«, urteilte er mit der Miene des Connaisseurs. »Und ein Document von bleibender Bedeutung.«

Charlotte, die sich pressiert im Zimmer nach ihrer Garderobe umsah, hatte kaum ein Auge für das Entstandene.

»Ja, ja, recht hübsch!« sagte sie. »Bin ich das? O doch, es hat wohl eine gewisse Verwandtschaft. Meine Unterschrift? Hier denn – nur rasch!«

Und mit dem Kohlestift leistete sie im Stehen die Signatur, die an Flüchtigkeit der napoléonischen nicht nachstand. Sie bedankte mit eiligem Kopfnicken das Abschiedscompliment der Irländerin. Magern beauftragte sie, Herrn Dr. Riemer zu ersuchen, er möge sich im Sprechzimmer einige Augenblicke gedulden. –

Als sie, zum Ausgehen fertig angekleidet, – denn ausdrücklich hatte sie Straßentoilette gemacht, mit Hut und Mantille, Ridikül und Schirm – ihr Zimmer verließ, fand sie den Kellner schon auf dem Gange wartend. Er geleitete sie die Treppe hinab und bot ihr im unteren Stockwerk auf seine gewohnte Art, an seiner Person vorbei, Eintritt in das Unterhaltungszimmer, wo sich bei ihrem Erscheinen der Besucher von einem Stuhle erhob, neben den er seinen hohen Hut gestellt.

Dr. Riemer war ein Mann Anfang Vierzig, von mäßiger Statur, mit noch vollem und braunem, nur leicht meliertem Haar, das strähnig in die Schläfen gebürstet war, weit auseinander und flach liegenden, ja etwas hervorquellenden Augen, einer geraden, fleischigen Nase und weichem Munde, um den ein etwas verdrießlicher, gleichsam maulender Zug lag. Er trug einen braunen Überrock, dessen dick aufliegender Kragen ihm hoch im Nacken stand und vorn die Pikeeweste, das gekreuzte Halstuch sehen ließ. Seine weiße, am Zeigefinger mit einem Siegelring geschmückte Hand hielt den Elfenbeinknopf eines Spazierstabes mit Ledertroddel. Der Kopf stand ihm etwas schief.

»Ihr Diener, Frau Hofrätin«, sagte er sich verneigend mit sonorer und gaumiger Stimme. »Ich habe mir wohl den Vorwurf eines schwer verzeihlichen Mangels an Geduld und Rücksicht zu machen, wenn ich sogleich bei Ihnen eindringe. Es an Selbstbeherrschung fehlen zu lassen, will ohne Zweifel dem Jugendbildner am wenigsten anstehen. Dennoch habe ich mich damit abfinden müssen, daß diesem dann und wann der Poet in mir ein leidenschaftliches Schnippchen schlägt, und so hat das Gerücht Ihrer Anwesenheit, das die Stadt durchläuft, den unwiderstehlichen Wunsch in mir aufgeregt, sogleich einer Frau meine Huldigung darzubringen und sie in unseren Mauern willkommen zu heißen, deren Namen mit unserer vaterländischen Geistesgeschichte – ich möchte sagen: mit der Bildung unserer Herzen so eng verknüpft ist.«

»Herr Doktor«, antwortete Charlotte, indem sie seine Verbeugung nicht ohne ceremonielle Ausführlichkeit erwiderte, »die Aufmerksamkeit eines Mannes von Ihren Verdiensten kann nicht verfehlen uns angenehm zu sein.«

Daß diese Verdienste ihr ziemlich dunkel waren, schuf ihr einige gesellschaftliche Beunruhigung. Sie war froh, daran erinnert zu werden, daß er Erzieher – und zu erfahren, daß er auch Dichter war; zugleich aber erregten diese Andeutungen ihr etwas wie Erstaunen oder selbst Ungeduld, da ihr schien, als würde damit des Mannes eigentlichster und einzig bedenkenswerter Eigenschaft, dem hohen Dienst an j e n e r Stelle zu nahe getreten. Sie spürte sofort, daß er Gewicht darauf legte, man möge Wert und Würde seiner Person sich nicht in dieser Eigenschaft erschöpfen sehen, – was ihr grillenhaft vorkam. Zum mindesten mußte er begreifen, daß seine Bedeutung für sie allein in der Frage beruhte, ob er als Träger einer Nachricht von d o r t komme oder nicht. Sie war entschlossen, das Gespräch aufs Sachlichste, auf die Entscheidung dieser Frage abzukürzen – und zufrieden, daß ihr Anzug über diese Absicht keinen Zweifel ließ. Sie fuhr fort:

»Haben Sie Dank für das, was Sie Ihre Ungeduld nennen und was ich als einen sehr ritterlichen Impuls verehre! Freilich muß ich mich wundern, daß ein so privates Vorkommnis wie meine Ankunft in Weimar Ihnen schon zu Ohren gekommen ist und frage mich, von wem Sie die Nachricht haben könnten – von meiner Schwester, der Kammerrätin vielleicht«, setzte sie mit einer gewissen Überstürzung hinzu, »zu der Sie mich unterwegs sehen, und die mir meine Säumigkeit um so eher verzeihen wird, da ich ihr gleich von einem so schätzbaren Besuch zu berichten haben werde – und überdies zu meiner Entschuldigung anführen kann, daß ihm ein anderer, weniger gewichtiger, wenn auch recht belustigender schon vorangegangen ist: der einer reisenden Virtuosin des Zeichenstiftes, die darauf bestand, in aller Eile das Portrait einer alten Frau zu verfertigen und damit freilich, soviel ich gesehen habe, nur recht annäherungsweise zustande kam... Aber wollen wir uns nicht setzen?«

»So, so«, erwiderte Riemer, eine Stuhllehne in der Hand, »da scheinen Sie, Frau Hofrätin, es mit einer jener Naturen zu tun gehabt zu haben, bei denen Sehnsucht und Streben nicht proportioniert sind, und die mit wenigen Strichen zuviel leisten wollen.

›Was ich ergreife, das ist heut
Fürwahr nur skizzenweise‹, «

recitierte er lächelnd. »Aber ich sehe wohl, daß ich der erste nicht auf dem Platze war, und wenn ich mich meiner Ungeduld wegen einigermaßen disculpiert fühle durch die Bemerkung, daß ich sie mit anderen teile, so geht mir die Notwendigkeit, von der Gunst des Augenblicks einen sparsamen Gebrauch zu machen, nur desto zwingender daraus hervor. Freilich wächst für uns Menschen der Wert eines Gutes mit der Schwierigkeit, es zu gewinnen, und ich gestehe, daß ich auf das Glück, vor Ihnen, Frau Hofrätin, zu stehen, umso schwerer gleich wieder resignieren würde, als es garnicht ganz leicht ist, sich den Weg zu Ihnen zu bahnen.«

»Nicht leicht?« verwunderte sie sich. »Mir scheint, der Mann, dem hier Gewalt gegeben ist zu binden und zu lösen, unser Herr Mager, hat nicht die Miene eines Cerberus.«

»Das eben nicht«, versetzte Riemer. »Aber wollen Frau Hofrätin sich selbst überzeugen!«

45

Damit führte er sie zum Fenster, das wie die von Charlottens Schlafzimmer auf den Markt hinausging, und lüftete die gestärkte Gardine.

Der Platz, den sie bei ihrer Ankunft morgendlich öde gesehen, zeigte sich von Menschen stark belebt, die in Gruppen standen und zu den Fenstern des »Elephanten« emporblickten. Besonders vor dem Eingang des Gasthofs gab es einen regelrechten Auflauf, ein kleines Volksgedränge, welches, beaufsichtigt von zwei Stadtweibeln, die sich bemühten, den Eingang frei zu halten, sich aus Handwerkern, jungen Ladenverwandten beiderlei Geschlechts, Frauen mit Kindern auf dem Arm, auch würdigeren Bürgertypen zusammensetzte und von heranrennenden Jungen immer noch vermehrt wurde.

»Ums Himmels willen«, sagte Charlotte, deren Kopf beim Hinausspähen stark zitterte, »wem gilt das?!«

»Wem anders als Ihnen«, antwortete der Doktor. »Das Gerücht Ihres Eintreffens hat sich mit Windeseile verbreitet. Ich kann Sie versichern, und Frau Hofrätin sehen es selbst, daß die Stadt wie ein aufgestörter Ameisenhaufen ist. Jedermann hofft, einen Schimmer von Ihrer Person zu erhaschen. Diese Leute vorm Tore warten darauf, daß Sie das Haus verlassen.«

Charlotte spürte das Bedürfnis sich zu setzen.

»Mein Gott«, sagte sie, »das hat kein anderer als der unselige Enthusiast, dieser Mager, mir eingebrockt. Er muß unsere Ankunft an die große Glocke gehängt haben. Daß auch die fahrende Stümperin mich hindern mußte, meiner Wege zu gehen, solange der Ausgang noch frei war! Und diese Leute dort unten, Herr Doktor, – haben sie nichts besseres zu tun, als das Quartier einer alten Frau zu belagern, die so wenig geschaffen ist, das Wundertier abzugeben, wie ich, und gerne in Frieden ihren privaten Geschäften nachgehen möchte?«

»Zürnen Sie ihnen nicht!« sagte Riemer. »Dieser Zudrang zeugt denn doch von etwas Edlerem noch als gemeiner Neugier, nämlich von einer naiven Verbundenheit unserer Einwohnerschaft mit den höchsten Angelegenheiten der Nation, einer Popularität des Geistes, die ihr Rührendes und Erfreuliches behält, auch wenn etwelches ökonomisches Interesse dabei im Spiel sein sollte. Müssen wir nicht froh sein«, fuhr er fort, indem er mit der Verwirrten ins tiefere Zimmer zurückkehrte, »wenn die Menge, geistverachtend wie sie ihrer ursprünglichen derben Überzeugung nach ist, auf die ihr einzig begreifliche Weise zur Verehrung des Geistes angehalten wird, nämlich indem er sich ihr als nützlich erweist? Dies vielbesuchte Städtchen zieht manchen handgreiflichen Vorteil aus dem Ansehen des deutschen Genius, der sich für die Welt in ihm – und hier wieder nachgerade fast allein in einer bestimmten Person – concentriert: was Wunder, daß seine brave Population sich zum Respect bekehrt findet vor dem, was ihr sonst Firlefanz wäre, und die schönen Wissenschaften nebst allem, was damit zusammenhängt, als ihre eigenste Angelegenheit betrachtet, – wobei sie natürlich, der die Werke des Geistes denn doch so unzugänglich bleiben wie jeder anderen, sich an die persönlichen Specialissima hält, wobei und woran diese Werke entstanden sind?«

»Mir scheint«, erwiderte Charlotte, »Sie geben dieser Menschheit mit der einen Hand nur, um ihr mit der anderen wieder zu nehmen. Denn indem Sie eine mir so lästige Neugier im Edler-Geistigen begründen zu wollen scheinen, begründen Sie dies Bessere wieder auf eine Weise im Gemein-Materiellen, daß mir bei der Sache nicht wohler werden kann, ja, eine gewisse Kränkung für mich dabei abfällt.«

»Verehrteste Frau«, sagte er, »es ist kaum angängig, von einem so zweideutigen Wesen wie dem Menschen anders als zweideutig zu reden; eine solche Redeweise wird noch nicht als Verstoß gegen die Humanität zu erachten sein. Ich denke, man erweist sich nicht als mißwollender Schwarzseher, sondern als Freund des Lebens, indem man seinen Erscheinungen ihr Gutes und Erfreuliches abgewinnt, ohne eben ihrer Kehrseite unkundig zu sein, wo denn mancher derbe Knorren starren und manch nüchterner Faden hängen mag. Jene Gaffer dort unten aber in Schutz zu nehmen gegen Ihre Ungeduld hab ich alle Ursach, denn allein meine leidlich erhöhte Stellung in der Societät sondert mich von ihnen ab, und dürfte ich nicht neidenswerter

47

Weise zufällig hier oben vor Ihnen stehen, so machte ich mit dem süßen Pöbel dort unten den Constablern zu schaffen. Derselbe Impuls, der ihn zusammentreibt, bestimmte – meinetwegen in etwas gehobener und geläuterter Gestalt – auch mein Handeln, als vor einer Stunde mein Barbier mir beim Schaumschlagen die städtische Neuigkeit hinterbrachte, Charlotte Kestner sei früh um achte mit der Post eingetroffen und im ›Elephanten‹ abgestiegen. So gut wie er, so gut wie ganz Weimar wußte ich und empfand es tief, wer das sei, was dieser Name bedeute, und es litt mich nicht in meinen vier Wänden, früher als meine Absicht gewesen war, warf ich mich in Anzug und eilte hierher, um Ihnen meine Huldigung darzubringen, – die Huldigung eines Fremden und eines Schicksalsverwandten, eines Bruders doch auch wieder, dessen Existenz auf ihre männliche Art gleichfalls in das große Leben verwoben ist, das die Welt bestaunt, – den Brudergruß eines Mannes, dessen Namen die Nachwelt immer als den eines Freundes und Helfers wird anführen müssen, wenn von den Herkulestaten des Großen die Rede sein wird.«

Charlotte, nicht sonderlich angenehm berührt, glaubte zu bemerken, daß bei diesen ehrgeizigen Worten der stehend beleidigte Zug um des Doktors Mund sich verstärkte, als sei seine peremptorische Forderung an die Nachwelt eigentlich Ausdruck des Mißtrauens, das er in ihre gerechte Erfüllung setzte.

»Ei«, sagte sie, indem sie die blanke Rasur des Gelehrten betrachtete, »Ihr Barbier hat geplaudert? Nun, am Ende ist das seines Amtes und Standes. Aber vor einer Stunde erst? Es scheint, ich mache da die Bekanntschaft eines Langschläfers, Herr Doktor.«

»Ich gestehe es«, erwiderte er mit etwas hängendem Lächeln.

Sie hatten auf Stühlen mit gehöhlten Rückenlehnen an einem Tischchen Platz genommen, das seitlich unter einem Porträt des Großherzogs stand, welcher, jugendlich noch, in Kanonenstiefeln und Ordensband, sich auf ein mit kriegerischen Emblemen belastetes antikes Postament stützte. Die faltig bekleidete Gipsgestalt einer Flora schmückte das sparsam möblierte, aber mit hübschen mythologischen Sopraporten versehene Zimmer. Ein weißer und säulenförmiger Ofen, um den ein Genienreigen lief, bildete in einer anderen Nische das Gegenstück der Göttin.

»Ich gestehe«, sagte Riemer, »diese meine Schwäche für den Morgenschlummer. Könnte man sagen, man halte auf eine Schwäche, so würde ich diese Ausdrucksweise wählen. Nicht beim ersten Hahnenschrei aus den Federn zu müssen, ist recht eigentlich das Zeichen des freien Mannes in begünstigter gesellschaftlicher Stellung, und ich habe mir die Freiheit, in den Tag hinein zu schlafen, jederzeit salviert, auch solange ich am Frauenplan domicilierte, – der Hausherr mußte mich darin wohl gewähren lassen, obgleich er selbst, seinem minutiösen, um nicht zu sagen pedantischen Zeitkulte gemäß, seinen Tag mehrere Stunden früher begann, als ich den meinen. Wir Menschen sind verschieden. Der Eine findet seine Genugtuung darin, allen anderen zuvorzukommen und sich am Werke zu sehen, da jene noch schlafen; dem Anderen behagt es, nach Herrenart noch etwas an Morpheus' Busen zu verharren, indes sich die Notdurft schon placken muß. Die Hauptsache ist, daß man einander duldet, – und im Dulden, das muß man gestehen, ist der Meister groß, sollte einem auch nicht immer ganz wohl werden bei seiner Duldung. «

»Nicht wohl?« fragte sie beunruhigt...

»Habe ich ›nicht wohl‹ gesagt?« gab er zurück, indem er, der zuletzt zerstreut im Zimmer umhergeblickt hatte, sie wie angerufen mit seinen etwas glotzenden, weitspurigen Augen ansah. »Es ist einem sogar sehr wohl in seiner Nähe, – hätte wohl sonst ein empfindlich organisierter Mensch wie ich es ausgehalten, neun Jahre lang fast unausgesetzt um ihn zu sein? Sehr, sehr wohl. Gewisse Aussagen verlangen zunächst nach der entschiedensten Steigerung, – um dann einer fast ebenso entschiedenen Einschränkung zu bedürfen. Es ist das Extrem – mit Einschluß seines Gegenteils. Die Wahrheit, verehrteste Frau, genügt sich nicht immer in der Logik; um bei ihr zu bleiben, muß man sich hie und da widersprechen. Ich bin mit diesem Satze nichts weiter als der Schüler des in Rede Stehenden, von dem man gar häufig

Äußerungen vernimmt, die den Widerspruch zu sich selber schon in sich enthalten, – ob um der Wahrheit willen oder aus einer Art von Treulosigkeit und – Eulenspiegelei, das weiß ich nicht, ich kann es jedenfalls nicht beschwören. Ich möchte das Erstere annehmen, da er es ja selber für schwerer und redlicher erklärt, die Menschen zu befriedigen als sie zu verwirren... Ich fürchte abzukommen. Für meine Person diene ich der Wahrheit, wenn ich das außerordentliche Wohlgefühl feststelle, dessen man an seiner Seite genießt, – indem man zugleich das beklommene Gegenteil davon zu vermerken hat, ein Unbehagen des Grades, daß man auf seinem Stuhle nicht sitzen kann und versucht ist, davonzulaufen. Teuerste Frau Hofrätin, das sind Widersprüche, die festhalten, neun Jahre festhalten, dreizehn Jahre festhalten, weil sie sich aufheben in einer Liebe und Bewunderung, die, wie es in der Schrift heißt, höher ist als alle Vernunft...«

Er schluckte. Charlotte schwieg, da sie ihn erstens weiter sprechen zu lassen wünschte und zweitens damit beschäftigt war, seine zugleich zögernden und drängend-bedrängten Nachrichten von Weitem mit ihren Erinnerungen zu vergleichen.

»Was seine Duldsamkeit angeht«, begann er wieder, »um nicht zu sagen: seine Läßlichkeit – Sie sehen, ich habe meine Gedanken beisammen und bin weit entfernt, den Faden zu verlieren, – so gilt es wohl, zwischen einer Toleranz zu unterscheiden, die aus der Milde kommt, – ich meine aus einem christlichen – im weitesten Sinne christlichen – Gefühl für die eigene Fehlbarkeit, das eigene Angewiesensein auf Indulgenz, oder nicht einmal das, – ich meine im Grunde: die aus der Liebe kommt – und einer anderen, die der Gleichgültigkeit, der Geringschätzung entspringt und härter ist, härter wirkt als jede Strenge und Verdammung, ja, die unerträglich und vernichtend wäre, sie käme denn von Gott, – in welchem Falle ihr aber nach allen unseren Begriffen die Liebe unmöglich fehlen könnte, – und das tut sie tatsächlich denn wohl auch nicht, es mag in der Tat so sein, daß Liebe und Verachtung in dieser Duldsamkeit eine Verbindung eingehen, die an Göttliches zum Mindesten erinnert, woher es denn kommen mag, daß man sie nicht nur erträgt, sondern sich ihr hingibt zu lebenslanger Hörigkeit... Was wollte ich sagen? Würden Sie mich erinnern, wie wir auf diese Dinge kamen? Ich gestehe, daß ich für den Augenblick nun dennoch den Faden verloren habe.«

Charlotte sah ihn an, der, die Gelehrtenhände über dem Knopf seines Stockes gefaltet, sich mit seinen bemühten Rindsaugen im Leeren verlor, und erkannte plötzlich klar und deutlich, daß er garnicht zu ihr, nicht um ihretwillen gekommen war, sondern sie als Gelegenheit nahm, von jenem, seinem Herrn und Meister zu sprechen und dabei allenfalls der Lösung eines verjährten Rätsels, das sein Leben beherrschen mochte, näher zu kommen. Sie fand sich auf einmal in die Rolle Lottchens, der Jüngeren, eingerückt, die Vordergründe und Vorwände durchschaute, den Mund über fromme Selbsttäuschungen verzog, und war geneigt, ihr abzubitten, da sie sich sagte, daß wir nichts für Einsichten können, die uns aufgedrängt werden, und daß solche Einsichten etwas Unangenehmes haben. Das Bewußtsein, als bloßes Mittel zu dienen, war auch nicht schmeichelhaft; doch sah sie ein, daß sie dem Manne nichts vorzuwerfen hatte, da sie ihn so wenig um seinetwillen empfing, wie er sie um ihretwillen besuchte. Auch sie hatte Unruhe hierher geführt, die Lebensbeunruhigung durch ein ungelöstes und ungeahnt groß herangewachsenes Altes, der unwiderstehliche Wunsch, es wieder aufleben zu lassen und »extravaganter« Weise die Gegenwart daran zu knüpfen. Sie waren Complicen, gewissermaßen, und in geheimem Einverständnis, der Besucher und sie, zusammengeführt durch ein quälend-beglückendes, sie beide in schmerzender Spannung haltendes Drittes, bei dessen Erörterung und möglicher Schlichtung der Eine dem Andern behilflich sein sollte. – Sie lächelte künstlich und sagte:

»Ist es denn zu verwundern, mein lieber Herr Doktor, daß Sie den Faden verlieren, da Sie sich verführen lassen, an eine so harmlos menschliche kleine Tatsache wie Ihr Langschläfertum so weitläufige moralische Reflexionen und Unterscheidungen zu knüpfen? Der Gelehrte in Ihnen spielt Ihnen einen Streich.

Aber wie ist es denn nun? Sie konnten sich jene Schwäche, wie Sie es nennen – ich nenne es eine Gewohnheit wie eine andere – in Ihrer früheren Stellung, der neunjährigen, beliebig gönnen; aber wenn mir recht ist, bekleiden Sie heute ein städtisches Lehramt, – ich müßte mich irren, nichtwahr, Sie sind Gymnasialdocent? Verträgt sich denn jene Liebhaberei, auf die Sie ein gewisses Gewicht zu legen scheinen, auch mit dieser Ihrer gegenwärtigen Condition?«

»Allenfalls«, erwiderte er, indem er ein Bein übers andere schlug und den Stock, den er an beiden Enden hielt, querhin auf das Knie stemmte. »Allenfalls, in Ansehung nämlich der früheren, die ja neben der neuen fast uneingeschränkt fortbesteht und die zu bekannt ist, als daß nicht einige Rücksicht sollte darauf genommen werden. – Frau Hofrätin haben ganz recht«, sagte er und gab sich eine gemessenere Haltung, da er die vorige auf die Dauer als unpassend empfand und sich nur aus Gefallen an der Rücksichtnahme, deren Gegenstand er war, für den Augenblick hatte dazu hinreißen lassen, »seit vier Jahren bin ich am hiesigen Gymnasium angestellt und halte selbständig Haus, – der Augenblick zu diesem Wechsel der Lebensform war unabweislich gekommen; bei allen geistigen und materiellen Annehmlichkeiten und Freuden, die das Leben im Hause des großen Mannes gewährte, war es für den schon Neununddreißigjährigen gewissermaßen zu einer Sache der Mannesehre, einer reizbaren Mannesehre, verehrteste Frau, geworden, sich so oder so auf eigene Füße zu stellen. Ich sage: ›So oder so‹, denn meine Wünsche, meine Träume hatten höher gegriffen, als nach diesem pädagogischen Mittelstand, und haben sich noch immer nicht völlig darauf resigniert, – sie zielten auf das höhere Lehrfach, auf die Tätigkeit an einer Universität nach dem Vorbilde meines verehrten Lehrers, des berühmten klassischen Philologen Wolf in Halle. Es hat nicht sein sollen, hat sich bis jetzt nicht fügen wollen. Man könnte sich darüber wundern, nichtwahr? Man könnte die Überlegung anstellen, daß meine langjährige illustre Mitarbeiterschaft das schnellkräftigste Sprungbrett zum Ziel meiner Wünsche hätte abgeben müssen, – könnte sich sagen, daß es einer so hohen und einflußreichen Freund- und Gönnerschaft ein Leichtes hätte sein müssen, mir das ersehnte Lehramt an einer deutschen Hochschule zu verschaffen. Ich glaube dergleichen Fragen in Ihren Augen zu lesen. Ich habe nichts darauf zu erwidern. Ich kann nur sagen: Diese Förderung, diese Protection, dies belohnende Machtwort, sie sind ausgeblieben, sie sind mir, aller menschlichen Erwartung und Calculation entgegen, nun einmal nicht zuteilgeworden. Was hülfe es, sich bittere Gedanken darüber zu machen? Man tut es wohl, o doch, zu mancher Tages- und Nachtstunde brütet man über dem Problema, allein es führt zu nichts und kann zu nichts führen. Große Männer haben an anderes zu denken als an das Eigenleben und -glück der Handlanger, mögen diese sich noch so verdient um sie und ihr Werk gemacht haben. Sie haben offenbar vor allem an sich zu denken, und wenn sie beim Abwägen der Wichtigkeit, die unsere Dienste für sie besitzen, gegen unsere privaten Interessen zugunsten unserer Unabkömmlichkeit, unserer Unentbehrlichkeit für sie und ihr Schaffen entscheiden, so ist das zu ehrenvoll, zu schmeichelhaft für uns, als daß wir nicht gern unseren Willen mit dem ihren vereinigten, uns ihrer Entscheidung mit einer gewissen bitteren und stolzen Freudigkeit unterwürfen. So habe ich mich denn auch veranlaßt gesehen, eine Vocation an die Universität von Rostock, die kürzlich an mich erging, nach reiflicher Überlegung abzulehnen.«

»Abzulehnen? Warum?«

»Weil ich in Weimar zu bleiben wünschte.«

»Aber, Herr Doktor, verzeihen Sie, dann haben Sie sich nicht zu beklagen.«

»Beklage ich mich denn?« fragte er ebenso überrascht wie früher schon einmal. »Das war im Mindesten meine Absicht nicht, ich muß mich da für mißhört halten. Höchstens sinne ich nach über des Lebens, des Herzens Widerspruch und schätze es, ihn im Gespräch mit einer Frau von Geist zu erörtern. Von Weimar sich trennen? O, nein. Ich liebe es, ich hänge daran, seit dreizehn Jahren bin ich bürgerlich verwachsen mit seinem Gemeinwesen, – als Dreißigjähriger schon kam ich hierher, direct von Rom, wo ich bei den Kindern des Herrn Gesandten von Humboldt als Hauslehrer fungiert hatte. Seiner Empfehlung verdanke ich meine Niederlassung am Orte. Fehler und Schattenseiten? Weimar hat die Fehler und Schattenseiten des Menschlichen, – kleinstädtischer Menschlichkeit vor allem. Borniert und höfisch verklatscht möchte das Nest wohl sein, dünkelhaft oben und dumpfsinnig unten, und ein rechtlicher Mann hat es schwer hier wie überall – vielleicht noch etwas schwerer als überall; die Schelme und Tagediebe befinden sich wie üblich – und wohl noch etwas entschiedener als üblich – obenauf. Aber darum ist es doch ein wackeres, nahrhaftes Städtchen – ich wüßte längst nicht mehr, wo anders ich leben wollte und könnte. Haben Sie von seinen Merkwürdigkeiten schon etwas gesehen? Das Schloß? Den Exercierplatz? Unser Komödienhaus? Die schönen Anlagen des Parks? Nun, Sie werden ja sehen. Sie werden finden, daß die Mehrzahl unserer Gassen recht krumm sind. Der Fremde darf bei der Besichtigung nie vergessen, daß unsere Merkwürdigkeiten nicht durch sich selbst merkwürdig sind, sondern darum, weil es die Merkwürdigkeiten Weimars sind. Rein architektonisch genommen, ist es mit dem Schloß nicht weit her, das Theater möchte man sich wohl imposanter vorstellen, wenn man es noch nicht kennt, und der Exercierplatz ist ohnedies eine Dummheit. An und für sich ist nicht einzusehen, weshalb ein Mann wie ich sich unbedingt sein Leben lang gerade zwischen diesen Coulissen und Versatzstücken bewegen – sich hier so gebunden fühlen sollte, daß er eine Berufung ausschlägt, die mit allen seinen von jungauf genährten Wünschen und Träumen so rein übereinstimmt. Ich komme auf Rostock zurück, weil ich zu beobachten glaubte, daß Sie, Frau Hofrätin, sich von meiner Haltung in dieser Sache befremdet fühlten. Nun denn, ich habe sie unter einem Druck eingenommen – unter dem Druck der Verhältnisse. Die Annahme des Rufes verbot sich mir – ich wähle absichtlich diese unpersönliche Sprachform, denn es gibt Dinge, die niemand einem erst zu verbieten braucht, weil sie sich von selber verbieten, wobei immerhin dies Verbot in einem Blick und einer Miene, an denen man hängt, zum persönlichen Ausdruck kommen mag. Nicht jeder, verehrteste Frau, ist dazu geboren, seinen eigenen Weg zu gehen, sein eigenes Leben zu leben, seines eigenen Glückes Schmied zu sein oder vielmehr: manch einer, der es im Voraus nicht wußte und eigene Pläne und Hoffnungen glaubte hegen und pflegen zu sollen, macht die Erfahrung, daß sein eigenstes Leben und sein persönlichstes Glück eben darin bestehen, daß er auf beides Verzicht leistet, – sie bestehen für ihn paradoxaler Weise in der Selbstentäußerung, im Dienste an einer Sache, die nicht die seine und nicht er selbst ist, es schon darum nicht sein kann, weil diese Sache höchst persönlich, ja eigentlich mehr schon eine Person ist, weshalb denn der Dienst daran auch meist nur recht untergeordneter und mechanischer Natur sein kann, – Eigenschaften, die aber übrigens überwogen und aufgehoben werden durch die außerordentlich hohe Ehre, die vor Mit- und Nachwelt mit dem Dienst an dieser wunderbaren Sache verbunden ist. Durch die gewaltige Ehre. Man könnte sagen, die Mannesehre bestehe darin, daß einer sein eigenes Leben lebe und seine eigene, noch so bescheidene Sache führe. Aber mich hat das Schicksal gelehrt, daß es eine bittere Ehre gibt und eine süße; und ich habe männlich die bittere gewählt – soweit eben der Mensch wählt, nichtwahr, soweit es nicht das Schicksal ist, das die Wahl für ihn trifft und ihm keine andere läßt. Unbedingt gehört viel Lebenstakt dazu, sich mit solchen Verfügungen des Schicksals einzurichten, mit seinem Los zu pactieren, sozusagen, und zu einem Compromiß, wenn ich mich so ausdrücken darf, zwischen der bitteren Ehre und der süßen, auf welche Sehnsucht und Ehrgeiz doch immer gerichtet bleiben, zu gelangen. Es ist die Mannesempfindlichkeit, welche darauf dringt, und sie war es, die zu den Unzuträglichkeiten, den unausbleiblichen Verstimmungen geführt hat, welche meinem langjährigen Aufenthalt in dem Hause meiner ersten Niederlassung ein Ende bereiteten und mich bestimmten, das mittlere Lehramt über mich zu nehmen, zu dem ich niemals Lust gehabt hatte. Da haben Sie das Compromiß, – das übrigens als solches auch von den Oberen gewürdigt wird, sodaß der griechisch-lateinische Stundenplan, wie gesagt, auf meine auch außer dem Hause fortlaufenden Ehrenpflichten Rücksicht nimmt und mir erlaubt, wenn meine Dienste, wie etwa heute, dort nicht in Anspruch genommen werden, von dem gesellschaftlichen Prärogativ des Morgenschlummers Gebrauch zu machen. Sogar habe ich das Übereinkommen zwischen bitterer und süßer Ehre, die man auch einfach die Mannesehre nennen könnte, noch weiter ausgebaut und befestigt, indem ich einen eigenen Hausstand gründete. Ja, seit zwei Jahren bin ich vermählt. Aber da sehen Sie, Verehrteste, den eigentümlichen und in meinem Fall besonders auffallend sich hervortuenden Compromiß-Charakter des Lebens! Der nämliche Schritt, der bestimmt war, meiner Eigenständigkeit und männlichen Selbstliebe, der Emancipation von jenem Hause der bitteren Ehre zu dienen, hat mich mit demselben auch wieder noch näher verbunden, – richtiger gesagt, es ergab sich als selbstverständlich, daß ich mich mit diesem Schritt von gedachtem Hause garnicht entfernte, sodaß also von einem Schritt im eigentlichen Sinn kaum die Rede sein kann. Denn Karoline, meine Gattin – Karoline Ulrich mit ihrem Mädchennamen – ist ein Kind dieses Hauses, eine junge Waise, die vor einigen Jahren als Gesellschafterin und Reisegefährtin der jüngst verblichenen Geheimen Rätin darin aufgenommen wurde. Daß ich es sein möchte, der für ihre eheliche Versorgung aufkäme, stellte sich als der unverkennbare Wunsch des Hauses heraus, und dieser in Blick und Miene zu lesende Wunsch war insofern danach angetan, mit meinem Bedürfnis nach Eigenständigkeit ein Compromiß zu bilden, als mir die Waise wirklich sympathisch war... Aber Ihre Güte und Geduld, beste Frau Hofrätin, verleiten mich dazu, viel zu viel von mir selbst zu reden...«

»Nicht doch, ich bitte sehr«, erwiderte Charlotte. »Ich höre mit vollem Interesse.«

In Wirklichkeit hörte sie mit gelindem Widerwillen, jedenfalls mit gemischten Gefühlen. Anspruch und Gekränktheit des Mannes, seine Eitelkeit und Ohnmacht, sein hülfloses Ringen nach Würde irritierten sie, flößten ihr Verachtung ein nebst einem ursprünglich nicht freundlichen Mitleid, das aber Mittel und Übergang bildete zu einem Gefühl der Solidarität mit dem Besucher und eine gewisse Befriedigung einschloß: die Empfindung, daß seine Redeweise ihr die Erlaubnis – ganz gleich, ob sie sich herbeilassen würde davon Gebrauch zu machen oder nicht – zu eigener Expectoration und Erleichterung gewähre.

Trotzdem erschrak sie vor der Wendung, die er, gerade als hätte er ihre Gedanken erraten, dem Gespräch mit folgenden Worten zu geben versuchte.

»Nein«, sagte er, »ich mißbrauche die heitere Blockade, die Neugiersbelagerung, deren Opfer wir sind – die Kriegsläufte liegen ja noch nicht so weit zurück, daß wir uns in solche Lage nicht sollten mit Fassung, ja mit Humor zu schicken wissen. Ich will sagen: Es heißt einen schlechten Gebrauch machen von der Gunst der Stunde, wenn ich der Pflicht, mich Ihnen darzustellen, mit übertriebener Gewissenhaftigkeit nachkomme. Wahrhaftig, was mich hierher trieb, war nicht der Wunsch zu reden, es war der zu schauen, zu hören. Ich nannte die Stunde günstig, ich hätte sie kostbar nennen sollen. Ich finde mich Aug' in Auge mit einem Wesen, dem die gerührteste, ehrfürchtigste Anteilnahme, die Schau- und Wißbegier aller Stufen, von der kindlich-volkstümlichsten bis zur geistigsten, gebührt und gehört, – mit der Frau, die am Anfang, oder fast am Anfang, der Geschichte des Genius steht, deren Name vom Gott der Liebe selbst auf ewig in sein Leben und damit in das Werden des vaterländischen Geisterreiches, des Imperiums des deutschen Gedankens verwoben ist... Und ich, dem es beschieden war, ebenfalls in dieser Historie Figur zu machen und auf meine männliche Art dem Helden beirätig zur Hand zu gehen, ich, der ich sozusagen die selbe heroische Lebensluft mit Ihnen atme, – wie sollte ich nicht eine ältere Schwester in Ihnen sehen, vor der mich zu neigen es mich unwiderstehlich drängte, sobald der Geruch Ihrer Gegenwart zu mir drang, – eine Schwester, eine Mutter, wenn Sie wollen, eine nahe, verwandte Seele jedenfalls, der mich redend zu erkennen zu geben mich wohl verlangt, aber weit mehr noch, ihr zu lauschen... Was ich fragen wollte – die Erkundigung schwebt mir längst auf der Zunge. Sagen Sie mir, teuerste

Madame, sagen Sie es mir als Retribution für meine freilich weniger beträchtlichen Bekenntnisse... Man weiß, wir wissen es alle, und die Menschheit begreift es vollkommen, daß Sie und Ihr in Gott ruhender Gatte – daß Sie gelitten haben unter der Indiscretion des Genius, unter seiner bürgerlich schwer zu rechtfertigenden Art, mit Ihren Personen, Ihren Verhältnissen dichterisch umzuspringen, sie vor der Welt, buchstäblich vor dem Erdkreise unbedenklich bloßzustellen und dabei Wirklichkeit und Erfindung mit jener gefährlichen Kunst zu vermischen, die sich darauf versteht, dem Wirklichen eine poetische Gestalt zu geben und dem Erfundenen den Stempel des Wirklichen zu verleihen, sodaß der Unterschied zwischen beiden tatsächlich aufgehoben und eingeebnet erscheint, – gelitten, um es kurz zu sagen, unter der Rücksichtslosigkeit, dem Verstoß gegen Treu und Glauben, deren er sich zweifellos schuldig machte, indem er hinter dem Rücken der Freunde, in heimlicher Tätigkeit, das Zarteste, was sich unter drei Menschen begeben kann, zugleich zu verherrlichen und zu entweihen unternahm... Man weiß es, verehrteste Frau, man fühlt es mit. Sagen Sie mir, ich hörte es um mein Leben gern: Wie haben Sie und der selige Hofrat sich auf die Dauer mit dieser bestürzenden Erfahrung, mit dem Lose unfreiwilliger Opfer abgefunden? Ich meine: wie und wie weit ist es Ihnen gelungen, den durch die empfangene Wunde verursachten Schmerz, die Kränkung darüber, Ihre Existenz als Mittel zum Zweck behandelt zu sehen, in Harmonie zu bringen mit anderen, späteren Gefühlen, die die Erhöhung, die gewaltige Ehrung dieser Existenz Ihnen erwecken mußte? Wenn ich darüber etwas von Ihnen hören dürfte...«

»Nein, nein, Herr Doktor«, versetzte Charlotte rasch, »von mir nicht jetzt. Von mir allenfalls später oder vielmehr natürlich: ein andermal. Es liegt mir daran, Ihnen zu zeigen, daß es mehr als façon de parler ist, wenn ich versichere, Ihnen mit vollstem Anteil zuzuhören. Ich tue gut daran, denn Ihre Beziehungen zum Genius sind zweifellos die ungleich wichtigeren und denkwürdigeren –«

»Das ist sehr strittig, Verehrteste.«

»Wechseln wir nicht Complimente! – Nichtwahr, Sie sind im Norden Deutschlands zuhause, Herr Professor? Ich meine es Ihrer Aussprache anzuhören.«

»Ich bin Schlesier«, sagte Riemer nach kurzer Pause gemessen. Auch er empfand zwiespältig. Ihr Ausweichen verletzte ihn; aber daß sie ihn anhielt, weiter von sich zu sprechen, war auch wieder nach seinem Sinn.

»Meine teuren Eltern waren mit Glücksgütern nicht reich gesegnet«, fuhr er fort. »Ich kann es ihnen nicht hoch genug anrechnen, daß sie alles daransetzten, um mir die Ausbildung der mir von Gott verliehenen Gaben, das Studium zu ermöglichen. Mein Lehrer, der liebe Geheimrat Wolf in Halle, hielt schöne Stücke auf mich. Ihm nachzuleben war der Wunsch meines Herzens. Die Laufbahn als Universitätslehrer, ehrenvoll und mit Freizeiten geschmückt, die Raum bieten für den erfrischenden Umgang mit loser gestimmten Musen, deren Gunst mir nicht völlig abgeht, – lockte mich über alles. Allein woher die Mittel nehmen zur Fristung der Wartezeit, der Jahre des Anstehens am Tore des Tempels? Mein großes griechisches Wörterbuch – vielleicht ist sein scientifischer Ruf zu Ihnen gedrungen – ich förderte es anno 4 zu Jena heraus – beschäftigte mich schon damals. Brotlose Meriten, Madame. Sie mir zu erwerben, ließ die Hauslehrerstelle mir Muße, die Wolf mir bei den Kindern des eben nach Rom abgehenden Herrn von Humboldt verschaffte. In diesem Verhältnis verbrachte ich einige Jahre in der Ewigen Stadt. Dann kam eine weitere Empfehlung: die meines diplomatischen Brotherrn an seinen illustren Freund in Weimar. Es war der Herbst des Jahres 3, – denkwürdig für mich, denkwürdig immerhin vielleicht auch dereinst für die intimere Geschichte der deutschen Literatur. Ich kam, ich präsentierte mich, ich flößte Vertrauen ein, die Aufforderung zum Eintritt in die Hausgenossenschaft am Frauenplan war das Ergebnis meiner ersten Unterredung mit dem Heros. Wie hätte ich ihr nicht folgen sollen? Mir blieb keine Wahl. Es bot sich mir keine bessere, keine andere Aussicht. Ein Schulamt erachtete ich, mit Recht oder Unrecht, als unter meiner Würde, unter meinen Gaben...«

»Aber, Herr Doktor, versteh' ich Sie recht? Sie müssen sehr glücklich gewesen sein über eine Versorgung und Tätigkeit, die jede andere, nicht nur jedes Schulamt, an Ehre und Reiz so weit überglänzte!«

»Ich war es, Verehrteste. Ich war sehr glücklich. Glücklich und stolz. Bedenken Sie: die tägliche Berührung, der tägliche Umgang mit einem solchen Manne! Einem Manne, dessen incalculables Genie zu ermessen ich selber Poet genug war. Ich hatte ihm Proben meines Talentes vorgelegt, die ihm gelinde gesagt – und selbst wenn ich von seinem Urteil in Abzug bringe, was etwa davon auf Rechnung seiner eigentümlichen Concilianz zu setzen war – nicht mißfallen hatten. Glücklich? Ich war es auf das Äußerste! Zu welcher bemerkten, ja beneideten Position in der gelehrten und vornehmen Welt hob mich nicht auf einmal diese Verbindung empor! Allein, lassen Sie mich offen sein, es blieb da ein Stachel, – der Stachel, daß mir eben eine andere Wahl nicht blieb. Ist es nicht so, daß die Notwendigkeit dankbar zu sein uns leicht die Dankbarkeit ein wenig verleidet? Sie beraubt sie gewissermaßen der Freudigkeit. Seien wir ehrlich: Wir neigen zur Empfindlichkeit gegen den, der uns zu höchstem Danke verpflichtet, indem er von unserer Zwangslage zu seinem Vorteil Gebrauch macht. Er ist an ihr unschuldig, das Schicksal, die ungleiche Verteilung der Glücksgüter ist verantwortlich für sie, aber er macht Gebrauch von ihr... Man muß das empfunden haben... Aber, liebste Madame, verlieren wir uns nicht in dergleichen Moralitäten! Die Sache, die für mich so ehrend erhebende Sache war jedenfalls die, daß unser großer Freund mich glaubte brauchen zu können. Formell war mein Auftrag wohl der, den Unterricht seines August, des einzig am Leben gebliebenen Kindes der Demoiselle Vulpius, im Griechischen und Lateinischen über mich zu nehmen, aber obgleich es damit freilich bisher gar sehr im Argen gelegen hatte, erkannte ich bald, daß dieser Aufgabe bestimmt war, hinter der soviel schöneren und bedeutenderen des Dienstes an der Person und dem Werke des Vaters als recht unwesentlich zurückzutreten. Das war zweifellos von Anfang an die Meinung gewesen. Allerdings kenne ich den Brief, den der Meister damals an meinen Lehrer und Gönner in Halle schrieb und worin er mein Engagement mit seiner Sorge wegen der mangelhaften Kenntnisse des Knaben auf classischem Gebiet begründete, einem Übel, wie er sich ausdrückte, dem er nicht abzuhelfen gewußt habe. Aber das war Höflichkeit gegen den großen Philologen. In Wirklichkeit hält unser Meister wenig von einer schulgerecht systematischen Bildung und Erziehung, sondern ist geneigt, es der Jugend zu überlassen, den natürlichen Wissenstrieb, den er ihr zutraut, in möglichster Freiheit zu befriedigen. Da haben Sie wieder seine Läßlichkeit, sein Gewährenlassen, worin Güte liegen mag, ich verkenne es nicht, Großzügigkeit, Souveränität, wohlwollende Parteinahme für die Jugend gegen Schulfuchserei und Pedanterei, ich will das zugeben; aber doch auch anderes noch kommt darin vor, was weniger erfreuen kann, – etwas Wegwerfendes, eine Geringschätzung der Jugend und ihres Sonderdaseins, dessen Rechte und Pflichten er denn doch wohl verkennt, wenn er dafür zu halten scheint, Kinder seien nur für die Eltern da, ihre Aufgabe sei lediglich, zu den Eltern emporzuwachsen und ihnen allmählich das Leben abzunehmen...«

»Mein geschätzter Herr Doktor«, warf Charlotte ein, »es gibt überall und jederzeit in aller Liebe so manches Mißverständnis und Mißverhältnis zwischen Eltern und Kindern, so manche Unduldsamkeit der Kinder gegen das Eigenleben der Eltern, der denn auch ein mangelnder Sinn der Eltern für das besondere Recht der Kinder leidig erwidern mag.«

»Zweifellos«, sagte der Besucher unaufmerksam, das Gesicht zur Decke gewandt. »Ich habe mich öfters mit ihm, im Wagen und im Studierzimmer, über die pädagogische Frage unterhalten, – unterhalten und nicht gestritten, denn weniger lag mir daran, den eigenen Überzeugungen Geltung zu verschaffen, als in ehrerbietiger Neugier die seinen zu erkunden. Tatsächlich versteht er unter Jugendbildung einen Reifeprozeß, den man unter günstigen Umständen – und für seinen Sohn nimmt er mit Recht die günstigsten in Anspruch – in Hinsicht auf ihn, den Vater, versteht sich, denn was die Mutter betraf – nun denn, –

den man also unter so günstigen Umständen mehr oder weniger sich selbst überlassen mag. August ist sein Sohn – in dieser Eigenschaft vollendete sich für ihn von jeher so ziemlich die Existenz des Knaben, des jungen Menschen, dessen Bestimmung eben keine andere war, als sein Sohn zu sein und ihn mit der Zeit von beschwerlichen Tagesgeschäften zu entlasten. Das flog ihm von selber an, indem er nur wuchs. An eine persönliche Ausbildung, eine Erziehung zu sich selbst und zu eigenen Zwecken war weniger gedacht. Wozu also viel Zwang und systematische Lernquälerei? Man muß bedenken, daß die Jugend des Meisters selbst davon frei gewesen ist. Nennen wir die Dinge bei Namen: eine eigentliche Schulung hat er seinerzeit nicht erfahren und als Knabe und Jüngling nur weniges gründlich durchgearbeitet. Das wird ihm niemand so leicht abmerken, höchstens bei sehr langem, genauem Umgange und eigenem ausnehmend gediegenem gelehrten Fundament, denn es versteht sich, daß er bei seiner hurtigen Auffassung, seinem festhaltenden Gedächtnis, der hohen Lebendigkeit seines Geistes trotzdem sehr viele Kenntnisse im Fluge errafft und assimiliert hat und sie vor allem dank Eigenschaften, die eher dem Bereiche des Witzes, der Anmut, der Form, der Beredsamkeit angehören, mit mehr Glück zur Geltung zu bringen weiß, als manch anderer Gelehrte sein viel größeres Wissen...«

»Ich folge Ihnen«, sagte Charlotte, indem sie sich mit vielem Geschick bemühte, dem Zittern ihres Kopfes, das wieder bemerklich werden wollte, den Sinn rasch nickender Zustimmung zu geben, »ich folge Ihnen mit einer Spannung, über die ich mir zugleich Rechenschaft zu geben suche. Sie haben eine einfache Art zu sprechen, und dennoch hat sie etwas Erregendes; denn erregend ist es, von einem großen Mann einmal nicht mit gang und gäber Schwärmerei, sondern mit Ruhe und Trockenheit, einem gewissen Realism, aus der intimen Erfahrung des Alltags reden zu hören. Wenn ich mich selbst erinnere und meine eigenen Beobachtungen zu Rate ziehe – mögen sie auch lange her sein – aber sie galten gerade dem jungen Menschen, auf dessen bequeme Art sich zu bilden Sie hinwiesen –, nun, er hat es weit genug damit gebracht, um sie strengeren Systemen mit einem gewissen persönlichen Rechte vorzuziehen – jedenfalls – diesen Jüngling, diesen Dreiundzwanzigjährigen, habe ich gut gekannt, ihm lange zugesehen, und kann nur bestätigen: mit seinen Studien, seiner Arbeitsamkeit, seinem Amtseifer war es wenig oder nichts, er hat recht eigentlich nie etwas getan zu Wetzlar, darin, das muß ich sagen, stand er all seinen Gesellen, den Praktikanten und Sollicitanten der Rittertafel nach, Kielmannsegge, Legationssecretär Gotter, der doch auch Verse schrieb, Born und den anderen, selbst dem armen Jerusalem, von Kestnern garnicht zu reden, der schon das ernsteste, beschäftigtste Leben führte und mich denn auch wohl auf den Unterschied aufmerksam machte, indem er mir zu bedenken gab, wie Einer gut habe den Schwerenöter machen, sich frisch, lustig, glänzend und geistreich erweisen und sich in Vorteil setzen bei den Frauenzimmern, wenn er in Gottes Welt nichts zu tun habe und vollster Freiheit genieße, da andere nach ernstem Tage, von Geschäftssorgen müde, sich bei der Liebsten einfänden und sich ihr nicht mehr darzustellen vermöchten, wie sie wohl wünschten. Daß hier eine Ungerechtigkeit liege, habe ich jederzeit eingesehen und sie meinem Hans Christian zugute gehalten, wenn ich auch meine Zweifel hatte, ob die Mehrzahl der jungen Leute bei größerer Muße – und einige Muße hatten sie doch auch – sich so blühenden Geistes und warmen, innigen Witzes erwiesen hätten, wie unser Freund. Von der anderen Seite aber hielt ich mich an, einen Teil seiner Feurigkeit auf Rechnung seines Müßigganges zu setzen und darauf, daß er sein Naturell so ganz ungeschmälert der Freundschaft widmen durfte, – einen Teil; denn es war da eine schöne Kraft des Herzens und – wie soll ich es nennen – ein Lebensglanz, die mir in dieser Erklärung denn doch nicht aufgehen zu wollen schienen, und selbst wenn er sein langes Gesicht hatte, traurig und bitter erschien und auf Welt und Gesellschaft schmälte, so war er immer noch interessanter als die Arbeitsamen am Sonntag. Das sagt mir meine Erinnerung mit voller Deutlichkeit. Öfters ließ er mich an eine Damascener Klinge denken – ich wüßte nicht mehr genau zu sagen, in welchem Vergleichssinne, – aber auch an eine Leidener Flasche und dies im Zusammenhang mit der Idee der Geladenheit, – denn er wirkte gleichsam geladen, hochgeladen, und es kam einem unwillkürlich die Vorstellung, man würde, wenn man ihn mit dem Finger berührte, einen Schlag empfangen, wie es bei einer Art von Fischen der Fall sein soll. Kein Wunder, daß andere, noch so vortreffliche Menschen einem leicht fade vorkamen in seiner Gegenwart oder selbst in seiner Abwesenheit. Auch hatte er, wenn ich meine Erinnerung befrage, einen eigentümlich aufgetanen Blick, – ich sage ›aufgetan‹, nicht weil seine Augen, braun und etwas nahe beisammenliegend, wie sie waren, sonderlich groß gewesen wären, aber ihr Blick war sehr aufgetan und seelenvoll nach einer ausnehmend starken Meinung des Wortes, und sie wurden schwarz, wenn sie, wie das vorkam, vor Herzlichkeit blitzten. Ob er wohl heute noch diese Augen hat?«

»Die Augen«, sagte Dr. Riemer, »die Augen sind mächtig bisweilen.« Seine eigenen, glasig vortretenden, zwischen denen ein Kerbzeichen bemühten Grübelns stand, zeigten an, daß er schlecht zugehört und eigene Gedankengänge verfolgt hatte. Sich über das Kopfnicken der Matrone aufzuhalten, wäre ihm übrigens nicht zugekommen, denn wie er die große weiße Hand vom Stockknauf zu seinem Gesicht hob, um irgend ein leichtes Jucken an der Nase nach Art des feinen Mannes durch eine zarte Berührung mit der Kuppe des Ringfingers zu beheben, sah man deutlich, daß auch diese Hand zitterte. Charlotte selbst bemerkte es und war so wenig angenehm berührt davon, daß sie die entsprechende Erscheinung bei sich selbst, wie es ihr durchaus möglich war, wenn sie acht gab, sogleich abstellte.

»Es ist ein Phänomen«, fuhr der Doktor im eigenen Geleise fort, »wert, sich darein zu vertiefen und fähig, einem stundenlang Gedanken, wenn auch ziemlich unersprießliche und zu nichts führende Gedanken zu machen, sodaß denn auch die innere Beschäftigung damit mehr als Träumerei denn als eigentliches Nachdenken zu bezeichnen ist: dies Sigillum der Gottheit, will sagen der Anmut und Form, das die Natur einem Geiste mit einem gewissen Lächeln, so möchte man sich vorstellen, aufdrückt, wodurch er denn also zum schönen Geiste wird, – ein Wort, ein Name, den man mechanisch hinspricht, um eine der Menschheit freundlich geläufige Kategorie damit zu bezeichnen, wenn es doch, aus der Nähe gesehen und recht betrachtet, ein unergründliches und beunruhigendes, auch persönlich etwas kränkendes Rätsel bleibt. Es war, wenn ich nicht irre, von Ungerechtigkeit die Rede; nun, auch hier, zweifellos, ist Ungerechtigkeit im Spiele, natürliche und darum ehrwürdige, ja entzükkende Ungerechtigkeit, nicht ganz ohne kränkenden Stachel aber dabei für den, dem es beschieden ist, sie tagtäglich zu beobachten und zu durchkosten. Wertveränderungen, Entwertungen und Überwertungen haben da statt, die man mit Wohlgefallen, mit unwillkürlichem Beifall wahrnimmt, denn ohne zum Empörer gegen Gott und die Natur zu werden, kann man ihnen seine freudige Zustimmung nicht versagen; allein heimlich und in bescheidener Stille muß man sie aus Rechtsgefühl doch auch wieder mißbilligen. Da weiß man sich im Besitz eines ernstlich erarbeiteten – und um des Besitzes willen erarbeiteten – Wissens, gediegener Kenntnisse, über die man sich mehrfach in rigorosen Prüfungen auszuweisen in die Lage kam, – um die eigentümlich herrliche, wiewohl auch bitter belachenswerte Erfahrung zu machen, daß ein so geprägter und gesegneter Geist, ein solcher Geist des Wohlgefallens einem lückenhaften Bruchteil davon, der ihm irgendwie anflog, oder den man ihm selber geliefert hat – denn so ist es: man dient ihm als Wissenslieferant –, eben mittelst Anmut und Form – aber das sind nur Worte – nein, einfach dadurch, daß e r es ist, der das Aufgefangene wieder von sich gibt, daß er ihm, sage ich, gleichsam durch die Zutat seiner selbst und indem er ihm sein Bildnis aufdrückt, den doppelten und dreifachen Münzwert verleiht als Welt und Menschheit der ganzen Masse unserer Stubengelehrsamkeit je beigelegt hätten. In der Tat, andere schuften, schürfen, läutern und horten; aber der König schlägt Dukaten daraus... Dies Königsrecht, was ist es? Man spricht von Persönlichkeit – er selbst spricht mit Vorliebe davon, bekanntlich hat er sie das höchste Glück der Erdenkinder genannt. Das ist so eine Entscheidung von ihm, die denn also nun für die Menschheit bedingungslos Geltung haben sollte. Eine Bestimmung ist es übrigens nicht, es ist zur Not eine Beschreibung; und wie sollte man ein Mysterium auch bestimmen? Ohne Mysterien kommt offenbar der Mensch nicht aus; hat er an den christlichen den Geschmack verloren, so erbaut er sich an dem heidnischen oder Natur-Geheimnis der Persönlichkeit. Von jenen will unser Geistesfürst nicht gar viel wissen; Dichter und Künstler, die sich mit ihnen einlassen, müssen auf seine Ungnade gefaßt sein. Dieses aber hält er sehr hoch, denn es ist das seine... Das höchste Glück, – allerdings, für nichts Geringeres muß das Geheimnis uns Erdenkindern wohl gelten, es wäre sonst nicht zu erklären, daß wirkliche Gelehrte und Männer der Wissenschaft es nicht nur nicht für Raub, sondern für freudigste Ehre erachten, sich um den Schönen Genius, den Mann der Anmut zu scharen, seinen Stab und Hofstaat zu bilden, ihm Wissen zuzutragen, seine lebenden Lexika zu machen, die sich ihm zur Verfügung halten, damit er selbst sich nicht mit Wissenskram zu schleppen braucht, – nicht zu erklären, daß ein Mann wie ich sich mit seligem Lächeln, das mich selbst manchmal blöde anmuten will, Jahr für Jahr dazu hergibt, ihm gemeine Schreiberdienste zu leisten...«

»Erlauben Sie, bester Herr Professor!« unterbrach ihn Charlotte, die sich keine Silbe entgehen ließ, mit Bestürzung. »Sie wollen nicht sagen, daß es wirklich nur untergeordnete und Ihrer unwürdige Kanzlistendienste waren, die Sie durch so lange Zeit bei dem Meister versehen haben?«

»Nein«, antwortete Riemer nach einer Pause der Sammlung. »Das will ich nicht sagen. Wenn ich es gesagt habe, so bin ich zu weit gegangen. Man soll die Dinge nicht überspitzen. Erstens haben die Liebesdienste, die man einem großen und teuren Menschen zu leisten gewürdigt ist, gar keine Rangordnung. Da ist einer so hoch und gering wie der andere. Davon reden wir nicht. Ferner aber ist, ihm nachzuschreiben, überhaupt kein passendes Geschäft für einen gewöhnlichen Federfuchser. Es ist durchaus zu schade für einen solchen. Irgend einen Secretär John, Kräuter oder gar den Bedienten damit zu befassen, heißt recht eigentlich

Perlen vor die Säue werfen, – den Gebildeten, den Mann von Geist und Sinn wandelt notwendig dabei die edelste Mißgunst an. Nur einem solchen, nur einem Gelehrten wie mir also, der die Situation nach ihrem ganzen Reiz, ihrer ganzen Wunderbarkeit und Würde zu schätzen weiß, kommt es zu, ein derartiges Geschäft zu versehen. Dies strömende und dramatische Dictat der geliebten, sonoren Stimme, diese stundenlang ununterbrochene, höchstens vor drängender Überstürzung stockende Hervorbringung, die Hände auf dem Rücken und den Blick in eine gesichtevolle Ferne gerichtet, dies herrscherhafte und gleichsam freihändige Beschwören des Wortes und der Gestalt, ein Walten im Geisterreich von absoluter Freiheit und Kühnheit, dem man mit dem hastig benetzten Kiele unter vielen Kürzungen nacheilt, sodaß nachher eine schwierige Mundierungsarbeit zu leisten bleibt, – Verehrteste, man muß es kennen, man muß es mit Staunen genossen haben, um eifersüchtig zu sein auf sein Amt und es keinem Hohlkopf zu gönnen. Freilich ist zu bemerken, und zur Beruhigung muß man sich dran erinnern, daß es sich keineswegs um eine Schöpfung des Augenblicks handelt, daß hier kein Wunder vom Himmel fällt, sondern daß nur ein durch Jahre, vielleicht durch Jahrzehnte Vorbereitetes und Gehegtes zu Tage tritt, wovon wieder ein bestimmter Teil vor der Arbeitsstunde unter der Hand im Einzelnen fürs Dictat genauestens reif gemacht wurde. Es ist zuträglich, sich gegenwärtig zu halten, daß man es nicht im mindesten mit einer Stegreif-Natur zu tun hat, sondern vielmehr mit einer zögernden und aufschiebenden, auch einer sehr umständlichen, unentschlossenen, vor allem einer äußerst ermüdbaren, von desultorischer Arbeitsweise, die nie lange bei ein und derselben Aufgabe aushält und bei der geschäftigsten, da und dorthin sich wendenden Tätigkeit meist viele Jahre braucht, um ein Werk zur Vollendung zu bringen. Es handelt sich um eine ganz auf geheimes Wachstum und stille Entfaltung angelegte Natur, die ein Werk lange, sehr lange, womöglich seit Jugendzeiten am Busen gewärmt haben muß, bevor sie zu seiner Verwirklichung schreitet, und deren Fleiß ganz wesentlich Geduld, will sagen: bei größtem Bedürfnis nach Abwechslung ein zähes und unablässiges Festhalten und Fortspinnen an einem Gegenstande durch ungeheuere Zeitstrecken ist. So ist es, glauben Sie mir, ich bin ein versessener Beobachter dieses Heldenlebens. Man sagt, und er selbst sagt es wohl, daß er schweige über das im Geheimen sich Ausbildende, um es nicht zu verletzen, und sich gegen niemanden darüber offenbare, weil kein anderer sich auf den intimen productiven Reiz verstehen könne, wodurch es den entzücke, der es bewahrt. Allein die Schweigsamkeit ist nicht so ganz unverbrüchlich. Unser Hofrat Meyer, ich meine den Kunscht-Meyer, wie er nach seinem Dialekt vom Zürichsee in der Stadt genannt wird, – Meyer also, auf den er nun einmal Wunder welche Stücke hält, berühmt sich höchlichst, der Meister habe ihm aus den ›Wahlverwandtschaften‹, als er sich noch damit trug, des Langen und Breiten erzählt, und das mag wohl richtig sein, denn auch mir hat er eines Tages den Plan auf das Ergreifendste entwickelt, nämlich schon bevor er sich Meyern darüber eröffnete, mit dem Unterschied, daß ich mich dessen nicht bei jeder Gelegenheit laut berühme. Was mich ergetzt, was mir wohltut an solchen Preisgebungen des Geheimnisses, an dieser Mitteilsamkeit und Durchlässigkeit, ist das menschliche Bedürfnis, die unbezwingliche Zutraulichkeit, die sich darin hervortut. Denn wohltuend und tröstlich bis zur Erheiterung ist es, an einem großen Mann das Menschliche wahrzunehmen, ihm etwa auf kleine Schliche und Doubletten zu kommen, der Ökonomie gewahr zu werden, die auch in einem solchen für uns unübersehbaren geistigen Haushalt waltet. Vor drei Wochen, am sechzehnten August, bemerkte er gesprächsweise zu mir etwas über die Deutschen, etwas Bissiges, man weiß, er ist auf seine Nation nicht immer zum Besten zu sprechen: ›Die lieben Deutschen‹, sagte er, ›kenn' ich schon; erst schweigen sie, dann mäkeln sie, dann beseitigen sie, dann bestehlen und verschweigen sie.‹ Das ist wortgetreu, ich habe es sogleich nach der Unterredung aufgezeichnet, weil ich es erstens vorzüglich fand und weil mir's zweitens als ein glänzendes Beispiel seiner wachen und hoch articulierten Sprechkunst erschien, wie ihm die Stadien des schlechten deutschen Benehmens so scharf genau von den Lippen gingen. Dann aber erfuhr ich von Zelter – es ist Zelter in Berlin, von dem ich spreche, der Musikant und Chordirector, den er ein wenig befremdender Weise des brüderlichen Du würdigt, – man muß sich vor solchen Erwählungen beugen, auch wenn man frei nach Grethchen zu sagen versucht ist: ›Begreife nicht, was er an ihm find't‹ – gleichviel! – Von Zeltern also höre ich, daß er ihm diesen Satz, von mir also am 16. notiert, unterm 9. aus Bad Tennstedt in einem Briefe haargenau so geschrieben, sodaß denn die Phrase, die ihm sehr gefallen haben muß, längst wohlgeformt Schwarz auf Weiß stand, da er sie mir im Gespräch als Impromptu servierte, – eine kleine Mogelei, die man schmunzelnd ad notam nimmt. Überhaupt, auch die Welt eines so gewaltigen Geistes, so weit sie sei, ist eine geschlossene, eine begrenzte Welt, ein Einiges, darin die Motive sich wiederholen und in großen Abständen dieselben Vorstellungen wiederkehren. Im Faust, bei jenem kostbaren Gartengespräch, erzählt Margarethe dem Geliebten von ihrem Schwesterchen, dem armen Wurm, das die Mutter nicht tränken kann, und das sie denn also ganz allein erzieht, ›mit Milch und Wasser‹. Wie tief in Lebensfernen liegt das zurück, als eines Tages Ottilie Charlottens und Eduards Knaben liebend aufzieht ›mit Milch und Wasser‹. Mit Milch und Wasser. Wie fest sitzt in dem ungeheuren Kopfe ein Leben lang diese Einbildung bläulich-dünner Flaschennahrung! Milch und Wasser. Wollen Sie mir sagen, wie ich auf Milch und Wasser komme, und was mich überall auf diese, wie mir nun scheint, völlig müßigen und abwegigen Détails gebracht hat?«

»Sie gingen von der Würde aus, Herr Doktor, die Ihrer Hilfstätigkeit, Ihrer Mitwirkung, die gewiß einmal historisch werden wird, an dem Werk meines großen Jugendfreundes gebührt. Erlauben Sie mir übrigens zu leugnen, daß Sie ein müßiges, ein uninteressantes Wort geäußert hätten!«

»Leugnen Sie nicht, Verehrteste! Man spricht immer müßiges Zeug, wenn es um einen allzu großen, allzu brennenden Gegenstand geht, und redet auf eine gewisse fieberhafte Weise am Rande hin, indem man zum eigentlich Wichtigen und Brennenden nicht nur nicht gelangt, es nicht nur töricht versäumt, sondern sich dabei auch noch selbst in dem stillen Verdachte hat, daß alles, was man redet, Vorwand ist, um das Eigentliche und Wichtige nur ja zu meiden. Ich weiß nicht, welche Kopflosigkeit und Panik da waltet. Allenfalls möchte es sich um einen Stauungsvorgang handeln: Kehren Sie eine volle Bouteille geschwinde um, die Öffnung nach unten, und das Liquidum wird nicht auslaufen, es wird in der Flasche stocken, obgleich der Weg ihm offen ist. Eine Erinnerung und Association, deren Unwesentlichkeit ich nun wieder mit Beschämung empfinde. Und doch! Wie oft ergehen viel Größere, unsäglich Größere als ich sich nicht in unwesentlichen Associationen! Um Ihnen von meiner nebenberuflichen oder in Wahrheit immer noch hauptberuflichen Tätigkeit ein Beispiel zu geben: Seit verwichenem Jahr legen wir eine neue Gesamtausgabe, auf zwanzig Bände berechnet, dem Öffentlichen vor, Cotta in Stuttgart bringt sie zu Markte und zahlt eine schöne Summe dafür, sechzehntausend Taler, ein großzügiger, ja kühner Mann, er bringt manches Opfer, glauben Sie mir, denn unleugbar ist es nun doch einmal so, daß das Publikum von einem großen Teil der Hervorbringungen des Meisters einfach nichts wissen will. Nun denn, zum Behuf dieser Gesamtausgabe sind wir zusammen, er und ich, die ›Lehrjahre‹ wieder durchgegangen; wir lasen sie miteinander von A bis Z, wobei ich mich durch den Hinweis auf manchen feineren grammatischen Zweifelsfall, auch mit Ratschlägen in Dingen der Rechtschreibung und Interpunktion, worin man durchaus nicht sehr fest ist, entschieden nützlich machen konnte. Auch fiel manches schöne Zwischengespräch für mich dabei ab über seinen Stil, den ich ihm zu seiner nicht geringen Unterhaltung kennzeichnete und erläuterte. Denn er weiß wenig von sich, ging wenigstens zu der Frist, als er den ›Meister‹ schrieb, nach seinem eigenen Geständnis noch durchaus schlafwandlerisch zu Werke und findet ein kindliches Vergnügen daran, über sich selber geistreich aufgeklärt zu werden, was nun wieder einmal weder Meyers noch Zelters, sondern des Philologen Sache ist. Es waren herrliche Stunden, Gott weiß es, die wir mit der Lektüre eines Werkes verbrachten, das den Stolz der Epoche bildet und auf Schritt und Tritt so viel Anlaß zum Entzücken gibt, obgleich auffallenderweise die Naturpoesie und das Landschaftsgemälde fast keinen Ort darin haben. Und da wir von müßigen Associationen sprachen – meine Verehrteste, welche weitschweifig kalte Behaglichkeit doch auch zwischenein in dem Buch! Welch ein Gespinst von unbedeutenden Gedankenfasern! Sehr oft, man muß sich darüber im klaren sein, sind Reiz und Verdienst allein in der endgültigen, der heiter treffenden und erquicklich genauen Formulierung von längst Gedachtem und Gesagtem zu suchen, womit sich denn freilich ein Neuigkeitszug und -reiz, eine träumerische Kühnheit und hohe Gewagtheit verbindet, die den Atem benimmt, – ja, dieser Widerspruch von artiger Convenienz und Verwegenheit, ja Tollheit ist gerade die Quelle der süßen Verwirrung, welche dieser einzigartige Autor uns zufügt. Als ich es ihm, mit gebotener Vorsicht, eines Tages aussprach, lachte er und erwiderte: ›Gutes Kind‹, sagte er, ›ich kann's nicht ändern, wenn euch zuweilen die Köpfe heiß werden von meinen Tränken.‹ Daß er mich, einen Menschen von über vierzig, der ihn in manchen Stücken zu belehren vermag, ›Gutes Kind‹ nennt, mag an und für sich ins Sonderbare fallen, mir aber macht es das Herz sowohl weich wie stolz, und jedenfalls beweist es eine Vertraulichkeit, worin der Unterschied von hohen und niederen, von würdigen und unwürdigen Dienstleistungen sich völlig aufhebt. Gemeine Schreiberdienste? Ich muß doch lächeln, verehrteste Hofrätin. Es ist ja an dem, daß ich durch lange Jahre einen großen Teil seiner Correspondenz nicht etwa nur dictatweise, sondern ganz selbständig für ihn, oder richtiger gesagt: als er selbst geführt habe, – an seiner Statt und in seinem Namen und Geiste. Hier nun kommt es, wie Sie sehen, mit der Selbständigkeit auf solchen Grad, daß sie gleichsam dialektisch in ihr Gegenteil umschlägt und zur totalen Selbstentäußerung wird, dergestalt, daß ich überhaupt nicht mehr vorhanden bin und nur er noch aus mir redet. Denn ich bewege mich in so curialisch geisterhaften und hochverschnurrten Wendungen, daß diejenigen seiner Briefe, die von mir sind, goethischer sein mögen als die von ihm dictierten; und da in der Gesellschaft meine Tätigkeit wohlbekannt ist, so herrscht oft der quälendste Zweifel, ob ein Brief von ihm ist oder von mir – eine törichte und eitle Sorge, wie man tadelnd hinzufügen muß, denn es läuft auf dasselbe hinaus. Zweifel freilich hege auch ich, und sie betreffen das Problem der Würde, das eines der schwierigsten und beunruhigendsten bleibt. In der Aufgabe des eigenen Mannes-Ich mag wohl, allgemein gesprochen, etwas Schändliches liegen – wenigstens argwöhne ich zuweilen, daß es darin liege. Wenn man aber auf diese Weise zu Goethe wird und seine Briefe schreibt, so ist eine höhere Würdigung doch auch wieder nicht vorstellbar. Auf der anderen Seite – wer ist er? Wer ist er nach allem und zuletzt, daß es nur überaus ehrenvoll und garnichts anders sein sollte, sich in ihm zu verlieren und ihm sein Lebens-Ich aufzuopfern? Gedichte, herrliche Gedichte – Gott weiß es. Ich bin auch Poet, anch'io sono poeta, ein unvergleichlich geringerer als er, mit Zerknirschung spreche ich es aus, und ›Es schlug mein Herz‹ geschrieben zu haben oder den ›Ganymed‹ oder ›Kennst du das Land‹ – nur eines davon – o, meine Teuerste, was gäbe man nicht dafür, – gesetzt man hätte gar viel zu geben! So Frankfurterische Reime freilich, wie er sich öfters leistet, – denn er reimt unbedenklich ›zeigen‹ und ›weichen‹, weil er mündlich allerdings ›zeichen‹, wenn nicht gar ›zeische‹ zu sagen pflegt – solche Reime also kommen bei mir nicht vor, zum ersten weil ich kein Frankfurter bin, dann aber auch, weil ich sie mir nicht erlauben dürfte. Sind sie jedoch das einzig Menschliche an seinem Werk? Mitnichten, gewiß nicht, denn zuletzt ist es Menschenwerk und setzt sich keineswegs nur aus Meisterwerken zusammen. Auch ist er des Wahnes garnicht, es tue das. ›Wer liefert auch lauter Meisterwerke?‹ äußert er gern und mit vielem Recht. Den ›Clavigo‹ hat ein gescheiter Jugendfreund von ihm, Merck, aber Sie kennen ihn ja, einen ›Quark‹ genannt, und er selbst scheint nicht gar weit ab von dieser Meinung, denn er pflegt davon zu sagen: ›Muß ja doch nicht immer alles über alle Begriffe sein!‹ Ist das nun Bescheidenheit oder was ist es? Es ist eine verdächtige Bescheidenheit. Und doch ist er auch wieder wahrhaft bescheiden in seines Herzens Grunde, bescheiden wie ein anderer an seiner Statt es vielleicht nicht wäre, und sogar kleinlaut hab' ich ihn schon erfunden. Nach Beendigung der ›Wahlverwandtschaften‹ war er tatsächlich kleinlaut und hat erst später über diese Arbeit so hoch denken gelernt, wie es zweifellos geboten ist. Ist er doch empfänglich für Lob und läßt sich gern überzeugen, daß er ein Meisterwerk geschaffen habe, ob er gleich vorher ernstliche Zweifel darüber hegt. Man darf freilich nicht vergessen, daß sich mit seiner Bescheidenheit ein Selbstbewußtsein paart, das schlechterdings ins Stupende geht. Er ist imstande, von seiner seltsamen Artung, von gewissen Schwächen und Schwierigkeiten seiner Natur zu sprechen und mit unbefangenster Miene hinzusetzen: ›Dergleichen möchte denn als die Kehrseite meiner gewaltigen Vorzüge zu betrachten sein.‹ Der Mund bleibt einem offen stehen, ich versichere Sie, wenn man es hört, und fast grauen möchte es einem vor soviel Einfalt, wenn man sich freilich gesteht, daß eben die Vereinigung außerordentlicher Geistesgaben mit solcher Naivität es ist, die das Entzücken der Welt hervorbringt. Aber soll man sich damit zufrieden geben? Ist es auch wohl eine hinlängliche Rechtfertigung für das Mannesopfer? Warum nur er? frage ich mich oft, wenn ich andere Dichter lese, den frommen Claudius, den lieben Hölty, den edlen Matthisson. Ist da nicht der holde Laut der Natur, nicht Innigkeit und traute deutsche Melodie wie nur je bei ihm? ›Füllest wieder Busch und Tal‹ ist ein Juwel, ich gäbe mein Doktordiplom dafür, nur zwei Strophen davon gemacht zu haben. Aber des Wandsbeckers ›Der Mond ist aufgegangen‹, ist das soviel geringer, und müßte Er sich der ›Mainacht‹ von Hölty schämen: ›Wann der silberne Mond durch die Gesträuche blinkt‹? Durchaus nicht. Im Gegenteil! Man kann nur froh sein, daß neben ihm sich andere frisch behaupten, sich nicht von seiner Größe erdrücken und lähmen lassen, sondern seiner Naivität die ihre entgegensetzen und singen, als gäb' es ihn nicht. Man sollte ihr Lied deswegen noch desto höher ehren, denn nicht ganz allein auf den absoluten Wert eines Produktes sollte es ankommen, sondern auch eine sittliche Wertung statthaben dürfen, welche nach den Bedingungen sieht, unter denen etwas getan ward. Ich frage: Warum nur er? Was kommt hinzu bei ihm, das ihn zum Halbgott macht, ihn zu den Sternen erhebt? Ein großer Charakter? Aber was ist es denn mit diesen Eduard, Tasso, Clavigo und selbst diesen Meister und Faust? Gibt er sich selbst, so gibt er Problematiker, Schächer und Schwächlinge. Wahrhaftig, ich habe Stunden, teuerste Frau, wo ich an Cassius' Worte denke im ›Cäsar‹ des Briten: ›Götter! ich erstaune, wie nur ein Mann so schwächlicher Natur der stolzen Welt den Vorsprung abgewann und nahm die Palm' allein.‹«

Ein Schweigen trat ein. Die großen weißen Hände Riemers, mit dem goldenen Siegelring am Zeigefinger der Rechten, zitterten merklich trotz ihrer Ruhelage auf der Krücke des Stockes, und auch das geschwinde Kopfnicken der alten Dame hatte wieder seinen Lauf. Charlotte sagte:

»Fast könnte ich mich gehalten fühlen, Herr Doktor, meinen und meines seligen Mannes Jugendfreund, den Dichter des ›Werther‹, eines Werkes, das Sie garnicht erwähnen, obgleich es doch die Basis seines Ruhmes und meiner Meinung nach das Herrlichste geblieben ist, was er geschrieben hat, – in Schutz zu nehmen gegen eine gewisse Opposition, die Sie – verzeihen Sie – seiner Größe zu machen scheinen. Aber ich bin dieser Versuchung oder Pflicht überhoben, sobald ich mich erinnere, daß Ihre – ich möchte sagen: Solidarität mit dieser Größe der meinen nichts nachgibt, daß Sie sein Freund und Helfer sind seit dreizehn Jahren, und daß Ihre Kritik – oder wie ich es nennen soll – kurz, was ich den Realism Ihrer Betrachtungsweise nannte, ein Maß von treuer Bewunderung zur Voraussetzung hat, vor dem mein Eintreten, meine Verteidigung sich recht lächerlich, recht mißverständlich ausnehmen möchten. Ich bin eine einfache Frau, aber ich verstehe vollkommen, daß man gewisse Dinge nur sagt, weil man tiefer als jeder andere davon durchdrungen ist, daß der Gegenstand sie spielend aushalten kann, wobei denn wohl die Begeisterung die Sprache der Bosheit redet und die Hechelei zu einer anderen Form der Verherrlichung wird. Habe ich es damit getroffen?«

»Sie sind sehr gütig«, antwortete er, »sich desjenigen anzunehmen, der es nötig hat, und mein Versprechen freundlich
richtig zu stellen. Offen gestanden weiß ich nicht, was ich gesagt
habe, aber Ihren Worten entnehme ich, daß es mir zustieß, mich
zu versprechen. Die Zunge spielt uns wohl einen Streich im
Kleinen, daß wir ein Wort oder zwei höchst komisch verdrehen
und in das Lachen der Hörer einzustimmen genötigt sind. Anläßlich des Großen aber versprechen wir uns in großem Maß-
stabe, und ein Gott kehrt uns lange das Wort im Munde um,
sodaß wir lobpreisen, wo wir zu schmähen – und fluchen, wo
wir zu segnen gedachten. Ich stelle mir vor, daß der Saal der
Himmlischen erfüllt ist von homerischem Gelächter ob solcher
Niederlage unseres Mundes. Aber im Ernst: Es scheint nutzlos
und inadäquat, vom Großen nur immer zu sagen ›Groß! Groß!‹
und beinahe läppisch, vom Gipfel der Liebenswürdigkeit lieblich zu reden. Darum aber handelt sich's hier, – um die sanfteste
Form, worin Großheit auf Erden erscheinen mag: Das Dichtergenie; um die Größe in Gestalt höchster Liebenswürdigkeit, das
Liebenswürdige zur Größe gesteigert. So wohnet es unter uns
und redet mit Engelsmund. Mit Engelsmund, teuerste Frau!
Schlagen Sie sein Werk, diese Welt von einem Werke auf, wo Sie
wollen; nehmen Sie nur etwas wie das Vorspiel auf dem Theater – ich las es noch heute Morgen wieder, in Erwartung des
Barbiers –, nehmen Sie ein solches heiter-tiefsinniges Nebenbei
wie die Parabel vom Fliegentod:

> ›Sie saugt mit Gier verrätrisches Getränke,
> Unabgesetzt, vom ersten Zug verführt;
> Sie fühlt sich wohl, und längst sind die Gelenke
> Der zarten Beinchen schon paralysiert...‹

– aber es ist der lächerliche Zufall, die blindeste Willkür, daß ich
just dies und nichts anderes aus der unabsehbaren Fülle des köst-
lich sich Anbietenden greife – kurzum, wie ist das alles mit
Engelsmund, mit dem schön geschwungenen Göttermund der
Vollendung gesprochen, wie ist es geprägt in jeder Erscheinung,
als Theaterstück, als Lied, als Erzählung, als deutscher Kern-

spruch, mit dem Stempel persönlichster Liebenswürdigkeit, – der Egmont-Liebenswürdigkeit! Ich nenne sie so, und es drängt sich dieses Stück in meine Gedanken, weil hier eine besonders glückliche Einheit und innere Entsprechung waltet und die keineswegs tadelsfreie Liebenswürdigkeit des Helden genau mit der gleichfalls keineswegs tadelsfreien Liebenswürdigkeit des Werkes selbst correspondiert, worin er wandelt. Oder nehmen Sie seine Prosa, die Erzählungen und Romanen, – wir haben das Thema wohl schon berührt, ich erinnere mich dunkel, schon davon gesprochen, mich darüber versprochen zu haben. Es gibt keine goldnere Gefälligkeit, keine bescheidnere und heiterere Genialität. Da ist nicht Pomp noch Hochgefühl, nichts von Gehobenheit im äußerlichen Sinn – obgleich innerlich alles wunderbar gehoben ist und jeder andere Vortragsstil, nämlich gerade der gehobene, einem daneben platt erscheint, – von Feierlichkeit nichts und priesterlicher Gebärde, nichts von Verstiegenheit und Überschwang, kein Feuersturm und Geschmetter der Leidenschaft – im stillen, sanften Säuseln, meine Liebe, ist Gott auch hier. Man möchte von Nüchternheit, von purer Nettigkeit reden, besänne man sich nicht, daß diese Sprache allerdings immer zum Äußersten geht, aber sie tut es auf einer mittleren Linie, mit Gesetztheit, mit vollkommener Artigkeit, ihre Kühnheit ist diskret, ihre Gewagtheit meisterlich, ihr poetischer Takt unfehlbar. Es kann sein, daß ich mich fortwährend verspreche, aber ich schwöre Ihnen – obgleich es der Sache wenig gemäß sein mag, wilde Schwüre zu leisten –, daß ich mich jetzt ebenso mühe, die Wahrheit zu sagen, wie da ich entgegengesetzte Ausdrücke gebrauchte. Ich sage, ich versuche zu sagen: Es ist da alles in mittlerer Stimmlage und Stärke gesprochen, mäßig durchaus, durchaus prosaisch, aber das ist der wunderlich übermütigste Prosaism, welchen die Welt gesehen: neuschaffen Wort hat lächelnd verwunschenen Sinn, ins Heiter-Geisterhafte wallt es hinüber, goldig zugleich, oder ›goldisch‹ wie's in der Heimat heißt, und völlig sublim, – aufs angenehmste gebunden, moduliert aufs Gefälligste, voll kindlich klugen Zaubers, trägt es sich vor in gesitteter Verwegenheit.«

»Sie sprechen vortrefflich, Doktor Riemer. Ich höre Ihnen mit all der Dankbarkeit zu, die die Genauigkeit erweckt. Sie haben eine Art, sich über den Sachverhalt auszudrücken, die von eindringlichster Beschäftigung damit, einem langen und scharfen Hinsehen zeugt. Und trotzdem, lassen Sie mich das gestehen, bin ich nicht sicher, ob Ihre Befürchtung, Sie möchten sich auch jetzt noch versprechen über den außerordentlichen Gegenstand, ganz ungerechtfertigt ist. Ich kann nicht leugnen, daß mein Vergnügen, mein Beifall doch recht fern davon sind, eigentliche Befriedigung, volles Genüge zu bedeuten. Ihre Lobrede hat – vielleicht gerade vermöge ihrer Genauigkeit – etwas Herabminderndes, sie hat noch immer einen Einschlag von Hechelei, der mir heimlich bange macht und auf den Widerspruch meines Herzens stößt, – dies Herz ist versucht, sie eine Fehlrede zu nennen. Möge es töricht sein, vom Großen nur immer zu sagen: ›Groß! Groß!‹, mögen Sie es vorziehen, mit einer Genauigkeit davon zu reden, deren Charakter ich, glauben Sie mir, nicht verkenne, von der ich wohl weiß, wohl fühle, daß sie der Liebe entstammt. Aber trifft man auch wohl, halten Sie mir die Frage zugute, mit bloßer Genauigkeit das Werk der Dichter-Begeisterung?«

»Begeisterung«, wiederholte Riemer. Er nickte längere Zeit schwer und langsam auf seine Stockkrücke und die darauf liegenden Hände hinab. Plötzlich aber hielt er inne und änderte die Bewegung in ein weit nach rechts und links schwingendes Kopfschütteln.

»Sie irren«, sagte er, »er ist nicht begeistert. Er ist etwas anderes, ich weiß nicht, was, etwas Höheres vielleicht sogar, sagen wir: er ist erleuchtet; aber begeistert ist er nicht. Können Sie sich Gott, den Herrn, begeistert vorstellen? Das können Sie nicht. Gott ist ein Gegenstand der Begeisterung, aber ihm selbst ist sie notwendig fremd; man kann nicht umhin, ihm eine eigentümliche Kälte, einen vernichtenden Gleichmut zuzuschreiben. Wofür sollte Gott sich begeistern? Wofür Partei nehmen? Er ist ja das Ganze, und so ist er seine eigene Partei, er steht auf seiner Seite, und seine Sache ist offenbar eine umfassende Ironie. Ich bin kein Theolog, verehrteste Frau, und kein Philosoph, aber die Erfahrung hat mich oft zum Nachdenken veranlaßt über die Verwandtschaft, ja Einerleiheit des Alls mit dem Nichts, dem nihil, und wenn es erlaubt ist, von diesem unheimlichen Wort eine Bildung abzuleiten, die eine Gesinnungsart, ein Weltverhalten bezeichnet, so kann man den Geist der Allumfassung mit demselben Recht den Geist des ›Nihilism‹ nennen, – woraus sich ergäbe, daß es ganz irrtümlich ist, Gott und Teufel als entgegengesetzte Principien aufzufassen, daß vielmehr, recht gesehen, das Teuflische nur eine Seite – die Kehrseite, wenn Sie wollen – aber warum die Kehrseite? – des Göttlichen ist. Wie denn auch anders? Da Gott das Ganze ist, so ist er auch der Teufel, und man nähert sich offenbar dem Göttlichen nicht, ohne sich auch dem Teuflischen zu nähern, sodaß einem sozusagen aus einem Auge der Himmel und die Liebe und aus dem anderen die Hölle der eisigsten Negation und der vernichtendsten Neutralität hervorschaut. Aber zwei Augen, meine Teuerste, ob sie nun näher oder weiter bei einander liegen, ergeben e i n e n Blick und nun möchte ich Sie fragen: was für ein Blick ist es, zu dem und in dem der erschreckende Widerspruch der Augen sich aufhebt? Ich will es Ihnen sagen, Ihnen und mir. Es ist der Blick der Kunst, der absoluten Kunst, welche zugleich die absolute Liebe und die absolute Vernichtung oder Gleichgültigkeit ist und jene erschreckende Annäherung ans Göttlich-Teuflische bedeutet, welche wir, ›Größe‹ nennen. Da haben Sie es. Indem ich es ausspreche, glaube ich zu bemerken, daß es dies war, was ich Ihnen zu sagen wünschte von dem Augenblick an, da der Barbier mich von Ihrer Anwesenheit benachrichtigte; denn ich nahm an, daß es Sie interessieren werde, und auch im Interesse meiner eigenen Erleichterung trieb es mich her. Sie können sich denken, daß es keine Kleinigkeit, daß es ein wenig échauffierend ist, mit dieser Erfahrung, im Angesicht dieses Phänomens so alltäglich zu leben, – daß es eine gewisse Überanstrengung bedeutet, – von welcher jedoch sich zu trennen, um nach Rostock zu gehen, wo dergleichen bestimmt nicht vorkommt, allerdings ganz unmöglich ist... Wenn ich Ihnen die Sache näher beschreiben soll – ich glaube es Ihnen anzusehen, daß ich nicht fälschlich Ihr Interesse dafür vorausgesetzt habe und Sie Genaueres von mir darüber zu hören verlangen – kurz, wenn ich noch ein Wort über die Erscheinung verlieren darf, so hat sie mich öfters schon an den Jakobssegen der Schrift, am Ende der Genesis, denken lassen, wo es, Sie erinnern sich, von Joseph heißt, er sei von dem Allmächtigen gesegnet ›mit Segen oben vom Himmel herab und mit Segen von der Tiefe, die unten liegt‹. Verzeihen Sie, es ist eine nur scheinbar weite Ausbeugung, daß ich auf diese Schriftstelle zu sprechen komme, – ich habe meine Gedanken beisammen und bin weniger als je in Gefahr, den Faden zu verlieren. Sprachen wir doch von der Vereinigung der mächtigsten Geistesgaben mit der stupendesten Naivität in e i n e r menschlichen Verfassung und merkten an, daß es diese Verbindung sei, die das höchste Entzücken der Menschheit ausmache. Von nichts anderem ist aber mit jenem Segensworte die Rede. Es handelt sich um den Doppelsegen des Geistes und der Natur – welcher, wohl überlegt, der Segen – aber im Ganzen ist es wohl ein Fluch und eine Apprehension damit – des Menschengeschlechts überhaupt ist; der Mensch gehört ja grundsätzlich mit erheblichen Teilen seines Wesens der Natur, mit anderen aber und, man kann sagen: entscheidenden, der Welt des Geistes an, sodaß man mit einem etwas lächerlichen Bilde, welches jedoch das Apprehensive der Sache recht gut zum Ausdruck bringt, sagen könnte, wir stünden mit einem Bein in der einen und mit dem anderen in der anderen Welt, – eine halsbrecherische Stellung, deren Schwierigkeit das Christentum uns am tiefsten und lebhaftesten empfinden gelehrt hat: man ist Christ, indem man sich von dieser ängstlichen und oft beschämenden Situation die klarste Rechenschaft gibt und sich nach Befreiung aus den natürlichen Banden ins Reine, Geistige sehnt. Christentum ist Sehnsucht, – ich glaube mit dieser Bestimmung nicht fehlzugehen. Ich komme scheinbar vom Hundertsten ins Tausendste – lassen Sie sich davon nicht beunruhigen! Ich vergesse über dem Tausendsten das Hundertste nicht, noch auch das Erste, und halte den Faden fest in der Hand. Denn da haben wir nun das erwähnte

Phänomen der Größe, des großen Menschen, – welcher in der Tat ebensosehr Mensch als groß ist, insofern jener Segensfluch, jene apprehensive menschliche Doppelsituation in ihm zugleich auf die Spitze getrieben und aufgehoben erscheint, – ich sage aufgehoben in dem Sinne, daß von Sehnsucht und dergleichen Hungerleiderei hier gar die Rede nicht sein kann und die Segenscombination, oben vom Himmel herab und von der Tiefe, die unten liegt, jedes fluchhaften Einschlages entbehrt, zur Formel wird einer, ich will nicht sagen: demutlosen, aber ungedemütigten und absolut vornehmen Harmonie und Erdenseligkeit. In dem großen Menschen culminiert das Geistige, ohne daß irgendwelche Feindseligkeit gegen das Natürliche ihm anhaftete; denn der Geist nimmt in ihm einen Charakter an, zu dem die Natur Vertrauen hat wie zum Schöpfergeist selbst, weil er auf irgend eine Weise mit diesem verbunden, ein dem Schöpferischen vertrauter Geist ist, der Bruder der Natur, dem sie willig ihre Geheimnisse offenbart; denn das Schöpferische ist das traulich geschwisterliche Element, das Geist und Natur verbindet und worin sie eines sind. Dies Phänomen des großen Geistes, der zugleich der Liebling und Vertraute der Natur ist, dies Phänomen unchristlicher Harmonie und Menschengröße – Sie werden begreifen, daß es einen nicht neun, nicht vierzehn Jahre, sondern eine ganze Ewigkeit zu fesseln imstande ist und daß kein Mannesehrgeiz, mit dessen Erfüllung der Verzicht auf seinen Umgang verbunden wäre, sich dagegen zu behaupten und am Leben zu erhalten vermag. Ich sprach von süßer und bitterer Ehre – ich erinnere mich diese Unterscheidung statuiert zu haben. Aber welche Ehre könnte süßer sein, als der Liebesdienst an diesem Phänomen, als die Begnadung, an seiner Seite zu leben und täglich seinen Anblick zu schlürfen, – unabgesetzt, vom ersten Zug verführt? Fragten Sie nicht, ob man sich wohl fühle bei ihm? Ich glaube mich dunkel zu erinnern, daß des exceptionellen Wohlseins Erwähnung geschah, das seine Nähe einflößt, und das denn doch mit einiger Apprehension und Beklommenheit verbunden sei, sodaß man es zeitweilig auf seinem Stuhle nicht aushalte und davon laufen möchte... Jetzt erinnere ich mich genau an den Zusammenhang, – wir sprachen davon aus Anlaß seiner Duldsamkeit, seines Geltenlassens, seiner Concilianz – ich glaube, daß dieser Ausdruck fiel, der aber insofern irreführend ist, als man dabei an Milde und Christentum und dergleichen denken könnte, was eben irrig wäre, und zwar weil Concilianz kein Phänomen für sich bildet, sondern ihrerseits zusammenhängt mit der Einerleiheit von All und Nichts, von Allumfassung und Nihilism, von Gott und Teufel, – sie ist tatsächlich das Erzeugnis dieser Einerleiheit und hat daher mit Milde nichts zu tun, sondern läuft vielmehr auf eine ganz eigentümliche Kälte, einen vernichtenden Gleichmut hinaus, auf die Neutralität und Indifferenz der absoluten Kunst, teuerste Frau, die ihre eigene Partei ist und, wie es im Verschen heißt, ›ihr Sach auf nichts gestellt‹ hat, will sagen: auf umfassende Ironie. Im Wagen sagte er einmal zu mir: ›Ironie‹, sagte er, ›ist das Körnchen Salz, durch welches das Aufgetischte überhaupt erst genießbar wird.‹ Mir blieb nicht nur der Mund offen, sondern es lief mir auch kalt den Rücken hinunter bei diesen Worten; denn Sie sehen einen Mann in mir, Verehrteste, der in Dingen des Gruselns nun einmal nicht so begriffstutzig ist wie Der, der auszog es zu lernen; mich gruselt es leicht, das gestehe ich unumwunden, und hier war ohne Zweifel ein zureichender Anlaß dazu. Überlegen Sie, was das heißen will: es sei nichts genießbar ohne einen Beisatz von Ironie, id est von Nihilism. Das ist der Nihilism selbst und die Vernichtung der Begeisterung, vorbehaltlich allenfalls derjenigen für die absolute Kunst, wenn das eine Begeisterung zu nennen ist. Ich habe diese Äußerung nie vergessen, obgleich ich im Ganzen die Beobachtung gemacht habe – und es ist eine etwas unheimliche Beobachtung –, daß man leicht vergißt, was er gesagt hat. Man vergißt es leicht. Das mag zum Teil daher kommen, daß man ihn liebt und zu sehr auf die Stimme, den Blick, den Ausdruck achtet, womit er etwas sagt, als daß für das Gesagte genug Aufmerksamkeit übrig bliebe, – richtiger: es mag vielleicht nicht genug von dem Gesagten übrig bleiben, wenn man Blick, Stimme und Gebärde davon abzieht, denn sie gehören zur Sache, und in einem mehr als gewöhnlichen Grade ist bei ihm das Sachliche an das Persönliche gebunden und durch dasselbe – ich getraue mich zu sagen: bis in seine Wahrheit hinein bedingt, sodaß es am Ende ohne Zutat und Halt des Persönlichen garnicht mehr wahr ist. Das alles mag sein, ich sage nichts dagegen. Und doch genügt es nicht ganz, die auffallend leichte Vergeßbarkeit seiner Äußerungen zu erklären, – es muß da noch eine Ursache sein, die in den Äußerungen selber liegt, und hier habe ich den Widerspruch im Sinn, den sie oftmals in sich selber tragen, eine unnennbare Zweideutigkeit, die, wie es scheint, die Sache der Natur und der absoluten Kunst ist und ihre Haltbarkeit, ihre Behältlichkeit beeinträchtigt. Behältlich und dem armen Menschengeist dienlich ist nur das Moralische. Was aber nicht moralisch ist, sondern elementarisch, neutral und boshaft-verwirrend, kurzum elbisch – lassen Sie uns an diesem Worte festhalten: ›elbisch‹ habe ich gesagt –, was aus einer Welt des allgemeinen Geltenlassens und der vernichtenden Toleranz kommt, einer Welt ohne Zweck und Ursach', in der das Böse und das Gute ihr gleiches ironisches Recht haben, das kann der Mensch nicht behalten, weil er kein Vertrauen dazu haben kann, ausgenommen allerdings das ungeheuere Vertrauen, das er nun dennoch auch wieder dazu hat, und welches beweist, daß der Mensch zum Widerspruchsvollen nur widerspruchsvoll sich verhalten kann. Denn, teuerste Frau, dies grenzenlose Vertrauen entspricht einer ungeheueren Gutmütigkeit, die mit dem elbischen Wesen verbunden ist und ihm zugleich entgegensteht, sodaß es ihm widerspricht und ihm antwortet: ›Was weißt du, was der Mensch bedarf!‹ Ihm antwortet: ›Ein reines Wort erreget schöne Taten. Der Mensch fühlt sein Bedürfnis nur zu sehr und läßt sich gern im Ernste raten.‹ So werden aus lauter Gutmütigkeit das Natur-Elbische und die umfassende Ironie denn doch moralisch, – aber, offen gestanden, das ungeheuere Vertrauen, das man ihm entgegenbringt, ist garnicht moralisch, – sonst wäre es nicht so ungeheuer. Es ist seinerseits elementarisch, naturhaft und umfassend. Es ist das unmoralische, aber den Menschen ganz erfüllende Vertrauen zu einer Gutmütigkeit, die ihren Mann zu einem geborenen Beichtvater und Großpoenitentiarius macht, welcher alles weiß und alles kennt, und dem man durchaus alles sagen möchte und sagen könnte, weil man spürt, daß er gar gern den Menschen etwas zu Liebe tun, ihnen die Welt zugute machen und sie leben lehren möchte – nicht aus Achtung gerade, aber eben aus Liebe, oder sagen wir vielleicht lieber: aus Sympathie; ziehen wir dieses Wort vor, das mir zu dem mehrfach erwähnten und ganz außerordentlichen Wohlsein, das man in seiner Nähe empfindet, und auf das ich nur darum zurückkomme, weil es mir noch nicht gelang, mich wirklich darüber auszulassen, – besser zu passen, es besser zu erklären scheint, als jenes andere, pathetischere. Auch das Wohlsein ist nicht pathetisch, will sagen: es ist nicht geistiger, sondern eher – sehen Sie meiner Not die Worte nach! – betulicher, sinnlicher Art, und wenn es auch seinerseits seinen Widerspruch, nämlich die äußerste Beklommenheit und Apprehension in sich trägt; wenn ich von einem Stuhle gesprochen haben sollte, auf dem man vor panischem Fluchtdrang nicht ruhig sitzen könne, so muß das wohl mit dem nicht-geistigen, nicht-pathetischen und nicht-moralischen Wesen des Wohlgefühls zusammenhängen; vor allen Dingen aber ist anzunehmen, daß dieses Unbehagen nicht primär aus uns selber stammt, sondern von dort, woher auch das Wohlsein, dem es zugehört, sich uns mitteilt, nämlich aus der Identität von All und Nichts, aus der Sphäre der absoluten Kunst und der umfassenden Ironie. Denn daß dort das G l ü c k nicht wohnt, meine Liebe, davon hege ich eine so ungeheuere Ahnung, daß sie mir manchmal das Herz zu sprengen droht. Halten Sie Proteus, der sich in alle Formen verwandelt und in allen zu Hause ist, der zwar immer Proteus, aber immer ein anderer ist und recht eigentlich sein Sach' auf nichts gestellt hat, – halten Sie ihn, erlauben Sie mir zu fragen, für ein glückliches Wesen? Er ist ein Gott, oder etwas wie ein Gott, und das Göttliche spüren wir gleich, die Alten haben uns gelehrt, daß ein eigentümlicher Wohlgeruch damit verbunden ist, woran man es gleich erkenne, und an diesem Gottesozon, den wir in seiner Nähe atmen, erkennen auch wir den Gott und das Göttliche, – es ist ein unbeschreiblich angenehmer Eindruck. Aber wenn wir sagen: ein Gott, so sagen wir schon etwas Unchristliches, und es ist bei alldem kein Christentum, das ist nun einmal gewiß, – kein Glaube an etwas Gutes in der Welt und keine Parteinahme für dieses, will sagen: kein Gemüt und keine Begeisterung, denn die Begeisterung gilt dem Ideellen, der ganz Natur gewordene Geist aber schätzt die Ideen äußerst gering, er ist ein ungläubiger Geist, ohne Gemüt, welches bloß in der Gestalt der Sympathie und einer gewissen Buhlerei bei ihm erscheint, und seine Sache ist ein alles umfassender Skepticism – der Skepticism des Proteus. Der wunderbar angenehme Eindruck, den wir verspüren, darf uns meiner Überzeugung nach nicht verleiten, zu glauben, daß hier das Glück wohnt. Denn das Glück, ich müßte denn ganz und gar irren, ist allein bei der Glaubigkeit und der Begeisterung, ja bei der Parteinahme, nicht aber bei der elbischen Ironie und dem vernichtenden Gleichmut. Gottesozon – o ja! Nie atmet man sich satt daran. Aber man läßt sich nicht neun plus vier Jahre beglücken von diesem Fluidum, ohne Erfahrungen zu machen und auf Erscheinungen zu stoßen, Erscheinungen, die man gewißlich nicht mißversteht, wenn man sie als leise schauerliche Belege deutet für das, was ich vom Glücke sagte, als da ist: viel Mürrischkeit, Unlust und hoffnungsloses Verstummen, dessen die Sozietät sich von ihm zu versehen hat, wenn das Unglück es will, – nicht von dem Gastgeber, nein, als solcher erlaubt er sich's nicht, wohl aber vom Gaste, der in maussades Schweigen verfällt und grämlich verschlossenen Mundes aus einem Winkel in den anderen irrt. Denken Sie sich diese Calamität und Bedrückung! Alles schweigt, – denn wenn er stumm ist, wer soll da reden? Bricht er dann auf, schleicht alles nach Haus und murmelt betreten: ›Er war maussade.‹ Er ist es ein wenig oft. Wir haben da eine Kälte und Steifigkeit, ein gepanzertes Ceremoniell, hinter dem geheimnisvolle Verlegenheit sich verbirgt, eine seltsam rasche Ermüdbarkeit und Angegriffenheit, einen starren Cirkel und Turnus des Daseins: Weimar – Jena – Carlsbad – Jena – Weimar –, eine wachsende Neigung zur Einsamkeit, zur Verknöcherung, tyrannischen Intoleranz,

Pedanterei, Sonderbarkeit, magischen Manieriertheit, – meine liebe, gute, teuerste Frau, das ist nicht das Alter allein, das Alter brauchte so nicht zu sein, was ich darin sehe, darin zu sehen gelernt habe, das sind die leise schauerlichen Merkmale vollendeter Ungläubigkeit und der elbischen All-Ironie, welche an die Stelle der Begeisterung den Zeitdienst, die wunderlichste Geschäftigkeit und die magische Ordnung setzt. Die Menschen achtet sie nicht – es sind Bestien, und ewiglich wird's nicht besser werden mit ihnen. An Ideen glaubt sie nicht – Freiheit, Vaterland, das hat keine Natur und ist leeres Stroh. Aber da sie der Sinn der absoluten Kunst ist, – glaubt sie denn auch nur an die Kunst? Das tut sie mitnichten, meine Verehrte. Sie steht im Grunde recht souverän dazu. ›Ein Gedicht‹, habe ich ihn sagen hören, ›ist eigentlich garnichts. Ein Gedicht, wissen Sie, ist wie ein Kuß, den man der Welt gibt. Aber aus Küssen werden keine Kinder.‹ Danach wollte er nichts mehr sagen. Aber Sie wollten etwas bemerken, wenn ich nicht irre?«

Die Hand, die er gegen sie ausstreckte, um ihr gleichsam das Wort damit zu erteilen, zitterte in schon unerlaubtem und Besorgnis erregendem Grade; aber er schien es nicht zu bemerken, und obgleich Charlotte dringend wünschte, er möge die Hand doch einziehen, hielt er sie ungeachtet ihrer wie von einer Bodenerschütterung bebenden, ja schlenkernden Finger längere Zeit in der Luft. Der Mann schien völlig erschöpft, und das war nicht zu verwundern. Man redet nicht dermaßen lange in einem Zuge und in so angespannter Wohlgesetztheit von solchen Dingen, das heißt von Dingen, die einem so nahe gehen, wie diese hier dem Doktor offenbar gingen, ohne sich übermäßig auszugeben und die Symptome zu zeigen, die Charlotte mit Ergriffenheit und – um ein Vorzugswort des Besuchers zu gebrauchen – mit ›Apprehension‹, übrigens auch nicht ganz ohne Widerwillen an ihm wahrnahm: er war bleich, Schweißtropfen standen auf seiner Stirn, seine Rindsaugen blickten blind und glotzend, und sein offener Mund, dessen sonst bloß maulender Zug dem Ausdruck der tragischen Maske ähnlicher geworden war, atmete schwer, rasch und hörbar.

Nur langsam beruhigte sich das Schnaufen und Beben seines Leibes, und da keine zartfühlende Frau es als angenehm und schicklich empfindet, einen Mann in – sei es wie immer begründetem – keuchendem Affecte vor sich zu sehen, so suchte Charlotte, sehr tapfer – denn auch ihre Erregung und Spannung war groß, ja abenteuerlich – der Beruhigung durch ein heiteres Lachen nachzuhelfen, das dem Scherzwort vom Kusse galt. Wirklich war dieses ihr gewissermaßen zum Stichwort geworden; sie hatte darauf mit einer Bewegung reagiert, die Riemer als Zeichen, daß sie zu sprechen wünschte, gedeutet hatte, – nicht fälschlich, obgleich ihr nicht klar war, was sie sagen wollte. Sie sagte jetzt und redete gleichsam aufs Geratewohl:

»Aber was wollen Sie nur, mein lieber Herr Doktor? Es geschieht doch der Poesie kein Übel und Unrecht, wenn man sie mit einem Kuß vergleicht. Das ist im Gegenteil ein sehr hübscher Vergleich, der der Poesie durchaus das Ihre gibt, nämlich das Poetische, und sie in den gehörigen, ehrenden Gegensatz zu Leben und Wirklichkeit bringt... Wollen Sie wissen«, fragte sie unvermittelt und als falle ihr etwas ein, womit sie den échauffierten Mann zerstreuen und auf andere Gedanken bringen könnte, »wieviel Kindern ich das Leben geschenkt habe? Elfen, – wenn ich die beiden mitzähle, die Gott wieder zu sich nahm. Verzeihen Sie meine Ruhmredigkeit, – ich war eine leidenschaftliche Mutter und gehöre zu den stolzen, die gern ihr Licht leuchten lassen und auf ihren Segen pochen, – eine christliche Frau braucht ja nicht zu befürchten, so verhängnisvoll damit anzustoßen wie die heidnische Königin, – wollen Sie meinem Namensgedächtnis zu Hilfe kommen? – Niobe, der es so übel bekam. Übrigens liegt Kinderreichtum in meiner Familie, es ist kein persönlich Verdienst dabei. Wir daheim im Deutschordenshause wären zu sechzehn gewesen ohne den Tod von Fünfen, – die kleine Schar, bei der ich Mutter spielte, ehe ich's war, hat ja ein gewisses Renommé erlangt in der Welt, und ich weiß noch wohl, was für ein Gaudium mein Bruder Hans, der mit Goethen immer auf besonders kordialem Fuß gestanden, an dem Werther-Buch hatte, als es im Hause von Hand zu Hand ging, – es waren zwei Exemplare, die man in Bogen und Blätter zerlegte zum gleichzeitigen Genuß, und das jüngere Volk, der muntere Hans zumal, ließ sich in seinem Vergnügen, die eigenen häuslichen Verhältnisse in einem Romanbuch so artig genau geschildert zu finden, nicht beikommen, wie sehr verletzt und verschreckt wir beide, mein Guter und ich, uns fühlen mußten über diese Ausstellung unserer Personen, über soviel Wahrheit, an die soviel Unwahrheit geklebt war...«

»Eben hiernach«, fiel der Besucher, der sich zu erholen begann, angelegentlich ein, »eben nach diesen Gefühlen war ich schon im Begriffe mich zu erkundigen.«

»Ich komme nur so darauf«, fuhr Charlotte fort, »ich weiß nicht wie, und will dabei nicht verweilen. Es sind vernarbte Wunden, und kaum die Narben noch erinnern an ehemalige Schmerzen. Das Wort ›angeklebt‹ kam mir in den Sinn, weil es damals eine Rolle spielte in der Auseinandersetzung und der Freund sich in Briefen gar lebhaft dagegen verwahrte. Es schien ihm vor allem nahe zu gehn. ›Nicht angeklebt –: e i n g e w o b e n ‹ schrieb er, ›trutz euch und andern!‹ Nun gut, also eingewoben. Das machte für uns die Sache nicht besser und schlechter. Er tröstete Kestnern auch, er sei nicht Albert, beileibe nicht, – aber wenn es die Leute doch glauben mußten? Daß ich nicht Lotte sei, hat er nicht behauptet, ließ mir aber eine Hand geben durch meinen Guten, ganz warm von ihm, und mir ausrichten: Meinen Namen von tausend heiligen Lippen mit Ehrfurcht ausgesprochen zu wissen, sei doch ein Äquivalent gegen etliches Basengeschwätz, – und da mocht' er recht haben. Es war mir von Anfang an auch nicht so sehr um mich, als um meinen gekränkten Guten, und recht von Herzen hab' ich ihm die Genugtuungen gegönnt, die das Leben dank seinen vorzüglichen Eigenschaften ihm brachte, besonders auch, daß er der Vater meiner elf oder doch neun Kinder wurde, für die der andere übrigens immer viel Herz und Sinn hatte, das muß man ihm nachrühmen. Er möchte, schrieb er uns einmal, sie alle aus der Taufe heben, weil sie ihm alle so nahe seien wie wir, und wirklich haben wir ihm bei dem Ältesten gleich, anno 74, die Patenschaft zugestanden, obgleich wir den Jungen doch lieber nicht gerade Wolfgang genannt haben, wie jener ihn durchaus genannt haben wollte, sondern nannten ihn hinter seinem Rücken Georg. Aber anno 83 schickte Kestner ihm die Scherenschnitte aller damals vorhandenen Kinder, und er hat sich sehr darüber gefreut. Er ist auch noch vor sechs Jahren meinem Sohne Theodor, dem Medicus, der eine Frankfurterin zur Frau hat, die geborene Lippert, behilflich gewesen, das Bürgerrecht zu erlangen und die Professur an der medizinisch-chirurgischen Lehranstalt, – ja doch, verzeihen Sie, in diesem Fall hat er seinen Einfluß geltend gemacht; und als Theodor ihm voriges Jahr zusammen mit seinem Bruder August, dem Legationsrat, auf der Gerbermühle beim Doktor Willemer aufwartete, hat er die beiden sehr freundlich empfangen, sich auch nach meinem Befinden erkundigt und ihnen sogar von den Silhouetten erzählt, die ihr seliger Vater ihm einst geschickt habe, als sie noch böse Buben gewesen, sodaß er sie alle schon kenne. August und Theodor haben mir den Besuch genauestens schildern müssen. Er hat sich über Silhouetten ergangen und es getadelt, daß diese sonst so gangbare Art sich ein Andenken zu geben, so ganz aus der Mode gekommen sei; man habe doch einen treuen Schatten des Freundes daran gehabt. Recht sehr verbindlich soll er gewesen sein, nur etwas unruhig bei der Conversation im Garten, wo eine kleine Gesellschaft versammelt war, ist hin und her gegangen zwischen den Leuten auf dem Platz, eine Hand in der Tasche, die andere im Busen, und wenn er stille stand, so hat er sich doch auf den Füßen gewiegt und sich auch wohl angelehnt. «

»Man müßt' es nicht kennen«, sagte Riemer. »Er war maussade. Und die Sentenz über das Abhandenkommen der Scherenschnitte ist völlig bedeutungslos, gesagt, damit etwas gesagt werde, ein unaufrichtiges Irgendwas. Wir wollen es ja nicht aufzeichnen. «

»Ich weiß doch nicht, lieber Herr Doktor. Er mag die Reize und Vorteile der Scherenkunst wohl schätzen gelernt haben. Wie hätte er sich anders als durch die Schattenrisse, die wir ihm schickten, ein Bild machen sollen von meinen Kindern, da er doch trotz seinem Attachement für sie niemals Gelegenheit genommen oder gefunden hat, ihre Bekanntschaft zu machen und auch seinen alten Kestner wiederzusehen? Da waren die Schnitte gar wohl am Platze. Sie müssen auch wissen, daß er zu Wetzlar auch meine Silhouette besaß (ich wüßte gern ob er sie noch verwahrt) und große, stürmische Freude und Dankbarkeit bezeigte, als Kestner sie ihm schenkte. Auch daher könnte wohl seine Anhänglichkeit an diese Erfindung rühren.«

»O, unbedingt. Ich kann Ihnen nicht sagen, ob die Reliquie sich noch unter dem Seinen findet. Es wäre von Wichtigkeit, und Sie sehen mich gern erbötig, ihn einmal zu guter Stunde darüber auszuforschen.«

»Ich hätte Lust, es selber zu tun. Auf jeden Fall ist mir bekannt, daß er zu Zeiten so recht einen Kult mit dem armen Schatten getrieben hat. ›Tausend, tausend Küsse hab ich drauf gedrückt, tausend Grüße ihm zugewinkt, wenn ich ausging oder nach Hause kam.‹ So steht's geschrieben. Im Werther hat er das Bild mir rückvermacht; er aber hat sich ja, dem Himmel sei Dank, uns allen zum Heil nicht erschossen, und also muß er's wohl noch besitzen, wenn's nicht die Zeit ihm verweht hat. Auch dürft' er's nicht mir zurückvermachen, denn nicht von mir hatte er's, sondern von Kestnern. Sagen Sie mir nun aber doch, Herr Doktor: Finden Sie nicht, daß in der stürmischen Freude, die er über dies nicht von mir, sondern von meinem Verlobten, von uns beiden also, empfangene Geschenk bekundete, und in seiner großen Anhänglichkeit daran eine wunderliche Genügsamkeit liegt?«

»Es ist Dichter-Genügsamkeit«, sagte Riemer, »von der Sie sprechen, und für die hoher Reichtum ist, wobei andere darbten.«

»Dieselbe offenbar«, nickte Charlotte, »die ihn auch mit den Schattenbildern der Kinder sich begnügen ließ, statt eigener, wirklicher Bekanntschaft mit ihnen, die so leicht, bei so mancher Reisegelegenheit zu machen gewesen wäre. Und hätten nicht August und Theodor die Initiative ergriffen und ihn kühnlich besucht von Frankfurt aus auf der Gerbermühle, so hätte er nie von den Leutchen eines zu sehen bekommen, die er doch, wie er sagte, am liebsten samt und sonders aus der Taufe gehoben hätte, denn so nahe seien sie ihm wie wir. Wie wir. Sein alter Kestner, mein guter Hans Christian, hat heimgehen müssen und mich allein gelassen vor sechzehn Jahren schon, ohne ihn wiedergesehen zu haben, und nach meinem Ergehen hat er sich bei den Jungen sehr artig erkundigt, hat aber nie den leisesten Versuch gemacht, sich selbst danach umzutun, durch unser beider langes Leben hin, und wenn nicht auch ich nun vor Torschluß noch die Initiative ergriffe – was zu tun ich vielleicht Anstand nehmen sollte, aber es ist meine Schwester Ridel, die ich besuche, und alles Weitere, versteht sich, läuft auf ein à propos hinaus...«

»Teuerste Frau« – und Dr. Riemer beugte sich näher zu ihr, ohne sie übrigens anzusehen; vielmehr hielt er die Lider gesenkt, und eine gewisse Starre nahm von seinen Zügen Besitz für das, was er vorzubringen gedachte und wozu er die Stimme dämpfte: – »Teuerste Frau, ich respektiere das à propos, ich begreife überdies die Empfindlichkeit, die leichte Bitterkeit, die sich in Ihren Worten äußern, das schmerzliche Erstaunen über einen Mangel an Initiative, der nicht ganz natürlich anmuten, dem menschlichen Empfinden vielleicht nicht ganz gelegen sein mag. Ich darf Sie bitten, sich nicht zu wundern. Oder vielmehr zu bedenken, daß, wo soviel Grund zur Bewunderung ist, immer auch einiger Anlaß zur Verwunderung, zum Befremden mit unterlaufen wird. Er hat Sie niemals besucht, Sie, die einst seinem Herzen so nahe stand und ihm ein unsterbliches Gefühl einzuflößen berufen war. Das ist sonderbar. Aber wenn man die Bande der Natur, des Blutes noch höher anschlagen will als Neigung und Dankbarkeit, so liegen Tatsachen vor, deren auffallendere Ungewöhnlichkeit Sie über das Erkältende der eigenen Erfahrung trösten mag. Es gibt da eine eigentümliche Unlust, es gibt schwer qualificierbare Hemmnisse der Seele, die das menschlich Regelwidrige, ja Anstößige zeitigen. Wie hat er sich Zeit seines Lebens zu seinen Blutsverwandten verhalten? Er hat sich garnicht zu ihnen verhalten, hat sie, nach den Begriffen üblicher Pietät gesprochen, allezeit sträflich vernachlässigt. In Jugendtagen schon, als seine Eltern, seine Schwester noch lebten, erschwerte eine Scheu, die man nicht zu beurteilen wagt, es ihm, sie aufzusuchen, ja, ihnen zu schreiben. Von dem einzig am Leben gebliebenen Kind dieser Schwester, der armen Cornelia, hat er niemals Notiz genommen, er kennt es nicht. Noch weniger hat er Frankfurter Oheimen und Tanten, rechten Vettern und Basen je irgendwelche Beachtung geschenkt. Madame Melber, die greise Schwester seiner seligen Mutter, lebt dort mit ihrem Sohne, – es gibt keine Verbindung zwischen ihm und ihnen, außer man spreche ein kleines Capital, das sie ihm von der Mutter her schulden, als solche an. Und diese Mutter selbst, das Mütterchen, von dem er die Frohnatur, die Lust zu fabulieren zu haben erklärt?« – Der Redende beugte sich weiter vor und senkte die Stimme noch tiefer, bei niedergeschlagenen Augen. – »Verehrteste Frau, als sie vor acht Jahren das Zeitliche segnete (er kehrte eben von einem langen, erquicklichen Aufenthalt im Carlsbade in sein geschmücktes Haus zurück) hatte er sie elf Jahre nicht mehr gesehen. Elf Jahre nicht, ich spreche die Tatsache aus – der Mensch weiß wenig damit anzufangen. Er war hingenommen, er war aufs Tiefste erschüttert, wir sahen und wissen es alle und waren froh, daß Erfurt und die Begegnung mit Napoléon ihm wohltätig über den Choc hinweghalfen. Aber durch elf Jahre war es ihm nicht in den Sinn gekommen oder war es ihm nicht gelungen, in der Vaterstadt, im Elternhaus einzukehren. O, es gibt Entschuldigungen, Abhaltungsgründe: Kriegsläufte, Krankheiten, notwendige Badereisen. Ich nenne auch diese, der Vollständigkeit wegen, aber auf die Gefahr, mir eine Blöße damit zu geben; denn gerade die Badereisen hätten allenfalls zwanglose Gelegenheit zu dem Abstecher gegeben. Er hat es unterlassen sie wahrzunehmen – fragen Sie mich nicht, warum! Uns Knaben mühte sich in der biblischen Stunde der Lehrer vergebens ein Wort des Heilands annehmbar zu machen, das seiner Mutter galt, und uns unleidlich, ja ungeheuerlich anmuten wollte: ›Weib, was habe ich mit Dir zu schaffen?‹ Es sei nicht so gemeint, wie es klinge, versicherte er, weder die scheinbar unehrerbietige Anrede noch auch das Folgende, worin lediglich der Gottessohn das, was uns alle binde, seiner höheren, welterlösenden Sendung unterordne. Umsonst, es gelang dem Erläuterer nicht, uns mit einem Textworte zu versöhnen, das uns so wenig vorbildlich schien, daß niemand es über die Lippen bringen zu können gewünscht hätte. – Verzeihen Sie die Kindheitserinnerung! Sie ist mir geläufig in diesem Zusammenhange und unwillkürlich mischt sie sich in meine Bemühung, Ihnen das Befremdende plausibel zu machen, Sie über einen auffallenden Mangel an Initiative zu trösten. Als er Spätsommer 14 auf seiner Rhein- und Mainreise wieder einmal in Frankfurt Aufenthalt nahm, hatte die Vaterstadt ihn siebzehn Jahre nicht mehr gesehen. Was ist das? Welche Scheu, welche meidende Verlegenheit und nachtragende Scham bestimmt das Verhältnis des Genies zu seinem Ursprung und Ausgang, zu den Mauern, die seinen Puppenstand sahen, und denen er ins Weltweite entwuchs? Schämt es sich ihrer oder schämt es sich vor ihnen? Wir können nur fragen und vermuten. Weder die Stadt aber noch die herrliche Mutter haben sich im Geringsten empfindlich gezeigt. Die Frankfurter Oberpostamtszeitung hat seiner Anwesenheit einen Artikel gewidmet (ich bewahre ihn auf); und was vordem die Mutter betraf, – Werteste!, so ist ihre Nachsicht mit seiner Größe jederzeit ihrem Stolz auf das Wunder, das sie der Welt geschenkt, ihrer unendlichen Liebe gleichgekommen. Er blieb zwar fern, aber er schickte doch bandweise die neue Gesamtausgabe seiner Werke, und der erste davon, mit den Gedichten, kam ihr nicht von der Seite. Acht Bände hat sie bis zum Juli ihres Todesjahres erhalten und sie in Halbfranz binden lassen...«

»Mein lieber Herr Doktor«, fiel Charlotte ein, »ich verspreche Ihnen, mich weder von dem Phlegma der Vaterstadt noch von der Mutterliebe beschämen zu lassen. Sie wollen mich anhalten, wenn ich Sie recht verstehe, mir an ihnen beiden ein Beispiel zu nehmen – als ob ich das auch nur nötig hätte! Meine kleinen Feststellungen habe ich in aller Gelassenheit getroffen, – nicht ohne Sinn für das Kuriose daran, aber ohne Bitterkeit. Sie sehen ja, daß ich es mache, wie der Prophet, der zum Berge kam, da der Berg nun einmal nicht zu ihm kommen wollte. Wäre der Prophet empfindlich, er käme nicht. Auch kommt er ja nur gelegentlich, vergessen wir das nicht; es ist nur eben gerade, daß er den Berg nicht zu vermeiden gedenkt, – denn eben das sähe nach Empfindlichkeit aus. Verstehen Sie mich recht, ich will mit alldem nicht sagen, daß die mütterliche Resignation unserer teuren, in Gott ruhenden Frau Rat so ganz nach meinem Sinn wäre. Ich bin auch Mutter, eine ganze Schar von Söhnen hab ich geboren, und sie sind mir zu ansehnlichen, tätigen Leuten herangewachsen. Aber wenn auch nur einer sich aufführen wollte wie der Rätin ihr Mußjö Sohn und wollte mich elf Jahre nicht sehen, sondern an meiner Stätte vorbeireisen ins Bad und wieder zurück, – den würd' ich mores lehren, glaub Er mir, Doktor, ich würd' ihn gehörig zausen!«

Eine zornig lustige Laune schien sich Charlottens bemächtigt zu haben. Sie stieß mit ihrem Schirm auf bei ihren polternden Worten, ihre Stirn unter dem aschgrauen Haar war gerötet, ihr Mund auf eine Weise verzogen, wie ein Mund sich nicht gerade nur zum Lächeln verziehen mag, und in ihren blauen Augen standen Tränen der Energie – oder was für Tränen nun immer. Von ihnen schimmerten ihre Augen, indes sie fortfuhr:

»Nein, ich will's zugeben, solche Mutter-Genügsamkeit wäre nicht meine Sache; auch als Kehrseite noch so enormer Vorzüge würd' ich sie mir nicht bieten lassen, die Sohnesgenügsamkeit. Sie sollten sehen, ich würde angereist kommen, die Prophetin zum Berge, um ihm den Kopf zurecht zu setzen, – Sie werden mir's zutrauen, da ich ja sogar jetzt angereist komme, um nach dem Rechten zu sehen beim Berge, – nicht weil ich Ansprüche an ihn hätte, bewahre, ich bin seine Mutter nicht, und er mag Genügsamkeit üben wegen meiner, soviel ihm beliebt, wiewohl ich nicht leugnen will, daß eine alte Rechnung schwebt zwischen mir und dem Berge, eine unbeglichene, und daß möglicherweise sie es ist, die mich herführt, die alte, unbeglichene, quälende Rechnung...«

Riemer betrachtete sie aufmerksam. Das Wort »quälend«, das sie gesprochen, war das erste, das eigentlich zu dem Ausdruck

93

ihres Mundes, den Tränen in ihren Augen paßte. Der schwere Mann wunderte sich und bewunderte es, wie Frauen so etwas machen und wie sie schlau bleiben im Gefühl: Im Voraus hatte sie für einen Rede-Text gesorgt, der dem Ausdruck der Qual, einer lebenslangen Qual offenbar, den Tränen, den verzogenen Lippen einen anderen Sinn unterlegte, ihn irreführend interpretierte, sodaß er zu jenem lustig-zornigen Gerede zu gehören schien und schon lange in täuschendem Zusammenhange da war, wann das Wort seines wirklichen Sinnes fiel, damit man nicht das Recht hätte, noch auch nur darauf verfalle, ihn auf dieses zu beziehen, vielmehr ihn immer noch im Sinn des früher Geredeten verstände, durch welches sie sich bei Zeiten das Recht auf diesen Ausdruck gesichert und für seine Mißverständlichkeit gesorgt hatte... Ein raffiniertes Geschlecht, dachte Riemer. In der Verstellung enorm geschickt, befähigt, Verstellung und Aufrichtigkeit untrennbar zu verquicken und recht für die Gesellschaft, die Herzensintrigue geboren. Wir sind Bären und salonunfähige Tölpel, wir anderen Männer, im Vergleich mit ihnen. Wenn ich ihr in die Karten sehe und auf die Schliche komme, so eben nur darum, weil ich mich ebenfalls auf die Qual, eine verwandte Qual, verstehe, und weil wir Complicen sind, Complicen in der Qual... Er hütete sich, sie mit Einwürfen zu stören. Mit seinen breitspurigen Augen blickte er erwartungsvoll auf ihre verzerrten Lippen. Sie sagte:

»Vierundvierzig Jahre lang, mein lieber Herr Doktor, die zu meinen neunzehn von damals hinzugekommen sind, ist sie wie ein Rätsel geblieben, ein quälendes Rätsel, warum sollt' ich ein Hehl daraus machen, die Genügsamkeit mit Schattenbildern, die Genügsamkeit der Poesie, die Genügsamkeit des Kusses, aus dem, wie er sagt, keine Kinder werden, denn die sind wo anders hergekommen, elf an der Zahl, wenn ich die gestorbenen mitrechne: aus meines Kestners rechter und redlicher Liebe nämlich. Sie müssen das recht bedenken und imaginieren, um zu verstehen, daß ich Zeit meines Lebens nicht fertig damit geworden bin. Ich weiß nicht, ob Ihnen die Verhältnisse... Kestner kam gleich bei Beginn der Kammergerichts-Visitation von

Hannover zu uns nach Wetzlar, anno 68, als Falcke's Adlat, –
Falcke, das war der herzoglich-bremische Gesandte, müssen Sie
wissen, – es wird ja das alles einmal eine Rolle spielen in der
Geschichte, und wer auf Bildung Anspruch erhebt, wird's wissen müssen, wir wollen uns nur darüber nicht täuschen. Also
denn: Kestner kam als bremischer Legationssecretär zu uns in
die Stadt, ein ruhiger, lauterer, gründlicher junger Mensch, – ich
fünfzehnjähriges Ding – denn ich war bloße fünfzehn damals –
hatte gleich ein herzliches Vertrauen zu ihm, da er anfing, soweit
seine große Geschäftslast ihm das erlaubte, bei uns zu verkehren
im Deutschen Hause und aus und ein zu gehen in unserm viel-
köpfigen Hausstand, der gerade vor einem Jahr die liebe, teure,
unvergeßliche Mutter verloren hatte, von der die Welt aus dem
›Werther‹ weiß, sodaß unser Vater, der Amtmann, vereinsamt
war im Gewimmel der Kinder und ich, seine Zweite, selbst noch
ein Küken und nicht viel mehr, es mir ließ angelegen sein nach
besten Kräften, den Platz der Seligen auszufüllen in Haus und
Wirtschaft, den Kleinen die Näschen zu putzen und sie zu sätti-
gen, wie ich's verstand, und alles zusammenzuhalten nach bestem Vermögen, da unsere Line, die Älteste, nun einmal nicht
recht Lust und Geschick hatte zu dem allen, – sie hat später, anno
76, den Hofrat Dietz geheiratet und ihm fünf brave Söhne geschenkt, von denen der Älteste, Fritzchen, auch wieder Hofrat
geworden ist beim Archiv des Reichskammergerichts, – man
wird das alles einmal wissen müssen, weil es erforscht werden
wird aus Bildungsgründen, darum halt' ich's schon heute fest,
aber auch um Ihnen zu zeigen, daß Karoline, unsere Älteste, später in ihrer Art noch eine ganz prächtige Frauensperson geworden ist, man muß dafür sorgen, daß die Geschichte auch ihr gerecht wird. Aber damals war sie nicht prächtig, die Prächtige
war ich, nach allgemeinem Befunde, obgleich ich zu der Zeit ein
recht spilleriges Ding war, strohblond und wasserblau: erst in
den nächsten vier Jahren machte ich mich weiblich ein bißchen
heraus, – mit einem gewissen Entschluß, wie mir vorkommt,
nämlich Kestnern zu Liebe und zu Gefallen, der meiner haus-
mütterlichen Prächtigkeit wegen gleich ein Auge auf mich ge-

worfen hatte, ein verliebtes Auge, nennen wir die Dinge doch nur bei Namen, und, wie er in allen Stücken wußte, was er wollte, auch gleich, beinahe vom ersten Tage an, wußte, daß er mich, das Lottchen, zur Eheliebsten und Hausfrau wollte, wenn er einmal so weit sein und nach Amt und Salair sich würde sehen lassen können als Freier. Das war natürlich die Bedingung unseres guten Vaters, des Amtmanns, daß Kestner es erst zu was Rechtem müßte gebracht haben, bevor er seinen Segen gäbe zu unserem Bunde, und müßte erst der Mann sein, eine Familie zu ernähren, zu schweigen davon, daß ich zur Zeit noch ein spilleriges Küken war mit meinen fünfzehn. Aber eine Verlobung war es doch schon damals und ein festes, stilles Gelöbnis von beiden Seiten: Er, der Brave wollte mich unbedingt wegen meiner Prächtigkeit, und ich wollte ihn auch von ganzem Herzen, weil er mich so gerne wollte und aus Vertrauen zu seiner Redlichkeit, – kurzum, wir waren versprochene Leute, wir bauten auf einander fürs Leben, und wenn ich mich in den nächsten vier Jahren körperlich ein bißchen herausputzte und sozusagen Gestalt annahm als Frauenzimmer, eine ganz hübsche Gestalt, so wäre das wohl auch sonst geschehen, natürlich, die Zeit war gekommen für mich, daß ich zum Weibe wurde aus einem Küken und mich, poetisch gesprochen, zur Jungfrau entfaltete – das so wie so. Aber für mein Gefühl und in meiner Vorstellung war es doch anders, – da geschah es und vollzog sich von Tag zu Tag nach einem gewissen Vorsatz, aus Liebe zu dem getreuen Mann, der mich wollte, und ihm zu Ehren, damit ich zu dem Zeitpunkt, wo er würde präsentabel geworden sein als Freier, auch für mein Teil präsentabel sein möchte als Braut und zukünftige Mutter... Ich weiß nicht, ob Sie verstehen, daß ich Wert darauf lege, zu betonen, daß ich nach meiner Idee ausdrücklich für ihn, den Guten, Getreuen, der auf mich wartete, mich weiblich herausgemacht und zu einer hübschen Dirne, oder einer ansehnlichen doch, geworden war?«

»Ich glaube wohl zu verstehen«, sagte Riemer mit gesenkten Augen.

»Nun denn, als es so weit war mit den Dingen, kam also der

Dritte hinzu, der Freund, der liebe Teilnehmer, der soviel Zeit hatte, er kam von außen und ließ sich nieder auf diesem Verhältnis und diesen wohl bereiteten Lebensumständen, ein bunter Falter und Sommervogel. Verzeihen Sie, daß ich ihn einen Falter nenne, denn er war gewiß kein so leichter Bursche, – will sagen: leicht war er wohl auch, ein bißchen toll und eitel in seiner Kleidung, ein Schwerenöter, der auf Jugendkraft und Munterkeit gern posierte und gern den besten Gesellschafter seines Kreises machte, das artigste Spiel anzugeben, und dem die beste Tänzerin freudig die Hand reichen mochte – das alles wohl, – obgleich ihm der Übermut und Sommervogel-Glanz nicht einmal immer so recht wollte zu Gesichte stehen, weil er denn doch zu schwer und voll von Gemüt und Gedanken dafür war, – aber eben die Lust am tiefen Gemüt und der Stolz auf die großen Gedanken, die waren das Bindeglied zwischen Ernst und Leichtigkeit, zwischen Schwermut und Selbstgefallen, und er war allerliebst im Großen-Ganzen, das muß man sagen: so hübsch und brav und zur redlichen Resipiscenz einer Torheit jederzeit gutherzig bereit. Kestner und ich, wir mochten ihn gleich, – alle Drei mochten wir uns herzlich unter einander; denn er, der von außen Kommende, war entzückt über die Verhältnisse, in denen er uns vorfand, und voller Freude, sich darauf niederzulassen und auch mit zu nippen als Freund und Dritter, wozu er ja alle Muße hatte, da er das Kammergericht eine gute Sache sein ließ, oder auch eine abgeschmackte, und garnichts tat, indessen der Meine, um es recht bald zu etwas zu bringen um meinetwillen, sich's sauer werden ließ in der Schreibstube bei seinem Gesandten. Ich bin überzeugt noch heute und will's maßgeblich beisteuern zur Forschung und zum Gedächtnis dieser Geschichte, daß der Freund auch davon entzückt war, ich meine von Kestners Geschäftslast – nicht weil sie ihm Spielraum und Chance gab bei mir, er war ja nicht untreu, niemand soll das von ihm sagen. Auch war er garnicht verliebt in mich vorderhand, Sie müssen das recht verstehen, sondern er war verliebt in unsere Verlobtheit und in unser wartendes Glück, und mein Guter war sein Bruderherz um dieser Verliebtheit willen, dem er gewiß nicht untreu zu sein gedachte, sondern den er treulich im Arme hielt, um mich mit ihm im Vereine zu lieben und teilzuhaben an unseren wohlgegründeten Verhältnissen, – um seine Schulter den Arm und auf mich die Augen gerichtet, – wobei es denn aber geschehen mochte, daß der treue Arm ein wenig in Vergessenheit geriet auf der Schulter und nur eben noch dalag, indes sich die Augen auf andere Weise vergaßen. Doktor, stellen Sie es sich vor mit mir, ich habe in all den Jahren so viel und genau daran zurückgedacht, als ich die Kinder trug und sie aufzog und hernach immerfort bis zu diesem Tage! Guter Himmel, ich merkte wohl und hätte kein Frauenzimmer sein müssen, um's nicht zu merken, daß seine Augen allmählich in Zwietracht gerieten mit seiner Treue und daß er anfing, nicht mehr in unsre Verlobtheit verliebt zu sein, sondern in mich, das heißt in das, was meinem Guten gehörte, und wozu ich mich in diesen vier Jahren herausgemacht für den und um dessentwillen, der mich fürs Leben wollte und wollte der Vater meiner Kinder sein. Einmal gab jener mir etwas zu lesen, was mir verriet und auch wohl verraten sollte, wie alles stand und was er für mich empfand, des Armes ungeachtet um Kestners Schulter, – etwas Gedrucktes, was er hatte einrücken lassen – denn er schrieb und dichtete ja immer und hatte eine Handschrift mit nach Wetzlar gebracht, ein Ding wie ein Drama, den Goetz von Berlichingen mit der eisernen Hand, das seine Freunde vom Mittagstisch im ›Kronprinzen‹ kannten, weshalb er denn unter ihnen auch ›Goetz, der Redliche‹ hieß – aber Recensionen und dergleichen schrieb er auch, und dies war eine solche, die er in die Frankfurter Gelehrten Anzeigen hatte einrücken gelassen, und handelte von Gedichten, die ein polnischer Jude verfaßt und an Tag gegeben. Es war aber nicht lange vom Juden und seinen Gedichten die Rede, sondern bald kam er da, als könnt' er nicht an sich halten, auf einen Jüngling und ein Mädchen zu reden, das der Jüngling in ländlichem Frieden entdeckte, und in dem ich mich in aller Scham und Bescheidenheit notgedrungen selber erkennen mußte, so dicht war der Text mit Anspielungen gespickt auf meine Verhältnisse und Person und auf den stillen Familienkreis häuslicher tätiger Liebe, worin sich das Mädchen als zweite Mutter ihres Hauses in Güte und Anmut sollte entfaltet haben, so angenehm, daß ihre liebwirkende Seele jedes Herz unwiderstehlich an sich reiße (ich halte mich an seine Worte) und Dichter und Weise zu der jungen Person nur immer willig möchten in die Schule gehen, um mit Entzücken eingeborene Tugend zu schauen und eingeborenen Wohlstand und Grazie. Kurzum, es war der Anspielungen kein Ende, ich hätte müssen mit dem Dummklotz geschlagen sein, um nicht zu merken, wo es hinauswollte, und war so ein Fall, wo Scham und Bescheidenheit sich zwar sträuben gegen das Wiedererkennen, es aber doch unmöglich verhindern können. Das Schlimme aber, was mir so bange machte und mich so brennend erschreckte, war, daß der Jüngling dem Mädchen sein Herz antrug, das er jung und warm nannte wie das ihre, geschaffen mit ihr nach ferneren, verhülltern Seligkeiten dieser Welt zu ahnden, (so drückte er sich aus) und in dessen belebender Gesellschaft (wie hätte ich die ›belebende Gesellschaft‹ nicht wiedererkennen sollen!) sie nach goldnen Aussichten von ewigem Beisammensein (ich citiere wörtlich) und unsterblich webender Liebe fest angeschlossen hinstreben möge.«

»Erlauben Sie, teuerste Hofrätin, was fördern Sie da zu Tage!« fiel Riemer ihr hier ins Wort. »Sie teilen Dinge mit, deren Belang für die schöne Forschung Sie nicht ganz nach Gebühr abzuschätzen scheinen. Man weiß nichts von dieser frühen Recension – ich höre, wie ich da sitze, zum ersten Mal davon. Durchaus hat der Alte sie mir – hat mir der Meister das Document unterschlagen. Ich nehme an, daß er es vergessen hat...«

»Das glaube ich nicht«, sagte Charlotte. »So etwas vergißt man nicht. ›Mit ihr nach fernern, verhülltern Seligkeiten der Welt zu ahnden‹ – das hat er bestimmt so wenig wie ich vergessen.«

»Offenbar«, eiferte der Doktor, »ist es reich an Beziehungen zum Werther und den ihm zum Grunde liegenden Erlebnissen. Verehrteste, das ist eine Sache von größter Wichtigkeit! Besitzen Sie das Blatt? Man muß es ausforschen, muß es der Philologie zugänglich machen...«

»Es sollte mich ehren«, versetzte Charlotte, »der Wissenschaft mit einem Hinweis gedient zu haben, wiewohl ich mir sagen darf, daß ich es kaum nötig habe, mir noch dergleichen Einzelverdienste um sie zu erwerben.«

»Sehr wahr! Sehr wahr!«

»Ich bin nicht im Besitz der Juden-Recension«, fuhr sie fort. »Darin muß ich Sie enttäuschen. Er gab sie mir seinerzeit eben nur zu lesen und legte Gewicht darauf, daß ich sie unter seinen Augen läse, was ich verweigert hätte, wäre ich mir des Widerstreites vermutend gewesen, in den dabei meine Bescheidenheit mit meinem Scharfblick geraten würde. Da ich ihm das Druckblatt zurückgab, ohne ihn anzusehen, weiß ich nicht, was für ein Gesicht er aufgesetzt hatte. ›Gefällt es Ihnen?‹ fragte er mit verhaltener Stimme. – ›Der Jude wird wenig erbaut sein‹, gab ich mit Kühle zurück. – ›Aber Sie, Lottchen‹, drängte er, ›ist Sie selber erbaut?‹ – ›Mein Gemüt ist im Gleichen‹, versetzte ich. – ›O, wäre auch das meine es noch!‹ rief er aus, als ob nicht die Recension allein schon genügt und es eines solchen Rufs noch bedurft hätte, um mich zu lehren, daß der Arm um Kestners Schulter vergessen lag und alles Leben in den Augen versammelt war, mit denen er anschaute, was Kestnern gehörte und was sich für ihn allein, unterm wärmenden, weckenden Blick seiner Liebe an mir hervorgetan. Ja, was ich war und was an mir war und was ich wohl den Liebreiz nennen muß meiner neunzehn Jahre, gehörte dem Guten und war unsern redlichen Lebensabsichten geweiht, es blühte nicht für ›verhülltere Seligkeiten‹ und irgendwelche ›unsterblich webende Liebe‹, durchaus nicht. Aber Sie werden verstehen, Doktor, und die Welt, so hoffe ich, wird es verstehen, daß ein Mädchen sich freut und es genießt, wenn nicht Einer nur ihre bräutliche Blüte sieht, nicht nur der, dem sie gilt und der sie, möchte ich sagen, hervorgerufen, sondern wenn auch Andere, Dritte dafür Augen haben, denn das bestätigt uns ja unsern Wert, uns und dem, der darüber gebietet, – wie es mich denn freute, meinen guten Lebensverbündeten sich treulich freuen zu sehen an meinen Erfolgen bei anderen, und besonders bei dem besonderen, genialischen Freunde, den er bewunderte und dem er vertraute wie mir – oder, besser gesagt, etwas anders als mir, auf etwas weniger ehrenvolle Weise; denn mir vertraute er, weil er meiner Vernunft gewiß war und annahm, ich wisse, was ich wollte, jenem aber gerade darum, weil er das offenkundig ganz und garnicht wußte, sondern verworren und ziellos ins Blaue liebte, als ein Poet. Kurzum, sehen Sie, Doktor! Kestner vertraute mir, weil er mich ernst nahm, jenem aber vertraute er, weil er ihn nicht ernst nahm, obgleich er ihn ja doch so sehr bewunderte ob seines Glanzes und seines Genius und Mitleid hatte mit den Leiden, die seine ziellose Poetenliebe ihm bereitete. Mitleid hatte auch ich mit ihm, weil er so litt um meinetwillen und aus guter Freundschaft in solche Verwirrung geraten war, aber es kränkte mich auch um seinetwillen, daß Kestner ihn nicht ernst nahm und ihm auf eine Weise vertraute, die ihm nicht gerade zur Ehre gereichte, weswegen mir oft das Gewissen schlug; denn ich fühlte, es sei ein Raub an meinem Guten, daß ich mich in die Seele des Freundes hinein gekränkt fühlte durch die Art von Vertrauen, das er ihm bezeigte, obgleich dies Vertrauen mich auch wieder beruhigte und es mir erlaubte, ein Auge zuzudrücken und fünf gerade sein zu lassen, wenn ich sah, wie die gute Freundschaft des Dritten bedenklich ausartete und er den Arm vergaß um des Freundes Schulter. Verstehen Sie das wohl, Doktor, und ist Ihnen durchsichtig, daß das Kränkungsgefühl schon ein Zeichen war meiner eigenen Entfremdung von Pflicht und Vernunft, und daß Kestners Vertrauen und Gleichmut mich ein wenig leichtsinnig machte?«

»Ich besitze«, erwiderte Riemer, »durch meinen hohen Dienst einige Schulung in solchen Finessen und glaube die Lage von damals so ziemlich zu übersehen. Ich verberge mir auch nicht die Schwierigkeiten, die diese Lage für Sie, Frau Hofrätin, mit sich brachte.«

»Dafür danke ich Ihnen«, sagte Charlotte, »und lasse mir die Dankbarkeit für Ihr Verständnis nicht mindern dadurch, daß das alles so lange her ist. Die Zeit spielt wirklich hier eine so ohnmächtige Rolle wie nicht leicht sonst im Leben, und ich darf sagen, daß in diesen vierundvierzig Jahren die Situation von damals ihre volle Frische und eine die Gedanken immer neu und unmittelbar anstrengende Gegenwart bewahrt hat. Ja, es ist, so voll diese vielen Jahre waren von Freud' und Leid, wohl kein Tag vergangen, an dem ich nicht angestrengt nachgedacht hätte über die Lage von damals, – ihre Folgen, und was daraus geworden für die geistige Welt, machen das wohl begreiflich.«

»Vollkommen begreiflich.«

»Wie schön, Herr Doktor, Ihr ›vollkommen begreiflich‹. Wie wohltuend und ermutigend. Das ist ein guter Gesprächspartner, der dies gute Wort jeden Augenblick zu sprechen bereit ist. Es scheint, was Sie Ihren ›hohen Dienst‹ nennen, hat wirklich in mancher Beziehung auf Sie abgefärbt und auch Ihnen viel von den Eigenschaften eines Beichtvaters und Großpoenitentiarius mitgeteilt, dem man alles sagen möchte und sagen kann, denn alles ist ihm ›vollkommen begreiflich‹. Sie machen mir Mut, Ihnen von dem Kopfzerbrechen, das gewisse Erfahrungen mir damals und später verursacht haben, noch einiges mich Bedrängende einzubekennen, – die Rolle und der Charakter des Dritten nämlich, der von außen kommt und in ein gemachtes Nest das Kuckucksei seines Gefühles legt. Ich bitte Sie, nehmen Sie keinen Anstoß an solchen Bezeichnungen wie ›Kuckucksei‹ – bedenken Sie, daß Sie das Recht verspielt haben, Anstoß daran zu nehmen, indem Sie mir mit ähnlichen Wendungen – nennen wir sie nun mutig oder anstößig – vorangegangen sind. So haben Sie zum Beispiel von ›elbischem Wesen‹ gesprochen, – ›elbisch‹, das ist meiner Meinung nach nicht weniger bedenklich als ›Kuckucksei‹. Auch ist das Wort nur der Ausdruck eines langjährig-unaufhörlichen und angestrengten Kopfzerbrechens, – verstehen Sie mich recht, ich sage nicht: sein Ergebnis! Als solches wäre es wenig schön und würdig, das gebe ich zu. Nein, solche Bezeichnungen sind gewissermaßen noch die Anstrengung selbst und vorerst nichts weiter... Ich sage und will nichts weiter gesagt haben als dies: Ein wackerer Jüngling sollte das Mädchen, dem er seine Liebe weiht, und dem er seine Huldigungen darbringt – Huldigungen, die doch auch Werbungen sind und selbstverständlich das Mädchen beeindrucken – desto mehr, versteht sich, je besonderer und glänzender der fragliche Jüngling sich darstellt und je belebender seine Gesellschaft ist, und die manches natürliche Entgegenkommen in ihrem Busen aufrufen: – der Jüngling, meine ich, sollte das Mädchen seiner Wahl auch wirklich auf eigene Hand erwählen, es selber entdecken auf seiner Lebensfahrt, selbständig ihren Wert erkennen und sie hervorziehen aus dem Dunkel des Unerkanntseins, um sie zu lieben. Warum sollte ich Sie nicht fragen, was ich mich so oft gefragt in diesen vierundvierzig Jahren: wie steht es um die Wackerkeit eines Jünglings – seine Gesellschaft sei sonst auch noch so belebend –, der dieser Selbständigkeit des Findens und Liebens ermangelt, sondern kommt, den Dritten zu machen und zu lieben, was für einen anderen und durch einen anderen erblüht ist? Der sich in anderer Leute Verlobtheit vernarrt, sich niederläßt auf anderer Lebensschöpfung und naschhaft von fremder Zubereitung profitiert? Die Liebe zu einer Braut – das ist es, was mir Kopfzerbrechen gemacht hat durch all die Jahre meines Ehe- und Witwenstandes, – eine Liebe in Treuen zum Bräutigam übrigens, welche bei aller Werbung, die von Liebe nun einmal unzertrennlich ist, keineswegs die Rechte des Finders zu schmälern gedenkt – oder doch anders nicht als höchstens durch einen Kuß –, die alle Lebensrechte und -pflichten dem Finder und Bräutigam herzbrüderlich überläßt und sich im Voraus bescheidet, die Kinderchen, die dieser Lebensgründung entsprießen werden, samt und sonders aus der Taufe zu heben, oder wenigstens, sollte auch das nicht angehen, von ihren Schattenrissen Kenntnis zu nehmen . . . Verstehen Sie nach all dem, was es besagen will: die Liebe zu einer Braut – und inwiefern es zum Gegenstand langjährigen Kopfzerbrechens werden kann? Es wurde mir dazu, weil mir dabei ein Wort nicht von der Hand zu weisen gelang, und ich beim besten Willen, trotz aller Scheu, nicht immer darum herum zu kommen wußte: das Wort ›Schmarutzertum‹ . . .«

Sie schwiegen. Der Kopf der alten Dame zitterte. Riemer schloß die Augen, und auch seine Lippen preßte er eine Weile zusammen. Dann sagte er mit betonter Ruhe:

»Als Sie den Mut fanden, dies Wort auszusprechen, durften Sie darauf rechnen, daß es mir nicht an Mut fehlen werde, es zu vernehmen. Sie werden mir zustimmen, wenn ich sage, daß das Erschrecken, das uns einen Augenblick verstummen ließ, nur das Erschrecken vor den göttlichen Beziehungen und Anklängen ist, die diesem Wort innewohnen – und die Ihnen bestimmt nicht entgingen, als Sie es von den Lippen ließen. Sie finden mich ganz auf der Höhe dieses Gedankens – ich bitte, darüber beruhigt zu sein. Es gibt ein göttliches Schmarutzertum, ein Sich niederlassen der Gottheit auf menschlicher Lebensgründung, unserer Vorstellung wohl vertraut, ein göttlich schweifendes Participieren an irdischem Glück, die höhere Erwählung einer hier schon Erwählten, die Liebesleidenschaft des Götterfürsten für das Weib eines Menschenmannes, der fromm und ehrfürchtig genug ist, sich durch solche Teilhaberschaft nicht verkürzt und erniedrigt, sondern erhöht und geehrt zu fühlen. Sein Vertrauen, seine Gelassenheit führt sich eben auf die vagierende Göttlichkeit des Teilhabers zurück, welcher unbeschadet der Ehrfurcht und frommen Bewunderung, die sie erregt, eine gewisse reale Bedeutungslosigkeit innewohnt, – was ich erwähne, weil Sie von ›Nicht ernst nehmen‹ sprachen. Das Göttliche ist tatsächlich nicht ganz ernst zu nehmen – sofern es nämlich im Menschlichen hospitiert. Mit Recht kann der irdische Bräutigam sich sagen: ›Laß gut sein, es ist nur ein Gott‹, – wobei das ›nur‹, versteht sich, von dem redlichsten Gefühl für die höhere Natur des Mitliebenden erfüllt sein mag.«

»Das war es, mein Freund, es war erfüllt davon, nur zu sehr, so nämlich, daß Kestnern, meinem Guten, öfters Skrupel und Zweifel anzumerken waren, ob er denn wohl auch vor der höheren, wenn auch nicht ganz ernst zu nehmenden Leidenschaft des Anderen des Besitzes würdig sei, ob er mich würde glücklich zu machen vermögen wie jener und nicht lieber, wenn auch mit lebhaftesten Schmerzen, die Resignation wählen solle. Ich gestehe, es gab Stunden, wo ich nicht aufgelegt, nicht von ganzem Herzen bereit und willens war, ihm die Skrupel zu nehmen. Und dies alles, Doktor, merken Sie wohl! dies alles, obwohl wir eine geheime Ahnung mit einander hegten, daß es sich bei dieser Leidenschaft, soviel Leiden sie bringen mochte, um eine Art von Spiel handelte, auf das gar kein menschlich Bauen war, um etwas wie ein Herzensmittel zu außerwirklichen – wir durften es kaum denken: zu außermenschlichen Zwecken.«

»Meine Teuerste«, sagte der Famulus bewegt und zugleich warnend-belehrend – er hob sogar den ringgeschmückten Zeigefinger empor – »die Poesie ist nichts Außermenschliches, ihrer Göttlichkeit ungeachtet. Seit neun plus vier Jahren bin ich ihr Handlanger und Geheimsekretär, ich habe im vertrauten Umgang mit ihr manche Erfahrung über sie gesammelt, ich darf über sie mitreden. In Wahrheit ist sie ein Mysterium, die Menschwerdung des Göttlichen; sie ist tatsächlich ebenso menschlich wie göttlich – ein Phänomen, das an die tiefsten Geheimnisse unserer christlichen Glaubenslehre gemahnt – und an reizend Heidnisches überdies. Denn möge der Grund nun ihre göttlich-menschliche Doppeltheit sein oder dies, daß sie die Schönheit selber ist, – genug, sie neigt auf eine Weise zur Selbstbespiegelung, die uns das alte, liebliche Bild des Knaben assoziieren läßt, der sich entzückt über den Widerschein seiner eigenen Reize neigt. Wie in ihr die Sprache lächelnd sich selber anschaut, so auch das Gefühl, der Gedanke, die Leidenschaft. Selbstgefälligkeit mag in bürgerlichen Unehren stehen, aber auf höheren Rängen, meine Beste, weiß ihr Name von tadelndem Beiklang nichts mehr – wie sollte das Schöne, die Poesie sich auch nicht selbst gefallen? Sie tut es noch in der leidendsten Leidenschaft und ist menschlich im Leiden, göttlich aber im Selbstgefallen. Sie mag sich in sonderbaren Formen und Charakteren der Liebe gefallen, zum Exempel in der Liebe zu einer Braut, also zum Versagten und Verbotenen. Ich fand, daß es sie begeistert, mit den verführerischen Zeichen ihrer Herkunft aus einer fremden, unbürgerlichen Liebeswelt geschmückt, in ein menschlich Verhältnis einzutreten und daran teilzunehmen, berauscht von der Schuld, in die sie stürzt und die sie auf sich lädt. Sie hat viel von dem sehr großen Herrn – und er von ihr –, den es freut, vor dem geblendeten kleinen Mädchen aus dem Volk, das ihn anbetet, und bei dem sie nur zu mühelos den schlichten Liebhaber aussticht, den Mantel auseinanderzuschlagen und sich ihr in der Pracht des spanischen Hofkleides zu zeigen... Solcher Art ist ihre Selbstgefälligkeit.«

»Sie scheint mir«, sagte Charlotte, »mit zuviel Genügsamkeit verbunden, diese Selbstgefälligkeit, als daß ich ihre Berechtigung ganz anzuerkennen vermöchte. Meine Verwirrung von damals – eine nachhaltige Verwirrung, ich will es nur gestehen – galt ja vor allem der Mitleid erregenden Rolle, zu der das Göttliche, wie Sie es nennen, sich da bequemte. Sie haben es verstanden, mein Lieber, einem grassen Wort, das mir entschlüpfte, eine hohe, majestätische Deutung zu geben, und ich bin Ihnen dankbar dafür. Aber, die Wahrheit zu sagen, wie kläglich stand es doch auch wieder um dies göttliche Hospitantentum und in welche beschämte Verwunderung stürzte es uns schlicht zusammengehörige Leute, uns zum Mitleid genötigt zu sehen mit diesem Dritten im Bunde, diesem Freunde, soviel höher an Glanz als wir Sterblichen. Hatte er's nötig, den Almosenempfänger zu machen? Denn was waren mein Schattenriß, die Busenschleife, die Kestner ihm schenkte, anderes als Almosen und milde Gaben? Ich weiß wohl, sie waren zugleich auch etwas wie ein Opfer, eine Versöhnungszahlung, – ich, die Braut, verstand mich durchaus darauf, und die Gabe geschah mit meinem Einverständnis. Dennoch, Doktor, habe ich ein Leben lang nicht aufgehört, nachzugrübeln über des Götterjünglings Genügsamkeit. Ich will Ihnen etwas erzählen, worüber ich ebenfalls vierzig Jahre lang nachgegrübelt habe, ohne der Sache auf den Grund zu kommen, – etwas, was Born mir einmal berichtet hat, – Praktikant Born, der damals bei uns in Wetzlar war, ein Sohn des Bürgermeisters von Leipzig, müssen Sie wissen, mit ihm schon von der Universität her bekannt. Born meinte es gut mit ihm und mit uns, mit Kestnern besonders, – ein trefflicher, wohlerzogener Junge mit vielem Sinn fürs Schickliche, und der gewisse Dinge nicht gerne sah. Er machte sich Sorgen, wie ich später erfuhr, über sein Verhältnis und Verhalten zu mir, welches doch völlig das Ansehen eines Techtel-Mechtels gehabt habe, gefährlich für Kestnern, also daß er mir den Hof gemacht habe genau, als gälte es, mich Kestnern abzuspannen und selber zu nehmen. Er hat es ihm gesagt und es ihm vorgehalten, wie er mir später vertraute, als jener weg war. ›Bruder‹, hat er gesagt, ›so geht's nicht, wo soll das hinaus, und was stellst du an? du bringst die Dirn ins Gerede mit dir, und wäre ich Kestner, bei Gott, mir gefiel's nicht. Besinne dich, Bruder!‹ – Und wissen Sie, was er ihm geantwortet hat? ›Ich bin nun der Narr‹, hat er gesagt, ›das Mädchen für was Besondres zu halten, und wenn sie mich betrügt‹ (wenn ich – ihn betröge, hat er gesagt), ›wenn sie sich ordinär erwiese und den Kestner zum Fond ihrer Handlung hätte, um desto sicherer mit ihren Reizen zu wuchern, – der Augenblick, der mir das entdeckte, der erste, der sie mir näher brächte, wäre der letzte unserer Bekanntschaft.‹ – Was meinen Sie dazu?«

»Das ist eine sehr edle und zarte Antwort«, sagte Riemer mit niedergeschlagenen Augen, »die von dem Vertrauen zeugt, welches er in Sie setzte, daß Sie nämlich seine Huldigungen nicht mißverstünden.«

»Nicht mißverstünden. Ich mühe mich noch heute, sie nicht mißzuverstehen, aber wie versteht man sie recht? Nein, er mochte ruhig sein, ich dachte durchaus nicht daran, mit meinen Reizen zu wuchern auf dem Fond meiner Verlobtheit, dazu war ich zu dumm oder, wenn er wollte, nicht ordinär genug. Aber hatte nicht umgekehrt er den Kestner und mein Verlöbnis mit ihm zum Fond seiner Handlung und seiner Leidenschaft, welche einer Gebundenen galt, der es verwehrt war, ihm ›näher zu kommen‹? War nicht er es, der mich betrog und mich quälte mit seiner geniegespannten und meine Seele spannenden Anziehungskraft, der ich, wie er sicher war, nicht folgen durfte, wollte und konnte? Auch der lange Merck kam mal zu Besuch nach Wetzlar, – sein Freund, ich mochte ihn nicht, sah immer spöttisch drein und halb ergrimmt, ein widrig Gesicht, das mir das Innere zuschnürte, aber gescheit, und ihn lieb' er wirklich auf seine Art, wenn auch sonst keine Seele, das sah ich wohl und mußt' ihm denn doch auch wohl wieder gut sein deswegen.

Nun, was der ihm gesagt hat, ist mir später auch zu Ohren gekommen. Denn wir waren beisammen zu Tanz und Pfänderspielen mit den Brandt'schen Mädeln, Annchen und Dorthelchen, vom Procurator Brandt, die im vermieteten Haupthaus wohnten des Ordenshofes, meinen Nachbarinnen und nahen Freundinnen. Dorthel war schön und groß, viel stattlicher als ich, die ich immer noch etwas spillerig war, trotz meiner Blüte zu Kestners Ehren, – und Augen wie Schwarzkirschen hatte sie, um die ich sie oft beneidete, weil ich wohl wußte, daß er im Grunde die schwarzen Augen liebte und ihnen eigentlich den Vorzug gab vor den wasserblauen. Nimmt sich also der Lange den Goethe vor und sagt zu ihm: ›Narr!‹ sagt er, ›was poussierst du um die Braut herum, Poussierstengel du, und verdirbst die Zeit? Da ist die Junonische, die Dorothea, die Schwarzaugige, um die nimm dich an, die wäre was für dich und ist frei und ungebunden. Dir aber ist nicht wohl, wenn du die Zeit nicht verdirbst!‹ – Annchen, Dorthels Schwester, hat es gehört und mir später berichtet. Er hat nur gelacht, berichtete sie, zu Merckens Worten und hat sich den Vorwurf des Zeitverderbs nicht anfechten lassen, – desto schmeichelhafter für mich, wenn Sie wollen, daß er der Meinung nicht war, mit mir die Zeit zu verderben und Dorthelchens Ungebundenheit nicht als einen Vorzug erachtete, der über meine Vorzüge ging. Vielleicht überhaupt nicht als einen Vorzug oder als einen, den er nicht brauchen konnte. Aber der Lotte im Buch hat er Dorthels schwarze Augen gegeben, – wenn's nur die ihren sind. Denn es heißt ja, sie kämen auch oder namentlich von der Maxe La Roche her, der Brentano in Frankfurt, bei der er soviel gesessen hat, als sie jung verheiratet war, bevor er den ›Werther‹ schrieb, bis ihnen der Mann eine Szene machte, daß ihm die Lust verging, wieder ins Haus zu kommen. Deren Augen sollen es auch sein, sagen die Leute, und manche haben die Unverschämtheit zu sagen, Werthers Lotte habe von mir nicht mehr als von mancher anderen. Wie finden Sie das, Doktor, und wie urteilen Sie darüber als Mann der Schönen Wissenschaften? Ist es nicht ein starkes Stück und muß es mich nicht bitterlich kränken, daß ich am Ende gar wegen des bißchen Augenschwärze die Lotte nicht einmal mehr sein soll?«

Riemer sah mit Bestürzung, daß sie weinte. In dem Gesicht der alten Dame, das sich in schräger Abwendung zu verbergen strebte, war das Näschen gerötet, ihre Lippen zitterten, und hastig nestelten ihre feinen Fingerspitzen in dem Ridikül nach dem Tüchlein, um damit den Tränen zuvorzukommen, die den rasch blinzelnden, vergißmeinnichtfarbenen Augen entquellen wollten. Es war aber wie früher schon einmal, der Doktor bemerkte es wieder: sie weinte aus vorgeschütztem Grunde. Rasch und schlau hatte sie aus weiblichem Vexationsbedürfnis einen improvisiert, um ratlosen Tränen, die ihr längst nahe gewesen, Tränen über ein Unbegreifliches, deren sie sich schämte, einen simpler einleuchtenden, wenn auch ziemlich törichten Sinn unterzuschieben. Sie hielt eine kleine Weile das Tuch mit der hohlen Hand vor die Augen gepreßt.

»Liebste, teuerste Madame«, sagte Riemer. »Ist es möglich? Kann eine so abgeschmackte Bezweiflung Ihres Ehrenstandes Sie berühren, Sie auch nur einen Augenblick bekümmern? Unsere Lage zu dieser Stunde, die Belagerung, deren geduldige, und, wie ich meinen will, gutgelaunte Opfer wir sind, sollte Ihnen keinen Zweifel darüber lassen, in wem die Nation das wahre und einzige Urbild der ewigen Figur erblickt. Ich sage das, als ob ein Zweifel an dieser Ihrer Würde überhaupt noch bestehen könnte nach dem, was der Meister selbst im – erlauben Sie! – im dritten Teil seiner Bekenntnisse darüber gesagt. Muß ich Sie erinnern? Wie wohl ein Künstler, sagt er da freilich, eine Venus aus mehreren Schönheiten herausstudiere, so habe er sich die Erlaubnis herausgenommen, an den Eigenschaften mehrerer hübscher Kinder seine Lotte zu bilden; aber die Hauptzüge, fügt er hinzu, seien von der Geliebtesten genommen, – der Geliebtesten, teure Frau! und wessen Haus und Herkunft, wessen Charakter, Erscheinung und frohe Lebenstätigkeit beschreibt er mit zärtlichster und keine Verwechslung zulassender Genauigkeit im – lassen Sie sehen! – im zwölften Buche? Müßige mögen darüber streiten, ob es nur e i n Modell zur Lotte Werthers oder mehrere gibt, – die Heldin einer der lieblich ergreifendsten Episoden im Leben des Heros, die Lotte des jungen Goethe, Verehrteste, ist jedenfalls nur Eine . . . «

»Das habe ich heute schon einmal gehört«, sagte sie lächelnd gerötet hinterm Schnupftuch hervorkommend. »Kellner Mager, dahier, erlaubte sich gelegentlich schon, es anzumerken. «

»Ich habe nichts dawider«, entgegnete Riemer gemessen, »die Einsicht in die lautere Wahrheit mit der Schlichtheit zu teilen. «

»Es ist im Grunde«, sagte sie mit leichtem Seufzer und tupfte sich die Augen, »eine so echauffierende Wahrheit nicht, ich sollt' es mir gegenwärtig halten. Eine Episode, versteht sich, hat an e i n e r Heldin genug. Der Episoden aber hat es eine Mehrzahl gegeben, – man sagt, es gibt ihrer noch. Es ist ein Reigen, in den ich mich füge –«

»– ein unsterblicher Reigen!« ergänzte er.

»– in den mich«, verbesserte sie, »das Schicksal gefügt hat. Ich will es nicht anklagen. Es war mir freundlicher als anderen von uns, denn es gönnte mir ein volles ersprießliches Eigenleben an der Seite des Wackeren, dem ich vernünftige Treue gehalten. Es gibt bleichere, traurigere Gestalten unter uns, die in einsamem Gram vergingen und unter einem frühen Grabhügel Frieden fanden. Wenn aber Jener schreibt, er habe sich von mir zwar nicht ohne Schmerz, aber doch mit reinerm Gewissen getrennt, als von Friedrike, so muß ich doch sagen: auch in meinem Fall hätte ihm schon das Gewissen ein wenig schlagen dürfen, denn nicht übel hatte er mir zugesetzt mit seiner ziellosen Werbung auf dem Fond meines Verlöbnisses und mir das Seelchen bis zum Zerspringen gespannt. Als er damals fort war und wir seine Zettel lasen, als wir uns wieder allein sahen, wir einfachen Leute, und unter uns, da war uns wohl traurig zu Mute, und nur von ihm mochten wir sprechen den ganzen Tag. Aber leicht war uns doch auch, – ja, erleichtert fühlten wir uns, und ich weiß noch genau, wie ich damals meinte und mich in dem Glauben wiegte, nun sei der uns gemäße, der natürliche, rechte und friedliche Alltag wieder hergestellt und bei uns eingekehrt für immer. Ja, Prosit Mahlzeit! Da ging es erst an, denn es kam das Buch, und ich wurde die unsterbliche Geliebte, – nicht die Einzige, Gott bewahre, es ist ja ein Reigen; aber die berühmteste, und nach der die Leute am meisten fragen. Und gehöre denn nun der Literärgeschichte, ein Gegenstand der Forschung und Wallfahrt und eine Madonnenfigur, vor deren Nische die Menge sich drängt im Dom der Humanität. Das war mein Los, und wenn Sie erlauben, so frage ich mich nur, wie ich dazu komme. Mußte denn auch der Junge, der mich versuchte und verwirrte jenen Sommer lang, so groß werden, daß ich so groß wurde mit ihm und mich festgehalten finde mein Leben lang unter der Spannung und in der schmerzenden Steigerung, in die seine ziellose Werbung mich damals versetzte? Was sind meine armen, törichten Worte, daß ich sie soll für die Ewigkeit gesagt haben? Als wir damals mit der Base zu Balle fuhren im Wagen, und der Discurs auf Romanen roulierte und danach auf dem Tanzplaisir, schwätzte ich etwas hin über dies und jenes, ohne mir träumen zu lassen, in Gottes Namen, daß ich für die Jahrhunderte schwätzte und daß es im Buche stehen werde für immer. Ich hätte doch sonst den Mund gehalten oder versucht, etwas zu sagen, was für die Unsterblichkeit ein bißchen passender gewesen wäre. Ach, ich schäme mich, wenn ich's lese, Herr Doktor, schäme mich damit dazustehen in meiner Nische vor allem Volk! Hätte doch auch der Junge, wenn er denn schon ein Dichter war, meine Worte ein bißchen idealischer und gescheiter herrichten sollen, daß ich besser mit ihnen bestünde als Nischenfigur im Dome der Menschheit, – es wäre doch seine Pflicht gewesen, wenn er mich schon hineinzog ungebeten in solche Ewigkeitswelt...«

Sie weinte wieder. Hat man es erst einmal getan, so sitzen die Tränen locker. Abermals drückte sie, in ratloser Mißbilligung ihres Loses den Kopf schüttelnd, das Tuch in der hohlen Hand vor die Augen.

Riemer beugte sich über ihre andere Hand, die im Halbhandschuh, mit Ridikül und Schirmknauf in ihrem Schosse lag, und legte zart die seine darauf.

»Liebste, teuerste Madame«, sagte er, »die Bewegungen, die

Ihre lieben Worte damals im Busen des Jünglings erregten, werden immer von einer ganzen fühlenden Menschheit geteilt werden, – dafür hat er als Dichter gesorgt, und auf die Worte kommt es nicht an. – Herein!« sagte er mechanisch und ohne seine Haltung, noch auch den milden, tröstenden Ton zu verändern, in dem er sprach. Es hatte geklopft.

»Lassen Sie sich's in Demut gefallen«, fuhr er fort, »daß Ihr Name nun einmal allezeit unter den Frauennamen glänzen wird, die die Epochen seines erlauchten Werkes bezeichnen, und welche die Kinder der Bildung werden zu memorieren haben wie die Amouren des Zeus. Ergeben Sie sich darein – aber Sie haben sich längst darein ergeben –, daß Sie, wie auch ich, zu den Menschen, den Männern, Frauen, Mädchengestalten gehören, auf die durch ihn das Licht der Geschichte, der Legende, der Unsterblichkeit fällt wie auf die um Jesus... Was gibt es?« fragte er, sich aufrichtend, mit immer noch milder Stimme.

Mager stand im Zimmer. Da er gehört hatte, daß vom Herrn Jesus die Rede war, stand er mit gefalteten Händen.

Viertes Kapitel

Hastig stopfte Charlotte ihr Schnupftüchlein in den Beutel. Sie blinzelte geschwinde und schnob in raschem und leichtem Schluchzen einwärts mit ihrem geröteten Näschen. Sie liquidierte auf diese Weise den durch des Kellners Erscheinen aufgehobenen Zustand. Die Miene, die sie dazu machte, gehörte dem neuen an: es war eine sehr ungehaltene Miene.

»Mager! Er kommt schon wieder herein?« fragte sie scharf. »Mir ist doch, als hätte ich Ihm gesagt, daß ich mit Herrn Doktor Riemer gewichtige Dinge zu besprechen habe und nicht gestört zu werden wünsche!«

Das hätte Mager bestreiten können, doch verzichtete er ehrerbietig darauf, ihre Selbsttäuschung anzufechten.

»Frau Hofrätin!« sagte er nur, indem er die ohnedies schon gefalteten Hände gegen die alte Dame erhob. »Wollen Frau Hofrätin sich gütigst versichert halten, daß ich die Störung so lange wie nur immer möglich und bis zum Äußersten hinausgeschoben habe. Ich bin untröstlich, aber sie war am Ende nicht mehr zu umgehen. Seit mehr als vierzig Minuten wartet ein weiterer Besuch, eine Dame der Weimarer Gesellschaft, darauf, vorgelassen zu werden. Ich konnte die Meldung nicht länger verweigern und entschloß mich daher im Vertrauen auf das Billigkeitsgefühl des Herrn Doktors und auf Dero eigenes, das Dieselben zweifellos, wie andere hohe und begehrte Personen, gewöhnt hat, Ihre Zeit und Güte einzuteilen, um vielen damit gerecht werden zu können –«

Charlotte erhob sich.

»Das ist zuviel, Mager«, sagte sie. »Seit drei Stunden oder wielange, ich weiß es nicht, nachdem ich mich ohnehin verschlafen, bin ich im Begriffe, fortzugehen, um meine gewiß schon um mich besorgten Verwandten aufzusuchen, – und Er will mich zu neuen Empfängen anhalten! Es ist wahrhaftig zu stark. Ich zürnte Ihm schon Miss Cuzzles wegen, und wegen des Herrn Doktors zürnte ich Ihm auch, obgleich sich herausgestellt hat, daß es sich hier allerdings um einen Besuch von außerordentlichem Interesse handelte. Nun aber sinnt Er mir eine weitere Aufhaltung an! Ernstlich muß ich die Ergebenheit in Zweifel ziehen, wovon Er sich gegen mich die Miene zu geben weiß, da Er mich in dieser Weise dem Öffentlichen preisgibt.«

»Frau Hofrätin«, sagte der Kellner mit geröteten Augen, »Dero Unzufriedenheit zerreißt ein Herz, das ohnehin zerrissen ist vom Widerstreit heiliger Pflichten. Denn wie sollte ich die Pflicht, unseren illustren Gast vor Behelligung zu schützen, nicht als heilig anerkennen! Wollen Frau Hofrätin aber doch, bevor Sie mich auf immer verurteilen, gütigst erwägen, daß ebenso heilig und herzlich begreiflich einem Manne wie mir die Empfindungen von Standespersonen sein müssen, welche die umlaufende Nachricht von Dero Anwesenheit in unserem Hause mit dem leidenschaftlichen Wunsche beseelt, vor Ihr Angesicht zu treten!«

»Es wäre«, sagte Charlotte mit strengem Blick, »erst einmal

die Frage zu erörtern, durch wen diese Nachricht in Umlauf gesetzt worden.«

»Wer ist die Nachfragende?« erkundigte sich Riemer, der ebenfalls aufgestanden war. – Mager erwiderte:

»Demoiselle Schopenhauer.«

»Hm«, machte der Doktor. »Verehrteste, der Brave hier hat so unrecht nicht, diese Meldung über sich zu nehmen. Es handelt sich, wenn ich erläutern darf, um Adele Schopenhauer, ein wohl ausgebildetes junges Frauenzimmer von den besten Connexionen, Tochter Madame Johanna Schopenhauers, einer reichen Witwe von Danzig, die seit einem Jahrzehnt bei uns lebt, – einer ergebenen Freundin des Meisters, übrigens Litteratorin sie selbst und Inhaberin eines geistreichen Salons, wo der Meister zu Zeiten, als er dem Ausgehen noch geneigter war, gar häufig den Abend verbrachte. Sie hatten die Güte, unserem Austausche einiges Interesse zuzuschreiben. Sollten Sie sich aber davon nicht gar zu ermüdet fühlen, und sollte eben noch Ihre Zeit es erlauben, so würde ich wohl die Empfehlung wagen, dem Fräulein einige Augenblicke zu schenken. Abgesehen von dem Geschenk, das Sie einem empfänglichen jungen Herzen damit machen würden, wäre es, dafür möcht' ich mich verbürgen, eine Gelegenheit für Sie, über unsere Zustände und Verhältnisse manches zu profitieren, – eine bessere, unbedingt, als Ihnen durch die Konversation mit einem einsamen Gelehrten geboten war. Was diesen betrifft«, sagte er lächelnd, »räumt er nun jedenfalls das Feld, – das viel zu lange behauptet zu haben er sich leider anklagen muß –«

»Sie sind zu bescheiden, Herr Doktor«, versetzte Charlotte. »Ich danke Ihnen für diese Stunde, die meinem Gedächtnis wert und wichtig bleiben wird.«

»Es waren zwei, allerdings«, bemerkte Mager, während sie Riemern die Hand reichte, der sich mit Gefühl darüber beugte. »Es waren zwei Stunden, wenn ich mir erlauben darf, das am Rand zu notieren. Und da auf diese Weise das Mittagessen sich etwas verzögert, würde es sich gewiß empfehlen, daß Frau Hofrätin, bevor ich Demoiselle Schopenhauer einführe, sich mit einer kleinen Collation wiederherstellten, einer Tasse Bouillon mit Biscuits oder einem anmutigen Gläschen Ungarwein.«

»Ich habe keinen Appetit«, sagte Charlotte, »und bin übrigens im Vollbesitz meiner Kräfte. Leben Sie wohl, Herr Doktor! Ich hoffe Sie noch zu sehen in den kommenden Tagen. Und Er, Mager, bitt' Er in Gottes Namen das Fräulein zu mir, – mit dem Bemerken aber, schärf' ich Ihm ein, daß mir nur einige Minuten bleiben, sie zu begrüßen, und daß auch diese ein kaum noch zu verantwortender Raub an den lieben Verwandten sind, die mich erwarten.«

»Ganz wohl, Frau Hofrätin! – Dürfte ich nur eben erinnern: Appetitlosigkeit ist denn doch kein Beweis der Unbedürftigkeit. Wenn Frau Hofrätin mir gestatteten, auf meine Anempfehlung einiger Erfrischung zurückzukommen... Es würde Denselben gewißlich gut tun, sodaß Frau Hofrätin dann allenfalls auch geneigt wären, dem Vorschlag meines Freundes, des Stadtsergeanten Rührig, näher zu treten... Er versieht mit einem Kameraden den Ordnungsdienst vor unserem Haus und war vorhin bei mir im Flur. Er meinte, das städtische Publicum würde leichter zum Abzuge zu bringen sein und sich befriedigt zerstreuen, wenn es nur erst einmal einen Blick auf Frau Hofrätin hätte werfen dürfen, und Dieselben würden der Obrigkeit und der öffentlichen Disziplin einen Dienst erweisen, wenn Sie einwilligten, sich den Leuten nur einen Augenblick im Rahmen des Haustors oder auch am offenen Fenster zu zeigen...«

»Auf keinen Fall, Mager! Unter gar keinen Umständen! Das ist ein ganz lächerliches, absurdes Ansinnen! Will man wohl gar, daß ich eine Rede halte? Nein, ich zeige mich nicht, unter keiner Bedingung! Ich bin keine Potentatin...«

»Mehr, Frau Hofrätin! Mehr und Erhebenderes als das. Auf der heutigen Stufe unserer Kultur sind es nicht mehr die Potentaten, um derentwillen die Menge zusammenläuft; es sind die Sterne des Geisteslebens.«

»Unsinn, Mager. Lehr' Er mich die Menge kennen und die nur allzu derben Motive ihrer Neugier, die mit Geist im Grunde erbärmlich wenig zu tun haben. Das sind Alfanzereien. Ich gehe aus, ohne rechts oder links zu sehen, wenn meine Visiten beendet sind. Aber von ›Zeigen‹ kann keine Rede sein.«

»Frau Hofrätin haben allein zu befinden. Es ist nur schmerzlich, sich sagen zu müssen, daß Sie nach einer kleinen Erfrischung die Dinge vielleicht in anderem Lichte gesehen hätten… Ich gehe. Ich benachrichtige Demoiselle Schopenhauer.«

Charlotte benutzte die knappen Minuten ihres Alleinseins, um zum Fenster zu gehen und sich durch den Mull-Vorhang, den sie mit der Hand zusammenhielt, zu überzeugen, daß auf dem Platze noch alles beim Alten war und die Belagerung des Hôtel-Einganges sich kaum verringert hatte. Ihr Kopf zitterte stark beim Hinauslugen, und von den lang dauernden Abenteuern des Gesprächs mit dem Famulus standen ihre Wangen in hochrosiger Glut. Sie legte, sich umwendend, die Fingerrücken beider Hände daran, um von außen die Wärme zu prüfen, die ihr die Augen trübte. Übrigens hatte sie nicht fälschlich erklärt, daß sie sich frisch und munter fühle, mochte sie sich von der etwas hektischen Natur dieser Munterkeit auch halb und halb Rechenschaft geben. Eine gelockerte Mitteilsamkeit und fiebrig entfesselte Redseligkeit beherrschte sie, eine ungeduldige Lust zu weiterem Gespräch und das fast übermütige Bewußtsein einer nicht alltäglichen Geläufigkeit des Mundes, die auch dem Heikelsten gewachsen war. Mit einer gewissen Neugier blickte sie auf die Tür, die sich vor neuem Besuch öffnen sollte. –

Adele Schopenhauer, von Mager eingelassen, versank in tiefem Knicks, aus dem Charlotte, die ihr die Hand bot, sie freundlich emporhob. Die junge Dame, Anfang Zwanzig nach Charlottens Schätzung, war recht unschönen, aber intelligenten Ansehens, – ja, schon die Art, wie sie vom ersten Augenblick an und dann immerfort das doch unverkennbare Schielen ihrer gelb-grünen Augen teils durch häufigen Lidschlag, teils durch hurtiges Umher- und namentlich Emporblicken zu verbergen suchte, erweckte den Eindruck einer nervösen Intelligenz, und ein zwar breiter und schmaler, aber klug lächelnder und sichtlich in gebildeter Rede geübter Mund konnte die hängende Länge der Nase, den ebenfalls zu langen Hals, die betrüblich abstehenden Ohren übersehen lassen, neben denen gelockte accroche-cœurs unter dem mit Röschen umkränzten, etwas genialisch geformten Strohhut hervorkamen und in die Wangen fielen. Die Gestalt des Mädchens war dürftig. Ein weißer, aber flacher Busen verlor sich in dem kurzärmligen Batist-Mieder, das in offener Krause um die mageren Schultern und den Nacken stand. Durchbrochene Halbhandschuhe, am Ende der dünnen Arme, ließen ebenfalls dürre, rötliche Finger mit weißen Nägeln frei. Sie umfaßte damit, außer dem Griff ihres Sonnenschirms, auch die in Seidenpapier gehüllten Stengel einiger Blumen nebst einem rollenförmigen Päckchen.

Sogleich begann sie zu sprechen, schnell, tadellos, ohne Pause zwischen den Sätzen und mit der Gewandtheit, deren Charlotte sich gleich von ihrem gescheiten Munde versehen hatte. Er wässerte etwas dabei, sodaß es mit der fließenden, leicht sächsisch gefärbten Rede tatsächlich wie geschmiert ging und Charlotte sich einer heimlichen Besorgnis nicht erwehren konnte, ob auch ihre eigene entfachte Mitteilungslust dabei auf ihre Rechnung kommen würde.

»Frau Hofrätin«, sagte Adele, »– wie dankbar ich bin, daß Ihre Güte mir sogleich das Glück gewährt, Ihnen meine Huldigung darzubringen, – dafür fehlen mir die Worte.« Ohne Pause weiter: »Ich tue es nicht nur für meine eigene bescheidene Person, sondern auch im Namen, wenn auch nicht im Auftrage – für einen solchen Auftrag gab es noch keine Möglichkeit – unseres Musenvereins, – dessen Geist und schönes Zusammenstehen sich übrigens anläßlich des entzückenden Ereignisses Ihrer Gegenwart glänzend bewährt hat – insofern, als eines unserer Mitglieder, meine geliebte Freundin, die Comtesse Line Egloffstein es war, die mir ungesäumt die beflügelnde Nachricht überbrachte, nachdem sie sie erst eben von ihrer Zofe vernommen. Mein Gewissen raunt mir zu, daß ich Muselinen – verzeihen Sie, das ist der Vereinsname Line Egloffsteins; wir haben alle solche Namen, Sie würden lachen, wenn ich sie Ihnen sagte – daß ich Linen von meinem vorhabenden Schritt wohl dankbarer Weise hätte verständigen müssen; denn wahrscheinlich hätte sie sich ihm angeschlossen. Aber erstens habe ich tatsächlich den Beschluß dazu erst nach ihrem Weggang gefaßt, und zweitens hatte ich schwerwiegende Gründe für den Wunsch, Sie, Frau Hofrätin, allein in Weimar willkommen zu heißen und unter vier Augen mit Ihnen zu sprechen... Dürfte ich mir erlauben, Ihnen diese wenigen Astern, Rittersporn und Petunien nebst dieser bescheidenen Probe hiesigen Kunstfleißes zu überreichen?«

»Mein liebes Kind«, erwiderte Charlotte belustigt – denn Adelens Aussprache von »Bedunien« erregte ihr Lachkitzel, und sie brauchte ihre Heiterkeit nicht zu verbergen, da sie sich noch auf »Museline« beziehen mochte, – »mein liebes Kind, das ist reizend. Was für eine geschmackvolle Farbenzusammenstellung! Wir müssen trachten, daß wir Wasser für diese herrlichen Blüten bekommen. So schöne Petunien« – und wieder überkam sie das Lachen – »erinnere ich mich kaum gesehen zu haben...«

»Wir sind eine Blumengegend«, versetzte Adele. »Flora ist uns hold.« Und sie wies mit dem Blick auf die Gipsgestalt in der Nische. »Die Erfurter Samenkulturen haben Weltruf seit mehr als hundert Jahren.«

»Reizend!« wiederholte Charlotte. »Und dies hier, was Sie ein Beispiel des Weimarer Kunstfleißes nennen, – was mag es sein? Ich bin eine neugierige alte Frau...«

»O, meine Bezeichnung war sehr euphemistisch. Eine Spielerei, Frau Hofrätin, ein Werk meiner Hände, eine allerbescheidenste Willkommsgabe. Darf ich Ihnen beim Auswickeln behilflich sein? So herum, wenn ich bitten darf. Ein Silhouettenschnitt, gefertigt aus schwarzem Glanzpapier und sorgsam auf weißen Karton geklebt, ein Gruppenbild, wie Sie sehen. Es ist nichts anderes als unser Musenverein, portraitähnlich wie mir's nur irgend gelingen wollte. Dies ist die erwähnte Museline, Line Egloffstein, wie gesagt, sie singt zum Entzücken und ist die Lieblingshofdame unserer Großfürstin-Erbprinzessin. Das da ist Julie, ihre schöne Schwester, die Malerin, Julemuse genannt. Hier weiter bin ich, Adelmuse mit Namen, ungeschmeichelt, wie Sie mir zugeben werden, und die den Arm um mich schlingt, ist Tillemuse, will sagen: Ottilie von Pogwisch – ein liebes Köpfchen, nicht wahr?«

»Sehr lieb«, sagte Charlotte, »sehr lieb und unglaublich lebenswahr, das alles! Ich bestaune, mein bestes Kind, Ihre Fertigkeit. Wie ist das gearbeitet! Diese Rüschen und Knöpfchen, diese Tisch- und Stuhlbeinchen, die Löckchen, Näschen und Wimpern! Mit einem Wort, das ist ganz ungewöhnlich. Ich habe die Scherenkunst von jeher hochgeschätzt und war immer der Meinung, daß ihr Abhandenkommen als ein Verlust für Herz und Sinn zu beklagen wäre. Desto mehr bewundere ich den innigen Fleiß, mit dem sich hier eine offenbar außerordentliche natürliche Anlage zur Entwicklung gebracht und auf die Spitze getrieben findet...«

»Man muß für seine Talente schon etwas tun hierzulande und vor allem welche besitzen«, erwiderte das junge Mädchen, »sonst kommt man nicht durch in der Gesellschaft und niemand sieht einen an. Hier opfert alles den Musen, das ist guter Ton, und es ist ja ein g u t e r Ton, nicht wahr? Ein schlechterer wäre denkbar. Ich hatte von kleinauf ein vortreffliches Vorbild an meiner lieben Mama, die schon, bevor sie sich hier niederließ, zu Lebzeiten meines seligen Vaters, die Malerei ausgeübt hatte, aber diese Eigenschaft erst hier recht ernsthaft zu kultivieren begann, mir dazu noch energisch im Klavierspiel voranging und außerdem bei dem seither verstorbenen Fernow – dem Kunstgelehrten Fernow, der lange in Rom gelebt, – italienischen Unterricht nahm. Meine kleinen poetischen Versuche hat sie immer mit größter Sorgfalt überwacht, obgleich es ihr selbst nicht gegeben ist, zu dichten, wenigstens nicht auf Deutsch, – ein italienisches Sonett im Geschmack Petrarca's hat sie tatsächlich unter Anleitung Fernows einmal verfertigt. Eine bewundernswerte Frau. Welchen Eindruck mußte es nicht damals auf meine dreizehn, vierzehn Jahre machen, zu sehen, wie sie hier Fuß fassen und ihren Salon im Handumdrehen zum Treffpunkt der schönsten Geister zu machen wußte. Wenn ich im Silhouettieren etwas leiste, so danke ich's auch nur ihr und ihrem Beispiel, denn sie war und ist eine Meisterin im Blumenschneiden, und der Ge-

heime Rat selbst hatte auf unseren Tees das größte Vergnügen an
ihren Schnitten...«

»Goethe?«

»Aber ja. Er ruhte damals nicht, bis Mama sich entschloß,
einen ganzen Ofenschirm mit geschnittenen Blumen zu deko-
rieren, und half ihr dann selbst mit dem ernsthaftesten Fleiße
beim Aufkleben. Ich sehe noch, wie er eine halbe Stunde lang
vor dem fertigen Ofenschirm saß und ihn bewunderte...«

»Goethe?!«

»Aber ja! Die Liebe des großen Mannes zu allem Gemachten,
zum Product des Kunstfleißes und der Geschicklichkeit jeder
Art, zum Werk der Menschenhand mit einem Wort, ist wahrhaft rührend. Man kennt ihn nicht, wenn man ihn nicht von
dieser Seite kennt.«

»Sie haben recht«, sagte Charlotte. »Sogar kenne ich ihn von
dieser Seite und sehe wohl, daß er der Alte geblieben ist, will
sagen: der Junge. Als wir jung waren, damals in Wetzlar, hatte
er seine Freude an meinen kleinen Stickereien in farbiger Seide
und ist mir bei manchem Entwurf meines Zeichenheftes für
diese Dinge treu und emsig zur Hand gegangen. Ich erinnere
mich an einen nie fertig gewordenen Liebestempel, auf dessen
Stufen eine heimkehrende Pilgerin von ihrer Freundin begrüßt
wurde, und an dessen Composition er großen Anteil hatte...«

»Himmlisch!« rief die Besucherin. »Was erzählen Sie da, liebste Frau Hofrätin! Bitte, bitte, erzählen Sie weiter!«

»Stehenden Fußes denn doch nun einmal gewiß nicht, Liebe«,
antwortete Charlotte. »Es könnte mir fehlen, daß ich vergäße,
Sie zu bitten, es sich bequem zu machen, da ohnedies Ihre Aufmerksamkeit und diese lieben Gaben es mich nur desto pein-
licher empfinden lassen, daß ich Sie so lange warten lassen
mußte.«

»Durchaus hatte ich darauf gefaßt zu sein«, versetzte Adele,
indem sie neben der alten Dame auf einem Kanapee mit Fußbän-
ken Platz nahm, »daß ich weder die einzige noch die erste Person
sein würde, die den Cordon Ihrer Volkstümlichkeit durch-
bricht, um vor Ihr Angesicht zu gelangen. Sie waren in gewiß

höchst interessanter Conversation begriffen. Ich habe Onkel Riemer bei seinem Weggang begrüßt...«

»Wie, er ist Ihr...«

»O, nicht doch. Ich nenne ihn so seit Kindertagen, wie ich alle so nannte und nenne, die ständige oder nur häufige Gäste von Mamas Sonntag- und Donnerstag-Tees waren: Meyers und Schützes und Falks und Baron Einsiedel, den Übersetzer des Terenz, Major von Knebel und Legationsrat Bertuch, der die Allgemeine Literaturzeitung gegründet hat, Grimm und Fürst Pückler und die Brüder Schlegel und die Savigny's! Ja all diesen sagte und sage ich Onkel und Tante. Ich habe sogar Wieland Onkel genannt.«

»Und nennen auch Goethe so?«

»Den nun eben nicht. Aber die Geheime Rätin nannte ich Tante.«

»Die Vulpius?«

»Ja, die jüngst dahingegangene Frau von Goethe, die er gleich nach seiner Vermählung mit ihr bei uns einführte, nur bei Mama, denn sonst war es überall mit der Einführung ein wenig schwierig. Man kann sogar sagen, daß der große Mann selbst fast nur bei uns verkehrte, denn wenn Hof und Gesellschaft ihm das freie Zusammenleben mit der Seligen nachgesehen hatte – das gesetzliche gerade verschnupfte sie.«

»Auch die Baronin von Stein«, fragte Charlotte, deren Wangen sich leicht gerötet hatten, »war wohl verschnupft?«

»Sie am meisten. Wenigstens gab sie sich die Miene, die Legalisierung des Verhältnisses besonders zu mißbilligen, während doch in Wahrheit das Verhältnis selbst ihr von jeher empfindlichen Kummer bereitet hatte.«

»Man kann ihr das nachfühlen.«

»O, gewiß. Aber andererseits war es ein schöner Zug von unserem Meister, daß er die arme Person zu seiner rechten Gemahlin machte. Sie hatte ihm in den schrecklichen Franzosentagen anno 6 treulich und tapfer zur Seite gestanden, und ausdrücklich fand er, zwei Menschen, die das miteinander durchgemacht, gehörten zusammen vor Gott und den Menschen.«

»Ist es wahr, daß ihre Conduite manches zu wünschen übrig ließ?«

»Ja, sie war ordinär«, sagte Adele. »De mortuis nil nisi bene, aber ordinär war sie in hohem Grade, gefräßig und plusterig mit hochroten Backen und tanzwütig und liebte auch die Bouteille über Gebühr, – immer mit Komödiantenvolk und jungen Leuten, als sie selbst schon nicht mehr die Jüngste war, immer Redouten und Traktamente und Schlittenfahrten und Studentenbälle, und da kam es denn vor, daß die Jenenser Burschen der Geheimen Rätin allerhand Polissonnerien glaubten machen zu dürfen.«

»Und Goethe tolerierte ein solches Gebaren?«

»Er drückte ein Auge zu und lachte auch wohl darüber. Man kann sogar sagen, daß er dem losen Wandel der Frau in gewissem Grade Vorschub leistete, – ich möchte annehmen: aus dem Grunde, weil er das Recht daraus ableitete, sich die Freiheit des eigenen Gefühls zu salvieren. Ein Dichtergenie kann seine belletristischen Inspirationen nun wohl einmal nicht ausschließlich aus seinem Eheleben schöpfen.«

»Sie verfügen über sehr großzügige, sehr starkgeistige Gesichtspunkte, mein liebes Kind.«

»Ich bin Weimaranerin«, sagte Adele. »Amor gilt hier viel, es werden ihm weitgehende Rechte zugestanden bei allem Sinn für das Ziemliche. Man muß auch sagen, daß die Kritik unsrer Gesellschaft an der derben Lebenslust der Geheimen Rätin mehr ästhetischer als moralischer Natur war. Wer ihr aber gerecht werden wollte, mußte gestehen, daß sie ihrem hohen Gemahl auf ihre Art eine vortreffliche Gattin war, – auf sein leiblich Wohl, das ihm nie gleichgültig war, jederzeit treu bedacht und voller Sinn für die Bedingungen seiner Produktion, von der sie zwar nichts verstand – nicht ein Wort, das Geistige war ihr ein dreimal verschlossener Garten –, von deren Bedeutung für die Welt sie aber durchaus einen ehrfürchtigen Begriff hatte. Er hat sich zwar auch nach seiner Heirat des Junggesellendaseins nie entwöhnt und immer große Teile des Jahres, in Jena, Carlsbad, Töplitz, für sich gelebt. Aber als sie verwichenen Junius an ihren

Krämpfen starb – in den Armen fremder Wärterinnen geschah es, denn er selbst war leidend und bettlägerig an dem Tage, wie er schon längst von anfällig schwankender Gesundheit, sie aber ein Bild des Lebens – und zwar bis zum Unästhetischen und Abstoßenden gewesen war –: als sie tot war, da hat er sich, sagt man, über ihr Bette geworfen und ausgerufen: ›Du kannst, du kannst mich nicht verlassen!‹«

Charlotte schwieg, weshalb die Besucherin, deren Civilisation kein Stocken des Gespräches duldete, sich beeilte, für weiteres aufzukommen.

»Jedenfalls«, sagte sie, »war es sehr klug von Mama, daß sie die Frau – allein in der ganzen hiesigen Gesellschaft – bei sich empfing und ihr mit feinem Takt über alle Verlegenheit hinweghalf. Denn sie fesselte den großen Mann dadurch nur desto fester an ihren aufblühenden Salon, dessen Hauptattraction er natürlich bildete. Sie hielt mich auch an, die Vulpius ›Tante‹ zu nennen. Zu Goethen aber habe ich niemals ›Onkel‹ gesagt. Das fügte sich nicht. Er mochte mich zwar wohl leiden und trieb seinen Spaß mit mir. Ich durfte die Laterne ausblasen, mit der er sich zu uns geleuchtet hatte, und er ließ sich mein Spielzeug zeigen und tanzte mit meiner Lieblingspuppe eine Ecossaise. Aber trotzdem: ihn Onkel zu nennen, dazu war er doch zu sehr Respectsperson, nicht nur für mich, sondern auch für die Erwachsenen, wie ich wohl sah. Denn war er auch oft ein wenig stumm und auf eine Art befangen, wenn er kam, still für sich sitzend und zeichnend an seinem Tisch, so dominierte er doch im Salon, einfach weil alles sich nach ihm richtete, und er tyrannisierte die Gesellschaft, weniger weil er ein Tyrann gewesen wäre, als weil die anderen sich ihm unterwarfen und ihn geradezu nötigten, den Tyrannen zu machen. So machte er ihn denn und regierte sie, klopfte auf seinen Tisch und verfügte dies und das, las schottische Balladen vor und verordnete, daß die Damen den Kehrreim im Chore mitsprechen mußten, und wehe, wenn Eine ins Lachen geriet: Dann blitzte er mit den Augen und sagte: ›Ich lese nicht mehr‹, und Mama hatte alle Mühe, die Situation wiederherzustellen, indem sie sich für gute Disciplin in Zukunft verbürgte. Oder aber er machte sich den Spaß, eine furchtsame Dame mit den grausigsten Gespenstergeschichten bis zum Vergehen zu ängstigen. Er liebte es überhaupt, zu necken. So weiß ich noch, wie er eines Abends den alten Onkel Wieland fast aus der Haut fahren ließ, indem er ihm unaufhörlich widersprach – nicht aus Überzeugung, sondern nur aus rabulistischem Schabernack; aber Wieland nahm's ernst und ärgerte sich schwer, worauf denn Goethes Trabanten, Meyer und Riemer, ihn von oben herab trösteten oder belehrten: ›Lieber Wieland, Sie dürfen das nicht so nehmen.‹ Das war nicht passend, wie ich kleines Mädchen deutlich empfand, und andere mochten es auch empfinden, nur Goethe nicht, eigentümlicher Weise.«

»Ja, das ist eigentümlich.«

»Ich hatte immer den Eindruck«, fuhr Adele fort, »daß die Societät, zum wenigsten unsere deutsche, in ihrem Drang nach Unterwerfung sich ihre Herren und Lieblinge selbst verdirbt und ihnen einen peinlichen Mißbrauch ihrer Überlegenheit aufdrängt, an dem schließlich beide Teile unmöglich noch Freude haben können. Einen ganzen Abend lang plagte Goethe die Gesellschaft bis zur vollkommenen Ermüdung mit dem langgezogenen Scherz, daß er sie zwang, an der Hand einzelner Requisiten den Inhalt der neuen, niemandem bekannten Stücke zu erraten, von denen er eben Probe gehalten. Es war ganz unmöglich, eine Aufgabe mit zu vielen Unbekannten, niemand brachte einen Zusammenhang zustande, und die Gesichter wurden immer länger, das Gähnen immer häufiger. Er aber ließ nicht ab zu insistieren und hielt den ganzen Kreis immerfort auf der Folter der Langenweile, so daß man sich fragte: Fühlt er denn nicht, welchen Zwang er den Leuten auferlegt? Nein, er fühlte es nicht, die Gesellschaft hatte es ihm abgewöhnt, es zu fühlen, aber es ist kaum glaubhaft, daß er selbst sich nicht sollte sterblich gelangweilt haben bei dem grausamen Spiel. Die Tyrannei ist gewiß ein langweiliges Geschäft.«

»Da mögen Sie recht haben, mein Kind.«

»Er ist denn auch«, setzte Adele hinzu, »meiner Meinung nach garnicht zum Tyrannen geboren, sondern viel eher zum

Menschenfreund. Ich habe das immer daraus abgenommen, daß er es so besonders liebte – und es so excellent verstand, die Menschen lachen zu machen. Mit dieser Eigenschaft ist man gewiß kein Tyrann. Als Vorleser sowohl bewährte er sie, als auch wenn er freihin Geschichten erzählte und komische Dinge und Leute beschrieb. Sein Vorlesen ist nicht durchweg glücklich, das finden alle. Zwar lauscht man immer gern seiner Stimme, die eine schöne Tiefe hat, und blickt mit Freuden in sein ergriffenes Gesicht. Aber bei ernsten Scenen fällt er leicht zu sehr ins Pathetische, Declamatorische, auch allzu Donnernde, es ist nicht immer erfreulich. Dagegen das Komische bringt er regelmäßig mit solcher Drastik und Natur, so köstlicher Beobachtung und unfehlbarer Wiedergabe, daß alle Welt hingerissen ist. Und nun gar, wenn er lustige Anekdoten zum Besten gab oder sich einfach in die Ausmalung phantastischen Unsinns verlor, dann schwamm bei uns buchstäblich alles in Lachtränen. Es ist bemerkenswert: in seinen Werken ist doch allgemein eine große Gesetztheit und Feinheit der Charakteristik herrschend, die allenfalls einmal zum Lächeln Anlaß gibt, aber zum Lachen – nicht daß ich wüßte. Persönlich aber hat er nichts lieber, als wenn die Leute sich wälzen vor Lachen ob seinen Hervorbringungen, und ich hab' es erlebt, daß Onkel Wieland sich den Kopf mit der Serviette verhüllte und ihn um Quartier bat, denn er konnte nicht mehr, und sonst war auch alles ohne Atem am Tische. Er selbst pflegte ziemlichen Ernst zu bewahren in solchen Situationen; aber er hatte eine eigentümliche Art, mit blitzenden Augen und einer gewissen freudigen Neugier in das Gelächter und in die allgemeine Gelöstheit hineinzublicken. Ich habe oft darüber nachgedacht, was es bedeutet, wenn ein so ungeheuerer Mann, der so viel durchlebt und getragen und ausgeführt, die Menschen so gerne zu schallendem Gelächter bringt.«

»Die Sache wird die sein«, sagte Charlotte, »daß er jung geblieben ist in der Größe und in dem schweren Ernst seines Lebens dem Lachen die Treue bewahrt hat – es würd' mich nicht wundern, und ich würd' es schätzen. In unserer Jugend haben wir viel und ausbündig zusammen gelacht, zu zweit und zu dritt, und gerade in Augenblicken, wenn er mir hatte wollen ins Schmerzliche ausarten und sich verlieren ins Melancholische, so faßt' er sich wohl ein Herz, schlug um und bracht' uns genau so zum Lachen mit seinen Possen wie Ihrer Frau Mutter Teegesellschaft.«

»O, sprechen Sie weiter, Frau Hofrätin!« bat das junge Mädchen. »Erzählen Sie weiter von diesen unsterblichen Jugendtagen zu zweit und zu dritt! Wie ist mir denn, mir närrischem Ding? Ich wußte, zu wem ich ging, zu wem es mich unwiderstehlich antrieb mich aufzumachen. Nun aber will es mir fast aus dem Sinn kommen, wer es ist, neben der ich auf dieser Causeuse sitze, und erst Ihre Worte jagen mir's wieder ein, beinahe zu meinem Schrecken. O, sprechen Sie weiter von damals, ich flehe Sie an!«

»Viel lieber«, sagte Charlotte, »viel lieber höre ich Ihnen zu, meine Gute. Sie unterhalten mich so allerliebst, daß ich mir immer aufs neue Vorwürfe machen muß, Sie so lange haben warten zu lassen und Ihnen noch einmal danken muß für Ihre Geduld.«

»O, was meine Geduld betrifft... Ich brannte so sehr von Ungeduld, Sie, hohe Frau, zu sehen und Ihnen vielleicht in mancher Beziehung mein Herz ausschütten zu dürfen, daß ich kaum zu loben bin, weil ich Geduld übte um dieser Ungeduld willen. Oft ist das Moralische nur das Produkt und Mittel der Leidenschaft, und die Kunst, zum Exempel, kann man wohl als die hohe Schule der Geduld in der Ungeduld ansprechen.«

»Ei, hübsch, mein Kind. Ein artiges Aperçu. Ich sehe, zu Ihren übrigen Talenten kommt eine nicht geringe philosophische Anlage.«

»Ich bin Weimaranerin«, wiederholte Adele. »Das fliegt einem an. Wenn einer französisch spricht, nachdem er zehn Jahre in Paris gelebt, so ist das nicht weiter bewundernswert, nicht wahr? Übrigens sind wir vom Musenverein der Philosophie und Kritik so sehr ergeben als der Poesie. Nicht nur unsere Gedichte teilen wir einander dort mit, sondern auch untersuchende und zergliedernde Aufsätze, die wir unserer Lektüre widmen, dem Neuesten im Reiche des Witzes, wie man früher sagte – jetzt sagt man ›Geist‹ und ›Bildung‹. Der alte Geheime Rat erfährt übrigens besser nichts von diesen Zusammenkünften.«

»Nichts? Warum?«

»Es sprechen mehrere Gründe dagegen. Zum ersten hat er überhaupt eine ironische Aversion gegen schöngeistige Frauenzimmer, und wir müßten befürchten, daß er sich über diese uns so lieben Bestrebungen lustig machte. Sehen Sie, man kann doch gewiß nicht sagen, daß der große Mann unserm Geschlecht abhold wäre, – das schiene wohl eine schwer zu verfechtende Behauptung. Und doch mischt sich in sein Verhältnis zum Weiblichen ein Absprechendes, ich möchte fast sagen: Gröbliches – ein männliches Partisanentum, das uns den Zugang zum Höchsten, zur Poesie und zum Geiste verwehren möchte und unser Zartestes gerne in komischem Lichte sieht. Es möge nun hierher gehören oder nicht, aber als er einige Damen einmal auf einer Gartenwiese Blumen pflücken sah, äußerte er, sie kämen ihm vor wie sentimentale Ziegen. Finden Sie das gemütvoll?«

»Nicht just«, erwiderte Charlotte lachend. »Ich muß lachen«, erläuterte sie, »weil es ja auf boshafte Art etwas Treffendes hat. Aber man sollte natürlich nicht boshaft sein.«

»Treffend«, sagte Adele, »das ist es eben. So ein Wort hat etwas geradezu Tödliches. Ich kann mich auf einem Spaziergang nicht mehr bücken, um einige Kinder des Frühlings an meinen Busen zu nehmen, ohne mir wie eine sentimentale Ziege vorzukommen, und selbst wenn ich ein Gedicht in mein Album schreibe, sei es ein fremdes oder ein eigenes, komme ich mir so vor.«

»Sie sollten es sich so sehr nicht zu Herzen nehmen. Warum aber sonst soll denn der Goethe nichts wissen von Ihren und Ihrer Freundinnen ästhetischen Bestrebungen?«

»Teuerste Hofrätin – von wegen des ersten Gebotes.«

»Wie meinen Sie?«

»Das da lautet«, sagte Adele, »›Du sollst keine anderen Götter haben neben mir.‹ Wir sind hier, Verehrteste, wieder beim Kapitel der Tyrannei, – einer denn doch wohl nicht aufgedrängten und von der Gesellschaft verschuldeten, sondern natürlichen und von einer gewissen überherrschenden Größe wohl unabtrennbaren Tyrannei, die zu scheuen und zu schonen man gut tut, ohne sich ihr eben zu unterwerfen. Er ist groß und alt und wenig geneigt, gelten zu lassen, was nach ihm kommt. Aber das Leben geht weiter, es bleibt auch beim Größten nicht stehen, und wir sind Kinder des neuen Lebens, wir Muselinen und Julemusen, ein neues Geschlecht, und sind gar keine sentimentalen Ziegen, sondern selbständige, fortgeschrittene Köpfe mit dem Mute zu ihrer Zeit und ihrem Geschmack und kennen schon neue Götter. Wir kennen und lieben Maler, wie die frommen Cornelius und Overbeck, nach deren Bildern er, wie ich ihn selbst habe sagen hören, am liebsten mit der Pistole schösse, und den himmlischen David Caspar Friedrich, von dem er erklärt, man könne seine Bilder ebenso gut verkehrt herum ansehen. ›Das soll nicht aufkommen!‹ donnerte er, – ein rechter Tyrannendonner, wie nicht zu leugnen, den aber wir im Musenverein in aller Ehrfurcht dahinrollen lassen, indes wir in unsere Poesiebücher Verse von Uhland schreiben und entzückt mit einander die herrlich skurrilen Geschichten von Hoffmann lesen.«

»Ich kenne diese Autoren nicht«, sagte Charlotte kühl. »Sie werden nicht sagen wollen, daß sie bei aller Skurrilität den Dichter des ›Werther‹ erreichen.«

»Sie erreichen ihn nicht«, versetzte Adele, »und dennoch – verzeihen Sie das Paradoxon! – übertreffen sie ihn, – nämlich einfach, weil sie weiter sind in der Zeit, weil sie eine neue Stufe repräsentieren, uns näher sind, trauter, verwandter, uns Neueres, Eigeneres zu sagen haben, als eine felsstarre Größe, die gebietend und auch wohl verbietend hineinragt in die frische Zeit. Ich bitte Sie, halten Sie uns nicht für pietätlos! Pietätlos ist nur eben die Zeit, die das Alte verläßt und das Neue heranbringt. Gewiß, sie bringt das Kleinere nach dem Großen. Aber es ist das ihr und ihren Kindern Gemäße, das Lebendige und Gegenwärtige, das uns angeht und mit einer Unmittelbarkeit, deren die

Pietät denn doch ermangelt, zu den Herzen, den Nerven derer spricht, denen es zugehört, und die dazu gehören, die es gleichsam mit hervorgebracht haben. «

Charlotte schwieg zurückhaltend.

»Ihre Familie, mein Fräulein«, sagte sie abbrechend und mit etwas künstlicher Freundlichkeit, »stammt, wie ich hörte, aus Danzig?«

»Ganz recht, Frau Hofrätin. Die mütterliche durchaus, die väterliche bedingt. Meines seligen Vaters Großvater ließ sich als Großkaufmann in der Republik Danzig nieder, aber die Schopenhauers sind holländischer Herkunft, und wenn es nach Papas Neigungen gegangen wäre, so wären sie noch lieber von englischer gewesen, denn er war ein großer Freund und Bewunderer alles Englischen, ein vollendeter Gentleman selbst, und sein Landhaus in Oliva war völlig im englischen Geschmack gebaut und eingerichtet. «

»Unserem Hause, den Buffs nämlich«, bemerkte Charlotte, »schreibt man englischen Ursprung zu. Belege dafür habe ich nicht auffinden können, obgleich ich aus nahe liegenden Gründen mich viel mit der Geschichte unserer Familie beschäftigt, recht emsig genealogische Studien betrieben und manche einschlägige Urkunden gesammelt habe – zumal seit dem Tode meines teuren Hans Christian, wo ich denn zu solchen Nachforschungen mehr Zeit hatte. «

Adeles Gesicht blieb einen Augenblick leer, weil sie sich auf die »naheliegenden Gründe« für dieses Studium nicht gleich verstand. Dann begriff sie eifrig und rief aus:

»O wie verdienstvoll, wie dankenswert sind diese Ihre Bemühungen! Wie glücklich arbeiten Sie damit einer Nachwelt vor, die ganz genau über Ursprung und Geburtsgrund, über die familiäre Vorgeschichte einer Frau von Ihrer Erwählung, Ihrer Bedeutung für die Geschichte des menschlichen Herzens wird unterrichtet sein wollen!«

»Eben Das«, sagte Charlotte mit Würde, »ist auch meine Annahme, vielmehr, es ist meine Erfahrung, denn ich sehe, daß die Wissenschaft sich schon heute zur Erforschung meiner Herkunft gedrängt fühlt, und ich halte es für meine Pflicht, ihr dabei nach Kräften zur Hand zu gehen. Tatsächlich ist es mir gelungen, unsere Familie in ihren Verzweigungen noch über die Zeit des Dreißigjährigen Krieges zurückzuverfolgen. So lebte ein Posthalter Simon Heinrich Buff von 1580 bis 1650 zu Butzbach in der Wetterau. Sein Sohn war ein Bäcker. Aber schon von dessen Söhnen Einer, Heinrich, wurde Kaplan und im Laufe der Zeit pastor primarius zu Münzenberg, und seitdem haben die Buffs ganz vorwiegend als geistliche Herren und consistoriales in ländlichen Pfarrhäusern gesessen, zu Crainfeld, Steinbach, Windhausen, Reichelsheim, Gladerbach und Niederwöllstadt. «

»Das ist wichtig, das ist kostbar, das ist h o c h interessant«, sagte Adele in einem Zuge.

»Ich vermutete«, erwiderte Charlotte, »daß es Sie interessieren werde, trotz Ihrer Schwäche für kleinere nouveautés des literarischen Lebens. Nebenbei übrigens ist es mir gelungen, einen mich selbst betreffenden Irrtum richtig zu stellen, der sich unverbessert fortzuerben drohte: Als mein Geburtstag wurde immer der eilfte Januar begangen, auch Goethe hielt daran fest und tut es wahrscheinlich noch. In Wirklichkeit aber bin ich am 13. geboren und am nächstfolgenden Tage getauft, – die Zuverlässigkeit des Wetzlarer Kirchenbuches leidet keinen Zweifel. «

»Man muß alles tun«, sagte Adele, » – und ich für meinen Teil bin entschlossen, mein Bestes daran zu setzen –, um die Wahrheit über diesen Punkt zu verbreiten. Vor allem wäre der Geheime Rat selbst aufzuklären, wozu ja Ihr Besuch die trefflichste Gelegenheit bieten wird. Aber jene lieben Werke Ihrer Mädchenhand, die Stickereien, die Sie in unsterblichen Tagen unter seinen Augen anfertigten, der unfertige Liebestempel und das andere – was ist, um Himmels willen, aus diesen Reliquien geworden? Wir sind zu meinem Leidwesen davon abgekommen ... «

»Sie sind vorhanden«, antwortete Charlotte, »und ich habe Sorge getragen, daß diese an sich sehr unbedeutenden Gegenstände konserviert und in guter Obhut gehalten werden. Ich habe meinen Bruder Georg dazu verpflichtet, der schon in den letzten Lebzeiten unseres seligen Vaters die Amtmannsstelle verwaltete und im Deutschordenshause sein Nachfolger geworden ist. Ihm habe ich diese Souvenirs ans Herz gelegt: den Tempel, einen und den anderen Spruch im Girlandenkranz, ein paar gestickte Täschchen, das Zeichenbuch und anderes mehr. Es ist ja nun einmal damit zu rechnen, daß ihnen in Zukunft ein musealer Wert zukommen wird, wie dem Hause und Hof überhaupt, der Wohnstube unten, wo wir soviel mit ihm zusammensaßen, und ebenso das Eckzimmer oben, nach der Straße zu, das wir die gute Stub nannten, mit den Götterfiguren in der Tapete und der alten Wanduhr, deren Zifferblatt eine Landschaft zeigte, und auf deren Tick-Tack und Schlagen er so oft mit uns lauschte. Diese gute Stub eignet sich meiner Meinung nach sogar besser noch, als die Wohnstube, zum Museum, und wenn es nach mir geht, so vereinigt man dort jene Andenken unter Glas und Rahmen.«

»Die Nachwelt«, verhieß Adele, »die ganze Nachwelt, und nicht nur die vaterländische, sondern auch das pilgernde Ausland, wird Ihnen Ihre Fürsorge danken.«

»Ich hoffe es«, sagte Charlotte.

Das Gespräch stockte. Die Civilisation der Besucherin schien zu versagen. Adele blickte zu Boden, wo sie die Spitze ihres Sonnenschirms hin und her führte. Charlotte erwartete ihren Aufbruch, ohne ihn so lebhaft zu wünschen, wie die Lage es hätte erwarten lassen. Sie war sogar eher zufrieden, als das junge Mädchen so flüssig wie je wieder zu sprechen begann:

»Teuerste Hofrätin – oder darf ich nicht schon sagen: Ehrwürdige Freundin? – Meine Seele ist voller Selbstvorwürfe, und wenn der bedrückendste derjenige ist, das Geschenk Ihrer Zeit allzu skrupellos entgegenzunehmen, so kommt ihm der andere an Schwere fast gleich, daß ich dies Geschenk auch noch schlecht benutze… Ich vertue sträflich eine große Gelegenheit, und ich muß an das Motiv eines Volksmärchens denken – wir jungen Leute haben jetzt viel Sinn für die Poesie des Volksmärchens –, daß jemand durch Zaubergunst drei Wünsche frei hat und sich dreimal ganz Nebensächliches und Gleichgültiges wünscht, ohne des Besten, des Wichtigsten zu gedenken. So schwätze ich in scheinbarer Sorglosigkeit vor Ihnen von diesem und jenem und versäume darüber das Eigentliche, das mir am Herzen liegt und mich – lassen Sie mich das endlich gestehen! – zu Ihnen getrieben hat, weil ich seinetwegen auf Ihren Rat, Ihre Hilfe hoffe und baue. Sie müssen erstaunt, Sie müssen ungehalten sein, daß ich Sie mit Kindereien von unserem Musenkränzchen zu unterhalten wage. Und doch wäre ich garnicht darauf gekommen, wenn nicht eben mit ihm die Sorge und Angst zusammenhinge, die ich so namenlos gern vertraulich vor Ihnen ausschüttete.«

»Was ist das für eine Sorge, mein Kind, und auf wen oder was bezieht sie sich?«

»Auf eine teure Menschenseele, Frau Hofrätin, eine geliebte Freundin, meine einzige, mein Herzblatt, das holdeste, edelste, des Glückes würdigste Geschöpf, dessen Verstrickung in ein falsches, ein ganz und gar unnotwendiges und dennoch scheinbar unabwendbares Schicksal mich noch zur Verzweiflung bringen wird, – mit einem Worte: um Tillemuse.«

»Tillemuse?«

»Verzeihung, ja, das ist der Vereinsname meines Lieblings, ich ließ es früher schon einfließen – der Musenname meiner Ottilie, Ottiliens von Pogwisch.«

»Ah. Und von welchem Schicksal sehen Sie Fräulein von Pogwisch bedroht?«

»Sie steht vor ihrer Verlobung.«

»Nun, erlauben Sie... Und mit wem denn also?«

»Mit Herrn Kammer-Rat von Goethe.«

»Was Sie nicht sagen! Mit Augusten?«

»Ja, mit dem Sohn des Großen und der Mamsell. – Das Ableben der Geheimen Rätin ermöglicht eine Verbindung, die zu ihren Lebzeiten an dem Widerstand von Ottiliens Familie, dem Widerstand der Gesellschaft überhaupt gescheitert wäre.«

»Und worin sehen Sie das Apprehensive dieser Verbindung?«

»Lassen Sie mich Ihnen berichten!« bat Adele. »Lassen Sie mich erzählend mein bedrängtes Herz soulagieren und bei Ihnen

bitten für ein liebes, gefährdetes Geschöpf, das mir solcher Für-
bitte wegen wohl gar recht böse wäre, obgleich es sie so sehr
benötigt als verdient!«

Und in öfterem raschem Aufblick zur Decke ihr Schielen ver-
bergend, begann Demoiselle Schopenhauer, während zuweilen
etwas Feuchtigkeit in die Winkel ihres breiten, gescheiten Mundes trat, ihre Eröffnungen wie folgt.

Fünftes Kapitel

Adeles Erzählung

»Von väterlicher Seite entstammt meine Ottilie einer holstei-
nisch-preußischen Offiziersfamilie. Die Heirat ihrer Mutter,
einer Henckel von Donnersmarck, mit Herrn von Pogwisch
war ein Bund der Herzen, an welchem leider die Vernunft zu
wenig Anteil gehabt hatte. Wenigstens war das die Meinung
von Ottiliens Großmutter, der Gräfin Henckel, einer Edelfrau
des Schlages, wie das verflossene Jahrhundert ihn wohl hervor-
brachte: von nüchtern-resolutem Verstande, der kein Federle-
sens machte, geistreich auf eine kaustisch-derbe, allen Flausen
abholde Art. Sie war der so schönen wie unbesonnenen Folge,
die ihre Tochter dem Gefühle gegeben, immer entgegen gewesen. Herr von Pogwisch war arm, die Henckels dieses Zweiges
waren es auch, – was denn der Grund gewesen sein mochte, daß
die Gräfin zwei Jahre vor der Schlacht von Jena in Weimarische
Dienste getreten und Oberhofmeisterin bei unserer jungvermählten Fürstin aus dem Osten, der Erbprinzessin geworden
war. Einen ähnlichen Posten erstrebte sie für ihre Tochter und
durfte ihn ihr in Aussicht stellen, indem sie zugleich mit aller
Macht die Auflösung einer Ehe betrieb, deren Glück in immer wachsenden materiellen Kalamitäten zu ersticken drohte.
Die geringe Besoldung des preußischen Offiziers von damals
machte eine standesgemäße Lebensführung unmöglich, der
Versuch, sie auch nur leidlich aufrecht zu erhalten, führte zu im-

mer schwereren pekuniarischen Unstatten, – und kurz, die Zermürbung der Ehegatten ließ die Wünsche der Mutter triumphieren: die Trennung, das Auseinandergehen nach gütlicher Übereinkunft, wenn auch vorderhand ohne gerichtliche Scheidung, wurde beschlossen.

In das Herz des Gatten, des Vaters, der zwei liebliche kleine Mädchen, Ottilie und ihr jüngeres Schwesterchen Ulrike, bei der Gefährtin seiner Nöte zurückließ, hat niemand geblickt. Die Furcht, aus dem geliebten und angestammten, ihm einzig möglichen Soldatenberuf geworfen zu werden, mag ihm den traurigen Entschluß abgerungen haben. Die Seele der Frau blutete, und es ist wahrscheinlich nicht zuviel gesagt, daß sie seit jener Capitulation vor der Notwendigkeit und dem Drängen einer mit dieser im Bunde stehenden Mutter keine glückliche Stunde mehr gehabt hat. Die Mädchen angehend, so blieb das Bild des Vaters, der ein schöner, ritterlicher Mann gewesen war, unauslöschlich in ihre Gemüter eingezeichnet, besonders in das tiefere und romantischere der Älteren: Ottiliens ganzes Empfindungsleben und inneres Verhalten zu den Ereignissen und Gesinnungsfragen der Zeit blieb, wie Sie sehen werden, auf immer von der Erinnerung an den Entschwundenen bestimmt.

Frau von Pogwisch verbrachte nach der Trennung einige Jahre mit ihren Töchtern in stiller Zurückgezogenheit zu Dessau und erlebte dort die Tage der Schmach und Schande, das Désastre der Armee Friedrichs des Großen, den Untergang des Vaterlandes, die Eingliederung der süd- und westdeutschen Staaten in das Machtsystem des furchtbaren Corsen. Anno 1809 siedelte sie, da die alte Gräfin ihr Versprechen der Beschaffung eines Hofamtes hatte wahr machen können, in der Eigenschaft einer Palastdame Serenissimae, der Herzogin Luise, zu uns nach Weimar über.

Ottilie zählte damals dreizehn Jahre, ein Kind von der lieblichsten Begabung und Ursprünglichkeit. Ihre Entfaltung vollzog sich in einiger Unruhe und Unregelmäßigkeit, denn Fürstendienst ist der häuslichen Ordnung nicht eben zuträglich, und bei der höfischen Gebundenheit der Mutter waren die Mädchen viel sich selbst überlassen. Ottilie logierte anfangs im Obergeschoß des Schlosses, dann bei ihrer Großmutter. Sie verbrachte ihre Tage abwechselnd bei der Mutter, bei der alten Gräfin, bei allerlei Unterricht und bei Freundinnen, zu denen ich, die ein wenig Ältere, bald gehörte. Denn des Öfteren nahm sie ihre Mahlzeiten bei der Oberkammerherrin von Egloffstein, mit deren Töchtern ich auf dem herzlichsten Fuße verkehrte, und dort fanden wir uns zu einem Bunde der Seelen, dessen Alter uns nicht nach seinen Jahren berechnet werden zu dürfen scheint; denn es waren Jahre bedeutsamen Lebensfortschritts, und während seiner Dauer sind wir aus unflüggen Nesthäkchen zu erfahrenen Menschenkindern geworden. In gewisser Beziehung übrigens – die Zärtlichkeit macht mir das Anerkenntnis leicht – war Ottilie, dank der entschiedenen Eigenart ihres Charakters, der frühzeitigen Ausgeprägtheit ihrer Gesinnungen, bei diesem Bunde der führende, geistig bestimmende Teil.

Dies gilt besonders von den politischen Dingen, welche heute, da unsere Welt nach schwersten Prüfungen und Erschütterungen, worein das Schicksal jenes geniale Ungeheuer sie zu stürzen ermächtigte, zu leidlicher Ruhe zurückgekehrt ist und im Schutze heiliger Ordnungsmächte liegt, wohl in dem öffentlichen und individuellen Bewußtsein mehr zurücktreten und dem Rein-Menschlichen größeren Raum lassen, damals aber mit fast ausschließlicher Gewalt den seelischen Schauplatz beherrschten. Ottilie war ihnen leidenschaftlich ergeben, und zwar in einem Sinn und Geist, der sie von ihrer gesamten Umgebung im Innersten absonderte, ohne daß sie von dieser ihrer geheimen Oppositionsstellung etwas hätte laut werden lassen dürfen – es sei denn gegen mich, ihre Vertraute, die sie ebenfalls mit ihren Empfindungen, ihrer Denkungsart zu erfüllen wußte, und die sie ganz in die Welt ihres Glaubens, ihrer Hoffnungen hineinzog, um mit ihr gemeinsam den schwärmerischen Reiz des Geheimnisses zu genießen.

Welches Geheimnisses? Inmitten des Rheinbundstaates, dessen Herzog von dem siegreichen Dämon Verzeihung empfangen und als sein getreuer Vasall das Land regierte; wo alles in lange nicht zu erschütternder Gläubigkeit dem Genius des Eroberers anhing und seiner Sendung als Weltenordner und Organisator des Kontinents wenn nicht mit Enthusiasmus, so doch in Ergebung vertraute, – war meine Ottilie eine begeisterte Preußin. Unbeirrt durch die schmähliche Niederlage der preußischen Waffen, war sie durchdrungen von der Superiorität des Menschenschlages im Norden über den sächsisch-thüringischen, unter dem zu leben sie, wie sie sich ausdrückte, verurteilt war und dem sie eine notgedrungen verschwiegene, nur mir vertraute Geringschätzung widmete. Die heroisch gestimmte Seele dieses lieben Kindes war von einem Ideal beherrscht: es war der preußische Offizier. Unnütz zu sagen, daß dieses Kultbild mehr oder weniger deutlich die von der Erinnerung verklärten Züge des verlorenen Vaters trug. Und doch wirkten hier allgemeinere sympathetische Empfindlichkeiten und Empfänglichkeiten ihres Geblütes mit, die sie hellhörig machten für entfernte Vorgänge, von denen wir anderen noch unberührt waren, sie in wissenden Contact damit setzten und sie auf eine Weise teil daran zu nehmen befähigten, die mich prophetisch anmutete und sich bald in der Tat als prophetisch erwies.

Sie erraten unschwer, welche Vorgänge ich meine. Es war die sittliche Besinnung und Wiederaufrichtung, die im Lande ihrer Herkunft dem Zusammenbruch folgten; die entschlossene Verachtung, Verpönung und Ausmerzung all der zwar reizenden und verfeinernden, aber auch entnervenden Tendenzen, die zu jenem beigetragen, zu ihr hingeführt haben mochten; die heroische Reinigung des Volkskörpers von allem Flitter und Tand der Gesinnung und der Sitten und seine Stählung für den einstigen Tag des Ruhmes, der den Sturz der Fremdherrschaft, den Aufgang der Freiheit bringen würde. Es war die ernste Bejahung des ohnehin Verhängten: der Armut; und wenn man denn aus der Not ein Gelübde machte, so galt dasselbe auch gleich den beiden anderen mönchischen Tugenden und Forderungen: der Keuschheit und dem Gehorsam; es galt der Entsagung, der Bereitschaft zum Opfer, der zuchtvollen Gemeinschaft, dem Leben fürs Vaterland.

Von diesem in der Stille sich abspielenden moralischen Processe also, dem Feinde und Unterdrücker ebenso unzugänglich wie die damit gleichlaufende geheime militärische Wiederherstellung, drang wenig Kunde in unsere der siegreichen Gesittung ohne viel Kummer, ja mit Überzeugung – wenn auch mit einigem Seufzen über die von dem Zwingherrn auferlegten Anforderungen und Lasten – angeschlossene Kleinwelt. In unserem Kreise, unserer Gesellschaft war es Ottilie allein, die in verschwiegener, enthusiastisch-empfindsamer Fühlung damit stand. Allein nahe und ferner gab es doch auch dieses und jenes gelehrte und mit einem Lehramt betraute Haupt, das, der jungen Generation angehörig, sich als Träger dieser Erneuerungsbewegung zu erkennen gab, und mit dem meine Herzensfreundin denn auch alsbald in einen eifrigen Austausch der Gedanken und Gefühle trat.

Da war in Jena der Geschichtsprofessor Heinrich Luden, ein trefflicher Mann von der edelsten vaterländischen Gesinnung. Ihm war durch jenen Tag der Schmach und der Zerstörung all seine Habe und wissenschaftlich Gerät vernichtet worden, sodaß er seine junge Frau in eine vollständig verödete, kalte und vom gräßlichsten Schmutze erfüllte Wohnung hatte wieder einführen müssen. Er ließ sich aber dadurch nicht niederbeugen – wie er denn laut verkündete, daß er, wäre die Schlacht nur gewonnen worden, jeden Verlust mit Freuden ertragen und auch als nackter Bettler den fliehenden Feinden würde nachgejubelt haben –, sondern blieb aufrecht im Glauben an die Sache des Vaterlandes, den er denn auch seinen Studenten aufs Feurigste mitzuteilen wußte. – Da war ferner hier in Weimar der Gymnasialprofessor Passow, ein Mecklenburger von breiter und kräftiger Sprechweise, erst einundzwanzigjährig, grundgelehrt und dabei von hohem Gedankenschwunge getragen, begeistert für Vaterland und Freiheit. Er lehrte das Griechische (auch meinen Bruder Arthur, der damals bei ihm wohnte, führte er privatim darin ein), Ästhetik und Philosophie der Sprache; die neue und eigentümliche Idee seines Unterrichts aber bestand darin, eine Brücke zu schlagen zwischen Wissenschaft und Leben, vom

Kult des Altertums zu einer deutsch-vaterländischen und bür-
gerlich-freiheitlichen Gesinnung, – mit anderen Worten: in der
lebendigen Deutung und Nutzanwendung hellenischen Wesens
auf unsere politische Gegenwart.

Mit solchen Männern also hielt Ottilie unter der Hand eine
verstohlene, fast möchte ich sagen: conspiratorische Gemeinschaft. Zugleich aber führte sie das Leben eines eleganten Mitgliedes unserer franzosenfreundlichen, dem Imperator ergebenen Ober-Gesellschaft, – und ich habe mich nie des Eindrucks
erwehren können, daß sie diese Doppel-Existenz, an der ich als
ihre Freundin und Vertraute teilhatte, mit einem gewissen Sy-
baritismus genoß, ihr einen romantischen Reiz abzugewinnen
wußte. Es war der Reiz des Widerspruchs, und er spielte meiner
Meinung nach eine wichtige, eine beklagenswerte Rolle bei dem
Gefühlsabenteuer, worein ich mein Herzblatt nun schon seit vier
Jahren verstrickt sehen muß, und aus dessen Schlingen sie zu
erretten ich mein Alles gäbe.

Zu Anfang vom Jahr des russischen Feldzuges war es denn,
daß August von Goethe sich um Ottiliens Liebe zu bewerben
begann. Vor Jahresfrist war er von Heidelberg zurückgekehrt
und fast sogleich in den Hof- und Staatsdienst getreten: er war
Hofjunker, war wirklicher Assessor beim herzoglichen Kam-
mer-Collegium. Aber die ›Wirklichkeit‹ der mit diesen Ämtern
verbundenen Pflichten war nach Serenissimi Willen rücksichts-
voll eingeschränkt, sie hatten sich in Einklang zu halten mit
Augusts Gehilfenschaft bei seinem großen Vater, den er von allerlei Tagesplage und wirtschaftlichen Quisquilien zu entlasten, bei
gesellschaftlichen Formalitäten und selbst bei Aufsichtsreisen
nach Jena zu vertreten hatte, und dem er als Custos seiner
Sammlungen, als Secretär zur Hand ging, zumal da Dr. Riemer
zu jener Zeit das Haus verließ, um mit der Gesellschafterin der
Geheimrätin, Demoiselle Ulrich, die Ehe einzugehen.

Der junge August unterzog sich diesen Obliegenheiten mit
Genauigkeit, ja – soweit sie hausväterlicher Art waren – mit
einer rechnerischen Pedanterie, die der Trockenheit – ich sage
für den Augenblick nur: Trockenheit, und möchte doch fast er-

gänzen: der geflissentlichen und betonten Trockenheit seines Charakters entsprach. Offen gestanden verspüre ich keine Eile, auf das Geheimnis dieses Charakters einzugehen, – ich verschiebe es aus einer gewissen Scheu, die sich aus Mitleid und Abneigung eigentümlich genug zusammensetzt; und weder war noch bin ich die Einzige, der der junge Mann diese Empfindungen einflößte: Riemer zum Beispiel – er hat es mir selbst bekannt – hegte schon damals einen wahren Schrecken vor ihm, und sein Entschluß zur Gründung eines eigenen Hausstandes wurde sehr beschleunigt durch die Rückkehr seines ehemaligen Schülers ins Elternhaus.

Ottilie hatte zu jener Zeit begonnen, an Hof zu gehen, und es mag wohl sein, daß August erstlich dort ihre Bekanntschaft machte. Doch auch am Frauenplan, bei den sonntäglichen Hausconcerten, die der Geheimrat einige Jahre lang unterhielt, und bei den Proben dazu kann das geschehen sein. Denn zu den Reizungen und natürlichen Verdiensten meiner Freundin gehört eine lieblich klare Singstimme, die ich das körperliche Ausdrucksmittel und Instrument ihrer musikalischen Seele nennen möchte, und ihr verdankte sie die Berufung in das kleine Sängercorps, das einmal die Woche im Goethe'schen Hause seine Übungen abhielt und sich an den Sonntagmittagen unter Tafel und nachher vor den Gästen produzierte.

In diesen Vorzug eingeschlossen war derjenige der persönlichen Berührung mit dem großen Dichter, der, man kann sagen: von Anbeginn ein Auge auf sie hatte, gern mit ihr plauderte und scherzte und sein väterliches Wohlwollen für das ›Persönchen‹, wie er sie nannte, auf keine Weise verhehlte... Ich glaube, ich habe Ihnen von dem Zauber ihrer Erscheinung noch gar kein Bild zu geben versucht – wie sollte ich auch, das malt sich mit Worten nicht, – und doch fällt die Besonderheit dieses Mädchenreizes hier gar sehr ins Gewicht, sie ist von entschiedener Bedeutung. Ein blaues, sprechendes Auge, das reichste Blondhaar, eine eher kleine, nichts weniger als junonische, sondern zierlich leichte und liebliche Gestalt – kurzum, es ist der Typus, der von jeher das Glück hatte, einem persönlichen Geschmacke zu schmeicheln, vor dem zu bestehen zu den höchsten Ehren im Reich des Gefühls und der Dichtung führen kann. Ich sage nichts weiter. Ich erinnere höchstens noch daran, daß es mit einer allerliebst mondainen Abwandlung dieses Typus bekanntlich einmal zu einer berühmten Verlobung kam, die keine Folgen hatte, aber das Ärgernis aller Hüter gesellschaftlicher Distanzen gebildet haben soll.

Wenn nun der Sohn des flüchtigen Bräutigams von damals sich um die liebliche Ottilie zu bemühen begann, – der uneheliche Sproß eines sehr jungen Adels um eine von Pogwisch-Henckel-Donnersmarck –, so lag unleugbar für die aristokratische Beschränktheit ein ähnliches Ärgernis vor wie einst in Frankfurt; nur, daß es nicht laut werden durfte von wegen der völlig außerordentlichen Lagerung des Falles, der ganz besonderen Ansprüche, die dieser majestätische Neu-Adel nun einmal stellen durfte und die er denn auch für den Sohn mit Bewußtsein und Genugtuung geltend zu machen gesonnen sein mochte. Ich spreche hier nur meine persönliche Meinung aus, aber sie beruht auf schmerzlich genauer Beobachtung des Hergangs und dürfte nicht trügen. Sie geht dahin, daß der Vater der Erste war, der sich für Ottilien interessierte, und daß erst die Gunst, die er ihr erwies, die Aufmerksamkeit des Sohnes auf sie lenkte, – eine Aufmerksamkeit, die rasch zur Leidenschaft wurde, und mit der er denn also denselben Geschmack bekundete wie sein Vater, – er tat das ja auch sonst in so manchen Stücken, – wenigstens scheinbar; denn in Wahrheit handelte es sich um Abhängigkeit und Übernahme, und unter uns gesagt hat er selbst überhaupt keinen Geschmack, was er in seinem Verhältnis zum Weiblichen sogar am allerklärsten bewiesen hat. Doch davon später und immer noch früh genug! Viel eher möchte ich von Ottilien sprechen.

Den Zustand zu bezeichnen, worin das liebe Geschöpf zur Zeit ihrer ersten Begegnung mit Herrn von Goethe lebte, möchte das Wort ›Erwartung‹ das treffendste sein. Sie hatte Hofmacher gehabt schon in zartem Alter und manche Huldigung empfangen, der sie sich spielerisch halb und halb entgegengeneigt hatte. Wahrhaft geliebt hatte sie noch nicht, und sie erwartete ihre erste Liebe; ihr Herz war gleichsam geschmückt zum Empfange des allbezwingenden Gottes, und in den Gefühlen, die dieser so ganz besondere, unregelmäßig hochgeborene Bewerber ihr einflößte, glaubte sie seine Macht zu erkennen. Ihre Verehrung für den großen Dichter war selbstverständlich die tiefste; die Gunst, die er ihr erwies, schmeichelte ihr unendlich, – was Wunder, daß die Werbung des Sohnes, die mit der offenkundigen Billigung des Vaters und sozusagen in seinem Namen geschah, sie unwiderstehlich dünkte? Es war ja, als ob durch die Jugend des Sohnes, verjüngt in ihm, der Vater selbst um sie würbe. Der ›junge Goethe‹ liebte sie, – sie zögerte kaum, den Erwecker, den Mann ihres Schicksals in ihm zu sehen, sie zweifelte nicht, ihn wiederzulieben.

Mir scheint: sie war davon desto überzeugter, je unwahrscheinlicher sie sich selbst von ihrer Neigung, von der Gestalt angemutet fühlte, in der das Schicksal ihr erschien. Was sie von der Liebe wußte, war, daß sie eine launische, eine unberechenbare Macht war, eine souveräne vor allem, die gern der Vernunft ein Schnippchen schlug und unabhängig von Urteilen des Verstandes ihr Recht behauptete. Sie hatte sich den Jüngling ihrer Wahl ganz anders vorgestellt: wohl mehr nach ihrem eigenen Bilde geschaffen, heiterer, leichter, froher, von hellerem Wesen, als August es war. Daß er so wenig dem vorgefaßten Bilde entsprach, erschien ihr als ein romantischer Beweis der Echtheit ihrer Neigung. August war kein sehr erfreuliches Kind, kein ungemein vielversprechender Knabe gewesen. Man hatte ihm kein langes Leben gegeben, und was seine Geistesanlagen betraf, so hatte unter Freunden des Hauses der Eindruck vorgeherrscht, man dürfe sich nicht garviel davon versprechen. Er hatte sich dann aus der halben Kränklichkeit seiner Frühzeit zu einem recht breiten und stattlichen Jüngling befestigt, – ein wenig schwer und düster von Ansehen, ein wenig lichtlos, möchte ich sagen und habe dabei vorzüglich seine Augen im Sinn, die schön waren oder eigentlich: es hätten sein können, wenn ihnen mehr Ausdruck, mehr Blick auch nur zu eigen gewesen wäre. Ich spreche von seiner Person in der Vergangenheit, um sie besser von mir abzurücken, sie gleichsam ungestörter beurteilen zu können. Aber alles, was ich von ihm sage, gilt von dem siebenundzwanzigjährigen jungen Manne in noch höherem Maß als von dem Jüngling, der er zur ersten Zeit seiner Bekanntschaft mit Ottilien war. Ein angenehmer, ein belebender Gesellschafter war er nicht. Sein Geist schien gehemmt durch Unlust, durch den Widerwillen, davon Gebrauch zu machen, durch eine Melancholie, die man richtiger Hoffnungslosigkeit genannt hätte und die eine gewisse Ödigkeit um sich ausbreitete. Daß dieser Mangel an Frohmut, dieser stumpfe Verzicht seinem Sohnesverhältnis, der Furcht vor dem immer drohend naheliegenden und entmutigenden Vergleich mit dem Vater entsprang, lag auf der Hand.

Der Sohn eines Großen – ein hohes Glück, eine schätzbare Annehmlichkeit und eine drückende Last, eine dauernde Entwürdigung der eigenen Selbstheit doch auch wieder. Dem Knaben schon hatte der Vater ein Album geschenkt und eingeweiht, das sich im Lauf der Jahre, in Weimar hier und an den Plätzen, wohin er in Gesellschaft des Sohnes reiste: in Halle und Jena, in Helmstedt, Pyrmont und Carlsbad, mit den Eintragungen aller Berühmtheiten Deutschlands und selbst des Auslandes füllte. Kaum eine war darunter, die nicht auf die Eigenschaft des jungen Menschen gedrungen hätte, die seine unpersönlichste war, aber die fixe Idee aller bildete: seine Sohnschaft. Es mochte erhebend sein – obwohl auch zugleich recht einschüchternd für ein junges Gemüt –, wenn Professor Fichte, der Philosoph, hineinschrieb: ›Die Nation hat große Anforderungen an Sie, einziger Sohn des Einzigen in unsrem Zeitalter.‹ Aber wie soll man sich die Wirkung vorstellen, welche auf dieses Gemüt die bündige Sentenz übte, mit der ein französischer Employé das Stammbuch versah: ›Selten zählen die Söhne eines großen Mannes in der Nachwelt‹? Sollte er es als Aufforderung nehmen, eine Ausnahme zu machen? Auch das war bedrückend. Es lag aber näher, es im Sinn der Inschrift zu verstehen, die Dante über den Eingang der Hölle setzt.

Den tödlichen Vergleich denn überhaupt nicht erst aufkommen zu lassen, schien August mit unwirscher Entschiedenheit gesonnen. Ganz besonders lehnte er jede poetische Ambition, jede Beziehung zur Welt des schönen Geistes fast mit Erbitterung, ja grober Weise von sich ab und wollte ersichtlich für nichts anderes gelten, als für einen praktischen Alltagsmenschen, einen nüchternen Geschäfts- und Weltmann durchschnittlichen Verstandes. Sie werden sagen, daß in diesem entschlossenen und abweisenden Verzicht auf das Höhere, das er nicht anstreben durfte, das er, wenn es keimweise in ihm vorhanden war, verleugnen und unterdrücken mußte, um nicht auf allen Seiten den fatalen Vergleich herauszufordern, ein gewinnender, ein achtenswerter Stolz erkennbar sei. Aber die Ungewißheit seiner selbst, seine Unzufriedenheit und Unlaune, sein Mißtrauen, seine Reizbarkeit waren nicht danach angetan, zu gewinnen und erlaubten schwerlich, ihn stolz zu nennen. Man muß wohl sagen: er war es nicht mehr, er krankte an gebrochenem Stolze. Zu seinem gegenwärtigen Lebensstande war er mit Hilfe all der Erleichterungen gediehen, die seine Herkunft ihm gewährte – man sagte vielleicht richtiger: ihm aufdrängte. Er hatte sie sich gefallen lassen, ohne sie eigentlich zu billigen und ohne verhindern zu können, daß sie an seinem Selbstbewußtsein, seiner Männlichkeit zehrten. Sein Bildungsgang war recht frei, recht locker und nachsichtsvoll gewesen. Die Ämter, die er bekleidete, waren ihm zugefallen, ohne daß er sich über seine Kenntnisse, seine Fähigkeiten erst viel auszuweisen gehabt hätte; er war sich bewußt, sie nicht eigener Tüchtigkeit, sondern der Günstlingsschaft zu verdanken. Ein anderer hätte an solchem Getragensein seine selbstgefällige Freude gehabt; was ihn anging, so war er geschaffen, darunter zu leiden. Das war ehrenhaft; nur daß er freilich jene Avantagen ja keineswegs von sich gewiesen hatte.

Vergessen wir auch das andere nicht! Vergessen wir nicht, daß August nicht nur der Sohn seines Vaters, sondern auch der seiner Mutter war, der Sohn der Mamsell, und daß dies eine eigentümliche Zerrissenheit in seine Stellung zur Welt wie in sein Selbstgefühl bringen mußte, einen Widerstreit von Auszeichnung dieser und jener Art, von Noblesse und hybrider Unordentlichkeit der Geburt. Daran änderte nichts, daß der Herzog schon den Elfjährigen auf Ersuchen seines Freundes, des Vaters, propter natales mit einem Legitimationsdekret begnadet hatte, womit der Adelstitel verbunden war; auch nichts, daß sechs Jahre später die Trauung der Eltern vollzogen wurde. ›Ein Kind der Liebe‹: das saß ebenso fest in den Köpfen – und wohl auch in dem seinen – wie ›der Sohn des Einzigen‹. Einmal hatte er eine Art von Skandal erregt, da er, reizend mit seinen dreizehn Jahren, bei einer Redoute zu Ehren des Geburtstages der Herzogin, als Amor maskiert, der hohen Frau Blumen und Verse hatte bringen dürfen. Es waren Proteste laut geworden: ein Kind der Liebe, hieß es, hätte nicht dürfen als Amor unter honetten Leuten erscheinen. War die Rüge zu ihm gedrungen? Ich weiß es nicht. Aber ähnliche Widerstände mögen ihm später im Leben öfters aufgestoßen sein. Seine Stellung war gedeckt durch den Ruhm, die Autorität seines Vaters, die Gnade des Herzogs für diesen; aber sie blieb zweideutig. Er hatte Freunde – oder was man so nennt – vom Gymnasium, vom Amte, vom Hofdienst her. Einen Freund hatte er nicht. Er war zu mißtrauisch dazu, zu verschlossen, allzu durchdrungen von seiner Sonderstellung im hohen und zweifelhaften Sinn. Sein Umgang war immer gemischt gewesen: derjenige, den seine Mutter ihm nahebrachte, war ein wenig zigeunerhaft, – viel Schauspielervolk, viel zechfrohe Jugend, und unglaublich früh neigte er selbst zu geistigem Getränke. Unsere liebe Baronin von Stein hat mir erzählt, daß der elfjährige Junge in einem munteren Klub von der Klasse seiner Mutter nicht weniger als siebzehn Gläser Champagner getrunken, und daß sie alle Mühe gehabt habe, ihn, wenn er sie besuchte, vom Weine abzuhalten. Es sei, meinte sie – so sonderbar sich das von einem Kinde aussagt –, der Drang gewesen, seinen Kummer zu vertrinken, – einen Kummer bestimmten Anlasses allerdings, denn er hatte damals den Choc erfahren, seinen Vater bei seinem Anblick weinen zu sehen. Es war die schwere Krankheit des Meisters vom Jahre 1800, der Krampfhusten, die Blatterrose, die ihn an den Rand des Grabes brachten. Mühsam genesend, weinte er viel vor Schwäche; besonders aber weinte er, sobald er des Knaben ansichtig wurde, – und dieser denn fand es wohltätig danach, seine siebzehn Gläser zu nehmen. Gar viel hätte übrigens sein Vater wohl nicht dagegen zu erinnern gehabt, denn sein Verhältnis zur Gottesgabe des Weines war wohlig-heiter von je, und zeitig gönnte er sie auch dem Sohn. Wir anderen freilich können nicht umhin, so manches Mißliche in Augusts Charakter, das Auffahrende, Trübe und Wilde, Rohe darin, seiner frühen und leider immer wachsenden Neigung für die Freuden des Bacchus zur Last zu legen. –

In diesem jungen Manne also, der ihr seine nicht eben anmutigen, nicht eben unterhaltsamen Huldigungen darbrachte, glaubte die liebliche Ottilie den ihr Vorbestimmten, die Verkörperung ihres Schicksals zu erkennen. Sie glaubte ihn wiederzulieben, so unwahrscheinlich das war, oder, wie ich sagte, eben weil es so unwahrscheinlich war. Ihr Edelmut, ihr poetischer Sinn für das Tragisch-Besorgniserregende seiner Existenz war ihr behilflich in diesem Glauben. Sie träumte sich als die Erlöserin seines Dämons, als seinen guten Engel. Ich sprach von dem romantischen Reiz, den sie ihrem Doppelleben als Weimarer Gesellschaftsdame und heimliche preußische Patriotin abzugewinnen wußte. Die Liebe zu August ließ sie diesen Reiz in neuer, verdichteter Form erfahren; der Widerspruch zwischen ihren Gesinnungen und denen des Hauses, dessen Sohn es ihr angetan, brachte die Paradoxie ihrer Leidenschaft auf ihren Gipfel und ließ sie ihr eben darum recht als Leidenschaft erscheinen.

Ich muß nicht sagen, daß unser Geistesheld, der Stolz Deutschlands, der den Ruhm der Nation so herrlich gemehrt, weder den Gram edler Herzen über den Fall des Vaterlandes, noch den Enthusiasmus, der uns anderen allen fast die Seele sprengen wollte, als die Stunde der Befreiung zum Schlagen ansetzte, je irgend geteilt hat, daß er sich gegen beides kalt abweisend verhielt und uns sozusagen vor dem Feinde im Stiche ließ. Das ist nicht anders. Man muß es vergessen und verschmerzen, es von der Bewunderung verzehren lassen, die man für seinen

Genius – von der Liebe, die man hegt für seine große Person. Das Unglück von Jena hatte auch ihm schwere Mißhelligkeiten gebracht, allerdings nicht erst von seiten der siegreichen Franzosen, sondern schon vor der Schlacht durch die lagernden Preußen, die in sein Gartenhaus eindrangen und dort Türen und Möbel zerschlugen, um ihre Feuer damit zu nähren. Aber auch von dem, was nachher kam, hat er sein Teil zu tragen gehabt. Man sagte, die Heimsuchung habe ihn gut und gern zweitausend Thaler gekostet, allein schon zwölf Eimer Weins, und Marodeurs belästigten ihn gar im Schlafzimmer. Geplündert jedoch war nicht bei ihm worden, denn bald bekam er Sauvegarde vors Haus, Marschälle logierten bei ihm, Ney, Augereau, Lannes, und endlich kam gar Monsieur Dénon, ihm wohlbekannt von Venedig, General-Inspector der kaiserlichen Museen und Napoléons Ratgeber in Dingen der Kunst, das heißt: bei der Aneignung von Kunstwerken in den besiegten Ländern...

Diesen Mann zum Quartiergast zu haben, war dem Meister sehr angenehm, – wie er denn nachmals Wert darauf zu legen schien, es so hinzustellen, als habe das Ganze ihn wenig berührt. Professor Luden, den es so schwer getroffen, hat mir einmal erzählt, wie er ihm vier Wochen nach stattgehabtem Graus bei Knebel begegnet sei, wo man denn von der großen Not gesprochen und Herr von Knebel ein übers andere Mal gerufen habe: ›Es ist greulich! es ist ungeheuer!‹ Goethe aber habe nur einige unverständliche Worte gemurmelt, und als Luden ihn darauf gefragt habe, wie denn Se. Exzellenz hindurchgekommen sei durch die Tage der Schmach und des Unglücks, habe jener geantwortet: ›Ich habe garnicht zu klagen. Wie ein Mann, der von einem festen Felsen hinab in das tobende Meer schaut und den Schiffbrüchigen zwar keine Hilfe zu bringen vermag, aber auch von der Brandung nicht erreicht werden kann – und das soll nach irgend einem Alten sogar ein behagliches Gefühl sein –.‹ Hier habe er dem Namen des Alten nachgedacht; aber Luden, der wohl Bescheid wußte, habe sich enthalten, ihm beizuspringen, während Knebel, trotz seiner vorherigen Ausrufungen, eingeschaltet habe: ›Nach Lucrez!‹ – ›Recht so, nach Lucrez‹, habe Goethe gesagt und geendigt: ›– so habe ich wohlbehalten dagestanden und den wilden Lärm an mir vorübergehen lassen.‹ Luden versicherte mir, eine Eiseskälte sei ihm über die Brust gelaufen bei diesen in der Tat mit einer gewissen Behaglichkeit ausgesprochenen Worten. Der Schauder aber habe ihn nachher noch mehrmals überkommen bei diesem Gespräch; denn da er noch einiges Bebende über des Vaterlandes Schmach und Not und über seinen heiligen Glauben an die Wiedererhebung desselben geäußert, habe zwar Knebel öfters ›Bravo! So recht!‹ gerufen, Goethe aber kein Wort gesagt und keine Miene verzogen, sodaß der Major, nachdem er nur eben seine Ausrufungen getan, das Gespräch auf etwas Literarisches gelenkt, Luden jedoch sich bald beurlaubt habe.

So berichtete mir dieser vortreffliche Mann. Wie aber der Meister unserem Doktor Passow, dem Gymnasiallehrer, den Kopf wusch ob seinen Ansichten, das hab' ich mit eigenen Ohren gehört, denn es geschah im Salon meiner Mutter, und ich war als ganz junges Mädchen zugegen. Passow nämlich, der sehr gut sprach, hatte sich bewegten Wortes darüber ergangen, wie seine ganze Seele an dem Gedanken hänge, durch Enthüllung des hellenischen Altertums, durch Entwicklung des griechischen Geistes wenigstens im Gemüte von Einzelnen das herzustellen, was den Deutschen im Ganzen schmachvoll abhanden gekommen: Begeisterung für Freiheit und Vaterland. (Es ist dabei zu bemerken, wie arg- und rückhaltlos immer wieder solche Männer vor dem Gewaltigen ihr Herz eröffneten, weil sie sich garnicht denken konnten und nicht im Entferntesten für möglich hielten, daß irgend jemand an Ideen, die ihnen so gesund und wünschenswert schienen, etwas sollte auszusetzen haben. Es dauerte lange, bis sie begriffen, daß der große Mann dabei durchaus nicht mithalten wollte, und daß man vor ihm nicht davon sprechen durfte.) – ›Hören Sie mich an!‹ sagte er jetzt. ›Von den Alten bilde auch ich mir ein etwas zu verstehen, aber der Freiheitssinn und die Vaterlandsliebe, die man aus ihnen zu schöpfen meint, laufen Gefahr und sind jeden Augenblick im Begriffe zur F r a t z e zu werden.‹ – Ich vergesse nie, mit welcher kalten Erbitterung er das Wort ›Fratze‹ aussprach, das überall der grimmigste Schimpf ist, über den er verfügt. – ›Unsere bürgerliche Existenz‹, fuhr er fort, ›unterscheidet sich gar sehr von der der Alten, unser Verhältnis zum Staat ist ein ganz anderes. Der Deutsche, statt sich in sich selbst zu beschränken, muß die Welt in sich aufnehmen, um auf die Welt zu wirken. Nicht feindliche Absonderung von anderen Völkern darf unser Ziel sein, sondern freundschaftlicher Verkehr mit aller Welt, Ausbildung der gesellschaftlichen Tugenden, auch auf Kosten angeborener Gefühle, ja Rechte.‹ – Dies Letztere sprach er mit gebietend erhobener Stimme, indem er mit dem Zeigefinger auf das vor ihm stehende Tischchen tippte, und fügte hinzu: ›Sich den Obern zu widersetzen, einem Sieger störrig zu begegnen, darum weil uns Griechisch und Lateinisch im Leibe steckt, er aber von diesen Dingen wenig oder nichts versteht, ist kindisch und abgeschmackt. Das ist Professorenstolz, der seinen Mann ebenso lächerlich macht, als er ihm schadet.‹ – Hier machte er eine Pause. Und gegen den jungen Passow gewandt, der ganz entgeistert saß, schloß er in wärmerem, aber beklommenem Tone: ›Nichts ist weniger mein Wunsch, Herr Doktor, als Ihnen wehe zu tun. Ich weiß, Sie meinen es gut. Aber es gut und rein zu meinen, genügt nicht; man muß auch die Folgen abzusehen vermögen seines Betreibens. Vor dem Ihrigen graut mir, weil es die noch edle, noch unschuldige Vorform ist von etwas Schrecklichem, das sich eines Tages unter den Deutschen zu den grassesten Narrheiten manifestieren wird, und wovor Sie selbst sich, wenn etwas davon zu Ihnen dränge, in Ihrem Grabe umkehren würden.‹

Nun denken Sie sich die allgemeine Betretenheit, den Engel, der durch das Zimmer zog! Meine Mama hatte Mühe, ein harmloses Gespräch wieder in Gang zu setzen! Aber so war er, so hielt er sich damals und tat uns weh mit Wort und Schweigen in unserem Heiligsten. Man muß das alles wohl auf seine Bewunderung für den Kaiser Napoléon zurückführen, der ihn anno 8 zu Erfurt so sichtlich auszeichnete und ihm das Zeichen der Ehrenlegion verlieh, das unser Dichter stets ausdrücklich als seinen liebsten

Orden bezeichnete. Er sah in dem Kaiser nun einmal den Jupiter, das weltenordnende Haupt, und in seiner deutschen Staatenbildung, der Zusammenfassung der südlichen, alt- und eigentlich deutschen Gebiete im Rheinbunde, etwas Neues, Frisches und Hoffnungsvolles, wovon er sich Glückliches versprach für die Steigerung und Läuterung deutschen Geisteslebens im fruchtbaren Verkehr mit der französischen Kultur, der er selbst soviel zu danken erklärte. Sie müssen bedenken, daß Napoléon ihn dringend eingeladen, ja von ihm gefordert hatte, seinen Wohnsitz nach Paris zu verlegen, und daß Goethe die Übersiedelung durch längere Zeit recht ernsthaft erwog und sich nach den praktischen Modalitäten verschiedentlich erkundigte. Es war seit Erfurt zwischen ihm und dem Cäsar ein Verhältnis von Person zu Person. Dieser hatte ihn sozusagen auf gleichem Fuße behandelt, und der Meister mochte die Sicherheit gewonnen haben, daß er für sein Geistesreich, sein Deutschtum nichts von ihm zu fürchten hatte, daß Napoléons Genius der Feind des seinen nicht war – soviel Grund die übrige Welt auch immer haben mochte, vor ihm zu zittern.

Sie mögen das eine egoistische Sicherheit und Freundschaft nennen, aber zum ersten muß man einräumen, daß der Egoismus eines solchen Mannes keine Privatsache ist, sondern sich in Höherem, Allgemeinerem rechtfertigt; und zum zweiten: stand er denn auch allein mit seinen Überzeugungen und Aspecten? Das keineswegs – wie sehr immer die Lasten drückten, die der furchtbare Protector auch unserm Ländchen auferlegte. Unser Cabinettchef, des Staatsministers von Voigt Excellenz, zum Exempel, hielt immer dafür, bald werde gewiß Napoléon den letzten Gegner zu Boden gestreckt haben, und dann könne ein geeintes Europa unter seinem Szepter des Friedens genießen. Das habe ich mehr als einmal in Gesellschaft aus seinem Munde gehört und weiß auch noch gut, wie sehr er gegen das Jahr 13 hin die Auftritte in Preußen mißbilligte, das man partout in ein Spanien verwandeln wolle, invito rege. ›Der gute König!‹ rief er. ›Wie ist er zu bedauern, und wie wird das für ihn ablaufen, so unschuldig er auch daran ist! Wir anderen werden all unsere

Klugheit und Behutsamkeit nötig haben, uns ruhig, unparteiisch und dem Kaiser Napoléon treu zu verhalten, wenn wir nicht ebenfalls untergehen wollen.‹ – So dieser kluge und gewissenhafte Staatsmann, der uns noch heute regiert. Und Durchlaucht der Herzog selbst? Noch nach Moskau, als der Kaiser so rasch wieder neue Heere aufgestellt hatte und unser Fürst ihn von hier ein Stück des Wegs gegen die Elbe begleitete, wohin er ritt, um die Preußen und Russen zu schlagen, die gegen all unser Erwarten sich gegen ihn verbündet hatten, da wir ganz kürzlich noch nicht anders gedacht hatten, als daß der preußische König wieder mit Napoléon gegen die Barbaren marschieren werde: – noch von jenem Ritt kehrte Carl August in völliger Begeisterung nach Hause zurück, ganz hingerissen von ›diesem wahrhaft außergewöhnlichem Wesen‹, wie er sich ausdrückte, das ihm wie ein von Gott Erfüllter, ein Mohammed, vorgekommen sei.

Aber nach Lützen kam Leipzig, und es war aus mit der Gotteserfülltheit: anstelle der Begeisterung für den Heros trat eine andere, die nämlich für Freiheit und Vaterland, Passows Begeisterung; und wunderlich ist es schon zu erfahren, das muß ich sagen, wie rasch und leicht sich die Menschen belehren und umstimmen lassen durch äußere Ereignisse und durch eines Mannes Unglück, an den sie geglaubt. Aber noch seltsamer und bemühender für die Gedanken ist es, zu sehen, wie ein großer und überragender Mann ins Unrecht gesetzt wird durch die Ereignisse gegen viel Kleinere und Bescheidenere, die es gleichwohl, wie sich herausstellt, besser wußten, als er. Da hatte der Goethe nun immer gesagt: ›Ihr Guten, schüttelt nur an euren Ketten; der Mann ist euch zu groß!‹ Und siehe da: die Ketten fielen, der Herzog zog russische Uniform an, wir trieben Napoléon über den Rhein, und die, die der Meister mitleidig ›Ihr Guten‹ genannt hatte, die Luden und Passow, die standen groß da gegen ihn als Rechtbehaltende und als Sieger. Denn 13, das war doch der Triumph Ludens über Goethe, – man kann es nicht anders sagen. Und er räumt' es auch ein, beschämt und reuig, und schrieb für Berlin sein Festspiel ›Epimenides‹, worin er dichtete: ›Doch schäm' ich mich der Ruhestunden – mit euch zu leiden war Gewinn – denn für den Schmerz, den ihr empfunden – seid ihr auch größer als ich bin.‹ Und dichtete: ›Doch was dem Abgrund kühn entstiegen – kann durch ein ehernes Geschick – den halben Weltkreis übersiegen – zum Abgrund muß es doch zurück.‹ – Ja, sehen Sie, da schickte er seinen Kaiser, den Weltenordner, seinen Peer, nun in den Abgrund, – wenigstens im Festspiel; denn übrigens und im Stillen sagt er, glaub ich, noch immer ›Ihr Guten‹.

August nun, sein Sohn, der Liebhaber Ottiliens, tat es nach seiner politischen Gesinnung völlig dem Vater gleich; er war darin nichts weiter als seine Wiederholung. Ganz war er ein Mann des Rheinbunds, worin er das Deutschland vereinigt sah, das mitzählte für die Kultur, und zeigte sich voller Verachtung für die Barbaren des Nordens und Ostens, was ihm weniger gut zu Gesichte stand, als Goethen, dem Älteren; denn er selbst hatte in seinem Wesen einen Zug des Barbarischen, will sagen des Ausschreitenden, ja des Rohen, vermischt mit einer Traurigkeit, die auch nicht edel anmutete, sondern nur trübe. Anno 11 setzte der Kaiser einen Gesandten zu uns nach Weimar, den Baron von Saint Aignon, einen charmanten und humanistischen Edelmann, das muß man sagen, und einen großen Verehrer Goethes, der denn auch bald auf dem freundschaftlichsten Fuße mit ihm verkehrte. August seinerseits hatte nichts Eiligeres zu tun, als sich den Sekretär des Barons, Herrn von Wolbock, zum Freunde zu nehmen, was ich erstens erwähne, um Sie sehen zu lassen, wo der junge Mann seine Freunde suchte, und zweitens, weil dieser Herr von Wolbock es war, der Dezember 12, als Napoléon von Moskau kommend, Erfurt passierte, Goethen den Gruß des Kaisers ausrichtete. Das war denn etwas für Augusten auch, denn allezeit trieb er mit der Person des Tyrannen einen wahren Kult, – der ihm für mein Gefühl nicht recht zukam, denn wieso, diese Anbetung hatte gar keinen rechten geistigen Untergrund. Aber heute noch unterhält er eine Sammlung von Napoléon-Portraits und -Reliquien, für die ihm sein Vater denn auch das Kreuz der Ehrenlegion geschenkt hat, da er es nicht mehr gut tragen kann.

Selten wohl, kann man sagen, hat zwei Herzen ungleicheren Schlages das Band der Liebe umwunden. August betete Ottilien an, wie er Napoléon anbetete, – ja, ich kann nicht umhin, diesen Vergleich zu ziehen, so sonderbar er anmuten mag; und mein armer Liebling – ich sah es mit Befremden und Schrecken – neigte sich seinem schwerfälligen Werben zärtlich entgegen, überzeugt von der rücksichtslosen Allmacht des Liebesgottes, die über Meinungen und Gesinnungen lachend triumphiert. Sie hatte es schwerer dabei als er, der seine Überzeugungen offen hervorkehren durfte, während sie die ihren verhehlen mußte. Aber das, was sie ihre Liebe nannte, ihr sentimentalisch-widerspruchsvolles Erleben mit dem Sohn des großen Dichters verbarg sie nicht und brauchte es nicht zu verbergen in unserer kleinen Welt, darin das Gefühl und seine Kultur in zartesten Ehren steht und auf die allgemeine Teilnahme rechnen kann. Für meine Person war ich ihre bange Vertraute, welche die Einzel-Stadien und -Episoden ihres Abenteuers getreulich mit ihr durchlief. Aber auch ihrer Mutter durfte sie sich desto ungescheuter eröffnen, als Frau von Pogwisch sich seit längerem in ähnlichen Umständen befand und ihrem Kinde bei seinen Confessionen in fraulich-freundschaftlichem Austausch begegnete. Ihr war es um den schönen Grafen Edling zu tun, einen Südländer, Hofmarschall und Staatsminister, dazu Vormund und Scherz-Väterchen ihrer Töchter, Hausfreund und bald wohl mehr. Denn sie hoffte auf seine Hand, und hatte auch Grund, darauf zu hoffen und erwartete sein entscheidendes Wort, welches sich aber verzögerte. So bot Amor Mutter und Tochter Stoff zu wechselseitigen Herzensergießungen über die täglichen Freuden und Leiden, die Entzückungen, Hoffnungen und Enttäuschungen, die er so reichlich gewährt.

August und Ottilie sahen einander bei Hofe, in der Komödie, im Haus seines Vaters, bei mancherlei privater Geselligkeit. Aber auch abseits der Societät und in der Stille trafen die Liebenden zusammen, wozu die beiden alten Gärten nahe der Ilm, mit ihren Gartenhäusern, der Goethe's und der Ottiliens Großmutter gehörige, die behütetste Gelegenheit boten. Ich war immer meinem Herzblatt zur Seite bei diesen Zusammenkünften und hatte mich nur zu wundern, mit welcher seufzenden Glückseligkeit sie davon hinwegging und mit wie errötenden Umarmungen mir dankte für meine Assistenz; denn mir schien unweigerlich, nicht nur an meiner Rolle als Dritter und als Chaperon habe es gelegen, daß mir die Begegnung so unersprießlich, das Gespräch so leer, so gezwungen vorgekommen war. Lustlos und stockend hatte es auf einem Cotillon, einem Hofklatsch, einer vorhabenden oder zurückgelegten Reise rouliert und hatte noch am meisten Lebhaftigkeit gewonnen, wenn von des jungen Mannes Dienst bei seinem Vater die Rede gewesen war. Aber Ottilie gestand sich das Unbehagen, die gehabte Langeweile nicht ein. Sie tat, als hätten bei einem so öden Zusammensitzen oder Spazieren sich die Seelen gefunden, und berichtete in diesem Sinn auch wohl ihrer Mutter, von der sie vermutlich dafür die Nachricht empfing, es sprächen alle Zeichen dafür, daß das anhaltende Wort des Grafen nun unmittelbar bevorstehe.

So lagen die Dinge, als ein Ereignis in das Leben des lieben Kindes trat, von dem ich nicht ohne die herzlichst mitschwingende Bewegung zu sprechen vermag; denn alle Schönheit und Größe der Zeit versammelte sich für uns beide darin und nahm persönliche Gestalt an für uns beide in diesem Erlebnis.

Das Frührot des Jahres 13 brach an. Was sich im Preußenlande Herrliches begab, – die Erhebung der Patrioten, ihr Sieg über den zögernden Sinn des Königs, die Aufstellung der Freiwilligen-Corps, denen, bereit zum enthusiastischen Verzicht auf Bildung und Behagen, begierig, ihr Leben für das Vaterland in die Schanze zu schlagen, die edelste Jugend des Landes zuströmte, – von alledem, ich sagte es schon, drang anfangs nur geringe und gedämpfte Kunde zu uns herüber. Wovon ich Ihnen aber auch schon sprach, das war die empfindliche Verbindung, welche die Seele meiner Freundin mit der Sphäre ihres verschollenen Vaters unterhielt und die auch wohl durch handgreiflichere Nachrichten, die ihr durch preußische Verwandte zukamen, unterstützt werden mochte. Ihre liebliche Person erzitterte und erglühte bei der Berührung mit dem sich Vorbereitenden, dem schon sich

Vollziehenden, das sie, in unserer idyllischen Mitte lebend, längst ersehnt, längst vorgeahnt hatte. Das Heldenvolk, dem sie sich zugehörig fühlte nach Blut und Geist, stand auf, um die Schmach der welschen Tyrannei von sich zu schütteln! Ihr ganzes Wesen ging in Begeisterung auf, und wie ihr Volk durch sein Beispiel ganz Deutschland für den Kampf um Ehre und Freiheit entflammte, so riß sie mich mit sich fort und machte mich ganz zur Parteigängerin ihres Hasses und ihrer glühenden Hoffnung. Doch stand sie mit beidem auch sonst in der Stadt nicht mehr so allein wie früher. Die vaterländische Verschwörung glomm auch hier schon unter der rheinbundtreuen, napoléonfrommen Decke, und junge Edelleute wie Kammerherr von Spiegel und Regierungsrat von Voigt nahmen mit den Preußen in Jena unter der Hand eine halsbrecherische Verbindung auf, um ihnen Winke über die Vorgänge in Weimar zu erteilen. Mit ihnen hatte Ottilie sich bald gefunden und nahm in flüsternder Leidenschaft teil an ihren Umtrieben. Sie spielte mit ihrem Leben, und halb um sie zurückzuhalten, halb aus eigener Ergriffenheit war ich ihr Mitgesell bei diesen politischen Geheimnissen, wie ich es bei denen ihres Mädchenherzens, bei den Zusammenkünften mit August von Goethe war. Ich wüßte nicht zu sagen, welche von beiden mir die größere Angst und Besorgnis um sie einflößten.

Es ist bekannt, wie wenig hoffnungsreich sich fürs erste die kriegerischen Vorgänge anließen. Zwar wurde Ottilien das Glück zuteil, preußische Uniform in Weimar zu sehen, denn Mitte April, am 16ten, ich weiß es wie heute, tat eine Abteilung Husaren und reitender Jäger jenen Handstreich auf unsere Stadt, bei dem sie die wenigen hier liegenden französischen Soldaten zu Gefangenen machten und, wieder abziehend, mit sich führten. Kaiserliche Reiterei, die auf die Nachricht von Erfurt herüberkam, fand keine Preußen mehr in der Stadt und kehrte nach ihrem Standort zurück: voreilig allerdings, denn am folgenden Morgen – stellen Sie sich Ottiliens Entzücken vor! – ritten Mannschaften des jüngeren Blücher, Husaren abermals und grüne Jäger, in die Stadt ein, von unserer Bevölkerung mit Jubel empfangen; und es begann ein Tanzen und Zechen, dessen sorglose Ausgelassenheit dem Nachdenklichen einige Beklemmung bereitete und sich denn auch nach wenigen Stunden bitter bestrafte. Franzosen! hieß es, und vom Gelage weg stürzten unsere Befreier zu den Waffen. Es waren Truppen des General Souhon, die in die Stadt drangen, an Zahl übermächtig, und kurz war der Kampf, in welchem die Franzosen sich wieder zu Herren der Stadt machten. Zitternd um das Blut unserer Helden, denen wir eben noch fröhlich Wein und Speisen zugetragen, saßen wir in unseren Zimmern und spähten auch wohl durch die Gardinen nach dem Tumult der Gassen, die vom Gegell der Hörner, dem Prasseln des Gewehrfeuers erfüllt waren, aus denen aber bald das Gefecht sich in den Park und vor die Stadt hinaus verzog. Der Sieg war des Feindes. Ach, er war seiner nur allzu gewohnt, und wider Willen konnte man kaum umhin, ihn als den Sieg der Ordnung über die Rebellion – und zwar über eine knabenhaft törichte, wie sich durch ihre Niederlage herausgestellt hatte, – zu empfinden.

Ruhe und Ordnung sind wohltätig, von wem auch immer sie aufrecht erhalten werden mögen. Wir hatten für die französische Einquartierung zu sorgen, mit welcher die Stadt sogleich bis an die Grenze ihrer Trag- und Leistungsfähigkeit belegt wurde, und die lange auf ihr lasten sollte. Aber der Friede war wiedergekehrt, der Verkehr auf den Straßen bis Sonnenuntergang frei, und im freilich bedrückenden Schutz des Siegers mochte der Bürger seinen gewohnten Geschäften nachgehen.

Ich weiß nicht, welcher geheime Antrieb, welche Ahndung Ottilien am nächsten Tage bestimmte, mich bald nach Mittagstisch zu einem Spaziergang abzuholen. Einer Nacht folgend, die regnerisch gewesen war, lockte der April-Tag mit zarter Heiterkeit, die durchsonnten Lüfte von süßer Frühlingshoffnung erfüllt. Ein Reiz der Neugier wirkte mit, in Sicherheit die Straßen zu durchwandern, in denen gestern der Schrecken des Männerkampfes getobt, die Spuren, die er darin zurückgelassen, Beschädigungen der Häuser durch einschlagende Gewehrkugeln, diesen und jenen Blutspritzer auch wohl an einer Mauer mit einem Grauen in Augenschein zu nehmen, in das sich bei uns

Frauenzimmern doch auch soviel scheue Bewunderung, ja Begeisterung für den harten und wilden Mut des anderen Geschlechtes mischt.

Ins Freiere, Grünende zu gelangen, hatten wir Freundinnen, von Schloß und Markt kommend, die Ackerwand gewonnen und sie in Richtung der Ilm verlassen, deren Ufer nicht fern wir auf Wiesenpfaden und buschigen Gängen am Borkenhäuschen vorbei gegen das Römische Haus hin wandelten. Zertretener Grund, ein hie und da liegen gebliebenes Waffen- und Monturstück zeigten an, daß sich Kampf, Flucht und Verfolgung bis hierher gezogen hatten. Wir sprachen von dem Durchlebten und möglicherweise Bevorstehenden, der gemeldeten Besetzung sächsischer Städte durch die östlichen Völker, der ängstlichen Lage Weimars zwischen der kaiserlichen Feste Erfurt und den heranrückenden Preußen und Russen, der Verlegenheit Serenissimi des Herzogs, der Abreise des Großfürsten ins neutrale Böhmen und derjenigen des französischen Gesandten nach Gotha. Auch von August sprachen wir, wie ich mich erinnere, und von seinem Vater, der den Vorstellungen der Seinen nachgegeben und gleichfalls die bedrohte Stadt verlassen hatte: gestern früh, ganz kurz bevor die Blücherschen hier ihren Einzug gehalten, war er in seinem Wagen nach Carlsbad abgefahren; er mußte ihnen sogar auf der Landstraße begegnet sein.

Weiter sich ins Einsame vorzuwagen, schien nicht geheuer, und so waren wir im Begriff, den Rückzug anzutreten, als in unser Gespräch ein Laut, halb Ruf, halb Stöhnen, drang, der uns die Füße fesselte. Wir standen lauschend und fuhren zusammen: aus dem Gebüsch seitlich des Weges ertönte dieselbe Klage, derselbe Anruf. Ottilie hatte im Schreck meine Hand ergriffen, – jetzt ließ sie sie fahren, und mit klopfenden Herzen, auch unter der wiederholten Frage ›Ist jemand da?‹ brachen wir beiden Mädchen uns Bahn durch das knospende Gesträuch. Wer beschreibt unsere Bestürzung, unsere Rührung und Ratlosigkeit? Im Holz, in dem feuchten Grase lag der schönste Jüngling, ein verwundeter Krieger, ein Glied der vertriebenen Heldenschar, das lockige Blondhaar verwirrt und verklebt, einen keimenden

Bart um das edel geschnittene Antlitz, dessen fiebrige Wangen-röte höchst schreckhaft gegen die wächserne Blässe der Stirne stand, die durchnäßte und erdige, im halben Trocknen starr ge-wordene Montur befleckt – und zwar namentlich an den unteren Teilen – von ebenfalls halb getrocknetem Blut. Entsetzlicher und doch auch erhebender, das tiefste Gefühl aufrührender An-blick! Sie denken sich die ängstlich flatternden, von Teilnahme bebenden Fragen nach seinem Ergehen, seiner Verwundung, mit denen wir ihn überschütteten. ›Sie führt der Himmel vor-bei‹, erwiderte er in norddeutsch scharfer Sprechweise, aber mit klappernden Zähnen, zwischen denen er öfters, wenn er eine Bewegung gemacht hatte, unter schmerzlicher Verzerrung sei-nes schönen Gesichtes die Luft einzog. ›Ich hab' eine attrapiert ins obere Bein bei dem Spaß von gestern – auf einmal hatt' ich sie weg und mußte mal vorläufig auf die Gewohnheit des aufrech-ten Ganges verzichten, – nur kriechen konnt' ich noch gerade hierher, wo's ja soweit ganz lauschig ist, bloß etwas feucht, wenn's pladdert wie heute Nacht, – seit gestern Vormittag lieg' ich am Fleck und täte wohl eigentlich besser, zu Bett zu gehen, denn scheinbar hab ich ein bißchen Fieber.‹

So burschenhaft drückte der Held sich aus in seinem Elend. Und wirklich war er Student, wie er bald erklärte. ›Heinke Fer-dinand‹, sagte er schnatternd, ›Jurist von Breslau und freiwilli-ger Jäger. Was fangen aber die Damen nun mit mir an?‹ – So mochte er wohl fragen, denn selten war guter Rat teurer gewe-sen, und die Benommenheit, in die das Abenteuer uns versetzte, unser Idol, den preußischen Helden, plötzlich in so naher und körperlich-persönlicher, salopp redender Wirklichkeit, unter dem bürgerlichen Namen Heinke, vor uns zu sehen, war un-serer Geistesgegenwart, unserer Entschlußkraft nicht hilfreich. Was tun? Sie fühlen zwei jungen Frauenzimmern die Scheu nach, Hand zu legen an einen wirklichen, am Oberschenkel ver-wundeten Jüngling, noch dazu einen so schönen! Sollten wir ihn aufheben, ihn tragen? Wohin? Zur Stadt doch nicht, die übri-gens voller Franzosen war. Auch jede nähere und vorläufigere Unterkunft aber, wie etwa das Borkenhäuschen, war unseren

Kräften so unerreichbar wie den seinen. Die Blutung seiner Wunde war seiner Aussage nach zwar zum Stillstand gekommen; aber das Bein schmerzte sehr, und an ein Gehen, sei es auch mit unserer Unterstützung, war nicht zu denken. Garnichts blieb übrig, als den Helden – und er selbst war dieser Meinung – an Ort und Stelle, im notdürftigen Schutz des Gesträuches, liegen zu lassen und unsererseits nach der Stadt zurückzukehren, um vertrauenswürdigen Personen von unserem kostbaren Funde Eröffnung zu machen und mit ihnen das Erforderliche zu beraten, welches aber in aller Stille und Heimlichkeit zu bewerkstelligen sein würde. Denn wie nichts anderes verabscheute Ferdinand den Gedanken, in Gefangenschaft zu geraten, und sann auf nichts, als, sobald er genesen sein würde, Dienst und Kampf wieder aufzunehmen, um ›Nöppel‹, wie er den Corsen nannte, aufs Haupt zu schlagen, das Vaterland zu befreien und Paris in Asche zu legen.

Diese Vorsätze äußerte er mit frostbebenden Kiefern, alle Schwierigkeiten überspringend, die seiner nächsten Rettung entgegenstanden. Gegen den Durst, der ihn plagte, fand Ottilie in ihrem Täschchen einigen Minzenzucker, an dem er sich denn sogleich zu delektieren begann. Ein Riechfläschchen, das ich bei mir hatte, wies er mit männlichem Spott zurück, duldete es aber, daß wir ihm unsere Umschlagtücher, das eine als Kopfkissen, das andere als allzu leichte Zudecke, zurückließen und verabschiedete uns mit den Worten: ›Na, sehen Sie zu, was sich machen läßt, meine Damen, daß ich aus dieser verdammten Patsche komme! Tut mir leid, Ihre werte Gesellschaft vorderhand wieder entbehren zu müssen. War mir, parole d'honneur, eine angenehme Zerstreuung in meiner Abgeschiedenheit.‹ So heldenhaft lässig war immer seine Rede – in einer Lage auf Leben und Tod. Wir darauf machten vor dem Hingestreckten unseren Knicks, den er mit einer Bewegung erwiderte, als salutierte er uns mit den Absätzen, und enteilten...

Wie wir zur Stadt zurückgelangten, ich wußte es kaum zu sagen. Auf Flügeln der Begeisterung, der Angst und des Entzückens geschah es, – da wir uns doch sorgsam hüten mußten, daß jemand uns solche Beflügelung anmerkte. Einen Plan zur Bergung des herrlichen Menschen im Einzelnen ins Auge zu fassen, waren wir außerstande. Daß er nicht eine zweite Nacht hilflos unter dem Himmel liegen durfte, sondern in ein sicheres Haus verbracht und sorgsamster Pflege übergeben werden müßte, war der feste Punkt in unseren irrenden Gedanken, und mit derselben dringlichen Bestimmtheit tat sich der Wunsch darunter hervor, daß wir beide von dieser Pflege nicht ausgeschlossen sein möchten. Unsere Mütter ins Geheimnis zu ziehen, lag nahe; aber wenn wir ihrer Anteilnahme sicher sein durften, wie sollten sie raten, wie helfen? Männlicher Beistand war unumgänglich; und wir verfielen darauf, uns denjenigen jenes Herrn von Spiegel, des Kammerherrn, zu sichern, den wir mit uns so übereindenkend wußten und der, da er einer der Urheber des verhängnisvollen preußischen Einmarsches war, alle Ursache hatte, sich einem Opfer desselben hilfreich zu erweisen. Er war nämlich damals noch auf freiem Fuß; seine und seines Freundes von Voigt Verhaftung wurde erst einige Tage später durch die Denunciation eines Vorteil suchenden Mitbürgers herbeigeführt, und beide hätten ihren wagehalsigen Patriotismus mit dem Tode bezahlt, wenn nicht Napoléon, als er persönlich wieder in Weimar war, aus Courtoisie gegen die Herzogin ihre Begnadigung ausgesprochen hätte.

Dies unter der Hand. Ich will mich beim Folgenden nicht in Einzelheiten verlieren; genug, daß von Spiegel die in ihn gesetzte Erwartung nicht enttäuschte, sondern sich sofort energisch-tätig zeigte und alles Wünschbare mit der glücklichsten Umsicht ins Werk setzte. Eine Tragbahre ward heimlich und sogar stückweise in den Park geschafft, trockene Kleider und Stärkungsmittel fanden sich nach kurzer Zeit bei dem Ärmsten ein, ein Wundarzt besuchte ihn wohltätig, und bei sinkender Dämmerung wurde der zum Civilisten verwandelte unbeanstandet am Rande der Stadt hin zum Schloß geschafft, wo ihm der Kammerherr – und zwar in dem alten Teil, dem Torgebäude der sogenannten Bastille, ein hoch unterm Dach gelegenes Zimmerchen als Versteck und Asyl im Einvernehmen mit der Verwaltung zubereitet hatte.

Hier vor aller Welt verborgen, hielt unser kühner Freund sein Krankenlager ab, das sich über mehrere Wochen erstreckte; denn zu der schwärenden Beinwunde hatte sich durch das Nächtigen im feuchten Stadtpark ein Brustkatarrh mit schwerem Husten gesellt, welcher Fieber und Schmerzen steigerte und dem Arzt Besorgnis hätte erregen können, wenn nicht die Jugend und gute Natur des Patienten und seine immer gleiche frohe Laune, die höchstens durch die Ungeduld getrübt wurde, wieder in den Krieg ziehen zu können, die heiterste Bürgschaft geboten hätten für sein Erstehen. Mit dem regelmäßig vorsprechenden Doktor und dem alten Castellan, der dem Kranken seine Mahlzeiten brachte, teilten wir beide, Ottilie und ich, uns in seine Pflege und stiegen täglich die morsche Treppenfolge zu seinem verwunschenen Stübchen hinauf, um ihm Wein, Eingemachtes und kleine Leckerbissen, auch zerstreuende Lektüre zuzutragen, mit ihm zu plaudern, sobald sein Befinden es zuließ, ihm vorzulesen und Briefe für ihn zu schreiben. Er nannte uns seine Engel, denn hinter seiner nüchtern-flotten Art sich zu geben verbarg sich denn doch viel weiches Gemüt, und wenn er unsere schöngeistigen Interessen nicht teilte, sie lachend von sich wies und außer seiner Jurisprudenz nichts anderes als das Vaterland und seine Wiederaufrichtung im Sinne hatte, um derentwillen er jene im Stich gelassen, so gestanden wir uns gern, daß man die Poesie wohl verschmähen mag und nichts davon zu verstehen braucht, wenn man sie selber verkörpert, – und als die verkörperte Poesie in der Tat, als die Erfüllung unserer Träume erschien uns dieser schöne, gute und edle Mensch; so daß es denn wohl geschah, daß nach einem Besuch bei ihm Ottilie mich im Hinabsteigen stumm und vielsagend in ihre Arme schloß und ich, in Erwiderung ihres Geständnisses, ihr den Kuß aufs innigste zurückgab, – ein Austausch, der uns bei den altertümlichen Eigenschaften der Treppe übrigens um ein Haar das Gleichgewicht gekostet hätte.

Es waren Wochen voller Rührung und Gehobenheit; sie gaben unserem Mädchenleben den schönsten Inhalt, denn zu sehen, wie der Heldenjüngling, um dessen Bewahrung für das

Vaterland wir uns verdient gemacht, nach kurzer Sorgenfrist von Wiedersehen zu Wiedersehen entschiedener der Genesung entgegenging, war überaus beglückend, und schwesterlich teilten wir uns in die Freude darüber wie überhaupt in die Empfindungen, die wir unserem herrlichen Pflegling weihten. Daß sich bei diesen in das Charitative und Patriotische Zarteres, Unaussprechliches mischte, und zwar in unser beider Herzen, sagt Ihnen wohl die eigene Ahndung; auch hier aber war es so, daß meine Gefühle diejenigen der liebreizenden Ottilie nur getreulich begleiteten und ihnen sozusagen den Vortritt ließen, – es lag das in der Natur der Dinge. Ein gemessener Teil von Ferdinands Dankbarkeit mochte auf mich unschönes Ding entfallen, – bei seiner Geistesschlichtheit, die ihm so wohl, so herrlich zu Gesichte stand, und bei der daraus folgenden vollständigen Gleichgültigkeit gegen die Gaben, die ich anstatt äußeren Glanzes etwa ins Feld zu führen hatte, tat ich von Anfang an gut daran, weiter auf nichts zu hoffen und mich weislich in diesem Roman mit der Rolle der Vertrauten zu bescheiden. Darauf war meine Natur eingerichtet, und vor Eifersucht war ich nicht nur durch die Liebe zu meiner Freundin, den zärtlichen Stolz auf ihre Reize geschützt; auch nicht nur dadurch, daß Ferdinand uns tatsächlich mit großer Gleichmäßigkeit behandelte und, was ich denn doch mit menschlich verzeihlicher Genugtuung bemerkte, auch gegenüber meinem Herzblatt nie den Ton einer flotten Freundlichkeit veränderte; sondern noch etwas Drittes kam mir zu Hilfe: nämlich die Hoffnung, daß Ottilie durch dies neue und ungeahndete Erlebnis von ihrem Verhältnis zu August von Goethe, dieser mir so unheimlich, so unglückselig scheinenden Bindung, wirksam abgelenkt werden möchte. So machte ich denn kein Hehl aus meiner Zufriedenheit, meiner Erleichterung, wenn sie mir an meinem Halse gestand, was sie für Ferdinanden empfinde, sei denn doch etwas gänzlich Anderes, als was ihr Herz bisher erfahren, und zwischen tief besorgter Freundschaft und wahrer Liebe habe das Leben sie nun die Unterscheidung gelehrt. Meine Freude darüber wurde nur durch die Erwägung gedämpft, daß Heinke nicht von Adel, sondern ganz einfach der

Sohn eines schlesischen Pelzhändlers und also durchaus keine Partie für Ottilie von Pogwisch war. Ob allein das Bewußtsein hievon ihn bestimmte, an seiner flotten Freundlichkeit gegen sie so strikte festzuhalten, war eine besondere Frage.

Da während Heinkes Besserung die gesellige Jahreszeit zu Ende ging, die Komödie zwar noch offenhielt, aber der Hof aufhörte, die Einladungen und Bälle, deren Matadore zuletzt die französischen Offiziere gewesen, spärlicher wurden, so sahen wir August seltener als zur Winterszeit; allein die Begegnungen, die Spaziergänge und Rendez-vous mit ihm in den Gärten waren nicht ganz unterbrochen worden, obgleich die Abwesenheit seines Vaters seine Geschäftslast eher erhöhte; und wenn aus Ferdinands Geschichte sonst ein sorgfältiges Geheimnis gemacht wurde und niemand außer den Eingeweihten und Mittätigen von dem Dasein unseres Findlings in seinem Dornröschenstübchen etwas wußte, so fühlte Ottilie sich doch gehalten, dem Kammer-Assessor Bericht davon abzulegen – aus Pflicht der Freundschaft und des Vertrauens gewiß vor allem, aus einer gewissen Neugier zugleich aber auch, so schien mir, wie er die Nachricht unseres Abenteuers aufnehmen, was in seiner Miene dabei vorgehen werde. Sein Verhalten war gleichmütig, ja spöttisch, besonders nachdem er sich wie von ungefähr nach Heinkes Familie erkundigt und erfahren hatte, daß er bürgerlich sei; es ließ auf so geringe Wißbegier und Teilnahme schließen, deutete vielmehr so entschieden auf den Wunsch, die Sache von sich abzuhalten, daß hinfort nur selten, obenhin und kurz abbrechend zwischen ihm und uns davon die Rede war und August über das glückliche Aufkommen unseres Helden, seinen ferneren, nur kurzen Aufenthalt in der Stadt und sein vorläufiges Wiederentschwinden in gewollter Unwissenheit oder Halbkenntnis blieb.

Ich habe mit diesen Worten dem Gang der Dinge schon vorgegriffen. Bälder als gedacht konnte Ferdinand zeitweise sein Bett verlassen und im hohen Kämmerchen umherstapfend am Invalidenstock die Beweglichkeit seines Beines üben; die freundliche Jahreszeit, die freilich nur durch ein Mansardenfenster Zutritt in sein Schutzgefängnis hatte, tat das Ihre, ihn zu fördern und zu beleben, und um ihn in freiere Berührung mit ihr zu bringen, ward ein Quartierwechsel veranstaltet: ein Vetter des Castellans, der am Kegelplatz hinterm Marstall eine Schusterei betrieb, war bereit, dem Rekonvaleszenten ein Zimmer zu gleicher Erde bei sich einzuräumen, und wohlgestützt siedelte dieser eines ersten Juni-Tages aus seinem romantischen Versteck dorthin über, wo er auf einer Bank am nahen Flusse sich sonnen und über die Brücke bequem das Grüne und Freie, das Schießhaushölzchen, die Tiefurter Allee gewinnen konnte.

Uns war damals eine Ruhepause in den Welthändeln beschieden, jener Waffenstillstand, der nur bis in den Hochsommer dauern sollte, – ich sage nicht leider, denn was nachher kam, führte ja, wenn auch durch grasse Schrecknisse und unendliches Leid hindurch, zu Ruhm und Freiheit. Das Leben in unserer Stadt war trotz fortdauernder Einquartierungslast, mit der man sich leidlich abgefunden, recht gemach unterdessen. Eine mäßige Geselligkeit nahm in den frühen Sommer hinein ihren Fortgang, und in schlichtem Zivilkleid nahm unser Krieger, dessen Wangen sich zusehends füllten und röteten, mit gebotener Vorsicht daran teil: Bei meiner Mutter sowohl und der Ottiliens wie auch bei Egloffsteins, im Salon der Frau von Wolzogen und an einigen weiteren Orten verbrachten wir manche heitere und dabei tiefgefühlte Stunde mit dem ob seiner Jugendhübschheit und ritterlichen Schlichtheit überall mit herzlicher Neigung und Bewunderung aufgenommenen jungen Helden. Dr. Passow namentlich war Feuer und Flamme für ihn, weil er, seinem Schul-Ideale gemäß, die Verkörperung hellenischer Schönheit im Verein mit vaterländischem Freiheitsheroismus in ihm erblickte – mit vielem Recht; nur ging er als Mann für meinen Geschmack in der Verehrung unseres Jünglings etwas weit und ließ mich, nicht zum ersten und letzten Mal die Bemerkung anstellen, daß der kriegerische Nationalgeist in Beziehung steht zu einem uns Frauen denn doch nicht erfreulichen erhöhten Enthusiasmus des Mannes für das eigene Geschlecht, wie er uns schon aus den Sitten der Spartaner herb-befremdlich entgegentritt.

Ferdinand seinerseits bewahrte gegen jedermann jenes schon gekennzeichnete gleichmäßig-sonnige Verhalten, und auch sein Betragen gegen uns, das heißt: gegen Ottilie hätte Herrn von Goethe keinerlei Anlaß zur Eifersucht gegeben, wenn die beiden wie Nacht und Tag verschiedenen jungen Leute jemals zusammengetroffen wären, was Ottilie jedoch zu verhindern wußte. Es war klar, daß sie sich durch die Empfindungen, die sie dem Helden entgegenbrachte, schuldig zu machen glaubte vor dem düsteren Liebhaber; daß sie sie als einen Raub an den Freundschaftspflichten gegen diesen betrachtete, sodaß bei dem Zusammensein mit ihnen beiden ihr Gewissen gelitten hätte; und so sehr ich die moralische Kultur bewunderte, die sie zu dieser Auffassung bewog, mußte ich doch mit Unruhe daraus abnehmen, daß meine Hoffnung, das Erlebnis mit Heinke möchte die mir ängstlichen Bande lösen, die sie an den Sohn des Großen knüpften, sich nicht bewahrheiten wollte. ›Ja, Adele‹, sagte sie eines Tages zu mir, indes ihre blauen Augen sich schattig verdunkelten, ›ich habe das Glück erkannt, das Licht und die Harmonie, in der Gestalt unseres Ferdinands sind sie mir aufgegangen. Aber so edel der Zug sein mag, den sie ausüben, – tiefer sind die Ansprüche, die Dunkel und Leiden an unseren Edelmut stellen, und im Grunde meiner Seele kenne ich mein Schicksal.‹ – ›Möge der Himmel Dich behüten, Geliebte!‹ war alles, was ich erwidern konnte, eine Kälte im Herzen, wie sie uns ankommt, wenn wir dem unbeweglichen Auge des Verhängnisses begegnen.

Heinke entschwand. Wir sollten ihn wiedersehen; für diesmal aber, nach einem Aufenthalt von sieben Wochen in unserer Mitte, reiste er ab: in seine schlesische Heimat zunächst, zum Besuch seiner Lieben, der Pelzhändlersleute, um bei ihnen die vollständige Wiederherstellung seines Beines abzuwarten, dann aber sogleich wieder zur Armee zu stoßen; und meine Ottilie und ich weinten innig zusammen über den Verlust seiner Gegenwart, richteten uns aber auf in dem getauschten Schwur, daß unsere Freundschaft fortan ein einziger Kult seines Heldenandenkens sein solle. Er hatte uns das Idealbild des vaterländisch entflammten deutschen Jünglings, wie der Sänger von ›Leyer und Schwert‹ es verkündete, in Fleisch und Blut anschauen lassen, und da Fleisch und Blut denn doch immer dem Ideale etwas entgegen sind und eine gewisse Ernüchterung unvermeidlich mit sich bringen, so hat es, wenn ich ganz offen sein soll, auch sein Gutes und Vorteilhaftes, wenn sie sich durch Abwesenheit wieder zum reinen Ideale verklären. Namentlich hatte sich uns Ferdinand in letzter Zeit immer in schlichter Bürgertracht dargestellt, da er unserem inneren Auge nun wieder in dem Ehrenkleid vorschweben mochte, worin er uns anfangs erschienen, – ein großer Vorteil, wenn man bedenkt, wie sehr die Uniform die männlichen Eigenschaften erhöht. Kurzum, sein Bild wurde nach seinem Abgange in unserer Vorstellung täglich lichter, – während zugleich, wie Sie sehen werden, die Gestalt des anderen, Augustens Gestalt, sich mit immer trüberen Wolken umhüllte.

Am zehnten August lief der Waffenstillstand ab, während dessen Preußen, Rußland, Österreich und auch England sich gegen den Kaiser der Franzosen vereinigt hatten. Zu uns nach Weimar drang nur geringe und undeutliche Kunde von den Siegen der preußischen Heerführer, der Blücher und Bülow, der Kleist, Yorck, Marwitz und Tauentzien. Daß irgendwo gewiß unser Ferdinand an diesen Siegen teil hatte, erfüllte uns Mädchen mit hochatmendem Stolz; der Gedanke, sein junges Blut, dem Vaterlande dargebracht, möchte vielleicht schon den grünen Plan färben, ließ uns erbeben. Wir wußten fast nichts. Die nördlichen und östlichen Barbaren rückten näher – das war unsere ganze Nachricht; aber je näher sie rückten, desto seltener wurde ihnen bei uns dieser Name ›Barbaren‹ zuteil, desto mehr wendeten sich die Sympathien und Hoffnungen unserer Bevölkerung und Gesellschaft von den Franzosen weg ihnen zu: zum Teil wohl einfach, weil man die Sieger in ihnen zu sehen begann, die man schon von Weitem durch seine Ergebenheit milde zu stimmen hoffte, namentlich aber weil die Menschen unterwürfige Wesen sind, von dem Bedürfnis geleitet, mit den Verhältnissen und Ereignissen, mit der Macht in innerer Übereinstimmung zu leben, und weil ihnen jetzt das Schicksal selbst den Wink und Befehl zur Sinnesänderung zu erteilen schien. So wurden aus den gegen die Gesittung rebellierenden Barbaren binnen wenigen Tagen Befreier, deren Erfolg und Vormarsch der allgemeinen Begeisterung für Volk und Vaterland, dem Haß auf den welschen Unterdrücker zu einem stürmischen Durchbruch verhalf.

Kurz nach Mitte Oktober sahen wir, mit entsetzter Bewunderung, zum ersten Male Kosaken in Weimar. Der französische Gesandte entfloh, und wenn man ihn vor seiner Abreise nicht insultierte, so nur darum nicht, weil noch nicht absolut deutlich war, wie das Schicksal es meinte, und wie man sich zu verhalten hatte, um auch gewiß mit Macht und Erfolg in Harmonie zu sein. Aber in der Nacht vom zwanzigsten auf den einundzwanzigsten rückten ganze fünfhundert dieser hunnischen Reiter bei uns ein, und ihr Oberst, von Geismar war sein Name, stand in dieser Nacht mit schief übers Ohr gezogener Mütze im Schloß vorm Bette des Herzogs und berichtete ihm von dem großen Siege der Verbündeten bei Leipzig. Zum Schutz der Herzoglichen Familie, meldete er, sei er vom Zaren Alexander entsandt. Da wußte auch Serenissimus, was die Glocke geschlagen, und wie ein kluger Fürst sich zu stellen hatte, um den Anschluß ans Schicksal und an die Macht der Ereignisse nicht zu versäumen.

Liebste, was waren das doch für Tage! – erfüllt vom Lärm der Kämpfe, die rings um die Stadt herum und bis in unsere Straßen hinein sich schreckhaft abspielten. Franzosen, Rheinländer, Kosaken, Preußen, Magyaren, Croaten, Slavonen, der Wechsel wilder Gesichter wollte nicht enden, und da der französische Rückzug auf Erfurt die Residenz den Verbündeten freigab, die sich sogleich darein ergossen, so brach eine Flut von Einquartierungen über uns herein, welche jeden Haushalt, groß und klein, mit den äußersten Ansprüchen, oft kaum erfüllbar, belastete. Die Stadt, vollgepropft von Menschen, sah viel Glanz und Größe, denn zwei Kaiser, der russische und der österreichische, dazu der preußische Kronprinz hielten zeitweise hier Hof, der Kanzler Metternich traf ein, es wimmelte von Würdenträgern und Generalität, allein nur die Ärmsten, denen nichts abverlangt

werden konnte, mochten sich der Schaulust überlassen, – wir
anderen, auf engsten Raum eingeschränkt, durften nur leisten
und leisten, und da alle Hände zu tun hatten und jedermann von
der Sorge, wie er den Anforderungen gerecht werden möchte,
aufs Letzte in Atem gehalten war, so gebrach es an überschüssi-
ger Seelenkraft, sich um den Nachbarn zu kümmern, und meist
erfuhr man erst nachträglich, wie es jenem in alldem ergangen
war.

Einen Unterschied jedenfalls, einen inneren gab es bei aller
äußeren Gleichheit der Bedrängnis, in dieser Not und Beanspru-
chung: diejenigen trugen sie leichter und fröhlicher, denen ihre
Gesinnung, ihr Herzensglück über den Sieg der vaterländischen
Sache – und mochte er auch mit Hilfe zuweilen etwas rauh und
übermütig sich gebärdender Freunde, Kosaken, Baschkiren und
Husaren des Ostens, erfochten sein – Entgelt und Über-Entgelt
bot für alle Plage und ihnen wohltätig darüber hinweghalf.
Auch unsere Mütter, Ottiliens und meine, hatten hohe Com-
mandeurs mit ihren Adjutanten und Burschen zu behausen und
zu verpflegen, und wir Töchter sahen uns buchstäblich zu Mäg-
den dieser herrischen Gäste herabgesetzt. Aber mein Liebling,
befreit wahrhaftig, nämlich von dem Zwang, ihr preußisch
Herz zu verbergen, strahlte bei alldem vor Freude und teilte auch
mir, der zum Verzagen Geneigteren, immer wieder von ihrer
Begeisterung mit über die große, die herrliche Zeit, die für uns
beide geliebte und still verherrlichte Züge trug: die Züge des
Heldenjünglings, den wir errettet, und der jetzt an seinem Orte,
wir wußten nicht, wo, das blutige Werk der Freiheit vollenden
half.

Soviel nur von unsern Empfindungen, unserem Zustand,
welcher bei einiger persönlich-besonderer Färbung sich nachgerade kaum noch von dem allgemein-öffentlichen, der Volks-
stimmung, unterschied. Wie anders aber sah es aus in dem berühmten Hause, mit dem meine Ottilie so seltsame, mir immer
so ängstliche Beziehungen verbanden! Deutschlands großer
Dichter war zu jener Zeit der unglücklichste Mann in der Stadt,
im Herzogtum, wahrscheinlich im ganzen, zu hohen Gefühlen

hingerissenen Vaterland. Im Jahre 6 war er nicht halb so unglücklich gewesen. Unsere liebe von Stein erachtete ihn für tiefsinnig geworden. Sie warnte jeden, von politischen Sachen mit ihm zu reden, denn, milde gesagt, scheine er gar an unserm jetzigen Enthusiasmus nicht teilzunehmen. Er nannte dies Jahr unserer Erhebung, das doch rot ausgemerkt und herrlich in unserer Geschichte hervortritt, nicht anders als das ›traurige‹, das ›schreckensvolle‹ Jahr. Dabei war ihm von seinen unleugbaren Schrecken mehr als uns allen erspart geblieben. Im April, als das Kriegstheater sich herzuziehen drohte, Preußen und Russen die umliegenden Höhen besetzten und eine Schlacht bei Weimar nebst Plünderung und Brand in Aussicht stand, hatten die Seinen, August und die Geheimrätin, nicht dulden wollen, daß der Dreiundsechzigjährige, dieser zwar dauerhafte, aber stets kränkliche und längst an unverbrüchlich-unentbehrliche Gewohnheiten gebundene Mann, sich Unbilden aussetze, die schlimmer sich anlassen wollten als die vom Jahre sechs. Die Beiden bestimmten ihn zu schleuniger Abreise – in sein geliebtes Böhmen, nach Töplitz, wo er in Sicherheit seiner Arbeit leben, den dritten Band seiner Erinnerungen beenden mochte, indes Mutter und Sohn zu Hause den Schrecken der Stunde die Stirn boten. Das war in der Ordnung, ich sage nichts dagegen, – ich nicht. Es gab andere, das will ich nicht verschweigen, die seine Abreise tadelten, und nur die egoistische Selbstschonung eines großen Herrn darin sahen; aber die anrückenden Blücherschen, denen sein Wagen gleich hinter Weimar begegnete und die den Dichter des ›Faust‹ erkannten, dachten ersichtlich anders darüber, wenn sie nicht annahmen, er führe nur spazieren. Denn sie umringten ihn und baten ihn treuherzig-keck in ihrer Ahnungslosigkeit, er möge ihre Waffen segnen, wozu er sich nach einigem Sträuben denn auch mit freundlichen Worten verstand, – eine schöne Szene, nichtwahr? nur etwas prekär, beklemmend ein wenig durch das naive Mißverständnis, das ihr zum Grunde lag.

Bis in den Hochsommer blieb unser Meister in Böhmen. Dann, da es auch dort nicht mehr geheuer war, kehrte er zurück, doch nur für wenige Tage; denn da es eben damals schien, daß die Österreicher von Südosten her auf Weimar marschierten, so bewog August ihn gleich wieder zur Abreise: er ging nach Ilmenau und blieb dort bis in die ersten Septembertage. Von da an freilich hatten wir ihn wieder in unserer Mitte, und wenn man ihn liebt, so muß man sagen, daß er von dem, was über uns kam, immer noch genug, zuviel immer noch mitgetragen hat. Es war ja die Zeit der schlimmsten Einquartierungslast, und auch sein schönes Haus, dem man Frieden und Schonung gewünscht hätte, wurde zur Zwangsherberge: wohl eine Woche lang hatte er täglich vierundzwanzig Personen zu Tisch. Der österreichische Feldzeugmeister Graf Colloredo lag bei ihm ein, – Sie haben gewiß gehört, denn viel war damals davon die Rede: in sonderbarer Unbewußtheit – oder war es Trotz? war es das Vertrauen, daß große Herren wie der Graf und er in ihrer eigenen, den Leidenschaften der Menge entrückten Sphäre lebten? – trat ihm der Meister zur Begrüßung entgegen, das Kreuz der Ehrenlegion auf dem Staatskleide. ›Pfui Teufel!‹ rief Colloredo, grob genug. ›Wie kann man so etwas tragen?!‹ Dies ihm! Er verstand es nicht. Dem Feldzeugmeister verstummte er. Zu anderen aber hernach hat man ihn sagen hören: ›Wie? Weil der Kaiser eine Schlacht verloren hat, soll ich sein Kreuz nicht mehr tragen?‹ – Die ältesten Freunde wurden ihm unbegreiflich wie er auch ihnen. Dem Österreicher folgte Minister von Humboldt, ihm geistig verbunden seit zwanzig Jahren, ein ausgepichter Weltbürger von je, wohl mehr als der Dichter, – stets hatte er das Leben im Auslande dem in der Heimat vorgezogen. Seit anno 6 war er Preuße, ein guter, wie man wohl sagt, das heißt überhaupt nichts anderes mehr. Napoléon hatte das fertig gebracht, – man muß es ihm lassen, er hat die Deutschen sehr verändert. Die Milch weltfrommer Sinnesart hat er in gärend Drachenblut verwandelt und auch aus dem versatilen Humanisten von Humboldt einen grimmigen Patrioten und Treiber zum Freiheitskriege gemacht. Soll man's dem Cäsar als Schuld anrechnen oder Verdienst, wie er uns den Sinn gewendet und uns zu uns selbst geführt? Ich will nicht urteilen.

Von dem, was damals zwischen dem preußischen Minister und unserm Meister erörtert wurde, sickerte vieles durch, so manches davon ging in der Gesellschaft von Mund zu Mund. Humboldt, Berliner Luft atmend, hatte im Grunde schon seit Frühjahr erwartet, daß, wie der junge Körner, so auch die Söhne Schillers und Goethens für die deutsche Sache zum Schwerte greifen würden. Jetzt forschte er nach des alten Freundes Gesinnung, nach Augusts Entschlüssen, – um düsteren Gleichmut bei diesem, bei jenem verdrießlich tadelnden Unglauben an das zu finden, was alle so groß, so herrlich dünkte. ›Befreiung?‹ hörte er bitter fragen. Das sei eine Befreiung zum Untergehen. Das Heilmittel sei schlimmer als die Krankheit. Napoléon besiegt – er sei es noch nicht, noch lange nicht. Er sei zwar wie ein gehetzter Hirsch, aber das mache ihm Spaß, und noch immer könne es sein, daß er die Meute zu Boden werfe. Gesetzt aber, er unterliege – was dann? Sei wirklich das Volk erwacht und wisse es, was es wolle? Ja, wisse irgend jemand, was werden solle nach des Gewaltigen Fall? Die russische Weltherrschaft statt der fränkischen? Kosaken in Weimar – es sei unter allem nicht eben das, was er, der Meister, hätte wünschen wollen. Ob ihre Taten wohl lieblicher seien, als die der Franzosen? Wir würden ja von unseren Freunden nicht minder gebrandschatzt, als vordem vom Feinde. Selbst unsern Soldaten raube man die mühsam beschafften Transporte, und unsere Verwundeten auf dem Schlachtfeld würden von ihren Verbündeten ausgeplündert. Das sei die Wahrheit, die man mit sentimentalen Fictionen beschönigen wolle. Das Volk, seine Dichter einbegriffen, die sich mit Politik ruinierten, befinde sich in einem Zustande widerlicher und völlig unanständiger Erhitzung. Kurzum, es sei ein Graus.

Ein Graus, meine Teuerste, war es wirklich. Das war ja eben das Schlimme, das für den Enthusiasmus Beschämende, daß das Entsetzen des Meisters alles stündlich-unmittelbare Erleben, die Sinnlichkeit der Dinge für sich hatte. Es ist wahr: der Rückzug der Franzosen und ihre Verfolgung zeitigten die gräßlichste Zerstörung und Aussaugung. Unsere Stadt, darin ein preußischer

Landwehr-Oberst, ein rechter Eisenfresser, dazu noch ein russischer und ein österreichischer Etappenkommandant das Regiment führten, war ständig von Truppen verschiedener Völker, durchziehenden und eingelagerten, bedrückt. Vom eingeschlossenen Erfurt her strömten die Blessierten, Verstümmelten, an Ruhr und Nervenfieber Erkrankten in unsere Lazarette, und nicht lange, so griffen die Kriegsseuchen unter der Einwohnerschaft um sich. Im November hatten wir 500 Typhuskranke – bei einer Population von 6000 Seelen. Es gab keine Ärzte – all unsere Doktors hatten sich auch gelegt. Schriftsteller Johannes Falk verlor vier Kinder in einem Monat, sein Haar erbleichte. In manchem Haus kam nicht eine Seele davon. Der Schrecken, die Angst vor Ansteckung drückten alles Leben zu Boden. Eine Räucherung von weißem Pech ging zweimal täglich durch die Stadt; Totenkorb aber und Leichenwagen blieben dessungeachtet in schauerlicher Tätigkeit. Zahlreiche Selbstmorde, verursacht durch Nahrungssorgen, ereigneten sich.

Das war das äußere Bild der Dinge, die Wirklichkeit, wenn Sie wollen, und wer nicht vermochte, sich über sie zu den Ideen der Freiheit und des Vaterlandes zu erheben, war übel daran. Manche vermochten es doch: die Professoren, Luden und Passow voran; mit ihnen Ottilie. Daß unser Dichterfürst es nicht vermochte oder ablehnte, es zu tun, war unter all unsern Kümmernissen vielleicht das bitterste. Wie er sich stellte, erfuhren wir von seinem Sohne nur zu genau, – er war ja nichts als des Vaters Echo, und wenn dieser kindlich genaue Anschluß an die väterliche Gesinnung sein Rührendes hatte, so lag doch auch etwas Unnatürliches darin, das uns noch über den Schmerz hinaus beklemmte, welchen seine Worte selbst uns verursachten. Gesenkten Hauptes, nur manchmal den Blick, dessen Bläue in Tränen schimmerte, zu ihm erhebend, nahm Ottilie es hin, wenn er schneidend von sich aus all das wiederholte, was sein Erzeuger zu Humboldt und anderen über der Zeiten Jammer und Irrtum geäußert. Auch über ihre Absurdität und Lächerlichkeit. Denn es ist wahr, wenn man wollte, wenn man es über sich brachte, so konnte man Absurdes, konnte Lächerliches finden in dem Gebaren der aufgeregten, berauschten, von einheitlicher Leidenschaft zugleich erhobenen und geistig herabgesetzten Menschen. In Berlin gingen Fichte, Schleiermacher und Iffland bis an die Zähne bewaffnet umher und ließen ihre Säbel auf dem Pflaster klirren. Herr von Kotzebue, unser berühmter Theaterdichter, wollte eine Amazonenschar gründen, und ich bezweifle nicht, daß Ottilie, wär' es ihm gelungen, imstande gewesen wäre, sich dazu anwerben zu lassen, ja wohl gar auch mich dazu hingerissen hätte, so excentrisch mich heute bei kühlerem Kopf die Idee auch anmutet. Es war nicht eben eine Zeit des guten Geschmacks, das nicht, und wem es nur um diesen zu tun war, nur um Kultur, Besonnenheit, zügelnde Selbstkritik, der kam nicht auf seine Kosten. Er kam zum Exempel nicht darauf bei den Poesien, die jene aufgewühlte Epoche zeitigte, und die wir heute wohl widrig fänden, ob sie uns gleich damals Tränen popularischer Ergriffenheit in die Augen trieben. Das ganze Volk dichtete, es schwelgte und schwamm in Apokalypsen, Prophetengesichten, in blutigen Schwärmereien des Hasses und der Rache. Ein Pfarrer gab ein Spottpoem auf den Untergang der Großen Armee in Rußland an Tag, das im Ganzen wie in seinen Einzelheiten geradezu anstößig war. Liebste, die Begeisterung ist schön, allein wenn es ihr gar zu sehr an Erleuchtung fehlt und exaltierte Spießbürger in heißem Feindesblut schwelgen, weil eben die historische Stunde ihnen ihre bösen Lüste freigibt, so hat das selbstverständlich sein Peinliches. Man muß es gestehen: was damals von wütenden Reim-Ergüssen das Land überflutete zur Verhöhnung, Erniedrigung, Beschimpfung des Mannes, vor dem die Tobenden noch jüngst in Furcht und Glauben erstorben waren, das ging über Spaß und Ernst, durchaus über Vernunft und Anstand, umsomehr, als es sich vielfach garnicht so sehr gegen den Tyrannen wie gegen den Emporkömmling, den Sohn des Volkes und der Revolution, den Bringer der neuen Zeit richtete. Selbst meiner Ottilie bereiteten die so holprigen wie schamlosen Schand- und Schimpfoden auf den ›Schneidergesellen Nicolas‹ stille Verlegenheit, ich merkte es ihr ab. Wie hätte da der Augustus deutscher Kultur und Bildung, der Dichter der Iphigenie, nicht Betrübnis empfinden sollen über die Geistesverfassung seines Volkes? ›Was nicht nach Lützows wilder Jagd klingt‹, klagte er – und klagte es uns durch den Mund seines Sohnes –, ›dafür hat kein Mensch keinen Sinn.‹ Es tat uns weh; aber vielleicht hätten wir begreifen sollen, daß er zugleich mit dem blutdürstigen Gestümper auch die Lieder der talentierten Freiheitssänger, der Kleist und Arndt, verwarf und sie ein schlechtes Beispiel nannte, – daß er sich vom Untergang seines Helden nur des Chaos und der Barbarenherrschaft versah.

Sie sehen, ich suche, so wunderlich es mir zu Gesichte stehen mag, den großen Mann zu verteidigen, ihn zu entschuldigen von der Kälte und Unteilnahme, die er uns damals merken ließ, – ich tue es umso lieber, als seine Gesinnungsvereinsamung ihm selber viel Leid verursacht haben muß, mochte er auch in literarischer Hinsicht der Volksentfremdung, der klassischen Distanz zum Popularischen schon längst in gewissem Grade gewohnt gewesen sein. Was ich ihm aber nicht verzeihen kann, nie und nimmer, das ist, was er damals an seinem Sohne tat und was für dessen ohnedies dunkles Gemüt – und damit für Ottiliens Liebe – so schwere, so qualvolle Folgen haben sollte.

Ende November des großen, furchtbaren Jahres denn also erließ der Herzog nach preußischem Muster seinen Aufruf zum Freiwilligendienst, gedrängt dazu durch das öffentliche Begehren, durch die Kampfeslust namentlich der Jenenser Professoren und Studenten, die darauf brannten, die Muskete zu tragen und eine schwungvolle Fürsprecherin in der Geliebten Serenissimi, der schönen Frau von Heigendorf, eigentlich Jagemann, hatten, – da allerdings andere Ratgeber des Fürsten der Sache entgegen waren. Minister von Voigt hielt dafür, das jugendliche Feuer sei weislich zu dämpfen. Nicht nötig, nicht wünschbar, meinte er, daß gebildete Menschen marschierten; Bauernburschen täten es auch und besser. Die Studenten, die sich herandrängten, seien gerade die wohlbegabtesten, wissenschaftlich versprechendsten von Jena. Sie seien zurückzuhalten.

Der Meinung war auch unser Meister. Man konnte ihn über die Freiwilligenfrage höchst mißfällig reden und gegen die Favoritin Ausdrücke gebrauchen hören, die ich gar vor Ihnen nicht wiederholen kann. Vor dem Stand der Berufssoldaten, sagte er, habe er alle Achtung, aber das Freiwilligenwesen, der Kleinkrieg auf eigene Hand und außer der Reihe, das sei eine Anmaßung und ein Unfug. Im Frühjahr war er bei Körners in Dresden gewesen, deren junger Sohn mit den Lützowern ritt – ohne Genehmigung, jedenfalls ohne Billigung des Kurfürsten, der dem Kaiser in treuer Verehrung anhing. Das sei im Grund ein rebellisches Benehmen und dies ganze eigenmächtige Treiben von Liebhaber-Soldaten eine Pfuscherei, mit der den Behörden nur Ungelegenheiten bereitet würden.

So der Gewaltige. Und mochte auch seine Distinction zwischen regulärem und freiwilligem Dienst ein wenig künstlich, ein wenig vorgeschoben sein, da ja überall sein Herz nicht bei der vaterländischen Sache war, so muß man doch Eines sagen. Man muß sagen und zugeben, daß er im Punkte der Freiwilligen – sachlich, wenn auch nicht ideell gesprochen – vollkommen recht behielt. Ihre Ausbildung war oberflächlich, sie leisteten offen gestanden so gut wie nichts und erwiesen sich praktisch als überflüssig. Sie hatten unfähige Offiziere, zahlreiche Desertionen kamen unter ihnen vor, die längste Zeit war ihre Fahne überhaupt im Dépôt, und nach dem Siege in Frankreich schickte der Herzog die jungen Leute mit einem Dankschreiben nach Hause, das eben nur Rücksicht nahm auf die volkstümlich-poetische Vorstellung von ihrer kriegerischen Herrlichkeit. Auch sind sie voriges Jahr, vor Waterloo, keineswegs wieder aufgeboten worden. Aber dies nur am Rande. Ohne Begeisterung wie er war, hatte unser Dichter gut nüchtern und klar sehen in dieser Sache, und wenn er von vornherein gegen das Freiwilligenwesen war und der Heigendorf Lüsternheit und Soldatentollheit nachsagte – da sind mir nun doch ein paar von seinen argen Ausdrücken entschlüpft –, so eben hauptsächlich darum, weil er im Grund seines Herzens gegen den Befreiungskrieg überhaupt und die Wallungen war, die er mit sich brachte, – mit immer erneutem Kummer muß man es aussprechen.

Genug, der allerhöchste Aufruf erging, die Einschreibungen

begannen, und 57 Jäger zu Pferd, zu Fuße aber sogar 97 kamen zusammen. All unsere Cavaliere, die ganze jüngere Herrenwelt trug sich ein: Kammerjunker von Groß, Oberhofmeister von Seebach, die Herren von Helldorf, von Häßler, Landrat von Egloffstein, Kammerherr von Poseck, den Vizepräsidenten von Gersdorf nicht zu vergessen, – kurz, alle. Es war guter Ton, es war de rigueur, aber eben, daß es das war, daß die patriotische Pflicht die gesellschaftliche Form unerläßlichen Chics annahm, war das Schöne und Große. August von Goethe konnte garnicht umhin, sich anzuschließen, – auf private Gesinnung kam es nicht an, sondern auf den Chic, den Ehrenpunkt, und er schrieb sich ein, ziemlich spät, als fünfzigster Jäger zu Fuß, ohne die Zustimmung seines Vaters eingeholt zu haben, – mit welchem es denn auch gleich nach geschehenem Schritt zu einer hitzigen Scene gekommen sein soll: schwachköpfig und pflichtvergessen, so habe er, hörten wir, diesen Schritt genannt und vor Ärger dann tagelang mit dem Armen, der doch auch im Entferntesten nicht aus Enthusiasmus gehandelt, kein Wort gesprochen.

Wirklich war er ohne den Sohn wohl schwierig daran, und es gab nichts in ihm, was ihn über die Unbequemlichkeit hinweggehoben hätte. Seit Dr. Riemer das Haus verlassen und die Ulrich geheiratet hatte, (nicht zuletzt Augusts wegen, der unverzeihlich hochfahrend, ja roh gegen den empfindlichen Mann gewesen war) versah ein gewisser John Secretärdienste bei dem Dichter, – ein wenig gern gesehener Mann, neben dem der Vater den Sohn zu schriftlichen Arbeiten und hundert Besorgungen wohl ernstlich brauchte. Aber ebenso gewiß ist, daß die Vorstellung, ihn entbehren zu sollen, ihn ganz unverhältnismäßig erregte, und daß diese Unverhältnismäßigkeit eben mit seiner Animosität gegen die Freiwilligen-Idee zusammenhing – und mit weitergehenden Animositäten, von denen jene wiederum nur ein Ausdruck, für die sie ein Vorwand war. Um keinen Preis wollte er, daß August ins Feld zöge und setzte von Stund an alles daran, es zu verhindern. Er wandte sich an den Minister von Voigt, an Durchlaucht den Herzog selbst. Die Briefe, in denen er es tat und von deren Inhalt wir durch August Kenntnis erhielten, kann man nicht anders als tassohaft bezeichnen, – sie hatten die desperate und ausschreitende Maßlosigkeit dieses seines anderen Ich. Der Verlust des Sohnes, schrieb er, die Nötigung einen Fremden in das Innerste seiner Correspondenz, seiner Produktion, all seiner Verhältnisse einzulassen, würde seine Lage unerträglich, sie würde sein Dasein unmöglich machen. Es war unverhältnismäßig, aber er warf sein Dasein in die Waagschale, – ein gewaltiges Dasein: die Schale, in die es fiel, mußte tief hinabgedrückt werden, und der Minister, der Herzog beeilten sich, ihm zu willfahren. Nicht gerade, daß August seinen Namen von der Liste der Freiwilligen wieder löschen sollte, – das ging ehren- und schandenhalber nicht an. Was aber Voigt in Vorschlag brachte und was Serenissimus, nicht ohne Mundverziehen über Augusts Bereitwilligkeit darauf einzugehen, genehmigte, das war, daß der junge Herr vorderhand einmal mit Kammerrat Rühlmann zu den Verhandlungen über die militärischen Verpflegungsgelder nach Frankfurt, dem Hauptquartier der Verbündeten gehen, zurückgekehrt aber beim Erbprinzen Karl Friedrich, dem nominellen Chef der Freiwilligen, einen ebenso nominellen Adjutantendienst versehen und seinem Vater zur Verfügung bleiben sollte.

So geschah es, – und Gott sei's geklagt, daß es also geschah! Zu Neujahr ging August nach Frankfurt, damit er nur nicht in Weimar wäre an dem Tage – es war Ende Januar 14 – da in der Stadtkirche seine Standesgenossen, die Jäger zu Fuß und zu Pferd, vereidigt wurden, und eine Woche nach ihrem Abmarsch gen Flandern kehrte er zurück, um sich zum Adjutantendienst beim Prinzen zu melden. Er legte, wie dieser, Jäger-Uniform dazu an, und das nannte sein Vater ›dem Hifthorn folgen‹. ›Mein Sohn ist dem Hifthorn gefolgt‹, erklärte er und tat, als sei alles in schönster Ordnung. Ach, leider, das war es nicht. Das Achselzucken über den Vierundzwanzigjährigen, der zu Hause blieb, war ganz allgemein, und jedermann tadelte einen Vater, der nicht allein selbst das neue patriotische Leben des deutschen Volkes so garnicht teilte, sondern auch den Sohn zur Absonderung zwang. Die Schiefigkeit von dessen Stellung zu seinen Gesellen, den anderen Inscribierten, die draußen Gefahren ertrugen, war von vornherein klar. Heimgekehrt, waren sie zu seinen Amts- und Lebensgenossen bestimmt. War ein reines Verhältnis zwischen ihm und ihnen denkbar? Würden sie ihm Achtung, ihm Kameradschaft gewähren wollen? Der Vorwurf der Feigheit lag in der Luft – – und hier muß ich doch eine gefühlte Bemerkung einschalten über des Lebens Ungerechtigkeit und darüber, wie es bei Einem recht und natürlich sein läßt, was es beim Andern als unnatürlich verpönt und rächt, – was aber freilich wohl auf der Verschiedenartigkeit der Menschen und darauf beruht, daß aus tiefen persönlichen Gründen, welche unser sittliches und ästhetisches Urteil bestimmen, dem Einen keineswegs recht ist, was dem Anderen billig, vielmehr beim Einen als peinliche Verzerrung erscheint, was man dem Anderen als ganz gemäß und selbstverständlich hingehen läßt. Ich habe einen Bruder, verehrte Frau, Arthur mit Namen, – er ist ein junger Gelehrter, ein Philosoph, – nicht von Hause aus, er war zum Geschäftsmann bestimmt und hatte denn also manches nachzuholen: ich ließ schon einfließen, daß er bei Dr. Passow in die griechische Schule ging. Ein guter Kopf, ohne Zweifel, wenn auch ein wenig bitter in seinem Urteil über Welt und Menschen, – ich kenne Leute, die ihm eine große Zukunft verheißen, und wer ihm die größte verheißt, das ist er selbst. Nun denn: mein Bruder war auch von der Generation, die ihre Studien fahren ließ, um sich in den Kampf zu werfen fürs Vaterland, – aber keine Seele mutete es ihm zu, niemand dachte auch nur daran, daß er's tun könnte, und zwar aus dem eigentümlichsten Grunde, weil, wer am wenigsten, wer schon ganz und garnicht daran dachte, Arthur Schopenhauer war. Er gab Geld her für die Ausrüstung der Freiwilligen; mit ihnen zu ziehen, kam ihm überhaupt nicht in den Sinn, mit der größesten Natürlichkeit überließ er das jener Menschenart, die er ›die Fabrikware der Natur‹ zu nennen pflegt. Und niemand wunderte sich. Der Gleichmut, mit dem die Menschen sein Verhalten hinnahmen, war vollkommen, es unterschied sich durch nichts von der Gutheißung, und nie ist mir klarer geworden, daß, was uns sittlich, uns ästhetisch beruhigt, uns Billigung abnötigt, die Harmonie, die Stimmigkeit ist.

Über die nämliche Handlungsweise war in Augustens Fall des skandalisierten Naserümpfens kein Ende. Ich höre noch unsere liebe von Stein: ›Der Goethe hat seinen Sohn nicht wollen mit den Freiwilligen gehen lassen! Was sagen Sie dazu? Der einzige junge Mensch von Stand, der hier zu Hause geblieben!‹ – Ich höre noch Frau von Schiller: ›Um keinen Preis, um nichts in der Welt hätte ich meinen Karl gehindert, hinauszugehen! Seine ganze Existenz, sein Wesen wäre zerknickt gewesen, – der Junge wäre mir melancholisch geworden.‹ – Melancholisch, – und wurde denn unser armer Freund es nicht? Er war es immer gewesen. Aber von diesem unseligen Zeitpunkt an vertiefte die Trübigkeit seiner armen Seele sich mehr und mehr und nahm Formen an, worin zerstörerische Neigungen, die seiner Natur schon immer nahe gelegen, zum Durchbruch kamen: der unmäßige Weingenuß, der Umgang (ich fürchte, Ihr Ohr zu verletzen!) mit schlechten Weibern; denn seine Bedürftigkeit in dieser Hinsicht ist immer stark gewesen, und wonach ein sauberes Gemüt sich fragt, ist nur, wie sie sich mit seiner Schwermut und seiner von ihr überschatteten Liebe zu Ottilien vertrug. Wenn Sie mich fragen – denn ungefragt würde ich Bedenken tragen, mich darüber zu äußern, – so war bei diesen Debauchen der Wunsch im Spiel, sich seinen Manneswert, den die Gesellschaft bezweifelte, auf anderem, freilich weniger edlem Feld zu beweisen.

Meine Empfindungen bei alldem, wenn ich von ihnen reden darf, waren die zusammengesetztesten. Mitleid und Widerwillen stritten, was August betraf, um mein Herz; mit der Verehrung für seinen großen Vater stritt darin, wie gewiß bei vielen, die Mißbilligung seines zeitfremden Verbots an einen nur allzu gehorsamen Sohn, dem großen Zuge seiner Generation zu folgen. In alldies aber mischte sich heimlich die Hoffnung, Augusts schmähliche Rolle, sein erschüttertes Ansehen, seine stadtbekannten Ausschweifungen möchten ihm das Gefühl meines Lieblings entfremden, ich möchte des Kummers über dies ungemäße, gefahrdrohende Verhältnis endlich durch Ottiliens Verzicht, durch ihren Bruch mit einem jungen Mann überhoben sein, dessen Verhalten ihren heiligsten Überzeugungen so sehr entgegen war, und dessen Umgang derzeit eine so zweifelhafte Ehre brachte. – Meine Teuerste – diese Hoffnung ging fehl. Ottilie, die Patriotin, die Verehrerin Ferdinand Heinke's, stand zu August, sie hielt fest an der Freundschaft mit ihm, sie entschuldigte, ja verteidigte ihn in Gesellschaft bei jeder Gelegenheit. Wenn man ihr Übles über ihn hinterbrachte, weigerte sie sich entweder zu glauben oder sie legte es hochherzig im Sinn einer romantischen Traurigkeit aus, einer Dämonie, zu deren Erlöserin das liebe Kind sich berufen fühlte. ›Adele‹, sagte sie wohl, ›glaube mir, er ist nicht schlecht, auf keine Weise, mögen die Menschen auch schmälen über ihn, wie sie wollen! Ich verachte sie und wollte, daß er besser diese Verachtung zu teilen wüßte, – dann würde er ihrer Bosheit weniger Stoff zum Hecheln liefern. Im Widerstreit zwischen den kalten, heuchlerischen Menschen und einer einsamen Seele wirst du deine Ottilie immer auf der Seite des Einsamen finden. Kann man zweifeln an dem edlen Seelengrund des Sohnes dieses Vaters? Auch liebt er mich ja, Adele, und ich, sieh, bin ihm Liebe schuldig geblieben. Ich habe das große Glück – unser großes Glück mit Ferdinand genossen, und indem ich es in der Erinnerung weiter genieße, kann ich nicht umhin, es Augusten als ein Guthaben anzurechnen, als eine Schuld, an deren Einlösung sein dunkler Blick mich mahnt. Ja, ich bin schuldig vor ihm! Denn wenn wahr ist, was man ihm nachsagt und wovor mir freilich schaudert, – ist es nicht die Verzweiflung um meinetwillen, die ihn dazu vermag? Denn, Adele, solange er an mich glaubte, war er ja anders!‹

So sprach sie mehr als einmal zu mir, und auch hier waren meine Empfindungen geteilt und strittig. Denn es grämte mich, zu sehen, daß sie nicht loskam von dem Unseligen, und daß der Gedanke, sich ihm nach dem Wunsch seines großen Vaters auf ewig zu ergeben, wie ein Angelhaken in ihrer Seele saß. Aber auch süßen Trost wiederum und sittliche Beruhigung flößten ihre Worte mir ein; denn wenn mich bei ihrem Preußentum, ihrem kriegerisch-vaterländischen Sinn zuweilen heimlich eine Bangigkeit hatte anwandeln wollen, ob wohl gar in ihrem feinen und lichten Körper ein rohes, barbarisches Seelchen wohne, so ließ ihr Verhalten zu August, das Gewissen, das sie sich seinetwegen aus ihrer Neigung zu der schönen, einfachen Heldengestalt unseres Heinke machte, mich den verfeinerten Edelmut, die zarte Schichtung ihrer Seele erkennen, und ich liebte sie deswegen noch einmal so herzlich, wodurch freilich wieder auch meine Sorge um sie sich verdoppelte. –

Im Mai dieses Jahres 14 kam die Calamität mit August auf ihren Gipfel. Der Feldzug war beendet, Paris erobert, und am einundzwanzigsten des Monats kehrten die Weimarer Freiwilligen, verdient nicht gerade zum Höchsten um das Vaterland, aber doch ruhmgekrönt und gefeiert, in die Heimat zurück. Ich hatte diesen Augenblick immer gefürchtet, und er bewährte alle ihm innewohnende Mißlichkeit. Die Herren scheuten sich nicht, den zu Hause gebliebenen Standesgenossen ihren Hohn und Spott unverblümt und aufs grausamste merken zu lassen. Einmal mehr ward ich bei dieser Gelegenheit gewahr, wie gering mein Glaube ist an die übermäßige Echtheit der Empfindungen, aus welchen die Menschen zu handeln vorgeben. Nicht aus sich selbst handeln sie, sondern nach Maßgabe einer Situation, die ihnen ein bestimmtes, conventionelles Verhaltungscliché an die Hand gibt. Ist es Grausamkeit, wozu die Situation Erlaubnis gibt – desto besser. Unbedenklich und gründlich nützen sie diese Erlaubnis aus, machen so ausgiebig Gebrauch von ihr, daß man nicht zweifeln kann: die meisten Menschen warten nur darauf, daß endlich einmal die Umstände ihnen Roheit und Grausamkeit freigeben und ihnen gestatten, nach Herzenslust brutal zu sein. – August hatte die Naivität oder Trutzigkeit, den Kameraden in der Uniform der freiwilligen Jäger entgegenzutreten, wie es ihm als Adjutanten des prinzlichen Ehren-Chefs durchaus gebührte. Besonders damit aber – man kann es auch wieder verstehen – forderte er den Hohn der Kämpfer, ihre Beleidigungen heraus. Nicht umsonst sollte Theodor Körner gedichtet haben: ›Pfui über den Buben hinter dem Ofen, unter den

Schranzen und hinter den Zofen! Bist doch ein ehrlos erbärmlicher Wicht!‹ Die Verse paßten vortrefflich und wurden laut genug citiert. Besonders tat ein Rittmeister v. Werthern-Wiese sich in dem Eifer hervor, einer der Roheit so günstigen Situation das Letzte abzugewinnen. Er war es, der eine Anspielung auf Augustens Geburt und Blut machte, welche, so sagte er, sein feiges und uncavaliersmäßiges Betragen denn wohl zur Genüge erklärten. Herr von Goethe hätte sich mit dem nie gebrauchten Säbel auf ihn gestürzt, wenn man ihm nicht in den Arm gefallen wäre. Eine Duellforderung unter schweren Bedingungen war das Ergebnis der Scene.

Der Geheime Rat saß um diese Zeit im Bade Berka hier in der Nähe und schrieb am ›Epimenides‹. Er hatte den vom Berliner Intendanten Iffland ihm gemachten Antrag, ein Festspiel zur Heimkehr des preußischen Königs abzufassen, für so ehrenvoll und verlockend erachtet, daß er andere poetische Geschäfte zurückgestellt hatte, um seine mehrdeutig-seltsame, von allen Festspielen der Welt so hochpersönlich unterschiedene Siebenschläfer-Allegorie zu entwerfen. ›Doch schäm’ ich mich der Ruhestunden‹, dichtete er, und: ›Zum Abgrund muß er doch zurück‹. Hierbei betraf ihn der Brief einer Verehrerin und Dame des Hofs, Frau von Wedel, der ihm die Lage Augusts, seinen Zusammenstoß mit dem Rittmeister und was sich daraus zu ergeben im Begriffe war, warnend meldete. Sofort traf der große Vater Gegen-Maßnahmen. Seine Verbindungen spielen zu lassen, sein Ansehen in die Schanze zu schlagen, um den Sohn, wie vom Schlachtendienst, so auch vom Duell zu befreien, bereitete ihm, wie ich ihn zu kennen glaube, eine gewisse Genugtuung noch über die Sorge um Augusts Leben hinaus; denn immer hat er seine Freude an der aristokratischen Ausnahme, an distinguierter Ungerechtigkeit gehabt. Er ersuchte die Warnerin um ihre Vermittlung, er schrieb an den Ersten Minister. Ein hoher Beamter, Geheimrat von Müller, kam nach Berka, der Erbprinz wurde, der Herzog selbst mit dem Handel befaßt, der Rittmeister zu einer Entschuldigung angehalten, der Streitfall applaniert. August, von höchster Stelle gedeckt, war unangreifbar, die kritischen Stimmen senkten sich, aber sie verstummten nicht; der unterbliebene Zweikampf verschärfte eher die öffentliche Geringschätzung seines Mannestums, man zuckte die Achseln, man mied ihn, kein harmlos gemütlicher Verkehr zwischen ihm und den Kameraden war hinfort auch nur denkbar, und obgleich Herr von Werthern gerade wegen jener rücksichtslosen Anspielung von oben her eine scharfe Nase erhalten hatte, ja mit Arrest bestraft worden war, so tat sich doch auch der Gedanke an Augusts unregelmäßige Geburt, seine Halbblütigkeit, wenn man so sagen darf, der fast vergessen gewesen war, wieder stärker im Bewußtsein der Menschen hervor und ging in den Tadel seines Verhaltens ein. ›Da sieht man es‹, hieß es. Und ›Woher soll's denn auch kommen?‹ Hinzufügen muß man freilich, daß die Geheime Rätin in ihrer Lebensführung dem Ernst der Zeiten wenig Rechnung getragen und durch ihre Vergnügungssucht dem Gerede immerfort Stoff – nicht bösen Stoff, aber doch lächerlich-unwürdigen – gegeben hatte. –

Am Ende sprach es für das Ehrgefühl von Ottiliens schwerfälligem Hofmacher, daß er sich die Sache tief und leidvoll zu Herzen nahm; und zwar ließ er uns, d a ß er es tat, auf eine sonderbar indirecte Weise gewahr werden: nämlich an seiner zunehmend leidenschaftlichen, ja verbohrten Verehrung für den besiegten Heros, den Mann von Elba. In der schwärmerischen Treue zu ihm, der Verachtung der ›Abtrünnigen‹, die nicht erinnert sein wollten, daß sie eben noch den Napoléonstag als des Jahres höchsten begangen, suchte er seinen Trotz und Stolz – begreiflicher Weise; denn litt er nicht mit ihm und für ihn? Trug er nicht Spott und Schande, weil er nicht mit den anderen gegen ihn zu Felde gezogen war? Gegen einen über die Stimmungen und Tagesmoden der Menge erhabenen Vater konnte er offen den Gram über seine Bemakelung in der Form anhänglicher Begeisterung für den Kaiser zum Ausdruck bringen; er tat es auch gegen uns, rücksichtslos und in hartnäckigem Drange, ungeachtet er durch solche Reden Ottiliens Empfindungen mit Füßen trat; und so duldend sie, freilich Tränen in ihren schönen Augen, seine egoistischen Excesse über sich ergehen ließ (denn sich selbst tat er ein Gutes damit, gleichgültig gegen den Schmerz, den er anderen zufügte, ja vielleicht noch angespornt durch ihn), – so schien meinen geheimen Wünschen nun dennoch Erfüllung zu winken; denn daß das zart-gewissenhafte Gefühl meiner Freundin für August diesen Mißhandlungen auf die Dauer standhalten würde, war umso unwahrscheinlicher, als sich hinter seinem insistenten Napoléoncult noch etwas anderes verbarg, oder vielmehr kaum verbarg, – sich darein kleidete und auch wieder nackt und bloß daraus hervortrat: nämlich die Eifersucht auf den jungen Heinke, der wieder unter uns weilte, und den August unablässig vor unseren Ohren als den Erztyp des der Barbarei verbündeten und Cäsars kontinentalen Heilsplan stupide durchkreuzenden Teutomanen verhöhnte.

Ja, unser Findling war wieder in Weimar, – genau gesagt: schon zum zweiten Mal war er wieder da. Nach der Schlacht bei Leipzig bereits hatte er einige Wochen lang als Adjutant des preußischen Befehlshabers in unserer Stadt Dienst getan, auch wieder in der Gesellschaft verkehrt und sich der allgemeinen Beliebtheit erfreut. Jetzt, nach dem Fall von Paris, war er aus Frankreich zurückgekehrt, geschmückt mit dem Eisernen Kreuz; und Sie verstehen wohl, daß dieses heilige Zeichen auf seiner Brust zu sehen, unsere mädchenhaften Gefühle, und namentlich diejenigen Ottiliens, für den herrlichen Jüngling zum freudigsten Aufflammen brachte. Was dabei ein wenig dämpfend wirkte, war das gleichmäßig-sonnig-freundliche, das immer dankbare, aber einigermaßen zurückhaltende Betragen, dessen er sich bei häufigem Zusammensein, wie immer schon, gegen uns befleißigte und das, wir gestanden es uns, mit den Empfindungen, die wir ihm entgegenbrachten, nicht ganz übereinstimmen wollte. Gar bald sollte es seine natürliche und für uns – auch das sei gestanden – leise ernüchternde Lösung finden. Ferdinand entdeckte uns, was er uns bisher, sei es aus welchem Grunde immer, verhehlt hatte, was uns zu offenbaren er nun doch wohl für seine Pflicht hielt: daß daheim in preußisch Schlesien eine geliebte Braut seiner warte, die er nächstens heimzuführen gedachte.

Die gelinde Verlegenheit des Gefühls, in die diese Eröffnung uns Freundinnen versetzte, wird zu begreifen sein. Ich rede nicht von Schmerz, von Enttäuschung, – dergleichen konnte nicht statthaben, denn unser Verhältnis zu ihm war das einer ideellen Begeisterung und Bewunderung, vermischt allenfalls mit dem Bewußtsein jenes Anrechtes auf seine liebenswürdige Person, das uns als seinen Erretterinnen zustand. Er war uns mehr eine Personification als eine Person – möge auch das eine vom andern nicht immer klar zu trennen, sondern zu erwägen sein, daß es am Ende die Eigenschaften der Person sind, die sie befähigen, zur Personification zu werden. Auf jeden Fall hatten unsere Empfindungen für den jungen Helden – oder, da ich hier billig zurücktrete – hatten die Ottiliens sich niemals mit concreten Hoffnungen und Wünschen verbinden können, da solche bei Ferdinands schlichter Herkunft als Pelzhändlerssohn nicht hatten aufkommen können. Unter diesem Standes-Gesichtspunkt war, wie ich zuweilen wohl dachte, immer noch eher ich es, die solche Gedanken hätte hegen können; ja, in schwachen Stunden träumte ich davon, daß der Liebreiz meiner ihm unerreichbaren Freundin für den mir fehlenden eintreten und mir den Jüngling zu einem Bunde gewinnen möchte, vor dessen gräßlichen Gefahren ich freilich sofort erschaudernd zurückschrecken mußte... nicht ohne sie mit einem gewissen belletristischen Interesse ins Auge zu fassen; denn ich sagte mir, daß meine Träumerei wohl würdig sei, von einem Goethe zum Gegenstand einer zartesten sittlich-sinnlichen Darstellung gemacht zu werden.

Kurzum, nichts von Enttäuschung und keine Rede davon, daß wir uns im Mindesten von unserem Teueren hätten verraten fühlen können und dürfen! Mit der herzlichst beglückwünschenden Teilnehmung begegneten wir seinem Geständnis, etwas beschämt nur durch die Schonung, die er uns so lange hatte angedeihen lassen und – die wir doch gern auch weiter genossen hätten. Denn eine gewisse Verwirrung und Verwunderung, ein halb eingeständliches Leidwesen war dennoch mit der Erfahrung von Ferdinands Gebunden- und Vergebensein verknüpft; etwas Unbestimmtes, nicht zu Bestimmendes an

Traum und Hoffnung kam in Wegfall, was bisher unseren freundschaftlichen Umgang mit ihm versüßt hatte. Wir aber, ohne es ausdrücklich zu vereinbaren und doch wie auf Verabredung, suchten diesem leisen Mißgefühl zu entrinnen, indem wir entschlossen seine Braut in unsere Verehrung, unsere Schwärmerei mit einbezogen, welche denn fortan zu einem Doppelkult des Heldenjünglings und seiner Trauten wurde, – dieses deutschen Mädchens, an dessen Würdigkeit wir uns jeden Zweifel verboten und das wir uns halb wie eine Thusnelda, halb aber auch, oder vorwiegend, wie Goethes Dorothea vorstellten – allerdings natürlich mit blauen und nicht mit schwarzen Augen.

Wie soll ich es erklären, daß wir Augusten Heinkes Verlobtheit ebenso verschwiegen, wie dieser selbst sie uns lange verschwiegen hatte? Ottilie wollte es so, und wir sprachen uns über die Gründe nicht aus. Ich muß sagen: es wunderte mich; denn sie empfand doch ihre patriotische Neigung zu dem jungen Krieger dem melancholischen Liebhaber gegenüber als eine Schuld, – daß aber diese Neigung, selbst noch abgesehen von den gesellschaftlichen Umständen, keinerlei Gefahr für diesen berge, daß man sie ziel- und aussichtslos nennen konnte, wollte sie ihn nicht wissen lassen, obgleich doch die Nachricht seiner Beruhigung entschieden gedient und ihn möglicher Weise sogar gegen Ferdinand gleichgültig-freundlicher gestimmt hätte. Bereitwillig übrigens folgte ich ihrer Vorschrift. Des Kammerassessors Mißgunst, seine gehässige Art von Ferdinand zu sprechen verdienten den Trost, die Genugtuung nicht. Und dann: würde seine Gereiztheit ihn nicht eines Tages zu weit – die unausgesetzte Beleidigung von Ottiliens Gefühl nicht endlich zu dem Bruche führen, den ich um ihres Seelenheiles willen im Stillen ersehnte?

Verehrte Zuhörerin, so geschah es. Zunächst einmal wenigstens und für den Augenblick ging es nach meinen geheimen Wünschen. Unsere Begegnungen und Zusammenkünfte mit Herrn von Goethe nahmen um diese Zeit einen immer prekäreren, immer streitbareren Charakter an; Szene folgte auf Szene; August, düster leidend unter seiner Diffamierung, seiner ungetrösteten Eifersucht, ermüdete nicht, sich in Vorwürfen und

Klagen über den Verrat an unserer Freundschaft mit ihm zu ergehen, begangen mit einem gut gewachsenen Dummkopf und teutschen Michel; Ottilie, freilich immer ohne ihm von Heinkes schlesischen Bewandtnissen etwas zu sagen, zerfloß, in ihrer Treue gekränkt, an meinem Halse in Tränen, und endlich kam es zum Eclat, in dem, wie immer, Politisches und Persönliches sich vermischten: Eines Nachmittags im Garten der Gräfin Henckel, erging August sich wieder einmal in frenetischer Verherrlichung Napoléons, nicht ohne die Ausdrücke, deren er sich zur Herabsetzung seiner Gegner bediente, deutlichst auf Ferdinand zu münzen. Ottilie erwiderte ihm, indem sie ihrem Abscheu vor jener Völkergeißel freien Lauf ließ und der Jugend, die glorreich wider sie aufgestanden, auch ihrerseits durchaus die Züge unseres Helden verlieh; ich secundierte ihr; August, bleich vor Zorn, erklärte mit erstickter Stimme, alles sei zwischen ihm und uns zu Ende, er kenne uns nicht mehr, wir seien Luft für ihn von nun an, und verließ in voller Rage den Garten.

Ich, obwohl erschüttert, fand mich am Ziel meiner Wünsche, bekannte Ottilien auch offen, daß ich mich dort sah, und suchte sie unter Aufbietung all meiner Beredsamkeit über das Zerwürfnis mit Herrn von Goethe zu trösten, indem ich ihr vorhielt, daß das Verhältnis mit ihm nie und nimmer zu etwas Gutem hätte führen können. Ich hatte gut reden. Mein Liebling befand sich in der grausamsten Lage und dauerte mich unaussprechlich. Bedenken Sie! Der Jüngling, den sie mit Begeisterung liebte, gehörte einer anderen, und derjenige, dem sie in schönem Erlösungsdrange das Opfer ihres Lebens zu bringen bereit war, hatte ihr den Rücken gewandt, nachdem er ihr in wilden Worten die Freundschaft vor die Füße geworfen. Nicht genug damit! Wenn sie sich in ihrer Verlassenheit an den Busen ihrer Mutter warf, so wandte sie sich an ein Herz, das selbst soeben von furchtbarer Enttäuschung getroffen war und seinerseits des Trostes zu bedürftig war, als daß es welchen auszuspenden hätte die Kraft haben sollen. Ottilie war nach dem vernichtenden Auftritt mit August auf meinen Rat für einige Wochen zu ihren Verwandten nach Dessau gereist, mußte aber, von einem Eilboten zurückgerufen, über Hals und Kopf nach Hause kehren. Niederschmetterndes war geschehen. Graf Edling, der zärtliche Hausfreund und Vormund, das Vize-Väterchen, der schönste Mann des Herzogtums, auf dessen Freierwort, dessen Hand Frau von Pogwisch so entschieden gerechnet und zu rechnen soviel Grund gehabt, hatte Knall auf Fall, ohne über die Hoffnungen, die er erregt, auch nur ein Wort zu verlieren, eine zugereiste Prinzessin Sturdza aus der Moldau geheiratet!

Welch ein Herbst und Winter, meine Teuere! Ich rufe dies aus – nicht sowohl weil im Februar Napoléon von Elba floh und aufs Neue besiegt werden mußte, sondern im Hinblick auf die Zumutungen, welche das Schicksal an Mutter und Tochter – die Proben, auf die es die Kraft und Würde ihrer Seelen stellte, und die sehr verwandt waren. Frau von Pogwisch war genötigt, bei Hofe fast täglich mit dem Grafen, sehr häufig auch mit seiner Jungvermählten zusammenzutreffen und, den Tod im Herzen, äußerlich nicht nur lächelnde Freundschaft zu wahren, sondern dies auch unter den Augen einer mit ihren gescheiterten Hoffnungen sehr wohl vertrauten schadenfrohen Welt zu tun. Ottilie, berufen, ihr in dieser fast über Menschenkraft gehenden Bewährung zu assistieren, hatte dabei in möglichst guter Haltung die ebenfalls der Gesellschaft bald bekannte und von ihr mit Neugier beobachtete Brouillerie mit Herrn von Goethe zu bestehen, der sie nicht ansah, sie in finsterer Ostentation brüskierte und schnitt. Und mein Teil war es, mich zwischen diesen Mißverhältnissen beklommen hindurchzuwinden, – veröden Herzens auch meinerseits; denn kurz vor Weihnachten hatte Ferdinand uns verlassen, um sich nach Schlesien zu begeben und seine Thusnelda oder Dorothea – in Wirklichkeit hieß sie Fanny – heimzuführen, und so wenig die Natur mich seinetwegen zu irgendwelchen eigenen Hoffnungen berechtigt, so karg sie mich immer auf die Rolle der Vertrauten verwiesen hatte: den vollen Schmerz über seinen Verlust gestattete sie auch mir, mochte sie ihm in meinem Fall auch ein gewisses Erleichterungsgefühl, ja etwas wie sanfte Genugtuung beimischen. Denn immerhin ist es für eine Häßliche leichter, zusammen mit einer Schönen den

Kult der Erinnerung an den entschwundenen Helden ihrer Träume zu betreiben, wie wir es nun wieder taten, als sich mit ihr in das ungleiche Glück seiner körperlichen Gegenwart zu teilen.

War also mir durch unseres Jünglings Entfernung und seine Vereinigung mit einer Dritten bei aller Entbehrung doch auch eine willkommene Beruhigung gewährt, so sah ich mit Befriedigung dergleichen auch für Ottilien aus dem Zerwürfnis mit August erwachsen. Ja, bei aller gesellschaftlichen Peinlichkeit, die es mit sich brachte, gestand sie mir doch, es tue ihr wohl, sie empfinde es als Glück und Befreiung, daß nun alles zwischen ihr und jenem zu Ende sei und ihr Herz sich in gleichgültigem Frieden ausruhen möge von den entnervenden Zwiespältigkeiten, worin dies Verhältnis es je und je gehalten. Desto ungestörter könne sie nun das hehre Angedenken Ferdinands feiern und ihrer bedauernswerten Mutter sich tröstlich widmen. – Das war gut zu hören; allein meine Zweifel, ob ich wirklich ihretwegen ausgebangt haben dürfe, wollte es nicht gänzlich beschwichtigen. August war Sohn, – das war die Haupteigenschaft seines Lebens. In ihm hatte man es mit dem großen Vater zu tun, der ganz gewiß den Bruch mit dem ›Persönchen‹ nicht billigte, ohne dessen Erlaubnis ganz gewiß der Sohn ihn vollzogen hatte, und der ebenso gewiß seine Autorität spielen lassen würde, um ihn wieder zu heilen. Daß er eine Verbindung wünschte und betrieb, vor der mir graute, war mir bekannt; des Sohnes trübe Leidenschaft für Ottilie war nur der Ausdruck, das Resultat dieses Wunsches und Willens. Er liebte in ihr den Typ seines Vaters; seine Liebe war Nachahmung, Überkommenheit, Hörigkeit, ihre Verleugnung ein Akt falscher Selbständigkeit, eine Auflehnung, deren Nachhaltigkeit und Widerstandskraft ich leider gering anschlagen mußte. Und Ottilie? Hatte sie sich wirklich von dem Sohn dieses Vaters gelöst? Durfte ich sie wirklich als gerettet betrachten? Ich zweifelte – und zweifelte mit Recht.

Die Erschütterung, mit der sie gewisse, damals sich häufende Nachrichten über Augustens Lebensart aufnahm, ließ mich die Berechtigung meines Unglaubens nur zu klar erkennen. Vieles kam ja zusammen, den jungen Mann des moralischen Halts zu berauben, ihn die Betäubung suchen zu lassen und ihn Lastern in die Arme zu treiben, zu denen seine auf eine zweifelhafte Art robuste, auf eine unheimliche Art sensuelle Natur von jeher geneigt hatte. Seine gesellschaftliche Bemakelung durch die unselige Freiwilligen-Geschichte, sein Zerwürfnis mit Ottilie, der innere und wahrscheinlich auch äußere Conflict, in den er durch dieses mit seinem Vater und also recht eigentlich mit sich selbst geraten war; ich reihe das auf – nicht um das Wüstlingsleben zu entschuldigen, dem er sich nach allgemeinem Gemunkel überließ, aber doch, um es zu erklären. Wir hörten davon von vielen Seiten, unter anderem durch Schillers Tochter Karoline und ihren Bruder Ernst, im Zusammenhang mit Klagen über Augustens schon nicht mehr leidliches, streitsüchtig wild und grob auffahrendes Wesen. Es hieß, er spreche dem Weine maßlos zu und sei bei Nacht in trunkenem Zustande in eine schimpfliche Schlägerei verwickelt worden, die ihn sogar Bekanntschaft mit dem Polizei-Arrest habe machen lassen, – nur um seines Namens willen sei er alsbald wieder in Freiheit gesetzt und die üble Sache vertuscht worden. Sein Umgang mit Frauen, die man nur als Weibsstücke bezeichnen kann, war stadtbekannt. Der Pavillon des Gartens an der Ackerwand, den der Geheime Rat ihm zur Ausbreitung seiner Mineralien- und Fossilien-Sammlung eingeräumt hatte (denn August wiederholte und betrieb den Sammeleifer des Vaters auf eigene Hand) diente ihm, wie es scheint, öfters bei seinen Abirrungen. Man wußte von einer Liebschaft mit einer Husarenfrau, deren Mann das Verhältnis duldete, weil das Weib Geschenke nach Hause brachte. Es war eine Latte, lang und eckig, wenn auch sonst eben nicht häßlich, und die Leute lachten, weil er Worte zu ihr gesagt haben sollte wie: ›Du bist der Tag meines Lebens!‹, was sie aus Eitelkeit selbst herumbrachte. Man lachte auch über eine halb skandalöse, halb gewinnende Geschichte: daß der alte Dichter dem Paare eines Tages gegen Abend im Hausgarten unversehens begegnet sei und bloß gesagt habe: ›Kinder, laßt euch nicht stören!‹ worauf er sich unsichtbar gemacht habe. Ich kann mich für das Vorkommnis nicht verbürgen, halte es aber für echt, denn es stimmt überein mit einem gewissen moralischen Wohlwollen – um nichts andres zu sagen – des großen Mannes, das viele ihm zum Vorwurf machen, über das aber ich mich jedes Urteils enthalte.

Nur ein Diesbezügliches lassen Sie mich auszusprechen versuchen, worüber ich oft gegrübelt habe – nicht mit dem besten Gewissen übrigens, vielmehr unter Zweifeln, ob es mir oder überhaupt jemandem anstehe, solchen Gedanken nachzuhängen. Ich meinte nämlich zu sehen, daß gewisse Eigenschaften, die sich beim Sohn höchst unglücklich und zerstörerisch hervortun, schon bei dem großen Vater sich vorgebildet finden, ob es gleich schwer ist, sie als die nämlichen wiederzuerkennen, und ob auch Ehrfurcht und Pietät von solchem Wiedererkennen abschrecken möchten. Denn in dem väterlichen Falle halten sie sich in einer noch glücklichen, fruchtbaren und liebenswürdigen Schwebe und gereichen der Welt zur Freude, da sie als Sohneserbe auf eine grobe, geistverlassene und unheilvolle Weise sich manifestieren und in ihrer sittlichen Anstößigkeit offen und unverschämt zu Tage treten. Nehmen Sie ein so herrliches und bezauberndes, ja, auch sittlich bezauberndes Werk wie den Roman ›Die Wahlverwandtschaften‹. Oft ist gegen diese geniale und höchstverfeinerte Ehebruchsdichtung von philisterlicher Seite der Vorwurf der Unmoral erhoben worden, und Sache eines classischen Gefühls war es selbstverständlich, ihn als plump und bigott zurückzuweisen oder auch nur die Achseln darüber zu zucken. Und doch, meine Teuere, ist es zuletzt weder mit dem einen noch mit dem anderen getan. Wer wollte, bei seinem Gewissen genommen, leugnen, daß tatsächlich in diesem erlauchten Werk ein Element des sittlich Fragwürdigen, Betulichen, ja – verzeihen Sie mir das Wort! – des Heuchlerischen waltet, ein bedenkliches Versteckspiel mit der Heiligkeit der Ehe, ein laxes und fatalistisches Zugeständnis an die Naturmystik... Selbst der Tod, sehen Sie, – er, den wir wohl als das Mittel der sittlichen Natur verstehen sollen, sich ihre Freiheit zu salvieren, – ist er nicht in Wahrheit als Vorschub und letzte süßeste Zuflucht der Concupiscenz empfunden und dargestellt? –

Ach, ich weiß wohl, wie absurd, wie lästerlich es scheinen muß, in Augustens Zügellosigkeit und Wüstlingsleben eine andere, unerfreulich gewordene Erscheinungsform von Anlagen zu sehen, aus denen ein Geschenk an die Menschheit wie jenes Romanwerk kam. Auch sprach ich ja schon von den Gewissensskrupeln, womit zuweilen die kritische Erforschung der Wahrheit verbunden ist, und in denen das Problem sich aufwirft, ob die Wahrheit etwas durchaus Erstrebenswertes und unserer Erkenntnis zur Aufgabe Gesetztes ist, oder ob es verbotene Wahrheiten gibt. –

Ottilie nun zeigte sich von den Nachrichten über Herrn von Goethes Wandel viel zu bewegt und schmerzlich verstört, als daß ihr wirkliches Désinteressement an seiner Person mir hätte glaubhaft sein können. Ihr Haß auf die Husarenfrau war offenkundig, – ein Haß, dem man auch einen genaueren Namen hätte geben mögen. Die Gefühle eines reinen Frauenzimmers für solche Geschöpfe, denen der Mann ihrer Aufmerksamkeit seine Sinnengunst zuwendet, und die sich gegen sie in einem so niedrigen wie factischen Vorteil befinden, sind gewiß ein Abgrund. Verachtung und Abscheu können die verworfene Rivalin nicht tief genug unter die eigene Lebenswürde herabsetzen; aber jene furchtbar spezielle Form des Neides, die Eifersucht heißt, hebt sie wider Willen doch auch wieder zur eigenen Schicht empor und macht einen ebenbürtigen Gegenstand des Hasses aus ihr, – ebenbürtig durch das Geschlecht. Auch läßt sich vermuten, daß die Sittenlosigkeit des Mannes, bei allem Grauen, das sie erregt, doch auch wieder eine tiefe, furchtbare Anziehungskraft auf eine solche Seele ausübt, welche selbst eine schon absterbende Neigung aufs neue anzufachen vermag und, da im Edlen alles edel wird, die Gestalt der Opferbereitschaft, des Wunsches annimmt, durch die eigene Hingabe den Mann seinem besseren Selbst wiederzugeben.

Mit einem Worte: ich war alles andere als sicher, daß mein Liebling einen Wiederannäherungsversuch Augusts nicht günstig aufnehmen werde, – und er, würde er nicht früher oder später zu einem solchen Schritte angehalten sein durch den höheren

Willen, der hinter dem seinen stand, und gegen den er durch den Bruch mit ihr eine nutzlose Revolte versucht hatte? – Meine Erwartungen, meine Befürchtungen erfüllten sich. Juni vorigen Jahres – ich erinnere mich des Abends als wär's der gestrige gewesen – standen wir bei Hofe zu viert in der Spiegelgalerie: Ottilie und ich, dazu unsere Freundin Karoline von Harstall und ein Herr von Groß, als August, den ich längst sich um uns bewegen, sich hatte heranpirschen sehen, zu unserer Gruppe trat und sich ins Gespräch mischte. Er sprach im Anfang zu niemandem besonders, richtete dann aber – es war ein äußerst gespannter und von uns allen Beteiligten viel Selbstbeherrschung fordernder Augenblick – einige Fragen und Äußerungen direkt an Ottilie. Die Conversation ging im Weltton, sie roulierte auf Krieg und Frieden, die Totenlisten, die Lebensbekenntnisse seines Vaters, den preußischen Ball und seinen vorzüglichen Cotillon; August aber hatte dabei ein Himmeln der Blicke, das zu der formellen Gleichgültigkeit seiner und unserer Worte nicht paßte, und auch bei der Verabschiedung, als wir unsern Knicks vor ihm machten (denn ohnehin hatten wir weggehen wollen) himmelte er stark.

›Hast Du sein Himmeln gesehen?‹ fragte ich Ottilien auf der Treppe. ›Ich sah es‹, erwiderte sie, ›und es hat mir Besorgnis gemacht. Glaube mir, Adele, ich wünsche nicht, daß er zur alten Liebe zurückkehrt, denn ich würde die alte Qual gegen eine Gleichgültigkeit tauschen, in der ich mich wohlbefinde.‹ – So ihre Worte. Aber der Bann war gebrochen, die öffentliche Fehde beendet. Im Theater und sonst in der Gesellschaft suchte Herr von Goethe weitere Annäherungen; und wenn Ottilie auch das Alleinsein mit ihm vermied, das er anstrebte, so gestand sie mir doch, daß sie vom Blick seiner Augen, der sie an alte Zeiten erinnere, sich oft seltsam gerührt fühle, und daß bei dem grenzenlos unglücklichen Ausdruck, mit dem er sie manchmal ansehe, das alte Schuldgefühl gegen ihn sich in ihrem Herzen erneue. Sprach ich ihr dann von meiner Angst, von dem Unheil, dessen ich mich von dem Umgang mit dem wilden, zerstörenden Menschen versähe, mit dem keine Freundschaft denklich sei, weil er immer mehr fordern werde, als, wenn ich ihr glauben dürfe, sie zu geben bereit sei, so antwortete sie: ›Sei ruhig, mein Herz, ich bin frei und bleibe es für immer. Sieh, da hat er mir ein Buch geliehen, Pinto's Wunderliche Weltreise in 21 Tagen, – und noch hab' ich's nicht angesehen. Wenn es von Ferdinand wäre – wüßt' ich's nicht auswendig?‹ – Das war schon recht. Daß sie ihn nicht liebte, glaubte ich wohl. Aber war das ein Trost, eine Sicherheit? Sah ich doch, daß sie gebannt war von ihm und von dem Gedanken, die Seine zu werden, wie das Vögelchen von der Schlange.

Mir war der Kopf verrückt, wenn ich sie als Augusts Frau dachte; und doch, worauf sonst sollte das alles hinauslaufen? Dinge geschahen, die mir das Herz zerrissen, unfaßliche Dinge. Meine Überzeugung, daß dieser Unglückliche sie zerstören werde, schien sich im Voraus bewähren zu sollen, denn vorigen Herbst erkrankte mein Liebling ernstlich, wahrscheinlich infolge des inneren Zwiespalts. Drei Wochen lag sie mit Gelbsucht, einen Bottich mit Teer unterm Bett, worin sich zu spiegeln bei dieser Krankheit heilsam sein soll. Als sie aber, genesen, mit jenem wieder in Gesellschaft zusammentraf, da schien er sie überhaupt nicht vermißt, ihre Absenz nicht bemerkt zu haben! Kein Wort, nicht eine Silbe zeugte vom Gegenteil!

Ottilie war außer sich, sie erlitt einen Rückfall und mußte sich noch einmal acht Tage im Teere spiegeln. ›Dem Himmel‹, schluchzte sie an meiner Brust, ›hätte ich für ihn entsagen können, – und er betrog mich!‹ Was denken Sie aber? Was glauben Sie? Vierzehn Tage später kommt das arme Geschöpf totenbleich zu mir und berichtete mir starren Blicks, August habe ihr von der zukünftigen Verbindung mit ihm in aller Ruhe wie von einer abgemachten Sache gesprochen! Wie wird Ihnen dabei zu Mute? Ist etwas Unheimlicheres denkbar? Er hatte sich ihr nicht erklärt, sie nicht um ihre Liebe gebeten, man kann auch nicht sagen, er hätte gesprochen von der Heirat mit ihr; er hatte ihrer vielmehr mit schauriger Beiläufigkeit Erwähnung getan. – ›Und Du?‹ rief ich. ›Ich beschwöre Dich, Tillemuse, mein Herz, was hast Du ihm geantwortet?!‹ – Verehrteste, sie gestand mir, das Wort habe sich ihr versagt.

Begreifen Sie, daß ich mich empörte gegen die düstere Unverfrorenheit des Verhängnisses? Ein Bollwerk wenigstens stand ihr denn doch noch entgegen in der Person der Frau, deren Existenz zweifellos ein ernstes Hindernis bilden würde, wenn Herr von Goethe, wie es schließlich erforderlich war, bei Ottiliens Mutter und Großmutter um sie anhielt: in der Person der Geheimen Rätin, Christianens, der Demoiselle. – Meine Teuerste, verwichenen Juni ist sie gestorben. Dahingefallen ist dieser Anstoß, ja mehr noch: bedrohlich hat durch den Todesfall die Lage sich zugespitzt, denn Augusts Sache ist es nunmehr, in das väterliche Haus eine neue Herrin einzuführen. Durch Trauer gebunden, dazu bei stille werdender Jahreszeit, sah er Ottilie den Sommer hin freilich nur selten. Dafür trat ein Begebnis ein, von dem ich Ihnen keine genauere Rechenschaft zu geben weiß, weil es von halb heiterem und halb beklemmendem Geheimnis umgeben ist, über dessen fatale Wichtigkeit aber kein Zweifel bestehen kann. Anfang August hatte Ottilie an der Ackerwand eine Begegnung mit dem Geheimen Rat, Deutschlands großem Dichter.

Ich wiederhole: über ihren Verlauf muß ich die Auskunft schuldig bleiben, denn ich besitze keine. Mit einer Scherzhaftigkeit, die nichts Erheiterndes hat, verweigert Ottilie sie mir; ihr gefällt es, das Vorkommnis in eine Art von neckisch feierlichem Geheimnis zu hüllen. ›Will er doch selbst‹, antwortet sie lächelnd, wenn ich in sie dringe, ›über sein Gespräch mit dem Kaiser Napoléon sich nie recht auslassen, sondern verschließt das Gedächtnis daran vor der Welt und vor Freunden selbst, als ein eifersüchtig gehütet Gut. Vergib mir, Adele, wenn ich mir ihn darin zum Muster nehme und laß dir mit der Nachricht genügen, daß er reizend zu mir war.‹

Er war reizend zu ihr, – ich überliefere es Ihnen, teuerste Frau. Und mit dieser Zeitung schließe ich meine Novelle, die, wie Sie sehen, von der charmanten Sorte ist, an deren Ende eine Verlobung steht oder doch als nahe Verheißung winkt. Wenn kein Wunder geschieht, wenn nicht der Himmel sich ins Mittel legt, so dürfen Hof und Stadt das Ereignis zu Weihnachten, gewiß aber zu Sylvester erwarten. «

Sechstes Kapitel

Dem Bericht Demoiselle Schopenhauers ist hier ungestörter Zusammenhang gewahrt worden. In Wirklichkeit wurde der sächsisch gefärbte Redefluß ihres breiten, geübten Mundes zweimal unterbrochen: in der Mitte und gegen das Ende hin, beide Male durch Kellner Mager, der, sichtlich leidend unter seiner Pflicht, und unter inständigen Entschuldigungen im Parlour-room erschien, um neue Meldungen vorzubringen.

Zum ersten war es die Zofe der Frau Geheimen Kammerrätin Ridel, die er ansagen mußte. Die Abgesandte befinde sich im untern Flur, berichtete er, und frage dringend nach dem Befinden und Verbleib der Frau Hofrätin, um deren Person an der Esplanade, wo das Mittagessen verderbe, schon große Beunruhigung herrsche. Vergebens habe Mager ihr klarzumachen versucht, das Eintreffen des illustren Gastes des »Elephanten« bei ihrer Frau Schwester verzögere sich durch wichtige Empfänge, in denen zu stören er, Mager, der Mann nicht sei. Die Mamsell habe ihn dennoch, nach einigem Warten, zu diesem Schritt gezwungen und auf der Kundmachung ihrer Anwesenheit lebhaft bestanden, da sie die stricte Ordre habe, sich der Frau Hofrätin zu bemächtigen und sie nach Hause zu bringen, wo Unruhe und Hunger schon übergroß seien.

Charlotte hatte sich geröteten Angesichts erhoben, mit einer Miene, einer Bewegung, die den Beschluß: »Ja, es ist unverantwortlich! Welche Zeit ist es denn? Ich muß fort! Wir müssen's diesmal unterbrechen«, aufs bestimmteste anzukündigen schien. Überraschenderweise aber setzte sie sich nach diesem Anlauf gleich wieder und äußerte das Gegenteil des Erwarteten.

»Es ist gut, Mager«, sagte sie, »ich weiß, Er platzt uns nicht gern da schon wieder herein. Sag Er der Mamsell, sie soll sich gedulden oder gehen – am besten, sie geht und richtet der Frau Kammerrätin aus, man möge doch ja mit dem Essen nicht auf mich warten, ich folge nach, sobald die Geschäfte es mir erlauben, und zur Beunruhigung meinetwegen sei kein Anlaß. Natürlich sind Ridels beunruhigt, wer wäre es nicht, ich bin es auch, denn ich weiß längst nicht mehr, was die Glocke ist, und habe mir selbst das alles durchaus nicht so vorgestellt. Es ist aber, wie es ist, und ich bin nun einmal keine Privatperson, sondern muß höhere Ansprüche anerkennen, als ein wartendes Mittagessen. Sag' Er das der Mamsell, und sie möge ausrichten, ich hätte mich müssen abzeichnen lassen und dann mit Herrn Doktor Riemer über wichtige Dinge deliberieren, jetzt aber hätte ich hier dem Vortrag dieser Dame zu folgen und könne nicht mitten drin auf und davon gehen. Sag' Er ihr das nebst dem von den höheren Ansprüchen und dem von der Beunruhigung, die mir auch nicht fremd sei, nur müsse ich mich damit einrichten und ließe bitten, ein Gleiches zu tun.«

»Sehr wohl, ich danke«, hatte Mager befriedigt und voller Verständnis erwidert und sich entfernt, worauf dann Mlle. Schopenhauer ihre Erzählung etwa dort, wo die jungen Mädchen nach ihrem Funde im Park auf Flügeln des Entzückens stadtwärts getragen worden waren, mit ausgeruhtem Munde wieder aufgenommen hatte.

Daß der Kellner zum zweitenmal klopfte, geschah erst in der Gegend der Geschichte, wo es sich um die ›Husarenfrau‹ und die ›Wahlverwandtschaften‹ drehte. Er hatte entschiedener geklopft als vorhin und trat mit einer Miene herein, die zeigte, daß er diesmal zur Störung sich voll legitimiert fühlte und keine Skrupel noch Zweifel ihn deswegen plagen dürften. Seiner Sache sicher, verkündigte er:

»Herr Kammerrat von Goethe.«

Es war Adele, die bei dieser Meldung vom Sofa aufgesprungen war, wiewohl auch Charlottens Sitzenbleiben auf nichts weniger als Gelassenheit, sondern eher auf ein gewisses Versagen der Kräfte gedeutet hatte.

»Lupus in fabula!« rief Fräulein Schopenhauer. »Ihr guten Götter, was nun? Mager, ich darf dem Herrn Kammerrat nicht begegnen! Sie müssen das einrichten, Mann! Sie müssen mich auf irgendeine Weise an ihm vorbeibugsieren! Ich verlasse mich auf Ihre Umsicht!«

»Mit Grund, Fräulein«, hatte Mager erwidert, »mit Grund.

Ich habe von ohngefähr mit einem solchen Wunsche gerechnet, denn ich kenne die Zartheit der gesellschaftlichen Beziehungen und weiß, daß man niemals wissen kann. Ich habe dem Herrn Kammerrat eröffnet, daß Frau Hofrätin im Augenblick noch beschäftigt ist und ihn in die untere Trinkstube gebeten. Er nimmt ein Gläschen Madeira, und ich habe die Flasche dazugestellt. So bin ich in der Lage, den Damen anheimzugeben, ihre Conversation zu beenden und werde dann um den Vorzug bitten, das Fräulein ungesehen über den Flur zu geleiten, bevor ich den Herrn Kammerrat benachrichtige, daß Frau Hofrätin ihn empfangen kann.«

Für diese Anordnung war Mager von beiden Damen belobt worden und war wieder gegangen. Adele aber hatte gesagt:

»Teuerste Frau, ich bin mir der Größe des Augenblicks bewußt. Der Sohn ist da – das bedeutet Botschaft vom Vater. Auch ihm, den sie am meisten angeht, ist Ihre Anwesenheit schon bekannt geworden, – wie denn auch nicht, das Aufsehen ist groß, und Weimars Fama ist eine leichtgeschürzte Göttin. Er sendet nach Ihnen, er präsentiert sich Ihnen in der Person seines Sprossen, – ich bin tief bewegt, ich halte, erschüttert wie ich ohnedies von den Gegenständen bin, die ich Ihnen darlegen durfte, kaum die Tränen zurück. Diese Annäherung ist von so unvergleichlich größerer Bedeutung und Dringlichkeit als die meine, daß ich gar nicht daran denken darf, Sie – etwa in Berücksichtigung des Umstandes, daß der Kammerrat mit Madeira versehen ist – zu bitten, meinen Bericht zu Ende zu hören, bevor Sie die Botschaft entgegennehmen. Ich denke nicht daran, Verehrteste, und beweise durch mein Verschwinden...«

»Bleiben Sie, mein Kind«, hatte Charlotte mit Bestimmtheit geantwortet, »und nehmen Sie, wenn's gefällig ist, Ihren Platz wieder ein!« – Pastellröte bedeckte die Wangen der alten Dame und ihre sanften blauen Augen schimmerten fiebrig, aber ihre Haltung auf dem Sofasitz war außerordentlich aufrecht, beherrscht und zusammengenommen. »Der Gemeldete«, fuhr sie fort, »möge sich ein Kleines gedulden. Ich beschäftige mich ja mit ihm, indem ich Ihnen zuhöre, und bin übrigens gewöhnt, in meinen Geschäften Ordnung und Reihenfolge zu halten. Ich bitte, fahren Sie fort! Sie sprachen von einem Sohneserbe, von einer liebenswürdigen Schwebe –«

»Ganz recht!« hatte sich Demoiselle Schopenhauer in raschem Niedersitzen erinnert. »Nehmen Sie ein so herrliches Werk wie den Roman...« Und in erhöhtem Tempo, in den flüssigsten Cadenzen und mit unglaublicher Zungenfertigkeit hatte Adelmuse ihre Erzählung zum Abschluß gebracht, ohne sich übrigens nach dem letzten Wort mehr als ein kurzes Atemholen zu gönnen. Vielmehr geschah es ohne jeden Verzug, nur mit einem gewissen Wechsel des Tonfalls, daß sie nun fortfuhr:

»Dies sind die Dinge, die vor Sie zu bringen, teuerste Frau, es mich unwiderstehlich drängte, sobald ich von Ihrer Gegenwart erfuhr. Der Wunsch, es zu tun, wurde sogleich eins mit dem, Sie zu sehen, Ihnen meine Huldigung darzubringen, und um seinetwillen habe ich mich schuldig gemacht vor Line Egloffstein, indem ich ihr mein Vorhaben verschwieg und sie von diesem Besuch ausschloß. Liebste! Verehrteste! Das Wunder, von dem ich sprach, ich erhoffe es von Ihnen. Wenn sich, wie ich sagte, der Himmel noch im letzten Augenblick ins Mittel legen will, um eine Verbindung zu verhüten, deren Verkehrtheit und Gefahren mir die Seele abdrücken, – Ihrer, so fuhr es mir durch den Sinn, möchte er sich wohl zu diesem Ende bedienen und hat Sie vielleicht dazu hergeführt. Sie werden in wenigen Minuten den Sohn, in wenigen Stunden, wie ich vermute, den großen Vater sehn. Sie können Einfluß nehmen, können warnen, Sie dürfen es! Sie könnten Augustens Mutter sein, – Sie sind es nicht, weil Ihre berühmte Geschichte anders verlief, weil Sie sie anders wollten und lenkten. Die reine Vernunft, den heilig-festen Sinn für das Richtige und Gemäße, mit dem Sie es taten, – führen Sie ihn auch hier ins Feld! Retten Sie Ottilien! Sie könnte Ihre Tochter sein, sie scheint es zu sein: eben darum schwebt sie heute in einer Gefahr, der Sie selbst einst die ehrwürdigste Besonnenheit entgegensetzten. Seien Sie Mutter dem Ebenbilde Ihrer Jugend, – denn das ist sie, als solches wird sie geliebt – von einem Sohn, durch einen Sohn. Behüten Sie das ›Persönchen‹, wie der Vater sie nennt – behüten Sie sie, gestützt auf das, was Sie diesem Vater einst waren, davor, das Opfer einer Fascination zu werden, die mir so unaussprechlich bange macht! Der Mann, dem Sie in Ihrer Weisheit folgten, ist dahin, die Frau, die Augustens Mutter wurde, ist auch nicht mehr. Sie sind allein mit dem Vater, mit dem, der Ihr Sohn sein könnte, und der Lieblichen, die Ihr Tochterbild ist. Ihr Wort kommt dem einer Mutter gleich, – legen Sie es ein gegen das Falsche, Verderbliche! Dies meine Bitte, meine Beschwörung...«

»Mein bestes Kind!« sagte Charlotte. »Was verlangen Sie von mir? Worein wollen Sie, daß ich mich mische? Als ich mit schwankenden Gefühlen, aber freilich mit der lebhaftesten Anteilnahme Ihrer Erzählung lauschte, dachte ich nicht, daß sich ein solches Zutrauen, um nicht zu sagen ein solches Ansinnen daran knüpfen werde. Sie verwirren mich – nicht nur durch Ihre Bitte, sondern auch durch die Art, wie Sie sie begründen. Sie stellen mich in Beziehungen hinein... wollen mich verpflichten, indem Sie mich alte Frau eine Wiederkehr sehen lassen meiner selbst... Sie scheinen wahr haben zu wollen, daß durch den Hingang der Geheimen Rätin mein Verhältnis zu dem großen Mann, den ich ein Leben lang nicht gesehen, sich geändert habe – und zwar in dem Sinn, daß es mir Mutterrechte gewähre an seinem Sohn... Geben Sie das Absurde und Erschreckende dieser Auffassung zu! Es könnte ja scheinen, als ob ich diese Reise... Wahrscheinlich habe ich Sie mißverstanden. Verzeihen Sie! Ich bin müde von den Eindrücken und Anstrengungen dieses Tages, deren mich, wie Sie wissen, noch eine oder die andere erwartet. Leben Sie wohl, mein Kind, und haben Sie Dank für Ihre schöne Mitteilsamkeit! Glauben Sie nicht, daß diese Verabschiedung eine Abweisung bedeutet! Die Aufmerksamkeit, mit der ich Ihnen zuhörte, möge Ihnen dafür bürgen, daß Sie sich an keine Teilnahmlose wandten. Vielleicht habe ich Gelegenheit, zu raten, zu helfen. Sie werden verstehen, daß ich vor Empfang der Botschaft, die ich erwarte, nicht wissen kann, ob ich überall in die Lage kommen werde, Ihnen zu dienen...«

Sie blieb sitzen, während sie Adelen, die aufgesprungen war, um ihren Hofknicks zu executieren, gütig lächelnd die Hand hinstreckte. Ihr Kopf hatte sein zitterndes Nicken über dem des jungen Mädchens, das, ebenso hoch erhitzt wie sie, sich zu einem verehrenden Kuß über die dargereichte Hand beugte. Dann ging Adele. Charlotte verharrte einige Minuten allein, gesenkten Hauptes, in dem Zimmer ihrer Empfänge auf ihrem Sofaplatz, bis Mager kam und wiederholte:

»Herr Kammerrat von Goethe.«

August trat ein, die braunen, nahe beisammen liegenden Augen in neugierigem Glanz, aber mit schüchternem Lächeln auf Charlotte gerichtet. Auch sie sah ihm mit einer Dringlichkeit entgegen, die sie durch ein Lächeln abzuschwächen suchte. Das Herz klopfte ihr bis zum Halse, – zusammen mit der Hitzigkeit ihrer Wangen, mochte sie auch von Überanstrengung herrühren, war das zweifellos lächerlich, wenn hoffentlich zugleich auch reizend für einen Beobachter von einiger Leutseligkeit. Ein solches Schulmädel gab es wohl kaum noch einmal bei dreiundsechzig Jahren. Er selbst war siebenundzwanzig – vier Jahre älter geworden gegen damals, – confuserweise war ihr, als trennten sie von jenem Sommer nur die vier Jahre, die dieser hier vor dem jungen Goethe von damals voraus hatte. Lächerlich abermals – es waren vierundvierzig. Eine ungeheure Zeitmasse, das Leben selbst, das lange, einförmige und doch so bewegte, so reiche Leben, – reich, das heißt kinderreich, mit elf mühsamen Segenszeiten, elf Kindbetten, elf Zeiten der nährenden Brust, die zweimal verwaist und nutzlos zurückgeblieben, weil man den allzu zarten Kostgänger wieder der Erde hatte zurückerstatten müssen. Und dann noch das Nachleben von allein schon sechzehn Jahren, die Wittib- und Matronenzeit, würdig verblühend, allein, ohne den Gatten und Vielvater, der schon voran war in den Tod und den Platz neben ihr leer gelassen hatte, – Zeit der Lebensmuße, nicht mehr beansprucht von Tätigkeit und Gebären, von einer Gegenwart, stärker als das Vergangene, von einer Wirklichkeit, die den Gedanken ans Mögliche überherrscht hätte, so daß denn für die Erinnerung, für alles unerfüllte »Wenn nun aber« des Lebens, für das Bewußtsein ihrer andern Würde, der außerbür-

gerlichen, geisterhaften, die nicht Wirklichkeits- und Mutter-
würde, sondern Bedeutung und Legende war und in der Vorstellung der Menschen eine von Jahr zu Jahr größere Rolle gespielt hatte, weit mehr Raum und erregende Einbildungskraft
war gelassen worden, als in der Epoche der Geburten...

Ach, die Zeit – und wir, ihre Kinder! Wir welkten in ihr und
stiegen hinab, aber Leben und Jugend waren allezeit oben, das
Leben war immer jung, immer war Jugend am Leben, mit uns,
neben uns Abgelebten: wir waren noch zusammen mit ihr in
derselben Zeit, die noch unsere und schon ihre Zeit war, konnten sie noch anschauen, ihr noch die runzellose Stirn küssen, der
Wiederkehr unserer Jugend, aus uns geboren... Dieser hier war
nicht von ihr geboren, hätte es aber sein können, was sich besonders gut denken ließ, seitdem dahin war, was dagegen sprach,
seitdem nicht nur der Platz an ihrer, sondern auch der an der
Seite des Vaters, des Jungen von einstmals, leer war. Sie prüfte
ihn mit den Augen, die Hervorbringung der andern, kritisch,
mißgünstig, musterte seine Gestalt, ob sie ihn nicht besser
würde in die Welt gesetzt haben. Nun, die Demoiselle hatte ihre
Sache passabel gemacht. Er war stattlich, er war sogar schön,
wenn man wollte. Ob er Christianen ähnlich sah? Sie hatte den
Bettschatz nie gesehen. Möglicherweise kam die Neigung zur
Dicklichkeit von ihr, – er war zu stark für seine Jahre, wenn auch
die Größe es leidlich balancierte: der Vater war schlanker gewesen zu ihrer Zeit, – der verschollenen Zeit, die ihre Kinder noch
ganz anders geprägt und costümiert hatte, schicklich gebundener sowohl, mit den gerollten Puderhaaren und der Zopfschleife
im Nacken, wie zugleich auch lockerer, den Hals genialisch
offen im Spitzenhemd – statt des braunlockichten Wuschelhaars,
das dem Gegenwärtigen ungepudert, in nachrevolutionärem
Naturzustande, die halbe Stirn bedeckte und von den Schläfen
als krauses Backenbärtchen in den spitz hochstehenden Hemd-
kragen verlief, worin das jugendlich weiche Kinn sich mit fast
drolliger Würde barg. Unbedingt würdiger und gesellschaftlich
gemessener, ja officieller gab sich der gegenwärtige Junge in
seiner hohen, die Öffnung des Kragens füllenden Binde. Der

braune, modisch weit aufgeschlagene Überrock mit Ärmeln, die an den Schultern hochstanden, und an deren einem ein Trauerflor saß, umspannte knapp und korrekt die etwas feiste Gestalt. Elegant, den Ellbogen angezogen, hielt er den Zylinderhut, die Öffnung nach oben, vor sich hin. Und dabei schien diese formelle und allem Phantastischen abholde Tadellosigkeit gegen ein nicht ganz Geheueres, bürgerlich nicht ganz Einwandfreies, wenn auch recht Schönes aufkommen und es in Vergessenheit bringen zu sollen: – das waren die Augen, weich und schwermütig, von einem, man hätte sagen mögen unerlaubt feuchten Glanz. Es waren die Augen Amors, der anstößigerweise der Herzogin Geburtstagsverse hatte überreichen dürfen, die Augen eines Kindes der Liebe...

Das genau vererbte Dunkelbraun dieser leicht ungehörigen Augen und ihr nahes Beisammenliegen war es, was – immer noch im Spielraum der Sekunden, in denen der junge Mann hereintrat, sich vorläufig verbeugte und sich ihr näherte – sie plötzlich empfänglich machte für Augusts Ähnlichkeit mit seinem Vater. Es war eine anerkannte Ähnlichkeit und so frappant wie im einzelnen schwer nachweisbar: gegen eine geringere Stirn, eine schwunglosere Nase, einen kleinern und weiblicheren Mund behauptete sie sich unverkennbar, – eine schüchtern getragene, im Bewußtsein ihrer Herabgesetztheit etwas traurig gefärbte und gleichsam um Entschuldigung bittende Ähnlichkeit, die sich aber auch in der Körperhaltung, den zurückgenommenen Schultern, dem vorgespannten Rumpf, sei es copiererweise, sei es als echt constitutionelle Mitgift, nicht verleugnete. Charlotte war tief gerührt. Der abgewandelt-unzulängliche Versuch des Lebens, den sie vor sich sah, sich zu wiederholen und wieder obenauf in der Zeit, wieder Gegenwart zu sein, – dieser erinnerungsvolle Versuch, der, ebenbürtig dem Einstigen freilich nur hierin, Jugend und Gegenwart gewinnend für sich hatte, erschütterte die alte Frau so sehr, daß, während der Sohn Christianens sich über ihre Hand beugte – es ging ein Duft von Wein und von Eau de Cologne dabei von ihm aus – ihr Atmen zu einem kurzen, bedrängten Schluchzen wurde.

Zugleich fiel ihr ein, daß in gegenwärtiger Gestalt die Jugend von Adel war.

»Herr von Goethe«, sagte sie, »seien Sie mir willkommen! Ich weiß Ihre Aufmerksamkeit zu schätzen und freue mich, so bald nach meiner Ankunft in Weimar die Bekanntschaft des Sohnes eines lieben Jugendfreundes zu machen.«

»Ich danke für gütigen Empfang«, erwiderte er und ließ einen Augenblick in conventionellem Lächeln seine etwas zu kleinen, weißen, jungen Zähne sehen. »Ich komme von meinem Vater. Er ist im Besitz Ihres sehr angenehmen Billets und hat es vorgezogen, statt Ihnen briefweise zu antworten, Sie, Frau Hofrätin, durch meinen Mund in unsrer Stadt willkommen zu heißen, wo Ihre Anwesenheit, wie er sagte, zweifellos höchst belebend sein wird.«

Sie mußte lachen in ihrer Rührung und Benommenheit.

»O, das heißt viel erwarten«, sagte sie, »von einer lebensmüden, alten Frau! Und wie geht es unserem verehrten Geheimen Rat?« fügte sie hinzu und deutete auf einen der Stühle, auf denen sie mit Riemer gesessen. August nahm ihn und setzte sich umständlich zu ihr.

»Danke der Nachfrage«, sagte er. »Soso. Wir wollen und müssen zufrieden sein. Er ist im ganzen guter Dinge. Grund zur Sorge oder doch Vorsorge gibt es immer, die Labilität, die Anfälligkeit bleiben beträchtlich, und große Regelmäßigkeit der Führung wird sich immer empfehlen. – Darf ich mich meinerseits erkundigen, wie Frau Hofrätin gereist sind? Ohne Zwischenfall? Und auch das Logis befriedigt? Die Nachricht wird meinem Vater sehr lieb sein. Man hört, der werte Besuch gilt Ihro Frau Schwester, der werten Geheimen Kammerrätin Ridel. Er wird das gefühlteste Vergnügen erregen in einem Hause, das die Oberen schätzen und die Unterstellten einhellig verehren. Ich darf mir schmeicheln, mit dem Herrn Geheimen Kammerrat amtlich und persönlich in reinstem Vernehmen zu stehen.«

Charlotte fand seine Ausdrucksweise altklug und unnatürlich gemessen. Schon ›höchst belebend‹ war seltsam gewesen; das ›gefühlteste Vergnügen‹ und ›reinste Vernehmen‹ lächerten sie auch. Dies und ähnliches hätte Riemer sagen können, nur daß es sich im Munde des blutjungen Menschen viel sonderbarer, in seiner Pedanterie geradezu excentrisch ausnahm. Charlotte fühlte deutlich, daß es eine angenommene Redeweise war, – offenbar ohne daß der Redende sich der Affectation im geringsten bewußt war; denn sie stellte fest, daß er sich aus dem unwillkürlichen Zucken in ihrem Gesicht nichts machte, es nicht beachtete, weil er es nicht verstand und seine Ursache ihm fernlag. Dabei konnte sie nicht umhin, die Würde und Steifigkeit seiner Worte gegen das zu halten, was sie von seinen Bewandtnissen wußte, was sie aus jenem großen befeuchteten Munde über ihn gehört hatte. Sie dachte an sein penchant zur Flasche, an die Husarenfrau, daran, daß er einmal auf der Wache gewesen, daß Riemer vor seiner Grobheit geflohen war; sie mußte zugleich damit an seine prekäre, nur künstlich gedeckte gesellschaftliche Stellung seit der Freiwilligengeschichte denken, an den unterdrückten Vorwurf der Feigheit und Uncavaliersmäßigkeit, den er zu tragen hatte; und über dem allen war da der Gedanke an seine trübe Neigung zu jener Ottilie, dem ›Persönchen‹, der zierlichen Blondine, – diese Liebe, die nun freilich zu seiner besonderen Art, sich auszudrücken, eigentlich nicht mehr im Verhältnis des Gegensatzes stand, sondern, wie ihr schien, weitläufig und doch unmittelbar damit zusammenhing und übereinstimmte. Zugleich aber hatte sie auch mit ihr, der alten Charlotte, will sagen mit ihrem weiteren und allgemeineren Selbst auf eine sehr rührende und die Situation complicierende Weise zu tun, dergestalt, daß die Charaktere des Sohnes und des Liebhabers sich vermischten, wobei aber der Sohn in hohem Grade Sohn blieb, das hieß: sich gleich dem Vater gebärdete. Mein Gott! dachte Charlotte, indem sie in sein ziemlich schönes und ähnlichkeitsvolles Gesicht blickte. Mein Gott! In diesen bittenden Ausruf faßte sie innerlich die Rührung und erbarmende Zärtlichkeit zusammen, die die Gegenwart des jungen Menschen ihr erregte, und auch das Lächerliche seiner Redeweise begriff sie mit ein.

Übrigens erinnerte sie sich auch des Auftrags, mit dem man

sie beschwert, der Bitte, die man ihr ans Herz gelegt, in gewisse Verhältnisse womöglich einzugreifen, einen bestimmten Lauf der Dinge aufzuhalten und – sei es dem ›Persönchen‹ den Liebhaber oder dem Liebhaber das ›Persönchen‹ auszureden. Aber offen gestanden spürte sie keine Lust und Berufung dazu, sondern fand es zuviel verlangt, daß sie gegen das ›Persönchen‹ intriguieren sollte, um es zu ›retten‹ – da es doch vielmehr die offenkundige Sendung eben dieses ›Persönchens‹ war, die Husarenfrau und andere penchants aus dem Felde zu schlagen, und sie, die alte Charlotte, sich in diesem Ziele ganz solidarisch mit dem ›Persönchen‹ fühlte.

»Es freut mich zu hören, Herr Kammerrat«, sagte sie, »daß zwei so wackere Männer wie Sie und mein Schwager einander schätzen. Übrigens höre ich's nicht zum erstenmal. Auch briefweise« (sie wiederholte unwillkürlich und fast als wollte sie ihn aufziehen eine von den Schnurrigkeiten seiner Rede) »auch briefweise ist's mir schon zugekommen von meiner Schwester. Darf ich Ihnen bei dieser Gelegenheit gratulieren zu Ihren kürzlichen Avancements als Hof- und Geschäftsmann?«

»Ich danke zum schönsten.«

»Gewiß sind es verdiente Gnaden«, fuhr sie fort. »Man hört viel Lobenswertes von Ihrem Ernst, Ihrer Genauigkeit im Dienst Ihres Fürsten und Landes. Für Ihre Jahre, wenn ich das sagen darf, sind Sie ein vielbelasteter Mann. Es ist mir nicht unbekannt, daß Sie auch Ihrem Vater noch, zu allem übrigen, sehr löblich zur Seite stehen.«

»Man muß froh sein«, erwiderte er, »dazu überall noch die Möglichkeit zu haben. Seit seinen schweren Krankheiten von Anno eins und fünf ist es nichts weniger als eine Selbstverständlichkeit, daß wir ihn noch den Unseren nennen. Ich war noch sehr jung in beiden Fällen, aber ich erinnere mich der Schrecknisse wohl. Die Blatterrose, das erstemal, brachte ihn an den Rand des Grabes. Sie war mit einem Krampfhusten compliciert, der ihm das Bett verwehrte, denn dort wollt' er ersticken. In stehender Stellung hatte er's durchzufechten. Eine große Nervenschwäche blieb lange zurück. Vor elf Jahren sodann war es das Brustfieber mit Krämpfen, das uns durch lange Wochen an seinem Leben zweifeln ließ. Dr. Stark von Jena behandelte ihn. Eine kränkliche Genesung zog sich nach überstandener Krise durch Monate hin, und Dr. Stark proponierte eine italienische Reise. Aber der Vater erklärte, sich bei seinen Jahren zu einem solchen Unternehmen nicht mehr entschließen zu können. Sechsundfünfzig war er damals.«

»Das heißt zu früh entsagen.«

»Finden Sie nicht auch? – Uns scheint, daß er auch seinem rheinischen Italien entsagt hat, wo ihm doch voriges und vorvoriges Jahr so wohl gewesen ist. Haben Sie von seinem Unfall gehört?«

»Nicht doch! Was ist ihm zugestoßen?«

»O, es ist gut abgelaufen. Diesen Sommer, nach meiner Mutter Abscheiden –«

»Lieber Herr Kammerrat«, unterbrach sie ihn, noch einmal erschrocken, »ich habe bis zu dieser Erwähnung – es ist mir kaum verständlich, warum – versäumt, Ihnen meine innigste Condolenz zu diesem schweren, unersetzlichen Verlust auszusprechen. Nicht wahr, Sie sind der herzlichen Anteilnahme einer alten Freundin gewiß –«

Er warf ihr aus seinen dunklen, weichen Augen einen raschen und scheuen Blick zu und senkte sie dann.

»Ich danke zum besten«, murmelte er.

Einige Trauersekunden vergingen im Schweigen.

»Wenigstens«, sagte sie dann, »hat dieser harte Schlag der unschätzbaren Gesundheit des lieben Geheimen Rates also nichts Ernstliches anhaben können.«

»Er war selbst unpäßlich in den letzten Tagen ihrer Krankheit«, erwiderte August. »Er war von Jena, wo er arbeitete, herbeigeeilt, als die Nachrichten ärger lauteten, aber eine Fiebrigkeit zwang ihn, am Tage des Hinscheidens das Bett zu hüten. Es waren Krämpfe, wissen Sie, an denen – oder unter denen – die Mutter starb, ein sehr schwerer Tod. Auch ich durfte nicht zu ihr hinein, noch waren von ihren Freundinnen zuletzt welche um sie. Die Riemer, die Engels und die Vulpius hatten sich zurückgezogen. Der Anblick war wohl nicht auszustehen. Zwei Wärterinnen kamen von außen, in deren Armen das Letzte geschah. Es war etwas, ich darf es kaum sagen, wie eine schwere, schreckliche Frauensache, wie eine Fehl- oder Totgeburt, eine Todesniederkunft. So kam es mir vor. Es mögen die Krämpfe gewesen sein, die mich den Vorgang in diesem Licht erblicken ließen, und auch wohl, daß man mich discret davon ausschloß, trug zu dem Eindruck bei. Wieviel mehr denn aber hätte man den Vater mit seinem empfindlichen System, das alles Düstere und Verstörende zu meiden genötigt ist, davor bewahren müssen, selbst wenn er nicht von sich aus bettlägerig gewesen wäre. Auch als Schiller im Sterben lag, hütete er das Bett. Es ist seine Natur, die ihn die Berührung mit Tod und Gruft meiden läßt, – ich sehe da eine Mischung von Fügung und Vorsatz. Sie wissen, daß vier Geschwister von ihm im Säuglingsalter gestorben sind? Er lebt – man kann sagen: er lebt im höchsten Grade; aber mehrmals von jung auf war er selbst dem Tode nahe, augenblicksweise und zeitweise. Mit ›zeitweise‹ meine ich die Wertherzeit –« Er besann sich, verwirrte sich etwas und setzte hinzu: »Aber ich habe vielmehr die physischen Krisen im Sinn, den Blutsturz des Jünglings, die schweren Erkrankungen in seinen Fünfziger Jahren – nicht zu gedenken der Gichtanfälle und Nierensteinkoliken, die ihn schon so früh in die böhmischen Bäder führten, noch auch der Perioden, wo es ohne greifbares Detriment doch immer auf Spitze und Knopf mit ihm stand, so daß die Gesellschaft sich sozusagen täglich seines Verlustes versah. Auf ihn waren vor elf Jahren aller Augen bänglich gerichtet – da starb Schiller. Meine Mutter glich immer dem blühenden Leben neben ihm, dem Kränkelnden; aber sie war es, die starb, und wer lebt, das ist er. Er lebt, sehr stark bei aller Gefährdung, und öfters denke ich, er werde uns alle überleben. Er will vom Tode nichts wissen, er ignoriert ihn, sieht schweigend über ihn hinweg, – ich bin überzeugt: wenn ich vor ihm stürbe – und wie leicht möchte das geschehen; ich bin zwar jung, und er ist alt, aber was ist meine Jugend gegen sein Alter! Ich bin nur ein beiläufiger, mit wenig Nachdruck begabter Abwurf seiner Natur – wenn ich stürbe, er würde auch darüber schweigen, sich nichts anmerken lassen und nie meinen Tod bei Namen nennen. So macht er's, ich kenne ihn. Es ist, wenn ich so sagen darf, eine gefährdete Freundschaft, die er unterhält mit dem Leben, und das macht es wohl, daß er sich gegen macabre Bilder, Agonie und Grablegung so sorglich entschieden abschließt. Er hat nie mögen zu Begräbnissen gehen und wollte nicht Herder, nicht Wieland, nicht unsere arme Herzogin Amalie, an der er doch sehr gehangen, im Sarge sehen. Bei Wielands Exequien, zu Osmannstaedt, vor drei Jahren, hatte ich die Ehre, ihn zu vertreten.«

»Hm«, machte sie, eine geistliche Unzufriedenheit im Herzen, die fast auch menschliche Auflehnung war. »In mein Büchlein«, sagte sie nach einigem Blinzeln, »hab ich ein Wort eingetragen, wie manches, das ich liebe. Es heißt: ›Seit wann begegnet der Tod dir fürchterlich, mit dessen wechselnden Bildern wie mit den übrigen Gestalten der gewohnten Erde du gelassen lebtest?‹ – Es steht im ›Egmont‹.«

»Ja, Egmont!« sagte er nur. Danach sah er zu Boden, schlug gleich die Augen wieder auf, Charlotte groß und forschend damit anzusehen, und senkte den Blick aufs neue. Nachträglich hatte sie den Eindruck, daß es seine Absicht gewesen war, ihr die Empfindungen zu erregen, mit denen sie kämpfte, und daß die rasche Nachschau ihn des Erfolges hatte versichern sollen. Dann freilich schien er einlenken und die Wirkung seiner Worte abschwächen und berichtigen zu wollen, denn er sagte:

»Natürlich hat Vater die Mutter im Tode gesehen und sich aufs ergreifendste von ihr verabschiedet. Wir besitzen auch ein Gedicht, das er auf ihren Tod verfaßt hat, – wenige Stunden nach dem Ende hat er es niederschreiben lassen, – leider nicht von mir, er dictierte es seinem Bedienten, da ich anderweitig beschäftigt war, eigentlich nur ein paar Verse, aber sehr ausdrucksvoll: ›Du suchst, o Sonne, vergebens – Durch die düstern Wolken zu scheinen, – Der ganze Gewinn meines Lebens – ist, ihren Verlust zu beweinen.‹«

»Hm«, sagte sie wieder und nickte mit zögernder Einfühlung.

Im Grunde gestand sie sich, daß sie das Gedicht einerseits wenig bedeutend, andrerseits übertrieben fand. Und dabei hatte sie wiederum den Verdacht – und las mit einer gewissen Deutlichkeit in den Augen, mit denen er sie ansah –, daß er ein solches Urteil hatte herausfordern wollen: natürlich nicht, daß sie es ausspräche, aber daß sie es dächte, und daß sie es einer dem andern in den Augen läsen. Sie schlug darum die ihren nieder und murmelte ein undeutliches Lob.

»Nicht wahr?« sagte er, obgleich er nicht verstanden hatte. »Es ist von höchster Wichtigkeit«, fuhr er fort, »daß dies Gedicht existiert, ich freue mich täglich darüber und habe mehrere Abschriften davon in die Gesellschaft lanciert. Sie wird – gewiß mit Ärger und vielleicht doch auch zu ihrer endlichen Beschämung und Belehrung – daraus ersehen, wie innig zugetan – bei aller Freiheit und allem Für-sich-Sein, die er sich selbstverständlich salvieren mußte – Vater der Mutter war und mit wie großer Rührung er ihr Andenken ehrt, – das Andenken einer Frau, die sie allezeit mit ihrem Haß, ihrer Bosheit und mißgünstigen Médisance verfolgt hat. Und warum?« fragte er sich ereifernd. »Weil sie sich in ihren gesunden Tagen gern ein wenig distrahierte, gern ein Tänzchen machte und gern in fröhlicher Gesellschaft ein Gläschen trank. Ein schöner Grund! Vater hat sich darüber amüsiert und wohl manchmal mit mir gescherzt über Mutters ein wenig derbe Lebenslust, hat auch darüber einmal ein Verschen verfaßt, wie immer bei ihr der Freudenkreis sich schlösse, aber das war herzlich und eher beifällig gemeint, und schließlich ging er ja auch seine eigenen Wege und war mehr weg von uns, in Jena und in den Bädern, als er bei uns zu Hause war. Es kam vor, daß er selbst über Weihnachten, was doch auch mein Geburtstag ist, im Jenaer Schloß bei seiner Arbeit blieb und nur Geschenke schickte. Wie aber Mutter für sein leiblich Wohl gesorgt, ob er nun nah war oder fern, und wie sie des Hauses Last getragen und von ihm abgehalten, was ihn in seinem heiklen Werk hätte stören können, wovon sie nicht vorgab, was zu verstehen – verstehen es denn die andern? –, wovor sie aber den reinsten Respect hatte –, das wußte Vater wohl und wußte ihr Dank dafür, und auch die Gesellschaft hätte ihr Dank wissen sollen, wenn auch sie wahrhaft Respect hatte vor seinem Werk, aber daran fehlt es eben in ihrer schnöden Seele, und sie zog es vor, Mutter zu hecheln und durchs Geschwätz zu ziehen, weil sie nicht ätherisch war und nicht sylphisch, sondern in Gottes Namen dick, mit roten Backen, und nicht französisch konnte. Aber das war alles bloß Neid und gar nichts anderes, der grüne, gelbe Neid, weil sie das Glück gehabt hatte, sie wußte nicht, wie, und war der Hausgeist und die Frau des großen Dichters und großen Herrn im Staat geworden. Bloß Neid, bloß Neid. Und darum bin ich so froh, daß wir dies Gedicht haben auf Mutters Tod, denn unsere Gesellschaft wird sich gelb und grün darüber ärgern, weil es so schön und bedeutend ist«, stieß er wild und wütend hervor, mit geballter Faust, die Augen getrübt, die Stirnadern hoch geschwollen.

Charlotte konnte sehen, daß sie einen jähzornigen, zu Excessen geneigten jungen Mann vor sich hatte.

»Mein guter Herr Kammerrat«, sagte sie, indem sie sich zu ihm neigte, die Faust nahm, die bebend auf seinem Knie lag, und zart ihre Finger öffnete – »mein guter Herr Kammerrat, ich kann ganz mit Ihnen fühlen und tu es um so lieber, als es mir recht von Herzen wohlgefällt, daß Sie so zu Ihrer lieben seligen Mutter halten und nicht die Genügsamkeit üben, nur mit begreiflichem Stolz Ihrem großen Vater anzuhangen. Es ist sozusagen kein Kunststück, einem Vater, wie Sie ihn den Ihren nennen, ein guter Sohn zu sein. Aber daß Sie ritterlich, auch gegen die Welt, das Andenken einer Mutter hochhalten, die mehr nach unser aller gemeinem Maß gemacht war, das schätze ich wärmstens an Ihnen, die ich selbst Mutter bin und Ihre Mutter sein könnte, den Jahren nach. Und dann der Neid! Mein Gott, ich bin mit Ihnen ganz eines Sinnes darüber. Ich habe ihn immer verachtet und ihn mir nach Kräften ferngehalten – ich kann wohl sagen: es ist mir unschwer gelungen. Neidisch zu sein auf das Los eines anderen – welche Torheit! Als ob wir nicht alle das Menschliche auszubaden hätten, und als ob es nicht Irrtum und Täuschung wäre, andern ihr Schicksal zu neiden. Dazu ist es ein erbärmlich untüchtig Gefühl. Unseres eigenen Schicksals wackerer Schmied sollen wir sein und uns nicht entnerven in müßiger Scheelsucht auf andere.«

August nahm mit verschämtem Lächeln und einer kleinen Verbeugung zum Dank für den mütterlichen Dienst, den sie ihm geleistet, die aufgelöste Hand wieder an sich.

»Frau Hofrätin haben recht«, sagte er. »Mutter hat genug gelitten. Friede sei mit ihr. Aber es ist gar nicht nur ihretwegen, daß ich mich erbittere. Es ist auch um des Vaters willen. Nun ist ja alles vorüber, wie eben das Leben vergeht und alles zur Ruhe kommt. Der Anstoß ist endlich unter der Erde. Aber was für ein Anstoß war es einmal und blieb's immerdar für die Gerechten, die Pharisäer und Sittenwächter, und wie haben sie Vater gehechelt und ihm moralisch am Zeuge geflickt, weil er's gewagt, gegen den Stachel zu löcken und gegen den Sittencodex und hatte das einfache Mädchen aus dem Volke zu sich genommen und vor ihren Augen mit ihr gelebt! Wie haben sie's auch mich fühlen lassen, wo sie konnten, und mich schief angesehen mit Spott und Achselzukken und tadelndem Erbarmen, der ich dieser Freiheit mein Dasein verdankte! Als ob ein solcher Mann wie der Vater nicht das Recht hätte, nach eigenem Gesetz zu leben und nach dem classischen Grundsatz der sittlichen Autonomie… Aber die wollten sie ihm nicht gelten lassen, die christlichen Patrioten und tugendsamen Aufklärer, und jammerten über den Widerstreit zwischen Genie und Moralität, wo doch das Gesetz der freien und autonomen Schönheit eine Lebenssache ist und nicht eine Sache der Kunst nur – das ging ihnen nicht bei und schnakten von Discrepanzen und schlechtem Beispiel. Fraubasereien! Und haben sie denn das Genie und den Dichter gelten lassen, wenn nicht die Person? Bewahre Gott! Da war der ›Meister‹ ein Hurennest und die ›Römischen Elegien‹ ein Sumpf der laxen Moral und der ›Gott und die Bajadere‹ sowohl wie die ›Braut von Korinth‹ priapischer Unflat – was Wunder denn auch, da schon des Werthers Leiden der verderblichste Immoralismus gewesen waren.«

»Es ist mir neu, Herr Kammerrat, daß man sich unterfangen haben sollte –«

»Man hat, Frau Hofrätin, man hat. Und bei den ›Wahlverwandtschaften‹ wieder, auch da hat man sich unterfangen und sie ein liederlich Werk betitelt. Da kennen Sie wahrlich die Menschen schlecht, wenn Sie denken, die unterfingen sich nicht. Und wenn's nur die Leute gewesen wären, die blöde Menge. Aber alles, was gegen das Classische war und gegen die ästhetische Autonomie, der selige Klopstock, der selige Herder und Bürger und Stolberg und Nicolai und wie sie heißen, sie alle haben dem Vater moralisch am Zeuge geflickt nach Werk und Wandel, und haben scheel geblickt auf Mutter von wegen der Selbstgesetzlichkeit seines Lebens mit ihr. Und nicht nur Herder, sein alter Freund, der Präsident des Consistorii, hat das getan, obgleich er mich confirmiert hat, sondern der selige Schiller sogar, der doch mit Vater die Xenien herausgegeben, – auch er, das weiß ich recht wohl, hat ein Gesicht gemacht über Mutter und den Vater heimlich getadelt um ihretwillen – wohl, weil er nicht auch ein adlig Fräulein genommen, wie Schiller, sondern war unter seinen Stand gegangen. Unter seinen Stand! Als ob ein solcher Mann, wie mein Vater, überhaupt einen Stand hätte, da er doch einzig ist! Geistig muß solch ein Mann auf jeden Fall unter seinen Stand gehen – warum dann nicht auch gleich gesellschaftlich? Und Schiller war doch selbst der erste, den Vorzug des Verdienstadels zu behaupten vor dem Geburtsadel und hat sich eifriger darin hervorgetan als mein Vater. Warum verzog er dann den Mund über Mutter, die sich gar wohl den Adel des Verdienstes erworben hat um Vaters Wohlergehen!«

»Mein lieber Herr Kammerrat«, sagte Charlotte, »ich kann Ihnen menschlich vollkommen folgen, obgleich ich besser tue, zu gestehen, daß ich nicht weiß, was das ist, die ästhetische Autonomie, und daß ich Bedenken trage, durch eine übereilte Zustimmung zu diesem mir nicht ganz klaren Dinge in Widerstreit mit so würdigen Männern wie Klopstock, Herder und Bürger oder gar mit Moral und Patriotismus zu geraten. Das möchte ich nicht. Aber ich denke, diese Vorsicht braucht mich nicht zu hindern, ganz und gar auf Ihrer Seite zu sein gegen alle, die unserm lieben Geheimen Rat etwas am Zeuge flicken und seinem Ruhm etwas anhaben möchten als großer Dichter des Vaterlandes.«

Er hatte nicht zugehört. Seine dunklen Augen, um ihre Schönheit und Weichheit gebracht durch die erneute Wut, die sie quellend vortrieb, gingen rollend von einer Seite zur andern.

»Und ist nicht alles aufs beste und würdigste geregelt worden?« fuhr er mit gepreßter Stimme fort. »Hat Vater die Mutter nicht zum Altar geführt und sie zu seiner gesetzlichen Frau gemacht, und war ich nicht schon vorher durch allerhöchstes Rescript legitimiert und zum rechten Sohn von Vaters Verdienstadel erklärt worden? Aber das ist es eben, daß die vom Geburtsadel im Grunde vor Animosität bersten gegen den Verdienstadel, und darum nimmt denn wohl so ein reitender Laffe die erste, schlechteste Gelegenheit wahr, mir freche Sottisen zu machen mit Anspielungen auf Mutter, nur weil ich aus persuasorischen Gründen und in vollem Einverständnis mit Vater nicht habe mögen zu Felde ziehen gegen den großen Monarchen Europas. Für solche Frechheit der bloßen Geburt und Natur und des blauen Blutes gegen den Adel des Genies ist Arrest eine viel zu gelinde Strafe. Da müßte der Büttel her, der Profoß, da müßte das glühende Eisen her...«

Außer sich, hochrot im Gesicht, hämmerte er mit der geballten Faust auf sein Knie.

»Bester Herr Kammerrat«, sagte Charlotte beschwichtigend wie vorhin und beugte sich zu ihm, wich aber sogleich wieder etwas zurück, da sie den Duft von Wein und Eau de Cologne empfing, der sich durch seine Rage verstärkt zu haben schien. Sie wartete ab, daß die zitternde Faust wieder einmal unten lag und legte sanft ihre Hand im fingerfreien Halbhandschuh darauf. «Wer wird so hitzig sein? Weiß ich doch kaum, wovon Sie reden, aber fast scheint mir, als verlören wir uns in Farsarellen und Grillen. Wir sind abgekommen. Oder vielmehr: Sie sind es. Denn ich halte im stillen noch immer bei Ihrer Erwähnung eines Unfalls, den der liebe Geheime Rat erlitten haben – oder dem er vielmehr entronnen sein soll, wie ich Sie zu verstehen glaubte;

denn hätte ich es nicht so verstanden, so hätte ich schon längst auf den Punkt insistiert. Was war es also damit?«

Er schnob noch ein paarmal und lächelte über ihre Güte.

»Mit dem Unfall?« fragte er. »O, nichts, ich kann Sie vollkommen beruhigen. Ein Reiseaccident… Es war so: Mein Vater wußte diesen Sommer gar nicht recht, wohin. Er scheint der böhmischen Bäder müde, 1813, im allertraurigsten Jahr, war er zum letztenmal dort, in Töplitz, seither nicht mehr, was wohl zu bedauern – die häusliche Trinkkur ist doch kein Ersatz, und Berka und Tennstädt sind es wohl auch nicht. Wahrscheinlich wäre Carlsbad besser auch gegen Rheumatism in seinem Arm als der Tennstädter Schwefel, den er eben wieder benutzt hat. Aber er ist irre geworden am Sprudel von Carlsbad, weil er dort Anno 12 an Ort und Stelle einen Anfall von Nierenkoliken bekam, den schwersten seit langer Zeit, das hat er verübelt. So hat er denn Wiesbaden entdeckt: Sommer 14 fuhr er zum erstenmal in die Rhein-, Main- und Neckargegenden, die Reise beglückte und erquickte ihn ganz über Erwarten. Seit vielen Jahren war er zum erstenmal wieder in seiner Vaterstadt.«

»Ich weiß«, nickte Charlotte. »Wie ist es nicht zu bedauern, daß er damals seine liebe, unvergeßliche Mutter, unsere gute Frau Rat, nicht mehr am Leben fand! Mir ist auch bekannt, daß die Frankfurter Oberpostamtszeitung einen gediegenen Artikel einrückte zu Ehren des großen Sohnes der Stadt.«

»Gewiß! Will sagen, das war, als er von Wiesbaden wiederkam, wo er mit Zelter und Oberbergrat Cramer eine gute Zeit verbracht. Er hatte die Rochuscapelle besucht von dort aus, für die er dann hier bei uns ein heiteres Altargemälde entwarf: der heilige Rochus, wie er als junger Pilger das Schloß seiner Väter verläßt und liebreich sein Gut und Gold an Kinder verteilt. Es ist gar zart und gemütlich. Professor Meyer und unsere Freundin Luise Seidler von Jena haben es ausgeführt.«

»Eine Künstlerin von Profession?«

»Ganz recht. Dem Frommannschen Hause nahestehend, dem Hause des Buchhändlers, und nahe befreundet mit Minna Herzlieb.«

»Ein zärtlicher Name. Sie nennen ihn ohne Erläuterung. Die Herzlieb – wer ist das?«

»Verzeihung! Es ist die Pflegetochter der Frommanns, bei denen der Vater zu Jena viel aus- und einging zur Zeit, als er an den ›Wahlverwandtschaften‹ schrieb.«

»Wahrhaftig«, sagte Charlotte, »nun kommt es mir vor, als hätte ich auch den Namen schon nennen hören. Die ›Wahlverwandtschaften‹! Ein Werk von der zartesten Bemerkungsgabe. Man kann nur bedauern, daß es ein solches weltbewegendes Aufsehen denn doch nicht gemacht hat wie Werthers Leiden. Ich wollte Sie nicht unterbrechen. Wie ging's also weiter mit dieser Reise?«

»Sehr heiter, sehr glücklich, wie ich schon sagte. Sie brachte eine wahre Verjüngung für meinen Vater mit sich, und es war, als ahnte er's, da er sie antrat. Er hatte heitere Tage bei Brentanos zu Winkel am Rhein, bei Franz Brentano –«

»Ich weiß. Ein Stiefsohn der Maxi. Von den fünf Kindern eines, die sie aus des guten alten Peter Brentano erster Ehe übernommen. Ich bin im Bilde. Man sagt, daß sie ausnehmend hübsche, schwarze Augen hatte; saß aber viel allein, die Arme, in ihres Mannes großem, altem Kaufmannshaus. Es freut mich zu hören, daß ihr Sohn Franz mit Goethen auf einem besseren Fuße steht, als damals ihr Mann.«

»Auf einem so guten wie seine Schwester Bettina in Frankfurt, die sich um Vaters Lebenserinnerungen so sehr verdient gemacht, indem sie tagtäglich die selige Großmutter auspreßte nach Einzelheiten aus seiner Jugend und alles für ihn notierte. Es ist ein Trost, daß doch auf viele Bessere unter der neuen Generation die Liebe und Ehrfurcht für ihn sich vererbt hat, bei allen wunderlichen Veränderungen, die sonst in ihren Gesinnungen vor sich gegangen.«

Sie mußte lächeln über die distanzierte Art, in der er der eigenen Generation gedachte; aber er übersah es.

»In Frankfurt, das zweitemal«, fuhr er fort, »logierte er bei Schlossers – der Schöffin Schlosser, müssen Sie wissen, einer Schwester Georgs, der meine arme Tante Cornelia zur Frau hatte, und ihren Söhnen Fritz und Christian, braven, gemütvollen Jungen, die gute Beispiele sind für meine Bemerkung: der absurden Zeit unterworfen und heillos romantisch – sie führten am liebsten das Mittelalter wieder herauf, als ob's keine Auflebung gegeben hätte, und Christian ist schon in die Arme der katholischen Kirche zurückgekehrt, die denn auch wohl auf Fritz nebst Ehefrau nicht lange mehr wird zu warten haben. Allein die überlieferte Liebe und Bewunderung für Vater hat unter diesen modischen Schwächen nie gelitten, und das mag der Grund denn sein, weshalb er sie ihnen nachsieht und sich recht behaglich fühlte bei dem frommen Völkchen.«

»Ein Geist wie er«, sagte Charlotte, »ist des Verständnisses fähig für jede Gesinnung, wenn sie nur einer tüchtigen Menschlichkeit angehört.«

»Vollkommen«, erwiderte August mit einer Verneigung. »Er war aber, glaube ich«, setzte er hinzu, »dann doch froh, als er auf die Gerbermühle, nahe Frankfurt, am Obermain, den Landsitz der Willemers, übersiedelte.«

»O, richtig! Dort war es, wo meine Söhne ihn aufsuchten und er endlich ihre Bekanntschaft machte, wobei sie viel Güte von ihm erfuhren.«

»Ich glaub' es. September 14 kam er zuerst dorthin und wieder im nächsten Monat von Heidelberg. In die knappe Zwischenzeit aber war das Ereignis von Geheimrat Willemers Heirat mit Marianne Jung, seinem Pflegekinde, gefallen.«

»Das klingt nach einem Roman.«

»Es war dergleichen. Der Geheimrat, verwittibt und Vater zweier noch kindlicher Töchter, ein vortrefflicher Mann, Volkswirt, Pädagog und Politiker, ein Philanthrop, ein Dichter sogar und tätiger Freund der dramatischen Muse, – nun denn, er hatte schon zehn Jahre und länger zuvor die junge Marianne, ein Linzer Theaterkind, zu sich ins Haus genommen, und zwar, um sie vor den Gefahren der Bühne zu bewahren. Es war eine philanthropische Handlung. Mit den jüngeren Töchtern des Hauses bildet die braunlockige Sechzehnjährige sich reizend aus; sie singt zum Entzücken, sie weiß mit Anmut und Energie eine

Soiree zu leiten, und wie sich's so fügt, aus dem Philanthropen, dem Pädagogen wird unversehens ein Liebhaber.«

»Nur menschlich. Auch schließt das eine das andere nicht aus.«

»Wer sagt das? Immerhin ließen die häuslichen Verhältnisse zu wünschen übrig, und wer weiß, wie lang sich das hingezogen hätte ohne Vaters Dazwischenkunft und seinen ordnenden Einfluß, auf den man es ganz offenbar zurückführen muß, daß, als er wiederkam, Anfang Oktober, von Heidelberg, der Pflegevater das Pflegekind nur ein paar Tage zuvor fast Hals über Kopf zu seiner Gattin gemacht hatte.«

Sie sah ihn groß an und er sie auch. Ihr erhitztes und ermüdetes Gesicht war etwas ins Unsicher-Schmerzliche verzogen, als sie sagte:

»Sie scheinen durchblicken lassen zu wollen, daß diese Veränderung der Situation etwas wie eine Enttäuschung für Ihren Vater bedeutet hätte?«

»Im geringsten nicht!« antwortete er erstaunt. »Ganz im Gegenteil konnte sich auf dem Hintergrund der so geordneten, bereinigten und geklärten Verhältnisse sein Behagen als Gast in diesem schönen Erdenwinkel erst recht entwickeln. Da war ein prächtiger Altan, ein schattiger Garten, ein naher Forst, ein erquickender Blick auf Wasser und Gebirge, da war freieste, freigebigste Gastfreundschaft. Vater hat sich selten so glücklich gefühlt. Noch Monate später schwärmte er von den milden, würzigen Abenden, wenn sich der breite Mainstrom im Abendschein rötete und die junge Wirtin ihm seine Mignon, sein Mondlied, seine Bajadere sang. Auch können Sie sich das Vergnügen denken, womit der neuschaffene Gatte auf die Freundschaft blickte, deren die kleine Frau, die er entdeckt und der Gesellschaft geschenkt hatte, da gewürdigt wurde, – er blickte darauf nach allem, was ich mir vorstelle, mit einem heiteren Stolze, der eben ohne die vorangegangene Ordnung und Sicherung der Verhältnisse nicht möglich gewesen wäre. Wovon besonders der Vater ein Preisens zu machen wußte, das war der Abend des 18. Oktober, an dem man gemeinsam von Willemers Aussichtsturm die Höhenfeuer zum Jahresgedenken der Schlacht bei Leipzig genoß.«

»Die Freude daran«, sagte Charlotte, »widerlegt manches, mein lieber Herr Kammerrat, was man mir wohl gelegentlich über Ihres Vaters Mangel an vaterländischer Wärme hat hinterbringen wollen. Man vermutete an dem hohen Jahrestage nicht, daß wenige Monate später Napoléon von Elba entweichen und die Welt in neuen Trubel stürzen würde.«

»Wodurch eben«, nickte August, »wodurch Vaters Sommerpläne fürs nächste Jahr drohten über den Haufen geworfen zu werden. Er sann diesen ganzen Winter nichts anderes und sprach von nichts anderm, als daß er, wo irgend möglich, die Reise in jene lieblichen Gegenden erneuern wolle. Auch fand alle Welt, daß Wiesbaden ihm besser anschlage als Carlsbad. Seit langem hatte er keinen Weimarer Winter so heiter hingenommen. Bringt man vier Wochen in Abzug, während deren ein freilich heftiger Katarrh ihn plagte, so befand er sich prächtig und jugendlich all die Zeit, auch deswegen wohl, weil schon von längerer Hand her, schon seit dem Elendsjahre 13, ein neues Feld des Studiums und der Dichtung sich ihm eröffnet hatte, nämlich die orientalische und namentlich die persische Poesie, worein er sich auf seine productive und nachbildende Art immer mehr vertiefte, so daß eine Menge Sprüche und Lieder höchst merkwürdigen Geschmacks, wie er sie noch nie geschrieben, darunter viele, die vorgeben, von einem Dichter des Ostens, Hatem, an eine Schöne namens Suleika gerichtet zu sein, sich in seiner Mappe versammelten.«

»Eine gute Nachricht, Herr Kammerrat! Der Literaturfreund muß sie freudig begrüßen – und mit Bewunderung für ein Ausharren, eine Erneuerungsfähigkeit der hervorbringenden Kräfte, die als ein rechtes Gnadengeschenk des Himmels anzusprechen. Als Frau, als Mutter hat man allen Grund, mit Neid – oder doch eben mit Bewunderung – auf eine soviel größere Beständigkeit des Männlichen, auf die Ausdauer zu blicken, mit der geistige Fruchtbarkeit gegen die weiblich-creatürliche im Vorteil ist. Wenn ich denke – es sind nicht weniger als einundzwanzig Jahre her, daß ich meinem jüngsten Kinde (es war Fritzchen, mein achter Sohn) das Leben schenkte.«

»Vater hat mir vertraut«, sagte August, »daß der Name des weinfrohen Dichters, in dessen Maske er diese Lieder verfaßt – Hatem – ›der reichlich Gebende und Nehmende‹ bedeutet. Auch Sie, Frau Hofrätin, wenn ich so anmerken darf, sind eine reichlich Gebende gewesen.«

»Es ist nur eben«, sagte sie, »schon so wehmütig lange her. – Aber fahren Sie fort! Der Kriegsgott wollte Hatemen einen Strich durch die Rechnung machen?«

»Er wurde aus dem Felde geschlagen«, versetzte August. »Er wurde von einem anderen Gotte besiegt, so daß nach einigem Bangen alles nach Wunsche ging. Ende Mai vorigen Jahres fuhr Vater nach Wiesbaden, und während er dort bis Juli die Cur gebrauchte, tobte das Kriegsgewitter sich aus – gleichviel wie, aber es tobte sich aus; und bei dem klarsten politischen Horizont konnte er den Rest des Sommers am Rheine genießen.«

»Am Maine?«

»Am Rheine und Maine. Er war auf Burg Nassau Gast des Ministers von Stein, er fuhr mit diesem nach Cöln, den Dom zu studieren, für dessen Ausbau er sich neuestens interessiert, und hatte eine seiner Schilderung nach höchst angenehme Rückreise über Bonn und Coblenz, die Stadt des Herrn Görres und seines ›Rheinischen Mercur‹, welcher die Steinschen Verfassungspläne propagiert. Daß er mit diesen sonderlich sollte harmoniert haben, würde mich mehr noch wundern als die Anteilnahme an der Vollendung des Doms, die man ihm einzuflößen gewußt hat. Ich schiebe die glückliche Stimmung, worin er all diese Zeit hin schwebte, vielmehr auf das schöne Wetter, die Freude an einer liebenswürdigen Landschaft. Er war noch einmal in Wiesbaden, war auch in Mainz, und endlich denn, im August, nahm wieder Frankfurt, nahm der behagliche Landsitz mit den längst glücklich geordneten Verhältnissen ihn wieder auf, wo nun fünf Wochen lang, ganz wie er's erträumt, das Wohlsein vom vorigen Jahr, befördert von freigebiger Hospitalität, sich wieder erzeugte. Der August ist der Monat seiner Geburt – es mag wohl sein, daß ein sympathetisch Band den Menschen an die Jahreszeit knüpft, die ihn hervorgebracht, und daß sie wiederkehrend seine Lebensgeister erhöht. Ich kann aber nicht umhin, zu denken, daß in den August auch des Kaisers Napoléon Geburtstag fällt, der noch vor kurzem in Deutschland so hoch begangen wurde, und mich zu wundern, richtiger sag' ich: zu freuen, wie sehr doch in heiterem Vorteil die Helden des Geistes sind vor den Helden der Tat. Da hatte nun die blutige Tragödie von Waterloo meinem Vater den Weg frei gemacht zur gastlichen Gerbermühle, und der mit ihm zu Erfurt conversiert, saß gefesselt an den Felsen im Meer, indessen jenen ein liebendes Geschick den günstigen Augenblick von Grund aus ließ genießen.«

»Da waltet Gerechtigkeit«, sagte Charlotte. »Unser teurer Goethe hat den Menschen nichts als Liebes und Gutes getan, da jener Weltgewaltige sie mit Skorpionen gezüchtigt hat.«

»Dennoch«, erwiderte August, in dem er den Kopf zurückwarf, »lasse ich es mir nicht nehmen, daß auch mein Vater ein Gewaltiger und ein Herrscher ist.«

»Das nimmt Ihnen niemand«, versetzte sie, »und niemand nimmt's ihm. Nur ist es wie in der römischen Geschichte, wo wir von guten und bösen Kaisern lernen, und Ihr Vater, mein Freund, ist so ein guter und sanfter Kaiser, der andere dagegen ein blutrünstig-höllenentstiegener. Das spiegelt sich in dem Unterschied der Geschicke, auf den Sie geistreich hinwiesen. – Fünf Wochen also blieb Goethe im Hause der Jungvermählten?«

»Ja, bis in den September und bis er sich nach Carlsruhe begab, in Serenissimi Auftrag das dortige berühmte Mineraliencabinett zu visitieren. Er ging dahin in der Erwartung, Frau von Türkheim zu begegnen, will sagen der Lili Schönemann von Frankfurt, die manchmal zum Besuche ihrer Verwandten aus dem Elsaß herüberkam.«

»Wie, es hat nach so vielen Jahren ein Wiedersehen stattgefunden zwischen ihm und seiner einstigen Verlobten?«

»Nein, die Baronin blieb aus. Leicht mag es Kränklichkeit gewesen sein, die sie vom Kommen abhielt. Unter uns gesagt, hat sie die Auszehrung.«

»Arme Lili«, sagte Charlotte. »Ist doch bei dem Verhältnis nicht gar viel herausgekommen. Einige Lieder, aber kein weltbewegendes Werk.«

»Es ist«, fügte Herr von Goethe seiner vorigen Bemerkung hinzu, »die nämliche Krankheit, an der auch die arme Brion, jene Friederike von Sesenheim gestorben ist, deren nun schon dreijährigem Grabe im Badischen Vater damals so nahe war. Sie hat ein trauriges Leben abgesponnen, da sie bei ihrem Schwager, dem Pfarrer Marx, eine stille Zuflucht gefunden. Ich frage mich, ob Vater wohl des nahen Grabes gedachte und allenfalls tentiert war, es aufzusuchen, mochte aber ihn nicht danach fragen und muß daran zweifeln, da er in seinen Geständnissen äußert, daß ihm an die Tage des Abschieds vorm letzten Adieu ihrer Peinlichkeit wegen keine Erinnerung geblieben sei.«

»Ich bedaure dieses Frauenzimmer«, sagte Charlotte, »dem es an Resolutheit gebrach, sich zu einem Leben ehrbaren Glückes aufzuraffen und in einem ländlich tüchtigen Mann den Vater ihrer Kinder zu lieben. Der Erinnerung zu leben, ist eine Sache des Alters und des Feierabends nach vollbrachtem Tagwerk. In der Jugend damit zu beginnen, das ist der Tod.«

»Sie können versichert sein«, erwiderte August, »daß, was Sie von Resolutheit sagen, ganz nach dem Sinn meines Vaters ist, der ja in diesem Zusammenhang bemerkt, daß man Verletzungen und Krankheiten, wozu denn wohl auch die Schuld und die peinliche Erinnerung gehören mögen, in der Jugend rasch überwindet. Er führt die körperlichen Übungen, Reiten und Fechten und Schlittschuhlaufen, als dienliche Hilfsmittel zu frischem Ermannen an. Aber die glücklichste Handhabe, mit dem Beschwerlichen für die eigene Person fertig zu werden und es zur Absolution zu bringen, bietet ja doch gewiß das dichterische Talent, die poetische Beichte, worin die Erinnerung sich vergeistigt, sich ins Menschlich-Allgemeine befreit und zum bleibend bewunderten Werke wird.«

Der junge Mann hatte die zehn Fingerspitzen aneinandergelehnt und bewegte die so sich berührenden Hände, bei angezogenen Ellenbogen, mechanisch vor der Brust hin und her, während er sprach. Das gezwungene Lächeln seines Mundes stand im Widerspruch zu den Falten zwischen seinen Brauen, über denen die Stirn sich flockig gerötet hatte.

»Es ist ein eigen Ding«, fuhr er fort, »um die Erinnerung; ich habe zuweilen darüber nachgesonnen, da ja die angeborene Nähe eines solchen Wesens, wie mein Vater es ist, zu mancherlei gemäßem und ungemäßem Nachdenken Anlaß gibt. Die Erinnerung spielt gewiß eine wichtige Rolle im Werk und Leben des Dichters, welche so weitgehend eins sind, daß man, genau genommen, nur eines zu nennen brauchte und von dem Werke als seinem Leben, von dem Leben aber als seinem Werk sprechen könnte. Nicht nur das Werk ist von der Erinnerung bestimmt und gestempelt, und nicht nur im ›Faust‹, in den Marien des ›Götz‹ und des ›Clavigo‹ und in den schlechten Figuren, die ihre beiden Liebhaber machen, tut sie sich wiederholentlich als fixe Idee hervor. Sie wird, wenn ich recht sehe, zur fixen Idee, die immer sich wiederholen will, auch des Lebens; ihr Gegenstand, als zum Exempel die Resignation, die schmerzliche Entsagung oder das, was der beichtende Dichter selbst als verlassende Untreue, ja Verrat im Bilde geißelt, ist das Anfängliche, Entscheidende und Schicksalbestimmende, es wird, wenn ich mich so ausdrücken darf, zum Generalmotiv und Prägemuster des Lebens, und alles weitere Verzichten, Entsagen und Resignieren ist nur Folge davon, wiederholende Erinnerung daran. O, ich habe dem öfters nachgesonnen, und mein Gemüt weitete sich vor Schrecken – es gibt auch solche Schrecken, die die Seele erweitern –, wenn ich bedachte, daß der große Dichter ein Herrscher ist, dessen Schicksal, dessen Werk- und Lebensentscheidungen weit übers Persönliche hinauswirken und die Bildung, den Charakter, die Zukunft der Nation bestimmen. Da wurde mir ängstlich-groß zu Sinn bei dem Bilde, das wir alle nimmer vergessen, ob wir schon nicht dabei gewesen, sondern zwei Menschen allein es verhängnisvoll darstellten, – wie der Abreitende dem Mädchen, das ihn von ganzer Seele liebt, und von dem sein Dämon ihm die grausame Trennung gebietet, – wie er der Tochter des Volkes noch vom Pferde herab die Hand reicht und ihre Augen voll Tränen stehen. Das sind Tränen, Madame – auch wenn mir die Seele am schreckhaft-weitesten ist, denke ich den Sinn dieser Tränen nicht aus. «

»Für mein Teil«, versetzte Charlotte, »sage ich mir mit etwas Ungeduld, daß dieses gute Ding, die Tochter des Volkes, des Geliebten eben nur dann würdig gewesen wäre, wenn sie hinlängliche Resolutheit besessen hätte, sich ein rechtes Leben zu zimmern, da er fort war, statt sich dem Allerschrecklichsten anheimzugeben, was da unter dem Himmel ist, nämlich der Verkümmerung. Mein Freund, Verkümmerung ist das Schrecklichste. Es danke Gott, wer sie zu meiden wußte, wenn aber nicht jedes sittliche Urteil schon Überhebung sein soll, dürfen wir denjenigen tadeln, der sich ihr überlassen. Ich höre Sie von Entsagung sprechen – nun, die Kleine da unter ihrem Hügel wußte schlecht zu entsagen, für sie war Entsagung – Verkümmerung und nichts weiter. «

»Die beiden«, sagte der junge Goethe, indem er die zehn Fingerspitzen voneinander entfernte und sie wieder zusammentat, »die beiden wohnen wohl nahe beieinander, und es möchte überall schwer sein, sie ganz voneinander entfernt zu halten in Leben und Werk. Mein Nachsinnen betraf zuweilen auch dies, wenn nämlich der Sinn jener Tränen mir die Seele schreckhaft ausdehnte, – es betraf, ich weiß nicht, ob es mir gelingen wird, mich mitzuteilen – das Wirkliche, das wir kennen, so, wie es geworden ist, und das Mögliche, das wir nicht kennen, sondern nur ahnden können – mit einer Trauer zuweilen, die wir aus überwältigendem Respect vor dem Wirklichen uns und anderen verhehlen und ins Unterste unseres Herzens verweisen. Was ist denn auch das Mögliche gegen das Wirkliche, und wer will es wagen, ein Wort einzulegen für jenes, da er Gefahr läuft, die Ehrfurcht vor diesem dadurch zu verletzen! Und doch scheint mir hier öfters eine Art von Ungerechtigkeit zu walten, erklärlich aus der Tatsache – o ja, man kann hier wohl von Tatsachen sprechen! –, daß das Wirkliche allen Raum einnimmt und alle Bewunderung auf sich zieht, da das Mögliche, als nicht geworden, nur ein Schemen ist und eine Ahndung des ›Wenn nun aber‹. Wie muß man nicht fürchten, mit derlei ›Wenn nun aber‹ die Ehrfurcht vor dem Wirklichen zu verletzen, als welche ja zu einem guten Teil auf der Einsicht beruht, daß all Werk und Leben von Natur ein Produkt der Entsagung ist. Aber daß es das Mögliche gibt, wenn auch nur als Tatsache unserer Ahndung und Sehnsucht, als ›Wie nun erst‹ und als flüsternder Inbegriff dessen, was allenfalls hätte sein können, das ist das Wahrzeichen der Verkümmerung.«

»Ich bin und bleibe«, antwortete Charlotte mit abweisendem Kopfschütteln, »für Resolutheit und dafür, daß man sich rüstig ans Wirkliche halte, das Mögliche aber auf sich beruhen lasse.«

»Da ich die Ehre habe, hier mit Ihnen zu sitzen«, erwiderte der Kammerrat, »will es mir nicht ganz gelingen zu glauben, daß nicht auch Sie die Neigung kennen sollten, sich nach dem Möglichen umzusehen. Sie ist so begreiflich, dünkt mich, diese Neigung, denn gerade die Großheit des Wirklichen und Gewordenen ist es, die uns verführt, auch noch dem Verkümmert-Möglichen nachzuspeculieren. Das Wirkliche bietet große Dinge, natürlich, wie sollte es nicht, bei solchen Potenzen – da ging es auf alle Weise. Es ging auch so, und zwar herrlich genug, es war auch aus der Entsagung und der Untreue etwas zu machen. Doch wie nun erst, fragt sich der Mensch – und fragt sich in Anbetracht der herrscherlich prägenden Bedeutung von Werk und Leben für alles Leben und alle Zukunft mit Recht danach –, was hätte erst werden können und wieviel glücklicher wären vielleicht wir alle geworden, wenn die Idee des Verzichtes nicht maßgebend gewesen, das frühe Trennungsbild nicht gewesen wäre mit der Hand vom Pferde herunter und den unvergeßlichen Abschiedstränen. Es ist ja nur darum und es geschah im Zusammenhang damit, daß ich mich fragte, ob Vater zu Carlsruhe vielleicht des nahen, noch ziemlich frischen Hügels im Badischen gedacht habe.«

»Man muß«, sagte Charlotte, »den Hochsinn schätzen, der sich des Möglichen annimmt gegen das Wirkliche, so sehr es – und gerade weil es so sehr – im Vorteil ist gegen jenes. Wir werden es wohl eine Frage müssen bleiben lassen, welchem von beiden der sittliche Vorrang gebührt: der Resolutheit oder Hochsinnigkeit. Leicht könnte da auch wieder Ungerechtigkeit unterlaufen, denn das Hochsinnige hat so viel Einnehmendes, da doch vielleicht die Resolutheit die reifere sittliche Stufe ist. Aber was rede ich? Es fließt mir heute so zu. Im ganzen ist es der Frauen Teil, sich bloß zu verwundern, was so ein Mann nicht alles, alles denken kann. Sie aber könnten mein Sohn sein, den Jahren nach, und eine tapfere Mutter läßt nicht ihren sich mühenden Sohn im Stich. Daher meine Redseligkeit, die am Ende gar wider das Sittsam-Weibliche verstößt. Wollen wir nun aber nicht doch dem Möglichen Frieden gönnen unter seinem Hügel und uns wieder dem Wirklichen zuwenden, will sagen: der erfrischenden Reise Ihres Vaters am Rheine und Maine? Ich hörte gern noch mehr von der Gerbermühle; ist sie doch der Ort, wo Goethe die Bekanntschaft zweier meiner Kinder machte.«

»Leider weiß ich von dieser Begegnung nichts zu berichten«, erwiderte August; »dagegen weiß ich, daß der Aufenthalt, wie sich das ganz selten nur im Leben ereignen will, eine vollkommene Wiederholung, ja noch eine Steigerung des Wohlseins brachte, das Vater beim erstenmal genossen hatte – dank nämlich den gesellschaftlichen Gaben einer zierlichen Hausfrau und der vollendeten Gastfreiheit des Wirtes, auf dem Hintergrund wohlgeordneter Verhältnisse. Wieder glühte der Mainstrom am würzigen Abend, und wieder sang die zierliche Marianne zum Fortepiano Vaters Lieder. Diesmal aber war er an solchen Abenden nicht nur ein Nehmender, sondern auch ein reichlich Gebender; denn er ließ sich erbitten oder erbot sich auch wohl, aus seinem immer sich mehrenden Schatze von Suleika-Gesängen vorzulesen, die Hatem an jene Rose des Ostens gerichtet, und die Gatten wußten die Ehre dieser Mitteilungen wohl zu schätzen. Die junge Wirtin, die keineswegs zu den Frauenzimmern zu gehören scheint, welche sich nur darüber verwundern, was so ein Mann nicht alles denken kann, ließ es ihrerseits nicht beim Nehmen bewenden, sondern brachte es in der Empfänglichkeit so weit, daß sie die leidenschaftlichen Ansprachen in Suleikas Namen geradezu ebenbürtig zu erwidern begann, und ihr Gatte hörte dem Wechselgesange mit dem gastlichsten Wohlwollen zu.«

»Er ist gewiß ein wackerer Mann«, sagte Charlotte, »mit gesundem Sinn für die Vorteile und Rechte des Wirklichen. Das Ganze aber, bekannt, wie es mir vorkommt, scheint mir eine gute Illustration für das zu sein, was Sie von der Erinnerung sagten, die auf Wiederholung dringt. Und schließlich? Die fünf Wochen nahmen, versteht sich, ein Ende, und der große Gast entschwand?«

»Nach einem Mondschein-Abschiedsabend, ja, der reich war an Gesängen, und an dessen spätem Ende, wie ich unterrichtet bin, die junge Wirtin selbst in fast ungastlicher Weise zum Abschied drängte. Aber der Wiederholungswunsch wußte sich auch hier noch und abermals Genüge zu schaffen, indem es zu Heidelberg, wohin Vater sich gewandt hatte, zu einem aberneuen Wiedersehen kam. Denn das Ehepaar fand sich überraschend dort ein, und es gab einen überletzten Abschiedsabend im vollen Monde, bei welchem die kleine Frau zum freudigen Erstaunen des Gatten sowohl wie des Freundes ein Erwiderungsgedicht von solcher Schönheit zutage förderte, daß es ebensogut von Vater hätte sein können. Wir sollten uns wohl bedenken, ehe wir dem Wirklichen entschiedene Vorteile, überlegene Rechte zusprechen vor dem Poetischen. Die Lieder, die Vater damals in Heidelberg und nachher für seinen Persischen Divan dichtete, sind sie nicht die Krone des Wirklichen und das Allerwirklichste selbst? Ich habe den vertraulichen Vorzug, sie zu kennen und einige zu besitzen, früher als alle Welt. Beste Dame, sie sind von ungeheurer, von unaussprechlicher Merkwürdigkeit. Es gab nie dergleichen. Sie sind ganz der Vater, aber von einer völlig neuen, wieder einmal ganz unvermuteten Seite. Nenne ich sie geheimnisvoll, so bin ich zugleich genötigt, sie kindlich klar zu nennen. Es ist – ja, wie es mitteilen – die Esoterik der Natur. Es ist das Persönlichste mit den Eigenschaften des Sterngewölbes, so daß das All ein Menschenantlitz gewinnt, das Ich aber mit Sternenaugen blickt. Wer will das aussagen! Immer gehen zwei Verse mir nach aus einem davon – hören Sie!«

Er rezitierte mit zaghafter und wie erschrocken gesenkter Stimme:

»Du beschämst wie Morgenröte
Dieser Gipfel ernste Wand –«

»Was sagen Sie dazu?« fragte er, noch immer mit der erschrokkenen Stimme. »Sagen Sie nichts, bevor ich hinzugefügt habe, daß auf die ›Morgenröte‹ sein eigener gesegneter Name gereimt ist – das heißt, es steht ›Hatem‹ da, aber durch die Maske des Unreims tönt schalkhaft-innig der ichvolle Reim hindurch: ›Und noch einmal fühlet Hatem –‹ Wie mutet Sie das an? Wie berührt Sie diese sich feierlich ihrer bewußte Größe, von Jugend geküßt, von Jugend beschämt?« – Er wiederholte die Verse. »Welche Weichheit, mein Gott, und welche Majestät!« rief er. Und vornübergebeugt preßte der junge Goethe die Stirn in die flache Hand, deren Finger in seinen Locken wühlten.

»Es ist nicht zu bezweifeln«, sagte Charlotte mit Zurückhaltung, da ihr dieses leidenschaftliche Gebaren anstößiger war als sein früherer Jähzorn, »daß die öffentliche Welt Ihre Bewunderung teilen wird, wenn diese Collection einmal zutage tritt. Freilich wird noch so schalkhaft bedeutenden Poesien eine derart ausgreifende Weltwirksamkeit wohl niemals zuteil werden können wie einem noch dazu von eigener Jugend beschwingten Romanenbuch. Man mag das beklagen, wenn man will. – Und die Wiederholungen? – Sie haben Ihre Frisur lädiert. Ich reiche Ihnen mein Kämmchen, wenn Sie wollen. Nein, es scheint, dieselben Finger, die sie zerstörten, können sie auch wiederherstellen. – Und mit den Wiederholungen also hatte es damit ein Ende?«

»Sie sollten ein Ende haben«, erwiderte August. »Diesen Sommer, nach Mutters Tode, war Vater recht sehr in Zweifel, wo er die Badecur brauchen solle. Wiesbaden? Töplitz? Carlsbad? Man merkte ihm wohl an, daß es ihn stark gen Westen, ins Rheinische zog, und es war, als wartete er auf ein Zeichen der günstigen Gottheit, die voriges Mal den Dämon des Krieges paralysiert, daß er seinem Hange folgen dürfe. Auch fand sich dergleichen. Sein Freund, der unterhaltende Zelter, reiste nach

Wiesbaden und setzte ihm zu, ihm zu folgen. Er aber wollte das Zeichen nicht annehmen, nicht geradezu. ›Sei es der Rhein‹, sagte er, ›aber nicht Wiesbaden, sondern Baden-Baden, wo der Weg denn doch einmal über Würzburg, nicht über Frankfurt führt.‹ Gut denn, der Weg brauchte nicht just über Frankfurt zu führen, um allenfalls auch dorthin zu führen. Kurzum, am 20. Juli reiste Vater ab. Er bestimmte Meyern, den Kunst-Professor, zu seinem Begleiter, der darob nicht wenig strahlte und prahlte. Aber was geschieht? Zeigte jene so günstige Gottheit sich gar empfindlich und spielte den Kobold? Zwei Stunden hinter Weimar wirft der Wagen um –«

»Du meine Güte!«

»– und beide Insassen purzeln übereinander auf die mit soviel Selbstbeherrschung gewählte Straße, wobei Meyer recht blutig an der Nase verletzt wurde. Trotzdem denke ich nicht an ihn, der für die Freuden der Eitelkeit bezahlen mochte. Aber es ist beschämend, obgleich es auch wieder zu einer peinlichen Heiterkeit reizt, sich die feierlich ihrer bewußte Größe vorzustellen, wie sie, längst gewohnt, sich nur noch in bedachter Gemessenheit zu bewegen, mit besudelten Kleidern und aufgelöster Kragenbinde in einem Straßengraben krabbelt.«

Charlotte wiederholte:

»Um Gotteswillen!«

»Es war nichts«, sagte August. »Das Mißgeschick, der Schabernack, wie soll ich es nennen, lief vollkommen glimpflich ab. Vater, für sein Teil ganz unverletzt, brachte Meyern, dem er zu seinem Taschentuch auch das eigene herzlich geliehen, nach Weimar zurück und gab die Reise auf – nicht bloß für diesen Sommer, sondern es scheint, daß er, durch das Omen bestimmt, dem Rheinischen ein für allemal entsagt hat: ich entnehme das seinen Äußerungen.«

»Und die Liedersammlung?«

»Was braucht die noch weiteren Antrieb durchs Rheinische! Die wächst und gedeiht zum ungeheuer Merkwürdigsten längst auch ohne dieses, ja vielleicht besser als mit ihm, – was denn die freundliche Kobold-Gottheit im Grunde auch wohl wußte.

Vielleicht wollte sie die Lehre statuieren, daß gewisse Dinge nur als Mittel zum Zweck erlaubt und gerechtfertigt sind.«

»Als Mittel zum Zweck!« sprach ihm Charlotte nach. »Kann ich die Redensart doch nicht ohne Beklemmung hören! Das Ehrenvolle vermischt sich darin mit dem Erniedrigenden auf eine Weise, daß niemand sie scheidet und niemand weiß, was für ein Gesicht er zu der Sache machen soll.«

»Und doch«, erwiderte August, »gibt es im Lebenskreis eines Herrschers, ob's nun ein guter oder ein böser Kayser sei, gar vieles, was man zu dieser zweideutigen Kategorie zu zählen genötigt ist.«

»Wohl«, sagte sie. »Nur kann man auch alles so oder so beziehen; es kommt auf den Gesichtswinkel an. Und ein irgend resolutes Mittel wird denn auch wohl einen Zweck aus sich selber zu machen wissen. – Aber wie muß man Sie nicht«, setzte sie hinzu, »lieber Herr Kammerrat, um die vor-öffentliche Kenntnis jenes merkwürdigen Liederschatzes beneiden! Das ist ein wahrhaft schwindelnder Vorzug. Ihr Vater vertraut Ihnen vieles an?«

»Das mag man wohl sagen«, antwortete er mit kurzem Lachen, bei dem er seine kleinen, weißen Zähne zeigte. »Die Riemer und Meyer bilden sich zwar das Erdenkliche ein und wissen sich dies und das vor der Welt mit ihren Weihegraden, allein mit einem Sohn ist es denn doch immer noch ein ander Ding, als mit solchen Zufallsadlaten – man ist von Natur und Stand zum Gehilfen und Repräsentanten berufen. Da fällt einem, sobald man nur irgend in Jahren ist, manche schickliche Negotiation und hausväterische Sorge zu, die von einer Würde zu entfernen sind, darin der Genius sich mit dem Alter verbindet. Es gibt die laufenden Wirtschaftsrechnungen, den Umgang mit liefernden Handelsleuten, die Stellvertretung bei den und den abzulegenden oder zu empfangenden Visiten und anderen Opportunitäten und Obliegenheiten dieser Art – ich erinnere mich nur an die Begräbnisse. Da ist die Custodenschaft über die wohlgeordneten und immerfort wachsenden Privatsammlungen, unser Mineralien- und Münzcabinett, den Augentrost von geschnittenen Steinen und Kupferstichen, und plötzlich will über Land gesprengt sein, weil irgendwo in einem Steinbruch ein wichtiger Quarz oder gar ein Fossil sich hervorgetan. O nein, der Kopf steht einem nicht leer. Sind Sie, Frau Hofrätin, allenfalls über die Verhältnisse in unserer Hoftheaterintendanz unterrichtet? Ich soll da jetzt beiträtig werden.«

»Beiträtig?« wiederholte sie fast entsetzt...

»Allerdings. Die Lage ist ja so, daß Vater zwar rangältester Minister ist, aber seit vielen Jahren, eigentlich schon seit seiner Rückkehr aus Italien, kein Geschäftsressort mehr verwaltet. Mit einiger Regelmäßigkeit befragen läßt er sich nur noch in Sachen der Universität Jena, aber schon Titel und Pflichten eines Curators würden ihn belästigen. Es waren im Grund nur noch zwei Geschäfte, die er bis vor kurzem ständig versah: die Direction des Hoftheaters und die Oberaufsicht über die unmittelbaren Anstalten für Kunst und Wissenschaft, will sagen die Bibliotheken, die Zeichenschulen, den Botanischen Garten, die Sternwarte und die naturwissenschaftlichen Cabinette. Es sind das Anstalten ursprünglich fürstlicher Gründung und Unterstützung, müssen Sie wissen, und Vater besteht immer noch streng auf ihrer Unterscheidung und Abtrennung vom Landeseigentum, er lehnt es selbst theoretisch ab, irgend einem andern Rechenschaft darüber zu schulden, als Serenissimo, von dem allein er abhängig sein will, und kurz, Sie sehen, seine Oberaufsicht ist ein wenig ein Relict aus vergangenen Zeiten, er demonstriert damit gegen den neuen Verfassungsstaat, von dem er – ich gebrauche die Redensart mit Bedacht – nichts wissen will. Er ignoriert ihn, verstehen Sie.«

»Ganz leicht verstehe ich das. Er bleibt den Verhältnissen anhänglich, es liegt in seiner Natur und Gewohnheit, den herzoglichen Dienst als einen Dienst von Person zu Person zu verstehen.«

»Sehr wahr. Ich finde auch, daß es ihm wunderbar wohl ansteht. Was mich zuweilen etwas beunruhigen will – ich muß wohl Ihres Erstaunens gewärtig sein, daß ich mich Ihnen so vertraulich eröffne – ist das Licht, das auf mich selber, seinen geborenen Adlaten, bei diesen Geschäften fällt. Denn ich muß man-

chen Weg machen an seiner Statt und manchen Auftrag verrich-
ten, nach Jena reiten, wenn dort ein Bau im Gange ist, die Wünsche der Professoren einholen und was nicht noch. Ich bin nicht
zu jung dafür, ich bin siebenundzwanzig, stehe im Mannesalter.
Aber ich bin zu jung für den Geist, worin es geschieht. Verstehen Sie mich recht, – ich besorge manchmal, in ein schiefes Licht
zu geraten durch die Assistenz bei einer altmodischen Oberaufsicht, die sich nicht wohl vererben läßt, weil sie den Erben un-
zukömmlicherweise gleichfalls zum Opponenten des neuen
Staatsgeistes zu machen scheint...«

»Sie sind zu scrupulös, mein guter Herr Kammerrat. Ich
möchte den sehen, der im Anblick so natürlich gegebener Hilfe-
leistungen auf verfängliche Gedanken käme. Und nun also werden Sie auch noch beiträtig werden bei der Leitung des Hoftheaters?«

»So ist es. Meine Vermittlung ist hier sogar am allernötigsten.
Sie denken sich den Verdruß nicht aus, den Vater von jeher mit
diesem scheinbar heitren Amt gehabt hat. Da sind die Torheiten
und Anmaßungen der Komödianten, der Verfasser, ich will nur
hinzufügen: des Publicums. Da ist die Rücksicht auf Launen und
Ansprüche von Personen des Hofes, schlimmstenfalls solchen,
die diesem und dem Theater zugleich angehören – ich habe, mit
Respect zu melden, die schöne Jagemann im Auge, Frau von
Heygendorf, deren Einfluß beim Herrn den seinen jederzeit aus-
stechen konnte. Kurz, das sind komplicierte Verhältnisse. Dann
war auch Vater von seiner Seite, man muß es zugeben, niemals
ein Mann rechter Stetigkeit – in keiner Beziehung und auch in
dieser nicht. Alljährlich war er viele Wochen der Spielzeit nicht
da, auf Reisen, in Bädern, und kümmerte sich um das Spiel
überhaupt nicht. Es war und ist in ihm gegen das Theater ein
sonderbarer Wechsel von Eifer und Gleichgültigkeit, von Passion und Geringschätzung, – er ist kein Theatermensch, glauben
Sie mir, wer ihn kennt, der weiß und versteht, daß er mit dem
Komödiantenvolk gar nicht umgehen kann –, man muß, und
stünde man noch so hoch über den Leutchen, auf eine Weise von
ihrer Art und ihrem Geblüte sein, um mit ihnen zu leben und

auszukommen, was man von Vater nun wahrlich beim besten Willen nicht – aber genug! Ich rede so ungern davon, als ich dran denke. Mit Mutter, da war's etwas anderes, die wußte den Ton, die hatte Freunde und Freundinnen unter ihnen, und ich war von klein auf auch öfters dabei. Mutter und ich, wir hatten denn auch die Brustwehr zu machen zwischen ihm und der Truppe, berichteten ihm und vermittelten. Aber schon früh auch nahm er sich überdies einen Beamten vom Hofmarschallamt zum Gehilfen und Stellvertreter, Hofkammerrat Kirms, und sie beide wieder zogen noch andere Personen hinzu, um sich besser zu dekken, und führten eine Collegialverwaltung ein, die nun, unterm Großherzogtum, zur Hoftheater-Intendanz geworden ist; neben Vater gehören Kirms, Rat Kruse und Graf Edling ihr an.«

»Graf Edling, hat er nicht eine Prinzessin aus der Moldau zur Frau?«

»O, ich sehe, Sie sind ganz unterrichtet. Aber, glauben Sie mir, Vater ist den drei andern oft im Wege. Es ist halb lächerlich – sie stehen unter dem Druck einer Autorität, die sie sich am Ende gefallen ließen, wenn sie nicht obendrein spürten, daß diese Autorität sich im Grunde auch noch zu gut weiß, um ausgeübt zu werden. Er selber stellt es so hin, daß er zu alt sei für das Geschäft. Er möchte es abwerfen – sein Freiheitsbedürfnis, sein Hang zum Privaten war eigentlich immer der stärkste – und mag sich doch wieder nicht davon trennen. So ist der Gedanke denn aufgetaucht, mich einzuschalten. Von Serenissimo selbst ist er ausgegangen. ›Laß Augusten eintreten‹, haben Dieselben gesagt, ›so bist du dabei, alter Kerl, und hast doch deine Ruh!‹«

»Sagt der Großherzog ›alter Kerl‹ zu ihm?«

»Doch, so sagt er.«

»Und wie sagt Goethe?«

»Er sagt ›Gnädigster Herr‹ und ›Empfehle mich durchlauchtigster Hoheit zu Gnaden‹. Es wäre nicht nötig, der Herzog lacht ihn öfters deswegen ein bißchen aus. – Eine unpassende Association kommt mir übrigens da, ich weiß es wohl, fällt mir aber eben ein und mag Sie auch wohl interessieren: daß nämlich Mutter immer ›Sie‹ sagte zu Vater, er zu ihr aber ›Du‹.«

Charlotte schwieg. »Lassen Sie mich über dem curiosen Detail«, sagte sie dann, »– denn es ist curios, wenn auch rührend zugleich und im Grunde ganz wohl verständlich – meine Gratulation nicht vergessen zu der neuen Ernennung und Beiträtigkeit.«

»Meine Lage«, bemerkte er, »wird etwas delicat sein. Der Altersunterschied zwischen mir und den andern Herren der Intendanz ist beträchtlich. Und da soll ich nun unter ihnen jene Autorität vertreten, die sich zu gut weiß.«

»Ich halte mich überzeugt, daß Ihr Takt, Ihre Weltläufigkeit die Lage meistern werden.«

»Sie sind sehr gütig. Ennuyiere ich Sie mit der Aufzählung meiner Pflichten?«

»Ich höre nichts lieber.«

»Gar manche Correspondenz fällt mir zu, die hoher Würde nicht zu Gesicht stünde: die Schreibereien zum Beispiel im Kampf gegen die eklen Nachdrucke, die unsere Gesamtausgabe in zwanzig Bänden concurrenzieren, und dann, sehen Sie, gerade jetzt möchte Vater gern ehrenhalber von den Abzugsgeldern befreit sein, die er zu zahlen hätte, wenn er ein Capital, das noch von der Großmutter her auf Frankfurter Grundstücken steht, und das er in Frankfurt versteuern muß, unter Aufgabe seines Bürgerrechtes nach Weimar zöge. Zum Teufel, es sind fast dreitausend Gulden, die man ihm abziehen würde, und da sollicitiert er nun, daß die Stadt ihm die Auflage schenke, zumal er sie noch kürzlich in seiner Lebensbeschreibung so liebevoll geehrt. Zwar will er das Bürgerrecht aufgeben, aber wie hat er nicht zuvor noch die Vaterstadt geehrt und verewigt! Versteht sich, er kann darauf nicht pochen und hinweisen, das läßt er mich machen, ich führe den Briefwechsel, ich führe ihn mit Geduld und Schärfe und habe nicht wenig Unmut davon. Denn was antwortet man mir – und also doch ihm, vor den ich mich stelle? Die Stadt bedeutet uns, daß der Erlaß des Abzuges einer Beraubung der übrigen Frankfurter Bürger gleich käme! Was sagen Sie dazu? Ist das nicht ein Zerrbild der Gerechtigkeit? Ich bin nur froh, daß ich die Negotiation nicht mündlich zu führen

habe; ich stünde nicht für meine Ruhe und Höflichkeit bei solchen
Antworten. Allein, die Sache wird weiter betrieben, es ist noch
nicht aller Tage Abend. Scharf und geduldig werde ich duplicie-
ren, und schließlich werden wir sowohl das Druckprivileg wie
den Erlaß der Abzugssummen erzielen, ich gebe mich eher nicht
zufrieden. Vaters Einkommen entspricht nicht seinem Genie. Es
ist zeitweise nicht gering, natürlich nicht, Cotta zahlt 16 000 Taler
für die Gesamtausgabe, gut, das ist allenfalls angemessen. Aber
eine Stellung, ein Ruhm wie Vaters müßte ganz anders sich reali-
sieren lassen, ganz anders müßte eine so freigebig beschenkte
Menschheit dem Spender sich tributär erweisen und der größte
Mann auch der reichste sein. In England . . . «
»Als praktische Frau und langjährige Hausmutter kann ich
Ihren Eifer nur loben, lieber Herr Kammerrat. Bedenken wir
aber, daß, wenn eine wirkliche Relation zwischen den Gaben des
Genies und ökonomischem Entgelt überall aufzustellen und
durchzuführen wäre – was nicht der Fall ist –, das schöne Wort
von der beschenkten Menschheit nicht mehr am Platze wäre. «
»Ich räume die Incongruenz der Gebiete ein. Auch sehen die
Menschen es ja nicht gern, daß große Männer sich wie ihresglei-
chen gebärden, und verlangen vom Genius, daß er sich gegen
weltlichen Vorteil edelmütig-gleichgültig verhalte. Die Menschen kommen mir albern vor in ihrer egoistischen Verehrungs-
sucht. Ich habe sozusagen von Kindesbeinen an unter großen
Männern gelebt und fand, daß solche Gesinnung gar nicht zum
Genius gehört – im Gegenteil, der hochfliegende Geist hat auch
einen hochfliegenden Geschäftssinn, und Schillers Kopf steckte
immer voll von pecuniarischen Speculationen, was auf Vater
nicht einmal zutrifft, vielleicht weil sein Geist nicht dermaßen
hochfliegend ist und dann auch, weil er es nicht so nötig hatte.
Aber als ›Hermann und Dorothea‹ einen so schönen popularischen Erfolg hatte im Lande, sagte er zu Schiller, man sollte einmal ein Theaterstück in diesem gemütlichen Geiste schreiben, das
im Triumph über sämtliche Bühnen gehen und ein großes Stück
Geld bringen müßte, ohne daß es dem Autor gerade sonderlich
ernst damit gewesen zu sein brauchte. «

»Nicht ernst?«

»Nicht ernst. Schiller fing auch gleich an, aus dem Stegreif ein solches Stück zu entwerfen, und Vater secundierte ihm munter dabei. Aber es wurde dann nichts daraus.«

»Doch eben wohl, weil es kein rechter Ernst damit war.«

»Das mag sein. Gleichwohl habe ich kürzlich einen Brief an Cotta ins Reine geschrieben, des Inhalts, man sollte doch die Zeitconjunctur der gegenwärtigen vaterländischen Erhebung benutzen, um ein Gedicht, das so artig damit harmoniere wie ›Hermann und Dorothea‹, buchhändlerisch kräftiger zu propagieren.«

»Einen Brief Goethes?« Charlotte schwieg einen Augenblick. »Da sieht man wieder«, sagte sie dann mit Nachdruck, »wie falsch es ist, ihm Entfremdung vom Zeitgeist nachzusagen.«

»Ach, der Zeitgeist«, erwiderte August geringschätzig. »Vater ist ihm weder entfremdet, noch ist er sein Partisan und Sklave. Er steht hoch über ihm und sieht von oben auf ihn herab, weshalb er ihn denn auch gelegentlich sogar vom mercantilischen Standpunkt zu betrachten vermag. Längst hat er sich vom Zeitlichen, Individuellen und Nationellen zum Immer-Menschlichen und Allgemein-Gültigen erhoben – das war es ja, wobei die Klopstock und Herder und Bürger nicht mitkonnten. Aber nicht mitzukönnen, das ist nur halb so schlimm, wie sich einzubilden, voran zu sein und über das Zeitlos-Gültige hinaus zu sein. Und da sind nun unsere Romantiker, Neuchristen und neupatriotischen Schwarmgeister, die glauben, weiter zu sein als Vater und das Neueste zu repräsentieren im Reich des Geistes, das er nicht mehr verstünde, und in dem Publicum glaubt's mancher Esel auch. Gibt es auch wohl etwas Elenderes als den Zeitgeist, der das Ewige und Classische möchte überwunden haben? Aber Vater gibt's ihnen, Sie können versichert sein, er gibt es ihnen unter der Hand, ob er sich gleich die Miene gibt, als achtete er der Beleidigungen nicht. Versteht sich, er ist zu weise und vornehm, sich in literarische Händel einzulassen. Aber unter der Hand und für die Zukunft hält er sich schadlos – nicht nur an den Gegnern und am Zeitgeist, sondern auch an der eigenen

Vornehmheit. Sehen Sie, er hat nie mögen die Welt vor den Kopf stoßen und die ›Mehrzahl guter Menschen‹, wie er sich gnädig ausdrückt, verwirren. Aber insgeheim war er immer ein anderer noch als der große Schickliche, als den das Öffentliche ihn kannte, – nicht artig und zugeständlich, sondern unglaublich frei und kühn. Ich muß Ihnen das sagen: die Leute sehen den Minister, den Höfling in ihm, und dabei ist er die Kühnheit selbst – wie denn auch nicht? Hätte er den Werther, den Tasso, den Meister und all das Neue und Ungeahnte riskiert, ohne den Grundzug, die Liebe und Kraft zum Verwegenen, von der ich ihn mehr als einmal habe sagen hören, in ihnen recht eigentlich bestehe, was man Talent nenne? Immer hatte er ein geheimes Archiv wunderlicher Productionen: früher lagen da die Anfänge des Faust mit Hanswurstens Hochzeit und dem Ewigen Juden zusammen, aber auch heute fehlt's nicht an solchem Walpurgis-beutel, verwegen-anstößig in mancherlei Hinsicht, wie zum Exempel ein gewisses Tagebuch-Gedicht, das ich behüte, nach italienischem Muster geschrieben und hübsch gewagt in seiner Mischung aus erotischer Moral und, mit Verlaub gesagt, Obscö-nität. Ich hüte das alles mit Sorgfalt, die Nachwelt kann sich dar-auf verlassen, daß ich acht habe auf alles – an mich muß sie sich wohl halten, denn auf Vater selbst ist da wenig Verlaß. Sein Leichtsinn mit Manuscripten ist sträflich, es ist, als habe er gar nichts dagegen, daß sie verloren gingen, er gibt sie dem Zufall preis und schickt, wenn ich's nicht verhindere, das einzig vor-handene Exemplar nach Stuttgart. Da heißt es achtgeben und zusammenhalten: das Unveröffentlichte, nicht zu Veröffent-lichende, die freien Heimlichkeiten, die Wahrheiten über seine lieben Deutschen, das Polemische, die Diatriben wider geistige Feinde und wider das Zeitlich-Närrische in Politik, Religion und Künsten . . .«

»Ein treuer, ein guter Sohn«, sagte Charlotte. »Ich habe mich auf Ihre Bekanntschaft gefreut, lieber August – ich hatte mehr Grund dazu, als ich wußte. Die Mutter, die alte Frau, die ich bin, muß aufs angenehmste berührt sein von dieser schönen, für-sorglichen Ergebenheit der Jugend ans Väterliche, diesem unverbrüchlichen Zusammenstehen mit ihm gegen das respectlos Nachrückende, das ihres Alters ist. Man kann dafür nichts als Lob und Dank haben...«

»Ich verdiene sie nicht«, erwiderte der Kammerrat. »Was kann ich meinem Vater sein? Ich bin ein aufs Praktische gestellter Durchschnittsmensch und bei weitem nicht geistreich und gelehrt genug, ihn zu unterhalten. Tatsächlich bin ich nicht viel mit ihm zusammen. Mich innerlich zu ihm zu bekennen und seine Interessen zu wahren, ist das wenigste, was ich tun kann, und es beschämt mich, dafür Lob zu empfangen. Auch unsere teuere Frau von Schiller ist immer beschämend gut und liebevoll zu mir, weil ich in der Literatur einer Meinung mit ihr bin – als sei ein Verdienst dabei, als sei es nicht einfach eine Sache des eigenen Stolzes, daß ich treu bei Schiller und Goethe bleibe, da andere junge Leute sich in neueren Moden gefallen mögen.«

»Weiß ich doch«, versetzte Charlotte, »kaum etwas von diesen neueren Moden und nehme an, daß meine Jahre mich vom Verständnis dafür ausschließen würden. Es soll da fromme Maler und scurrile Schriftsteller geben – genug, ich kenne sie nicht und sorge mich nicht ob dieser Unkenntnis, denn daß ihre Anerbietungen den Werken nicht gleichkommen, die zu meiner Zeit entstanden und die Welt eroberten, ist mir gewiß. Immerhin ließe sich sagen, daß sie das große Alte nicht zu erreichen brauchen, um es in gewissem Sinn dennoch zu übertreffen – verstehen Sie mich recht, ich bin nicht die Frau, Paradoxe zu machen, ich meine das Übertreffen einfach so, daß diese neuen Dinge Zeit und Gegenwart für sich haben, deren Ausdruck sie sind, so daß sie den Kindern der Zeit, der Jugend, unmittelbarer und beglückender zum Herzen sprechen. Aufs Glücklichsein aber schließlich kommt's an.«

»Und darauf«, antwortete August, »worin man es findet, das Glück. Etliche suchen und finden es nur im Stolze, in der Ehre und Pflicht.«

»Gut, vortrefflich. Und doch hat die Erfahrung mich gelehrt, daß ein Leben der Pflicht und des Dienstes an anderen öfters eine gewisse Herbigkeit zeitigt und der Leutseligkeit nicht zuträglich ist. Mit Frau von Schiller verbindet Sie, wie es scheint, ein Verhältnis der Freundschaft und des Vertrauens?«

»Ich will mich eines Wohlwollens nicht rühmen, das ich nicht meinen Eigenschaften, sondern meinen Gesinnungen zu danken habe.«

»O, das hängt wohl zusammen. Mich will fast Eifersucht ankommen, da ich den Platz der stellvertretenden Mutter, auf den ich ein wenig ambitioniere, besetzt finde. Verzeihen Sie mir, wenn ich mir trotzdem die mütterliche Anteilnahme nicht ganz verwehren lasse und frage: Haben Sie wohl auch unter Personen, die Ihnen dem Alter nach näherstehen als Schillers Witwe, den einen oder andern Freund und Vertrauten?«

Sie neigte sich gegen ihn bei diesen Worten. August sah sie mit einem Blicke an, in dem Dankbarkeit und verlegene Scheu sich mischten. Es war ein weicher, trüber, trauriger Blick.

»Das hat sich«, antwortete er, »freilich nie so recht fügen und geben wollen. Wir berührten's ja schon, daß unter meinen Altersgenossen sich so mancherlei Gesinnungen und Strebungen hervortun, die einem reinen Vernehmen im Wege sind und zu immerwährenden Accrochements führen würden, ohne die Zurückhaltung, die ich mir auferlege. Die Zeitläufte, finde ich, verdienen als Motto gar sehr den lateinischen Spruch von der siegreichen Sache, die den Göttern – und der besiegten, die dem Cato gefallen hat. Ich leugne nicht, daß ich dem Verse seit langem die gefühlteste Sympathie entgegenbringe – der heiteren Gefaßtheit wegen, womit die Vernunft sich darin ihre Würde salviert gegen die Entscheidung des blinden Schicksals. Dies ist das Seltenste auf Erden; das Gemeine ist eine schamlose Untreue gegen die causa victa und ein Capitulieren vor dem Erfolge, das mich erbittert wie nichts in der Welt. Ach die Menschen! Welche Verachtung hat die Epoche uns lehren können für die Lakaienhaftigkeit ihrer Seelen! Vor drei Jahren, anno 13, im Sommer, als wir Vater bewogen hatten, nach Töplitz zu gehen, war ich in Dresden, das damals von den Franzosen besetzt war. Die Bürger feierten folglich den Napoléonstag mit Fensterbeleuchtung und Feuerwerk. Im April noch hatten sie den Majestäten von Preußen und Rußland mit weißgekleideten Jungfrauen und Illumination gehuldigt. Und der Wetterhahn brauchte sich nur aufs neue zu drehen... Es ist gar zu erbärmlich. Wie soll sich denn auch ein junger Mensch den Glauben an die Menschheit bewahren, wenn er die Verräterei der deutschen Fürsten erlebt hat, die Felonie der berühmten französischen Marschälle, die ihren Kaiser in der Not verließen...«

»Sollte man sich auch wohl erbittern, mein Freund, über das, was gar nicht anders sein kann, und gleich den Glauben an die Menschheit über Bord werfen, wenn Menschen sich wie Menschen benehmen – nun gar gegen einen Unmenschen? Treue ist gut und mit dem Erfolge zu laufen nicht schön; aber ein Mann wie Bonaparte steht und fällt nun freilich einmal mit dem Erfolge. Sie sind sehr jung, aber mütterlich wünschte ich Ihnen, Sie möchten sich an dem Verhalten Ihres großen Vaters ein Beispiel nehmen, der damals am Rheine oder Maine die Feuer zum Gedenken der Leipziger Schlacht so heiter genoß und es ganz natürlich fand, daß, was dem Abgrund kühn entstiegen, schließlich doch zum Abgrund zurück müsse.«

»Er hat aber nicht geduldet, daß ich gegen den Mann des Abgrundes zu Felde zöge. Und, lassen Sie mich das hinzufügen, er hat mir väterliche Ehre damit erwiesen; denn die Jünglingsart, die sich dazu drängte und dafür paßte, die kenne ich und verachte sie aus Herzensgrund – diese Laffen vom preußischen Tugendbund, diese begeisterten Esel und Hohlköpfe in ihrer schmucken Dutzendmännlichkeit, deren platten Burschenjargon ich nicht hören kann, ohne vor Wut zu zittern...«

»Mein Freund, ich mische mich nicht in die politischen Streitfragen der Zeit. Aber lassen Sie mich's gestehen, daß Ihre Worte mich auf eine Weise traurig machen. Vielleicht sollte ich mich freuen, wie die liebe Schillern es tut, daß Sie zu uns Alten stehen, und doch will es mich schmerzlich, mich schreckhaft berühren, wie die leidige Politik Sie von Ihren Altersbrüdern, Ihrer Generation isoliert.«

»Ist doch«, erwiderte August, »die Politik ihrerseits nichts Isoliertes, sondern steht in hundert Bezügen, mit denen sie ein

Ganzes und Untrennbares an Gesinnung, Glauben und Willensmeinung bildet. Sie ist in allem übrigen enthalten und gebunden, im Sittlichen, Ästhetischen, scheinbar nur Geistigen und Philosophischen, und glücklich die Zeiten, wann sie, ihrer unbewußt, im Stande gebundener Unschuld verharrt, wann nichts und niemand, außer ihren engsten Adepten, ihre Sprache spricht. In solchen vermeintlich unpolitischen Perioden – ich möchte sie Perioden politischer Latenz nennen – ist es möglich, das Schöne frei und unabhängig von der Politik, womit es in stiller, doch unverbrüchlicher Entsprechung steht, zu lieben und zu bewundern. Es ist leider nicht unser Los, in einer so milden, Duldung gewährenden Zeit zu leben. Die unsrige hat ein scharfes Licht von unerbittlicher Deutlichkeit und läßt in jedem Dinge, jeder Menschlichkeit, jeder Schönheit die ihr inhärente Politik aufbrechen und manifest werden. Ich bin der letzte, zu leugnen, daß daraus mancher Schmerz und Verlust, manche bittere Trennung entsteht.«

»Was besagen will, daß Sie nicht unbekannt mit solchen Bitternissen geblieben sind?«

»Allenfalls«, sagte der junge Goethe nach kurzem Schweigen, indem er auf die wippende Spitze seiner Stiefelette niederblickte.

»Und würden Sie wohl wie ein Sohn zur Mutter davon sprechen mögen?«

»Es ist Ihre Güte«, erwiderte er, »die mir schon das Allgemeine entlockt hat; warum sollte ich nicht das Besondere hinzufügen? Ich kannte einen Jüngling, etwas älter als ich, den ich mir zum Freunde gewünscht hätte: von Arnim mit Namen, Achim von Arnim, aus preußischem Adel, sehr schön von Person, sein ritterlich froh enthusiastisches Bild drückte sich schon früh in meine Seele ein und blieb ihr gegenwärtig, ob ich ihn gleich immer nur sporadisch, in längeren Abständen wiedersah. Ich war noch ein Knabe, als er erstmals in meinen Gesichtskreis trat. Es war in Göttingen, wohin ich meinen Vater hatte begleiten dürfen, und wo der Student sich uns heiter bemerkbar machte, indem er, am Abend nach unserer Ankunft, auf der Straße ein Vivat auf Vater ausbrachte. Seine Erscheinung konnte den lebhaft-angenehmsten Eindruck auf uns ausüben, und der Zwölf-jährige vergaß sie nicht, weder im Träumen noch im Wachen.

Vier Jahre später kam er nach Weimar, kein Unbekannter mehr im poetischen Reich: der romantisch-altdeutschen Geschmacksrichtung mit geistreicher Schwärmerei, oder sage ich: mit gemütvollem Witze hingegeben, hatte er unterdessen, in Heidelberg, zusammen mit Clemens Brentano, jenen Volkslie-derschatz, genannt ›Des Knaben Wunderhorn‹, gesammelt und an Tag gegeben, welchen die Zeit mit Rührung und Dankbar-keit aufnahm – war doch die Compilation aus ihren eigensten Neigungen geboren. Der Verfasser legte Besuch ab bei meinem Vater, herzlich belobt von diesem für seinen und seines Genos-sen reizvollen Beitrag, und wir Jungen schlossen uns aneinan-der. Es waren glückliche Wochen. Niemals bin ich froher gewe-sen, meines Vaters Sohn zu sein, als damals um seinetwillen, da es den Nachteil an Jahren, Ausbildung, Verdiensten wett-machte, worin ich gegen ihn stand, und mir seine Aufmerksam-keit, seine Achtung und Freundschaft zuwandte. Es war Winter. In allen Leibeskünsten geschickt, auch hierin dem Jüngeren sonst weit überlegen, konnte er, zu meiner Wonne, in einer doch bei mir in die Schule gehen: er lief nicht Schlittschuh, ich durfte es ihn lehren, und diese Stunden frischer Regung, in denen ich es dem Bewunderten zuvortun, ihn unterweisen konnte, waren die glücklichsten, die mir das Leben gebracht hat – ich erwarte, offen gestanden, keine glücklicheren von ihm.

Abermals vergingen drei Jahre, bis ich Arnimen wieder be-gegnete – in Heidelberg, wohin ich Anno 8 als Student der Rechte kam, wohl empfohlen an mehrere ansehnliche und geist-reiche Häuser, vor allem an das des berühmten Johann Heinrich Voß, des Homeriden, mit welchem Vater seit seinen Jenaer Ta-gen befreundet war, und dessen Sohn Heinrich zu Zeiten den Dr. Riemer bei uns als Hauslehrer vertreten hatte. Ich will nur gestehen, daß ich Voß den Jüngeren nicht sonderlich liebte; die vergötternde Hingabe, die er meinem Vater widmete, lang-weilte mich eher, als daß sie mich ihm gewonnen hätte; ich muß ihn eine zugleich enthusiastische und langweilige Natur nennen (diese Mischung kommt vor), und ein Lippenleiden, das ihn noch zu der Zeit, als ich in Heidelberg eintraf, hinderte, seine akademischen Vorlesungen abzuhalten, machte ihn nicht eben anziehender. – In seinem Vater, dem Rector von Eutin, dem Dichter der ›Luise‹, tat eine andere Zusammengesetztheit des Charakters sich hervor: es war die von Idyllik und Polemik. Die häuslich-gemütlichste Natur, gehegt und gepflegt von der wackersten Gattin und Hausmutter, war er im Öffentlichen, Gelehrten und Literarischen ein Kampfhahn, der außerordentlich den Federkrieg, die Disputation, die scharfen Aufsätze liebte und beständig in frohem und verjüngendem Zorn gegen Gesinnungen zu Felde zog, welche einem aufgeklärten Protestantismus, der antikisch klaren Menschlichkeit, die er meinte, zuwider waren. – Das Vossische Haus also, meinem Vaterhause nahe befreundet, war mir in Heidelberg ein zweites Vaterhaus und ich ihm ein zweiter Sohn.

So war es nicht nur ein freudig Erschrecken, sondern auch Betroffenheit und Bedenklichkeit, die mich ankamen, als ich, schon bald nach meiner Ankunft, dem Schwarmbilde meiner Knabenzeit, dem Genossen frischer Winterlust, auf der Straße von ungefähr in die Arme lief. Ich hatte auf die Begegnung gefaßt sein dürfen oder müssen und in der Tiefe meiner Seele stündlich mit ihr gerechnet, denn ich wußte, daß Arnim hier lebte, daß er hier seine ›Zeitung für Einsiedler‹, ein witzig verträumtes und rückgewandtes Organ, die Stimme der neuen romantischen Generation, herausförderte, und wenn ich mich recht prüfte, mußte ich mir gestehen, daß eben dies mein erster, heimlicher Gedanke gewesen war, als man mir Heidelberg zum Schauplatz meiner Fuchsenzeit bestimmt hatte. Wie nun der Freund vor mir stand, beengten mich Glück und Verlegenheit, und ich glaube wohl, daß ich rot und blaß wurde vor ihm. Aller Zwiespalt und Parteihader der Zeit und ihrer nebeneinander wohnenden Geschlechter fiel mir aufs Gewissen. Ich wußte wohl, wie man bei Vossens über den frommen, verschönenden Cultus der Vorzeit, der deutschen und christlichen, dachte, als dessen Repräsentant Arnim sich mehr und mehr hervorgetan hatte. Ich fühlte auch, daß die Zeiten freier Kindheit, da ich mich in Unschuld hatte zwischen den Lagern bewegen dürfen, vorüber seien, und die Herzlichkeit, mit der jener, schöner und ritterlicher von Erscheinung als je, die Bekanntschaft mit mir wieder aufnahm, beseligte und verstörte mich auf gleiche Weise. Er ergriff meinen Arm und nahm mich mit sich zum Buchhändler Zimmer, wo er seinen Tisch hatte; aber obgleich ich ihm anfangs einiges über Bettina Brentano zu berichten hatte, die ich kürzlich zu Frankfurt bei meiner Großmutter oft gesehen, half sich doch bald ein stockendes Gespräch nur mühsam weiter, und ich litt schwer darunter, ihm den Eindruck unjugendlicher Stumpfheit erwecken zu müssen, der sich denn schließlich in seinen Blicken, seinem unwillkürlichen Kopfschütteln zu meiner Verzweiflung unverhohlen kundtat.

In den Händedruck, mit dem ich mich von ihm verabschiedete, suchte ich etwas von dieser Verzweiflung und von der Sehnsucht zu legen, ihm die Zärtlichkeit, die mein Knabenherz für ihn gehegt, bewahren zu dürfen. Bei Vossens aber, den selben Abend noch, konnte ich nicht umhin, von der Begegnung Bericht abzulegen, und fand die Lage schlimmer, als ich sie mir vorgestellt. Der Alte war im Begriffe, gegen ›diesen Burschen‹, wie er sich ausdrückte, ›diesen Jugendverderber und dunkelmännischen Beschöniger des Mittelalters‹ literarisch vom Leder zu ziehen und eine Streitschrift gegen ihn loszulassen, die ihm, so hoffte er, Aufenthalt und Wirksamkeit in Heidelberg verleiden werde. Sein Haß auf das tückisch-spielerische, verführerisch-widersacherische Treiben der romantischen Literatoren entlud sich in polternden Worten. Er nannte sie Gaukler ohne wahren historischen Sinn, ohne philosophisches Gewissen und von verlogener Pietät, da sie die alten Texte, die sie ans Licht zögen, frech verfälschten, unter dem Vorgeben, sie zu verjüngen. Vergebens wandte ich ein, daß Vater doch einst das ›Wunderhorn‹ sehr freundlich aufgenommen habe. Von seiner gleichmütigen Güte abgesehen, versetzte Voß, ehre und schätze mein Vater die Folklore und jedwedes Nationelle in einem ganz anderen Sinne und Geist als jene deutschtümelnden Poetaster. Im übrigen stehe sein alter Freund und Gönner ganz ebenso wie er zu diesen patriotischen Frömmlern und Neokatholiken, deren Verherrlichung des Vergangenen nichts als eine tückische Anschwärzung der Gegenwart, und deren Verehrung für den großen Mann höchst unrein sei, da sie einzig darauf abziele, ihn auszubeuten und ihren Zwecken vorzuspannen. Kurzum, wenn mir an seiner, des Rectors, väterlicher Freundschaft und seiner Liebe und Fürsorge irgend gelegen sei, so hätte ich mich jedes Umganges und Wiedersehens mit Arnimen strict zu entschlagen.

Was soll ich Ihnen weiter sagen? Ich hatte zu wählen zwischen diesem würdigen Mann, den alten Freunden des Vaterhauses, die mir ein Heim in der Fremde boten, und dem abenteuerlichen Glück einer verbotenen Freundschaft. Ich resignierte. An Arnimen schrieb ich, daß der Platz, den ich nach Geburt und eigener Überzeugung in den Parteiungen der Zeit einnähme, es mir verwehre, ihn wiederzusehen. Es war eine Knabenträne, die das Papier dieses Briefes netzte, und sie zeigte mir, daß die Neigung, der ich nun absagte, einer Lebensepoche angehörte, der ich entwachsen war. Ich suchte und fand Entschädigung in der brüderlichen Verbindung mit Heinrichen, dem jüngeren Voß, über dessen Langweiligkeit und Lippenleiden mir die Gewißheit hinweghalf, daß seine Begeisterung für Vater rein von aller Verschmitztheit war.« –

Charlotte ließ es sich angelegen sein, dem Erzähler für diese kleine Beichte zu danken und ihn ihrer Teilnahme zu versichern an einer Prüfung, die er, so dürfe man sagen, wie ein Mann bestanden habe. »Wie ein Mann«, wiederholte sie. »Es ist eine recht männliche Geschichte, die Sie mir da vertrauten, aus einer Männerwelt, will sagen einer Welt der Principien und der Unerbittlichkeit, vor der wir anderen Frauen denn doch immer mit halb respectvollem, halb lächelndem Kopfschütteln stehen. Wir sind Kinder der Natur und der Toleranz im Vergleiche mit euch Gestrengen, und ich fürchte, wir kommen euch dessentwegen manchmal wie elbische Wesen vor. Ob nicht aber ein gut Teil der Anziehung, die unser armes Geschlecht auf euch ausübt, sich aus der Erholung vom Principiellen erklärt, die ihr bei uns findet? Wenn wir euch sonst gefallen, pflegt euere Principienstrenge ein Auge zuzudrücken, sie pflegt sich dann als wenig stichhaltig zu erweisen, und die Geschichte der Empfindsamkeit lehrt, daß alte Familien- und Ehrenzwiste, hergebrachte Gegnerschaft der Gesinnungen und so fort durchaus kein Hindernis bilden für unzerstörbar leidenschaftlichste Herzensbündnisse zwischen Kindern solcher ungleichen Überlieferung, ja daß dergleichen Hindernisse dem Herzen gar noch ein Anreiz sind, ihnen ein Schnippchen zu schlagen und seine eigenen Wege zu gehen.«

»Das mag es denn eben wohl sein«, sagte August, »wodurch die Liebe sich von der Freundschaft unterscheidet.«

»Gewiß. Und nun lassen Sie mich fragen... Es ist eine mütterliche Frage. Sie haben mir von einer verhinderten Freundschaft berichtet. Geliebt – haben Sie niemals?«

Der Kammerrat blickte zu Boden und wieder zu ihr auf.

»Ich liebe«, sagte er leise.

Charlotte schwieg mit dem Ausdruck von Bewegtheit.

»Ihr Vertrauen«, sagte sie, »rührt mich ebensosehr wie der Inhalt dieser Nachricht. Offenheit gegen Offenheit! Ich will Ihnen gestehen, warum ich mich zu der Frage entschloß. August, Sie haben mir von Ihrem Leben erzählt, Ihrem so lobenswerten, so bevorzugten, so hingebungsvollen Sohnesleben – wie Sie Ihrem lieben, großen Vater ein so treuer Helfer sind, seine Wege machen, seine Schriften hüten, den Prellbock abgeben zwischen ihm und der Welt der Geschäfte. Sie sollen nicht glauben, daß ich, die schließlich auch weiß, was Opfer ist und Verzicht, ein solches Leben selbstlosen Liebesdienstes nicht sittlich zu schätzen wüßte. Und doch, daß ich's nur sage, waren die Gefühle, mit denen ich Ihnen zuhörte, nicht ganz ungemischt. Es schlich sich etwas wie Sorge, wie Ängstlichkeit und Unzufriedenheit zwischen sie hinein, ein Widerstreben, wie man es gegen das nicht recht Natürliche, nicht recht Gottgewollte empfindet. Ich meine, Gott hat uns nicht geschaffen – er hat uns das Leben nicht gegeben, damit wir uns seiner entäußern und es in einem anderen, sei es auch das teuerste und erhabenste, gänzlich aufgehen lassen. Unser eigenes

Leben sollen wir führen – nicht in Selbstsucht und indem wir andere nur als Mittel dazu betrachten, aber doch auch nicht in Selbstlosigkeit, sondern selbständig und aus eigenem Sinn, in vernünftigem Ausgleich unserer Pflichten gegen andere und gegen uns selbst. Habe ich nicht recht? Es ist unserer Seele nicht – es ist nicht einmal durchaus unserer Güte und Milde zuträglich, nur für andere zu leben. Gerade heraus, ich wäre glücklicher gewesen, wenn ich aus Ihren Mitteilungen einige Zeichen einer vorhabenden Emancipation und Verselbständigung vom Vaterhause hätte ablesen können, wie sie Ihren Jahren wohl zukäme. Sie sollten einen eigenen Hausstand begründen, sollten heiraten, August.«

»Ich gedenke in den Stand der Ehe zu treten«, sagte der Kammerrat mit einer Verbeugung.

»Vortrefflich!« rief sie. »Ich rede mit einem Bräutigam?«

»Das ist vielleicht zuviel gesagt. Wenigstens ist die Sache noch nicht publik.«

»Ich bin jedenfalls hocherfreut – und sollte Ihnen böse sein, daß Sie mir erst jetzt Gelegenheit geben, meine Glückwünsche anzubringen. Ich darf wissen, wer die Erwählte ist?«

»Ein Fräulein von Pogwisch.«

»Mit Vornamen –?«

»Ottilie.«

»Wie reizend! Es ist wie im Roman. Und ich bin dazu die Tante Charlotte.«

»Sagen Sie nicht Tante; sie könnte Ihre Tochter sein«, erwiderte August, wobei der Blick, mit dem er sie betrachtete, nicht nur starr, sondern eigentümlich glasig wurde.

Sie erschrak und errötete. »Meine Tochter... Was fällt Ihnen ein«, stammelte sie, von einem Gefühl der Spukhaftigkeit angerührt bei der Wiederkehr dieses Wortes und dem Blick, der es begleitete, und der den Eindruck machte, als sei es ohne Willen und Bewußtsein, aus der Tiefe gesprochen worden.

»Aber ja!« beteuerte er, indem er sich in heitere Bewegung setzte. »Ich scherze nicht oder nur wenig, ich spreche übrigens nicht von Ähnlichkeit, die wäre freilich mysteriös, sondern von

Verwandtschaft, und die kommt in der Welt millionenfach vor. Offenkundig, Frau Hofrätin, gehören Sie zu den Personen, deren Grundbilde die Jahre wenig anhaben können, die sich in der Zeit wenig verändern oder richtiger, deren reifere Erscheinung für Ihr Jugendbild besonders durchsichtig bleibt. Ich bin nicht so dreist, Ihnen zu sagen, daß Sie aussehen wie ein junges Mädchen, aber man muß nicht das zweite Gesicht haben, um durch die Hülle der Würde ganz leicht des jungen Mädchens, beinahe des Schulmädels, gewahr zu werden, das Sie einst waren, und alles, was ich behaupte, ist, daß dieses junge Mädchen Ottiliens Schwester sein könnte, woraus denn mit mathematischer Schlüssigkeit folgt oder vielmehr: womit zusammenfällt, was ich behauptete, nämlich, daß sie – Ihre Tochter sein könnte. Was ist Ähnlichkeit! Ich behaupte keine Gleichheit der Einzelzüge, sondern die Schwesterlichkeit der Gesamterscheinung, die Identität des Typus, dies allem Junonischen Ferne, dies Leichte, Liebliche, Zierliche, Zärtliche – das ist es, was ich das Schwesterliche, das Töchterliche nenne.«

War es eine Art von Nachahmung, von Ansteckung? Charlotte sah den jungen Goethe mit demselben starr gewordenen und etwas gläsernen Blick an, den er vorhin auf sie gerichtet hatte.

»Von Pogwisch – von Pogwisch –«, wiederholte sie mechanisch. Und dann fiel ihr ein, daß sie über Charakter und Herkunft des Namens nachgedacht haben könnte. »Das ist preußischer Adel, Schwertadel, Officiersadel, nicht wahr?« fragte sie. »Diese Verbindung wird also etwas sein wie die von Leier und Schwert. Ich achte den Geist des preußisch-militärischen Menschenschlages aufrichtig. Wenn ich sagte: Geist, so meine ich Gesinnung, Zucht, Ehrliebe, Vaterlandsliebe. Wir verdanken diesen Eigenschaften unsere Befreiung vom Joch der Fremden. In diesem Geist, dieser Überlieferung ist Ihre Verlobte – wenn ich ihr diesen Namen denn geben darf – also aufgewachsen. Ich überlege, daß sie unter diesen Umständen nicht gerade eine Bewundrerin des Rheinbundes, eine Anhängerin Bonapartes sein wird.«

»Diese Fragen«, erwiderte August ablehnend, »sind ja durch den Gang der Geschichte überholt und beigelegt.«

»Gottlob!« sagte sie. »Und die Verbindung erfreut sich der Gönnerschaft, der väterlichen Zustimmung Goethes?«

»Vollkommen. Er ist der Meinung, daß sie die entschiedensten Aussichten eröffnet.«

»Aber er wird Sie verlieren – oder doch viel von Ihnen. Erinnern Sie sich, ich habe Ihnen die eigene Lebensgründung eben noch selber angeraten! Wenn ich mich nun aber in meinen alten Jugendfreund, unsern teuern Geheimen Rat versetze – er wird des vertrauten Helfers, des trefflichen Commissionärs verlustig gehen, wenn Sie das Haus verlassen.«

»Es ist an nichts dergleichen gedacht«, erwiderte August, »und nichts, zu Ihrer Beruhigung sei es gesagt, wird sich zum Nachteil meines Vaters verändern. Er verliert den Sohn nicht, indem er eine Tochter gewinnt. Es ist vorgesehen, daß wir die bisherigen Gastzimmer droben im zweiten Obergeschoß beziehen – es sind allerliebste Stuben mit dem Blick auf den Frauenplan. Aber Ottiliens Reich wird, versteht sich, nicht auf sie beschränkt sein; sie wird auch in den darunter gelegenen Gesellschaftsräumen walten als Dame des Hauses. Daß das Haus wieder ein weibliches Oberhaupt, – daß es endlich eine Herrin bekommt, ist ja nicht der letzte Gesichtspunkt, unter dem meine Heirat für begrüßenswert gilt.«

»Ich verstehe – und kann mich nur wundern, wie meine Gefühle schwanken. Eben noch war ich besorgt für den Vater und bin es auf einmal nun wieder für den Sohn. Meine Wünsche für diesen erfüllen sich auf eine Weise, die, ich will es nur gestehen, manches von einer Enttäuschung, von einer Nichterfüllung hat, – eben weil eine Beruhigung von wegen des Vaters damit verbunden ist. Ich bin nicht sicher, ob ich Sie recht verstand: Sie haben das Wort Ihrer Erkorenen?«

»Es ist«, erwiderte August, »einer der Fälle, in denen es der Worte am Ende nicht mehr bedarf.«

»Nicht einmal bedarf? Der Worte – der Worte. Sie entwerten, mein Freund, ein feierlich Ding, indem Sie es in die Mehrzahl versetzen. Das Wort, mein Lieber, das ist etwas anderes als Worte, das will gesprochen sein – und zwar nach reiflicher Überlegung, nach sorglichstem Zögern. Drum prüfe, wer sich ewig bindet. Sie lieben, Sie haben es mir alten Frau, die Ihre Mutter sein könnte, zu meiner tiefen Rührung gestanden. Daß Sie wiedergeliebt werden – ich zweifle nicht daran. Ihre angeborenen Verdienste bieten mir dafür die einleuchtendste Gewähr. Wonach ich mich aber mit einer gewissen mütterlichen Eifersucht frage, ist, ob Sie wahrhaft und nur um Ihrer eigensten Eigenschaften willen, ganz als Sie selbst geliebt werden. Als ich jung war, habe ich mich oft mit Schrecken in die Seele reicher und darum vielumworbener junger Mädchen versetzt, die zwar in der glücklichen Lage sind, nach Belieben unter des Landes Jünglingen zu wählen, aber niemals ganz sicher sein können, ob die Huldigungen, die sie empfangen, ihnen selbst oder ihrem Gelde gelten. Nehmen Sie irgend einen körperlichen Mangel, ein Schielen, ein Hinken, eine kleine Verwachsenheit hinzu, und Sie denken sich ganze Tragödien aus, die sich in der Seele eines solchen unselig gesegneten Geschöpfes abspielen, – Tragödien des Schwankens zwischen der Sehnsucht zu glauben und nagendem Zweifel. Mir schauderte, wenn ich daran dachte, daß solche Wesen zu der Frivolität gelangen müssen, ihren Reichtum als persönliche Eigenschaft aufzufassen und sich zu sagen: Liebt er auch nur mein Geld, so ist dieses doch mein und unabtrennbar von mir, es kommt für mein Hinken auf, und also liebt er mich trotz meinem Hinken... Ach, verzeihen Sie, dieses gedachte und unausdenkbare Dilemma ist eine alte, fixe Idee, der ständige Angst- und Mitleidstraum meiner Mädchentage, so daß ich noch heute mich in Geschwätzigkeit verliere, wenn ich darauf komme – ich komme aber einzig darauf, weil Sie, lieber August, mir als der reiche Jüngling erscheinen, der zwar so glücklich ist, wählen zu können unter den Töchtern des Landes, aber auch allen Grund hat, zu prüfen, warum er gewählt wird: ob wahrhaft seinetwegen oder um hinzukommender Eigenschaften willen. Dieses Persönchen... sehen Sie mir die nonchalante Bezeichnung nach, es ist Ihre eigene anschauliche und bildhafte

Beschreibung der Kleinen, die sie mir eingibt, diese bestimmt mich, sie ein Persönchen zu nennen, und daß Sie Ihr Bild in eine gewisse töchterliche oder schwesterliche Beziehung zu meiner eigenen Person gebracht haben, gibt mir ja ein Anrecht auf nachlässige Redeweise, so als spräche ich von mir selbst... Verzeihen Sie, ich werde gewahr, daß ich nicht ganz genau mehr weiß, was ich sage. Dieser Tag hat mir große geistige und gemütliche Anstrengungen gebracht – ich kann mich an seinesgleichen nicht erinnern. Was ich aber zu sagen angefangen, das muß ich zu Ende führen. Kurzum, dies Persönchen Ottilie – liebt sie Sie, wie Sie da sind, ohne Umstände, oder liebt sie Ihre Umstände, die die eines berühmten Sohnes sind, so daß sie eigentlich den Vater liebte? Wie sorgsam geprüft will eine solche Sache sein, bevor man sich bindet! Mir, die ich Ihre Mutter sein könnte, liegt es ob – es ist meine Pflicht und Aufgabe, Sie auf die Bedenklichkeiten hinzuweisen. Denn auch des Persönchens Mutter könnte ich Ihrer Schilderung nach ja sein, und wenn in Goethes Augen diese Verbindung die entschiedensten Aussichten eröffnet, wie Sie sich ausdrücken oder wie er sich ausgedrückt hat, so mag das immerhin damit zusammenhängen, daß ich, das ehemalige Persönchen, diesen Augen einst wohlgefiel, woraus ja eben folgt, daß ich Ihre Mutter sein könnte, und was es so sehr genau zu prüfen gilt, das ist, ob Sie es eigentlich sind, der sie liebt, oder ob Sie am Ende auch hier nur der Repräsentant und Commissionär Ihres Vaters sind. Daß Sie den Ritter Arnim liebten und gerne sein Freund hätten sein mögen, wenn es nach Ihrem Herzen gegangen wäre, sehen Sie, das war eine eigene Sache und eine Sache Ihrer Generation, aber dieses hier, so kommt mir vor, ist vielleicht nur eine Sache zwischen uns Alten. Daher meine Sorge. Glauben Sie nicht, daß ich ohne Sinn für den Reiz einer Verbindung bin, mit der, wenn ich so sagen darf, was die Alten sich versagten und versäumten, von den Jungen nachgeholt und verwirklicht würde. Und doch muß ich Sie auch wieder auf das höchst Bedenkliche der Sache entschieden hinweisen, da es sich sozusagen um Geschwister handelt...«

Sie legte die Hand im gehäkelten Halbhandschuh über die Augen.

»Nein«, sagte sie, »verzeihen Sie, mein Kind, es ist, wie ich vorhin schon gestehen mußte, daß ich nämlich meiner Worte und, um die Wahrheit zu sagen, schon meiner Gedanken nicht mehr in vollem Umfange sicher bin. Sie müssen mich alte Frau entschuldigen – ich kann nur wiederholen, daß ich mich eines Tages wie dieses, mit Anforderungen, wie er sie mir brachte, überhaupt nicht entsinne. Es focht mich eben ein veritabler Schwindel an...«

Der Kammerrat, der während der letzten Minuten sehr gerade, ja starr auf seinem Stuhle gesessen hatte, raffte sich bei diesen Worten eiligst davon auf.

»Um Gott«, rief er, »ich muß mich anklagen – ich habe Sie ermüdet, es ist ganz unverzeihlich! Wir haben vom Vater gesprochen, das ist meine einzige Entschuldigung, denn dieses Thema, obgleich gar keine Aussicht ist, damit zu Rande zu kommen, läßt einen so leicht nicht... Ich ziehe mich zurück – und hätte es« (er schlug sich mit der Handwurzel gegen die Stirn) »und hätte es nun gar beinahe getan, ohne mich des Auftrages zu entledigen, der meine einzige Legitimation war, Ihnen zur Last zu fallen.« Er nahm sich zusammen und sagte leise, in leicht vorgebeugter Haltung: »Ich habe die Ehre, der Frau Hofrätin die Willkommensgrüße meines Vaters zu übermitteln und sein Bedauern zugleich, daß er sich nicht sogleich wird blicken lassen können. Er sieht sich durch einen Rheumatism im linken Arm etwas in seiner Bewegungsfreiheit eingeschränkt. Er würde es sich aber zur Ehre und Freude rechnen, wenn Frau Hofrätin nebst Dero Lieben, Kammerrat Ridels und respectiven Demoiselles Töchtern, den kommenden Freitag, also in drei Tagen von heute, um halber 3 in kleinem Kreise bei ihm zu Mittag speisen wollten.«

Charlotte hatte sich, leicht schwankend, ebenfalls erhoben.

»Recht gern«, antwortete sie, »vorausgesetzt, daß meine Verwandten auf den Tag noch frei sind.«

»Ich darf mich beurlauben«, sagte er in geschlossener Verbeugung und in Erwartung ihrer Hand.

Sie trat, etwas schwankend, auf ihn zu, nahm seinen jungen Kopf mit dem Backenbärtchen, dem Wuschelhaar zwischen ihre Hände und küßte ihn, wie es bei seiner entgegengeneigten Haltung nicht unbequem war, mit zarten Lippen auf die Stirn.

»Leb' Er wohl, Goethe«, sagte sie. »Hab ich Ungereimtes geredet, so vergess' Er's, ich bin eben die Frischeste nicht. Vorher waren schon Rose Cuzzle und Doktor Riemer und die Schopenhauerin da, und außerdem gab es noch Mager und das Weimarer Publikum, und alles war für meine Verhältnisse übertrieben interessant. Geh' Er, mein Sohn, über drei Tage komm' ich zu Mittag – warum denn nicht? Hat er doch so manches Mal seine saure Milch bei uns gehabt im Deutschordenshause. Mögt ihr euch leiden, ihr Jungen, so nehmt euch, tut's ihm zu Liebe und seid glücklich in eueren Oberstuben! Ich habe keinen Beruf, euch davon abzureden. Gott mit Ihm, Goethe, Gott mit Ihm, mein Kind!«

Das siebente Kapitel

O, daß es schwindet! Daß das heitere Gesicht der Tiefe sich endigt, schleunig, wie auf den Wink eines launisch gewährenden und entziehenden Dämons, in nichts zerfließt und ich emportauche! Es war so reizend! Und nun, was ist? Wo kommst Du zu dir? Jena? Berka? Tennstädt? Nein, das ist die Weimarer Steppdecke, seiden, die heimische Wandbespannung, der Klingelzug... Wie, in gewaltigem Zustande? In hohen Prächten? Brav, Alter! So sollst du, muntrer Greis, dich nicht betrüben... Und ists denn ein Wunder? Welche herrlichen Glieder! Wie sich der Busen der Göttin, elastisch eingedrückt, an die Schulter des schönen Jägers – sich ihr Kinn seinem Hals und der schlummererwärmten Wange schmiegte, ihr ambrosisches Händchen das Handgelenk seines blühenden Armes umfaßte, womit er sie wackerst umschlingen wird, Näschen und Mund den Hauch seiner traumgelösten Lippen suchten, da zur Seite erhöht das Amorbübchen halb entrüstet, halb triumphierend seinen Bogen schwang mit Oho! und Halt ein! und zur Rechten klug die Jagd-hunde schauten und sprangen. Hat dir das Herz doch im Leibe gelacht ob der prächtigen Composition! Woher gleich? Woher? Versteht sich, es war der l'Orbetto, der Turchi wars auf der Dresdener Galerie, Venus und Adonis. Sie haben ja vor, die Dresdener Gemälde zu restaurieren? Vorsicht, Kinderchen! Das kann ein Unglück geben, wenn ihrs übers Knie brecht und Stümper heranlaßt. Gestümpert wird in dieser Welt – daß euch der Teufel. Weil sie vom Schweren und Guten nicht wissen und alle sichs leicht machen. Keine Bedürftigkeit – was soll denn dabei herauskommen? Muß ihnen von der Restaurationsakade-mie in Venedig erzählen, ein Director und zwölf Professoren, die sich ins Kloster schlossen zum allerprekärsten Geschäfte. Ve-nus und Adonis... »Amor und Psyche« wäre zu machen, längst schon, von den Guten erinnert mich manchmal Einer daran, wie ichs befohlen; können mir aber auch nicht sagen, woher ich die Zeit nehm. Sieh dir die Psyche-Kupfer von Dorigny im Gelben Saal einmal wieder genauestens an, die Idee zu erfrischen, dann magst dus wieder verschieben. Warten und verschieben ist gut, es wird immer besser, und dein Geheimstes und Eigenstes nimmt dir keiner; keiner kommt dir zuvor, und macht' er das-selbe.

Was ist auch Stoff? Stoff liegt auf der Straße. Nehmt ihn euch, Kinder, ich brauch ihn euch nicht zu schenken, wie ich Schillern den Tell geschenkt, daß er in Gottes Namen sein hochherzig aufwiegelnd Theater damit treibe, und ihn mir doch vorbehielt fürs Läßlich-Wirkliche, Ironische, Epische, den herculischen Demos, den Herrschaftsfragen nichts angehn, und den behäg-lichen Tyrannen, der mit des Landes Weibern spaßt. Wartet, ich mach es bestimmt noch, und der Hexameter sollte auch reifer und mit der Sprache einiger sein als je im Reinicke und im Her-mann. Wachstum, Wachstum. Solange man wächst und die Krone breitet, ist man jung, und auf unserer gegenwärtigen Stufe, bei so schöner Erweiterung unseres Wesens, sollten wir »Amor und Psyche« angreifen: aus hoch-fähigem Alter, tief er-fahrener Würde, von Jugend geküßt, sollte das Leichteste, Lieblichste kommen. Niemand ahnt, wie hübsch das würde, bis es hervorträte. Vielleicht in Stanzen? Aber ach, man kann nicht alles leisten im Drang der Geschäfte, und manches muß sterben. Willst du wetten, daß auch die Reformations-Cantate dir noch verkümmert? Donner auf Sinai... Der Morgenduft weiter Einsamkeit, das ist mir sicher. Zu den Hirtenchören, den kriegerischen, könnte Pandora helfen. Sulamith, die Geliebteste in der Ferne... Einzig ist mir das Vergnügen – seiner Liebe Tag und Nacht. Das sollte schon Spaß machen. Aber die Hauptsache bleibt Er und die gesteigerte Lehre, das Geistige, immerfort mißverstanden vom Volk, die Verlassenheit, das Seelenleiden, die höchste Qual – und dabei trösten und stärken. Sollten merken, daß man, alter Pagane, vom Christentum mehr los hat, als sie alle. Aber wer macht die Musik? Wer redet mir zu, versteht es und lobts, bevor es vorhanden? Hütet euch, so ungetröstet werd ich die Lust verlieren, und dann seht zu, womit ihr auch nur irgend würdig den Tag begeht! Wär Er noch da, der vor so manchen Jahren – schon zehne sinds – von uns sich weggekehrt! Wär Er noch da, zu spornen, zu fordern und geistreich aufzuregen! Hab ich euch nicht den Demetrius hingeworfen wegen der albernen Schwierigkeiten, die ihr mir mit den Aufführungen machtet, da ich ihn doch vollenden wollte und konnte zur herrlichsten Totenfeier auf allen Theatern? Ihr seid schuld, mit euerer stumpfen Alltagszähigkeit, daß ich wütend verzagte und Er mir und euch zum zweitenmal und endgültig starb, da ichs aufgab, sein Dasein aus genauester Kenntnis fortzusetzen. Wie ich unglücklich war! Unglücklicher wohl, als man sein kann durch andrer Verschulden. Täuschte dich die Begeisterung? Widerstand dir heimlich der eigene Herzenswunsch und redlichste Vorsatz? Nahmst du die äußeren Hindernisse zum Vorwand und spieltest den Groller im Zelte? Er, er wäre imstande gewesen, starb ich vor ihm, den Faust zu vollenden. – Um Gottes willen! Man hätte testamentarische Vorkehrungen treffen müssen! – Aber ein bitterster Schmerz war es eben doch und bleibts, ein schlimmes Versagen, eine abscheuliche Niederlage. – Allworüber denn auch der ausdauernde Freund sich beschämt zur Ruhe begeben.

Was ist die Uhr? Erwacht ich in die Nacht? Nein, vom Garten blinzelt es schon durch den Laden. Es wird sieben Uhr sein oder nicht weit davon, nach Ordnung und Vorsatz, und kein Dämon wischte das schöne Tableau hinweg, sondern mein eigener Sieben-Uhr-Wille wars, der zur Sache rief und zum Tagesgeschäft, – wachsam geblieben dort unten im nährenden Tal, wie der wohlgezogene Jagdhund, der so groß und fremd-verständig auf Venus' Verliebtheit blickte. Achtung, das ist, wie er leibt und lebt, der Hund des Gotthardus, der für den siechen Sankt Rochus das Brot wegschnappt vom Tisch seines Herrn. Die Bauernregeln sind heute einzutragen ins Rochus-Fest. Wo ist das Taschenbuch? Links im Fach vom Schreibsecretär. Trockner April ist nicht des Bauern Will'. Wenn die Grasmücke singt, ehe der Weinstock sproßt – ein Gedicht. Und die Hechtsleber. Ist ja Eingeweideschau urältesten Schrotes und Kornes. Ach, das Volk. Erbreich-traulich-heidnisch Naturelement, nährendes Tal des Unbewußten und der Verjüngung! Mit ihm zu sein, umschlossen von ihm beim Vogelschießen und Brunnenfest oder wie damals zu Bingen am langen, geschirmten Tisch beim Wein, im Dunst des schmorenden Fetts, des frischen Brotes, der auf glühender Asche bratenden Würste! Wie sie den verlaufenen Dachs, den blutenden, unbarmherzig erwürgten am allerchristlichsten Fest! Im Bewußten kann der Mensch nicht lange verharren; er muß sich zuweilen wieder ins Unbewußte flüchten, denn darin lebt seine Wurzel. Maxime. Davon wußte der Selige nichts und wollte nichts davon wissen, – der stolze Kranke, der Aristokrat des Geistes und der Bewußtheit, der große rührende Narr der Freiheit, den sie darum, absurd genug, für einen Volksmann halten (und mich für den vornehmen Knecht), da er doch vom Volke rein nichts verstand und auch von Deutschheit nichts – nun, dafür liebt ich ihn, ist mit den Deutschen ja nicht zu leben, sei es in Sieg oder Niederlage – sondern in zarter, hochkränklicher Reine spröde dagegenstand, unfähig unterzutauchen, immer vielmehr nur in Sanftmut gemeint, das Geringe als Seinesgleichen zu nehmen, es zu sich und zum Geiste emporzusteigern auf Heilandsarmen. Ja, Er hatte viel von Ihm, auf den ich mich verstehen will in der Cantate, – und ambitionierte auch noch auf den erfinderischen Geschäftsmann in kindlicher Großheit. Kindlich? Nun, er war Mann gar sehr, Mann im Übermaß und bis zur Unnatur, denn das rein Männliche, Geist, Freiheit, Wille, ist Unnatur, da er denn vor dem Weiblichen einfach albern war: seine Weiber sind ja zum Lachen, – und dabei das Sinnliche als anstachelnde Grausamkeit. Schrecklich, schrecklich und unausstehlich! Und ein Talent in alldem, eine hochfliegende Kühnheit, ein Wissen ums Gute, weit über alles Gesinde und Gesindel hinaus, einzig ebenbürtig, einzig verwandt, – ich werde nicht Seinesgleichen sehen. Der Geschmack im Geschmacklosen, die Sicherheit im Schönen, die stolze Präsenz aller Fähigkeiten, Facilität und Fertigkeit des Sprechens, unbegreiflich unabhängig von jedem Befinden, der Freiheit zu Ehren, – verstehend aufs halbe Wort und antwortend mit äußerster Klugheit, dich zu dir selber rufend, dich über dich selbst belehrend, immer sich vergleichend, sich kritisch behauptend, lästig genug: der speculative, der intuitive Geist, weiß schon, weiß schon, sind sie nur beide genialisch, so werden sie sich auf halbem Wege – Weiß schon, darauf kams an, daß auch der Naturlose, der Nichts-als-Mann, ein Genie sein könne, daß Er eines sei und an meine Seite gehöre, – auf den großen Platz kams an und die Ebenbürtigkeit und auch darauf, aus der Armut herauszukommen und sich ein Jahr für jedes Drama leisten zu können. Unangenehmer, diplomatisierender Streber. Mocht ich ihn jemals? Nie. Mochte den Storchengang nicht, das Rötliche, die Sommersprossen, die kranken Backen, nicht den krummen Rücken, den verschnupften Haken der Nase. Aber die Augen vergeß ich nicht, solang ich lebe, die blau-tiefen, sanften und kühnen, die Erlöser-Augen... Christus und Speculant. War ich voller Mißtraun! Merkte: er wollte mich exploitieren. Schrieb mir den erzgescheiten Brief, um den »Meister« für die »Horen« zu kriegen, die er darauf gegründet, wo du doch, Lunte riechend, heimlich schon mit Unger zum Abschluß gekommen. Und dann insistierte er wegen »Faust« für die »Horen« und für Cotta, ärgerlichst, – da er doch ganz allein unter allen begriff, um was es ging bei dem objectiven Stil seit Italien, wissen mußte, daß ich ein andrer und der Lehm trocken geworden. Lästig, lästig. War hinter mir her und urgierte, weil er keine Zeit hatte. Aber nur die Zeit bringts heran.

Zeit muß man haben. Zeit ist Gnade, unheroisch und gütig, wenn man sie nur ehrt und sie emsig erfüllt; sie besorgt es im Stillen, sie bringt die dämonische Intervention... Ich harre, mich umkreist die Zeit. Täte aber das Ihre allenfalls schneller, wär er noch da. Ja, mit wem sprech ich über Faust, seitdem der Mann aus der Zeit ist? Er wußte alle Sorgen, die ganze Unmöglichkeit und die Mittel und Wege wohl auch, – unendlich geistreich und duldsam-frei, voll kühnen Einverständnisses den großen Spaß betreffend und die Emancipation vom nicht-poetischen Ernst, da er mich nach Helena's Auftritt tröstlich bedeutete, aus der Cohobierung des Spuks und der Fratze zum Griechisch-Schönen und zur Tragödie, der Verbindung des Reinen und des Abenteuerlichen möchte wohl ein nicht ganz verwerflicher poetischer Tragelaph entstehen. Er hat Helena noch gesehen, hat ihre ersten Trimeter noch gehört und seinen großen und vornehmen Eindruck bekundet, das soll mich stärken. Er hat sie gekannt, wie Chiron, der Rastlose, den ich nach ihr fragen will. Er hat gelächelt beim Zuhören, wie ichs fertig gebracht, jedes Wort mit antikischem Geist zu durchtränken... »Vieles erlebt ich, obgleich die Locke – Jugendlich wallet mir um die Schläfe! – Durch das umwölkte, staubende Tosen – Drängender Krieger hört ich die Götter – Fürchterlich rufen, hört ich der Zwietracht – Eherne Stimme schallen durchs Feld – Mauerwärts!« Da lächelte er und nickte: »Vortrefflich!« Das ist sanctioniert, darüber bin ich beruhigt, das soll unangetastet sein, er hats vortrefflich gefunden – und hat gelächelt, so daß ich auch lächeln mußt und mein Lesen zum Lächeln wurde. Nein, auch darin war er nicht deutsch, daß er lächelte über das Vortreffliche. Das tut kein Deutscher. Die schauen grimmig drein dabei, weil sie nicht wissen, daß Kultur Parodie ist – Liebe und Parodie... Er nickte und lächelte auch, als der Chor Phöbos »den Kenner« nannte. »Doch tritt immer hervor; denn das Häßliche sieht er nicht, Wie sein heiliges Aug Niemals den Schatten sieht.« Das gefiel ihm, darin erkannt er sich, fand es auf sich gemünzt. Und dann wandte er ein und tadelte, es sei nicht recht gesagt, daß Scham und Schönheit nie zusammen, Hand in Hand, den Weg verfolgen: Schönheit sei schamhaft. Sagt ich: Warum sollte sie? Sagt er: Im Bewußtsein, daß sie, dem Geistigen entgegen, das sie repräsentiert, Begierde erregt. Sag ich: Soll die Begierde sich schämen; aber die tuts auch nicht, im Bewußtsein vermutlich, daß sie das Verlangen nach dem Geistigen repräsentiert. Hat er mitgelacht. Es lacht sich mit niemandem mehr. Hat mich dahier gelassen in dem Vertrauen, daß ich den Weg ins Holz schon wissen, den bindenden Reif schon finden würde für die Totalität der Materie, die das Unternehmen erfordert. Sah der alles. Sah auch, daß der Faust ins tätige Leben geführt werden muß – leichter gesagt, als getan, aber wenn Sie dachten, mein Bester, das sei mir neu –. Hab ich ihn doch gleich damals, als alles noch ganz dumpf und kindisch-trübe war, beim Lutherwerk statt »Wort«, »Sinn« und »Kraft« übersetzen lassen: »die Tat«.

Dunque! Dunque! Was ist heute zu tun? Ermanne dich zu fröhlichem Geschäft! Sich zur Tätigkeit erheben, nach der Ruhe sanftem Schatten, Wieder in das rasche Leben Und zur Pflicht, o welche Lust! Kling-klang. Das ist der »kleine Faust«, – die Zauberflöte, wo Homunculus und der Sohn noch Eines sind im leuchtenden Kästchen... Was gab es also, was fordert der Tag? O Tod, es ist ja das Gutachten über den Isis-Scandal, die widrigste Calamität, für Serenissimum abzufassen. Wie man vergißt dort unten! Nun kommt der Tag-Spuk wieder herauf, das ganze Zeug, – da ist auch das Concept zum Geburtstagscarmen an Excellenz von Voigt – Himmel, es will ja gemacht und mundiert sein, am siebenundzwanzigsten ist der Geburtstag, und viel ist es nicht, was ich habe, eigentlich nur ein paar Verse, wovon einer taugt: »Ob nicht Natur zuletzt sich doch ergründe?« Das ist gut, das läßt sich hören, das ist von mir, das mag den ganzen Quark tragen, denn natürlich wirds ein schicklicher Quark wie so vieles, es ist nur, daß das »poetische Talent« gesellig vorspricht, man erwartets von ihm. Ach, das poetische Talent, zum Kukkuck damit, die Leute glauben, das sei es. Als ob man noch vierundvierzig Jahre lebte und wüchse, nachdem man mit vierundzwanzig den Werther geschrieben, ohne hinauszuwachsen über die Poesie! Als ob es die Zeit noch wäre, daß mein Caliber sich im Gedichte machen genügte! Schuster, bleib bei deinem Leisten. Ja, wenn man ein Schuster wäre. Die aber schwätze, man werde der Poesie untreu und verzettele sich in Liebhabereien. Wer sagt euch, daß nicht die Poesie die Liebhaberei ist und der Ernst bei ganz was anderem, nämlich beim Ganzen? Dummes Gequak, dummes Gequak! Wisse nicht, die Dusselköppe, daß ein großer Dichter vor allem g r o ß ist und dann erst ein Dichter, und daß es ganz gleich ist, ob er Gedichte macht oder die Schlachten schlägt dessen, der mich in Erfurt ansah, mit lächelndem Munde und finsteren Augen und hinter mir her sagte, absichtlich laut, daß ichs hören sollte: »Das ist ein Mann« – und nicht »Das ist ein Dichter«. Aber das Narrenvolk glaubt, man könne groß sein, wenn man den Divan macht, und bei der Farbenlehre, da wär mans nicht mehr...

Teufel, was gab es da? Was kommt da herauf von gestern? Das Pfaffenbuch, das Professoren-Opus gegen die Farbenlehre, Pfaff heißt der Tropf, schickt mir bestens seine dreisten Abstreitungen zu, hat die Unverschämtheit, sie mir ins Haus zu schikken, taktlose deutsche Zudringlichkeit, hätt ich zu sagen, man wiese solche Leute aus der Gesellschaft. Aber warum sollen sie nicht meine Forschung bescheißen, da sie meine Dichtung beschissen haben, was ihre Bäuche hergaben? Haben die Iphigenie so lange mit dem Euripides verglichen, bis sie ein Trödel war, haben mir den Tasso verhunzt und die Eugenie leidig gemacht mit ihrem Gewäsche von »marmorglatt und marmorkalt«, Schiller auch, Herder auch und die schnatternde Staël auch, – von der Niedertracht nicht zu reden. Dyck heißt die skribelnde Niedertracht. Demütigung, daß ich den Namen weiß, seiner gedenke. Niemand wird ihn wissen nach fünfzehn Jahren, wird so tot sein, wie ers heute schon ist, aber ich muß ihn wissen, weil er mit mir in der Zeit ist... Daß sie urteilen dürfen! Daß jeder urteilen darf. Sollte verboten sein. Ist eine Polizeisache, meiner

Meinung nach, wie Okens Isis. Hört sie urteilen, und dann verlangt von mir, daß ich für Landstände sei und Stimmrecht und Preßfreiheit und Ludens Nemesis und des teutschen Burschen fliegende Blätter und den Volksfreund von Wielands filius. Greuel, Greuel. Zuschlagen soll die Masse, dann ist sie respectabel, Urteilen steht ihr miserabel. Aufschreiben und secretieren. Überhaupt secretieren. Warum gab ichs an Tag und gabs preis zu öffentlichen Handen? Man kann nur lieben, was man noch bei sich hat und für sich, was aber beschwätzt ist und besudelt, wie soll man dran weitermachen? Hätte euch die merkwürdigste Fortsetzung gemacht von der Eugenie, wollt aber ja nicht, daß man euch ein Gutes tue, so willig man wäre. Man wollte sie schon amüsieren, wenn sie nur amüsabel wären! Ist aber ein mürrisch ungespäßig Geschlecht und versteht nicht das Leben. Weiß nicht, daß nichts davon übrig bleibt ohne etwelche Bonhomie und Indulgenz, ohne daß man in Gottes Namen ein Auge zudrückt und fünfe gerade sein läßt, damits nur bestehe. Was ist denn all Menschenwerk, Tat und Gedicht, ohne die Liebe, die ihm zu Hilfe kommt, und den parteiischen Enthusiasmus, ders zu was aufstutzt? Ein Dreck. Die aber tun, als wären sie wohl auf dem Plan, das Absolute zu fordern und hätten den Anspruch verbrieft in der Tasche. Verdammte Spielverderber. Je dümmer, je saurer das Maul. Und doch kommt man immer wieder, das Seine vor ihnen auszubreiten, vertrauensvoll – »mög es auch nicht mißfallen«.

Da ist mir die morgenfreundliche Laune getrübt und corrosiv angehaucht von ärgerlichem Sinnieren –! Wie stehts denn überall? Was ist mit dem Arm? Tut als brav weh, wenn ich ihn hintüberlege. Immer denkt man, die gute Nacht wirds bessern, aber es hat der Schlaf die alte Heilkraft nicht mehr, muß es wohl bleiben lassen. Und das Ekzem am Schenkel? Meldet sich auch zur Stelle mit gehorsamstem Guten Morgen. Weder Haut noch Gelenke wollen mehr mittun. Ach, ich sehn mich nach Tennstädt zurück ins Schwefelwasser. Früher sehnt ich mich nach Italien, jetzt in die heiße Brühe, daß sie die verhärtenden Glieder löse; so modificiert das Alter die Wünsche und bringt uns herunter. Es muß der Mensch wieder ruiniert werden. Ist aber doch ein groß, wunderbar Ding um diesen Ruin und um das Alter und eine lächelnde Erfindung der ewigen Güte, daß der Mensch sich in seinen Zuständen behagt und sie selbst ihn sich zurichten, daß er einsinnig mit ihnen und so der Ihre wie sie die Seinen. Du wirst alt, so wirst du ein Alter und siehst allenfalls mit Wohlwollen, aber geringschätzig auf die Jugend herab, das Spatzenvolk. Möchtest du wieder jung und der Spatz sein von dazumal? Schrieb den Werther, der Spatz, mit lächerlicher Fixigkeit, und das war denn was, freilich, für seine Jahre. Aber leben und alt werden danach, das ist es erst, da liegt der Spielmann begraben. All Heroismus liegt in der Ausdauer, im Willen zu leben und nicht zu sterben, das ists, und Größe ist nur beim Alter. Ein Junger kann ein Genie sein, aber nicht groß. Größe ist erst bei der Macht, dem Dauergewicht und dem Geist des Alters. Macht und Geist, das ist das Alter und ist die Größe – und die Liebe ists auch erst! Was ist Jugendliebe gegen die geistige Liebesmacht des Alters? Was für ein Spatzenfest ist das, die Liebe der Jugend, gegen die schwindlichte Schmeichelei, die holde Jugend erfährt, wenn Altersgröße sie liebend erwählt und erhebt, mit gewaltigem Geistesgefühl ihre Zartheit ziert – gegen das rosige Glück, worin lebensversichert das große Alter prangt, wenn Jugend sie liebt? Sei bedankt, ewige Güte! Alles wird immer schöner, bedeutender, mächtiger und feierlicher. Und so fortan!

Das heiße ich sich wiederherstellen. Schaffts der Schlaf nicht mehr, so schaffts der Gedanke. Schellen wir also nun dem Carl, daß er den Kaffee bringt; ehe man sich erwärmt und belebt, ist gar der Tag nicht einzuschätzen und nicht zu sagen, wies heut um den Guten steht und was er wird leisten mögen. Vorhin war mir, als wollt ich marode machen, im Bett bleiben und alles sein lassen. Das hatte der Pfaff gemacht, und daß sie meinen Namen nicht wollen dulden in der Geschichte der Physik. Hat sich aber wieder auf die Beine zu bringen gewußt, die liebe Seele, und der Labetrank mag ein Übriges tun... Das denk ich jeden Morgen beim Schellen, daß der vergoldete Griff vom Glockenzug garnicht hierher paßt. Wunderlich Stückchen Prunk, gehört eher nach vorn in den Weltempfang, als ins klösterlich Geistige hier, ins Reservat des Schlafs und die Hamsterhöhle der Sorge. Gut, daß ich die Stuben hier einrichten ließ, das stille und karge, das ernste Reich. Auch gegen die Kleine wars gut, daß sie sähe: nicht nur für sie und die Ihren war das Hinterhaus recht als retiro, sondern auch für mich selbst, wiewohl aus anderen Gründen. Das war – laß sehen – Sommer vierundneunzig, zwei Jahre nach dem Wiedereinzug in das geschenkte Haus und dem Umbau. War die Epoque der Beiträge zur Optik, – o, mille excuses, ihr Herrn von der Gilde, – zur Chromatik natürlich nur allenfalls, denn wie sollte wohl Einer sich an die Optik wagen, der nicht in der Meßkunst beschlagen, und sollte sich unterfangen, Newtonen zu widersprechen, dem Falschen, Captiosen, dem Lügenmeister und Schutzherrn des Schulirrtums, dem Verleumder des Himmelslichts, der da wollte, daß sich das Reinste aus lauter Trübnissen, das Hellste aus Elementen zusammensetze, die dunkler allsamt als es selber. Der schlechte Narr, der hartstirnige Irrlehrer und Weltverdunkeler! Man darf nicht müde werden, ihn zu verfolgen. Da ich das trübe Mittel begriffen, und daß das Durchsichtigste selbst schon des Trüben erster Grad, da ich erfunden, daß Farbe gemäßigt Licht, da hatt ich die Farbenlehre am Schnürchen, der Grund- und Eckstein war da gesetzt, und konnt auch das Spectrum mir keine Pein mehr machen. Als ob es kein trübes Mittel wäre, das Prisma! Weißt du noch, wie du das Ding vor die Augen nahmst im geweißten Zimmer und die Wand, der Lehre entgegen, weiß blieb wie eh und je, wie auch der lichtgraue Himmel draußen nicht eine Spur von Färbung zeigte und nur wo ein Dunkles ans Helle stieß, Farbe entsprang, sodaß das Fensterkreuz am allerlustigsten bunt erschien? Da hatt ich den Schuft und sprachs zum ersten Mal vor mich hin mit den Lippen: Die Lehre ist falsch! und es bewegten sich mir vor Freude die Eingeweide, wie damals, als sich mir klar und unverleugbar, nicht anders als ichs in gutem Einvernehmen mit der Natur zuvorgewußt, das Zwischenknöchlein kund tat für die Schneidezähne im Kiefer des Menschen. Sie wolltens nicht wahrhaben und wolltens aber nicht wahrhaben jetzt mit den

Farben. Glückliche, peinliche, bittere Zeit. Man machte sich lästig, wahrhaftig, man spielte den insistierenden Querulanten. Hattest du nicht gezeigt mit dem Knöchlein und der Metamorphose der Pflanzen, daß Natur dirs nicht abschlug, den einen und anderen Blick in ihre Werkstatt zu tun? Aber sie wollten dir den Beruf zu der Sache nicht glauben, sie zogen abgeneigte Gesichter, sie ruckten die Schultern, wurden verdrießlich. Du warst ein Störenfried. Und du wirsts bleiben. Sie lassen dich alle grüßen und hassen dich bis in den Tod. Nur die Fürsten, das war ein anderes. Soll ihnen unvergessen sein, wie sie meine neue Passion respectierten und förderten. Des Herzogs Hoheit, so brav wie immer, – gleich bot er Raum und Muße, mein Aperçu zu verfolgen. Die beiden Gothaer, Ernst und August, – der Eine ließ mich in seinem physikalischen Cabinett laborieren, der andere verschrieb mir aus England die schönen, zusammengesetzten, die achromatischen Prismen. Herren, Herren. Die Schulfüchse wiesen mich ab wie einen Pfuscher und Quengler, aber der Fürst-Primas in Erfurt hat all mein Experimentieren mit der gnädigsten Neugier verfolgt und den Aufsatz damals, den ich ihm schickte, mit eigenhändigen Randbemerkungen beehrt. Das macht, sie haben Sinn für Dilettantism, die Herren. Liebhaberei ist nobel und, wer vornehm, ein Liebhaber. Dagegen gemein ist alles, was Gilde und Fach und Berufsstand. Dilettantism! Über euch Philister! Ahndete euchs wohl je, daß Dilettantism ganz nah verwandt dem Dämonischen und dem Genie, weil er ungebunden ist und geschaffen, ein Ding zu sehen mit frischem Aug, das Object in seiner Reinheit, wies ist, nicht aber wie Herkommen will, daß mans sehe, und nicht wie der Troß es sieht, der von den Dingen, den physischen und den moralischen, immer nur ein Bild hat aus zweiter Hand? Weil ich von der Poesie zu den Künsten kam und von denen zur Wissenschaft und mir bald Baukunst und Bildhauerkunst und Mahlerey war wie Mineralogie, Botanik und Zoologie, so soll ich ein Dilettant sein. Laß dirs gefallen! Als Junge hab ich dem Straßburger Münster abgesehen, daß dem Turm eine fünfspitzige Krönung zugedacht war, und der Riß hats bestätigt. Der Natur aber soll ichs nicht abmerken? Als obs nicht All eines wäre, das Alles; als ob nicht nur der was davon verstünde, der Einheit hat, und die Natur sich nicht dem nur vertraute, der selber eine Natur...

Die Fürsten und Schiller. Denn der war ein Edelmann auch, von Kopf bis zu Füßen, ob er es gleich mit der Freiheit hielt, und hatte die Natürlichkeit des Genies, ob er der Natur gleich ärgerlich-sträflichen Hochmut erwies. Ja, der nahm teil und glaubte und trieb mich an, wie immer mit seiner reflectierenden Kraft, und als ich ihm nur den ersten Entwurf sandte zur Geschichte der Farbenlehre, da hat er mit großem Blick das Symbol einer Geschichte der Wissenschaften, den Roman des menschlichen Denkens darin erkannt, der draus wurde in achtzehn Jahren. Ach, ach, der hat was gemerkt, der hat was verstanden. Weil er den Rang hatte, das Auge, den Flug. Wär der noch, er risse mich hin, den Kosmos zu schreiben, die umfassende Geschichte der Natur, die ich schreiben müßte, auf die's mit der Geologie bei mir von jeher hinauswollte. Wer kanns denn als ich? Das sag ich von allem und kann doch nicht alles tun – unter Verhältnissen, die mir die Existenz machen und sie mir rauben zugleich. Zeit, Zeit, gib mir Zeit, gute Mutter, und ich tu alles. Als ich jung war, sagte mir Einer: Du gibst dir die Miene auch, als sollten wir hundertundzwanzig Jahre alt werden. Gib sie mir, gute Natur, gib mir so wenig nur von der Zeit, über die du verfügst, Gemächliche, und ich nehm allen andern die Arbeit ab, die du getan sehen möchtest und die ich am besten mache...

Zweiundzwanzig Jahre hab ich die Stuben, und nichts hat sich bewegt darin, als daß das Canapee wegkam aus dem Studio, weil ich die Schränke brauchte bei sich mehrenden Acten, und der Armstuhl hier am Bett kam hinzu, den die Oberkammerherrin mir schenkte, die Egloffstein. Das war aller Wechsel und Wandel. Aber was ist nicht hindurchgegangen durchs Immergleiche und hat drin getobt an Arbeit, Geburt und Mühsal. Solche Mühe hat Gott dem Menschen gegeben! Daß du redlich dich beflissen, was auch werde, Gott mags wissen. Aber die Zeit, die Zeit ging drüber hin. Steigts dir doch auf siedendheiß, jedesmal, wenn du ihrer gedenkst! Zweiundzwanzig Jahre – ist was geschehen darin, haben was vor uns gebracht unterweilen, aber es ist ja beinah schon das Leben, ein Menschenleben. Halte die Zeit! Überwache sie, jede Stunde, jede Minute! Unbeaufsichtigt, entschlüpft sie, dem Eidechslein gleich, glatt und treulos, ein Nixenweib. Heilige jeden Augenblick! Gib ihm Helligkeit, Bedeutung, Gewicht durch Bewußtsein, durch redlich-würdigste Erfüllung! Führe Buch über den Tag, gibt Rechenschaft von jedem Gebrauch! Le temps est le seul dont l'avarice soit louable. Da ist die Musik. Hat ihre Gefahren für die Klarheit des Geistes. Aber ein Zaubermittel ist sie, die Zeit zu halten, zu dehnen, ihr eigentümlichste Bedeutendheit zu verleihen. Singt die kleine Frau Der Gott und die Bajadere, sollte sie nicht singen, ist ja beinah ihre eigene Geschichte. Singt sie Kennst du das Land – mir kamen die Tränen und ihr auch, der Lieblich-Hochgeliebten, die ich mit Turban und Schal geschmückt, – sie und ich, wir standen in Tränenglanz unter den Freunden. Sagt sie, der gescheite Schatz, mit der Stimme, mit der sie gesungen: Wie langsam geht doch die Zeit bei Musik, und ein wie vielfaches Geschehen und Erleben drängt sie in einen kurzen Zeitraum zusammen, da uns bei interessiertem Lauschen eine lange Weile verflossen scheint! Was ist Kurzweil und Langweil? Lobte sie weidlich fürs Aperçu und stimmte ihr zu aus der Seele. Sagte: Liebe und Musik, die beiden sind Kurzweil und Ewigkeit – und solchen Unsinn. Las ich den Siebenschläfer, den Totentanz, aber dann: Nur dies Herz, es ist von Dauer; aber dann: Nimmer will ich dich verlieren; aber dann: Herrin, sag, was heißt das Flüstern; aber endlich: So, mit morgenroten Flügeln, Riß es mich an deinen Mund. Es wurde spät in der Vollmondnacht. Albert schlief ein, Willemer schlief ein, die Hände über dem Magen gefaltet, der Gute, und wurde gefoppt. Es war ein Uhr, als wir uns trennten. War so munter, daß ich dem Boisserée durchaus noch auf meinem Balcon mit der Kerze den Versuch mit den farbigen Schatten zeigen mußte. Merkte wohl, daß sie uns belauschte auf ihrem Söller. Euch im Vollmond zu begrüßen Habt ihr heilig angelobet –. Jetzt hätte er auch noch etwas draußen bleiben können. Avanti! –

»Recht guten Morgen, Ew. Excellenz.«

»Ja, hm. Guten Morgen. Setz es nur hin. – Sollst auch einen guten Morgen haben, Carl.«

»Besten Dank, Ew. Excellenz. Bei mir kommt's ja nicht so drauf an. Aber haben Ew. Excellenz wohl geruht?«

»Passabel, passabel. – Ist das curios, jetzt hab ich doch wieder gedacht aus alter Gewohnheit, du wärst der Stadelmann, als du hereinkamst, der langjährige Carl, von dem du den Namen geerbt hast. Muß doch wunderlich sein, Carl gerufen zu werden, wenn man eigentlich – das mein' ich eben, wenn man eigentlich Ferdinand heißt.«

»Dabei fällt mir garnichts mehr auf, Ew. Excellenz. Das ist unsereiner gewohnt. Ich hab auch schon mal Fritz geheißen. Und eine Zeitlang sogar Battista.«

»Accidente! Nenn ich ein bewegtes Leben. Battista Schreiber? Aber deinen zweiten Namen sollst du dir nicht nehmen lassen, Carl. Machst ihm Ehre, schreibst eine nette, reinliche Hand.«

»Danke ergebenst, Ew. Excellenz. Steht zur Verfügung wie immer. Wollen Ew. Excellenz vielleicht gleich wieder aus dem Bett heraus was dictieren?«

»Weiß noch nicht. Laß mich erst einmal trinken. Mach vor allem den Laden auf, daß man sieht, was mit dem Tage los ist. Dem neuen Tag. Ich habe doch nicht verschlafen?«

»Keine Spur, Ew. Excellenz. Es ist knapp nach sieben.«

»Also doch nach? Das kommt, weil ich noch etwas gelegen hab und Gedanken gesponnen. – Carl?«

»Wünschen, Ew. Excellenz?«

»Haben wir von den Offenbacher Zwiebacken noch einen ausreichenden Vorrat?«

»Ja, Ew. Excellenz, was meinen Ew. Excellenz mit ›ausreichend‹? Ausreichend wie lange? Für einige Tage reichen sie schon noch.«

»Du hast recht, ich habe mich nicht ganz gehörig ausgedrückt. Aber das Gewicht lag auf ›Vorrat‹. ›Einige Tage‹, das ist kein Vorrat.«

»Ist es auch nicht, Ew. Excellenz. Oder doch nur ein beinahe erschöpfter Vorrat.«

»Ja, siehst du? Mit anderen Worten: für einen Vorrat reicht es nicht mehr.«

»Genau so, Ew. Excellenz. Ew. Excellenz wissen es eben schließlich doch am besten.«

»Ja, ganz zuletzt wird es wohl meistens darauf hinauslaufen. Aber ein Vorrat, der zu Ende geht, und bei dem man den Boden sieht, das hat was Schreckhaftes, dazu darf man es garnicht kommen lassen. Man muß vorsorgen, damit man nicht aufhört, aus dem Vollen zu schöpfen. Vorsorgen ist überall so wichtig.«

»Da haben Ew. Excellenz ein wahres Wort gesprochen.«

»Freut mich, daß wir consentieren. Und also müssen wir an die Frau Schöffin Schlosser in Frankfurt schreiben, daß sie neue schickt, einen derben Kasten voll, ich bin ja postfrei. Vergiß nicht, mich an den notwendigen Brief zu erinnern. Ich genieße diese Offenbacher sehr gern. Sind eigentlich das Einzige, was mir um diese Stunde schmeckt. Weißt du, frische Zwiebacke sind schmeichelhaft für alte Leute, denn sie sind rösch, und rösch ist hart, aber spröde und beißt sich leicht, und so hat man die Illusion, mit Leichtigkeit Hartes zu beißen wie die liebe Jugend.«

»Aber Ew. Excellenz, solche Illusionen haben Ew. Excellenz doch wahrhaftig nicht nötig. Wenn Einer noch aus dem Vollen schöpft, dann, mit Verlaub, doch wohl Ew. Excellenz.«

»Ja, das sagst du so. – Ah, das hast du gut gemacht, kömmt gar holde Luft herein, Morgenluft, süß und jungfräulich, wie das einen lieblich zutraulich umfächelt. Ist doch himmlisch jedesmal wieder aufs neue, die Verjüngung der Welt aus der Nacht für uns alle, für Alt und Jung. Da sagt man immer, daß Jugend nur zu Jugend gehöre, aber die junge Natur kommt ganz unbefangen zum Alter auch: Kannst du dich freuen, so bin ich dein, und dein mehr, als der Jugend. Denn die hat ja gar für die Jugend den rechten Sinn nicht, den hat nur das Alter. Wär ja auch schauerlich, wenn nur das Alter zum Alter käme. Soll für sich bleiben, soll außen bleiben... Wie sieht der Tag denn aus? Eher dunkel?«

»Eher ein bißchen dunkel, Excellenz. Die Sonne ist bedeckt, und weiter oben haben wir auch nur hie und da ein Stückchen –«

»Warte einmal. Geh erst hinüber und sieh nach dem Barometer und nach dem Thermometer außen vorm Fenster. Aber mach deine Augen auf.«

»Gleich, Ew. Excellenz. – Es hat 722 Millimeter Barometerstand, Ew. Excellenz, und 13 Grad Réaumur Außentemperatur.«

»Sieh mal an. Dann kann ich mir die Troposphäre schon denken. Ziemlich feucht dünkt das Windchen mich auch, wie's hereinkommt, West-Süd-West, nehm' ich an, und der Arm spricht sein Wörtchen desgleichen. Wolkenmenge fünf oder sechs, die grauliche Nebel-Bedeckung mag früh gar sehr nach Niederschlag ausgesehn haben, aber jetzt hat der Wind sich lebhafter erhoben, wie auch die Wolken zeigen, die ziemlich schnell aus Nordwest ziehen, wie gestern Abend, und ist im Begriff, die Decke zu zerreißen, sie flüchtig fortzutreiben. Es sind langgezogene Cumuli, Haufenwolken in der untern Region, stimmt das? Und höher stehen leichte Cirri und Windbäume und Besenstriche bei stellenweise durchblickendem Himmelsblau – entspricht's ungefähr?«

»Entspricht ausgezeichnet, Ew. Excellenz. Die Besenstriche oben erkenn' ich aufs Wort – so hingefegt.«

»Ich vermute nämlich, der obere Wind geht aus Ost, und auch wenn der untere im Westen bleibt, werden die Cumuli allmählich aufgelöst, wie sie sich vorwärts bewegen, und statt dessen wird es die schönsten Schäfchen streifen- und reihenweis geben. Kann sein, daß wir mittags reinen Himmel haben, der sich aber nach Tisch wieder trüben kann. Es ist ein wankelmütiger, ungewisser Tag von widersprechenden Tendenzen... Siehst du, das muß ich noch vollkommen lernen, nach dem Barometerstand die Wolkengestalt zu beurteilen. Früher hat man sich für diese oberen Beweglichkeiten garnicht recht interessiert, aber jetzt hat ein gelehrter Mann ein ganzes Buch drüber geschrieben und eine hübsche Nomenclatur aufgestellt, – ich hab' auch was dazu beigetragen: die paries, die Wolkenwand, die hab' ich namhaft gemacht, und so mögen wir das Unbeständige anreden und ihm auf den Kopf zusagen, zu welcher Klasse und Art es gehört. Denn das ist des Menschen Vorrecht auf Erden, daß er die Dinge bei Namen nennt und ins System bringt. Da schlagen sie sozusagen die Augen nieder vor ihm, wenn er sie anruft. Name ist Macht.«

»Soll ich das nicht aufschreiben, Ew. Excellenz, oder haben es schon Herrn Dr. Riemer gesagt, daß er es sich vielleicht notiert?«

»Ach was, ihr müßt nicht so aufpassen.«

»Man soll aber doch nichts umkommen lassen, Ew. Excellenz, auch nicht in einem großen Haushalt. Und das Buch über die Wolken, das hab ich wohl liegen sehn nebenan. Worum Ew. Excellenz sich alles kümmern, da muß der Mensch sich schon wundern. Den Interessenbezirk von Ew. Excellenz, den kann man geradhin universell nennen.«

»Dummkopf, wo nimmst du denn solche Ausdrücke her?«

»Ist aber doch wahr, Ew. Excellenz. – Soll ich nun nicht erst mal eben nachsehen, was die Raupe macht, das schöne Exemplar von der Wolfsmilchraupe, ob sie auch frißt?«

»Die frißt nicht mehr, die hat genug gefressen, erst draußen und dann bei mir in der Observation. Die hat schon angefangen, sich einzuspinnen, wenn du nachgucke willst, so tu's, man sieht ganz deutlich, wie sie den Spinnsaft absondert aus ihrer Drüse, bald wird sie verpuppt sein, ein Cocon, und es soll mich doch wundern, ob wir's erleben, daß sich die Wandlung vollzieht und die Psyche daraus hervorschlüpft, ihr kurzes, leichtes Flatterleben zu führen, wofür sie als Wurm so viel gefressen.«

»Ja, Ew. Excellenz, das sind so die Wunder der Natur. Wie ist es denn nun mit dem Dictieren?«

»Recht, ja, es sei. Ich muß das Gutachten für Seine Königliche Hoheit den Großherzog machen wegen der vermaledeiten Zeitschrift. Nimm das weg hier, sei so gut, und gib mir die Notizenblätter und den Bleistift, die ich da gestern bereit gelegt.«

»Hier, Ew. Excellenz. Daß ich Ew. Excellenz nur lieber die Wahrheit sage: Herr Schreiber John ist nämlich auch schon da und hat fragen lassen, ob es nicht was für ihn aufzunehmen gibt. Aber ich tät' mich so freuen, wenn ich dableiben dürft' und kriegte das Gutachten erst mal dictiert. Für Herrn Bibliotheks-Secretär wird ja nach dem Aufstehen immer noch Dienst genug –«

»Ja, bleib nur, mach dich nur fertig. John kommt mir immer früh genug – ob er schon meistens zu spät kommt. Mag nachher drankommen.«

»Danke Ew. Excellenz recht von Herzen.«

Ganz angenehmer Mensch, von leidlicher Gestalt und geschickten Manieren bei der Aufwartung und im näheren Dienst meiner Person. Und das Einschmeichelnde kommt nicht aus Berechnung – oder nur zum Teil – sondern aus redlicher Ergebenheit, mit einiger Eitelkeit gemischt, und aus natürlichem Liebesbedürfnis. Eine zärtliche Seele, gutartig und sinnlich und hats mit den Weibern. Ich glaub, daß er quacksalbert, weil er sich nach der Rückkehr von Tennstädt was zugezogen. Vermut ich recht, so kann er nicht bleiben. Werd mit ihm reden müssen – oder August beauftragen – nein, den nicht, – Hofmedicus Rehbein. Im Bordell trifft der Jüngling das Mädchen wieder, das er geliebt, und das ihn auf alle Weise geknechtet und gequält hat, wofür er nun Wiedervergeltung übt. Hübscher Vorwurf. Wäre was gar Heiter-Hartes und Eindringliches daraus zu machen, gerade in bester Form. Ach, was könnte man Starkes und Merkwürdiges anbieten, wenn man in einer freien, geistreichen Gesellschaft lebte! Wie ist die Kunst gebunden und durch matte Rücksichten eingeschränkt in ihrer natürlichen Kühnheit! Das ist ihr aber vielleicht auch wieder gut, und sie bleibt geheimnisvoll-mächtiger, gefürchteter und geliebter, wenn sie nicht nakkend geht, sondern schicklich verhüllt und nur hie und da ihre angeborene Verwegenheit erschreckend und entzückend einen Augenblick offenbart. Grausamkeit ist ein Haupt-Ingrediens der Liebe und ziemlich gleichmäßig auf die Geschlechter verteilt: die Grausamkeit der Wollust, die Grausamkeit des Undanks, der Unempfindlichkeit, des Unterjochens und Maltraitements. Die Lust am Leiden und am Erdulden der Grausamkeit übrigens ebenso. Und noch fünf, sechs andere Verkehrtheiten – wenn es Verkehrtheiten sind – aber das mag ein moralisches Vorurteil sein –, welche in chymischer Verbindung, ohne daß noch was andres hinzukäme, die Liebe machen. Wäre die liebe Liebe aus lauter Perhorrescibilitäten zusammengesetzt, das Lichteste aus lauter uneingeständlichen Dunkelheiten. Nil luce obscurius? Sollte Newton doch recht haben? Nun, laß gut sein, jedenfalls ist der Roman des europäischen Gedankens dabei herausgekommen.

Zudem kann man nicht sagen, daß jemals das Licht soviel Irrsal, Unordnung, Verwirrung, solche Bloßstellung des Unentbehrlich-Respectablen für den boshaften Angriff angerichtet hätte, wie überall und täglich die Liebe tut. Karl Augusts doppelte Familie, die Kinder, – dieser Oken hat den Fürsten innerhalb der Staatsverhältnisse angegriffen, wird er säumen, wenn man ihn reizt, und eben nur reizt, die Familienverhältnisse anzugreifen? Muß dem Herrn das unverblümt zu verstehen geben, um ihn zu lehren, daß das Verbot des Blattes, der chirurgische Schnitt, das einzig Raisonable und Heilsame – und nicht der Verweis, die Bedrohung oder gar die Aufregung des Fiscals gegen den catilinarischen Frechdachs, daß man ihn auf dem Wege Rechtens belange, wie der würdige Vorsitzende der Landesdirection es will. Wollen mit dem Geiste anbinden, die Guten. Sollten die lieber bleiben lassen. Haben keine Ahnung. Der redet ebenso gewandt und unverschämt, wie er drucken läßt, gibt ihnen Repliquen, wenn er sich überall bequemt, der Vorladung zu folgen, – viel besser, als sie je eine zu parieren wissen, und dann haben sie die Wahl, ihn auf die Hauptwache zu setzen oder ihn triumphierend abziehen zu lassen. Ist auch ganz unschicklich und unleidlich, einen Schriftsteller herunterzuputzen wie einen Schulknaben. Dem Staate hilfts nichts, und der Kultur schadets. Das ist ein Mann von Kopf, von Verdienst; wenn er außerdem den Staat untergräbt, muß man ihm das Instrument dazu nehmen, punctum, aber ihn nicht bedrohen, daß er in sich gehe und sich in Zukunft bescheidener halte. Gebt doch einem Mohren bei Strafe auf, daß er sich weiß wasche! Wo soll denn die Beschränkung, die Bescheidenheit herkommen, wo doch Verwegenheit und Frechheit ihrer Natur nach unbedingt? Treibt ers nicht einfach fort wie bisher, so wirft er sich auf die Ironie, und vor der steht ihr vollends hilflos. Ihr kennt die Auswege des Geistes nicht. Zwingt ihn mit halben Maßnahmen zu einer Verfeinerung, die nur ihm zuträglich und nicht euch. Wäre einer Behörde grad anständig, hinter seinen Finten herzulaufen, wenn er sich in Charaden und Logogryphen ergeht, und den Oedipus zu machen zu solcher Sphinx! Würde mich für sie in Grund und Boden schämen.

Und die fiscalische Klage! Wollen ihn vor das Sanhedrin ziehen, – aus welcher causa? Hochverrat, sagen sie. Wo in aller Welt ist hier Hochverrat? Kann man Verrat heißen, was Einer in aller bürgerlichen Öffentlichkeit verübt? Schafft doch Ordnung in eueren Köpfen, ehe ihrs im Namen der Ordnung aufnehmt mit einem geistreichen Destructeur! Der druckt euch die Klage mit Noten ab und deponiert, er wolle alles haarklein als wahr erweisen, was er geschrieben, da denn wegen Aussage der Wahrheit keiner bestraft werden könne. Und wo ist das Gericht, dem ihr in dieser gespaltenen Zeit euch getrauen könnt, die Sache zu unterwerfen? Sitzen nicht in Facultäten und Dikasterien Leute, von demselben revolutionären Geiste belebt wie der Sünder, und wollt ihrs erleben, daß er freigesprochen und gar noch belobt aus dem Saale geht? Wär noch schöner, daß ein souveräner Fürst innerste Fragen einem zeiterschütterten Gerichtshof sollte zur Entscheidung vorlegen! Nimmermehr ists eine Rechtssache und darf es nicht werden. Polizeilich, unter der Hand und ohne Aufregung der Öffentlichkeit ist zu handeln. Man ignoriere den Herausgeber ganz und gar, man halte sich an den Drucker und verbiete dem bei persönlicher Haftung den Druck des Blattes. Still durchgreifende Ausmerzung des Übels – und keine Rache. Sie sprechen wirklich von Selbsträche und fühlen das Schreckliche nicht eines solchen Bekenntnisses! Wollt ihr in falschem Ordnungsdienst die Greuel dieser Tage vermehren und die Roheit einladen, sich ein Fest zu machen? Wer steht euch dafür, daß nicht die gereizte Stupidität einen Mann, der immer verdient, in der Wissenschaft eine glänzende Rolle zu spielen, mit Hetzpeitschen lederweich traktiert und gräßlichst mißhandelt? Da sei Gott vor und mein lebhaft beweglich Gutachten! – »Bist du's, Carl?«

»Bin's, Ew. Excellenz.«

»Ew. Königlichen Hoheit gnädigste Befehle so schnell und genau, als in meinen Kräften steht, auszuführen, habe ich jederzeit für meine erste Pflicht –«

»Etwas langsamer vielleicht, wenn man bitten darf, Ew. Excellenz!«

»Mach, du Tranfunzel, und abbrevier' wie du kannst, sonst ruf' ich den John!«

– –

»Und so weiter. Ew. Königlichen Hoheit untertänigst treu gehorsamster. Das wärs erst einmal. Ist alles durchgestrichen, was ich notiert hab. Schreibs vorderhand so ins Halb-Reine! Es ist nicht fertig, ist noch zu expressiv und auch noch nicht recht componiert. Ich muß, wenn ichs vor mir habe, noch mildernd und ordnend darüber hingehen. Machs leserlich; wenn du kannst, noch vor Tische. Jetzt will ich aufstehen. Kann jetzt weiter keine Briefe dictieren, nein. Das hat zuviel Zeit genommen, und ich hab für den Morgen noch eine Menge anderes. Une mer à boire – und dann sinds täglich nur ein paar Schluck. Mittags brauch ich das Geschirr, verstehst du, sag es im Stall. Zur Nimbus-Bildung wird es nicht kommen, wird heut nicht regnen. Ich will im Park die neuen Baulichkeiten besehen mit Herrn Oberbaurat Coudray; kann sein, daß er mit zum Essen kommt, kann sein auch Herr von Ziegesar. Was haben wir denn?«

»Gansbraten und Pudding, Ew. Excellenz.«

»Stopft tüchtig Maroni in die Gans, das sättigt.«

»Will's ausrichten, Ew. Excellenz.«

»Es kommt vielleicht auch von den Professoren der Zeichenschule noch einer oder der andere mit. Ein Teil der Schule zieht ja von der Esplanade ins Jägerhaus. Muß das inspicieren. Leg mir den Schlafrock hier über den Stuhl. Ich schelle, wenn ich dich zum Haarmachen brauche. Geh. Und Carl? Laß mir die

Collation schon etwas vor zehn Uhr anrichten oder doch keine Minute später. Ich will vom kalten Rebhuhn haben und ein gutes Glas Madeira dazu. Man ist doch kein ganzer Mensch, ehe man nicht was Herzstärkendes im Leibe hat. Der Coffee in der Früh ist mehr für den Kopf, aber fürs Herz ist erst der Madeira.«

»Versteht sich, Ew. Excellenz, und für die Poesie ist beides benötigt.«

»Mach dich aus dem Staube!«

– – – Heiliges Wasser, kalt und rein, heilig nicht minder in deiner Nüchternheit, als die sonnenfeuerbindende Labe-Gabe des Weins! Heil dem Wasser! Heil dem Feuer! Heil dem starken und treuen Herzen, sagen wir doch: der Treuherzigkeit, die das Frühe, Reine und Erstgegebene, das Ursprüngliche, langweilig und gering vernutzter Verfeinerung, täglich wieder als seltenes Abenteuer erleben mag! Heil der Verfeinerung, welcher Treuherzigkeit froh-gewaltig integriert! – Nur sie ist Kultur, nur sie ist Größe. Fische sie wimmeln da, Vögel sie himmeln da – das war hübsch. Vögel sie himmeln da war ein recht feierlich hochräumiger Spaß. Sie sprechen wohl von himmelnden Augen – hab ich aus der dummen Schwärmerei, dem ins Frömmelnde verspötteltem Zeitwort im Handumdrehen ein luftig-heiter-großes Schau- und Daseinsbild gemacht. Könnte beiträgig sein zur Definition des Einfalls... Wasser es fließe nur! Erde sie steht so fest! Ströme du, Luft und Licht! Feuer nun flammt's heran – Feier des Elements auch in der Pandora schon, darum hieß ichs ein Festspiel. Wollen bestimmt das Fest gesteigert erneuern in der zweiten Walpurgisnacht – Leben ist Steigerung, das Gelebte ist schwach, geistverstärkt muß mans noch einmal leben. Hoch gefeiert seid allhier – Element' ihr alle vier! Das steht fest, das soll den Schlußchor machen des mythologisch-biologischen Balletts, des satyrischen Natur-Mysteriums. Leichtigkeit, Leichtigkeit... höchste und letzte Wirkung der Kunst ist Gefühl der Anmut. Nur nicht die stirnrunzelnde Erhabenheit, die, seis auch in Glanz und Schiller, tragisch erschöpft dasteht als Product der Moral! Tiefsinn soll lächeln... Er soll überhaupt nur mit unterlaufen, sich für den Eingeweihten heiter ergeben, – so wills die

Esoterik der Kunst. Bunte Bilder dem Volk, dahinter für die Wissenden das Geheimnis. Sie waren ein Demokrat, mein Bester, der den Vielen so geradehin glaubte das Höchste bieten zu sollen – edel und platt. Aber Menge und Cultur, das reimt sich nicht. Cultur, das ist auserlesne Gesellschaft, die sich über das Höchste discret verständigt mit einem Lächeln. Und das Augurenlächeln gilt der parodischen Schalkheit der Kunst, die das Frechste gibt, gebunden an würdigste Form, und das Schwere, gelöst in läßlichen Scherz...

Den Badeschwamm hab ich lange schon, – handsames Exemplar festsitzender Tief-Tierheit in thaletischer Urfeuchte. Bis zum Menschen hat das Zeit. In welchem Grunde bildetest du und däutest dich groß, sonderbar Lebensgerüst, dem man das weiche Seelchen nahm? Im Ägäischen Meere gar? Hattest du wohl ein Plätzchen an Kypris' irisierendem Muschel-Thron? Mit Augen, blind überschwemmt von der Flut, die ich aus deinen Poren drücke, seh ich den neptunischen Trionfo, das triefende Getümmel von Hippokampen und Wasserdrachen, von Grazien des Meeres, Nereiden und hornstoßenden Tritonen um Galatheas farbenstreuenden Wagen hinziehen durchs Wellenreich... Das ist eine gute Gewohnheit, dies Ausdrücken überm Genick, abhärtend fürs Ganze, solang du da den kalten Sturz schreckhaft-behaglich duldest, ohne daß es dir den Atem verschlägt, gingest du auch, wenns nur der neuralgische Arm erlaubte, ohne Zagen ins Flußbad, wie vormals, wenn du, ungezogener Narr, mit nächtlichem Aufrauschen, langen, triefenden Haars, den späten Bürger phantastisch erschrecktest. Alles geben die Götter, die Unendlichen, ihren Lieblingen ganz – Alt ist die Mondnacht, da du es, aus der Flut steigend, tief belebt und im reinen Rausch deiner Haut, in die Silberluft redetest aus begeisterter Selbstergriffenheit. So verhalfen dir eben die Nackengüsse zum Galatheagesicht. Eingebung, Einfall, Idee als Geschenk physischer Stimulation, gesunder Erregung, glücklicher Durchblutung, antäischer Berührung mit Element und Natur. Geist – ein Product des Lebens, – das auch wieder in ihm erst wahrhaft lebt. Sind auf einander angewiesen. Lebt eines vom anderen. Macht nichts, wenn der Gedanke vor Lebensfreude sich besser dünkt, als er ist – auf die Freude kommts an, und Selbstgefälligkeit macht ihn zum Gedicht. Freilich, Sorge muß bei der Freude sein, Sorge ums Rechte. Ist ja doch der Gedanke auch der Kummer des Lebens. Wäre das Rechte also des Kummers und der Freude Sohn. Vom Mütterchen die Frohnatur... Aller Ernst entstammt dem Tode, ist Ehrfurcht vor ihm. Aber Grauen des Todes, das ist das Verzagen der Idee – weil das Leben versagt. Wir gehen all in Verzweiflung unter. Ehre denn auch die Verzweiflung! sie wird dein letzter Gedanke sein. Dein ewig letzter? Frömmigkeit wäre, zu glauben, daß ins schwarze Verzagen des lebensverlassenen Geistes einst der Freudenstrahl höheren Lebens bricht.

Mit dem Staube nicht der Geist zerstoben... Ließe mir Frömmigkeit schon gefallen, wenn nur die Frommen nicht wären. Wär schon ein gut Ding darum und um die still hoffende, ja vertrauende Verehrung des Geheimnisses, hätten nur nicht die Narren in ihrem Dünkel eine Tendenz und arrogante Zeitbewegung daraus gemacht, einen dreisten Jugend-Trumpf, – Neu-Frömmigkeit, Neu-Glaube, Neu-Christentum, – und hättens mit jederlei Duckmäuserei, Vaterländerei und feindselig bigottem Gemütsmuff verbunden zur Weltanschauung sinistrer Grünschnäbel... Nun, nun, wir waren auch arrogant, mit Herder damals in Straßburg gegen das Alte, wo du den Erwin besangst und sein Münster und dir den Sinn für das bedeutende Rauhe und Charakteristische nicht wolltest verzärteln lassen durch die weiche Lehre neuerer Schönheitelei. Wär den Heutigen wohl nach dem Herzen, ginge den gotischen Frömmlern recht lieblich ein, weshalben eben du's unterdrücktest und schlossest es aus vom Gesammelten, da dir erst der Sulpiz, mein guter und wohltuender, mein traulich-gescheiter Boisserée, das Gewissen geschärft für die Weglassung und Verleugnung und dich in heilsame Beziehung gesetzt zum Alten-Neuen, in Beziehung zur eigenen Jugend. Sei dankbar dem oberen Wohlwollen, der eingeborenen Begünstigung, daß das Ärgerlich-Bedrohliche zu dir kam in feinster und redlichster, gesittet ehrerbietiger

Gestalt, als der Gute von Cöln mit seinem Treusinn für würdiges, kirchliches und volkstümliches Wesen, altdeutsche Baukunst und Bilder und dir Augen machte für Vieles, was du nicht hattest sehen wollen, für den Eyck und die zwischen ihm und Dürer und fürs Byzantinisch-Niederrheinische. Da hatte man auf seine alten Tage sich mühsam von der Jugend, die das Alter zu stürzen kommt, abgesperrt um des eigenen Bestehens willen und sich vor allen Eindrücken neuer und störender Art zu hüten gesucht, um sich zu bewahren, – und auf einmal tut sich dir, zu Heidelberg damals, bei Boisserées auf dem Saal, eine neue Welt auf von Farben und Gestalten, die dich aus dem alten Geleis deiner Anschauungen und Empfindungen zwingt, – die Jugend im Alten, das Alte als Jugend –, und du fühlst, was für eine gute Sache das ist, die Capitulation, wenn sie Eroberung ist, und die Unterwerfung, wenn sie die Freiheit schenkt, weil sie aus Freiheit geschieht. Sagt ich dem Sulpiz. Dankt es ihm, daß er gekommen war in aller festen, bescheidenen Freundlichkeit, mich zu gewinnen – mich vorzuspannen, versteht sich, dazu kommen sie alle – seinen Plänen mit der Vollendung des Doms von Cöln. Gab sich alle Müh, mich die eigene vaterländische Erfindung des altdeutschen Bauwesens sehen zu lassen, und daß die Gotik mehr gewesen, als die Frucht der verfallenen römischen und griechischen Architectur.

> Hier soll meist das Fratzenhafte,
> Das ein düstrer Wahnsinn schaffte,
> Für das Allerhöchste gelten.

Macht aber seine Sache so geschickt und gescheit, der Junge, so bestimmt und artig, und kam alles bei ihm bei aller Diplomatie aus solcher Redlichkeit, daß ich ihn lieb gewann – und seine Sache gleich mit. Ist ja so schön, wenn der Mensch eine Sache hat, die er liebt! Macht ihn selber schön – und sogar die Sache – selbst wenns eine Fratze. Muß ich doch in mich hineinlachen, wenn ich denk, wie wir bei seinem ersten Besuch, anno 11, hier miteinand laborierten, über seine niederrheinischen Kupfer gebückt, die Straßburger und Cölnischen Risse und des Cornelius Illustrationen zum Faust, und uns Meyer erwischt bei so fragwürdigem Geschäft. Kommt herein, guckt auf den Tisch, und ich ruf: Da sehen Sie einmal, Meyer, die alten Zeiten stehen leibhaftig wieder auf! Der wollt seinen Augen nicht trauen, womit ich mich abgab. Murrt und murmelt Mißbilligung über das Fehlerhafte, das der junge Cornelius aus dem altdeutschen Stil fromm übernommen und sieht mich groß an ein übers andere Mal, da ich gleichgültig darüber hingehe, den Blocksberg, Auerbachs Keller lobe und die Bewegung von Faustens Arm, wie er ihn der Kleinen bietet, einen guten Einfall nenne. Ist vollends verblüfft und schnappt nach Luft, da ers erlebt, daß ich die christliche Bau-Barbarei nicht vom Tische fege, sondern die Grundrisse der Türme denn doch erstaunlich finde und mich zur Bewunderung verstehe der Großheit der Pfeilerhalle. Lenkt ein, knurrt, nickt, sieht die Risse an, sieht mich an, gibt zu, macht den Polonius – It is back'd like a camel – Ein Anhänger, ein im Stich gelassener, verratener Anhänger. Gibts etwas Lustigeres als den Verrat an den Anhängern? Ein Vergnügen, diebischer, als dies, ihnen zu entkommen, sich von ihnen nicht festhalten zu lassen, sie zum Narren zu haben, – einen größeren Spaß, als ihre offenen Mäuler, wenn man sich selbst überwindet und die Freiheit gewinnt? Die ist freilich leicht mißzuverstehen, mag wohl aussehen, als ob man damit auf die falsche Seite geriete, und die Frömmler glauben, man frömmle mit ihnen, da uns doch nur auch das Absurde freut, wenn wir uns drüber aufklären. Narrheiten sind interessant, und es soll einem nichts unzugänglich sein. Wies denn wohl eigentlich mit den neuen katholisch gewordenen Protestanten sei, hab ich den Sulpiz gefragt; das möcht ich näher kennen, ihren Weg, und wie sie denn so dazu kommen. Meint er: Viel hat da Herder getan und seine Philosophie der Geschichte der Menschheit, aber die Gegenwart auch, die welthistorische Richtung – Nun, das sollt ich kennen, das ist was Gemeinsames, ist immer was Gemeinsames da, auch mit den Narren, nur nimmt sichs verschiedentlich aus und zeitigt Verschiednes. Die welthistorische Richtung – Throne bersten, Reiche zittern – darauf sollt ich mich auch verstehen, das ist mir, irr ich nicht, auch ins Leben gefahren, – nur schenkts dem Einen den Jahrtausendgeist, macht ihn vertraut mit der Größe, den Andern macht es katholisch. Hat freilich auch mit der Tradition zu tun, der Jahrtausendgeist, wer sich auf die nur verstünde. Wollen die Tradition mit Gelehrsamkeit und Historie stützen, die Narren, – als wär das nicht gegen alle Tradition! Die nimmt man an, und dann gibt man von vornherein etwas zu, oder man nimmt sie mitnichten an und ist ein rechter kritischer Philister. Aber die Protestanten (sagt ich zum Sulpiz) fühlen die Leere und wollen drum einen Mysticismus machen, – da doch, wenn etwas entstehen muß und nicht gemacht werden kann, es der Mysticismus ist. Absurdes Volk, versteht nicht einmal, wie die Messe geworden ist, tut, als könne man eine Messe machen. Wer drüber lacht, ist frömmer als die. Werden nun aber glauben, du frömmelst mit ihnen. Werden dein altdeutsch Büchlein, das Rhein- und Mainheft über den Hergang der Kunst durch die dunkle Zeit für sich in Anspruch nehmen und deine Ernte geschwinde ausdreschen, um mit den Strohbündeln im patriotischen Erntefest einherzustolzieren. Laß sie, sie wissen nichts von Freiheit. Die Existenz aufgeben, um zu existieren, das Kunststück will freilich gekonnt sein; gehört mehr dazu als »Charakter«, gehört Geist dazu und die Gabe der Lebenserneuerung aus dem Geist. Das Tier ist von kurzer Existenz; der Mensch kennt die Wiederholung seiner Zustände, die Jugend im Alten, das Alte als Jugend; ihm ist gegeben, das Gelebte noch einmal zu leben, geistverstärkt, sein ist die erhöhte Verjüngung, die da der Sieg ist über Jugendfurcht, Ohnmacht und Lieblosigkeit, der todverbannende Kreisschluß...

Bracht er mir alles, der gute Sulpiz, in seiner Artigkeit und lieben Erfülltheit, bloß gemeint, mich vorzuspannen, – wußte nicht, was er mir alles brachte und nicht hätte bringen können, hätt nicht die Lampe der Flamme geharrt, die sie entzündet, wär ich nicht in Bereitschaft gewesen für die Intervention, mit der so Vieles begann, die mehr in die Wege leitete, als bloß das altdeutsche Büchlein. Anno eilf war er hier bei mir, und Jahr für Jahr darauf kam die Hammersche Übersetzung mit der Vorrede über den von Schiras, kam das Geschenk der Begeisterung, das spiegelnde Wiedererkennen, das heiter-mystische Traumspiel der Metempsychose, gehüllt in Jahrtausendgeist, den der Timur des Mittelmeers, mein düster-gewaltiger Freund erregte, – die Vertiefung kam in die Jugend der Menschheit – Glaube weit, eng der Gedanke –, die fruchtende Fahrt hinab zu den Patriarchen und die andere Reise dann, ins Mutterland, angetreten in vorwissender Bereitschaft: doch wirst du lieben, – es kam Marianne. Braucht er nicht zu wissen, wie alles zusammenhängt, sag ihm nicht, wies mit seinem Kommen begann vor fünf Jahren, wär auch nicht recht, tät ihm was in den Kopf setzen, war nur ein Instrument und ein Vorspann selbst, da er mich vorspannen wollt in aller Ergebenheit. Wollt eines Tages sogar bei mir schreiben lernen, damit er besser könnt seine Sache propagieren, und hatte sichs in den Kopf gesetzt, den Winter in Weimar zu leben, daß er mirs abgucke und sich zum Schreiben Rats hole bei mir. Laßt das, Freund, sagt ich, meine Heiden da machen mirs, der ich doch selbst ein Heide bin, oft zu arg. Wär nichts für Euch, würdet bloß auf mich reduciert sein, und das wär zu wenig, denn ich kann nicht allezeit mit Euch sein. War ein Liebeswort. Gab ihm solche wohl mehr. Lobte seine kleinen Beschreibungen und sprach: Gut sind sie und recht, denn sie haben den Ton, und der ist immer die Hauptsach. Ich könnts wahrscheinlich nicht halb so gut, weil ich den frommen Sinn nicht habe. Und dann las ich ihm aus der Italienischen Reise, wo ich den Palladio gepriesen nach Herzenslust und das Deutsche vermaledeit mit Klima und Architectur. Hatt er Tränen in den Augen, der Gute, und ich versprach ihm flugs, die wütige Stelle zu streichen, damit er sähe, was für ein braver Kerl ich sei. Hab ich doch ihm zu Gefallen auch aus dem Divan die Diatribe weggelassen aufs Kreuz; das Bernsteinkreuz, die westlich-nordische Narrheit. Zu bitter fand ers und hart und bat um Verwerfung. Gut, sagt ich, weil Ihr es seid, solls außenbleiben. Ich wills meinem Sohn geben, wie manches sonst, womit ich die Welt hätte vor den Kopf gestoßen. Der verwahrt es mit Pietät, so laß ich ihm den Spaß, und ist eine Auskunft zwischen Verbrennen und vor den Kopf stoßen... Aber er liebt' mich auch – war so glücklich über meine Teilnahme an seinen frommen Scharteken, nicht nur um seiner Sache, nein, auch um meinetwillen. Ein Zuhörer comme il faut, – wie war er angemutet von der Kürzesten Nacht und dem Liebeschnaufen Auroras nach Hesperus, da ichs ihm las zu Neckarelz auf der Reise im kalten Zimmer. Treffliche Seele! Hat mir über die Verwandtschaft des Divan mit Faust die hübschesten, instinctivsten Dinge gesagt und war allerwege ein guter Reisegefährte und -vertrauter, dem man sich gern eröffnete im Wagen und bei der Einkehr über die Geschichten des Lebens. Weißt du die Fahrt von Frankfurt nach Heidelberg, wo du ihm von Ottilien sprachst bei erscheinenden Sternen, wie du sie lieb gehabt und um sie gelitten, und geheimnisvoll faseltest vor Kälte, Excitation und Schläfrigkeit? Ich glaube, er hat sich gefürchtet... Schöne Straße von Neckarelz die Höhe hinauf durchs Kalkgebirge, wo wir Versteinerungen fanden und Ammonshörner. Oberschaflenz – Buchen – Wir aßen in Hardtheim zu Mittag im Wirtsgarten. Da war die junge Bedienerin, die es mir antat mit ihren verliebten Augen, und an der ich demonstrierte, wie Jugend und Eros aufkommen fürs Schöne, denn sie war unhübsch, aber erz-attractiv und wurd es noch mehr vor schämig-spöttischer Erhöhtheit, da sie merkt, der Herr spräch von ihr, was sie ja merken sollt, und er merkte auch natürlich, daß ich nur sprach, damit sie merke, ich spräche von ihr, hatt aber eine musterhafte Haltung in solcher Bewandtnis, weder gêniert noch unfein – das ist katholische Kultur – und war von der heiter-günstigsten Gegenwart, als ich ihr den Kuß gab, den Kuß auf die Lippen.

Himbeeren, auf denen die Sonne steht. Erwärmter Fruchtgeruch, unverkennbar. Kochen sie ein im Hause? Ist doch die Jahreszeit nicht. Ich hatts in der Nase. Ist ein gar lieber Duft und reizend die Beere, schwellend vom Saft unter der samtenen Trockenheit, warm vom Lebensfeuer wie Frauenlippen. Ist die Liebe das Beste im Leben, so in der Lieb das Beste der Kuß, – Poesie der Liebe, Siegel der Inbrunst, sinnlich-platonisch, Mitte des Sakraments zwischen geistlichem Anfang und fleischlichem

End, süße Handlung, vollzogen in höherer Sphäre, als das da, und mit reinern Organen des Hauchs und der Rede, – geistig, weil noch individuell und hoch unterscheidend, – zwischen deinen Händen das einzigste Haupt, rückgeneigt, unter den Wimpern den lächelnd ernst vergehenden Blick in deinem, und es sagt ihm dein Kuß: Dich lieb und mein ich, dich, holde Gotteseinzelheit, ausdrücklich in aller Schöpfung dich, – da das Zeugen anonym-kreatürlich, im Grund ohne Wahl, und Nacht bedeckts. Kuß ist Glück, Zeugung Wollust, Gott gab sie dem Wurme. Nun, du würmtest nicht faul zu Zeiten, aber deine Sache ist eher doch das Glück und der Kuß, – flüchtiger Besuch der wissenden Inbrunst auf rasch verderblicher Schönheit. Auch ists der Unterschied von Kunst und Leben, denn die Fülle des Lebens, der Menschheit, das Kindermachen ist nicht Sache der Poesie, des geistigen Kusses auf die Himbeerlippen der Welt... Lottens Lippenspiel mit dem Kanarienvogel, wie sich das Tierchen so lieblich in die süßen Lippen drückt und das Schnäbelchen dann den Weg von ihrem Munde zum anderen macht in pickender Berührung, ist gar artig infam und erschütternd vor Unschuld. Gut gemacht, talentvoller Grasaff, der schon von Kunst so viel wußt wie von Liebe und heimlich jene meint, wenn er diese betrieb, – spatzenjung und schon ganz bereit, Liebe, Leben und Menschheit an die Kunst zu verraten. Meine Lieben, meine Erzürnten, es ist getan, zur Leipziger Messe ists ausgegeben, verzeiht mir, wenn ihr könnt. Muß, meine Besten, noch euch und euern Kindern ein Schuldner werden für die bösen Stunden, die euch meine – nennts, wie ihr wollt, gemacht hat. Haltet, ich bitt euch, stand! – War um die Jahreszeit, daß ichs schrieb, in grauen Spatzenzeiten. Fiel mir genau wieder ein, der Brief, wie mir dies Frühjahr die Erstausgabe wieder zu Händen kam und ich das tolle Gemächte zum erstenmal wieder durchging nach soviel Jahren. War kein Zufall, mußte mir vorkommen, gehört zum Übrigen als letztes Glied, die Lectüre, von alldem, was begann mit Sulpizens Besuch, gehört zur wiederkehrenden Phase, zur Lebenserneuerung, geistverstärkt, zur hochheiteren Feier der Wiederholung... Übrigens glänzend gefügt, das Ding, Respect, mein Junge, vorzüglich das psychologische Gewebe, der dichte Reichtum an seelischem Beleg. Gut, das Herbstbild des Blumen suchenden Irren. Nett, wie die liebe Frau ihre Freundinnen durchdenkt für den Freund und an jeder was auszusetzen findet, ihn keiner gönnt. Könnte schon aus den Wahlverwandtschaften sein. Soviel gescheite Sorgfalt bei soviel Gefühlsverlorenheit und Sehnsuchtsstürmen gegen die Schranken des Individuums, die Kerkermauern des Menschseins. Verstehe schon, daß es einschlug, und wer damit anfing, ist eben doch keine Katze. Wie etwas sei leicht, weiß, der es erfunden und der es erreicht. Leicht, glücklich wie Kunst, ists durch die briefliche Composition, das Momentane, das Immer-neu-Ansetzen, – ein welthaft Beziehungssystem lyrischer Einheiten. Talent ist, sichs schwer zu machen – und zu verstehn auch wieder, wie man sichs leicht macht. Mit dem Divan ists ganz dasselbe, – wunderlich, wie es immer wieder dasselbe ist. Divan und Faust, schon recht, aber Divan und Werther sind ja Geschwister noch mehr, besser gesagt: dasselbe auf ungleichen Stufen, Steigerung, geläuterte Lebenswiederholung. Mög es immer und ins Unendliche so weiter gehen, sich ein büßendes Gewinnen in die Ewigkeiten steigern!... Vom Küssen ist reichlich die Rede, im frühen, im späten Liede. Lotte am Clavier, und ihre Lippen, die man nie so reizend gesehen, da es war, als ob sie sich lechzend öffneten, die süßen Töne zu schlürfen, – war das nicht Marianne schon, accurat, oder richtiger: wars diese nicht wieder, wie sie Mignon sang, und Albert saß auch dabei, schläfrig und duldsam? War schon wie ein Festbrauch diesmal, Ceremonie, Nachahmung des Ur-Gesetzten, feierlicher Vollzug und zeitlos Gedenkspiel, – weniger Leben, als erstmals, und auch wieder mehr, vergeistigtes Leben... Gut denn, die hohe Zeit ist geschlossen, und diese Verkörperung seh ich nicht wieder. Wollts, ward aber bedeutet, ich sollts nicht, da heißt es entsagen, neuer Erneuerung ausdauernd gewärtig. Bleiben wir! Die Geliebte kehrt wieder zum Kuß, immer jung, – (eher apprehensiv nur freilich, zu denken, daß sie in ihrer der Zeit unterworfenen Gestalt, alt, auch daneben noch irgendwo lebt, – nicht eben ganz

so behäglich und billigenswert, wie daß auch der Werther fortbesteht neben dem Divan).

Aber dieser ist besser, zur Größe gereift, übers Pathologische
rein hinaus, und das Paar ist musterhaft worden, höheren Sphären entgegengesteigert. Wird dir der Kopf doch heiß, wenn du
denkst, was sich der Grünschnabel damals im Motivierungsrap-
tus alles geleistet. Gesellschaftsrebellion, Adelshaß, bürgerliche
Gekränktheit, – mußtest du das hineinmengen, Tölpel, ein
politisch Gezündel, das alles herabsetzt? Der Kaiser hatte ganz
recht, es zu tadeln: Warum habt Ihr doch das gemacht? Ein
Glück nur, daß mans nicht achtete, es mit den übrigen Leiden-
schaftlichkeiten des Buchs in den Kauf nahm und sich versichert
hielt, es sei auf unmittelbare Wirkung nicht abgesehn. Dummes,
grünes Zeug und obendrein subjectiv unwahr. War doch meine
Stellung gegen die oberen Stände sehr günstig, – will ich unbedingt nachher für den vierten Teil des Lebens dictieren, daß ich
dank dem Goetz, was auch an Schicklichkeiten bisheriger Literatur darin mochte verletzt sein, gegen die obern Stände sogar
vorzüglich gestellt war... Wo ist mein Schlafrock? Schellen
dem Carl zum Frisieren. The readiness is all – es könnte Besuch
kommen. Angenehmer weicher Flanell, auf dem sichs so gut die
Hände im Rücken verschränkt. Ging darin morgens den Bogen-
gang gegen den Rhein auf und ab zu Winkel bei den Brentanos
und den Altan bei Willemers auf der Mühle. Traute sich niemand, mich anzureden dabei, aus Scheu vor meinen Gedanken,
obgleich ich manchmal an garnichts dachte. Ist ganz behaglich,
alt und groß zu sein, und Ehrfurcht ist notwendig. Ja, wohin
nicht schon überall hat mich der milde Rock begleitet, – häusliche Gewohnheit, die man mit sich auf Reisen nimmt, um sein
bleibend Selbst damit zu verteidigen und Trutz zu bieten dem
Fremden. So mit dem silbernen Becher, den ich mir einpacken
laß überall hin und den erprobten Wein auch dazu, daß mirs
nirgend fehle und sich die übrigens lehr- und genußreiche
Fremde nicht stärker erweise als ich und meine Gewohnheit.
Man hält auf sich, man beharrt auf sich – mäkelt da Einer was
von Erstarrung, ists dumm gemäkelt, denn gar kein Wider-

spruch ist zwischen Beharren, dem Trachten nach Lebenseinheit, dem Zusammenhalten des Ich – und der Erneuerung, der Verjüngung: all'incontro, diese gibts nur in der Einheit, im sich schließenden Kreis, dem todverbannenden Zeichen… »Mach mich schön, Figaro, Battista, oder wie du schon heißt! Mach mir das Haar, das Stoppelfeld hab ich mir selber schon weggestrichen, – du nimmst einen ja bei der Nase, wenns an die Lippe kommt, bäurische Gewohnheit, kann ich nicht ausstehen – kennst du die Geschichte von dem Studenten und Suitenreißer, der sich vor seinen Kumpanen vermaß, den alten Herrn von Stande an der Nase zu ziehen und sich als Bartscherer bei ihm introduzirt', da er ihn denn heimlich vor aller Augen am Giebel nahm und ihm das würdge Gesicht daran hin- und herzog, worauf der Streich aufkam und den alten Herrn vor Verdruß der Schlag rührte, der Suitier aber vom Sohn im Duell fürs Leben was abkriegte?«

»Kenn' ich nicht, Ew. Excellenz. Kommt aber doch auf den Geist und Sinn an, worin man jemanden an der Nase faßt, und Ew. Excellenz können versichert sein –«

»Na, schon gut, ich hab's lieber eigenhändig. Ist ja auch bei mir von einem Tage zum andern nicht gar viel vorfindig. Sorg' aber fürs Haar, ich will's gepudert, und auch ums Eisen magst du es hier und hier ein bißchen legen, man ist ein ganz anderer Mensch, wenn das Haar aus der Stirn und den Schläfen ist und seinen Sitz hat, da ist die Fregatte erst klar zum Gefecht, ist der Kopf erst klar, denn zwischen Haar und Hirn, da gibts Relationen, ein ungekämmt Hirn, was soll das taugen. Weißt du, am adrettesten war's doch in der Frühzeit, mit Cadogan und Haarbeutel, davon weißt du nichts mehr, bist gleich in die Epoche des Schwedenkopfes hineingeplatzt, aber ich komm' weit her, hab' mich durch soviel Läufte hindurchgeschlagen, den langen, den kurzen Zopf mitgemacht, die steifen, die schwebenden Seitenlocken – man kommt sich vor wie der Ewige Jude, der durch die Zeiten wandert, immer derselbe, indes ihm, er merkt's kaum, die Sitten und Trachten am Leibe wechseln.«

»Muß Ew. Excellenz gut gelassen haben, das gestickte Kleid dazumal, der Zopf und die Ohrrollen.«

»Ich will dir sagen: es war eine nette, schicklich gebundene Zeit, und Tollheit war mehr wert auf dem Hintergrunde, als heutzutag. Was ist denn die Freiheit auch, sag', wenn sie nicht Befreiung ist. Ihr müßt auch nicht glauben, daß es damals kein Menschenrecht gab. Herren und Knechte, nun ja, aber das waren Gottesstände, würdig ein jeglicher nach seiner Art, und der Herr hatte Achtung vor dem, was er nicht war, vorm Gottesstande des Knechtes. Insonderheit weil in den Zeiten die Einsicht noch mehr verbreitet war, daß man, ob vornehm oder gering, das Menschliche immer ausbaden muß.«

»Na, Ew. Excellenz, ich weiß nicht, am Ende hatten wir Kleinen doch mehr auszubaden, und ist immer sicherer, daß man's nicht gerad' so ankommen läßt auf die Achtung des großen Gottesstandes vorm kleinen.«

»Sollst recht haben. Wie willst du, daß ich mit dir streite? Du hast mich, deinen Herrn, unter dem Kamm und unter dem heißen Eisen und kannst mich zwicken und brennen, wenn ich dir opponier', so halt' ich klüglich den Mund.«

»Haben gar feines Haar, Ew. Excellenz.«

»Du meinst wohl: dünn.«

»Bah, dünn fängts grad nur erst an über der Stirn ein bißchen zu werden. Ich meine: fein, das einzelne; ist ja seidenweich, wie sonst bei Mannsbildern selten.«

»Auch gut. Bin aus dem Holz, aus dem Gott mich geschnitzt hat.«

Gleichmütig-mißmutig genug gesagt? Unbeteiligt genug an meinen natürlichen Eigenschaften? Parucchieri müssen immer schmeicheln, und der Mann nimmt die Gewohnheiten des Standes an, dessen Hantierung er eben übt. Will meiner Eitelkeit Zucker geben. Denkt wohl kaum, daß auch Eitelkeit verschieden Format hat und verschiedenen Impetus, daß sie tiefe Beschäftigung, ernstlichst nachdenkliche Selbstbeschaulichkeit, auto-biographischer Furor sein kann, insistenteste Neugier nach dem Um und Auf deines physisch-sittlichen Seins, nach den weitläufig-verschlungenen Wegen und Dunkel-Laborationen der Natur, die zu dem Wesen führten, das du bist, und das die

Welt bestaunt, – also daß ein Schmeichelwort wie seines, unsre creatürliche Beschaffenheit berührend, nicht als leichter, oberflächlicher Ich-Reiz und Kitzel wirkt, wie er meint, sondern als heraufstörende Anmahnung glücklich-schwersten Geheimnisses. Bin aus dem Holz, aus dem Natur mich schnitzte. Punctum. Bin wie ich bin und lebe, des Wortes gedenk, daß wir unbewußt stets am weitesten kommen, frisch ins Blaue. Schon recht, schon brav. Und all das inständig autobiographische Betreiben? Stimmt nicht just zum resoluten Princip. Und wills auch dem Werden nur gelten, der didaktischen Darweisung, wie ein Genie sich bildet, (was auch schon scientifische Eitelkeit) so liegt doch immer die Neugier zum Grund nach dem Stoff des Werdens, dem Sein, das ein Gewordensein auch und weither kommendes Lebensergebnis. Denken die Denker doch über das Denken, – wie sollte der Werkende nicht über den Werker denken, wenn wieder Werk daraus wird und wohl einmal all Werk nur hocheitle Vertiefung sein mag ins Phänomen des Werkers, – ein egocentrisch Werk? – Fein-feines Haar. Da liegt meine Hand auf dem Pudermantel. Paßt zum fein-feinen Haare garnicht, ist kein schmal-vergeistigt Edelpfötchen, sondern breit und fest, Handwerkerhand, vermacht von Hufschmied- und Metzgergeschlechtern. Was muß an Zartheit und Tüchtigkeit, an Schwäche und Charakter, infirmité und Derbheit, Wahnsinn und Vernunft, ermöglichter Unmöglichkeit sich glücklich-zufällig verbunden, durch die Jahrhunderte sich familiär herangemischt haben, damit am Ende das Talent, das Phänomen erscheine? Am Ende. Erst eine Reihe Böser oder Guter bringt endlich das Entsetzen, bringt die Freude der Welt hervor. Den Halbgott und das Ungeheuer, – dacht ich sie nicht zusammen, als ich das schrieb, nahm ich nicht eins fürs andere und wußt ich nicht, daß es ohne einiges Entsetzen in der Freude, ohne das Ungeheuer im Halbgott nicht abgeht? Böse und gut – was weiß Natur davon – da sie nicht einmal von Krankheit und Gesundheit viel weiß und aus dem Kranken Freude und Belebung schafft? Natur! Zuerst bist du mir durch mich selbst gegeben – ich ahnde dich am tiefsten durch mich selbst. Darüber gabst du mir Bescheid: Erhalten Geschlechter sich lange, so kommts, daß, ehe sie aussterben, ein Individuum erscheint, das die Eigenschaften seiner sämtlichen Ahnen in sich begreift und alle bisher vereinzelten und angedeuteten Anlagen vereinigt und vollkommen ausspricht. Sauber formuliert, sorgsam-lehrhaft bemerkt, den Menschen zu besserer Kenntnis, – Wissenschaft der Natur, besonnen abgezogen vom eignen nicht geheueren Sein. Egocentrisch –! Es soll wohl Einer nicht egocentrisch sein, der sich Naturziel, Résumé, Vollendung, Apotheose weiß, ein Hoch- und Letztergebnis, das herbeizuführen Natur sich das Umständlichste hat kosten lassen! Aber war nun diese ganze Anzucht und Bürgerhecke, dies Sichkreuzen und -gatten der Sippen durch die Jahrhunderte, wo der aus Nachbarlandschaft zugewandert Gesell nach Brauch die Meisterstochter freite, die gräflich Lakai- und Sartorsdirn dem geschwornen Landmesser oder studierten Amtswalter sich copuliert, – war dies Quodlibet von Stammesblutwerk nun so sonderlich glückhaft günstig und gottbetreut? Die Welt wirds finden, da es zu mir führt, in dem Anlagen, gefährlichste, durch Charakterkräfte, die man woanders hernahm, überwunden, genützt, verklärt, versittlicht wurden, zum Guten und Großen gewendet und gezwungen. Ich – ein Balance-Kunststück genauer Not, knapp ausgewogener Glücksfall der Natur, ein Messertanz von Schwierigkeit und Liebe zur Facilität, ein Nur-gerade-Möglich, das gleich auch noch Genie – mag sein, Genie ist immer ein Nur-eben-Möglich. Sie würdigen, wenns hoch kommt, das Werk, – das Leben würdigt keiner. Ich sag euch: Machs Einer nach und breche nicht den Hals!

Was wars mit deiner Ehescheu, deinem fliehenden Verbots- und Unsinnsgefühl vor bürgerlich fortsetzender Verbindung nach dem Muster der Ahnen, zwecklosem Weiter-Laborieren über das Ziel hinaus? Mein Sohn, Frucht lockeren Behelfs, mißbilligt libertinischer Bettgenossenschaft, – er ist ein Drüber-hinaus, ein Nachspiel, weiß ich das nicht? Natur schaut kaum noch hin – und ich hab die Grille, zu tun, als dürft und könnt ichs in ihm noch einmal beginnen, verkuppel ihn mit dem Persönchen, weils vom Schlage derer, vor denen ich floh, oculier uns das preußisch Blut, damit das Nachspiel noch einen Ausklang auch habe, bei dem Natur gähnend und achselzuckend nach Hause geht. Ich weiß Bescheid. Aber Bescheid wissen ist eins, ein anderes das Gemüt. Das will sein Recht quand même – auch gegen das kalte Wissen. Es wird stattlich und freundlich aussehen vorerst, im Hause wird eine Lilli walten, mit der galant der Alte scherzt, und will es Gott, so wird man Enkel haben, lockige Enkel, Schattenenkel, den Keim des Nichts im Herzen, – ohne Glauben und Hoffnung wird man sie lieben von Gemütes wegen.

Sie war ohne Glauben, Liebe und Hoffnung, Cornelia, das Schwesterherz, mein weiblich Neben-Ich, zum Weibe nicht geschaffen. War nicht ihr Gattenekel das physische Gegenstück zu deiner Eheflucht? Indefinibles Wesen, bitter-fremd auf Erden, sich selbst nicht und keinem verständlich, harte Äbtissin, im ersten unnatürlichen, verhaßten Kindbett wunderlich verdorben und gestorben – das war dein leiblich Geschwister, – das einzige, das mit dir, zu seinem Unheil, von vier anderen, die frühsten Tage überlebte. Wo sind die anderen, das allzu schöne Mägdlein, der stille, eigensinnige, fremdartige Knabe, der mein Bruder war? Längst nicht mehr da, entschwunden gleich wieder und kaum beweint, soweit ich mich entsinne. Geschwistertraum, kaum noch erkennbar, dreiviertel vergessen. Zum Bleiben ich, zum Scheiden ihr erkoren, gingt ihr voran – und habt nicht viel verloren. Ich lebe an eurer Statt, auf eure Kosten, wälze den Stein für fünfe. Bin ich so egoistisch, so lebenshungrig, daß ich mördrisch an mich zog, wovon ihr hättet leben können? Es gibt tiefere, verborgenere Schuld, als die wir wissentlich empirisch auf uns laden. Oder rührt dies seltsam Gebären für ein bedeutend Leben, sonst aber für den Tod, daher, daß der Vater doppelt so alt war, als die Mutter, da er sie freite? Gesegnet Paar, begnadet, den Genius der Welt zu schenken. Unglücklich Paar! Das Mütterchen, die Frohnatur, verbrachte die besten Jahre als Pflegenonne eines decrepiten Tyrannen. Cornelia haßte ihn – vielleicht nur, weil er sie in die Welt gesetzt; war aber der morose, berufsuntätige Halbnarr, der Eigenbrötler und lastende

Pedant, dem jeder Luftzug die mühsame Ordnung störte, der querulierende Hypochondrist, nicht hassenswert auch sonst? Du hast viel von ihm, Statur und manches Gehaben, die Sammel-Lust, die Förmlichkeit und Polypragmosyne, – verklärtest seine Pedanterie. Je älter du wirst, je mehr tritt der gespenstische Alte in dir hervor, und du erkennst ihn, bekennst dich zu ihm, bist mit Bewußtsein und trotziger Treue wieder er, das Vater-Vorbild, das wir ehren. Gemüt, Gemüt, ich glaubs und wills. Das Leben wäre nicht möglich ohne etwelche Beschönigung durch wärmenden Gemütstrug, – gleich drunter aber ist Eiseskälte. Man macht sich groß und verhaßt durch Eiseswahrheit und versöhnt sich zwischenein, versöhnt die Welt durch fröhlich-barmherzige Lügen des Gemüts. Mein Vater war ein dunkler Ehrenmann – will sagen, er war das späte Kind betagter Eltern und hatte einen Bruder, der klärlich verrückt war und in Verblödung starb – wie schließlich auch der Vater. Urahne war der Schönsten hold, – o ja, von fröhlich aufstutzenden Gemütes wegen, der Textor war es, meiner Mutter Vater, ein Schlemmer, kalt gedacht, und Schürzenjäger, schimpflich ertappt von grimmigen Gatten, aber ein Wahrträumer dabei, der Gabe der Weissagung teilhaftig. Wunderlich Gemisch! Wahrscheinlich mußt ich all meine Geschwister töten, damits in mir ansprechend-genehmere Formen annahm, weltgewinnende – ist aber hinlänglicher Wahnsinn übrig in mir, als Untergrund des Glanzes, und hätt ich das Aufrechthalten in Ordnung nicht ererbt, die Kunst sorgfältiger Schonung, eines ganzen Systems von Schutzvorrichtungen – wo wär ich! Wie ich den Wahnsinn hasse, die verrückte Genialität und Halbgenialität und schon das Pathos, die excentrische Gebärde, die Lautheit verachte und in der Seele meide, ich kanns nicht sagen, es ist unaussprechlich. Kühnheit – das Best und Einzige, unentbehrlich – aber ganz still, ganz schicklich, ganz ironisch, in Convention gebettet, so will und bin ichs. Da war der Kerl, wie hieß er, von Sonnenberg, den sie den Cimbrier nannten, von Klopstock kommend, wild und wüst gebarend, wenn auch gutherzig im Grund. Sein groß Geschäft war ein Gedicht vom Jüngsten Tag, tolles Unternehmen, toll ohne Höflichkeit, apokalyptisch Unwesen, entsetzlich energumenisch vorgetragen. Mir ward übel, wie mir beim Armen Heinrich übel wurde. Schließlich stürzt das Genie sich aus dem Fenster. Abwehr, Abwehr. Fahr hin!

Nur gut, daß er mich anständigst zurechtgemacht, würdig elegant ein wenig nach alter Zeit. Wenn Besuch kommt, werd ich mit gemessener Stimme zu beiderseitiger Beruhigung gleichgültige Dinge reden und nach nichts weniger aussehn, als nach Genie und Umbratilität, woran die liebe Mittelmäßigkeit halb ängstlich, halb belustigt sich auferbauen möchte. Sie haben einander dann immer noch genug zu melden von meinem Mäsklein, dieser Stirn, den vielbeschrieenen Augen, die ich, zufolg den Bildern, nebst Kopfgestalt und Mund und mittelmeerländischem Teint ganz einfach von Mutters Mutter habe, der selig Lindheymerin, verehelichten Textor. Was ist es mit unsrer physiognomischen Hülle? Das alles war vor hundert Jahren schon da und wollte damals nicht mehr besagen, als eine rüstiggescheite, braun-handsame Weibsnatur. Dann schliefs in der Mutter, die von ganz andrem Schlag, und wurde in mir zum Ausdruck, zur Persona und Apparence dessen, was ich bin, – nahm eine geistige Repräsentanz an, die es sonst keineswegs besaß und nie hätt zu gewinnen brauchen. Mit welcher Notwendigkeit spricht mein Physisches mein Geistiges aus? Könnt ich nicht meine Augen haben, ohne daß es just Goethes Augen wären? – Auf die Lindheymers aber halt ich; wahrscheinlich sind sie das Brävst und Beste in mir. Freut mich zu denken, daß der Frühsitz, nach dem sie sich nannten, dem römischen Grenzwall ganz nah ist, in der Wettersenke, wo antikes und Barbarenblut von je zusammenfloß. Daher kommts und daher hast du's, den Teint, die Augen und die Distanz vom Deutschen, den Blick für seine Gemeinheit, die an tausend nährenden Wurzeln zerrende Antipathie gegen das Sackermentsvolk, aus dem – und dem zuwider – du lebst, zu dessen Bildung berufen du dies unbeschreiblich prekäre und penible, nicht nur durch Rang, auch durch Instinct schon isolierte Leben führst, erzwungenen Ansehns, ungern zugestanden, daß sie dran flicken, wo sie können, – ich sollt nicht wissen, daß ich im Grunde euch sämtlichen zur Last? – Wie versöhnt man sie? Ich habe Stunden, wo ich sie herzlich gern versöhnte! Es müßt doch gehen – und ging zuweilen – da doch von ihrem Mark, dem Sachs'schen, Luther'schen sovieles auch in dir, woran du dich in breitem Trotze freust, aber nach deines Geistes Form und Siegel nicht umhin kannst, es in Klarheit und Anmut und Ironie emporzuläutern. So traun sie deinem Deutschtum nicht, spürens wie einen Mißbrauch, und der Ruhm ist unter ihnen wie Haß und Pein. Leidig Dasein, im Ringen und Widerstreit mit einem Volkstum, das doch auch wieder den Schwimmer trägt. Soll wohl so sein, wehleidig bin ich nicht. Aber daß sie die Klarheit hassen, ist nicht recht. Daß sie den Reiz der Wahrheit nicht kennen, ist zu beklagen, – daß ihnen Dunst und Rausch und all berserkerisches Unmaß so teuer, ist widerwärtig, – daß sie sich jedem verzückten Schurken gläubig hingeben, der ihr Niedrigstes aufruft, sie in ihren Lastern bestärkt und sie lehrt, Nationalität als Isolierung und Roheit zu begreifen, – daß sie sich immer erst groß und herrlich vorkommen, wenn all ihre Würde gründlich verspielt, und mit so hämischer Galle auf die blicken, in denen die Fremden Deutschland sehn und ehren, ist miserabel. Ich will sie garnicht versöhnen. Sie mögen mich nicht – recht so, ich mag sie auch nicht, so sind wir quitt. Ich hab mein Deutschtum für mich – mag sie mitsamt der boshaften Philisterei, die sie so nennen, der Teufel holen. Sie meinen, sie sind Deutschland, aber ich bins, und gings zu Grunde mit Stumpf und Stiel, es dauerte in mir. Gebärdet euch, wie ihr wollt, das Meine abzuwehren, – ich stehe doch für euch. Das aber ists, daß ich für die Versöhnung weit eher geboren, als für die Tragödie. Ist nicht Versöhnung und Ausgleich all mein Betreiben und meine Sache Bejahen, Geltenlassen und Fruchtbarmachen des Einen wie des Anderen, Gleichgewicht, Zusammenklang? Nur alle Kräfte zusammen machen die Welt, und wichtig ist jede, jede entwickelnswert, und jede Anlage vollendet sich nur durch sich selbst. Individualität und Gesellschaft, Bewußtheit und Naivität, Romantik und Tüchtigkeit, – beides, das andre immer auch und gleich vollkommen, – aufnehmen, einbeziehen, das Ganze sein, die Partisanen jedes Princips beschämen, indem man es vollendet – und das andre auch... Humanität als universelle Ubiquität, – das höchste, verführerische Vorbild als heimlich gegen sich selber gerichtete Parodie, Weltherrschaft als Ironie und heiterer Verrat des Einen an das Andre, – damit hat man die Tragödie unter sich, sie fällt dorthin, wo noch nicht Meisterschaft, – wo noch mein Deutschtum nicht, das in dieser Herrschaft und Meisterschaft besteht, – repräsentativer Weise besteht, denn Deutschtum ist Freiheit, Bildung, Allseitigkeit und Liebe, – daß sies nicht wissen, ändert nichts daran. Tragödie zwischen mir und diesem Volk? Ah, was, man zankt sich, aber hoch oben, im leichten, tiefen Spiel will ich exemplarische Versöhnung feiern, will das magisch reimende Gemüt umwölkten Nordens mit dem Geist trimetrisch ewiger Bläue sich gatten lassen zur Erzeugung des Genius. So sage denn, wie sprech ich auch so schön? – Das ist gar leicht, es muß von Herzen gehn –

»Meinten Ew. Excellenz grad was zu mir?«

»Wie? Nein. Ich sagte wohl irgendwas? Dann war es nicht zu dir. Dann wars so bei mir selbst gesprochen. Ist das Alter, weißt du, da fängt der Mensch an, mit sich selbst zu mummeln.«

»Das ist wohl nicht das Alter, Ew. Excellenz, sondern bloß die Lebhaftigkeit des Denkens. Haben gewiß auch in der Jugend gern mal schon mit sich selbst gesprochen.«

»Da hast du auch recht. Kam sogar viel öfter vor, als heute bei gesetzten Jahren. Ist ja ein bißchen närrisch, mit sich selbst zu reden, und Jugend ist närrische Zeit, da paßt es, aber später eigentlich nicht mehr. Ich rannt' herum, es pochte was in mir, da sprach ich den Halb-Unsinn mit, und es war ein Gedicht.«

»Ja, Ew. Excellenz, das war ja nun wohl eben, was man die geniale Eingebung nennt.«

»Meinetwegen. So nennens, die's nicht haben. Später dann müssen Vorsatz und Charakter aufkommen für die närrische Natur, und was sie leisten, ist uns im Grunde verständig-werter. – Läßt du mich endlich? Mußt doch mal fertig werden. Ist schon recht, von dir aus, daß du dein Geschäft für die Hauptsache hältst, müssen aber die Vorbereitungen zum Leben im richtigen Verhältnis bleiben zu ihm selbst.«

»Seh ich ein, Ew. Excellenz. Es soll aber doch alles noch advenant sein. Schließlich weiß man, wen man unter den Händen hat. – Hier wär der Handspiegel.«

»Schön, schön. Gib mir das Cölnisch Wasser für mein Taschentuch! Ah ja, ah gut! Ist eine gar liebliche, belebende Erfindung, gabs schon in Haarbeutels Zeiten, hab mein Leben lang die Nase hineingesteckt. Der Kaiser Napoléon roch auch von oben bis unten danach, – wollen hoffen, daß es ihm auch auf Helena nicht dran mangelt. Die kleinen Beihilfen und Wohltaten des Lebens, mußt du wissen, werden zur Hauptsache, wenns mit dem Leben selbst und den Heldentaten gar und zu Ende. So ein Mann, so ein Mann. Da haben sie nun seine Unbändigkeit eingeschlossen in unbezwingliche Meeresweiten, damit die Welt Frieden habe vor ihr und wir hier in Ruhe ein bißchen cultivieren mögen... Ist auch ganz recht, denn es ist die Zeit der Kriege und Epopöen nicht mehr, der König flieht, der Bürger triumphiert, kommt jetzt ein nützliches Aevum herauf, ihr sollt sehen, daß es mit dem Geld und Verkehr, Geist, Handel und Wohlstand zu tun hat, wo man denn glauben und wünschen könnte, daß selbst die liebe Natur zur Vernunft gekommen sei und allen verrückten, fieberhaften Erschütterungen für immer abgesagt hätte, damit Frieden und Wohlhaben für immer gesichert wären. Ganz erquickliche Idee, habe garnichts dagegen. Aber wenn man sich einbildet, wies so einem Stück Element zu Mute sein muß, dessen Kräfte in der Stille zwischen Wasserwüsten erstickt werden, so einem gefesselten, an aller Tat gehinderten Riesen und zugeschütteten Aetna, in dem es kocht und wühlt, ohne daß das feurige Innere mehr einen Ausweg findet, wo du denn wissen mußt, daß zwar die Lava vernichtet, aber auch düngt, – da wirds einem doch gar beklommen zu Sinn, und man fühlt sich zum Mitleid versucht, ob denn schon Mitleid gar kein zulässig Gefühl, in solchem Fall. Aber daß er seine Eau de Cologne noch habe, wie ers gewohnt ist, das möcht man doch wünschen. Ich geh hinüber, Carl, sag es Herrn John, er soll sich blicken lassen.«

– Helena, Sankt Helena, daß der da sitzt, daß das so heißt, daß ich sie suche, die mein einziges Begehren, so schön wie reizend, wie ersehnt so schön – daß sie den Namen mit des Prometheus Marter-Felsen teilt, die Tochter und Geliebte, die ganz mir und nicht dem Leben, nicht der Zeit gehört, und nach der allein das dichtende Verlangen mich schmiedet an dies lebensgraue, unbezwingbare Werk – ist doch ein wunderlich Ding das Gewebe des Lebens, der Schicksale. – Siehe, die ausgeruhte Arbeitsstätte, morgendlich ernüchtert, neuer Besitzergreifung gewärtig. Da sind die Subsidia, die Hilfsquellen, die Stimulantien, die Mittel zur Eroberung gelehrter Welten zu productivem Zweck. Wie brennend interessant alles Wissen wird, das ein Werk bereichern und unterbauen mag und zum Spiele taugt. Dem Unzugehörigen verschließt sich der Geist. Aber freilich wirds immer mehr, was dazu gehört, je älter man wird, je mehr man sich ausbreitet, und treibt mans so fort, wirds bald nichts Unzugehöriges mehr geben. Das hier über Mißbildung der Gewächse und Pflanzenkrankheiten muß ich weiter lesen, heut Nachmittag, wenn ich dazu komme, oder abends; die abweichenden Bildungen und das Monstrose sind höchst bedeutend dem Freunde des Lebens, über die Norm belehrt das Pathologische vielleicht am tiefsten, und dir ahnt zuweilen, als möchten von der Seite der Krankheit her die kühnsten Vorstöße ins Dunkel des Lebendigen zu vollbringen sein... Schau, da wartet manch Stück Geist und Welt der kritischen Freude, Byrons Corsaren und Lara, schönes, stolzes Talent, darin ist fortzufahren, in der Gries'schen Calderon-Übersetzung auch, und des Rückstühl Über die deutsche Sprache regt manches auf, will auch bestimmt Ernesti's Technologia rhetorica weiter studieren. Dergleichen klärt das Bewußtsein und schürt die Lust. Auf all die Orientalia wartet Herzogliche Bibliothek schon ein bißchen lange. Sind längst die Termine zur Rückgabe abgelaufen. Geb sie aber nicht her, keins davon, kann mich vom Rüstzeug nicht entblößen, solang ich im Divan lebe, und Bleistiftstriche mach ich auch noch hinein, wird niemand mucksen. Carmen panegyricum in laudem Muhammedis – Teufel noch mal, das Geburtstagsgedicht! Anfang: Von Berges

Luft, dem Aether gleichzuachten, Umweht, auf Gipfelfels hochwaldiger Schlünde – Ist eine etwas herrische Zusammenziehung: ein Gipfel von Schlünden, müssens mir durchgehen lassen, ist doch ein kühn aufrufend Bild, Schlund ist Schluck, sollens nur schlucken. Dieser Gipfel ernste Wand war auch schon so was. Zweitens kommt der Dichtergarten, nicht ganz geheuer durch luftige Geschosse der Eroten, drittens die cultivierte Gesellichkeit, die Mars zerschmettert, und endlich bei tröstend wiederkehrendem Frieden, kehrt, zweimal kehrt, machen wir aus der Not eine Absicht, kehrt unser Sinn sich treulich zu dem Alten, worauf sich e r h a l t e n reimt, und rasch auch noch die Menge, von der jeder nach eigenem Willen s c h a l t e n will, – gut, wenn du dich nach dem Dictat dahinterstellst, bringst du die Strophen in zwanzig Minuten zusammen.

Das Stützwerk und Roh-Material, das hielt sich garnicht für roh, gedachte durchaus schon an und für sich was zu sein, Zweck seiner selbst und nicht dazu da, daß Einer komme und presse ein einzig Fläschchen Rosenöl aus dem Wust, worauf man den Trödel auch könnte wegwerfen. Woher nimmt man die Frechheit, sich einen Gott zu dünken, um den alles rings umher eine Fratze sein soll, die er nach seinem Gefallen braucht, – einzig rückstrahlendes All im All der Natur, der auch seine Freunde, oder was ihm vorkommt, bloß als Papier ansieht, worauf er schreibt? Ist es Frechheit und Hybris? Nein, es ist auferlegte und in Gottes Namen getragene Wesensform – so verzeiht und genießt, es ist nur zur Freude… Warings Reise nach Schiras, recht nützlich; Memorabilien des Orients von Augusti, verhalf zu manchem; Klaproths Asiatisches Magazin; Fundgruben des Orients, bearbeitet durch eine Gesellschaft von Liebhabern, – für inständigere Liebhaberei wars eine Fundgrube allerdings, gesellige Kärrner. Die Doppelzeilen des Scheichs Dschêlaleddin Rumi muß ich wieder durchgehen, die Hellstrahlenden Plejaden am Himmel Arabiens auch, und bei den Noten wird das Repertorium für Biblische und Morgenländische Literatur entschiedne Dienste leisten. Da ist auch die Arabische Sprachlehre. Muß mich in der Zierschrift wieder ein bißchen üben, das stärkt die Contactnahme. Contactnahme, tiefes Wort, viel aussagend über unsere Art und Weise, dies bohrende Sich-vertiefen in Sphäre und Gegenstand, ohne das mans nicht leistete, dies Sichvergraben und Schürfen besessener Sympathie, die dich zum Eingeweihten macht der liebend ergriffenen Welt, sodaß du mit freier Leichtigkeit ihre Sprache sprichst und niemand das studierte Détail vom charakteristisch erfundenen soll unterscheiden können. Wunderlicher Heiliger! Die Leute würden sich wundern, daß einer für ein Büchlein Gedichte und Sprüche mit so viel Reisebeschreibungen und Sittenbildern sich nähren und aufhelfen muß. Würdens schwerlich genialisch finden. In meiner Jugend, der Werther macht' eben Furor, war Einer, der Bretschneider, ein Grobian, besorgt um meine Demut. Sagt mir über mich die letzten Wahrheiten, oder was er dafür hielt. Bild dir nichts ein, Bruder, mit dir ist nicht soviel los, wie dich das Lärmen will glauben machen, das dein Romänchen erregt! Was bist du schon für ein Kopf? Ich kenne dich. Urteilst meist schief und weißt im Grunde, daß dein Verstand ohne langes Nachdenken nicht zuverlässig ist, bist auch klug genug, Leuten, die du für einsichtig hältst, lieber gleich recht zu geben, als daß du eine Materie mit ihnen durchdiscurriertest und zögst es dir auf den Hals, deine Schwäche zu zeigen. So bist du. Bist auch ein unbeständig Gemüt, das bei keinem System beharrt, sondern von einem zum andern Extremo überspringt und ebenso leicht zum Herrnhuter wie zum Freigeist zu bereden wäre, denn beeinflußbar bist du, daß Gott erbarm. Hast dabei eine Dosis Stolz, schon unerlaubt, daß du fast alle Leut außer dir für schwache Creaturen hältst, da doch du der Allerschwächste, nämlich zu dem Effect, daß du bei den Wenigen, die dir gescheit gelten, garnicht im Stand bist, selbst zu prüfen, sondern richtest dich nach dem allgemeinen Urteil der Welt. Heut sags ich dir einmal! Einen Samen von Fähigkeit hast du schon, ein poetisches Genie, das dann würkt, wenn du sehr lange Zeit einen Stoff mit dir herumgetragen und in dir bearbeitet und alles gesammelt hast, was zu deiner Sache dienen kann – dann gehts allenfalls, dann mag es was werden. Fällt dir etwas auf, so bleibts hängen in deinem Gemüt oder

Kopf, und alles, was dir nur aufstößt, suchst du mit dem Klumpen Ton zu verkneten, den du in der Arbeit hast, denkst und sinnst auf nichts anderes als dies Object. Damit machst dus, und weiter ist nichts an dir. Laß dir keine bunten Vögel in Kopf setzen von deiner Popularität! – Ich hör ihn noch, den Kauz, war so ein Wahrheitsnarr und Fex der Erkenntnis, gar nicht boshaft, litt wohl noch selber gar unter der Schärfe seines kritischen Einblicks, der Esel – gescheiter Esel, melancholisch scharfsinniger Esel, hatt er nicht recht? Hatt er nicht dreimal recht, oder doch zweieinhalbmal mit allem, was er mir unter die Nase rieb von Unbeständigkeit, Unselbständigkeit und Bestimmbarkeit und dem Genie, das eben nur zu empfangen und lange auszutragen, Subsidia zu wählen und zu brauchen weiß? Wär all das Studien-Werkzeug dir überall bereit gewesen, hätt nicht die Zeit schon eine Schwäche und Neugier fürs Orientalische gehabt, bevor du ankamst? Hast du den Hafis entdeckt auf eigene Hand? Der von Hammer hat ihn dir entdeckt und artig übersetzt; als du ihn lasest, anno Rußland, wardst du ergriffen und bezaubert von einem Buche geistiger Mode, und da du nicht lesen darfst, ohne gestimmt, befruchtet und verwandelt zu werden, ohne die Lust zu kosten, auch dergleichen zu machen und productiv zu werden an dem Erlebten, begannst du persisch zu dichten und fleißig-unersättlich an dich zu ziehen, was du zu dem neuen reizenden Geschäft und Maskenspiele brauchtest. Selbständigkeit, möcht wissen, was das ist. Er war ein Original, und aus Originalität – Er andern Narren gleichen tät. Da war ich Zwanzig und ließ schon die Anhänger im Stich, machte mich lustig über die Originalitätsgrimasse der genialen Schule. Ich wußte, warum. Ist ja Originalität das Grauenhafte, die Verrücktheit, Künstlertum ohne Werk, empfängnisloser Dünkel, Altjungfern- und Hagestolzentum des Geistes, sterile Narrheit. Ich verachte sie unsäglich, weil ich das Productive will, das Weibheit und Mannheit auf einmal, ein empfangend Zeugen, persönliche Hochbestimmbarkeit. Nicht umsonst seh ich dem wackren Weibe ähnlich. Ich bin die braune Lindheymerin in Mannsgestalt, bin Schoß und Samen, die androgyne Kunst, bestimmbar durch alles, aber, bestimmt durch mich, bereichert das Empfangene die Welt. So solltens die Deutschen halten, darin bin ich ihr Bild und Vorbild. Welt-empfangend und welt-beschenkend, die Herzen weit offen jeder fruchtbaren Bewunderung, groß durch Verstand und Liebe, durch Mittlertum, durch Geist – denn Mittlertum ist Geist – so sollten sie sein, und das ist ihre Bestimmung, nicht aber als Originalnation sich zu verstocken, in abgeschmackter Selbstbetrachtung und Selbstverherrlichung sich zu verdummen und gar in Dummheit, durch Dummheit zu herrschen über die Welt. Unseliges Volk, es wird nicht gut ausgehen mit ihm, denn es will sich selber nicht verstehen, und jedes Mißverstehen seiner selbst erregt nicht das Gelächter allein, erregt den Haß der Welt und bringt es in äußerste Gefahr. Was gilts, das Schicksal wird sie schlagen, weil sie sich selbst verrieten und nicht sein wollten, was sie sind; es wird sie über die Erde zerstreuen wie die Juden, – zu Recht, denn ihre Besten lebten immer bei ihnen im Exil, und im Exil erst, in der Zerstreuung werden sie die Masse des Guten, die in ihnen liegt, zum Heile der Nationen entwickeln und das Salz der Erde sein... Es hüstelt und klopft. Das ist der Dämpfige. »Nur vorwärts. Nur in Gottes Namen herein!«

»Ergebenster Diener, Herr Geheimer Rat.«

»So, John, sind Sie's. Willkommen und näher. Früh aus den Federn heut.«

»Ja, Excellenz treibt's immer zeitig zu den Geschäften.«

»Nicht doch. Euch mein' ich. Ihr seid früh an der Sonne heut.«

»O, ich, Verzeihung, ich war mir's nicht vermutend, daß von mir sollte die Rede sein.«

»Wie denn, das nenn' ich ein überbescheiden Mißverstehn. Ist der Studiengenosse meines Sohnes, der wackere Lateiner und Rechtsgelehrte, der flüssige Kalligraph der Rede nicht wert?«

»Ich danke gehorsamst. Und wenn so, so war ich nicht gewärtig, daß das erste Morgenwort aus so verehrtem Munde sollte ein Vorwurf sein. Denn anders kann ich die werte Bemerkung nicht deuten, daß ich h e u t e mich zeitig zur Arbeit gemeldet. Wenn der Zustand meiner Brust und längerer Husten vor Einschlafen, sodaß dieses erst spät erfolgt, mich manchmal zu längerer Ruhe nötigen, so dacht' ich mich versichert halten zu dürfen, daß die hohe Menschlichkeit des Herrn Geheimen Rates – Und übrigens ist festzustellen, daß trotz meiner gemeldeten Anwesenheit die Dienste des Carl zum Früh-Dictat bevorzugt wurden.«

»Ei, geht doch, Mann, wie stellt Er sich und trübt sich unnütz den Morgen. Insinuiert mir Schonungslosigkeit der Worte und macht zugleich den Bittern über allzu viel Schonung der Tat. Dem Carl hab ich aus dem Bett was dictiert, weil ich ihn eben um mich hatte. Es war nur was Amtliches, für Euch kommt viel was Besseres dran. Auch hab' ich nichts Übles gedacht bei meinen Worten und wollt' Euch nicht hecheln. Wie sollt' ich Euerer leidigen Schwäche nicht achten und ihr nicht Rechnung tragen. Wir sind doch Christen. Er ist lang aufgeschossen, ich muß ja aufblicken zu Ihm, wenn ich vor Ihm stehe, und dann das viele Sitzen im Bücherstaube überm Papier. Da wird die junge Brust denn leicht dämperich, – es ist überhaupt eine Jugendkrankheit, und reifend besiegt man's. Ich hab' auch Blut gespuckt mit zwanzig und steh' heut' noch recht fest auf den alten Beinen, wobei ich gern die Händ' auf den Rücken tu' und die Schultern zurück, daß die Brust sich wölbt, – seht Ihr, so, Ihr aber laßt Euere Schultern hängen und die Brust versacken, Ihr seid zu nachgiebig, – in aller christlichen Humanität sei's Euch gesagt. Sie sollten dem Staube ein Gegengewicht suchen, John, sich, wann es nur gehen will, aus dem Staube machen, hinaus in Wiese und Wald, untern offenen Himmel, zu wandern, zu reiten, ich hab's auch so gemacht und mich herausgerappelt. Ins Freie gehört der Mensch, wo er die bloße Erde unter den Sohlen hat, daß ihre Säfte und Kräfte können in ihn aufsteigen, über seinem Kopf die himmelnden Vögel. Die Civilisation und das Geistige sind gute Dinge, sind große Dinge, wir möchten's uns ausgebeten haben. Allein ohne die antäische Compensation, wie wir's einmal nennen wollen, sind sie ruinös für den Menschen und schaffen Krankheit, auf die er dann wohl noch stolz ist um ihretwillen und hangt ihr an wie etwas Ehrenvollem und sogar Vorteilhaftem; denn Krankheit hat ja auch ihr Vorteilhaftes, sie ist ein Dispens und eine Befreiung, aus Christentum muß man ihr vieles verzeihen, und ist so einer dann prätentiös, speisewählerisch, genäschig, trunkliebend, lebt sich selbst statt der Herrschaft und arbeitet selten zur rechten Zeit, so kann er gewiß sein, daß man sich's dreimal überlegt, ehe man sich den christlichen Mund verbrennt und ihm Vorhaltungen macht, etwa weil er die kränkelnde Brust auch noch mit Toback reizt, sodaß der Dampf davon zuweilen sogar aus seiner Stube dringt, ins Haus hinein und denen zur Last fällt, die ihn durchaus nicht leiden können. Ich meine den Tobackdampf, nicht Euch, denn ich weiß, daß Ihr mich bei alldem leiden könnt, daß ich Euch lieb bin und es Euch schmerzt, wenn ich mit Euch hadere.«

»Sehr, Excellenz, Herr Geheimer Rat! Bitterlich, dessen bitt' ich versichert zu sein! Ich höre es mit wahrem Entsetzen, daß der Rauch meiner Studienpfeife trotz allen Vorsichtsmaßregeln soll durch die Ritzen gedrungen sein. Ich kenne doch die Aversion des Herrn Geheimen Rates –«

»Die Aversion. Und eine Aversion ist eine Schwäche. Sie bringen die Rede auf meine Schwächen. Es ist aber von Ihren die Rede.«

»Ausschließlich, verehrtester Herr Geheimer Rat. Ich leugne keine davon und unterwinde mich keines Versuches, sie zu entschuldigen. Nur bitte ich, mir gütigst zu glauben: wenn ich ihrer noch nicht Herr zu werden vermochte, so gewißlich nicht, weil ich dabei auf meine Krankheit pochte. Ich habe keinen Anlaß, auf meine Brust zu pochen, ich habe Anlaß, daran zu schlagen... Das ist mein tiefster Ernst, wenn Excellenz sich auch zu belustigen belieben. Meine Schwächen, ich will sogar Laster sagen, sind unverzeihlich; aber keineswegs unter Berufung auf mein körperliches Leiden überlasse ich mich ihnen zuweilen, sondern aus Verstörung der lieben, leidigen Seele. Wär' es doch vermessen, die ungeheure Menschenkenntnis meines Wohltäters daran zu erinnern, daß wohl die plane Führung, die dienstliche Pünktlichkeit eines jungen Mannes darunter leiden mögen, wenn er sich in einer Krisis des Gemütes, einer Umwälzung seiner Gesinnungen und Überzeugungen befindet, die sich unter dem Einfluß, – ich möchte beinah' sagen: unter dem Drucke einer neuen und zwingend bedeutenden Umgebung in ihm vollzieht und die ihn sich fragen läßt, ob er eigentlich im Begriffe ist, sich zu verlieren oder sich zu finden.«

»Nun, mein Kind, Ihr habt mich von den kritischen Wandlungen, die in Euch vorgehen, bis dato nicht viel wissen und merken lassen. Worin sie bestehen, worauf Ihr mit Euren Allusionen hinauswollt, vermut' ich. Laßt mich offen sein, Freund John. Ich habe von dem politischen Ikarusflug, den perfectionistischen Leidenschaften Eurer frühen Tage nichts gewußt. Daß Ihr es wart, der vordem jenes wagehalsige und fürstenhassende Libellum gegen die Bauernfron und zugunsten einer höchst radicalen Verfassung an Tag gegeben, war nicht zu meiner Kenntnis gelangt, – ich hätte Euch sonst, trotz Euerer guten Handschrift und Kenntnisse nicht in meinen Hausstand aufgenommen, wofür mir denn von würdigen Männern in hohen und höchsten Behörden manch Wörtchen der Verwunderung, ja des Tadels zuteil geworden. Versteh' ich recht – und auch mein Sohn hat mir dergleichen Andeutungen wohl schon gemacht –, so seid Ihr im Begriffe, Euch diesen Dünsten zu entringen, Euere umstürzlerischen Verirrungen abzutun und Euch in Dingen der Staatsraison und irdischen Regimentes redlich ins Rechte und würdig Erhaltende zu denken. Allein ich schätze, daß dieser Klärungs- und Reifevorgang, den Ihr stolz genug sein solltet, Euch selbst und Euerem tüchtigen Verstande und Herzen, nicht aber irgendwelchen Einflüssen oder gar einem geflissentlichen Drucke von außen zuzuschreiben, – ich schätze, daß er unmöglich zur Erklärung sittlichen Troubles und gestörter Conduite dienen kann, da er ja offenkundig ein Vorgang der Genesung ist und für Seele wie Leib nur heilsame Wirkungen zeitigen kann. Sind doch diese beiden so innig auf einander bezogen und in einander verwoben, daß keine Wirkung auf das eine auszugehen vermag, ohne auch das andre segensreich oder unselig zu afficieren. Meint Ihr, Euere revolutionären Grillen und

Excesse hätten nichts zu schaffen gehabt mit dem, was ich den Mangel an antäischer Ausgleichung nannte für Civilisation und Geist, den Mangel an frischem und gesundem Leben am Busen der Natur, und Euere Kränkelei und Dämpfigkeit sei im Leiblichen nicht ganz dasselbe gewesen wie im seelischen Bereiche jene Grillen? Das ist All-Eines. Tummelt und lüftet Euren Körper, verschont ihn mit Brantewein und Tobacksbeize und Ihr werdet in Eurem Gehirne auch die rechten, der Ordnung und Obrigkeit gefälligen Gedanken hegen, entschlagt Euch vollends des leidigen Widersprechungsgeistes, des verunnaturenden Dranges nach Weltverbesserung, cultiviert den Garten Euerer Eigenschaften, trachtet, Euch im wohltätig Bestehenden tüchtig zu erweisen, und Ihr werdet sehen, wie auch Euer Leibliches sich zu heiterer Stämmigkeit befestigen, zum soliden Gefäße des Lebensbehagens erstarken wird. So weit mein Rat, wenn Ihr ihn hören wollt.«

»Oh, Excellenz, wie sollt' ich nicht! Wie sollt' ich so tief erfahrenen Rat, so weise Direction nicht mit der gefühltest dankbaren Aufmerksamkeit empfangen! Auch halt' ich mich überzeugt, daß auf die Länge die tröstlichen Zusicherungen, die ich vernehmen durfte, sich vollauf bewähren und erfüllen werden. Nur eben jetzt noch, vorderhand, – daß ich's gestehe –, wo in der erlauchten Atmosphäre dieses Hauses die Wandlung meiner Gedanken und Meinungen sich kritisch-mühsam vollzieht, – in dieser Zeit des Überganges von einer Gesinnungswelt zur anderen ist begreiflicher Weise mein Zustand noch reichlich verworren, von Qual und Abschiedsweh nicht frei und so denn auch vielleicht nicht ohne Anspruch auf milde Nachsicht. Was sag' ich – Anspruch! Welchen Anspruch hätt' ich! Aber die Hoffnung auf solche Nachsicht wag' ich submissest zu bekunden. Ist ja mit jener Wandlung und Bekehrung der Verzicht auf manche weit größere, wenn auch unreife und knäbische Hoffnung und Gläubigkeit verbunden, die zwar Schmerzen und Zorn mit sich brachte, zwar den Menschen in leidenden Widerstreit zum wirklichen Leben versetzte, aber doch auch seine Seele tröstete und trug und sie zum Einklang mit höhern Wirklichkeiten stimmte.

Dem Schwärmerglauben zu entsagen an eine revolutionäre Reinigung der Nationen, an eine zur Freiheit und zum Rechte geläuterte Menschheit, kurz an ein Reich des Glückes und Friedens auf Erden unter dem Scepter der Vernunft, – sich in die harte, wenn auch wohl stählende Wahrheit zu finden, daß immer und ewig der Drang der Kräfte ungerecht und blindlings hin und wider wogen und erbarmungslos die eine der andern Übermacht betätigen wird, – das ist nicht leicht, das stürzt in bitteren und ängstigenden innern Widerstreit, und wenn bei so beschaffnen Umständen, in solchen Wachstumsnöten der junge Mensch einmal bei der Kümmel-Bouteille Erheiterung sucht oder seine abgemüdeten Gedanken in den Rauch der Tobackspfeife wohltätig einzuhüllen trachtet, – sollte er nicht bei Oberen, deren gewaltige Autorität nicht ohne Anteil ist an solchen Umwälzungen, auf einiges milde Nachsehen rechnen dürfen?«

»Nun, nun, das nenn' ich Rhetorik! An Euch ist ja ein pathetisch listenreicher Advocat verloren – oder vielleicht noch nicht verloren gegangen. Ihr wißt Eure Schmerzen für andre unterhaltend zu machen, und also seid Ihr ja nicht nur ein Redner, sondern sogar ein Dichter, – obgleich zu diesem Titel der politische Furor nicht stimmen will, denn Politiker und Patrioten sind schlechte Dichter, und die Freiheit ist kein poetisches Thema. Aber daß Ihr Euere Rednerkunst, die Euch zum Literaten und Volksmann disponierte, dazu benutzt, mich in ein so schlechtes Licht zu setzen und es so hinzustellen, als hätte mein Umgang Euch des Glaubens an die Menschheit beraubt und Euch ihrer Zukunft wegen in cynische Hoffnungslosigkeit gestürzt, – hört, das ist nicht wohlgetan. Mein' ich's nicht gut mit Euch, und wollt Ihr's mir verargen, wenn meine Ratschläge Euer individuelles Wohl unmittelbarer im Auge haben, als das der Menschheit? Bin ich darum ein Timon? Mißversteht mich nicht! Ich eracht' es durchaus für möglich und wahrscheinlich, daß unser neunzehntes Jahrhundert nicht einfach die Fortsetzung des früheren sei, sondern zum Aufgang einer neuen Ära bestimmt erscheint, worin wir an dem Anblick einer ins Reinste vorschreitenden Menschheit uns werden erquicken dürfen. Freilich sieht's auch wieder gar sehr danach aus, als wollte eine mittlere Cultur gemein werden, um nicht zu sagen eine mittelmäßige, zu deren Gepräge es unter anderm gehört, daß viele, denen es nichts angeht, sich ums Regiment bekümmern. Von unten haben wir den Wahn der jungen Leute, in die höchsten Angelegenheiten des Staates mit einwürken zu wollen, und von oben die Neigung, aus Schwäche und übertriebener Liberalität überall mehr nachzugeben als billig. Lehrt mich aber die Schwierigkeiten und Gefahren eines zu großen Liberalismus kennen, der die Anforderungen der einzelnen hervorruft, sodaß man vor lauter Wünschen zuletzt nicht weiß, welche man befriedigen soll. Man wird immer finden, daß man von oben herab mit zu großer Güte, Milde und moralischer Délicatesse auf die Länge nicht durchkommt, bei Nötigung, eine gemischte und mitunter verruchte Welt in Ordnung und Respect zu halten. Mit Strenge auf dem Gesetze zu bestehen, ist unerläßlich. Hat man nicht sogar angefangen, in Dingen der Zurechnungsfähigkeit von Verbrechern weich und schlaff zu werden, indem ärztliche Zeugnisse und Gutachten oft dahin gehen, dem Übeltäter an der verwirkten Strafe vorbeizuhelfen? Es gehört Charakter dazu, in solcher allgemeinen Erweichung fest zu bleiben, und so lob' ich mir den jungen Physicus, den man mir neulich recommandierte, Striegelmann mit Namen, welcher in ähnlichen Fällen immer Charakter zeigt und noch kürzlich bei dem Zweifel eines Gerichtes, ob eine gewisse Kindsmörderin für zurechnungsfähig zu halten, sein Zeugnis dahin ausgestellt hat, daß sie es allerdings sei.«

»Wie beneid' ich Physicus Striegelmann um das Lob, das Ew. Excellenz ihm spenden! Ich werde von ihm träumen, ich weiß es, und mich an seiner Charakterfestigkeit erheben und gewissermaßen berauschen. Ja, auch berauschen! Ach, ich habe meinem Gönner nicht alles gestanden, als ich ihm von den Schwierigkeiten meiner inneren Umbildung sprach; es drängt mich, Ihnen wie einem Vater und Beichtiger alles zu bekennen. Mit meiner Gesinnungswandlung, meinem neuen Verhältnis zu Ordnung, Erhaltung und Gesetz ist nicht nur Kummer und Abschiedsweh verbunden um der unreifen Träume willen, denen es gilt Valet zu sagen, sondern noch andres, id est – es ist pénible auszusprechen – ein ungekannter, ein herzklopfend schwindlichter Ehrgeiz, unter dessen Zudrang ich ebenfalls wohl zur Bouteille, zum Pfeifenrohr greife, teils, um ihn zu betäuben, teils auch wieder, um mich mit ihrer Hilfe tiefer und heißer in die so neuen Träume zu versenken, in denen er sich manifestiert.«

»Hm. Ein Ehrgeiz? Und welcher Art?«

»Er hat seinen Ursprung in dem Gedanken an die Vorteile, die das innere Bekenntnis zur Macht und zum Gesetz vor dem Widersprechungsgeiste voraushat. Dieser ist Martyrertum, aber die Bejahung der Macht bedeutet für das Gemüt schon den Dienst an ihr und die Teilhaberschaft an ihrem Genusse. Dies sind die neuen, herzauftreibenden Träume, worein dank meinem Reifeproceß die alten sich verwandelt haben. Item, da die Bejahung der Autorität allbereits den geistigen Dienst an ihr bedeutet, so werden Excellenz es begreiflich finden, daß es meine Jugend unwiderstehlich drängt, die Theorie ins Praktische zu übertragen, und das führt mich zu der Bitte, zu der dies unverhoffte Privatgespräch mir erwünschte Gelegenheit gibt.«

»Die wäre?«

»Ich brauche gewiß kein Wort darüber zu verlieren, wie teuer mir meine gegenwärtige Condition und Beschäftigung ist, die ich der Studienbekanntschaft mit Dero Herrn Sohn verdanke, und wie unendlich ich die Förderung durch den zweijährigen Aufenthalt in diesem mir und der Welt teueren Hause zu schätzen weiß. Andrerseits wäre es absurd, mir meine Unentbehrlichkeit einzubilden, denn ich bin Einer unter Mehreren, die Eurer Excellenz für die Hilfsarbeiten zur Verfügung stehen, als da sind der Herr Kammerrat selbst, Herr Doktor Riemer, Herr Bibliothekssecretär Kräuter, sowie auch noch der Bediente. Zudem bin ich mir wohl bewußt, Ew. Excellenz in letzter Zeit Anlaß zur Klage gegeben zu haben, eben infolge meiner Wirren und Dämpfigkeit, und habe überall nicht das Gefühl, daß Excellenz besonderes Gewicht auf meine Gegenwart legen, wobei unter andrem die übertriebene Länge meiner

Person, meine Brille und die leidige Blattrigkeit meines Gesichtes eine Rolle spielen mögen.«

»Nun, nun, was das betrifft –«

»Meine Idee und brennendes Desideratum ist, aus dem Dienst Ew. Excellenz in den Staatsdienst hinüberzuwechseln und zwar in eine Sparte desselben, die meinen neuen gereinigten Überzeugungen eine besonders günstige Gelegenheit zur Betätigung bietet. In Dresden lebt ein Freund und Gönner meiner armen, wenn auch würdigen Eltern, Herr Hauptmann Verlohren, als welcher persönliche Beziehungen zu einigen Spitzen der preußischen Censur-Behörde unterhält. Wenn ich Excellenz gehorsamst bitten dürfte, bei dem Herrn Hauptmann Verlohren ein brieflich Wort der Recommandation, das meiner politisch-sittlichen Metamorphose anerkennend gedächte, für mich einzulegen, damit er mich vielleicht für eine Weile bei sich aufnimmt und seinerseits mich an gehörigem, erwünschtem Orte empfiehlt, sodaß mein passionierter und urgenter Wunsch, just auf der Stufenleiter der Censur-Behörde meinen Weg zu machen, sich erfüllte – ich wäre dem Herrn Geheimen Rat, wie schon immer, nun aber zu wahrhaft unsterblicher Dankbarkeit verbunden!«

»Nun, John, das wird sich machen lassen. Auf den Brief nach Dresden soll's mir nicht ankommen, und es sollte mich freuen, wenn ich dazu helfen könnte, diejenigen, die bestellt sind, gegen das Gesetzlose zu wirken, trotz Eueren eigenen einstigen Versündigungen zu mildem Entschlusse zu bewegen. Was Ihr mir von dem Ehrgeiz gesteht, der mit Euerer Sinnesänderung verbunden ist, will mir denn freilich nicht ganz behagen. Aber ich bin's gewohnt, daß manches an Euch mir nicht behagt, und Ihr mögt es zufrieden sein, denn es trägt bei zu meiner Bereitwilligkeit, Euch weiterzuhelfen. Ich werde schreiben – laßt sehen, wie es sich fassen läßt – daß es mich höchlich freuen sollte, wenn einem fähigen Menschen Zeit und Raum gelassen würde, seine Verirrungen einzusehen, zu vermeiden und in reine Tätigkeit aufzulösen, und wie ich nur wünschen könne, daß dieser humane Versuch gelingen und zu ähnlichen in der Folge Überzeugung und Mut geben möge. Wird es so recht sein?«

»Herrlich schön, Ew. Excellenz! Ich ersterbe wahrhaft in –«

»Und meint Ihr wohl, daß wir nun für den Augenblick von Eueren Geschäften könnten zu meinen übergehen?«

»Oh, Excellenz, es ist ganz unverzeihlich –«

»Ich stehe hier und blättere in den Gedichten des Divan, der sich letzthin um ein paar ganz artige Stückchen vermehrt. Ich habe da einiges suppliert und geordnet, auch war schon die Masse bedeutend genug, sie in Bücher zu teilen – seht Ihr, Buch der Parabeln, Buch Suleika, Buch des Schenken – Da soll ich nun einiges für den Damenkalender geben – Im Grund widersteht mir's. Ich mag die Steine nicht aus der sich rundenden Krone brechen und zwischen Zeiger und Daumen vorweisen. Auch zweifl' ich, ob sich das Einzelne wird schätzbar erweisen; das Einzelne ist's nicht, es ist das Ganze; ist ja ein drehend Gewölbe und Planetarium; und ich zögre zudem, einem befremdeten Publico etwas vorzulegen von diesen Machenschaften ohne die Noten, den didactischen Commentar, den ich vorbereite, um die Leserschaft in Gesinnung, Sitten und Sprachgebrauch des Ostens historisch einzuführen und sie so zum gründlich-heiteren Genuß des Gebotenen tüchtig zu machen. Andererseits mag man ja auch wieder nicht den Spröden spielen, und der Wunsch, mit seinen kleinen Neuigkeiten und gefühlten Scherzen vertrauensvoll hervorzutreten, ist der Verbündete der äußern Neugier. Was, meint Ihr, soll ich in den Kalender geben?«

»Dies hier vielleicht, Excellenz: ›Sagt es niemand, nur den Weisen –‹ Es ist so geheimnisvoll. «

»Nein, das nicht. Ist mir zu schade. Ist eine gar wunderliche Einflüsterung und Caviar fürs Volk. Möge im Buch stehen, aber nicht im Kalender. Ich halt's mit Hafisen, der auch der reinen Überzeugung war, daß man den Menschen nur alsdann behagt, wenn man ihnen vorsingt, was sie gern, leicht und bequem hören, wobei man ihnen denn auch etwas Schweres, Schwieriges, Unwillkommenes gelegentlich mit unterschieben darf. Ohne Diplomatie geht's auch in der Kunst nicht ab. Ist ja ein Damenkalender. ›Behandelt die Frauen mit Nachsicht‹ – Das würde passen, geht aber auch nicht von wegen der krummen Rippe.

›Willst du sie biegen, sie bricht. Läßt du sie ruhig, sie wird noch krümmer‹ – Das verstieße auch gegen die Diplomatie, und man kann's nur im Buche mit unterschieben. ›Möge meinem Schreiberohr Liebliches entfließen.‹ Das wär' so dergleichen. Und sonst dies und jenes Heitere, Artige oder Innige, wie hier: ›Hans Adam war ein Erdenkloß‹, und dies'vielleicht von dem bangen Tropfen, dem Kraft und Dauer geschenkt wird, daß er als Perle in Kaisers Krone prangt, – sowie noch dies hier von vorigem Jahr: ›Bei Mondenschein im Paradeis‹, von Gottes zwei lieblichsten Gedanken. Was meint Er?«

»Sehr wohl und schön, Excellenz. Ferner vielleicht das bewundernswerte ›Nimmer will ich dich verlieren‹? Sie sind so schön, diese Verse: ›Magst du meine Jugend zieren – Mit gewaltger Leidenschaft‹.«

»Hm. Nein. Das ist der Frauen Stimme. Ich nehme an, daß die Damen lieber die des Mannes und Dichters vernehmen. Also das Vorhergehende: ›Findet sie ein Häufchen Asche, – Sagt sie: der verbrannte mir‹.«

»Sehr wohl. Ich gestehe, daß ich gern mit einem eigenen Vorschlag durchgedrungen wäre. So habe ich mich mit froher Zustimmung zu begnügen. Warnen möchte ich vor ›Die Sonne, Helios der Griechen‹, das mir der Revision zu bedürfen scheint. ›Helios der Griechen‹ und ›das Weltall zu besiegen‹ ist kein sprachreiner und gebildeter Reim.«

»Ei, der Bär brummt wies Brauch seiner Höhle. Lassen wir's gut sein. Wir werden sehen. Setzt Euch, wenn's gefällig, ich will aus meinem Leben dictieren.«

»Fertig zu Diensten, Ew. Excellenz.«

»Lieber Freund, steht noch einmal auf! Sie sitzen auf dem Schoß Ihres Rockes. Geht das eine Stunde, so sieht es nachher abscheulich aus, zerdrückt und zerknautscht, und in meinen Diensten habt Ihr Euch's zugezogen. Laßt beide Schöße in schonender Freiheit vom Stuhle hängen, ich bitte Euch.«

»Verbindlichsten Dank der Fürsorge, Excellenz.«

»So können wir anfangen, oder vielmehr fortfahren, denn Anfangen ist schwerer.

In dieser Zeit – war meine Stellung gegen die oberen Stände – sehr günstig. – Wenn auch im Werther die Unannehmlichkeiten an der Grenze zweier bestimmten Verhältnisse –«

– –

Froh, daß er fort ist, daß der Eintritt des Frühstücks uns unterbrach. Kann ich den Kerl doch nicht leiden, Gott verzeih mirs, könnt sich keine Denkungsart zulegen, in der er mir nicht wider die Duldsamkeit ginge, ist mir mit der neuen eher fataler noch, als mit der alten, und wärs nicht leicht gewesen heut, mit dem Brief des Hutten an Pirkheimer, den ich in den Papieren hatt, mit den tüchtigen Gesinnungen unseres Adels von damals und mit den Frankfurter Zuständen – ich wär mit dem Menschen nicht durchgekommen. Nehmen wir zu den Vogelmüsklein einen derben Schluck dieser sonnigen Gabe gegen den üblen Geschmack in der Seele, den mir der Bursche zurückließ! Warum hab ich ihm eigentlich den Brief nach Dresden versprochen? Ärgere mich, daß ich's tat. Es ist nur, daß mich gleich die gefällige Abfassung reizte, – die Freude am Ausdruck und an der artigen Wendung ist eine Gefahr, leicht läßt sie uns das Handlungsmäßige des Wortes vergessen, und dramatisch formuliert man Meinungen für Einen, der sie allenfalls hätte. Muß ich ihm zusagen, seinem unappetitlichen Ehrgeiz Succurs zu leisten? Was gilts, der wird ein Zelot der Ordnung, ein Torquemada der Gesetzlichkeit. Der wird die Jungens sekkieren, die auch mal von Freiheit träumten. Ich mußt das Gesicht wahren und ihn loben für seine Bekehrung, ist aber ein gar dämlicher Jammer damit. Warum bin ich gegen die Freiheit süß der Presse? Weil sie nur Mittelmäßigkeit bewirkt. Das einschränkende Gesetz ist wohltätig, weil eine Opposition, die keine Grenzen hat, platt wird. Die Einschränkung aber nötigt sie, geistreich zu sein, und das ist ein sehr großer Vorteil. Gerade und grob mag der sein, der durchaus recht hat. Eine Partei aber hat nicht durchaus recht – dafür ist sie Partei. Ihr steht die indirecte Weise wohl an, worin die Franzosen Meister und Muster sind, da die Deutschen nicht meinen, sie hätten das Herz auf dem rechten Fleck, wenn sie mit ihrer werten Meinung nicht gerade herausfallen. So bringt mans nicht weit im Indirecten. Cultur, Cultur! Die Nötigung regt den Geist auf, mehr mein ich nicht, und dieser John ist ein dämprichter Schafskopf. Ministeriell oder oppositionell, es ist bei ihm gehupft wie gesprungen – und denkt noch, es wär ein ergreifend Ereignis, die Umwälzung seiner dämlichen Seele...

War ein widrig quälend Gespräch mit dem Menschen, wie ich erst nachträglich recht gewahr werde. Hat mir das Mahl geschändet mit Harpyen-Dreck. Was denkt der von mir? Wie denkt er, daß ich denke? Denkt wohl, er denkt nun wie ich? Esel, Esel – aber was ärger ich mich so über ihn? Kann das sein, daß ich über d e n einen Ärger hab, der schon mehr einem Gram ähnlich sieht oder doch der gründlichsten Sorge und Selbstbefragung, die sich nicht auf sowas wie ihn – die sich nur auf das Werk zu beziehen pflegt und alle Abschattungen der Besorgnis und des bangen Zweifels umfaßt – da denn das Werk das objectivierte Gewissen –? Tatengenuß, das ist's. Die schöne, die große Tat, das ist's. (Was denkt der von mir?) Faust muß ins Tatleben, ins Staatsleben, ins menschheitsdienliche Leben geführt werden, sein Streben, um dessentwillen er erlöst werden soll, muß großpolitische Form annehmen, – der andere, der große Dämprichte sah's und sagt's und sagt' mir nichts Neues damit; nur daß er freilich, wie er schon war, gut reden hatt, weil ihm dies Wort »Politik« nicht Mund und Seele verzog, wie sauer Obst – ihm nicht... Aber wozu hab ich Mephistopheles? Der ist gut, mich schadlos zu halten dafür, daß Fausten die Geister des Ruhms erscheinen der großen Tat. »Pfui, schäme dich, daß du nach Ruhm verlangst!« Im Pult die Notizen, laß sehen. »Mitnichten! Dieser Erdenkreis – Gewährt noch Raum zu großen Taten. – Erstaunenswürdiges soll geraten, – Ich fühle Kraft zu kühnem Fleiß...« Ist gut. »Zu kühnem Fleiß« ist trefflich, – wärs nur nicht eben leider aufs Leidige bezogen. Doch kanns und darfs nicht fehlen, daß dieser Stürmische, Enttäuschte sich von der metaphysischen Speculation zum Idealisch-Praktischen wendet, soll er die Schule des Menschlichen an Teufels Hand ergründend durchschmarutzen. Was war er, und was war ich, als er in seiner Höhle steckte und philosophisch die Himmel stürmte, dann seine eng-erbärmliche Geschichte mit dem Misel hatt? Der Knabendumpfheit, der genialischen Läpperei wollen Lied und Held entwachsen ins Objective, in handelnden Weltsinn und Mannesgeist. Aus der Gelehrten-Spelunke, der Grübel-Grube an Kaysers Hof... Schranken hassend, das höhere Unmögliche begehrend, so muß der ewig Bemühte sich denn bewähren auch hier. Nur frag ich mich, wie Weltsinn und Mannesreife sich mit der alten Unbändigkeit vertragen? Politischer Idealism, Weltbeglückerpläne – ist er ein sehnsuchtsvoller Hungerleider geblieben nach dem Unerreichlichen? Das war ein Einfall. Sehnsuchtsvolle Hungerleider, notieren wir das, an schicklicher Stelle solls eingeflochten sein. Liegt eine Welt von aristokratischem Realism darin, und nicht deutscher kanns zugehen, als wo Deutsches mit Deutschem gezüchtigt wird... Bund mit der Macht denn, um handelnd das Bessere, das Edel-Wünschbare herzustellen auf Erden. Daß er scheitert, daß Herr wie Hof bei seinen Expectorationen für Gähnen vergehen wollen und der Teufel eingreifen muß, durch freches Radotieren die Situation zu retten, ist ausgemacht. Der politische Schwärmer wird gleich zum maître de plaisir, physicien de la cour und magischen Feuerwerker herabgesetzt. Auf das Carneval freu ich mich. Kann da einen reichen Maskenzug mit mythologischen Figuren nebst geistreicher Narrenteiding entwickeln, die in Wirklichkeit, an Serenissimi Geburtstag oder bei kayserlicher Anwesenheit, zu teuer kämen. Auf diese Späße läufts bitter satyrischer Weise hinaus. Vorher aber muß es ihm Ernst sein, muß er zum Glücke der Menschen regieren wollen, und die Laute des Glaubens wollen gefunden sein, aus dieser Brust sind sie zu schöpfen. Wo hab ichs? »Die Menschheit hat ein fein Gehör, Ein reines Wort erreget schöne Taten. Der Mensch fühlt sein Bedürfnis nur zu sehr Und läßt sich gern im Ernste raten.« Laß ich mir gefallen. Gott selber, das Positive, die schöpferische Güte könnte im Vorspiel dem Teufel so erwidern, und mit ihm halt ichs, mit dem Positiven halt ichs – ich habe nicht das Unglück, in der Opposition zu sein. Auch ists die Meinung garnicht, daß Mephisto zu Worte komme in Kaysers Pfalz. Faust will nicht, daß er die Schwelle zum Audienzsaal überschreite. Verbittet sichs, daß in Gegenwart der Majestät Verblendung und Gaukelei in Wort und Tat sich irgend hervortun. Magie soll endlich und Teufelstrug entfernt sein von seinem Pfad – hier, wie bei Helena. Denn der auch gestattet Persephone die Wiederkehr nur unter dem Beding, daß alles Übrige mit redlich menschlichen Dingen zugehe und der Werber sich ihre Liebe rein aus eigener Kraft und Leidenschaft gewinne. Bemerkenswerte Correspondenz. Einen weiß ich, der über die Clausel wachen würd, wenn er noch wachte... Und doch ist da eine andere, an der alles hängt, von der allein all-überall die Möglichkeit abhängt, das Stockend-Jugendalte wieder in Fluß zu bringen – die Bedingnis des Leichtmuts und absoluten Scherzes. Nur im Spiel und in der Zauberoper ist Rettung; nur wenn ich denken darf: die Possen da, kann ichs vollenden. Und was können denn auch Sie, mein Bester, gegen das Spiel, den höhern Leichtsinn haben, der Sie das Wort vom »nicht-poetischen Ernst« so gern im Munde führten und in den Erziehungsbriefen, autorisiert von Ihrem Denker, das ästhetische Spiel schon allzu lehrhaft fast gefeiert haben? Zwar ist es leicht, doch ist das Leichte schwer. Und wo man schwer nimmt das Leichte, ist auch der Ort, das Schwerste leicht zu nehmen.

Ist das nicht meines Gedichtes Ort, so hat es keinen. Die classische Walpurgisnacht... (ich komme ab in meinen Gedanken von der politischen Scene, merks wohl, daß ich nicht ungern mich davon abtreiben lasse und fühl im Grunde, daß mir wohler wäre, hätt ich erst beschlossen, sie auszulassen, – was ich eben schon im Gespräch mit dem dämprichten Esel fühlte – und mich drob ärgerte – allein schon weil es schad ist um die vorgemerkten Verse) ... Die classische Walpurgisnacht, um denn an Freudiges, höchst Hoffnungsvolles zu denken, – ah, das soll mir ein grandioser Spaß werden, der denn doch den höfischen Mummenschanz gewaltig überbieten soll, – ein Spiel, schwer von Idee, von Lebensgeheimnis und witzig-träumerischer, ovidischer Erläuterung der Menschwerdung, – ohne alle Feierlichkeit, stilistisch aufs Allerleichteste und -lustigste geschürzt, menippeische Satire – ist ein Lukian im Hause? ja, nebenan, weiß wo er steht, Subsidium, ich will ihn wieder lesen. Wies in der Magengrube zieht bei dem Gedanken, wozu mir, ganz unvorhergesehener Weise, durch träumerischste Erfindung der Homunculus noch gut geworden, – wer hätte denken können, daß er zu ihr, der Schönsten, in unbändig-lebensmystische Beziehung treten, gut werden würde zu neckisch-scientifischer, neptunisch-thaletischer Begründung und Motivierung des Erscheinens sinnlich höchster Menschenschönheit! »Das letzte Product der sich immer steigernden Natur ist der schöne Mensch.« Der Winckelmann verstand was von Schönheit und sinnlichem Humanismus. Hätte seine Freude gehabt an diesem Übermut, die biologische Vorgeschichte des Schönen in seine Erscheinung aufzunehmen; an der Imagination, daß Liebeskraft der Monade zur Entelechie verhilft, und daß sie, als Klümpchen organischen Schleims im Ocean beginnend, durch namenlose Zeiten des Lebens holden Metamorphosen-Lauf durchmißt hinauf zum edel-liebenswürdigsten Gebilde. Das Witzig-Geistigste im Drama ist Motivierung. Sie liebten sie nicht, mein Bester, empfanden sie als ungroß, hieltens für kühn, sie zu verachten. Allein, Sie sehen, es gibt eine Kühnheit der Motivation, die sie dem Vorwurf des Kleinlichen denn doch entrückt. Ist je der Auftritt einer dramatischen Gestalt so vorbereitet worden? Versteht sich, es ist die Schönheit selbst, da sind besondere Anstalten geraten und geboten. Versteht sich ferner: es will ganz unter der Hand, ganz ahndungsweise nur zu verstehen gegeben sein. Auf mythologischen Humor, auf Travestie ist alles zu stellen, und tiefsinnig naturphilosophische Insinuation widerspreche hier der leichten Form, wie strenge Pracht des Vortrags, der Tragödie entliehen, im Helena-Act der intriganten Trughandlung satyrisch widerspreche. Parodie... Über sie sinn ich am liebsten nach. Viel zu denken, viel zu sinnen gibts beim zarten Lebensfaden, und bei allen Besinnlichkeiten, die die Kunst begleiten, ist diese die seltsamst-heiterste und zärtlichste. Fromme Zerstörung, lächelnd Abschiednehmen... Bewahrende Nachfolge, die schon Scherz und Schimpf. Das Geliebte, Heilige,

Alte, das hohe Vorbild auf einer Stufe und mit Gehalten zu wiederholen, die ihm den Stempel des Parodischen verleihen und das Product sich späten, schon spottenden Auflösungsgebilden wie der nacheuripideischen Komödie annähern lassen... Curioses Dasein, einsam, unverstanden, gespielenlos und kalt, auf eigene Hand in einem noch rohen Volke die Cultur der Welt von gläubiger Blüte bis zum wissenden Verfall persönlich zu umfassen.

Winckelmann... »Genau genommen kann man sagen, es sei nur ein Augenblick, in welchem der schöne Mensch schön sei.« Merkwürdiger Satz. Wir erwischen im Metaphysischen den Augenblick des Schönen, da es, bewundert viel und viel gescholten, in melancholischer Vollkommenheit hervortritt, – die Ewigkeit des Augenblicks, den der vergangene Freund schmerzlich vergöttlichte mit jenem Wort. Teurer, schmerzlich scharfsinniger Schwärmer und Liebender, ins Sinnliche geistreich vertieft! Kenn ich dein Geheimnis? Den inspirierenden Genius all deiner Wissenschaft, den heute bekenntnislosen Enthusiasmus, der dich mit Hellas verband? Denn dein Aperçu paßt ja eigentlich so recht nur aufs Männlich-Vormännliche, auf den im Marmor nur haltbaren Schönheitsmoment des Jünglings. Was gilts, du hattest das gute Glück, daß »der Mensch« ein masculinum ist, und daß du also die Schönheit masculinisieren mochtest nach Herzenslust. Mir erschien sie in Jugend-, in Frauengestalt... Aber auch nicht durchaus, und ich versteh mich schon auf deine Schliche, denk auch mit heiterster Offenheit des artigen blonden Kellnerburschen vorigen Sommer auf dem Geisberg oben in der Schenke, wo Boisserée wieder dabei war in katholischer Discretion. Singe du den andern Leuten und verstumme mit dem Schenken!...

Gibts irgend was in der sittlichen, der sinnlichen Welt, worein vor allem mein Sinnen sich innigst versenkt hat in Lust und Schrecken dies ganze Leben lang, so ists die Verführung, – die erlittene, die tätig zugefügte, – süße, entsetzliche Berührung, von oben kommend, wenns den Göttern so beliebt: es ist die Sünde, deren wir schuldlos schuldig werden, schuldig als ihr

Mittel und als ihr Opfer auch, denn der Verführung widerstehen, heißt nicht aufhören, verführt zu sein, – es ist die Prüfung, die niemand besteht, denn sie ist süß, und als Prüfung schon selbst bleibt sie unbestanden. So beliebt es den Göttern, uns süße Verführung zu senden, sie uns erleiden, sie von uns ausgehn zu lassen als Paradigma aller Versuchung und Schuld, denn eines ist schon das andre. Ich habe nie von einem Verbrechen gehört, das ich nicht hätte begehen können... Dadurch, daß man eine Tat nicht begeht, entzieht man sich dem irdischen Richter, nicht dem oberen, denn im Herzen hat man sie begangen... Die Verführung durchs eigene Geschlecht möchte als Phänomen der Rache und höhnender Vergeltung anzusehen sein für selbst geübte Verführung – des Narkissos Betörung ist sie ewig durch das Spiegelbild seiner selbst. Rache ist ewig mit der Verführung, mit der durch Überwindung nicht zu bestehenden Prüfung verbunden – so hat Brahma dies gewollt. Daher die Lust, das Entsetzen, womit ichs bedenke. Daher das productive Grauen, das mir das Gedicht erregt, das früh geträumte, immer verschobene, noch zu verschiebende, vom Weib des Brahman, der Paria-Göttin, worin ich Verführung feiern und schaurig verkünden will, – daß ichs bewahre und immer vertage, ihm Jahrzehnte des In-mir-Ruhens und Werdens gönne, ist mir das Merkmal seiner Wichtigkeit. Ich mags nicht abtun, hege es bis zur Überreife, trage es durch die Lebensalter, – möge die junge Empfängnis eines Tags sich hervortun als geheimnisschweres Spätproduct, – ausgeläutert, condensiert durch die Zeit, knapp aufs äußerste, gleich einer aus Stahldrähten geschmiedeten Damascenerklinge, so schwebt mir sein Endbild vor.

Weiß sehr genau die Quelle, woher mirs kam vor unzähligen Jahren, wie »Der Gott und die Bajadere« auch: die verdeutschte »Reise nach Ostindien und China«, productive Scharteke, irgendwo unterm literarischen Alt-Hausrat muß sie schimmeln. Weiß aber kaum mehr, wie sichs ausnahm an seinem Orte, sondern nur noch, wie sichs bang gestaltet in mir zu geistigstem Zwecke, – das Bild hochedler, selig-reiner Fraue, die zum Flusse wandelt, tägliche Erquickung zu schöpfen, und dabei nicht

Krugs noch Eimers bedarf, da sich ihren frommen Händen die Welle herrlich zur krystallnen Kugel ballt. Ich liebe diese köstliche Kugel, die das reine Weib des Reinen täglich in heiterer Andacht nach Hause trägt, kühl-tastbares Sinnbild der Klarheit und Ungetrübtheit, der unangefochtenen Unschuld und dessen, was sie in Einfalt vermag. Schöpft des Dichters reine Hand, Wasser wird sich ballen... Ja, ich wills ballen zur krystallnen Kugel, das Gedicht der Verführung, denn der Dichter, der vielversuchte, der verführerisch-vielverführte kanns immer noch, ihm bleibt die Gabe, die das Zeichen der Reinheit. Nicht auch dem Weibe. Da die Flut ihr den Himmelsjüngling gespiegelt, da sie sich im Anschaun verloren, göttlich einziges Erscheinen ihr das tiefste Leben verwirrt, versagt sich ihr die Welle zur Formung, sie strauchelt heim, der hohe Gatte durchschauts, Rache, Rache waltet, die Heimgesuchte, die Schuldlos-Schuldige schleppt er zum Todeshügel, schlägt ihr das Haupt ab, womit sie ewige Reize erblickt, aber dem Rächer droht der Sohn, wie die Witwe dem Gatten ins Feuer, so der Mutter ins Schwert zu folgen. Nicht so, nicht so! Es ist wahr, am Schwerte starrt nicht das Blut, es fließt wie aus frischer Wunde. Eile! Füge wieder zum Rumpf das Haupt, sprich dazu dies Gebet, segne mit dem Schwerte die Fügung, und sie ersteht. Grauen der Stätte. Überkreuz zwei Körper, der Mutter edler Leib, der Leib der gerichteten Verbrecherin vom Paria-Stamm. Sohn, o Sohn, welch Übereilen! Das Haupt der Mutter setzt er auf der Verworfenen Leichnam, heilts mit dem Richtschwert, und eine Riesin, Göttin erhebt sich, – die Göttin der Unreinen. Dichte dies! Balle dies zu federnd gedrängtestem Sprachwerk! Nichts ist wichtiger! Sie ward zur Göttin, aber unter Göttern wird ihr Wollen weise und wild ihr Handeln sein. Vor dem Auge der Reinen wird das Gesicht der Versuchung, das selige Jünglingsbild, weben in Himmelszartheit; aber senkt sichs ins Herz der Unreinen hinab, regt es Lustbegier, rasend-verzweifelte, darin auf. Ewig dauert Verführung. Ewig wird sie wiederkehren, die verstörend göttliche Erscheinung, die sie vorübereilend streifte, immer steigend, immer sinkend, sich verdüsternd, sich verklärend, – so hat Brahma dies gewollt. Vor Brahma steht die Grausenhafte, mahnt ihn freundlich, schilt ihn wütend aus verworrenem, geheimnisüberlastetem Busen, – aller leidenden Creatur kommts bei des Höchsten Erbarmen zugute.

Ich denke, Brahma fürchtet das Weib, denn ich fürcht es, – wie das Gewissen fürcht ich ihr freundlich-wütendes Vor-mir-Stehen, ihr weises Wollen und wildes Handeln, und so fürcht ich das Gedicht, verschiebs durch Jahrzehnte, wissend doch, daß ichs einmal werd machen müssen. Sollt das Geburtstagscarmen manipulieren, die Italienische Reise weiter zusammenstellen; will aber dies Alleinsein am Pult und die gute Madeira-Wärme zu curios-geheimerem Werke nutzen. Schöpft des Dichters reine Hand – – – – – – – – – – – – – – – –
– – – – – – – – – – – – – – – – – –

»Wer ist's?«

»Einen recht schönen Tag, Vater.«

»August, du. Nun, sei willkommen.«

»Stör' ich? Ich will nicht hoffen. Du packst so geschwinde weg.«

»Ja, Kind, was heißt stören. Störung ist alles. Kommt drauf an, ob die Störung dem Menschen lieb oder leid ist.«

»Eben das ist die Frage auch hier. Und ich schwanke in ihrer Beantwortung, denn nicht mir muß ich sie stellen, sondern dem, was ich bringe. Ohne das wär' ich zu zweifelhafter Stunde nicht eingebrochen.«

»Ich freue mich, dich zu sehen, was du auch bringst. Was bringst du denn?«

»Da ich denn da bin, ist mein Erstes: Hast du gut geschlafen?«

»Dank' dir, bin soweit erquickt.«

»Hat dir das Frühstück geschmeckt?«

»Ganz kräftig. Du frägst ja wie Rehbein.«

»Laß, ich frage für eine ganze Welt. Verzeih' auch, was hattest du gerade Interessantes vor? War's die Lebensgeschichte?«

»Nicht accurat. Lebensgeschichte ist's immer. Aber was bringst du? Muß ich dir's extorquieren?«

»Es ist Besuch gekommen, Vater. Ja. Besuch von auswärts

und aus der Vorzeit. Abgestiegen im Elephanten. Ich hört' es schon, bevor das Billet kam. In der Stadt ist der Trouble groß. Eine alte Bekannte.«

»Bekannte? Alt? Mach nicht solche Anstalten!«

»Hier ist das Billet.«

»Weimar, den zweiundzwanzigsten – wieder in ein Antlitz zu blicken – So bedeutend geworden – Geborene – Hm. Hm, hm. Curios. Nenn' ich eine recht curiose Vorfallenheit. Du nicht auch? Aber laß einmal, ich hab auch was für dich, worüber du dich wundern und wozu du mir gratulieren sollst. Gib nur Acht! – Hier, wie gefällt dir's?«

»Ah!«

»Gelt, da machst du große Augen. Und die soll man machen. Ist recht etwas zum Große Augen machen, eine Sache des Lichtes, des Schauens. Hab's aus Frankfurt geschenkt bekommen für meine Sammlung. Gleichzeitig kamen einige Mineralien vom Westerwald und vom Rhein. Aber dies ist das Schönste. Wofür hältst du's?«

»Ein Krystall –«

»Das will ich meinen! Ist ein Hyalit, ein Glasopal, aber ein Prachtexemplar nach Größe und Ungetrübtheit. Hast du so ein Stück schon gesehn? Ich kann's nicht genug angucke und nicht ohne Sinnen. Das ist Licht, das ist Präcision, das ist Klarheit, was? Das ist ein Kunstwerk oder vielmehr ein Werk und Offenbarungsgebilde der Natur, des Kosmos, des geistigen Raumes, der seine ewige Geometrie darauf projiciert und sie räumlich macht! Siehst du die genauen Kanten und schimmernden Flächen, – durch und durch ist das genaue Kante und schimmernde Fläche, ideelle Durchstructuriertheit nenn' ich mir das. Denn es hat ja das Ding nur eine, es gänzlich durchdringende, es von innen nach außen ganz und gar ausmachende, sich immer wiederholende Form und Gestalt, die seine Achsen bestimmt, das Krystallgitter, und das macht ja eben die Durchsichtigkeit, die Affinität solcher Verkörperung zum Licht und zum Schauen! Willst du meine Meinung hören, so sag' ich, daß die kolossalisch-gediegene Kanten- und Flächen-Geometrie der ägyptischen

Pyramiden auch diesen geheimen Sinn hatte: die Beziehung zum Licht, zur Sonne, es sind Sonnenmale, Riesenkrystalle, ungeheuere Nachahmung geistig-kosmischer Ein-Bildung von Menschenhand.«

»Das ist hochinteressant, Vater.«

»Und ob. Und ob. Hat es ja auch mit der Dauer zu tun, mit Zeit und Tod und Ewigkeit, da wir denn gewahr werden, daß bloße Dauer ein falscher Sieg ist über Zeit und Tod, denn sie ist totes Sein und kein Werden mehr seit ihrem Beginn, weil sich bei ihr der Tod gleich an die Erzeugung anschließt. So dauern die krystallinischen Pyramiden hinaus in die Zeit und überdauern die Jahrtausende, aber das hat nicht Leben noch Sinn, es ist tote Ewigkeit, es hat keine Biographie. Aufs Biographische kommt's an, und allzu kurz und arm ist die Biographie des Frühvollendeten. Siehst du, so ein sal, ein Salz, wie die Alchymisten alle Krystalle einschließlich der Schneeflocken nannten (es ist aber kein Salz in unserem Fall, es ist Kieselsäure), so ein sal hat nur einen einzigen Augenblick des Werdens und der Entwicklung, es ist der, da die Krystall-Lamelle aus der Mutterlauge herausfällt und den Ansatzpunkt abgibt zur Ablagerung weiterer Lamellen, wodurch denn der geometrische Körper schneller oder langsamer wächst und eine ansehnlichere oder geringere Größe gewinnt, allein relevant ist das weiter nicht, denn das kleinste dieser Gebilde ist ebenso perfect wie das größte, und seine Lebensgeschichte war abgeschlossen mit der Geburt der Lamelle, nun dauert es nur noch in die Zeit, wie die Pyramiden, vielleicht Millionen Jahre, hat aber die Zeit nur außer ihm, nicht in ihm selbst, will sagen: es wird nicht älter, was ja nicht übel wäre, aber es ist tote Beständigkeit, und daß es kein Zeitleben hat, kommt daher, daß ihm zum Aufbau der Abbau fehlt und zum Bilden das Einschmelzen, das heißt: es ist nicht organisch. Allerkleinste Krystallkeime sind zwar noch nicht geometrisch, nicht kantig und flächig, sondern rundlich und ähneln organischen Keimen. Allein das ist nur Ähnelei, denn der Krystall ist Structur ganz und gar, von Anfang an, und Structur ist licht, durchsichtig und gut zu schauen; hat aber einen Haken damit, denn sie ist der Tod, oder führt zum Tode, – welcher sich beim Krystall gleich an die Geburt schließt. Niemals Tod und ewige Jugend, das wäre, stünde die Waage ein zwischen Structur und Entbildung, Aufbau und Einschmelzung. Steht aber nicht ein, die Waage, sondern von Anbeginn überwiegt im Organischen auch die Structurierung, und so krystallisieren wir und dauern nur noch in der Zeit, gleich den Pyramiden. Und das ist öde Dauer, Nachleben in der äußeren Zeit, ohne innere, ohne Biographie. Tiere auch dauern so, wenn sie ausstructuriert und erwachsen sind, – nur mechanisch noch wiederholen sich dann Ernährung und Propagation, immer dasselbe, wie die Auflagerung beim Krystall, – die ganze Zeit, die sie noch leben, sind sie am Ziele. Auch sterben sie ja früh, die Tiere, – wahrscheinlich aus langer Weile. Halten die Ausstructuriertheit und das am Ziele sein nicht lange aus, es ist zu langweilig. Öde und sterbenslangweilig, mein Lieber, ist alles Sein, das in der Zeit steht, statt die Zeit in sich selbst zu tragen und seine eigene Zeit auszumachen, die nicht geradeaus läuft nach einem Ziel, sondern als Kreis in sich selber geht, immer am Ziel und stets am Anfang, – ein Sein wäre das, arbeitend und wirkend in und an sich selber, sodaß Werden und Sein, Wirken und Werk, Vergangenheit und Gegenwart ein und dasselbe wären und sich eine Dauer hervortäte, die zugleich rastlose Steigerung, Erhöhung und Perfection wäre. Und so fortan. Nimm es als Randbemerkung zu dieser lichten Anschaulichkeit und verzeih mein didaktisieren. – Wie steht's mit dem Heumachen im großen Garten?«

»Ist getätigt, Vater. Aber ich bin mit dem Bauersmann überquer, der wieder nicht zahlen will, weil er sagt, mit dem Mähen und Abfahren sei's schon beglichen, und es sei eigentlich er, der noch was zu fordern habe. Aber ich lass es dem Schelmen nicht durchgehn, sei ruhig, er soll dir das gute Grummet schon angemessen entgelten, und sollt ich ihn vor Gericht schleppen.«

»Brav. Du bist im Recht. Man muß sich wehren. À corsaire, corsaire et demi. Hast du schon nach Frankfurt geschrieben wegen des Abzugsgeldes?«

»Noch nicht de facto, Vater. Mein Kopf ist voller Entwürfe,

aber ich zögere noch etwas Hand ans Rescript zu legen. Was für ein Brief muß das nicht sein, womit wir die Sottise von der Beraubung der übrigen Bürger zurückweisen wollen! Würde und Ironie müssen da eine niederschmetternde, zur Besinnung zwingende Verbindung eingehen. Das darf man nicht übers Knie brechen...«

»Du hast recht, ich verzögert' es auch. Die günstige Stunde will dafür abgewartet sein. Noch bin ich guten Muts der Erlassung wegen. Könnte man nur direct und persönlich schreiben, aber das kann ich nicht, ich darf nicht hervortreten.«

»Auf keinen Fall, Vater! In solchen Affairen bedarfst du der Deckung, des Wandschirms. Das ist eine hohe Bedürftigkeit, der Genüge zu tun ich geboren zu sein die Ehre habe – Was schreibt denn die Frau Hofrätin?«

»Und bei Hofe, wie steht's?«

»Ach, es ist viel Kopfzerbrechens in Sachen der ersten Redoute beim Prinzen und der Quadrille, die wir erst heut Nachmittag wieder üben müssen. Keineswegs herrscht schon ein klarer Beschluß der Costüme wegen, die zuerst bei der Polonaise ihre Wirkung tun sollen, – von dieser aber steht eben nicht fest, ob sie eine bunte Parade ad libitum sein oder eine bestimmte Idee veranschaulichen soll. Vorläufig sind, auch wohl des praktisch greifbaren Materials wegen, die Wünsche sehr individuell. Der Prinz selber insistiert darauf, einen Wilden vorzustellen, Staff will einen Türken geben, Marschall einen französischen Bauern, Stein einen Savoyarden, die Schumannin besteht auf griechischer Tracht und die Actuarius Rentschin auf einem Gärtnermädchen.«

»Höre, das ist du dernier ridicule. Die Rentschin ein Gärtnermädchen! Sie sollte ihre Jahre kennen. Man muß dagegen einschreiten. Eine römische Matrona ist alles, was man ihr bewilligen kann. Wenn der Prinz auf den Wilden prätendiert, so weiß man ohnedies, wie er's im Sinne hat. Er würde sich mit dem verhutzelten Gärtnermädchen Späße erlauben, daß es zum Scandal käme. Ernstlich, August, ich hätte Lust, die Sache selbst in die Hand zu nehmen, zum wenigsten die Polonaise, als welche nach meinem Dafürhalten nicht bunt und willkürlich sein dürfte, sondern auf einen Nenner gebracht werden oder doch eine lose, sinnige Ordnung aufweisen müßte. Wie in der persischen Poesie, so ist's überall, daß nur das Vorwalten eines oberen Leitenden, kurz, was wir anderen Deutschen ›Geist‹ nennen, wahre Genugtuung bringt. Ich hätte einen artigen Mummenschanz im Kopf, wovon ich wohl der Ordner und auch der ansagende Herold sein möchte, denn mit sinnig kurzem Wort und auch mit einiger Musik von Mandolinen, Guitarren und Theorben müßte alles begleitet sein. Gärtnermädchen – gut, es könnten nette florentinische Gärtnerinnen kommen und in grünen Laubgängen bunten Flitter künstlicher Blüten feilbieten. Gärtner, bräunlichen Gesichts, müßten sich den Zierlichen anpaaren und strotzend Obst zu Markte bringen, sodaß in geschmückten Lauben die ganze Fülle des Jahres, Knospe, Blätter, Blume, Frucht sich den heiteren Sinnen anböte. Nicht genug damit, müßten einige Fischer und Vogelsteller mit Netzen, Angeln und Leimruten sich unter die schönen Kinder mischen, und es gäbe ein wechselseitiges Gewinnen und Fangen, Entgehen und Festhalten artigsten Styls, das von dem Aufzuge ungeschlachter Holzhauer zu unterbrechen wäre, denen die Rolle zufiele, im Feinen die unentbehrliche Grobheit zu vertreten. Alsdann so sollte der Herold die griechische Mythologie hervorrufen, und den Anmut verkündenden Grazien folgten auf dem Fuß die besinnlichen Parzen, Atropos, Klotho und Lachesis, mit Rocken, Schere und Weife, und kaum sind dann auch die drei Furien vorüber, welche aber, versteh' mich recht, sich nicht wüst und anstößig darstellen, sondern als einnehmende, wenn auch leidlich schlangenhafte und boshafte junge Frauenzimmer erscheinen müßten, so schleppte sich auch schon wuchtend ein wahrer Berg und lebender Kloß mit Teppichen behängt und turmgekrönt, heran, ein veritabler Elephant, dem eine zierliche Frau mit stachelndem Lenkstabe im Nacken säße, während droben auf der Zinne die hehrste Göttin –«

»Ja, aber Vater! Wo nehmen wir denn einen Elephanten her, und wie könnte ein solcher im Schloß –«

»Geh, sei kein Spielverderber! Das fände sich schon, das ließe sich schon fingieren und ein tierisches Aufgebäude mit Rüssel und Zähnen bei einigem guten Willen zum abenteuerlichen Schein sich allenfalls auf Räder stellen. Die geflügelte Göttin, mein' ich, dort oben, das wäre Victoria, die Meisterin aller Tätigkeiten. Aber zur Seite schritten in Ketten zwei edle Frauengestalten, deren Bedeutung der Herold amtsgemäß zu entfalten hätte, denn es sind Furcht und Hoffnung, in Ketten gelegt von der Klugheit, welche sie beide dem Publico als arge Menschenfeinde dar- und bloßstellen müßte.«

»Die Hoffnung auch?«

»Unbedingt! Mindestens mit soviel Recht, wie die Furcht, würde sie bloßgestellt. Bedenke doch, wie läppisch süß und entnervend sie die Menschen illusioniert und ihnen einflüstert, daß sie sorgenfrei und nach Belieben werden leben dürfen und das Beste sicherlich irgendwo zu finden sein müsse. – Was aber die rühmliche Victoria angeht, so nähme gleich Thersites sie zum Ziel seines widrig verkleinernden Gegeifers, – unerträglich dem Herold, der den Lumpenhund mit seinem Stabe züchtigen müßte, sodaß die Zwerggestalt sich kreischend krümmte und sich zum Klumpen ballte, aus dem Klumpen aber würde vor aller Augen ein Ei, das blähte sich und platzte auf, und ein gräulich Zwillingspaar kröche heraus, Otter und Fledermaus, wovon die Eine im Staube davon kröche, die andere schwarz zur Decke flöge –«

»Aber bester Vater, wie sollten wir das wohl machen, und auch nur scheinbar zur Anschauung bringen, das platzende Ei und die Otter und Fledermaus!«

»Ei, mit nur etwas Lust und Liebe zum sinnigen Augenschein wäre auch das zu leisten. Aber damit dürfte der Überraschungen noch keineswegs ein Ende sein, denn nun sollte ein vierbespannter Prachtwagen heranglänzen, vom charmantesten Buben gelenkt, und darauf säße ein König mit gesundem Mondgesicht unter dem Turban, welche beide zu präsentieren ebenfalls Herolds Hofgeschäft wäre: das Mondgesicht, das wäre König Plutus, der Reichtum. Aber in dem entzückenden Lenkerknaben mit dem Glitzergeschmeid im schwarzen Haar hätten all-alle die Poesie zu erkennen in ihrer Eigenschaft nämlich als holde Verschwendung, welche dem König Reichtum Fest und Schmaus verschönt, und er brauchte nur mit den Fingern zu schnippen, der Racker, so blitzten und sprängen goldne Spangen und Perlenschnüre und Kamm und Krönchen und köstliche Juwelenringe, um die die liebe Menge sich balgte, unter den Schnippchen hervor.«

»Du machst es gut, Vater! Spangen, Juwelen und Perlenschnüre! Du meinst wohl: ›Ich kratz den Kopf, reib' an den Händen‹ –«

»Es könnten ja billige Faxen und Rechenpfennige sein. Mir ist es nur darum zu tun, die spendende und verschwendende Poesie zum Reichtum in allegorische Beziehung zu bringen, wobei denn etwa an Venedig zu denken wäre, wo die Kunst wie eine Tulipane wuchs, genährt vom üppigen Boden des Handelsgewinns. Der Plutus im Turban müßte zum reizenden Buben sagen: ›Mein lieber Sohn, ich habe Wohlgefallen an Dir!‹ «

»So dürfte er's aber keinesfalls fassen und ausdrücken, Vater. Es wäre –«

»Es wäre sogar zu wünschen, daß man's einzurichten vermöchte und könnte kleine Flämmchen auf dem und jenem Kopfe erscheinen lassen, welche der schöne Lenker als die größten Gaben seiner Hand umhergesandt hätte: Flämmchen des Geistes, sich haltend an einem, entschlüpfend dem andern, rasch aufleuchtend da, nur selten dauernd, den Meisten traurig ausgebrannt wieder verlöschend. So hätten wir Vater, Sohn und Heiligen Geist. «

»Das ginge beileibe und absolut nicht, Vater, von der mechanischen Unausführbarkeit noch ganz abgesehen! Der Hof würde unruhig. Es wäre gegen die Pietät und entschieden blasphemisch. «

»Wieso? Wie magst du solche Huldigungen und artigen Allusionen blasphemisch nennen? Die Religion und ihr Vorstellungsschatz sind ein Ingrediens der Kultur, dessen man sich denn heiter-bedeutsam bedienen mag, um ein Allgemein-Geistiges im behaglich-vertrauten Bilde sichtbar und fühlbar zu machen.«

»Aber doch kein Ingrediens wie ein anderes, Vater. Das mag das Religiöse wohl sein für deine Überschau, aber nicht für den durchschnittlichen Festteilnehmer und auch nicht für den Hof, oder doch heute nicht mehr. Es richtet sich zwar die Stadt nach dem Hof, aber doch auch der Hof nach der Stadt, und gerade heut, wo in Jugend und Gesellschaft die Religion so sehr wieder zu Ehren kommt –«

»Nun, basta, so will ich mein kleines Theater wieder einpak-ken, mitsamt den Spiritusflämmchen, und zu euch sprechen, wie die Pharisäer zum Judas: ›Da sehet ihr zu!‹ Es hätte zwar noch allerlei angenehmes Getümmel folgen sollen, der Zug des großen Pan, das wilde Heer mit spitzohrigen Faunen und Satyrn auf dürren Beinen und wohlmeinenden Gnomen und Nymphen und wilden Männern vom Harz, – allein das alles lass ich auf sich beruhen und muß sehen, es anderswo unterzubringen, wo mich eure modischen Scrupel in Frieden lassen, denn wenn ihr keinen Spaß versteht, bin ich nicht euer Mann. – Wovon sind wir denn abgekommen?«

»Abgekommen sind wir vom überbrachten Billet, Vater, über das man sich wohl zu beraten und zu verständigen hätte. Was schreibt Frau Hofrätin Kestner?«

»Ja, so, das Billet. Du hast mir ja ein billet-doux gebracht. Was sie schreibt? Nun, ich hab auch was geschrieben, lies das lieber erst, un momentino, hier, es ist für den Divan.«

»›Man sagt, die Gänse wären dumm; – O glaubt mir nicht den Leuten! – Denn eine sieht einmal sich rum, – Mich rückwärts zu bedeuten.‹ – Ja, ja, recht hübsch, Vater, recht artig – oder auch unartig, wie man es nimmt, und zur Antwort will es nicht sonderlich taugen.«

»Nicht? Ich dachte. Dann müssen wir uns eine andere ausdenken und sie darf prosaisch sein, denk’ ich, – die übliche an distinguierte Weimar-Pilger: eine Einladung zum Mittagessen.«

»Das ohnehin. – Das Briefchen ist sehr wohl geschrieben.«

»O, sehr. Was meinst du, wie lange das Seelchen daran gesponnen.«

»Man sieht wohl nach seinen Worten, wenn man dir schreibt.«

»Ein unbehaglich Gefühl.«

»Es ist die Zucht der Cultur, die du den Menschen auferlegst.«

»Und wenn ich tot bin, werden sie Uff! sagen und sich wieder ausdrücken wie die Ferkel.«

»Das ist zu befürchten.«

»Sag nicht ›befürchten‹. Du solltest ihnen ihre Natur gönnen. Ich bedrück' sie nicht gerne.«

»Wer spricht von Bedrücken? Und wer nun gar von Sterben? Du wirst uns noch lange ein zum Guten und Schönen anhaltender Herrscher sein.«

»Meinst du? Ich fühl' mich heut aber garnicht zum besten. Der Arm tut weh. Hab auch mit dem Dämpfigen wieder ennui gehabt und auf den Ärger lange dictiert, das schlägt sich unweigerlich dann aufs Nervensystem.«

»Das heißt: hinübergehen und der Billetschreiberin aufwarten wirst du nicht; möchtest auch den Beschluß über das Billet lieber noch aufschieben.«

»Das heißt, das heißt. Du hast eine Art, Folgerungen zu ziehen – nicht sehr zart. Du rupfst sie förmlich, die Folgerungen.«

»Verzeih, ich taste im Dunkeln wegen deiner Empfindungen und Wünsche.«

»Nun, ich auch. Und im Dunkeln munkelt's denn wohl gespenstisch. Wenn Vergangenheit und Gegenwart eins werden, wozu mein Leben von je eine Neigung hatte, nimmt leicht die Gegenwart einen spukhaften Charakter an. Das wirkt wohl recht schön im Gedicht, hat in der Wirklichkeit aber doch was Apprehensives. – Du sagst, das Vorkommnis macht Rumor in der Stadt?«

»Nicht wenig, Vater. Wie willst du, daß es keinen machte? Die Leute rotten sich vorm Gasthaus zusammen. Sie wollen die Heldin von Werthers Leiden sehen. Die Polizei hat Mühe, die Ordnung aufrecht zu halten.«

»Närrisches Volk! – Die Cultur steht aber doch unglaublich hoch in Deutschland, daß es solch Aufsehen macht und solche Neugier erregt. – Pénible, Sohn. Eine pénible, ja gräuliche Sache. Die Vergangenheit verschwört sich mit der Narrheit gegen mich, um Trouble und Unordnung zu stiften. Konnt' sie sich's nicht verkneifen, die Alte, und mir's nicht ersparen?«

»Du fragst mich zuviel, Vater. Du siehst, die Frau Hofrätin ist völlig in ihrem Recht. Sie besucht ihre lieben Verwandten, die Ridels.«

»Natürlich doch, die besucht sie – genäschiger Weise. Denn Ruhm möcht' sie naschen, ohne Gefühl dafür, wie Ruhm und Berüchtigtheit peinlich in einander gehen. Und da haben wir nur erst einmal den Auflauf der Menge. Wie wird die Gesellschaft sich erst excitieren und sich moquieren, die Hälse recken, tuscheln und äugen! – Kurzum, man muß das nach Kräften verhüten und unterbinden, muß die besonnenste, festeste und zügelndste Haltung einnehmen. Wir geben ein Mittagessen in kleinem Cirkel, mit jenen Verwandten, halten uns sonst aber fern und bieten der Gier nach Aufregung keinerlei Handhabe. –«

»Wann soll es sein, Vater?«

»In ein paar Tagen. Demnächst einmal. Das rechte Maß, die rechte Distanz. Man muß einerseits Zeit haben, die Dinge ins Auge zu fassen und sich von weitem an sie zu gewöhnen, andererseits sie nicht zu lange sich vorstehen lassen, sondern sie hinter sich bringen. – Gegenwärtig sind Köchin und Hausmagd ohnedies mit der im Schwunge seienden Wäsche beschäftigt.«

»Übermorgen werden wir die in den Schränken haben.«

»Gut, so sei es über drei Tage.«

»Wen laden wir ein?«

»Das Nächste – mit einer kleinen Zutat von Fremderem. Eine leicht erweiterte Intimität wird sich in diesem Falle empfehlen. Item: Mutter und Kind nebst schwägerlichem Paare; Meyer und Riemer mit Damen; Coudray oder Rehbein dazu allenfalls; Hof-Kammerrat und Hof-Kammerrätin Kirms – und wen denn noch?«

»Onkel Vulpius?«

»Abgelehnt, du bist nicht klug!«

»Tante Charlotte?«

»Charlotte? Du meinst die Stein? Über deine Vorschläge! Zwei Charlotten sind eine Kleinigkeit zuviel. Sagt' ich nicht: Vorsicht, Besonnenheit? Kommt sie, so haben wir eine höchst zugespitzte Situation. Sagt Sie ab, so gibt's auch dem Gerede Nahrung.«

»Aus der Nachbarschaft sonst: Herrn Stephan Schütze.«

»Gut, lad' den Schriftsteller ein. Auch ist Herr Bergrat Werner von Freiburg, der Geognostiker, in der Stadt. Den könnte man bitten, daß ich eine Ansprache hab'.«

»So sind wir – zu sechzehn.«

»Mag Absagen geben.«

»Nein, Vater, sie kommen schon alle! – Der Anzug?«

»Parüre! Den Herren wird Frack mit Distinctionen empfohlen.«

»Wie du befiehlst. Die Gesellschaft trägt zwar amicales Gepräge, aber ihre Anzahl rechtfertigt einige Formalität. Auch ist's eine Aufmerksamkeit für die von auswärts.«

»So denk ich.«

»Nebenbei hat man das Vergnügen, dich wieder einmal mit dem Weißen Falken zu sehen, – dem Goldnen Vlies, hätt' ich fast gesagt.«

»Das wäre ein sonderbarer, für unsern jungen Brustschmuck allzu schmeichelhafter Lapsus gewesen.«

»Er wäre mir trotzdem beinahe untergelaufen – wahrscheinlich weil diese Begegnung mich anmutet wie eine nachzuholende Egmont-Scene. Du hattest in den Wetzlarer Tagen noch keinen spanischen Hofprunk, dich diesem Klärchen darin zu zeigen.«

»Du bist bei Laune. Sie dient nicht eben, deinen Geschmack zu bessern.«

»Ein überschärfter Geschmack läßt verdrießliche Laune schließen.«

»Wir haben wohl beide noch Geschäfte heut Morgen.«

»Dein nächstes wäre, ein Kärtchen hinüber zu schreiben?«

»Nein, du sprichst vor. Ist weniger und mehr. Du präsentierst meine Empfehlung, meinen Willkommsgruß. Es werde mir nächstens zu Mittag viel Ehre sein.«

»Eine sehr große wird es für mich sein, dich zu vertreten. Ich durft' es selten bei bedeutenderem Anlaß tun. Nur Wielands Begräbnis wäre allenfalls zum Vergleiche heranzuziehn.«

»Ich seh' dich bei Tische.«

Achtes Kapitel

Charlotte Kestner hatte es nicht schwer gehabt, die allerdings unmäßige Verspätung, mit der sie am 22sten an der Esplanade bei Ridels eingetroffen war, aufzuklären und zu entschuldigen. Einmal an Ort und Stelle, endlich in den Armen ihrer jüngsten Schwester, neben der gerührten Blickes der Gatte stand, war sie von jedem genaueren Rechenschaftsbericht über die Erlebnisse entbunden gewesen, die sie den Vormittag, ja einen Teil des Nachmittags gekostet hatten, und erst in den folgenden Tagen kam sie unter der Hand und von Gelegenheit zu Gelegenheit, teils befragt, teils ihrerseits sich erkundigend, auf die geführten Gespräche zurück. Selbst der von dem letzten Besucher im »Elephanten« überbrachten Einladung auf den dritten Tag entsann sie sich erst nach Stunden mit einem »Ja, richtig!«, nicht ohne mit einer gewissen Dringlichkeit die Zustimmung der Ihren zu dem Billet einzufordern, das sie nach ihrer Ankunft in das berühmte Haus gesandt.

»Ich habe nicht zuletzt und vielleicht zuerst an Dich dabei gedacht«, sagte sie zu ihrem Schwager. »Ich sehe nicht ein, weshalb man nicht Beziehungen wahrnehmen sollte, die, mögen sie noch so überaltert sein, lieben Verwandten nützlich werden könnten.«

Und der Geheime Land-Kammerrat, der auf den Kammerdirector in herzoglichen Diensten aspirierte, namentlich weil durch diese Ernennung sein Gehalt, auf das allein er seit den Verlusten der Franzosentage angewiesen war, eine bedeutende Aufbesserung erfahren würde, hatte dankbar gelächelt. Tatsächlich würde es nicht das erste Mal sein, daß der Jugendfreund seiner Schwägerin sich seiner Laufbahn günstig erwies. Goethe schätzte ihn. Er hatte dem jungen Hamburger, der Hauslehrer in einer gräflichen Familie gewesen war, die Stellung als Erzieher des Erbprinzen von Sachsen-Weimar verschafft, die er einige Jahre lang eingenommen. Bei den Abendgesellschaften der Madame Schopenhauer war Dr. Ridel öfters mit dem Dichter zusammengetroffen, hatte aber in seinem Hause selbst nie verkehrt, und es war ihm mehr als angenehm, daß Charlottens Erscheinung ihm den Zutritt dazu verschaffte.

Übrigens war von dem bevorstehenden Mittag am Frauenplan, zu dem auch Ridels denselben Abend noch eine schriftliche Einladung erhalten hatten, in den folgenden Tagen immer nur flüchtig und unter der Hand, so als sei die Sache der Familie zwischendurch ganz aus dem Gedächtnis entschwunden, und mit einer gewissen abbrechenden Hast die Rede. Daß nur das kammerrätliche Ehepaar, nicht auch ihre Töchter, gebeten war, deutete ebenso wie die Vorschrift des Fracks auf einen mehr als familiären Charakter der Veranstaltung, was mitten in anderen Gesprächen von ungefähr angemerkt wurde, worauf man nach einer Pause, während der die Erfreulichkeit oder Unerfreulichkeit der Feststellung allerseits still erwogen zu werden schien, den Gegenstand wieder wechselte.

Es gab nach langer, durch Briefwechsel nur notdürftig überbrückter Trennung soviel zu berichten, zu gedenken und auszutauschen. Die Schicksale und Zustände von Kindern, Geschwistern und Geschwisterkindern standen zur Erörterung. Manchem Gliede der kleinen Schar, deren Bild, wie Lotte ihnen das Brot austeilte, in die Dichtung eingegangen und zum heiteren Besitz der allgemeinen Anschauung geworden war, blieb nur wehmütig nachzutrauern. Vier Schwestern waren schon in der Ewigkeit, voran Caroline, die Älteste, eine Hofrätin Dietz, deren fünf hinterbliebene Söhne jedoch allesamt stattliche Lebensstellungen an Gerichten und an Magistraturen einnahmen. Unvermählt war nur die vierte, Sophie, geblieben, verstorben gleichfalls vor nun schon acht Jahren im Hause ihres Bruders Georg, des prächtigen Mannes, nach dem Charlotte, gewissen Wünschen entgegen, ihren Ältesten genannt, und der, nachdem er eine reiche Hannoveranerin geheiratet, als Nachfolger seines Vaters selig, des alten Buff, die Amtmannsstelle zu Wetzlar zur eigenen und allgemeinen Zufriedenheit verwaltete.

Überhaupt hatte der männliche Teil jener bildhaft gewordenen Gruppe sich entschieden lebensbräver, zum Ausharren tüchtiger erwiesen, als der weibliche – die beiden älteren Damen ausgenommen, die in Amalie Ridels Stube saßen und über ihren Handarbeiten das Gewesene und Gegenwärtige besprachen. Ihr ältester Bruder Hans, derselbe, der einst mit dem Dr. Goethe so besonders herzlich gestanden und an dem Werther-Buch, als es eintraf, so kindlich-unbändiges Vergnügen gehabt hatte, übte als Kammerdirector beim Grafen von Solms-Rödelheim eine ansehnlich-auskömmliche Tätigkeit; Wilhelm, der Zweite, war Advocat, und wieder ein anderer, Fritz, stand als Hauptmann in niederländischen Heeresdiensten. Was gab es beim Sticheln und beim Geklapper der Holznadeln über die Brandt-Mädel zu sagen, Annchen und Dorthel, die Junonische? Hörte man von ihnen? Gelegentlich. Dorthel, die Schwarzaugige, hatte nicht jenen Hofrat Cella genommen, über dessen abgecirkeltes Werben der muntere Kreis von damals, voran ein unbeschäftigter Rechtspraktikant, der auch für schwarze Augen nicht unempfindlich gewesen war, sich so derb lustig gemacht hatte, sondern den Dr. med. Hessler, der ihr aber früh durch den Tod war entrissen worden, sodaß sie denn nun lange schon einem Bruder in Bamberg den Hausstand führte. Annchen hieß seit fünfunddreißig Jahren Frau Rätin Werner, und Thekla, eine Dritte, hatte an der Seite Wilhelm Buffs, des Procurators, ein zufriedenstellendes Leben verbracht.

All dieser wurde gedacht, der Lebenden und der Geschiedenen. Aber so recht belebte Charlotte sich doch jedesmal erst, das zarte Pastellrot, das sie so verjüngend gut kleidete, trat auf ihre Wangen, und sie befestigte mit würdiger Kinnstütze den immer etwas zum Wackeln geneigten Kopf, wenn auf ihre Kinder, ihre

Söhne die Rede kam, Leute, die jetzt in den vierziger Jahren und in so stattlichen Lebensverhältnissen standen wie Theodor, der Medicin-Professor, und Dr. August, der Legationsrat. Des Besuches dieser beiden bei ihrer Mutter Jugendfreund auf der Gerbermühle wurde aufs neue erwähnt, – wie denn überhaupt der Name des nahe wohnenden Gewaltigen, dessen Existenz, so hoch sie sich immer abgesondert, mit diesem ganzen Lebens- und Schicksalskreise seit Jugendtagen verflochten blieb, sich, halb vermieden, immer wieder in das Gespräch der Schwestern stahl. Zum Beispiel gedachte Charlotte einer Reise, die sie vor fast vierzig Jahren mit Kestnern von Hannover nach Wetzlar getan, und auf der sie zu Frankfurt die Mutter des flüchtigen Freundes besucht hatten. Sie waren einander so gut geworden, das junge Paar und die Rätin, daß diese sich in der Folge zur Gevatterschaft beim jüngsten Kestner'schen Töchterchen bereit erklärt hatte. Derjenige, der seiner eigenen Aussage nach am liebsten all ihre Kinder aus der Taufe gehoben hätte, war damals in Rom gewesen, und die Mutter, die eben eine kurze, überraschende Anzeige seines großen Aufenthaltes von ihm empfangen, hatte sich in innig stolzen Reden über das außerordentliche Kind ergangen, die Lotte wohl behalten hatte und jetzt ihrer Schwester wiederholte. Wie fruchtbar-förderlich und höchsten Gewinn bringend, hatte sie gerufen, müsse nicht eine solche Reise für einen Menschen seines Adlerblicks für alles Gute und Große sein, – segenvoll nicht nur für ihn, sondern für alle, die das Glück hätten, in seinem Wirkungskreis zu leben! Ja, so war dieser Mutter das Los gefallen, daß sie laut und offen diejenigen glücklich pries, denen es vergönnt war, dem Lebenskreis ihres Kindes anzugehören. Sie hatte die Worte einer Freundin, der seligen Klettenbergerin angeführt: »Wenn ihr Wolfgang nach Meintz reise, bringe er mehr mit, als andere, die von Paris und London zurückkämen.« Er habe, verkündete die Glückliche, ihr in seinem Briefe versprochen, sie auf der Rückreise zu besuchen. Dann müsse er alles haarklein erzählen, und dazu sollten sämtliche Freunde und Bekannte ins Haus geladen sein und herrlich tractiert werden – pompos solle es hergehen und Wildpret, Braten, Geflügel sollten wie Sand am Meer sein. – Es sei dann wohl nichts daraus geworden, vermutete Amalie Ridel, und ihre Schwester, die auch dergleichen gehört zu haben meinte, lenkte das Gespräch wieder auf ihre eigenen Söhne, deren gut gezogene Anhänglichkeit und schicklich regelmäßige Besuche denn auch ihr Gelegenheit zu einiger mütterlicher Ruhmredigkeit gaben.

Daß sie die Schwester damit nachgerade etwas langweilte, mochte ihr bewußt werden. Und da ohnedies die Toilettenfrage für den bewußten Mittag natürlich zu besprechen war, so verriet Charlotte der Kammerrätin unter vier Augen ihren vorhabenden sinnigen Scherz, diese heiter-bedeutsame Idee des Volpertshausener Ballkleides mit der ausgesparten rosa Schleife. Es geschah so, daß sie die Jüngere nach ihren eigenen Plänen fragte, und, danach selbst befragt, sich erst in ein zögernd-verschämtes und lächelndes Schweigen hüllte, dann aber mit ihrer literarisch und persönlich erinnerungsvollen Absicht errötend hervortrat. Übrigens hatte sie dem Urteil der Schwester vorgegriffen, ihm gewissermaßen dadurch vorgebaut, daß sie deren Mißbilligung für Lottchens, der Jüngeren, kaltes und kritisches Verhalten zu ihrem Einfall im Voraus eingefordert hatte. So wollte es freilich nicht viel besagen, daß Amalie ihn allerliebst fand – mit einem diesem Urteil nicht genau zugehörigen Gesichtsausdruck und indem sie gleichsam tröstend hinzufügte, falls der Hausherr selbst die Anspielung nicht auffassen sollte, so werde sicher einer der Seinen sie bemerken und ihn darauf hinweisen. Übrigens war sie dann nicht mehr auf den Punkt zurückgekommen.

Soviel von den Unterhaltungen der wieder vereinigten Schwestern. Es steht fest, daß diese ersten Tage von Charlotte Buffs Aufenthalt in Weimar ganz aufs Häusliche beschränkt blieben. Die neugierige Gesellschaft hatte auf ihr Erscheinen zu warten; das Publicum sah sie auf kleinen Gängen, die sie mit der Kammerrätin durch die ländliche Stadt und den Park unternahm, beim Tempelherrenhaus, bei der Lauterquelle und an der Klause, auch abends wohl noch, wenn sie, abgeholt von ihrer Zofe, in Gesellschaft ihrer Tochter und etwa noch Dr. Ridels von der Esplanade zu ihrem Gasthof am Markte zurückkehrte;

und viel wurde sie erkannt – wenn nicht unmittelbar als sie selbst, so durch Schlußfolgerung von ihrer Begleitung auf ihre Person, und, die sanften, distinguiert blickenden blauen Augen still geradeaus gerichtet, hatte sie manch scharrendes Umwenden von Leuten zu erlauschen, die eben mit plötzlich hochgezogenen Brauen oder auch einem Lächeln an ihr vorübergegangen waren. Ihre würdig-gütige, ein wenig majestätische Art, Grüße zu erwidern, die ihren stadtbekannten Verwandten galten, und in die man mit Genugtuung sie mit einbezog, wurde viel bemerkt.

So kam, nur mit Zurückhaltung vor-erwähnt, eher in innerlich gespanntem Schweigen erwartet, der Mittag oder Nachmittag der ehrenvollen Einladung heran; eine Mietskutsche, die Ridel teils mit Rücksicht auf den Staat der Damen und auf seine eigenen Schuhe – denn dieser verhängte 25. September neigte zum Regnerischen, – teils aus allgemeinem Respect vor dem Anlaß bestellt hatte, hielt vor dem Hause, und die Familie, die am späteren Vormittag einem kalten Frühstück nicht viel Ehre erwiesen hatte, bestieg sie gegen halb drei unter den Augen einiger halb dutzend kleinresidenzlicher Neugieriger, die sich wie zu einer Hochzeit oder einer Beerdigung unvermeidlich um den wartenden Wagen versammelt hatten, auch von dem Kutscher sich über das Ziel der Fahrt hatten unterrichten lassen. Bei solchen Gelegenheiten begegnet die Bewunderung der Gaffer für die an der Ceremonie stattlich Teilhabenden meistens dem Neide eben dieser auf die Unbeschwerten im Alltagskleide, die nichts damit zu tun haben und sich im Stillen sogar selbst ihres Vorteils bewußt sind, sodaß bei den Einen Geringschätzung mit dem Gefühl »Ihr habt's gut!«, bei den Anderen Hochachtung und Schadenfreude sich mischen.

Charlotte und ihre Schwester nahmen den hohen Fond ein, Dr. Ridel, den Seidenhut auf dem Schoß, im Frack mit modischen Schulterwülsten und in weißer Binde, ein Kreuzchen und zwei Medaillen auf der Brust, hatte mit seiner Nichte auf der recht harten Rückbank Platz genommen. Auf der kurzen Fahrt, die Esplanade entlang, durch die Frauenthorstraße zum

Frauenplan, ward kaum ein Wort gewechselt. Eine gewisse Aufsparung persönlicher Lebendigkeit, eine innere Vorbereitung, gleichsam hinter den Coulissen, auf die zu bewährende gesellschaftliche Aktivität herrscht gewöhnlich auf solchen Wegen, und hier gab es besondere Umstände, die Stimmung nachdenklich, ja unbehaglich zu dämpfen.

Das Verwandtenpaar ehrte Charlottens Schweigen. Vierundvierzig Jahre. Sie hingen dem nach mit teilnehmendem Lebensgefühl, nickten der Lieben von Zeit zu Zeit lächelnd zu und berührten auch wohl einmal streichelnd, ihr Knie, was ihr Gelegenheit gab, eine rührende Alterserscheinung, das allerdings ungleichmäßig auftretende, zuweilen verschwindende, zuweilen recht auffallende Wackeln ihres Kopfes in einem freundlichen Zurück-Grüßen aufgehen und sich darin rechtfertigen zu lassen.

Dann wieder betrachteten sie verstohlen ihre Nichte, deren Distanzierung von diesem ganzen Unternehmen zu Tage lag und offenbar bis zur Mißbilligung ging. Lottchen die Jüngere war dank ihrer ernsten, tugendhaften und opferbereiten Lebensführung eine Respectsperson, deren Zufriedenheit oder Unzufriedenheit ins Gewicht fiel, und die ablehnende Verschlossenheit ihres Mundes war mitbestimmend für die allgemeine Schweigsamkeit. Daß ihre Strenge insbesondere der anzüglichen, jetzt unter einem schwarzen Umhang verborgenen Toilette ihrer Mutter galt, wußten alle. Am besten wußte es Charlotte, und der unwiederholte Beifall ihrer Schwester hatte sie auch nicht ganz über die Vortrefflichkeit ihres Scherzes beruhigen können. Oftmals hatte sie zwischendurch die Lust daran verloren und nur aus Hartköpfigkeit, weil die Idee einmal gefaßt war, daran festgehalten, wobei es ihr zur Beruhigung diente, daß ja nur geringe Vorkehrungen nötig gewesen waren, um ihre Erscheinung von damals wieder herzustellen, denn Weiß war ja ein für allemal ihre notorisch bevorzugte Tracht, auf die sie ein Recht hatte, und nur in den rosa Schleifen, besonders in der an der Brust fehlenden, bestand der Schulmädel-Streich, der ihr denn doch, wie sie da saß, mit ihrer hohen, aschfarbenen, in einen Schleierstreifen gefaßten und in rundlichen Locken zum

Halse hängenden Frisur, bei einigem Neide auf die nichtssagende Kleidung der anderen, ein Herzklopfen trotzig-diebischer und erwartungsvoller Freude verursachte.

Da war der unregelmäßige Kleinstadt-Platz, auf dessen Katzenköpfen die Räder rasselten, die Seifengasse, das gestreckte Haus mit leicht abbiegenden Seitenflügeln, an dem Charlotte mit Amalie Ridel schon mehrmals vorübergegangen war: Parterre, Bel-Etage und Mansardenfenster im mäßig hohen Dach, mit gelb gestreiften Einfahrttoren in den Flügeln und flachen Stufen zur mittleren Haustür hinauf. Während die Familie von der Kutsche stieg, gab es vor diesen Stufen schon eine Begrüßung zwischen anderen Gästen, die, aus entgegengesetzten Richtungen zu Fuße herangekommen, hier zusammentrafen: Zwei reifere Herren in hohen Hüten und Pellerinenmänteln, in deren einem Charlotte den Dr. Riemer erkannte, schüttelten dort einem dritten, jüngeren die Hand, der ohne Mantel, im bloßen Frack und nur einen Regenschirm in der Hand, aus der Nachbarschaft gekommen zu sein schien. Es war Herr Stephan Schütze, »unser trefflicher Belletrist und Taschenbuch-Editor«, wie Charlotte erfuhr, als die Fußgänger sich den Vorgefahrenen zuwandten und unter Verbindlichkeiten, bei seitlich geschwungenen Cylindern, eine erfreute Bewillkommnung mit obligaten Vorstellungen sich abspielte. Riemer wehrte humoristisch hochtrabend ab, als man ihn mit Charlotte bekannt machen wollte, indem er der Zuversicht Ausdruck gab, daß die Frau Hofrätin sich eines schon drei Tage alten Freundes erinnern werde, und tätschelte väterlich die Hand Jung-Lottchens. Das tat auch sein Begleiter, ein etwas gebückter Fünfziger mit milden Gesichtszügen und strähnig erblichenem langem Haar, das unter seinem hohen Hut hervorhing. Es war kein geringerer als Hofrat Meyer, der Kunstprofessor. Er und Riemer waren direct von beiderseitigen Amtsgeschäften hierhergekommen, während ihre Damen auf eigene Hand sich einfinden würden.

»Nun wollen wir hoffen«, sagte Meyer, während man ins Haus trat, in dem bedächtig stakkierten Tonfall seiner Heimat, worin sich etwas Bieder-Altdeutsches mit ausländisch-halbfranzösischen Accenten zu mischen schien, »daß wir die Chance haben, unseren Meister in guter und heiterer Condition, nicht taciturn und marode anzutreffen, damit wir des quälenden Gefühls entübrigt sind, ihm beschwerlich zu fallen.«

Er sagte es, zu Charlotte gewandt, gesetzt und ausführlich, offenbar ohne Gefühl dafür, wie wenig ermutigend diese Worte eines Intimen auf einen Neu-Hereintretenden wirken mußten. Sie konnte sich nicht enthalten, zu erwidern:

»Ich kenne den Herrn dieses Hauses sogar noch länger als Sie, Herr Professor, und bin nicht ohne Erfahrung in den Schwankungen seines Dichtergemütes.«

»Die jüngere Bekanntschaft ist gleichwohl die authentischere«, sagte er unerschüttert, indem er jeder Silbe des Comparativs geruhig ihr Recht widerfahren ließ.

Charlotte hörte nicht hin. Sie war beeindruckt von der Noblesse des Treppenhauses, in das man eingetreten war, dem breiten Marmorgeländer, den in splendider Langsamkeit sich hebenden Stufen, dem mit schönem Maß verteilten antiken Schmuck überall. Auf der Treppenruhe schon, wo in weißen Nischen Broncegüsse anmutiger Griechengestalten, davor auf marmornem Postament, ebenfalls in Bronce, ein in vortrefflich beobachteter Pose sich wendender Windhund, standen, erwartete August von Goethe mit dem Bedienten die Gäste, – sehr gut aussehend, trotz einiger Schwammigkeit der Figur und Gesichtszüge, mit seiner gescheitelten Lockenfrisur, Auszeichnungen auf dem Frack, in seidenem Halstuch und Damastgilet, und geleitete sie einige Stufen gegen den Empfangsraum hinauf, mußte aber gleich wieder umkehren, um Nachkommende zu begrüßen.

Es war der Bediente, auch sehr herrschaftlich-adrett und würdig, obgleich noch jung, in blauer Livree mit Goldknöpfen und einer gelb gestreiften Weste, der Ridels und Kestners nebst den drei Hausfreunden vollends hinaufführte, um ihnen beim Ablegen behilflich zu sein. Auch zu Häupten der Staatstreppe war's edel-prächtig und kunstreich. Eine Gruppe, die Charlotte als »Schlaf und Tod« zu bezeichnen gewohnt war, zwei Jünglinge vorstellend, von denen einer dem andern den Arm um die Schulter legte, hob sich dunkel glänzend ab von der hellen Fläche der Wand zur Seite des Entrées, welchem ein weißes Relief als Sopraport diente, und vor dem ein blau emailliertes »Salve« in den Fußboden eingelassen war. »Nun also!« dachte Charlotte ermutigt. »Man ist ja willkommen. Was soll's da mit taciturn und marode? Aber schön hat's der Junge bekommen! – Am Kornmarkt zu Wetzlar wohnt' er modester. Da hatt' er meinen Scherenschnitt an der Wand, geschenkt ihm aus Güte, Freundschaft und Mitleid, und grüßt' ihn morgens und abends mit Augen und Lippen, wie es im Buche steht. Hab' ich ein Sonderrecht, dies Salve auf mich zu beziehen – oder nicht?«

An der Seite ihrer Schwester trat sie in den geöffneten Salon, etwas erschrocken, weil, ihr ungewohnter Weise, der Diener die Namen der Eintretenden, auch ihren, »Frau Hofrätin Kestner!« förmlich ausrief. In dem Empfangsraum, einem Klavier-Zimmer, das, elegant genug, doch im Verhältnis zu der Weitläufigkeit des Aufganges durch seine eher mäßigen Proportionen etwas enttäuschte und sich durch flügellose Türen gegen eine Perspective weiterer Gemächer auftat, standen schon ein paar Gäste, zwei Herren und eine Dame, in der Nähe einer riesigen Juno-Büste beisammen und unterbrachen ihr Geplauder, um den Gemeldeten, vielmehr Einer von ihnen, wie diese wohl wußte, mit aufmerksamen Mienen und sich zur Vorstellung bereit machend entgegenzublicken. Da aber im selben Augenblick schon der Livrierte die Namen weiterer Gäste verkündete, nämlich des Herrn Hofkammerrat Kirms und seiner Gattin, die mit dem Sohn des Hauses hereintraten, und denen die Damen Meyer und Riemer auf dem Fuße folgten, sodaß, wie es in kleinen Verhältnissen und bei kurzen Wegen zu sein pflegt, die Geladenen plötzlich und fast mit einem Schlag beisammen waren, – so wurde diese Vorstellung allgemein, und Charlotte, Mittelpunkt eines kleinen Gedränges, machte durch Dr. Riemer und den jungen Herrn von Goethe die Bekanntschaft aller ihr noch fremden Personen auf einmal, der Kirms sowohl wie des Oberbaurats Coudray und seiner Frau, des Herrn Bergrat Werner aus

Freiburg, der im »Erbprinzen« wohnte, und der Mesdames Riemer und Meyer.

Sie wußte, welcher von Bosheit, zum mindesten bei den Frauen, wahrscheinlich nicht freien Neugier sie sich darstellte und begegnete ihr mit einer Würde, die ihr schon durch die Notwendigkeit auferlegt war, das durch die Umstände sehr verstärkte Zittern ihres Kopfes im Zaum zu halten. Diese Schwäche, von allen mit unterschiedlichen Empfindungen bemerkt, kontrastierte sonderbar mit der Mädchenhaftigkeit ihrer Erscheinung in dem weißen, fließenden, aber nur knöchellangen, vor der Brust von einer Agraffe faltig gerafften Kleide mit dem blaßrosa Schleifenbesatz, worin sie auf knappen und schwarzen, gestöckelten Knöpfstiefelchen zierlich und seltsam dastand, das aschgraue Haar gerade über einer klaren Stirn aufgebaut, von Gesicht freilich unrettbar alt, mit schon hängenden Wangen, zwischen denen ein niedlich geformter, etwas verschmitzt lächelnder Mund eingebettet war, einem naiv geröteten Näschen und in sanft-müder Distinction blickenden Vergißmeinnicht-Augen... So nahm sie die Präsentation der Mitgeladenen und ihre Versicherungen entgegen, wie entzückt man sei, sie einige Zeit in der Stadt zu haben, und wie geehrt, einem so bedeutsamen, so denkwürdigen Wiedersehen beiwohnen zu dürfen.

Neben ihr hielt sich, von Zeit zu Zeit im Knicks versinkend, ihr kritisches Gewissen, – wenn man Lottchen die Jüngere so nennen darf, – die weitaus Jüngste der kleinen Gesellschaft, die durchweg aus Personen, schon würdig an Jahren, bestand, denn selbst Schriftsteller Schütze war auf Mitte Vierzig zu schätzen. Die Pflegerin Bruder Carls wirkte recht herb mit ihrem glatt gescheitelten und über die Ohren gezogenen Haar und in ihrem schmucklosen dunkel-lila Kleide, das am Halse mit einer fast predigerhaften gestärkten Rundkrause abgeschlossen war. Sie lächelte abweisend und zog die Brauen zusammen bei den Artigkeiten, die man auch ihr, besonders aber ihrer Mutter sagte, und die sie als herausgeforderte Anzüglichkeiten empfand. Außerdem litt sie, nicht ohne Rückwirkung auf Charlotte, die sich aber dieses Einflusses tapfer erwehrte, unter der jugendlichen

Herrichtung der Mutter, die, wenn nicht schon in dem weißen Kleid, das allenfalls als Nuance und Liebhaberei hingehen mochte, so zum mindesten in den vermaledeiten rosa Schleifen bestand. Ihr Inneres war zerrissen von dem Wunsch, die Leute möchten den Sinn dieses unschicklichen Putzes verstehen, damit sie ihn nicht scandalös fänden, und der Angst, sie möchten ihn nur um Gottes willen nicht gar verstehen.

Kurz, Lottchens humorloser Unwille über das Ganze grenzte an Verzweiflung, und Charlotte war sensitiver- und ahnungsvoller Weise gezwungen, ihre Empfindungen zu teilen und hatte keine kleine Mühe, den Glauben an die Vortrefflichkeit ihres wehmütigen Scherzes aufrecht zu erhalten. Dabei hätte keine Frau viel Grund gehabt, sich aus Eigenwilligkeiten ihrer Toilette in diesem Kreise ein Gewissen zu machen und den Vorwurf der Excentricität zu fürchten. Ein Zug zu ästhetischer Freiheit, ja zur Theatralik herrschte durchaus in der Kleidung der Damen, zum Unterschied von dem offiziellen Äußeren der Herren, die bis auf Schütze sämtlich in ihren Knopflöchern irgendwelche Dienstauszeichnungen, Medaillen, Bänder und Kreuzchen trugen. Nur allenfalls die Hofkammerrätin Kirms machte eine Ausnahme: als Frau eines sehr hohen Beamten hielt sie sich offenbar an strenge Decenz der Erscheinung gebunden, wobei man von den übergroßen Flügeln ihrer seidenen Haube schon wieder absehen mußte, die bereits ins Phantastische fielen. Madame Riemer aber sowohl – eben jene Waise also, die der Gelehrte aus diesem Hause heimgeführt – wie die Hofrätin Meyer, eine geborene von Koppenfeld, zeigten in ihrer Tracht sehr stark die Note des Künstlerischen und Persönlich-Gewagten: jene im Geschmack einer gewissen intellectuellen Düsternis, einen vergilbten Spitzenkragen auf dem schwarzen Samt ihres Gewandes, das elfenbeinfarbene, habichtartig profilierte und dunkel-geistig blickende Angesicht vom nächtig herabfallenden, weiß durchzogenen und als gedrehte Locke die Stirn verfinsternden Haare eingefaßt, – diese, die Meyer, mehr als allerdings recht reife Iphigenie stilisiert, einen Halbmond an dem gleich unter dem losen Busen sitzenden Gürtel ihrer am Saume antik bordierten, citronenfarbenen Robe von klassischem Fall, auf die vom Kopfe herab eine Schleierdraperie dunklerer Farbe floß, und zu deren kurzen Ärmeln die Meyern modernisierender Weise lange Handschuhe angelegt hatte.

Madame Coudray, die Gattin des Oberbaurats, zeichnete sich außer durch die Bauschigkeit ihres Rockes durch einen breit schattenden und schleierumwundenen Corona Schröter-Hut aus, der ihr, die hintere Krempe in den Rücken gebogen, auf den herabfallenden Ringellocken saß; und selbst Amalie Ridel, etwas entenhaft von Profil, hatte ihrem Aussehen durch komplizierte Ärmelkrausen und einen kurzen Schulter-Überwurf von Schwanenpelz eine malerische Seltsamkeit zu geben gewußt. Unter diesen Erscheinungen war Charlotte im Grunde die alleranspruchsloseste – und dennoch in ihrer betagten Kindlichkeit und ihrer von Kopfwackeln durchbrochenen Würdenhaltung die rührend-auffallendste und merkwürdigste, zum Spott oder zur Nachdenklichkeit auffordernd, – wie das gequälte Lottchen fürchtete: zum Spott. Diese war bitter überzeugt, daß zwischen den Weimarer Damen manch boshafte Verständigung stattfand, als die kleine Gesellschaft sich nach der ersten Vorstellung in einzelne Gruppen über das Zimmer hin aufgelöst hatte.

Den Kestners, Mutter und Tochter, zeigte der Sohn des Hauses das Gemälde über dem Sofa, indem er die grünseidenen Vorhänge, mit denen es zu verhüllen war, besser auseinanderzog. Es war eine Copie der sogenannten Aldobrandini'schen Hochzeit; Professor Meyer, erklärte er, hatte sie einst freundschaftlich angefertigt. Da dieser selbst herzutrat, widmete August sich anderen Gästen. Meyer hatte statt des Cylinders, in dem auch er gekommen, ein samtenes Käppchen aufgesetzt, das zu dem Frack sonderbar häuslich wirkte, sodaß Charlotte unwillkürlich nach seinen Füßen sah, ob sie nicht vielleicht in Filzpantoffeln steckten. Das war nicht der Fall, obgleich der Kunstgelehrte in seinen breiten Stiefeln ganz ähnlich schlurfte, als sei die Vermutung zutreffend gewesen. Die Hände hielt er behaglich auf dem Rükken und den Kopf gelassen zur Seite geneigt, schien überhaupt in seiner Haltung den sorglosen Hausfreund herauszukehren, der auch nervösen Neulingen von seiner Seelenruhe ermutigend mitzuteilen wünscht.

»So sind wir denn vollzählig«, sagte er in seiner bedächtigen und gleichmäßig stockenden Redeweise, die er sich von Stäfa am Zürichsee durch viele römische und Weimarer Jahre bewahrt hatte und die von keinerlei Mienenspiel begleitet war, »so sind wir denn vollzählig und dürfen gewärtig sein, daß unser Gastgeber sich ehestens zu uns gesellt. Es ist als nur zu begreiflich zu erachten, wenn erstmaligen Besuchern sich diese letzten Minuten durch eine gewisse Bangigkeit der Erwartung ein wenig dehnen. Gleichwohl sollte es ihnen lieb sein, sich an die Umgebung und ihre Atmosphäre vorderhand einmal gewöhnen zu dürfen. Ich mache es mir gern zur Aufgabe, solche Personen im Voraus ein wenig zu beraten, um ihnen die expérience, die ja immer bedeutend genug bleibt, leichter und erfreulicher zu gestalten.«

Er betonte das französische Wort auf der ersten Silbe und fuhr unbewegten Gesichtes fort:

»Es ist nämlich immer das Beste«, (er sagte »das Beschte«) »wenn man sich von der Spannung, in der man sich unvermeidlich befindet, nichts oder doch möglichst wenig anmerken läßt und ihm in der tunlichsten Unbefangenheit, ohne alle Zeichen von Aufregung entgegentritt. Damit erleichtert man beiden Teilen die Situation sehr wesentlich, dem Meister sowohl als sich selbst. Bei seiner allempfänglichen Sensibilität teilt sich ihm nämlich die Beklemmung des Gastes, mit der er rechnen muß, im Voraus mit, sie steckt ihn gleichsam schon von Weitem an, sodaß auch er, seinerseits, einem Zwang unterliegt, der mit der Mißlichkeit der andern in unzuträgliche Wechselwirkung treten muß. Das weitaus Klügste bleibt es immer, sich völlig natürlich zu geben und zum Beispiel nicht zu glauben, man müsse ihn gleich mit hohen und geistreichen Sujets, etwa gar von seinen eigenen Werken, unterhalten. Nichts ist unratsamer. Vielmehr empfiehlt es sich, ihm von einfachen und concreten Dingen der eigenen Erfahrung harmlos vorzuplaudern, wobei er dann, der des Menschlichen und Wirklichen niemals satt wird, schnellstens aufzutauen pflegt und in die Lage kommt, seiner teilnehmenden Güte behaglichen Lauf zu lassen. Ich brauche nicht zu sagen, daß ich bei alldem nicht eine Vertraulichkeit im Sinne habe, die den Abstand außer Acht läßt, in dem er sich von uns allen befindet, und der er denn doch auch wieder, wie manches warnende Beispiel zeigt, ein schnelles Ende zu bereiten weiß.«

Charlotte sah den lehrhaften Getreuen nur blinzelnd an während dieser Rede und wußte nicht, was entgegnen. Unwillkürlich stellte sie sich vor, – und fand sich auffallend befähigt, es sich einzubilden, – wie schwierig es Fremdlingen, die an Lampenfieber litten, fallen mußte, aus solcher Ermahnung zur Unbefangenheit Nutzen für ihren Gleichmut zu ziehen. Die gegenteilige Wirkung, dachte sie allgemein, war das Wahrscheinlichere. Persönlich war sie gekränkt durch die Einmischung, die in dieser Maßregelerteilung lag.

»Recht vielen Dank«, sagte sie schließlich, »Herr Hofrat, für Ihre Hinweise. Schon mancher wird Ihnen dankbar dafür gewesen sein. Vergessen wir aber nicht, daß es sich in meinem Fall um die Erneuerung einer vierundvierzigjährigen Bekanntschaft handelt.«

»Ein Mensch«, erwiderte er trocken, »der jeden Tag, ja jede Stunde ein anderer ist, wird auch ein anderer geworden sein nach vierundvierzig Jahren. – Nun, Carl«, sagte er zu dem in der Richtung auf die Zimmerflucht vorübergehenden Bedienten, »wie ist die Laune heut?«

»Durchschnittlich jovial, Herr Hofrat«, antwortete der junge Mann. Nur einen Augenblick später, an der Tür stehend, deren Flügel, wie Charlotte das zum ersten Male sah, in die Wand hinein zu schieben waren, verkündigte er ohne viel Feierlichkeit, indem er den Ton sogar gemütlich fallen ließ:

»Seine Excellenz.«

Daraufhin begab Meyer sich zu den anderen Gästen, die aus ihrer zerstreuten Conversation zusammengetreten waren und sich in einigem Abstand von den gesondert vor ihnen stehenden Kestner'schen Damen hielten. Goethe kam bestimmten und kurzen, etwas abgehackten Schrittes herein, die Schultern zurückgenommen, den Unterleib etwas vorgeschoben, in zweireihig geknöpftem Frack und seidenen Strümpfen, einen schön gearbeiteten silbernen Stern, der blitzte, ziemlich hoch auf der Brust, das weißbatistene Halstuch gekreuzt und mit einer Amethystnadel zusammengesteckt. Sein an den Schläfen lockiges, über der sehr hohen und gewölbten Stirn schon dünnes Haar war gleichmäßig gepudert. Charlotte erkannte ihn und erkannte ihn nicht – von beidem war sie erschüttert. Vor allem erkannte sie auf den ersten Blick das eigentümlich weite Geöffnetsein der eigentlich nicht gar großen, dunkel spiegelnden Augen in dem bräunlich getönten Gesichte wieder, von denen das rechte beträchtlich niedriger saß, als das linke, – dies naiv große Geschau, das jetzt durch ein fragendes Aufheben der in sehr feinen Bögen zu den etwas nach unten gezogenen äußeren Augenwinkeln laufenden Brauen verstärkt wurde, einen Ausdruck, als wollte er sagen: »Wer sind denn all die Leute?« – Du lieber Gott, wie sie über das ganze Leben hinweg die Augen des Jungen wiedererkannte! – braune Augen, genau genommen, und etwas nahe beisammen, die aber meistens als schwarz angesprochen wurden, und zwar, weil bei jeder Gemütsbewegung – und wann war sein Gemüt nicht bewegt gewesen! – die Pupillen sich so stark erweiterten, daß ihre Schwärze das Braun der Iris schlug und den Eindruck beherrschte. Er war es und war es nicht. Eine solche Felsenstirn hatte er sonst keineswegs gehabt, – nun ja, ihre Höhe war dem dünnen Zurückweichen des übrigens sehr schön angewachsenen Haares zuzuschreiben, sie war einfach ein Product der bloßlegenden Zeit, wie man sich zur Beruhigung sagen wollte, ohne daß rechte Beruhigung dabei herauskam; denn die Zeit, das war das Leben, das Werk, welche an diesem Stirngestein durch die Jahrzehnte gemetzt, diese einst glatten Züge so ernstlich durchmodelliert und ergreifend eingefurcht hatte, – Zeit, Alter, hier waren sie mehr als Ausfall, Bloßlegung, natürliche Mitgenommenheit, die hätte rühren und melancholisch stimmen können; sie waren voller Sinn, waren Geist, Leistung, Geschichte, und ihre Ausprägungen, sehr fern davon, bedauerlich zu wirken, ließen das denkende Herz in freudigem Schrecken klopfen.

Goethe war damals siebenundsechzig. Charlotte hätte von Glück sagen können, daß sie ihn jetzt wiedersah und nicht fünfzehn Jahre früher, zu Beginn des Jahrhunderts, wo die schwerfällige Beleibtheit, mit der es schon in Italien angefangen, auf die Höhe gekommen war. Er hatte diese Erscheinungsform längst wieder abgelegt. Trotz der Steifigkeit des Gehens, die aber auch an manches immer schon Charakteristische erinnerte, wirkten die Glieder jugendlich unter dem ausnehmend feinen und glänzenden Tuch des schwarzen Fracks; seine Figur hatte sich im letzten Jahrzehnt derjenigen des Jünglings wieder mehr angenähert. Die gute Charlotte hatte manches übersprungen, besonders was sein Gesicht betraf, das dem des Freundes von Wetzlar ferner war, als es ihr schien, da es durch Stadien hindurchgegangen, die sie nicht kannte. Einmal war es in mürrische Dickigkeit mit hängenden Wangen verwandelt gewesen, sodaß es der Jugendgenossin weit schwerer gefallen wäre, sich darin zurechtzufinden, als auf seiner gegenwärtigen Stufe. Übrigens war etwas Gespieltes darin, nach dessen Wozu man sich fragte: hauptsächlich durch die Unschuldsmiene schlecht motivierter Verwunderung über den Anblick der wartenden Gäste; aber es schien zudem, als ob der breit geschnittene und vollkommen schöne, weder zu schmale noch zu üppige Mund, mit tiefen Winkeln, welche in der Altersmodellierung der unteren Wangen ruhten, an einer übermäßigen Beweglichkeit litte, einem nervösen Zuviel von rasch einander verleugnenden Ausdrucksmöglichkeiten, und auf eine unaufrichtige Art in der Wahl zwischen ihnen schwankte. Ein Widerspruch zwischen der gemeißelten Würde und Bedeutendheit dieser Züge und dem kindlichen Zweifel, einer gewissen Koketterie und Zweideutigkeit, die sich, bei etwas schräg geneigtem Kopf, darin malte, war unverkennbar.

Beim Hereinkommen hatte der Hausherr mit der rechten Hand nach seinem linken Arm – dem rheumatischen Arm – gefaßt. Nach ein paar Schritten ins Zimmer ließ er ihn los, machte stehenbleibend der Allgemeinheit eine liebenswürdig ceremonielle Verbeugung und trat dann auf die ihm zunächst stehenden Frauen zu.

Die Stimme denn nun – sie war völlig die alte geblieben, der klangvolle Bariton, in dem schon der schmale Jüngling gesprochen und vorgelesen, – es war sehr wunderlich, ihn, um einiges schleppender vielleicht und gemessener – aber etwas Gravitätisches war auch einst schon darin gewesen – aus der Altersgestalt wieder ertönen zu hören.

»Meine lieben Damen«, sagte er, indem er jeder eine Hand reichte, Charlotten die rechte und Lottchen die linke, dann aber sogar ihrer beider Hände zusammenzog und sie zwischen seinen eigenen hielt, – »so kann ich Sie denn endlich mit eigenem Munde in Weimar willkommen heißen! Sie sehen da jemanden, dem die Zeit lang geworden ist bis zu diesem Augenblick. Das nenne ich eine treffliche, belebende Überraschung. Wie müssen unsere guten Land-Kammerrats sich nicht gefreut haben über so lieb-erwünschten Besuch! Nicht wahr, es muß nicht gesagt sein, wie sehr wir es zu schätzen wissen, daß Sie, einmal in diesen Mauern, an unserer Tür nicht vorübergegangen sind!«

Er hatte »lieb-erwünscht« gesagt, – dank dem halb verschämten, halb genießerischen Ausdruck, den sein lächelnder Mund dabei gehabt, war die zarte Stegreifbildung gar reizend herausgekommen. Daß dieser Zauber sich mit Diplomatie verband, mit einem vorbedachten, die Dinge vom ersten Worte an entschieden regelnden Ausweichen, war Charlotten nur zu deutlich – schon aus der Bedächtigkeit und Überlegtheit seiner Worte war es zu erraten. Im Sinne der Regelung zog er Nutzen daraus, daß sie ihm nicht allein gegenüberstand, sondern mit ihrer Tochter, hielt, alle vier Hände zusammentuend, seine Rede im Pluralischen und sprach auch von sich nicht persönlich, sondern sagte »wir«, zog sich hinter sein Haus zurück, indem er es als denkbar hinstellte, daß die Besucherinnen an »unserer Tür« auch hätten vorübergehen können. Übrigens hatte er das reizende »lieb-erwünscht« im Zusammenhang mit Ridels gebildet.

Seine Augen gingen etwas unstet zwischen Mutter und Tochter hin und her, aber auch über sie hinaus gegen die Fenster. Charlotte hatte nicht den Eindruck, daß er sie eigentlich sähe; wessen er aber im Fluge gewahr wurde, war, wie ihr nicht entging, das jetzt ganz unbezähmbare Nicken ihres Kopfes: – für einen kurzen Moment schloß er mit einem bis zur Erstorbenheit ernsten und schonenden Ausdruck die Augen vor dieser Wahrnehmung, kehrte aber aus dieser betrübten Zurückgezogenheit im Nu und als sei nichts geschehen wieder zu verbindlicher Gegenwart zurück.

»Und Jugend«, fuhr er fort, ganz gegen Lotte, die Tochter, gewandt, »fällt uns da wie ein goldener Sonnenstrahl ins verschattete Haus –«

Charlotte, die bisher nur angedeutet hatte, es sei doch selbstverständlich gewesen, daß sie an seiner Tür nicht vorübergegangen sei, griff hier mit der fälligen und offenbar verlangten Vorstellung ein. Es sei ihr Hauptwunsch gewesen, sagte sie, ihm dieses ihr Kind, Charlotte, ihre Zweitjüngste, aus dem Elsaß bei ihr zu Besuch auf einige Wochen, unter die Augen zu stellen. Sie sprach ihn mit »Excellenz« an bei diesen Worten, wenn auch rasch und undeutlich, und er verwies es ihr nicht, bat sich keine andere Anrede aus, vielleicht weil er mit der Betrachtung der Präsentierten beschäftigt war.

»Hübsch, hübsch, hübsch!« sagte er. »Diese Augen mögen unter der Männerwelt schon manches Unheil angerichtet haben.«

Das Compliment war dermaßen conventionell und paßte auf die Pflegerin Bruder Carls so ganz und garnicht, daß es schon fast zum Himmel schrie. Das herbe Lottchen biß sich denn auch mit wegwerfend gequältem Lächeln schief in die Lippen, was ihn bestimmen mochte, seine nächsten Worte mit einem dahinstellenden »Jedenfalls« zu beginnen.

»Jedenfalls«, sagte er, »ist es recht, recht schön, daß es mir denn doch auch einmal vergönnt ist, von der wackeren Schar, die unser lieber seliger Hofrat mir damals im Schattenriß sandte, ein Mitglied in natura vor mir zu sehen. Harrt man nur aus, so bringt die Zeit alles heran.«

Das glich einem Zugeständnis; die Erwähnung der Scherenschnitte und Hans Christians bedeutete etwas wie ein Abgehen von der Regelung, die Charlotte spürte, und so war es wohl

unrecht von ihr, daß sie ihn auch noch erinnerte, er habe immerhin schon die Bekanntschaft zweier ihrer Kinder gemacht, nämlich Augusts und Theodors, als sie sich die Freiheit genommen,
ihn auf der Gerbermühle zu besuchen. Gerade den Namen jenes
Landsitzes hätte sie vielleicht nicht aussprechen sollen, denn er
sah sie, nachdem er von ihren Lippen gekommen, einen Augenblick mit einer Art von Entgeisterung an, zu schreckhaft, als daß
man sie bloßem Sichbesinnen auf die Begegnung hätte zuschreiben können.

»Ei, freilich doch!« rief er dann. »Wie konnte ich das vergessen! Verzeihen Sie diesem alten Kopf!« Und statt etwa auf den
vergeßlichen Kopf zu deuten, streichelte er, wie beim Hereinkommen, mit der Rechten den linken Arm, auf dessen leidenden
Zustand er offenbar aufmerksam zu machen wünschte. »Wie
geht es den prächtigen jungen Männern? Gut, das dachte ich
mir. Das Wohlergehen liegt in ihren trefflichen Naturen, es ist
ihnen eingeboren – kein Wunder bei solchen Eltern. Und die
Damen sind angenehm gereist?« fragte er noch. »Ich will es
glauben; die Strecke Hildesheim, Nordhausen, Erfurt ist cultiviert und bevorzugt, – gute Pferde meist, gute Verköstigung
mehrfach am Wege – und mäßig expensiv, Sie werden kaum
mehr als fünfzig Thaler netto bezahlt haben.«

Er sagte es, indem er dieses gesonderte Zusammenstehen auf-
löste, sich in Bewegung setzte und die Kestners zur übrigen Gesellschaft hinübermanövrierte.

»Ich nehme an«, sprach er, »daß unser vortrefflicher Juvenil«
(damit war August gemeint) »Sie schon mit den wenigen werten
Anwesenden bekannt gemacht hat. Diese ebenfalls schönen
Frauen sind Ihre Freundinnen, diese würdigen Männer Ihre Verehrer...« Er begrüßte der Reihe nach Madame Kirms in der
Haube, die Baurätin Coudray im großen Hut, die geistige
Riemer, die classische Meyer und Amalie Ridel, der er schon
vorhin, beim »lieb-erwünschten Besuch« von Weitem einen
sprechenden Blick gesandt hatte, und drückte dann, wie sie da
standen, den Herren die Hand, mit Auszeichnung des stadtfrem-
den Bergrates Werner, eines freundlich gedrungenen Fünfzigers

mit frischen Äuglein, einer Glatze und lockigem weißem Haar am Hinterhaupt, die rasierten Wangen behaglich in den stehenden, von der weißen Binde umwickelten, das Kinn freilassenden Kragen seines Hemdes geschmiegt. Ihn ersah er mit einer kleinen, nach hinten und seitlich gehenden Bewegung des Kopfes und einem verständig ermüdeten, das Formelle abtuenden Ausdruck, als wollte er sagen: »Ah, endlich, was soll der Unsinn, da haben wir etwas Rechtes« – einer Gebärde, die auf Meyers und Riemers Gesichtern einen der Eifersucht abgeheuchelten, gönnerischen Beifall hervorrief, – und wandte sich nach Absolvierung der anderen dem Geognostiker auch gleich wieder angelegentlich zu, während die Damen Charlotten umdrängten, indem sie sie tuschelnd und sich mit Fächern schützend befragten, ob sie finde, daß Goethe sich sehr verändert habe.

Man stand noch eine Weile in dem von der classischen Riesenbüste beherrschten, mit gestickten Wandbordüren, Aquarellen, Kupfern und Ölgemälden geschmückten Empfangszimmer umher, dessen Stühle, schlicht von Form, symmetrisch an den Wänden, neben den weiß gerahmten Türen und vor den Fenstern zwischen ebenfalls weiß lackierten Sammlungsschränken angeordnet waren. Durch die vielen überall aufgestellten Schauobjekte und kleinen Altertümer, die geschliffenen Chalcedon-Schalen auf Marmortischen, die geflügelte Nike, welche den bedeckten Sofatisch unter der »Hochzeit« zierte, die antiken Götterbildchen, Larven und Faunen unter Glassturzen auf den Schubschränken, machte der Raum einen kunstkabinettartigen Eindruck. Charlotte ließ den Hausherrn nicht aus den Augen, der auf gespreizten Beinen, in übergerader, zurückgelehnter Haltung, die Hände bei gestreckten Armen im Rücken zusammengelegt, in seinem seidenfeinen Leibrock, auf dem der Silberstern bei jeder Bewegung blitzte, dastand und abwechselnd mit einem und dem anderen der männlichen Gäste, mit Werner, mit Kirms, mit Coudray, Conversation machte, – vorläufig nicht mehr mit ihr. Es war ihr lieb und recht, ihm unter der Hand zusehen zu können und nicht mit ihm sprechen zu müssen, – was nicht hinderte, daß treibende Ungeduld sie erfüllte, das Gespräch mit ihm fortzusetzen, da sie es als dringliche Notwendigkeit empfand, während doch wieder die Beobachtung seines Verkehrs mit anderen ihr auf irgend eine Weise die Lust dazu austrieb und sie überzeugte, daß derjenige, dem gerade der Vorzug zuteil wurde, es nicht sehr gut hatte.

Ihr Jugendfreund wirkte überaus vornehm, darüber war kein Zweifel. Seine Kleidung, die einst übermütig gesucht gewesen, war jetzt gewählt, hinter der letzten Mode mit Gemessenheit etwas zurückhaltend, und das leicht Altfränkische darin mochte wohl harmonieren mit der Steifigkeit seines Stehens und Tretens und zusammen damit den Eindruck der Würde erwecken. Obgleich aber sein Gehaben das breit Aufgepflanzte und Zurückgenommene hatte und er den schönen Kopf hoch trug, schien es dennoch, als stünde jene Würde nicht auf den festesten Beinen; es war, wen er auch vor sich hatte, in seiner Haltung etwas Schwankendes, Unbequemes, Befangenes, das in seiner Unsinnigkeit den Beobachter ebenso beunruhigte wie den jeweiligen Gesprächspartner, indem es diesem den sonderbarsten Zwang auferlegte. Da jedermann fühlt und weiß, daß es Sachlichkeit ist, worauf die natürliche Freiheit und selbstvergessene Unmittelbarkeit des Benehmens beruht, so flößte diese Gezwungenheit ganz von selbst die Ahnung mangelnder Anteilnahme an Menschen und Dingen ein und war danach angetan, auch den Partner auf eine ratlose Weise dem Gegenstand abwendig zu machen. Die Augen des Hausherrn hatten die Gewohnheit, aufmerksam auf dem Gegenüber zu ruhen, solange dieser ihn im Sprechen nicht ansah, sobald er aber den Blick auf ihn richtete, abzuschweifen und über seinem Kopf unstet im Zimmer herumzugehen.

Charlotte sah dies alles mit Frauenscharfblick, und man kann nur wiederholen, daß es ihr ebensoviel Furcht davor einflößte, das Gespräch mit dem Freunde von einst wieder aufzunehmen, wie es sie auch wieder mit dem Gefühl dringlichster Notwendigkeit erfüllte, dies zu tun. Übrigens mochte vieles von den Eigentümlichkeiten seines Benehmens auf Rechnung des nüchtern-vorläufigen Vor-Tisch-Zustandes zu setzen sein, der ihm zu lange dauerte. Mehrmals sah er mit fragend erhobenen Brauen zu seinem Sohne herüber, dem die Verantwortung eines Hausmarschalls zuzukommen schien.

Endlich näherte sich ihm der Bediente mit der erwünschten Meldung, und rasch abbrechend verkündete er sie der kleinen Versammlung.

»Liebe Freunde, man bittet uns zur Suppe«, sagte er. Damit trat er auf Lotte und Lottchen zu, nahm sie mit einer gewissen Contretanz-Zierlichkeit bei den Händen und eröffnete mit ihnen den Eintritt in den anstoßenden sogenannten Gelben Saal, wo heute gedeckt war, weil das weiterhin gelegene Kleine Eßzimmer für sechzehn Personen nicht ausgereicht hätte.

Der Name »Saal« war leicht übertrieben für den Raum, der die Gesellschaft nun aufnahm, doch war er gestreckter als der eben verlassene und wies seinerseits gleich zwei weiße Colossalköpfe auf: einen Antinous, melancholisch vor Schönheit, und einen majestätischen Jupiter. Eine Suite von colorierten Kupfern mythologischen Gegenstandes und eine Copie von Tizians »Himmlischer Liebe« schmückten die Wände. Auch hier taten hinter offenen Türen Durchblicke in weitere Räumlichkeiten sich auf, und besonders hübsch war derjenige der Schmalseite durch eine Büstenhalle auf den umrankten Altan und die zum Garten hinabführende Treppe. Die Tafel war mit mehr als bürgerlicher Eleganz, mit feinem Damast, Blumen, silbernen Armleuchtern, vergoldetem Porzellan und dreierlei Gläsern für jedes Couvert gedeckt. Es bedienten der junge Livrierte und ein ländlich rotbäckiges Hausmädchen in Häubchen, Mieder, weißen Puff-Ärmeln und dickem, hausgeschneidertem Rock.

Goethe saß in der Mitte der einen Längsseite zwischen Charlotte und ihrer Schwester, denen sich zur Rechten und Linken Hofkammerrat Kirms und Professor Meyer, weiterhin einerseits Mme. Meyer und andererseits Mme. Riemer anreihten. August hatte wegen Herren-Überschusses das Princip der Bunten Reihe nicht ganz einhalten können. Er hatte den Bergrat seinem Vater gegenüber placiert und ihm zum rechten Nachbarn Dr. Riemer geben müssen, mit dem er sich in die Gesellschaft Lottchens, der Jüngeren, teilte. Links von Werner, Charlotten gegenüber, saß Mme. Coudray, an die Dr. Ridel und Mme. Kirms sich schlossen. Herr Stephan Schütze und der Ober-Baurat nahmen die Schmalseiten der Tafel ein.

Die Suppe, eine sehr kräftige Brühe mit Markklößchen darin, hatte rings herum bereit gestanden, als man seine Plätze einnahm. Der Hausherr brach mit einer Bewegung, die etwas Weiheaktartiges hatte, sein Brot über seinem Teller. Er nahm sich im Sitzen viel besser und freier aus, denn im Stehen und Gehen; vor allem hätte man ihn sitzend für größer geschätzt, als die aufrechte Haltung ihn zeigte. Aber es war wohl die Situation selbst, der gastgeberisch-hausväterliche Vorsitz bei Tische, der seiner Erscheinung Bequemlichkeit und Behagen verlieh: er schien sich in seinem Elemente darin zu fühlen. Mit großen Augen, in denen es schalkhaft blitzte, sah er in dem noch schweigenden Kreise umher, und wie er mit der Gebärde des Brotbrechens gleichsam die Mahlzeit eröffnete, so schien er das Gespräch anstimmen zu wollen, indem er in seiner bedächtigen, klar articulierten und wohlgeordneten Sprechweise, die diejenige eines in Norddeutschland gebildeten Süddeutschen war, in die Runde sagte:

»So wollen wir den Himmlischen Dank wissen, liebe Freunde, für dies heitere Beisammensein, das sie uns aus so freudig-wertem Anlaß schenken, und uns des bescheidenen, treu bereiteten Mahles erfreuen!«

Damit begann er zu löffeln, und alle taten desgleichen, nicht ohne daß die Gesellschaft mit Blicken, Nicken und schwärmerischem Lächeln sich über die Vortrefflichkeit der kleinen Rede verständigt –, untereinander sich gleichsam bedeutet hätte: »Was will man machen? Er trifft es immer aufs schönste. «

Charlotte saß eingehüllt in den Eau de Cologne-Duft, der von der Person ihres Nachbarn zur Linken ausging, und bei dem sie sich unwillkürlich des »Wohlgeruchs« erinnerte, an dem nach Riemers Worten das Göttliche zu erkennen war. In einer Art von ungenügendem Traumdenken erschien ihr dieser Eau de Cologne-Duft, frisch wie er war, als die nüchterne Wirklichkeit des sogenannten Gottesozons. Während ihr Hausfrauensinn nicht umhin konnte, festzustellen, daß die Markklößchen tatsächlich »treu bereitet«, das heißt: musterhaft locker und fein von Substanz waren, hielt ihr ganzes Wesen in einer Spannung, einer Erwartung aus, die sich gewissen Regelungen trotzig entgegensetzte und keineswegs darauf verzichtete, mit ihnen fertig zu werden. In dieser Hoffnung, die näher zu bestimmen schwierig gewesen wäre, fühlte sie sich bestärkt durch ihres Nachbarn behaglich-freieres Verhalten als Vorsitzender seines Gastmahls – und wieder beeinträchtigt durch den Umstand, daß sie, wie freilich unvermeidlich, an seiner Seite saß und nicht ihm gegenüber: denn wieviel günstiger ihren inneren Bestrebungen wäre es gewesen, ihn Aug' in Auge vor sich zu haben, und wie sehr hätte es die Aussicht verbessert, daß ihm die Augen aufgingen für ihre sinnreiche Tracht, die das Mittel dieser Bestrebungen war! Sie wünschte sich eifersüchtig an des fröhlich blickenden Werners Stelle, gespannt auf die Anrede, die sie von der Seite zu gewärtigen hatte, da sie ihr doch lieber frontal und bei gerader Sicht begegnet wäre. Aber ihr Tischherr wandte sich nicht besonders an sie, sondern sprach allgemein zur Nachbarschaft, indem er nach einigen Löffeln Suppe die beiden Weinflaschen, die in silbernen Untersätzen vor ihm standen, (gegen die beiden Enden des Tisches hin stand auch je ein Paar) eine nach der anderen etwas schräg hielt, um die Etiketts zu lesen.

»Ich sehe«, sagte er, »mein Sohn hat sich nicht lumpen lassen und uns zwei löbliche Herzensstärkungen aufgetischt, von denen die vaterländische es mit der welschen aufnehmen kann. Wir halten fest an der patriarchalischen Sitte des Selbst-Einschenkens – sie bleibt dem Credenzen durch dienstbare Geister und dem preziösen glasweisen Herumreichen vorzuziehen, das ich nicht leiden kann. Auf unsere Art hat man freie Hand und sieht seiner Flasche an, wie weit man's mit ihr gebracht. Wie denken Sie, meine Damen, und Sie, lieber Bergrat? Rot oder weiß? Ich meine: die heimische Rebe zuerst und den Franzen zum Braten oder, der wärmenden Grundlage wegen, erst gleich von diesem? Ich will für ihn einstehen, – dieser Lafite von achter Ernte

354

geht recht mild ins Gemüt, und ich für mein Teil verschwör' es nicht ganz, daß ich nicht später noch bei ihm anklopfe, – aber freilich ist der eilfer Piesporter Goldtropfen hier ganz danach angetan, monogame Neigungen zu erwecken, wenn man sich einmal mit ihm eingelassen. Unsere lieben Deutschen sind ein vertracktes Volk, das seinen Propheten allzeit soviel zu schaffen macht, wie die Juden den ihren, allein ihre Weine sind nun einmal das Edelste, was der Gott zu bieten hat.«

Werner lachte ihm nur erstaunt ins Gesicht. Kirms aber, ein Mann mit schmalem, von lockigem grauem Haar bedecktem Oberkopf und schweren Augenlidern, erwiderte:

»Excellenz vergessen, es den schlimmen Deutschen zugute zu rechnen, daß sie Sie hervorgebracht haben.«

Das Beifallsgelächter, das Meyer zur Linken und Riemer schräg gegenüber anstimmten, verriet, daß sie mit ihren Ohren bei dem Gespräch um den Hausherren, nicht bei ihren Nachbarn waren.

Goethe lachte ebenfalls, ohne die Lippen zu trennen, vielleicht um seine Zähne nicht blicken zu lassen.

»Wir wollen das als einen passablen Zug gelten lassen«, sagte er. Und dann erkundigte er sich bei Charlotte, was sie zu trinken wünsche.

»Ich bin des Weins nicht gewöhnt«, antwortete sie. »Er benimmt mir zu leicht den Kopf, und nur um der Freundschaft willen nippe ich wohl ein wenig mit. Wonach ich eigentlich fragen möchte, ist die Quelle da.« Sie wies mit dem Kopfe auf eine der ebenfalls aufgestellten Wasserflaschen. »Was mag es sein?«

»O, mein Egerwasser«, erwiderte Goethe. »Ihre Neigung berät Sie ganz recht, der Sprudel kommt mir nicht aus dem Haus, unter allen Nüchternheiten der Erde ist er es, mit dem ich die besten Erfahrungen gemacht. Ich schenke Ihnen ein davon unter der Bedingung, daß Sie doch auch von diesem goldenen Geiste ein wenig kosten – und unter der weiteren, daß Sie die Sphären nicht vermischen und mir kein Wasser in Ihren Wein tun, was eine sehr üble Sitte ist.«

Er besorgte an seinem Orte das Einschenken, während weiter

gegen die Tischenden hin sein Sohn und andererseits Dr. Ridel das Geschäft versahen. Unterdessen wurden die Teller gewechselt und ein überbackenes Fisch-Ragout mit Pilzen in Muscheln serviert, das Charlotte, obgleich es ihr an Eßlust fehlte, sachlich als ausnehmend schmackhaft beurteilen mußte. Gespannt auf alles, von einer still forschenden Aufmerksamkeit erfüllt, fand sie diesen Hochstand der Küche sehr interessant und schrieb ihn den Ansprüchen des Hausherrn zu, besonders da sie, jetzt wie auch später, beobachtete, daß August mit seinen melancholisch versüßten und soviel weniger blickstarken Vater-Augen fast ängstlich fragend zu ihrem Tischherrn hinübersah, besorgt, ob er das Gericht gelungen finde. Goethe hatte sich als einziger zwei von den Muscheln genommen, ließ dann aber die zweite fast unberührt. Daß bei ihm, wie man zu sagen pflegt, die Augen weitergingen als der Magen, zeigte sich auch nachher bei dem vorzüglichen Filet, das, mit Gemüsen reich garniert, auf langen Schüsseln herumgereicht wurde, und wovon er sich so überreichlich auf den Teller häufte, daß er zuletzt die Hälfte übrig ließ. Dagegen trank er in großen Zügen, vom Rheinwein sowohl wie vom Bordeaux, und sein Einschenken, das wie jenes Brotbrechen jedesmal etwas Ceremonielles hatte, galt vorzugsweise ihm selber. Die Piesporterflasche zumal mußte bald ausgewechselt werden. Sein ohnedies dunkel getöntes Gesicht trat im Laufe der Mahlzeit in noch entschiedeneren Contrast zu der Bleiche des Haars.

Seiner eingießenden Hand, welche, von einer gekräuselten Manschette eingefaßt, mit ihren kurz gehaltenen, wohl geformten Nägeln bei aller Breite und Kräftigkeit etwas geistig Durchgebildetes hatte und mit fester Anmut den Flaschenleib umfaßte, sah Charlotte immer wieder mit der eindringlichen und etwas benommenen Aufmerksamkeit zu, die während dieser Stunden nicht von ihr wich. Ihr spendete er wiederholt vom Egerwasser und fuhr gleich anfangs darüber sich auszulassen fort, indem er in seiner langsamen, ohne Monotonie tieftönenden und besonders klar articulierenden Sprechweise, bei der nur manchmal nach Stammesart die Endconsonanten wegfielen, von seiner ersten Bekanntschaft mit diesem zuträglichen Brunnen erzählte, und wie er sich alljährlich davon durch die sogenannten Franzensdorfer Krugführer nach Weimar kommen lasse, auch in den letzten Jahren, wo er, den böhmischen Bädern fern geblieben, zu Hause systematische Trinkcuren damit durchzuführen gesucht habe. Es lag wohl an der außergewöhnlich präcisen und deutlichen Redeweise, bei der sein Mund sich höchst angenehm in halbem Lächeln bewegte, und die etwas ungewollt Durchdringendes, Beherrschendes hatte, daß man ihm allgemein dabei zuhörte am Tische, wie denn während der ganzen Mahlzeit das Einzelgespräch dünn und sporadisch blieb und, sobald er zu sprechen begann, immer wieder die gemeinsame Aufmerksamkeit sich dem Hausherrn zuwandte. Er konnte dies kaum verhindern oder höchstens dadurch, daß er sich mit betonter Discretion zu einem seiner Nachbarn neigte und sehr gedämpft das Wort an ihn richtete; aber selbst dann lauschte man herüber.

So war es, als er, nach dem guten Wort, das Hofkammerrat Kirms für das Volk der Deutschen eingelegt, Charlotten sozusagen unter vier Augen Person und Vorzüge ihres anderen Tischherrn zur Rechten zu erklären begann: ein wie hoch um den Staat verdienter Mann und hervorragender Wirtschaftspraktikus er sei, die Seele des Hofmarschallamts, dabei ein Freund der Musen und feinsinniger Liebhaber der dramatischen Kunst, unschätzbar als Mitglied der in diesem Jahr neu gegründeten Hoftheater-Intendanz. Fast hätte es ausgesehen, als wollte er sie zur Unterhaltung an Kirms verweisen, sie sozusagen nach dessen Seite abschieben, wenn er nicht doch die Erkundigung nach ihrem eigenen Verhältnis zum Theater daran geknüpft und vermutet hätte, gewiß werde sie ihren Aufenthalt dazu benutzen wollen, sich von der Leistungsfähigkeit der Weimarer Bühne ein Bild zu machen. Er stellte ihr seine Loge zur Verfügung, wann immer sie Lust haben werde, sie zu benutzen. Sie dankte vielmals und antwortete, daß sie persönlich am Komödiespiel immer viel Freude gehabt habe, daß aber in ihren Kreisen geringes Interesse dafür vorhanden gewesen, auch das Hannöver'sche Theater nicht danach angetan gewesen sei, den Sinn dafür zu beleben, weshalb sie denn, von Lebenspflichten ohnedies immer stark in Anspruch genommen, sich diesem Genuß einigermaßen entfremdet finde. Das berühmte, von ihm geschulte Weimarer Ensemble kennen zu lernen, werde ihr aber sehr lieb und wichtig sein.

Während sie sich so mit etwas kleiner Stimme äußerte, hörte er, den Kopf gegen ihren Teller geneigt, Verständnis nickend zu, indem er zu ihrer Beschämung einige Brösel und Kügelchen, zu denen sie in Gedanken ihr Brot zerkrümelt, einzeln mit dem Ringfinger auftupfte und sie zu einem ordentlichen Häufchen zusammenlegte. Er wiederholte seine Einladung in die Loge und wollte hoffen, daß die Umstände es erlauben möchten, ihr eine Aufführung des »Wallenstein« zu zeigen, die, mit Wolff in der Titelrolle, eine sehr ansehnliche Darbietung sei und schon manchen Fremden beeindruckt habe. Danach fand er es selber drollig, wie eine doppelte Anknüpfung, die an das Schiller'sche Stück und die an das Tafelwasser, ihn auf die alte Burg zu Eger in Böhmen brachte, in der die vornehmsten Anhänger Wallensteins niedergemacht worden, und die ihn als Bauwerk höchlich interessierte. Von dieser begann er zu sprechen und brauchte sich dabei nur von Charlottens Teller abzuwenden und die intime Dämpfung seiner Stimme aufzuheben, um sogleich wieder die ganze Tafel zu Zuhörern zu haben. Der sogenannte Schwarze Turm, äußerte er, etwa von der ehemaligen Zugbrücke gesehen, sei ein gar großartiges Werk, dessen Gestein wahrscheinlich vom Kammerberge stamme. Dies sagte er zu dem Bergrat, indem er ihm fachlich-vertraulich zunickte. Die Steine, so berichtete er, seien ausnehmend kunstreich behauen und so zusammengesetzt, wie sie am besten der Witterung hätten widerstehen können, sodaß sie beinahe die Form gewisser loser Feldkrystalle bei Elbogen hätten. Und im Anschluß an diese Formverwandtschaft kam er, sehr belebt und mit glänzenden Augen, auf einen mineralogischen Fund zu sprechen, den er auf einem Wagen-Ausfluge in Böhmen, auf der Fahrt von Eger nach Liebenstein gemacht, wohin ihn nicht nur das merkwürdige Ritterschloß, sondern auch der dem Kammerberge gegenüber sich erhebende und geologisch sehr lehrreiche Plattenberg gelockt.

Der Weg dorthin, so schilderte er mit viel Anschaulichkeit und Laune, sei halsbrecherisch schlecht gewesen, mit großen, wassergefüllten Löchern übersät, deren Tiefe nicht zu berechnen gewesen, und sein Begleiter im Wagen, ein dortiger Beamter, habe in tausend Ängsten geschwebt, – angeblich um seine, des Erzählers Person, in Wirklichkeit aber ganz unverkennbar um seine eigene, sodaß er ihn immerfort habe beruhigen und ihn auf die Tüchtigkeit des Kutschers habe hinweisen müssen, der seine Sache so gut verstanden habe, daß Napoléon, hätte er den Menschen gekannt, ihn gewiß zu seinem Leibkutscher gemacht haben würde. In die großen Löcher sei er behutsam mitten hineingefahren – das beste Mittel, ein Umwerfen zu vermeiden. »Wie wir denn nun«, – so ging die Erzählung, – »auf der auch noch steigenden Straße im Schritte dahinhumpeln, gewahr' ich etwas zur Seite am Boden, was mich denn doch bestimmt, ganz sacht vom Wagen zu steigen und mir das Ding näher anzusehen. Nun, wie kommst du daher? Ja, wie kommst denn du daher? frage ich, denn was blickt mir da aus dem Schmutze glänzend entgegen? Ein Feldspat-Zwillingskrystall!«

»Ei, der Tausend!« sagte Werner. Aber obgleich er mutmaßlich – Charlotte vermutete es und hoffte es beinahe – der Einzige am Tische war, der so recht wußte, was das sei, ein Feldspat-Zwillingskrystall, so zeigten sich doch alle entzückt über des Erzählers Begegnung mit dem Naturspiel und zwar ganz aufrichtig; denn er hatte sie so erquickend dramatisch gestaltet, und namentlich das herzlich erstaunte und erfreute Hinabreden auf den Fund – »Ja, wie kommst denn du daher?« – war so reizend gewesen, so neu und rührend und märchenhaft hatte es gewirkt, daß ein Mensch – und was für ein Mensch! – einen Stein mit du anredete, daß keineswegs nur der Bergrat dabei auf seine Kosten kam. Charlotte, die mit gleicher Anspannung den Sprechenden und die Zuhörer beobachtete, sah Liebe und Freude auf allen Gesichtern, zum Beispiel auf demjenigen Riemers, wo sie sich ganz eigentümlich mit dem maulenden Zuge mischten, der dort

immer waltete; aber auch auf Augusts Gesicht, ja auf dem Lottchens erkannte sie sie, und besonders in den sonst trocken-unbe-
weglichen Zügen Meyers, der sich an Amalie Ridel vorbei gegen den Erzähler vorbeugte, um an seinen Lippen zu hängen,
sah sie eine so innige Zärtlichkeit sich abspiegeln, daß ihr selbst,
sie wußte nicht wie, die Tränen in die Augen traten.

Es war ihr nichts weniger als willkommen, daß nach dem kurzen Privatgespräch, das der Jugendfreund mit ihr gepflogen,
seine Rede immer endgültiger der ganzen Tafelrunde galt, – teils
weil diese danach verlangte, teils aber auch, wie Charlotte sich
nicht verhehlte, der »Regelung« gemäß. Und doch konnte sie
sich eines charakteristischen, man möchte sagen, mythisch gestimmten Wohlgefallens an diesem patriarchalischen Monologi-
sieren des vorsitzenden Hausvaters nicht erwehren. Eine alte
Wortverbindung und dunkle Erinnerung kam ihr dabei in den
Sinn und setzte sich hartnäckig in ihr fest. »Luthers Tischgesprä-
che«, dachte sie und verteidigte den Eindruck gegen alle physio-
gnomische Unstimmigkeit.

Essend, trinkend und einschenkend, zwischendurch zurück-
gelehnt und die Hände über seiner Serviette gefaltet, sprach er
weiter, meist langsam, in tiefer Stimmlage und gewissenhaft
nach dem Worte suchend, zuweilen aber auch lockerer und ge-
schwinder, wobei dann die Hände sich wohl zu Gesten lösten,
die große Leichtigkeit und Anmut hatten. Sie erinnerten Charlotte daran, daß er gewohnt war, mit Schauspielern Didaskalien
des Geschmacks und der theatralischen Wohlgefälligkeit zu halten. Seine Augen mit den eigentümlich gesenkten Augenwinkeln umfaßten die Tischgesellschaft mit Glanz und Herzlichkeit,
während sein Mund sich regte – nicht immer gleich angenehm:
seine Lippen schienen zeitweise von unschönem Zwange verzogen, der quälend und rätselhaft zu beobachten war und das Vergnügen an seinem Sprechen in Unruhe und Mitleid verwandelte. Doch schwand der Bann meist rasch wieder, und dann
war die Bewegung dieses schön geformten Mundes von so
wohliger Liebenswürdigkeit, daß man sich wunderte, wie genau und unübertrieben das homerische Epitheton »ambro-

sisch«, mochte man es auch noch nie auf die Wirklichkeit angewandt haben, diese Anmut bezeichnete.

Er sprach noch von Böhmen, von Franzensbrunn, von Eger und dem gepflegten Reiz seines Tales, schilderte ein Kirchen- und Ernte-Dankfest, dem er dort beigewohnt, die fahnenbunte Procession von Schützen, Zünften und urwüchsigem Volk, welche, geführt von schwer geschmückter, Heiligtümer tragender Clerisei, von der Hauptkirche über den Ring gezogen sei. Dann, mit gesenkter Stimme, vorgeschobenen Lippen und einem Unheilsausdruck, der doch auch wieder etwas episch Scherzhaftes hatte, wie wenn man Kindern Schauriges erzählt, berichtete er von einer Blutnacht, die jene merkwürdige Stadt in einem Jahrhundert der späteren Mittelzeit gesehen, einem Judenmorden, zu dem sich die Einwohnerschaft jäh und wie im Krampf habe hinreißen lassen und von dem in alten Chroniken die Kunde gehe. Viele Kinder Israel nämlich hätten zu Eger gelebt, in mehreren ihnen zugewiesenen Gassen, wo denn auch eine ihrer berühmtesten Synagogen nebst Hoher Judenschule, der einzigen in Deutschland, gelegen gewesen sei. Eines Tages nun habe ein Barfüßer Mönch, der offenbar fatale rednerische Gaben besessen, das Leiden Christi von der Kanzel herab aufs erbarmungswürdigste geschildert und die Juden als die Urheber alles Unheils empörend dargestellt, worauf ein zur Tat geneigter und durch die Predigt außer sich gebrachter Kriegsmann zum Hochaltar gesprungen sei, das Crucifix ergriffen und mit dem Schrei: »Wer ein Christ ist, folge mir nach!« den Funken in die hochentzündliche Menge geworfen habe. Sie folgte ihm, außen fand Gesindel jeglicher Art sich dazu, und ein Plündern und Morden begann in den Judengassen, unerhört: die unseligen Bewohner seien in ein gewisses schmales Gäßchen zwischen zweien ihrer Hauptstraßen geschleppt und dort gemetzelt worden, dergestalt, daß aus dem Gäßchen, welches noch heute die Mordgasse heiße, das Blut wie ein Bach herabgeflossen sei. Entkommen sei diesem Würgen nur ein einziger Jude, nämlich dadurch, daß er sich in einen Schornstein gezwängt und dort verborgen gehalten habe. Ihn habe nach hergestellter Ruhe die reuige Stadt, welche übrigens von dem damals regierenden römischen König Karl dem Vierten für das Vorkommnis ziemlich gepönt worden sei, feierlich als Bürger von Eger anerkannt.

»Als Bürger von Eger!« rief der Erzähler. »Da war er denn was und fand sich prächtig entschädigt. Er hatte vermutlich Weib und Kinder, sein Hab und Gut, all seine Freunde und Verwandte, seine ganze Gemeinschaft verloren, vom stickenden Drange des Rauchfanges, worin er die gräßlichen Stunden zugebracht, noch ganz zu schweigen. Nackt und bloß stand er da, war aber nun Bürger von Eger und am Ende noch stolz darauf. Kennt ihr die Menschen wieder? So sind sie. Sie lassen's über sich kommen mit Lust, daß sie das Greulichste begehen, und genießen nach gekühltem Mütchen auch noch die Geste reuiger Großmut, womit sie die Schandtat abzugelten meinen, – was sein Rührendes neben dem Lächerlichen hat. Denn es kann im Collectiven von Tat ja kaum, sondern nur von Geschehen die Rede sein, und man betrachtet solche Ausbrüche besser als incalculable Naturereignisse, die der Seelenlage der Epoche entsteigen, wobei denn selbst noch das zu spät kommende Eingreifen einer doch immer vorhandenen übergeordneten und corrigierenden Humanität eine Wohltat ist: in unserem Falle das Dasein der römischen Majestät, welche so gut es geht die Ehre der Menschheit rettet, indem sie eine Untersuchung des argen casus anstellt und den zuständigen Magistrat formell mit einer Geldstrafe belegt.«

Man hätte das grausige Vorkommnis nicht sachlich beruhigender und kühl-versöhnlicher commentieren können, als er es tat, und das, fand Charlotte, war wohl die rechte Art der Behandlung, wenn dergleichen bei Tische erträglich sein sollte. Charakter und Schicksal der Juden blieben noch eine Weile sein Gegenstand, wobei er Bemerkungen auffing und gleichsam mit verarbeitete, die von einem oder dem anderen Tafelgast, Kirms, Coudray, auch der gescheuten Meyer, gelegentlich eingeworfen wurden. Er äußerte sich über die Eigenart jenes merkwürdigen Volkes mit abrückender Ruhe und leicht belustigter Hochachtung. Die Juden, sagte er, seien pathetisch, ohne heroisch zu sein; das Alter ihrer Rasse und Blutserfahrung mache sie weise und skeptisch, was eben das Gegenteil des Heroischen sei, und wirklich liege eine gewisse Weisheit und Ironie selbst im Tonfall des einfachsten Juden – nebst entschiedener Neigung zum Pathos. Das Wort aber sei hier genau zu verstehen, nämlich im Sinne des Leidens, und das jüdische Pathos eine Leidensemphase, die auf uns andere oft grotesk und recht eigentlich befremdend, ja abstoßend wirke, – wie denn ja auch der edlere Mensch vor dem Stigma und der Gebärde der Gottgeschlagenheit Regungen des Widerwillens und selbst eines natürlichen Hasses immer in sich zu unterdrücken habe. Sehr schwer seien die aus Gelächter und heimlicher Ehrfurcht ganz einmalig gemischten Gefühle eines guten Deutschen zu bestimmen, der einen wegen Zudringlichkeit von derber Bedientenhand an die Luft beförderten jüdischen Hausierer die Arme zum Himmel recken und ihn ausrufen höre: »Der Knecht hat mich gemartert und gestäupt!« Jenem Durchschnitts-Autochthonen stünden solche starken, dem älteren und höheren Sprachschatz entstammenden Worte garnicht zu Gebote, während das Kind des Alten Bundes unmittelbare Beziehungen zu dieser Sphäre des Pathos unterhalte und nicht anstehe, ihre Vocabeln auf seine platte Erfahrung großartig anzuwenden.

Das war ja allerliebst, und die Gesellschaft erheiterte sich nicht wenig – für Charlottens Geschmack etwas zu laut – über den wehklagenden Hausierer, dessen mittelmeerländisch-pittoreskes Gebaren der Sprecher zu bestem Wiedererkennen nachgeahmt oder doch in rasch einsetzender und wieder aufgehobener Mimik angedeutet hatte. Charlotte selbst mußte lächeln, aber sie war zu wenig bei der Sache, und zu viele Gedanken kreuzten sich in ihrem Kopf, als daß sie es in der Belustigung weiter als bis zu diesem etwas mühsamen Lächeln gebracht hätte. Der Einschlag von Devotion und Liebedienerei im Beifallslachen der Runde flößte ihr eine ungeduldige Verachtung ein, weil es ihr Jugendfreund war, dem er galt, allein eben deshalb fühlte sie sich auch wieder persönlich davon geschmeichelt. Natürlich hatten sie gerührt zu sein von der – wie an seinem Munde zu sehen war –

nicht immer mühelosen Freundlichkeit, mit der er ihnen aus seinem Reichtum spendete. Hinter allem, was er gesellig zum Besten gab, stand ja sein großes Lebenswerk und verlieh seinen Äußerungen eine Resonanz, die eine unverhältnismäßige Dankbarkeitsreaktion begreiflich machte. Das Seltsame war außerdem, daß sich in seinem Falle das Geistige auf eine sonst nicht vorkommende Weise, für den Respect nicht mehr unterscheidbar, mit dem Gesellschaftlich-Amtlichen vermischte; daß der große Dichter von ungefähr – und auch wieder nicht von ungefähr – zugleich ein großer Herr war, und daß man diese zweite Eigenschaft nicht als etwas von seinem Genie Verschiedenes, sondern als dessen weltlich-repräsentativen Ausdruck empfand. Der abrückende und jede Anrede umständlich machende Titel »Excellenz«, den er führte, hatte ursprünglich so wenig wie der Stern auf seiner Brust mit seinem Dichtertum zu tun, es waren Attribute des Favoriten und Ministers; aber diese Distinctionen hatten den Sinn seiner geistigen Größe mit aufgenommen, dergestalt, daß sie nach einem tieferen Ursprung dennoch mit ihr zusammen zu gehören schienen. Leicht möglich, dachte Charlotte, daß sie es auch für sein eigenes Bewußtsein taten.

Sie hing dem nach, ungewiß, ob es der Mühe wert war, dabei zu verweilen. In dem dienstwilligen Lachen der Anderen drückte jedenfalls das Wohlgefallen an dieser Persönlichkeits-Combination von Geistigem und Irdischem, der Stolz darauf, eine unterwürfige Begeisterung dafür sich aus, und von einer Seite her fand sie das nicht recht und gut, auf eine Art revoltierend. Sollte sich bei genauerer Prüfung herausstellen, daß dieser Stolz und diese Begeisterung geschmeichelter Knechtssinn waren, so war die Berechtigung ihrer Nachdenklichkeit und eines gewissen damit verbundenen Kummers erwiesen. Ihr war, als sei es den Leuten zu leicht gemacht, sich vor dem Geistigen zu beugen, wenn es mit Stern und Titel, in einem Kunst-Hause mit Paradetreppe wohnend, als eleganter und glanzäugiger Greis sich darstellte, dem das feine Haar angewachsen war wie dem Jupiter dort, und der mit ambrosischem Munde sprach. Das Geistige, dachte sie, hätte arm, häßlich und irdischer Ehren bloß sein sollen, um die Fähigkeit der Menschen, es zu verehren, auf die rechte Probe zu stellen. Sie sah zu Riemer hinüber, weil ein Wort in ihr widerklang, das er gesprochen und das sich ihr ins Ohr gehängt hatte: »Es ist bei alldem kein Christentum.« Nun, dann eben nicht, dann also kein Christentum. Sie wollte nicht urteilen und hatte gar keine Lust, es mit irgend einer der Maulereien zu halten, die der zur Gekränktheit geneigte Mann in seine Hymnen auf den Herrn und Meister gemischt hatte. Aber sie schaute nach ihm, der ebenfalls ergebensten Beifall lachte, während dabei ein kleiner Wulst von Versonnenheit, Widerstand, Gram, kurz von Maulerei zwischen seinen bemühten Rindsaugen lag ... Und dann ging ihr sanft aber eindringlich forschender Blick zwei Plätze weiter, an Lottchen vorbei zu August, dem beschatteten und ausschreitenden Sohn, der den Makel trug, nicht als Freiwilliger ins Feld gezogen zu sein, und das Persönchen heiraten würde: nicht zum erstenmal, während des Essens, sah sie nach ihm. Schon als sein Vater von dem geschickten Kutscher erzählt hatte, der das Umwerfen auf dem löcherigen Wege zu vermeiden gewußt, hatte sie den Kammer-Rat fixiert, weil ihr dabei die eigentümliche Art in den Sinn gekommen war, in der er ihr von jener mißglückten Abreise, dem Unfall ihres Jugendfreundes mit Meyer, dem Sturz der feierlich sich ihrer bewußten Größe in den Straßengraben erzählt hatte. Und jetzt, beim hin und her Blicken zwischen dem Famulus und ihm, wandelte plötzlich ein Argwohn, ein aufzuckender Schrecken sie an, der sich nicht nur auf diese beiden, sondern auf alle Umsitzenden bezog: es kam ihr entsetzlicher Weise einen Augenblick so vor, als ob die devote Lautheit des allgemeinen Lachens etwas anderes übertönen und verdecken sollte, etwas desto Unheimlicheres, als es wie eine persönliche Bedrohung, eine Bedrohung für sie selber war und zugleich die Einladung in sich barg, sich als eine Zugehörige daran zu beteiligen.

Gottlob, es war eine sinnlose, nicht einmal bei Namen zu nennende Anfechtung. Liebe, nur Liebe schwang in dem Lachen rund um den Tisch und sprach aus den Augen, die an den heiter-bedachtsam plaudernden Lippen des Freundes hingen. Man hoffte auf mehr und erhielt mehr. Luthers patriarchalisches Tischgespräch – als sonore und geistreiche Plauderei ging es weiter, indem es das Thema vom Juden ein Stück noch verfolgte – und zwar mit einer übergeordneten Billigkeit, der man zutraute, daß auch sie den Rat von Eger mit einer corrigierenden Geldstrafe belegen würde. Goethe rühmte die höheren Specialbegabungen dieses merkwürdigen Samens, den Sinn für Musik und seine medicinische Capacität, – der jüdische und der arabische Arzt hätten durch die ganze Mittelzeit das vorzügliche Vertrauen der Welt genossen. Ferner sei da die Literatur, zu der dies Geblüt, hierin den Franzosen ähnlich, besondere Beziehungen unterhalte: man möge nur wahrnehmen, daß selbst Durchschnittsjuden meist einen reineren und genaueren Styl als der National-Deutsche schrieben, der zum Unterschiede von südlichen Völkern der Ehrfurcht davor und der genießenden Sorgfalt im Umgange mit ihm in der Regel entbehre. Die Juden seien eben das Volk des Buches, und da sehe man, daß man die menschlichen Eigenschaften und sittlichen Überzeugungen als säcularisierte Formen des Religiösen zu betrachten habe. Die Religiosität der Juden aber sei charakteristischer Weise auf das Diesseitige verpflichtet und daran gebunden, und eben ihre Neigung und Fähigkeit, irdischen Angelegenheiten den Dynamismus des Religiösen zu verleihen, lasse darauf schließen, daß sie berufen seien, an der Gestaltung irdischer Zukunft noch einen bedeutenden Anteil zu nehmen. Höchst merkwürdig nun und schwer zu ergründen sei angesichts des so erheblichen Beitrags, den sie der allgemeinen Gesittung geleistet, die uralte Antipathie, die in den Völkern gegen das jüdische Menschenbild schwele und jeden Augenblick bereit sei, in tätlichen Haß aufzuflammen, wie jene Egerer Unordnung zur Genüge zeige. Es sei diese Antipathie, in der die Hochachtung den Widerwillen vermehre, eigentlich nur mit einer anderen noch zu vergleichen: mit derjenigen gegen die Deutschen, deren Schicksalsrolle und innere wie äußere Stellung unter den Völkern die allerwunderlichste Verwandtschaft mit der jüdischen aufweise. Er wolle sich hierüber nicht verbreiten und sich den Mund nicht verbrennen,

allein er gestehe, daß ihn zuweilen eine den Atem stocken las-
sende Angst überkomme, es möchte eines Tages der gebundene
Welthaß gegen das andere Salz der Erde, das Deutschtum, in
einem historischen Aufstande freiwerden, zu dem jene mittel-
alterliche Mordnacht nur ein Miniatur-Vor- und -Abbild sei...
Übrigens möge man solche Beklemmungen seine Sorge sein
lassen und guter Dinge bleiben, es ihm auch nachsehen, daß er
zu so gewagten Vergleichen und nationellen Zusammenstellun-
gen greife. Es gäbe noch viel überraschendere. Auf großherzog-
licher Bibliothek befinde sich ein alter Globus, der in manchmal
frappanten Inschriften knappe Charakteristiken der unterschiedlichen Erdenbewohner gebe, wo es denn über Deutschland heiße: »Die Deutschen sind ein Volk, welches eine große
Ähnlichkeit mit den Chinesen aufweist.« Ob das nicht sehr drollig sei und sein Zutreffendes habe, wenn man sich der Titel-
freude der Deutschen und ihres eingefleischten Respects vor der
Gelehrsamkeit erinnere. Freilich bleibe solchen völkerpsycho-
logischen Aperçus immer etwas Beliebiges, und der Vergleich
passe ebenso gut oder besser auf die Franzosen, deren culturelle
Selbstgenügsamkeit und mandarinenhaft rigoroses Prüfungs-
wesen sehr stark ins Chinesische schlügen. Außerdem seien sie
Demokraten und auch hierin den Chinesen verwandt, wenn sie
sie in der Radicalität demokratischer Gesinnung auch nicht er-
reichten. Die Landsleute des Confucius nämlich hätten das Wort
geprägt: »Der große Mann ist ein öffentliches Unglück.«
   Hier brach ein Gelächter aus, das denn doch noch schallender
war als das vorige. Dies Wort in diesem Munde erregte einen
wahren Sturm von Heiterkeit. Man warf sich in den Stühlen
zurück und lehnte sich über den Tisch, schlug auch wohl mit der
flachen Hand darauf, – chokiert bis zur Ausgelassenheit von diesem principiellen Unsinn, erfüllt von dem Wunsch, dem Gastgeber zu zeigen, wie man es zu schätzen wisse, daß er es auf sich
genommen, ihn zu referieren, und ihm zugleich zu bekunden,
für welche ungeheuerliche und lästerliche Absurdität man den
Ausspruch erachte. Nur Charlotte saß gerade aufgerichtet, in
Abwehr erstarrt, die Vergißmeinnicht-Augen schreckhaft er-

weitert. Ihr war kalt. Tatsächlich hatte sie sich entfärbt, und ein schmerzliches Zucken ihres Mundwinkels war alles, worin bei ihr die allgemeine Lustigkeit sich andeuten wollte. Eine spukhafte Vision schwebte ihr vor: Unter Türmen mit vielen Dächern und Glöckchen daran hüpfte ein altersnärrisches, abscheulich kluges Volk, bezopft, in Trichterhüten und bunten Jacken, von einem Bein auf das andere, hob abwechselnd die dürren Zeigefinger mit langen Nägeln empor und gab in zirpender Sprache eine äußerste und tödlich empörende Wahrheit von sich. Während aber dieser Alb sie heimsuchte, kroch dieselbe Angst, wie schon einmal, ihr kalt den Rücken hinab: es möchte nämlich das überlaute Gelächter der Tafelrunde bestimmt sein, ein Böses zuzudecken, das in irgend einem schrecklichen Augenblick verwahrlost ausbrechen könnte, also, daß Einer aufspringen, den Tisch umstoßen und rufen möchte: »Die Chinesen haben recht!«

Man sieht, wie nervös sie war. Aber etwas von dieser Nervosität entsteht, rein atmosphärisch, immer, und eine gewisse ängstliche Spannung, ob das auch gut gehen wird, liegt stets in der Luft, wenn das Menschliche sich in Einen und Viele teilt, ein Einzelner einer Masse, sei es in welchem Sinn und Verhältnis immer, abgesondert gegenüber steht; und obgleich Charlottens alter Bekannter mit ihnen allen in gleicher Reihe am Tisch saß, hatte doch dadurch, daß er allein das Gespräch führte und die anderen das Publicum bildeten, diese niemals ganz geheuere, wenn auch eben darum reizvolle Situation sich hier hergestellt. Der Einzelne blickte mit großen, dunkel glänzenden Augen den Tisch entlang in den Sturm von Heiterkeit, den sein Citat erregt, und sein Gesicht, seine Haltung hatten wieder den naiv-unaufrichtigen Ausdruck gespielten Erstaunens angenommen, mit dem er anfangs ins Zimmer getreten war. Die »ambrosischen« Lippen regten sich dabei schon in Vorbereitung zusätzlicher Rede. Er sagte, als es stiller geworden war:

»Ein solches Wort ist nun freilich eine schlechte Bestätigung der Weisheit unseres Globus. Bei dem decidierten Anti-Individualismus solchen Bekenntnisses endigt sich die Verwandtschaft von Chinesen und Deutschen. Uns Deutschen ist das Individuum teuer – mit Recht, denn nur in ihm sind wir groß. Daß dem aber so ist, weit ausgesprochener, als bei anderen Nationen, verleiht dem Verhältnis von Individuum und Gesamtheit, bei allen expansiven Möglichkeiten, die es jenem gewährt, auch wieder sein Trübsinnig-Mißliches. Ohne Zweifel war es einiges mehr als Zufall, daß das natürliche taedium vitae des Alters sich bei Friedrich dem Zweiten in den Ausspruch kleidete: Ich bin es müde, über Sklaven zu herrschen.«

Charlotte wagte nicht aufzublicken. Sie hätte dabei nur betrachtsames Nicken und hier und da beifällige Erheiterung auch über diese Anführung rings um die Tafel festzustellen gehabt, aber ihre erregte Phantasie spiegelte ihr vor, daß unter lauter gesenkten Lidern hervor tückische Blicke gegen den Sprecher zuckten, und sie scheute sich furchtbar, das wahrzunehmen. Ein Zustand von Absenz, ein Verlorensein in schmerzliche Grübelei trennte ihr Bewußtsein längere Zeit von dem Gespräch und hielt sie ab, seinen Associationen zu folgen. Sie hätte nicht zu sagen gewußt, wie die Unterhaltung dahin gekommen war, wo sie sie von Zeit zu Zeit wiederfand. Eine neue persönliche Aufmerksamkeitserweisung ihres Tischherrn hätte sie fast überhört. Er redete ihr zu, doch »ein Minimum« (so drückte er sich aus) von diesem Compot zu nehmen, und halb unbewußt nahm sie auch wirklich davon. Dann hörte sie ihn von Dingen der Lichtlehre sprechen, aus Anlaß gewisser Carlsbader Glasbecher, die er nach Tische vorzuweisen versprach, und deren Malerei, je nachdem man die Beleuchtung leite, den merkwürdigsten Farbverwandlungen unterliege. Er knüpfte etwas Abfälliges, ja Ausfälliges gegen die Lehren Newtons daran, scherzte über den durch ein Loch im Fensterladen auf ein Glasprisma fallenden Sonnenstrahl und erzählte von einem Blättchen Papier, das er als Andenken an seine ersten Studien über diesen Gegenstand und als früheste Aufzeichnung darüber aufbewahre. Es trage die Spuren des Regens, der im undichten Zelt bei der Belagerung von Mainz darauf gefallen. Gegen solche kleine Reliquien und Denkzeichen der Vergangenheit hege er viel Pietät und conserviere sie nur zu sorgfältig, denn es sammle sich als Niederschlag eines längeren Lebens allzu viel solchen sinnigen Krames an. Bei diesen Worten begann Charlottens Herz unter dem weißen Kleid mit der fehlenden Schleife heftig zu klopfen, denn ihr war, als müßte sie rasch eingreifend sich nach weiteren Bestandteilen dieses Lebensniederschlages erkundigen. Doch sah sie die Unmöglichkeit davon ein, verzichtete und verlor den Faden der Unterhaltung aufs neue.

Beim Tellerwechsel vom Braten zur süßen Speise fand sie sich in eine Erzählung hinein, von der sie nicht wußte, wie sie aufs Tapet gekommen war, die aber der Gastgeber mit großer Wärme vortrug: die Geschichte einer seltsamen und moralisch anmutigen Künstlerlaufbahn. Es handelte sich um eine italienische Sängerin, die ihre außerordentlichen Gaben nur in dem Wunsche öffentlich gemacht hatte, ihrem Vater beizustehen, einem Einnehmer vom Monte Pietà in Rom, den seine Charakterschwäche ins Elend hatte geraten lassen. Das wundervolle Talent der jungen Person wurde bei einem Dilettantenkonzert entdeckt, vom Flecke weg warb der Director einer Theatergesellschaft sie an, und so lebhaft war das Entzücken, das sie erregte, daß ihr ein Musik-Enthusiast beim ersten Auftreten in Florenz für sein Billet statt einem Scudo hundert Zechinen schenkte. Sie verfehlte nicht, von diesem ersten Glücksgelde sogleich an ihre Eltern reichlich abzugeben, und steil ging es aufwärts mit ihr, sie wurde zum Stern des musikalischen Himmels, Reichtümer strömten ihr zu, und ihre vornehmste Sorge blieb immer, die Alten daheim mit allem Wohlsein zu umgeben, – wobei man aufgefordert wurde, sich das verschämte Behagen des Vaters vorzustellen, dessen Unfähigkeit sich durch die Energie und Treue eines glänzenden Kindes wettgemacht fand. Damit nun aber waren die Wechselfälle dieses Lebens nicht beendet. Ein reicher Bankier von Wien verliebte sich in sie und trug ihr seine Hand an. Wirklich sagte sie dem Ruhm Valet, um seine Frau zu werden, und ihr Glücksschiff schien in den prächtigsten, sichersten Hafen eingelaufen. Der Bankier aber machte Bankerott, er starb als Bettler, und aus der üppigen Geborgenheit einer

Reihe von Jahren kehrt die Frau, schon nicht mehr jung, aufs Theater zurück. Der größte Triumph ihres Lebens erwartet sie. Das Publicum begrüßt ihr Wiedererscheinen, ihre erneuerte Leistung mit Huldigungen, die ihr erst begreiflich machten, was sie aufgegeben und den Menschen entzogen, als sie die Werbung des Krösus als krönenden Abschluß ihrer Carrière ansehen zu sollen gemeint hatte. Dies umjubelte Wiederauftreten nach der Episode bürgerlich-gesellschaftlichen Glanzes war der glücklichste Tag ihres Lebens, und erst er eigentlich machte sie mit Leib und Seele zur Künstlerin. Sie lebte jedoch danach nur noch einige Jahre.

An diese Geschichte knüpfte der Erzähler Bemerkungen, die sich auf die eigentümliche Lockerkeit, Gleichgültigkeit und Unbewußtheit in dem Verhältnis der sonderbaren Person zu ihrer künstlerischen Berufung bezogen und, unter entsprechenden leichten und souveränen Gebärden, das Wohlgefallen der Zuhörer an dieser Art von Nonchalance beleben zu wollen schienen. Eine tolle Christin! Sonderlich ernst und feierlich hatte sie es, bei so großen Gaben, mit ihrer Kunst, und mit der Kunst überhaupt, offenbar nie genommen. Nur um ihrem gesunkenen Vater aufzuhelfen, hatte sie sich überhaupt entschlossen, ihr bis dahin von jedermann und auch von ihr unbeachtetes Talent zu praktizieren, und es dauernd in den Dienst der Kindesliebe gestellt. Die Bereitwilligkeit, mit der sie bei erster, nüchtern sich empfehlender Gelegenheit, gewiß zum Jammer der Impresarien, die Ruhmesbahn wieder verlassen und sich ins Privatleben zurückgezogen, war bemerkenswert, und alles sprach dafür, daß sie in ihrem Wiener Palais der Kunstübung nicht nachgeweint, den Duft des Coulissenstaubes und der ihren Rouladen und Staccati gezollten Blumenopfer unschwer entbehrt hatte. Als freilich das harte Spiel des Lebens es verlangt hatte, war sie kurzerhand zur öffentlichen Production zurückgekehrt. Und nun war eindrucksvoll genug, wie die Frau mit der ihr von den Kundgebungen des Publicums aufgedrungenen Erkenntnis, daß die Kunst, auf die sie nie viel Gewicht gelegt und die sie mehr oder weniger als Mittel zum Zweck betrachtet hatte, immer ihre ernstliche und eigentliche Bestimmung gewesen war, nicht mehr lange hatte leben sollen, sondern kurze Zeit nach ihrem triumphalen Wiedereinrücken ins Kunstreich gestorben war. Offenbar war ihr dieser Lebensbescheid, die späte Entdeckung, daß sie zu einem Dasein wirklicher Identification mit dem Schönen bestimmt sei, nicht gemäß – die Existenz als seine bewußte Priesterin nicht zukömmlich, nicht möglich gewesen. Die untragische Tragik im Verhältnis des begnadeten Geschöpfes zur Kunst, ein Verhältnis, worin Bescheidenheit und Überlegenheit sehr schwer zu unterscheiden seien, habe ihn, den Berichterstatter, immer ausnehmend angesprochen, und wohl hätte er gewünscht, die Bekanntschaft der Dame zu machen.

Das hätten, so gaben sie zu verstehen, auch die Zuhörer gern getan. Der armen Charlotte lag weniger daran. Irgend etwas tat ihr weh und beunruhigte sie an der Geschichte oder doch an dem Commentar, den sie erfahren. Sie hatte um des eigenen Gemütes, aber auch um des Erzählers willen Hoffnungen gesetzt auf die moralische Rührung, die von dem Beispiel tätiger Kindestreue ausgehen wollte; dann aber hatte der Sprecher dem wohltuend Sentimentalen eine enttäuschende Wendung ins höchstens Interessante gegeben, alles aufs Psychologische abgestellt und für das Vorkommnis unentbehrlicher Geringschätzung des Genies für seine Kunst eine Gutheißung merken lassen, die sie – wiederum um ihrer selbst und um seinetwillen – erkältete und verschreckte. Aufs Neue verfiel sie in grüblerische Abwesenheit.

Das Entremet war eine Himbeer-Crème, sehr duftig, mit Schlagrahm geschmückt, nebst Löffelbiscuits als Zugabe. Gleichzeitig wurde Champagner gereicht, den nun denn doch, die Flasche in eine Serviette gehüllt, der Bediente einschenkte, und Goethe, der schon den vorigen Weinen ausgiebig zugesprochen, trank rasch hintereinander, wie im Durst, zwei Spitzkelche davon: das geleerte Glas hielt er dem Diener sogleich über die Schulter wieder hin. Nachdem er ein paar Minuten einer heiteren Erinnerung nachhängend, wie sich dann zeigte, mit seinen nahe beisammen liegenden Augen schräg aufwärts ins Leere geblickt, was von Meyer mit stiller Liebe und auch von den anderen mit lächelnder Erwartung verfolgt wurde, wandte er sich gerade über den Tisch an Bergrat Werner mit der Ankündigung, ihm etwas erzählen zu wollen. »Ach, ich muß Sie was erzählen!« sagte er wörtlich, und dieser Lapsus – oder was er war – wirkte höchst überraschend nach der bedächtig-präzisen Wohlredenheit, an die er das Ohr gewöhnt hatte. Er fügte hinzu, die Mehrzahl der ansässigen Gäste habe die verjährte Begebenheit gewiß in frohem Gedächtnis, dem Auswärtigen aber sei sie zweifellos unbekannt, und sie sei so artig, daß sich jedermann gern werde daran erinnern lassen.

Er berichtete nun, von Anfang an mit einem Ausdruck, der sein innerlichtes Vergnügen an dem Gegenstande erkennen ließ, von einer dreizehn Jahre zurückliegenden Ausstellung, die von der Vereinigung Weimarischer Kunstfreunde veranstaltet und auch von auswärts sehr glücklich beschickt gewesen sei. Eins ihrer angenehmsten Objekte sei eine – man müsse schon sagen: äußerst geschickte Copie des Kopfes der Charitas von Leonardo da Vinci gewesen – »Sie wissen: die Charitas auf der Galerie zu Cassel, und Sie kennen den Reproducenten auch: es war Herr Riepenhausen, ein erfreuliches Talent, das hier ausnehmend zarte und löbliche Arbeit geleistet hatte: der Kopf war in Aquarellfarben wiedergegeben, die den gedämpften Farbenton des Originals festhielten, und das Schmachtende der Augen, die sanfte, gleichsam bittende Neigung des Hauptes, besonders die süße Traurigkeit des Mundes aufs reinste nachgeahmt. Die Erscheinung verbreitete durchaus ein vorzügliches Vergnügen.

Nun war unsere Ausstellung später im Jahre, als sonst, zustande gekommen, und der Anteil des Publicums daran bewog uns, sie länger als üblich stehen zu lassen. Die Räume wurden kälter, und aus Ökonomie heizte man sie nur gegen die Stunden des eröffneten Einlasses. Eine geringe Abgabe für die einmalige Entrée war genehmigt, die namentlich von Fremden erlegt wurde; für Einheimische war ein Abonnement eingerichtet, das nach Belieben auch außer der bestimmten Zeit – also auch zu ungeheizten Stunden – den Eintritt gewährte.

Nun kommt die Geschichte. Wir werden eines Tages mit Lachen vor das liebe Charitas-Köpfchen gerufen und haben aus eigenem Augenschein ein Phänomen von discretestem Reiz zu bestätigen: Auf dem Munde des Bildes, will sagen auf dem Glase, dort, wo es den Mund bedeckt, findet sich der unverkennbare Abdruck, das wohlgeformte Faksimile eines von angenehmen Lippen dem schönen Schein applicierten – Kusses.

Sie denken sich unser Amusement. Sie denken sich auch die heiter-criminologische Angelegentlichkeit, mit der wir den Fall untersuchten, die Identification des Täters unter der Hand betrieben. Er war jung – das hätte man voraussetzen können, aber die auf dem Glas fixierten Züge sprachen es aus. Er mußte allein gewesen sein – vor vielen hätte man dergleichen nicht wagen dürfen. Ein Einheimischer mit Abonnement, der seine sehnsüchtige Tat früh bei ungeheizten Zimmern begangen hatte. Das kalte Glas hatte er angehaucht und seinen Kuß in den eigenen Hauch gedrückt, der alsdann erstarrend sich consolidierte. Nur wenige wurden mit dieser Angelegenheit bekannt, aber nicht schwer war auszumachen, wer beizeiten in den ungeheizten Zimmern allein sich eingefunden. Die bis zur Gewißheit gesteigerte Vermutung blieb auf einem jungen Menschen ruhen, den ich nicht nennen und nicht einmal näher kennzeichnen will, der auch keineswegs erfuhr, wie man ihm auf die zärtlichen Schliche gekommen, aber dessen wirklich kußliche Lippen wir Eingeweihten nachher mehr als einmal freundlich zu begrüßen Gelegenheit hatten. «

So die mit dem Lapsus eingeleitete Erzählung, an der nicht nur der Bergrat, sondern auch alle Umsitzenden sich mit Verwunderung weideten. Charlotte war sehr rot geworden. Sie war in der Tat bis in die Stirn, bis in das aufgestellte graue Haar hinauf so dunkel errötet, wie ihr zarter Teint es irgend zuließ, und die Bläue ihrer Augen wirkte befremdend blaß und grell in diesem Andrang. Sie saß von dem Erzähler abgewandt, ja förmlich von ihm weggedreht, gegen ihren anderen Nachbarn, den Hofkammerrat Kirms, und fast sah es aus, als wollte sie sich an seinen Busen flüchten, was er aber, selbst sehr wohlig unterhalten von der Geschichte, nicht bemerkte. Die arme Frau war voller Angst, der Hausherr möchte die Verfestigung dieses geheimen Kusses ins Nichts und ihre physikalischen Bedingungen noch weiter erörtern, und ein Commentar blieb denn auch, als die Heiterkeit sich gelegt hatte, nicht aus; nur gehörte er mehr der Philosophie des Schönen als etwa der Wärmelehre an. Der Gastgeber plauderte von den Spatzen, die an den Kirschen des Apelles pickten, und von der vexatorischen Wirkung, welche die Kunst, dies völlig einzigartige und eben darum reizvollste aller Phänomene, auf die Vernunft auszuüben vermöge, – nicht einfach im Sinne der Illusionierung – denn keineswegs sei sie ein Blendwerk –, sondern auf tiefere Art: nämlich durch ihre Zugehörigkeit zur himmlischen zugleich und zur irdischen Sphäre, weil sie geistig und sinnlich auf einmal, oder, platonisch zu reden, göttlich und sichtbar zugleich durch die Sinne für das Geistige werbe. Daher die eigentümlich innig getönte Sehnsucht, die das Schöne errege, und die in der intimen Handlung jenes jugendlichen Kunstfreundes ihren Abdruck – ihren aus Wärme und Kälte geborenen Ausdruck gefunden habe. Was dabei unsere Lachlust errege, sei die verworrene Inadäquatheit des unbelauscht vollbrachten Aktes. Eine Art von komischem Weh ergreife einen bei der Vorstellung, was der Verführte empfunden haben möge bei der Berührung seiner Lippen mit dem kalten und glatten Glase. Genau genommen aber sei kein rührend-bedeutenderes Gebilde denkbar, als diese Zufallsmaterialisation einer blutwarmen, dem Eisig-Unerwidernden aufgedrückten Zärtlichkeit. Es sei geradezu etwas wie ein kosmischer Spaß, etc.

Man servierte den Kaffee gleich bei Tische. Goethe trank keinen, sondern nahm statt dessen zu dem Nachtisch, der dem Obste folgte und aus allerlei Confect, Tragantkringeln, Zuckerplätzchen und Rosinen bestand, noch ein Gläschen Südweines namens Tinto rosso. Danach hob er die Tafel auf, und die Gesellschaft begab sich wieder ins Zimmer der Juno, auch in das anstoßende cabinettartige Seitenzimmer hinüber, das bei den Hausfreunden nach dem dort hängenden Portrait eines Renaissance-Herzogs von Urbino das »Urbino-Zimmer« hieß. Die noch folgende Stunde – eigentlich waren es nur etwas mehr als drei Viertel einer solchen – war recht langweilig, – aber auf eine Art, die Charlotte im Zweifel ließ, ob sie sie den Erregungen und Beklemmungen der Tischzeit vorzöge. Gern hätte sie den Jugendfreund von der Beflissenheit dispensiert, mit der er für Beschäftigung glaubte sorgen zu müssen. Dabei bemühte er sich hauptsächlich um die auswärtigen Gäste und die, welche zum erstenmal im Hause waren, also um Charlotte und die Ihren sowie um Bergrat Werner, denen er unaufhörlich, wie er sich ausdrückte, »etwas Bedeutendes vorzulegen« bedacht war. Eigenhändig, aber auch mit Hilfe Augusts und des Dieners, hob er große Portefeuilles mit Kupferstichen aus den Gestellen und schlug ihre unhandlichen Deckel vor den sitzenden Damen und dahinter stehenden Herren auf, um ihnen die darin geschichteten »Sehenswürdigkeiten« – dies war sein Wort für die barocken Bilder – vorzuführen. Dabei verweilte er bei den obenauf liegenden immer so lange, daß die späteren nur noch durchflogen werden konnten. Eine »Schlacht Constantins«, in großen Blättern, erfuhr die ausführlichste Explication; er wies mit dem Finger darauf hin und her, indem er auf die Verteilung und Gruppierung der Figuren, die richtige Zeichnung der Menschen und Pferde aufmerksam machte und den Beschauern einzuprägen suchte, wieviel Geist und Talent dazu gehöre, solch ein Bild zu entwerfen und so glücklich auszuführen. Auch die Münzensammlung, stückweise in Kästen aus jenem Portrait-Zimmer herbeigetragen, kam zur Betrachtung – sie war, wenn man bei der Sache zu sein vermochte, wirklich zum Erstaunen komplett und reichhaltig: die Münzen aller Päpste seit dem 15ten Jahrhundert bis auf diesen Tag waren vorhanden, und der Vorzeigende betonte, gewiß mit äußerstem Recht, wie glückliche Einsichten in die Geschichte der Kunst eine solche Überschau gewähre. Er schien alle Graveurs mit Namen zu kennen, gab auch Bescheid über die historischen Anlässe zur Prägung der Medaillen und streute Anekdoten aus dem Leben der Männer ein, auf deren Ehre sie geschlagen worden.

Die Carlsbader Glasbecher wurden nicht vergessen. Der Hausherr gab Befehl, sie herbeizuholen, und wirklich zeigten sie, vor dem Licht hin und her gewendet, sehr reizvolle Farbverwandlungen von Gelb in Blau und Rot in Grün, – eine Erscheinung, die Goethe an einem kleinen, wenn Charlotte recht verstand, von ihm selbst construierten Apparat näher erläuterte, den sein Sohn heranbringen mußte: einem Holzrahmen, in welchem sich über schwarz und weißem Grunde schwachfarbige Glasplättchen hin und her schieben und das Becher-Phänomen experimentell wiedererstehen ließen.

Zwischendurch, wenn er das Seine getan und die Gäste für eine Weile mit Anschauungsmaterial versehen zu haben glaubte, ging er, die Hände auf dem Rücken, im Zimmer umher, wobei er von Zeit zu Zeit tief Atem holte, – mit einem kleinen, das Ausatmen begleitenden Laut, der den Akt einem Stöhnen nicht unähnlich machte. Auch unterhielt er sich stehend an wechselnden Punkten des Zimmers und im Durchgang zum Cabinett mit unbeschäftigten Gästen, denen die Sammlungen schon bekannt waren. Merkwürdig bis zur Unvergeßlichkeit war es Charlotten, ihn im Gespräch mit Herrn Stephan Schütze, dem Schriftsteller, zu sehen – während sie mit ihrer Schwester über den optischen Apparat gebückt saß und die farbigen Glasplättchen hin und her schob, standen die beiden Herren, der Ältere und der Jüngere, ganz unfern beisammen, und verstohlen teilte sie ihre Aufmerksamkeit zwischen den Farbeffecten und dieser Scene. Schütze hatte die Brille, die er eigentlich trug, abgenommen, und, sie gewissermaßen verborgen haltend, blickte er mit seinen vortretenden Augen, die an die Stütze der Gläser gewöhnt waren und ohne sie überbemüht, halb blind und blöde schauten, in das gebräunte und musculöse, aber im Ausdruck schwankende Antlitz vor ihm. Zwischen den beiden Autoren war von einem »Taschenbuch der Liebe und Freundschaft« die Rede, das Schütze seit ein paar Jahren herausgab, und auf das hin der Gastgeber ihn angesprochen hatte. Goethe lobte das Taschenbuch sehr, nannte seine Zusammenstellung geist- und abwechslungsreich und erklärte, die Hände auf dem unteren Rücken zusammengelegt, die Beine gespreizt und mit angezogenem Kinn, daß er regelmäßig viel Unterhaltung und Belehrung davon habe. Er regte an, daß die humoristischen Erzählungen, die Schütze selbst darin veröffentlichte, mit der Zeit gesammelt erscheinen sollten, und dieser gab errötend und stärker glotzend zu, daß er selbst mit diesem Gedanken zu Stunden wohl schon gespielt habe und nur im Zweifel sei, ob eine solche Sammlung denn auch die Mühe lohnen würde. Goethe protestierte mit starkem Kopfschütteln gegen diesen Zweifel, begründete seinen Widerspruch aber nicht mit dem Wert der Erzählungen, sondern auf rein menschliche, sozusagen canonische Weise: gesammelt, sagte er, müsse werden, komme die Zeit, der Herbst des Lebens, so müsse die Ernte in die Scheuer kommen, das zerstreut Gewachsene unter Dach und in Sicherheit gebracht sein, sonst scheide man unruhig, und es sei kein rechtes, kein mustergültiges Leben gewesen. Es handle sich nur darum, den rechten Titel für die Sammlung ausfindig zu machen. Und seine nahe beisammen liegenden Augen gingen suchend unter der Zimmerdecke umher – ohne viel Aussicht auf Erfolg, wie die lauschende Charlotte befürchtete, da sie das deutliche Gefühl hatte, daß er die Erzählungen garnicht kenne. Hier nun aber zeigte sich, wie weit Herr Schütze in seinen zögernden Erwägungen immerhin schon gelangt war, denn er hatte einen Sammelnamen bei der Hand: »Heitere Stunden« dachte er gegebenen Falles das Buch zu nennen. Goethe fand das vortrefflich. Er hätte selbst keinen besseren Titel erdenken können. Dieser sei rein-behaglich und nicht ohne feine Gehobenheit. Er werde dem Verleger zusagen, das Publicum anziehen und, die Hauptsache, er sei dem Buche wie angewachsen. Das müsse so sein. Ein gutes Buch werde gleich zusammen mit seinem Titel geboren, und daß es da gar keine Sorgen und Zweifel geben könne, sei geradezu der Beweis für seine innere Gesundheit und Rechtschaffenheit. »Entschuldigen Sie mich!« sagte er, da Baurat Coudray sich ihm näherte. Auf Schütze aber, der seine Brille wieder aufsetzte, eilte Dr. Riemer zu, ersichtlich um ihn auszufragen, was Goethe mit ihm gesprochen hätte.

Ganz gegen Ende der Mittagsgesellschaft kam es noch dazu, daß sich der Hausherr von ungefähr darauf besann, Charlotten die Früh-Konterfeie ihrer Kinder wiedersehen zu lassen, wie er sie einst von dem rüstigen Paar zum Geschenk erhalten hatte. Es geschah, daß er, bei zurückgelassenen Stichen, Münzen und Farbenspielen, die Kestner'schen Damen und Ridels im Zimmer umherführte, um ihnen einzelne Curiositäten seiner Ausstattung zu zeigen: die Götterbildchen unter Glas, ein altertümliches Schloß mit Schlüssel, das am Fenstergewände hing, einen kleinen goldenen Napoléon mit Hut und Degen, gestellt in das glockenförmig verschlossene Ende einer Barometer-Röhre. Dabei fiel es ihm ein. »Jetzt weiß ich«, rief er und bediente sich plötzlich intimer Anredeform, »was ihr noch sehen müßt, Kinderchen! Das alte Angebinde, die Schattenrisse von euch und eueren rühmlichen Taten! Ihr sollt doch gewahr werden, wie treulich ich sie durch die Jahrzehnte verwahrt und in Ehren gehalten. – August, sei mir so gut, das Mäppche mit den Silhouette!« sagte er stark frankfurterisch; und während man noch den so sonderbar eingesperrten Napoléon betrachtete, schaffte der Kammerrat das Fascikel von irgendwoher herbei und legte es, da auf dem runden Tische kein Platz mehr war, auf den Streicher'schen Flügel, worauf er seinen Vater und dessen Begleiter dorthin bat.

Goethe zog selbst die Bänder auf und öffnete die Klappen. Der Inhalt war ein vergilbtes und stockfleckiges Durcheinander von bildlichen Documenten und Souvenirs, Scherenschnitten, verblaßten Festpoemen in Blumenkränzen und Handzeichnungen von Felsen, Ortschaften, Flußufern und Hirtentypen, wie der Besitzer sie auf verjährten Reisen zur Gedächtnisstütze mit ein paar Strichen aufgenommen. Der alte Herr kannte sich wenig darin aus und konnte das Gesuchte nicht finden. »Das ist doch des Teufels, wo ist denn das Ding!« sagte er ärgerlich werdend, indes seine Hände die Blätter rascher und nervöser durcheinanderwarfen. Die Umstehenden bedauerten seine Bemühung und gaben immer dringlicher ihre Bereitwilligkeit zum Verzicht zu erkennen. Es sei ja nicht nötig, die bloße Aussicht darauf, die

Andenken wiederzusehen, habe es ihnen schon wieder deutlich vor Augen geführt. Im letzten Augenblick entdeckte Charlotte es selbst im Wuste und zog es hervor. »Ich hab's, Excellenz«, sagte sie; »da sind wir.« Und indem er das Papier mit den aufgeklebten Profilen etwas verblüfft, ja ungläubig betrachtete, erwiderte er mit Resten von Ärger in der Stimme: »Wahrhaftig, ja, Ihnen war's vorbehalten, es ausfindig zu machen. Das sind Sie, meine Gute, artig geschnitzt, und der selige Archivsecretär und euere fünf Ältesten. Das schöne Fräulein hier ist noch nicht dabei. Welche sind's denn, die ich kenne? Diese hier? Ja, ja, aus Kindern werden Leute.«

Meyer und Riemer, die herantraten, gaben ein discretes und unanimes Zeichen, indem sie, einer wie der andere, mit zusammengezogenen Brauen die Augen zudrückten und leise nickten. Sie fanden wohl, nach dieser Besichtigung sei es genug, und jedermann gab ihnen recht, wenn sie wünschten, den Meister vor Übermüdung zu schützen. Man schritt zur Verabschiedung; auch diejenigen, die im Urbino-Zimmer geplaudert hatten, fanden sich dazu ein.

»So wollt ihr mich verlassen, Kinderchen, alle auf einmal?« fragte der Hausherr. »Nun ja, wenn ihr hinausdrängt zu Pflichten und Freuden, kann niemand euch schelten. Adieu, adieu. Unser Bergrat bleibt noch ein wenig bei mir. Nicht wahr, liebster Werner, das ist eine Abmachung. Ich habe hinten bei mir was Interessantes für Sie, das von auswärts herein gekommen, und daran wir alten Auguren uns zur Nachfeier erquicken wollen: Versteinerte Süßwasserschnecken von Libnitz im Elbogner Kreise. – Verehrte Freundin«, sagte er zu Charlotte, »leben Sie wohl! Ich denke, Weimar und Ihre Lieben werden Sie einige Wochen zu fesseln wissen. Zu lange hat das Leben uns auseinander gehalten, als daß ich nicht von ihm fordern müßte, Ihnen während Ihres Aufenthaltes wiederholt begegnen zu dürfen. Zu danken ist nichts. Bis dahin, Verehrteste. Adieu, meine Damen! Adieu, meine Herren!« –

August geleitete Ridels und Kestners wieder die schöne Treppe hinab bis unter die Haustür, vor der außer der Ridel-

schen Mietskutsche zwei weitere für Coudrays und das Kirms-
sche Ehepaar bereit standen. Es regnete jetzt entschieden. Gäste, von denen sie sich schon oben verabschiedet, gingen
grüßend an ihnen vorüber.

»Vater war ausnehmend belebt durch Ihre Anwesenheit«,
sagte August. »Er schien seinen wehen Arm überhaupt vergessen zu haben. «

»Er war reizend«, erwiderte die Landkammerrätin, und nachdrücklich stimmte ihr Gatte ihr zu. Charlotte sagte:

»Wenn er Schmerzen hatte, so sind sein Geist, seine Rührig-
keit desto mehr zu bewundern. Man ist beschämt, es zu denken,
und ich mache mir Vorwürfe, mich nach seiner Plage garnicht
erkundigt zu haben. Ich hätte ihm von meinem Opodeldok anbieten sollen. Nach einem Wiedersehn, just wenn die Trennung
lang war, hat man immer Versäumnisse zu bereuen. «

»Worin die auch immer bestehen mögen«, versetzte August,
»sie werden nachzuholen sein, wenn auch nicht sofort; denn allerdings glaube ich, daß der Vater nun etwas wird Ruhe halten
und baldige Wiederbegegnungen sich wird versagen müssen.
Besonders, wenn er sich bei Hofe entschuldigt, kann er auch an
anderen Geselligkeiten nicht teilnehmen. Ich möchte das vor-
sorglich bemerkt haben. «

»Um Gott«, sagten sie, »das versteht sich doch wahrlich von
selbst! Unseren Gruß, unseren Dank noch einmal!«

So saßen sie wieder zu viert in ihrer hohen Kalesche und rat-
terten durch die nassen Straßen nach Hause zurück. Lottchen,
die Jüngere, stracks auf ihrem Rücksitz, blickte, die Flügel ihres
Näschens andauernd gebläht, in den Fond des Wagens, – gerade
an dem Ohr ihrer Mutter vorbei, deren Schleifenstaat nun wieder von dem schwarzen Umhang verhüllt war.

»Er ist ein großer und guter Mensch«, sagte Amalie Ridel,
und ihr Mann bestätigte: »Das ist er. «

Charlotte dachte oder träumte:

»Er ist groß, und ihr seid gut. Aber ich bin auch gut, so recht
von Herzen gut und will es sein. Denn nur gute Menschen wissen die Größe zu schätzen. Die Chinesen, wie sie da hüpfen und

zirpen unter ihren Glockendächern, sind alberne, böse Menschen.«

Laut sagte sie zu Dr. Ridel:

»Ich fühle mich sehr, sehr schuldig vor dir, Schwager, daß ich's dir nur ungefragt gleich gestehe. Ich sprach von Versäumnissen, – ich wußte nur zu gut, was ich damit meinte, und fahre recht enttäuscht, recht unzufrieden mit mir selbst wieder heim. Tatsächlich bin ich nicht dazu gekommen, weder bei Tische noch nachher, Goethen von deinen Hoffnungen und Wünschen zu sprechen und ihn, wie ich's bestimmtest vorhatte, ein wenig dafür zu engagieren. Ich weiß nicht, wie es geschehen und unterbleiben konnte, aber es wollte sich die ganze Zeit über nicht fügen und machen. Es ist meine Schuld und auch wieder nicht. Verzeih mir!«

»Das macht nichts«, antwortete Ridel, »liebe Lotte; beunruhige dich nicht! Es war gar so nötig nicht, daß du davon sprachst, sondern durch deine Anwesenheit schon und daß wir den Mittag hatten bei Excellenz, bist du uns nützlich genug gewesen, und irgendwie wird sich's in unserem Interesse schon auswirken.«

Neuntes Kapitel

Charlotte blieb noch bis gegen Mitte Oktober in Weimar und logierte mit Lottchen, ihrem Kinde, die ganze Zeit im Gasthaus zum Elephanten, dessen Inhaberin, Frau Elmenreich, teils aus eigener Klugheit, teils auch von ihrem Factotum, Mager, lebhaft dazu angehalten, ihr mit dem Zimmer-Preise sehr entgegenkam. Wir wissen nicht allzu viel über den Aufenthalt der berühmten Frau in der ebenfalls so berühmten Stadt; er scheint – übrigens ihren Jahren gemäß – den Charakter würdiger Zurückgezogenheit getragen zu haben, aber doch keiner ganz unzugänglichen; denn war er auch hauptsächlich dem Zusammensein mit den lieben Verwandten gewidmet, so hören wir doch von mehreren kleineren und selbst ein paar größeren Einladungen, denen sie in diesen Wochen freundlich beiwohnte, und die sich in verschiedenen gesellschaftlichen Cirkeln der Residenz abspielten. Eine davon gaben, wie es sich gehörte, Ridels selbst, und in ihrem Beamtenkreise trug sich noch einer oder der andere dieser Empfänge zu. Ferner sahen Hofrat Meyer und seine Gattin, geborene von Koppenfeld, und ebenso Oberbaurat Coudrays die Jugendfreundin Goethe's einmal bei sich. Aber auch in der eigentlichen Hofgesellschaft hat man diese gelegentlich erscheinen sehen und zwar im Hause des Grafen Edling, Mitgliedes der Hoftheater-Intendanz, und seiner schönen Gemahlin, der Prinzessin Sturdza aus der Moldau. Diese gaben Anfang Oktober in ihrer Gegenwart eine durch musicalische Aufführungen und Recitationen gehobene Soirée, und es war wahrscheinlich bei dieser Gelegenheit, daß Charlotte die Bekanntschaft Frau von Schillers machte, die in einem an eine auswärtige Freundin gerichteten Brief eine sympathisch-kritische Beschreibung ihrer Erscheinung und Person niedergelegt hat. Auch der Geh. Kammerrätin Ridel gedenkt diese andere Charlotte dabei im Zusammenhang mit der »Vergänglichkeit der Dinge dieser Erde«, indem sie nämlich berichtet, wie sehr gesetzt und ausgereift die »naseweise Blondine« des Romans nun unter den Damen gesessen habe.

Bei allen diesen Gelegenheiten war Charlotte, wie sich versteht, von vieler Ehrerbietung umgeben, und die freundlich gefaßte Würde, mit der sie die Huldigungen entgegennahm, bewirkte bald, daß diese nicht mehr nur ihrer literarischen Stellung, sondern ihrer Person und Menschlichkeit selber galten, unter deren Eigenschaften eine sanfte Melancholie nicht die am wenigsten anziehende war. Aufgeregte Gebarung, die ihr Erscheinen hervorrief, wies sie mit ruhiger Bestimmtheit zurück. So wird berichtet, daß, als ein überspanntes Frauenzimmer sich in einer Gesellschaft – wahrscheinlich beim Grafen Edling – mit ausgebreiteten Armen und dem Rufe »Lotte! Lotte!« auf sie stürzte, sie die Närrin, zurücktretend, mit dem Bedeuten: »Mäßigen Sie sich, meine Liebe!« zur Raison gebracht und sich übrigens danach sehr gütig mit ihr über städtische und Weltbegebenheiten unterhalten habe. – Bosheit, Klatsch und Gestichel verschonten sie selbstverständlich nicht ganz, wurden aber von dem Wohlwollen aller besser gearteten Menschen im Zaum gehalten; und selbst als nachträglich – man muß wohl annehmen: durch eine Indiscretion Schwester Amalies – sich das Gerücht verbreitete, die Alte sei zu Goethe in einem Aufzuge gegangen, der von geschmacklosen Allusionen auf die Werther-Liebschaft nicht frei gewesen sei, war ihre moralische Position schon zu gefestigt, als daß ihr das Gerede viel hätte anhaben können.

Den Freund von Wetzlar sah sie bei keinem dieser Ausgänge wieder. Man wußte, daß erstens eine Gicht im Arm ihn incommodierte, und daß er zweitens eben jetzt mit der Revision zweier neuer Bände der Gesamtausgabe seiner Werke sehr beschäftigt war. Über jenes oben skizzierte Mittagessen am Frauenplan berichtete Charlotte ihrem Sohne August, dem Legationsrat, in einem uns vorliegenden Briefe, von dem man nur sagen kann, daß er stark momentanen Charakter trägt und geringe Bemühung, ja etwas wie eine Gegen-Bemühung zeigt, dem Erlebnis gerecht zu werden. Sie schrieb:

»Von dem Wiedersehen des großen Mannes habe ich Euch selbst noch wohl nichts gesagt: Viel kann ich auch nicht darüber bemerken. Nur so viel, ich habe eine neue Bekanntschaft von einem alten Manne gemacht, welcher, wenn ich nicht wüßte, daß es Goethe wäre, und auch dennoch, keinen angenehmen Eindruck auf mich gemacht hat. Du weißt, wie wenig ich mir von diesem Wiedersehen oder vielmehr dieser neuen Bekanntschaft versprach, war daher sehr unbefangen; auch that er nach seiner steifen Art alles mögliche, um verbindlich gegen mich zu sein. Er erinnerte sich Deiner und Theodors mit Interesse... Deine Mutter Charlotte Kestner, geb. Buff.«

Ein Vergleich dieser Zeilen mit dem zu Anfang unserer Erzählung wiedergegebenen Billet an Goethe zwingt zu der Bemerkung, einer wieviel sorgsameren inneren Vorbereitung dieses seine Form verdankt.

Aber auch der Jugendfreund hat ihr einmal, fast schon zu ihrer Überraschung, in diesen Wochen geschrieben: Charlotte empfing sein Kärtchen am 9ten Oktober im »Elephanten«, früh bei der Morgentoilette, durch Mager, den nach der Überreichung wieder aus dem Zimmer zu entfernen nicht leicht war. Sie las:

»Wenn Sie sich, verehrte Freundin, heute Abend meiner Loge bedienen, so holt mein Wagen Sie ab. Es bedarf keiner Billette. Mein Bedienter zeigt den Weg durchs Parterre. Verzeihen Sie, wenn ich mich nicht selbst einfinde, auch mich bisher nicht habe sehen lassen, ob ich gleich oft in Gedanken bei Ihnen gewesen. Herzlich das Beste wünschend – Goethe.«

Die erbetene Verzeihung – dafür also, daß der Schreiber ihr nicht selbst Gesellschaft leistete und auch bis dahin sich nicht hatte blicken lassen – wurde stillschweigend gewährt, denn Charlotte machte von der Theater-Einladung für ihre Person Gebrauch, – nur für diese; denn Lottchen, die Jüngere, hatte gegen Thaliens Gaben eine puritanische Abneigung, und Schwester Amalie war diesen Abend mit ihrem Manne anderweitig versagt. So trug die Goethe'sche Equipage, ein bequemer, mit blauem Tuch ausgeschlagener und mit zwei glatthäutigen Braunen bespannter Landauer, sie allein zum Komödienhaus, wo die Hannöversche Hofrätin, viel lorgnettiert, viel beneidet aber offenbar ohne sich durch die Neugier des Publicums in ihrer Aufmerksamkeit stören zu lassen, auf dem Ehrenplatz, den noch vor kurzem so oft eine Frau sehr anderer Erscheinung, Christiane, die Mamsell, eingenommen hatte, den Abend verbrachte. Sie verließ die Proscceniumsloge auch nicht während der großen Pause.

Man gab Theodor Körners geschichtliches Trauerspiel »Rosamunde«. Es war eine gepflegte und schön gerundete Aufführung, und Charlotte, in einem weißen Kleide wie immer, das aber diesmal mit dunkel-violetten Schleifen garniert war, folgte ihr von Anfang bis zu Ende mit großem Genuß. Eine geläuterte Sprache, stolze Sentenzen, geübten Organen anvertraute Schreie der Leidenschaft schlugen, der Menschlichkeit schmeichelnd, begleitet von edel abgemessenen Gebärden, an ihr Ohr. Höhepunkte der Handlung, verklärte Sterbescenen, bei denen der Scheidende, der Sprache bis zuletzt idealisch mächtig, in Reimen sprach, Auftritte von stachelnder Grausamkeit, wie die

Tragödie sie liebt, und an deren tröstlichem Ende das böse Temperament selbst festzustellen hatte: »Die Hölle steht vernichtet«, waren mit kunstgerechter Überlegung angeordnet. Im Parterre wurde viel geweint, und auch Charlotten gingen ein paarmal die Augen über, obgleich sie sich bei der notorischen Jugendlichkeit des Dichters innere Ausstellungen erlaubte. Es wollte ihr nicht gefallen, daß die Heldin, Rosamunde, sich in einem Gedicht, das sie als Soloscene recitierte, wiederholt selbst mit »Rosa« anredete. Ferner verstand sie von Kindern zuviel, als daß ihr das Benehmen der in dem Stücke agierenden Theaterbälger nicht hätte anstößig sein müssen. Man hatte ihnen den Dolch auf die Brust gesetzt, um ihre Mutter zu zwingen, Gift zu trinken, und, als dies geschehen, sagten sie zu ihr: »Mutter, bist so blaß! Sei heiter! Wir möchten es auch gern sein!« Worauf sie noch auf den Sarg deuteten, angesichts dessen die Scene sich abspielte, und riefen: »Sieh nur an, wie dort die vielen Kerzen fröhlich schimmern!« Auch hierbei wurde im Parterre geschluchzt, aber Charlotten wollten dabei die Augen nicht übergehen. So dumm, dachte sie gekränkt, waren Kinder doch nicht, und man mußte entschieden ein sehr junger Freiheitskämpfer sein, um sich Kinderunschuld so vorzustellen.

Auch um die Sentenzen, für welche die Schauspieler ihre geschulten Stimmen und die Autorität ihrer beliebten Persönlichkeiten einsetzten, stand es, so schien ihr, nicht immer zum besten und zweifellosesten; auch sie zeugten, wie ihr vorkam, bei aller Wärme und Geschicklichkeit ihrer Präsentation von einem gewissen Mangel an tieferer Erfahrung und Lebenskenntnis, die denn ja auch beim Reiterleben auf grünem Plan nicht so leicht zu gewinnen sein mochte. Es war da eine Tirade im Stück, über die sie nicht hinwegkam, sondern an der sie kritisch-grüblerisch hängen blieb, bis sie gewahr wurde, daß sie mehreres Nachfolgende darüber ganz überhört und versäumt hatte; ja, noch beim Verlassen des Theaters dachte sie mit Unzufriedenheit daran zurück. Es war so, daß jemand die Tollkühnheit als edel gerühmt hatte, worauf ein reiferes Urteil die allzu große Bereitschaft der Menschen mißbilligte, die Frechheit edel zu heißen. Habe einer nur den Mut, das Heilige und alle Werte mit frechen Händen anzufallen, gleich mache man ihn zum Helden, nenne ihn groß und zähle ihn zu den Sternen der Geschichte. Aber nicht die Ruchlosigkeit, ließ der Dichter sagen, mache den Helden aus. Diejenige Grenze der Menschheit, die an die Hölle stoße, sei gar leicht übersprungen; es sei das ein Wagnis, zu dem nur gemeine Schlechtigkeit gehöre. Jene andere Grenze dagegen, die den Himmel berühre, die wolle mit höchstem Seelenschwunge und auf reiner Bahn nur überflogen sein. – Das war ja recht schön, aber der einsamen Logenbesucherin schien es, als liefere der Autor und Freiwillige Jäger mit seinen beiden Grenzen eine unerfahrene und fehlerhafte Topographie des Moralischen. Die Grenze der Menschheit, grübelte sie, war vielleicht nur eine, jenseits welcher weder Himmel noch Hölle, oder sowohl Himmel wie Hölle lagen, und die Größe, welche diese Grenze überschritt, war möglicherweise auch nur eine, also, daß Ruchlosigkeit und Reinheit sich in ihr auf eine Weise mischten, von der die kriegerische Unerfahrenheit des Dichters ebenso wenig wußte, wie von der sogar enormen Klugheit und Feinfühligkeit der Kinder. Vielleicht aber wußte er auch davon und war nur der Meinung, in der Poesie gehöre es sich so, daß man Kinder als rührende Idioten hinstelle und zwei verschiedene Grenzen der Menschheit statuiere. Es war ein talentvolles Stück, aber sein Talent war darauf gerichtet, ein Theaterstück herzustellen, wie es nach allgemeiner Übereinkunft sein sollte, und die Grenze der Menschheit überschritt der Dichter nun einmal gewiß nach keiner Seite. Nun ja, die junge Schriftsteller-Generation, es stand wohl bei vieler Geschicklichkeit doch alles in allem etwas klaterig um sie, und gar viel hatten die großen Alten am Ende von ihr nicht zu fürchten.

So opponierte sie und schlug sich innerlich noch mit ihren Einwänden herum, als, nach dem letzten Fallen der Gardine, unter Applaus und Aufbruch, der Bediente vom Frauenplan wieder ehrerbietig bei ihr erschien und ihr die Mantille um die Schultern legte.

»Nun, Carl«, sagte sie, (denn er hatte ihr mitgeteilt, daß er

Carl gerufen werde) »es war sehr schön. Ich habe es sehr genossen.«

»Das wird Excellenz freuen zu hören«, antwortete er, und seine Stimme, der erste nüchtern-unrhythmische Laut des Alltags und der Wirklichkeit, den sie nach stundenlangem Verweilen im Erhabenen wieder vernahm, machte ihr bewußt, daß ihre Kritteleien zum guten Teil den Zweck hatten, den Zustand von hochmütiger und etwas weinerlicher Entfremdung zu dämpfen, in den der Umgang mit dem Schönen uns leicht versetzt. Nicht gern kehrt man diesem wieder den Rücken, das zeigte der hartnäckige Beifall der im Parterre stehen gebliebenen Leute, der nicht sowohl den Schauspielern Dankbarkeit bezeigen sollte, als daß er vielmehr das Hilfsmittel war, sich noch ein wenig an die Sphäre des Schönen zu klammern, bevor man es aufgab, die Hände sinken ließ und in Gottes Namen ins gemeine Leben zurückkehrte. Auch Charlotte, schon in Hut und Umhang, stand, während der Diener wartete, noch einige Minuten an der Logenbrüstung und applaudierte in ihre seidenen Halbhandschuhe. Dann folgte sie dem vorangehenden Carl, der sich wieder mit dem Rosettencylinder bedeckte, die Treppe hinab. Ihre vom Schauen aus dem Dunkeln ins Helle ermüdeten, aber glänzenden Augen blickten dabei nicht geradeaus, sondern schräg aufwärts – zum Zeichen, wie sehr sie doch wirklich das Trauerspiel genossen hatte, mochte das mit den beiden Grenzen auch anfechtbar gewesen sein.

Der Landauer, mit aufgeschlagenem Verdeck, zwei Laternen zuseiten des hohen Bocks, auf welchem der salutierende Kutscher seine Stulpenstiefel gegen das schräge Fußbrett stemmte, hielt wieder vor dem Portal, und der Bediente war Charlotten beim Einsteigen behilflich, breitete auch fürsorglich eine Decke über ihre Knie, worauf er den Schlag verwahrte und sich mit geübtem Sprunge draußen hinauf an die Seite des Kutschers beförderte. Der schnalzte, die Pferde zogen an, der Wagen setzte sich in Bewegung.

Sein Inneres war wohnlich – kein Wunder, hatte er doch bei Reisen gedient und ferner zu dienen ins Böhmische und an den

Rhein und Main. Das gesteppte Tuch in Dunkelblau, mit dem er ausgeschlagen war, wirkte elegant und behaglich, eine Kerze im Windglas war in einer Ecke angebracht, und sogar Schreibzeug stand zur Verfügung: an der Seite, wo Charlotte eingestiegen war und sich niedergelassen hatte, steckten ein Block und Stifte in einer Ledertasche.

Stille saß sie in ihrem Winkel, die Hände über ihrem Nécessaire gekreuzt. Durch die kleinen Fenster des Paravents, der den Kutschbock vom Wageninneren trennte, fiel zerstreutes, unruhig wechselndes Licht der Laternen zu ihr herein, und in diesem Lichte bemerkte sie, daß sie gut getan hatte, gleich an der Seite Platz zu nehmen, wo sie den Wagen bestiegen, denn sie war nicht so allein, wie sie in der Loge gewesen. Goethe saß neben ihr.

Sie erschrak nicht. Man erschrickt nicht über dergleichen. Sie rückte nur ein wenig tiefer in ihren Winkel, ein wenig besser bei Seite, blickte auf die leicht flackernd beleuchtete Erscheinung ihres Nachbarn und lauschte.

Er trug einen weiten Mantel mit aufrecht stehendem Kragen, der rot gefüttert und abgesetzt war, und hielt den Hut im Schoß. Seine schwarzen Augen unter dem Stirngestein, dem jupitergleich angewachsenen Haar, das diesmal ungepudert und fast noch ganz jugendbraun, wenn auch dünnlich, war, blickten groß und mit schalkhaftem Ausdruck zu ihr hinüber.

»Guten Abend, meine Liebe«, sagte er mit der Stimme, mit der er einst der Braut aus dem Ossian, dem Klopstock vorgelesen. »Da ich mir's abschlagen mußte, heute Abend an Ihrer Seite zu sein, auch in all diesen Tagen unsichtbar geblieben bin, wollt' ich's mir doch nicht nehmen lassen, Sie vom Kunstgenuß heim zu begleiten.«

»Das ist sehr artig, Excellenz Goethe«, erwiderte sie, »und hauptsächlich dessenthalb freut es mich, weil eine gewisse Harmonie unserer Seelen, wenn davon die Rede sein kann zwischen einem großen Manne und einer kleinen Frau, aus Ihrem Entschlusse spricht und aus der Überraschung, die Sie mir da bereiten. Denn es zeigt mir, daß auch Sie es als unbefriedigend – unbefriedigend bis zur Traurigkeit – empfunden hätten, wenn unser Abschied neulich nach den lehrreichen Besichtigungen hätte der allerletzte sein und nicht wenigstens doch noch ein Wiedersehn sich daran hätte knüpfen sollen, das ich mit wirklicher Bereitwilligkeit als das in Ewigkeit letzte anerkenne, wenn es nur dieser Geschichte einen leidlich versöhnlichen Abschluß geben kann.«

»Einen Abschnitt«, hörte sie ihn aus seiner Ecke sagen, »einen Abschnitt macht die Trennung. Wiedersehn: ein klein Kapitel, fragmentarisch.«

»Ich weiß nicht, was du da sagst, Goethe«, entgegnete sie, »und weiß nicht recht, wie ich's höre, aber ich wundere mich nicht, noch darfst du dich wundern, denn ich gebe ein für allemal der kleinen Frau nichts nach, mit der du letzthin Poesie getrieben am glühenden Mainstrom, und von der dein armer Sohn mir erzählte, daß sie ganz einfach in dich und deinen Gesang eingetreten sei und ebenso gut gedichtet habe, wie du. Nun ja, sie ist ein Theaterkind und hat wohl ein beweglich Geblüt. Aber Frau ist Frau, und wir treten alle ein, wenn's sein muß, in den Mann und seinen Gesang... Wiedersehn ein klein Kapitel, fragmentarisch? Aber so fragmentarisch, fandest du selber wohl, sollt' es nicht sein, daß ich mit dem Gefühle völligen Fehlschlags an meinen einsamen Witwensitz sollte zurückkehren.«

»Hast du die liebe Schwester nicht umarmt«, sagte er, »nach langer Trennungsfrist? Wie magst du da von deiner Reise völligem Fehlschlag sprechen?«

»Ach, spotte meiner nicht!« entgegnete sie. »Ist's doch an dem, daß ich die Schwester nur zum Vorwand nahm, um eine Lust zu büßen, die mir längst die Ruhe stahl: nach deiner Stadt zu reisen, in deiner Größe dich, worein das Schicksal mein Leben hat verwoben, heimzusuchen und dieser fragmentarischen Geschichte doch einen Abschluß zur Beruhigung für meinen Lebensabend auszufinden. Sag', kam ich dir recht sehr zu unpaß? War es ein ganz erbärmlich dummer Schulmädelstreich?«

»So wollen wir es denn doch keineswegs nennen«, antwortete er, »ob es schon nicht gut ist, der Neugier, Sentimentalität und

Bosheit der Leute Zucker zu geben. Aber von Ihrer Seite her, meine Beste, kann ich die Antriebe zu dieser Reise recht wohl verstehen, und auch mir kam Ihr Erscheinen, in einem tieferen Sinne wenigstens, nicht zu unpaß; vielmehr mußt' ich es gut und geistreich heißen, wenn denn Geist das obere Leitende ist, das in Kunst und Leben die Dinge sinnvoll fügt und uns anhält, in allem Sinnlichen nur die Vermummung höherer Bezüge zu sehen. Zufall gibt es nicht in der Einheit eines irgend bedeutenden Lebens, und nicht umsonst war mir kürzlich erst, im frühen Jahre, unser Büchlein, der Werther, wieder in die Hände gefallen, daß Ihr Freund untertauchen mochte im Frühen-Alten, da er sich durchaus in eine Epoche der Erneuerung und der Wiederkehr eingetreten wußte, über welcher denn freilich nicht unbeträchtlich höhere Möglichkeiten walteten, das Leidenschaftliche in Geist aufgehen zu lassen. Wo aber das Gegenwärtige als die Verjüngung des Vergangenen sich geistreich zu erkennen gibt, kann es nicht wundernehmen, daß im bedeutungsvollen Wallen der Erscheinungen auch das unverjüngte Vergangene mit zu Besuche kommt, verblaßte Anspielungen präsentierend und indem es seine Zeitgebundenheit durch das Wackeln seines Kopfes rührend bekundet.«

»Es ist nicht schön von dir, Goethe, daß du diese Bekundung so geradezu namhaft machst, wobei es wenig hilft, daß du sie rührend nennst, denn fürs Rührende bist du garnicht, sondern wo wir einfache Menschen gerührt sein möchten, da stellst du die Sache kühl aufs Interessante. Ich habe recht wohl bemerkt, daß Du dieser meiner kleinen Schwäche gewahr geworden bist, die über meine ganz wackere Gesamtverfassung garnichts besagt und viel weniger mit Zeitunterworfenheit zu tun hat, als mit meiner Verwobenheit in dein übergroß gewordenes Leben, die ich nur apprehensiv und aufregend nennen kann. Was ich aber nicht wußte, ist, daß du auch die verblaßten Anspielungen meines Kleides bemerkt hast – nun ja, natürlich bemerkst du mehr, als deine abschweifenden Augen zu bemerken scheinen, und zuletzt solltest du's ja bemerken, dazu hatte ich mir den Scherz ja ausgedacht und dabei auf deinen Humor gerechnet, wiewohl ich nun einsehe, daß es nicht sonderlich humoristisch war. Um aber auf meine Zeitunterworfenheit zurückzukommen, so laß mich doch sagen, daß du wenig Grund hast, Excellenz, dich darüber aufzuhalten, denn aller poetischen Erneuerung und Verjüngung ungeachtet, ist dein Stehen und Treten ja von einer Steifigkeit geworden, daß Gott erbarm', und deine gravitätische Courtoisie scheint mir ebenso des Opodeldoks bedürftig.«

»Ich habe Sie erzürnt, meine Gute«, sagte er in sanftem Baß, »mit meiner beiläufigen Erwähnung. Vergessen Sie aber nicht, daß ich sie im Zusammenhang tat der Rechtfertigung Ihres Erscheinens und der Erläuterung, warum ich es gut und sinnvoll heißen mußte, daß auch Sie mit daherwallen im Geisterzuge.«

»Merkwürdig«, schaltete sie ein. »August, der unausgesprochene Bräutigam, erzählte mir, du habest seine Mutter, die Mamsell, geduzt, sie aber hätte dich Sie genannt. Mir fällt auf, daß es bei uns hier umgekehrt zugeht.«

»Das Du und Sie«, antwortete er, »war ja auch damals immer, zu deiner Zeit, zwischen uns in der Schwebe, und im Übrigen liegt ihre augenblickliche Verteilung wohl in unseren beiderseitigen Verfassungen begründet.«

»Gut und recht. Aber da sprichst du nun von meiner Zeit, statt ›unsere Zeit‹ zu sagen, da's doch die deine auch war. Aber es ist deine Zeit eben wieder, erneut und verjüngt, als geistreiche Gegenwart, da es die meine bloß einmal war. Und da soll's mich nicht tief verletzen, daß du so geradhin meiner nichts besagenden kleinen Schwäche gedenkst, die doch leider eben besagt, daß es meine Zeit nur gewesen.«

»Meine Freundin«, erwiderte er, »kann denn wohl Ihre Zeitgestalt Sie mühen und irgend ein Hinweis darauf Sie verletzen, da Sie das Schicksal begünstigte vor Millionen und Ihnen ewige Jugend verlieh im Gedicht? Das, was vergänglich ist, bewahrt mein Lied.«

»Das läßt sich hören«, sagte sie, »und ich will's dankbar anerkennen trotz aller Bürde und Aufregung, die für mich Arme damit verbunden. Ich will lieber auch gleich hinzufügen, was du wohl nur aus gravitätischer Courtoisie verschweigst, daß es albern war, meine Zeitgestalt mit den Emblemen der Vergangenheit zu behängen, die der beständigen Gestalt gehören in deinem Gedicht. Schließlich bist du ja auch nicht so abgeschmackt, im blauen Frack mit gelber Weste und Hose herumzugehen, wie damals viele verschwärmte Buben taten, sondern schwarz und seidenfein ist dein Frack nunmehr, und ich muß sagen, der Silberstern darauf steht dir so gut, wie Egmonten das Goldene Vlies. Ja, Egmont!« seufzte sie. »Egmont und die Tochter des Volks. Du hast recht wohl getan, Goethe, auch deine eigene Jugendgestalt beständig zu machen im Gedicht, daß du nun als steifbeinige Excellenz in allen Würden der Entsagung deinen Schranzen die Suppe gesegnen magst!«

»Ich sehe wohl«, erwiderte er nach einer Pause tief und bewegt, »meine Freundin hegt einige Unwirschheit nicht nur wegen meiner scheinbar unzarten und doch nur liebevoll gemeinten Erwähnung jenes Zeichens der Zeit. Ihr Zorn, oder ihr Leid, das als Zorn sich äußert, hat gerechteren, nur zu ehrwürdigen Ursprung, und habe ich nicht im Wagen auf sie gewartet um der gefühlten Notwendigkeit willen, diesem Leidenszorn standzuhalten, seine Gerechtigkeit und Ehrwürdigkeit anzuerkennen und ihn vielleicht zu besänftigen durch die herzlichste Bitte um Vergebung?«

»O Gott«, sagte sie erschrocken, »wozu lassen Excellenz sich herbei! Das hab' ich nicht hören wollen und werde so rot dabei wie bei der Geschichte, die Sie zur Himbeercrème erzählten. Vergebung! Mein Stolz, mein Glück, sie hätten zu vergeben? Wo ist der Mann, der meinem Freunde sich – vergleichen darf? Wie ihn die Welt verehrt, so wird die Nachwelt ihn verehrend nennen. «

»Weder Demut hier noch Unschuld dort«, erwiderte er, »würden der Verweigerung des Erbetenen ihre Grausamkeit nehmen. Zu sagen: ich habe nichts zu vergeben, das heißt auch sich unversöhnlich zeigen gegen Einen, dessen Schicksal es vielleicht von jeher war, sich in unschuldiger Schuld zu winden. Wo das Bedürfnis nach Vergebung ist, soll auch Bescheidenheit sie nicht verweigern. Sie müßte denn die heimliche Seelenqual, das siedend heiße Gefühl nicht kennen, das den Menschen durchdringt, wenn ihn ein gerechter Vorwurf, mitten in dem Dunkel eines zutraulichen Selbstgefühls plötzlich betrifft, sodaß er einem Haufen durchglühter Muscheln gleicht, wie sie wohl da und dort statt des Kalkes zum Bauen verwendet werden.«

»Mein Freund«, sagte sie, »es wäre mir schrecklich, wenn der Gedanke an mich auch nur augenblicksweise dein zutrauliches Selbstgefühl sollte verstören können, von dem für die Welt soviel abhängt. Ich nehme aber auch an, daß diese gelegentliche Durchglühung in erster Linie der Ersten gilt, bei der die Entsagung gegründet ward und zur Wiederholung begann: der Tochter des Volks, der du im Abreiten die Hand reichtest vom Pferde herab; denn man liest ja beruhigender Weise, daß du dich von mir mit milderem Schuldgefühle getrennt, als von ihr. Die Arme unter ihrem Hügel im Badischen! Ich habe, offen gesagt, nicht viel Herz für sie, denn sie hat sich sehr gut nicht gehalten und sich der Verkümmerung überlassen, da es doch darauf ankommt, einen resoluten Selbstzweck aus sich zu machen, auch wenn man ein Mittel ist. Da liegt sie nun im Badischen, dieweil andere nach ergiebigem Leben sich eines würdigen Witwenstandes erfreuen, gegen dessen Wackerkeit so ein bißchen apprehensives Kopfzittern garnichts besagt. Auch bin ich ja die Erfolgreiche – als deutliche und unverkennbare Heldin deines unsterblichen Büchleins, unbezweifelbar und unbestreitbar bis ins Einzelne trotz dem kleinen Durcheinander mit den schwarzen Augen, und selbst der Chinese, so fremdartige Gesinnungen er sonst auch hegen möge, malt mich mit zitternder Hand auf Glas an Werthers Seite – mich und keine andere. Darauf poche ich und lass mich's nicht anfechten, daß die unterm Hügel vielleicht mit im Spiele war, daß bei ihr die Gründung liegt, und daß sie dir möglicherweise das Herz erst erschlossen hat für Werthers Liebe, – denn das weiß niemand, und es sind meine Züge und Umstände, die den Leuten vor Augen stehen. Meine Angst ist nur, daß es einmal herauskommen und das Volk es eines Tages entdecken möchte, daß sie wohl gar die Eigentliche ist, die zu dir gehört in den Gefilden, wie Laura zum Petrarc, sodaß es mich stürzte und absetzte und mein Bild aus der Nische risse im Dome der Menschheit. Das ist's, was mich manchmal zu Tränen beunruhigt.«

»Eifersucht?« fragte er lächelnd. »Ist Laura denn allein der Name, der von allen zarten Lippen klingen soll? Eifersucht auf wen? Auf deine Schwester, nein, dein Spiegelbild und ander Du? Wenn Wolke sich gestaltend umgestaltet, ist's nicht dieselbe Wolke noch? Und Gottes Namenhundert, nennt es nicht den Einen nur – und euch, geliebte Kinder? Dies Leben ist nur Wandel der Gestalt, Einheit im Vielen, Dauer in dem Wandel. Und du und sie, ihr alle seid nur Eine in meiner Liebe – und in meiner Schuld. Tatest du deine Reise, um dich des getrösten zu lassen?«

»Nein, Goethe«, sagte sie. »Ich kam, um mich nach dem Möglichen umzusehen, dessen Nachteile gegen das Wirkliche so sehr auf der Hand liegen, und das doch als ›Wenn nun aber‹ und ›Wie nun erst‹ immer neben ihm in der Welt bleibt und unserer Nachfrage wert ist. Findest du nicht, alter Freund, und fragst du nicht auch mitunter dem Möglichen nach in den Würden deiner Wirklichkeit? Sie ist das Werk der Entsagung, ich weiß es wohl, und also doch wohl der Verkümmerung, denn Entsagung und Verkümmerung, die wohnen nahe beisammen, und all Wirklichkeit und Werk ist eben nur das verkümmerte Mögliche. Es ist etwas Fürchterliches um die Verkümmerung, das sag' ich dir, und wir Geringen müssen sie meiden und uns ihr entgegenstemmen aus allen Kräften, wenn auch der Kopf zittert vor Anstrengung, denn sonst ist bald nichts von uns übrig, als wie ein Hügel im Badischen. Bei dir, da war's etwas anderes, du hattest was zuzusetzen. Dein Wirkliches, das sieht nach was aus – nicht nach Verzicht und Untreue, sondern nach lauter Erfüllung und höchster Treue und hat eine Imposanz, daß niemand sich untersteht, dem Möglichen davor auch nur nachzufragen. Meinen Respect!«

»Deine Verwobenheit, liebes Kind, ermutigt dich zu einer drolligen Art der Anerkennung.«

»Das will ich doch wenigstens davon haben, daß ich mitreden und ein wenig vertraulicher lobpreisen darf, als die unzugehörige Menge! Aber das muß ich auch sagen dürfen, Goethe: so sehr wohl und behaglich war mir's nicht eben in deiner Wirklichkeit, in deinem Kunsthaus und Lebenskreis, es war eher eine Beklemmung und eine Apprehension damit, das laß mich gestehen, denn allzusehr riecht es nach Opfer in deiner Nähe – ich meine nicht: nach Weihrauch, das ließe ich mir gefallen, auch Iphigenie läßt ihn sich ja gefallen für die Diana der Skythen, aber gegen die Menschenopfer, da greift sie mildernd ein, und nach solchen sieht's leider aus in deinem Umkreis, es ist ja beinah wie ein Schlachtfeld und wie in eines bösen Kaysers Reich. Diese Riemer, die immer mucken und maulen, und deren Mannesehr auf dem süßen Leime zappelt, und dein armer Sohn mit seinen siebzehn Gläsern Champagner und dies Persönchen, das ihn denn also zu Neujahr heiraten wird und wird in deine Oberstuben fliegen wie die Mücke ins Licht, zu schweigen von den Marien Beaumarchais, die sich nicht zu halten wußten wie ich, und die die Auszehrung unter den Hügel brachte, – was sind sie denn als Opfer deiner Größe. Ach, es ist wundervoll, ein Opfer bringen, jedoch ein bittres Los, ein Opfer sein!«

Unruhige Lichter huschten und hüpften über die Gestalt des Mantelträgers an ihrer Seite. Er sagte:

»Liebe Seele, laß mich Dir innig erwidern, zum Abschied und zur Versöhnung. Du handelst vom Opfer, aber damit ist's ein Geheimnis und eine große Einheit wie mit Welt, Leben, Person und Werk, und Wandlung ist alles. Den Göttern opferte man, und zuletzt war das Opfer der Gott. Du brauchtest ein Gleichnis, das mir lieb und verwandt ist vor allen, und von dem meine Seele besessen seit je: das von der Mücke und der tödlich lockenden Flamme. Willst Du denn, daß ich diese sei, worein sich der Falter begierig stürzt, bin ich im Wandel und Austausch der Dinge die brennende Kerze doch auch, die ihren Leib opfert, damit das Licht leuchte, bin ich auch wieder der trunkene Schmetterling, der der Flamme verfällt, – Gleichnis alles Opfers von Leben und Leib zu geistigster Wandlung. Alte Seele, liebe, kindliche, ich zuerst und zuletzt bin ein Opfer – und bin der, der es bringt. Einst verbrannte ich dir und verbrenne dir allezeit zu Geist und Licht. Wisse, Metamorphose ist deines Freundes Liebstes und Innerstes, seine große Hoffnung und tiefste Begierde, – Spiel der Verwandlungen, wechselnd Gesicht, wo sich der Greis zum Jüngling, zum Jüngling der Knabe wandelt, Menschenantlitz schlechthin, in dem die Züge der Lebensalter changieren, Jugend aus Alter, Alter aus Jugend magisch hervortritt: darum war mir's lieb und verwandt, sei völlig beruhigt, daß du dir's ausgedacht und zu mir kamst, mit Jugendzeichen geschmückt die Altersgestalt. Einheit, Geliebte, das Auseinander-Hervortauchen, das Sich-Vertauschen, Verwechseln der Dinge und wie Leben jetzt ein natürlich Gesicht, jetzt ein sittliches zeigt, wie sich Vergangenheit wandelt im Gegenwärtigen, dieses zurückweist auf jenes und der Zukunft vorspielt, von der beide schon geisterhaft voll waren. Nachgefühl, Vorgefühl – Gefühl ist alles. Laß unseren Blick sich auftun und unsere Augen groß sein für die Einheit der Welt – groß, heiter und wissend. Verlangt Dich nach Sühne? Laß, ich sehe sie mir entgegenreiten in grauem Kleide. Dann wird wieder die Stunde Werthers und Tassos schlagen, wie es mitternächtlich gleich schlägt dem Mittag, und daß ein Gott mir gab zu sagen, was ich leide, – nur dieses Erst und Letzte wird mir dann bleiben. Dann wird das Verlassen nur noch Abschied, Abschied für immer sein, Todeskampf des Gefühls, und die Stunde gräßlicher Schmerzen voll, Schmerzen, wie sie wohl dem Tode um einige Zeit vorangehen, und die das Sterben sind, wenn auch noch nicht der Tod. Tod, letzter Flug in die Flamme, – im All-Einen, wie sollte auch er denn nicht nur Wandlung sein? In meinem ruhenden Herzen, teure Bilder, mögt ihr ruhen – und welch ein freundlicher Augenblick wird es sein, wenn wir dereinst wieder zusammen erwachen.«

Die frühvernommene Stimme verhauchte. »Friede deinem Alter!« flüsterte sie noch. Der Wagen hielt. Seine Lichter schienen mit dem der beiden Laternen zusammen, die zuseiten des Eingangs zum »Elephanten« brannten. Zwischen ihnen stehend hatte Mager, die Hände auf dem Rücken, mit erhobener Nase die neblig gestirnte Herbstnacht geprüft und lief jetzt auf weichen Servierschuhen über den Bürgersteig, dem Bedienten beim Öffnen des Schlages zuvorzukommen. Natürlich kam er nicht irgendwie dahergerannt, sondern lief wie ein Mann, dem das Laufen schon etwas fremd ist, würdig schwänzelnd, die Hände mit verfeinerter Fingerhaltung zu den Schultern erhoben.

»Frau Hofrätin«, sagte er, »willkommen wie immer! Möchten Frau Hofrätin in unserem Musentempel einen erhebenden Abend verbracht haben! Darf ich diesen Arm offerieren zur sicheren Stütze? Guter Himmel, Frau Hofrätin, ich muß es sagen: Werthers Lotte aus Goethes Wagen zu helfen, das ist ein Erlebnis – wie soll ich es nennen? Es ist buchenswert.«

ENDE

Thomas Mann
Große kommentierte Frankfurter Ausgabe
Werke – Briefe – Tagebücher
Herausgegeben von Heinrich Detering,
Eckhard Heftrich, Hermann Kurzke, Terence J. Reed,
Thomas Sprecher, Hans R. Vaget und Ruprecht Wimmer
in Zusammenarbeit mit dem
Thomas-Mann-Archiv der ETH Zürich

Die auf 38 Bände angelegte Edition wird zum ersten Mal
das gesamte Werk, eine umfangreiche Auswahl der Briefe
und die Tagebücher in einer wissenschaftlich fundierten
und ausführlich kommentierten Leseausgabe zugänglich
machen. Nähere Informationen erhalten Sie in Ihrer Buch-
handlung oder unter www.s-fischer.de

» ... denn es ist ein Irrtum, zu glauben,
der Autor selbst sei der beste Kenner und
Kommentator seines eigenen Werkes.«
Thomas Mann

S. Fischer

fi 555 018 / 2